U0558167

民国文学史论 第二辑

李怡 张中良 主编

《文艺月刊》（1930—1941）中的民族话语

赵伟 著

南方出版传媒
花城出版社
中国·广州

图书在版编目（CIP）数据

《文艺月刊》（1930—1941）中的民族话语 / 赵伟著. -- 广州：花城出版社，2019.6
（民国文学史论 / 李怡，张中良主编. 第二辑）
ISBN 978-7-5360-8862-7

Ⅰ. ①文⋯ Ⅱ. ①赵⋯ Ⅲ. ①文艺评论－中国－1930-1941 Ⅳ. ①I206.6

中国版本图书馆CIP数据核字（2018）第303462号

出 版 人：肖延兵
专业审读：罗执廷
特邀编辑：张灵舒
策划编辑：张　瑛
责任编辑：张　瑛
技术编辑：凌春梅
装帧设计：杨亚丽　贡日亮

书　　名	《文艺月刊》（1930—1941）中的民族话语	
	《WENYI YUEKAN》(1930—1941) ZHONG DE MINZU HUAYU	
出版发行	花城出版社	
	（广州市环市东路水荫路11号）	
经　　销	全国新华书店	
印　　刷	佛山市浩文彩色印刷有限公司	
	（广东省佛山市南海区狮山科技工业园A区）	
开　　本	787毫米×1092毫米　16开	
印　　张	23.5　1插页	
字　　数	420,000字	
版　　次	2019年6月第1版　2019年6月第1次印刷	
定　　价	88.00元	

如发现印装质量问题，请直接与印刷厂联系调换。
购书热线：020-37604658　37602954
花城出版社网站：http://www.fcph.com.cn

总序一：文学研究与历史意识

李怡

在相对平静的中国现代文学研究领域，最近几年出现的"民国文学"研究的设想似乎是值得注意的动向，面对这样一种动向，有人认为是打破某种学术停滞的契机，但也有人提出了自己的质疑，表达了自己的担忧，但无论如何，有关民国的话题已经成为我们无法绕开的存在，即使质疑，也有必要理解它生成的理由。

在我看来，借助"民国社会历史"这一视角研究中国现代文学，最重要的其实并不是提出了"民国"这一概念，更大的价值是它提示我们，文学的研究必须回到历史的语境之中。既然中国史已经可以清晰地划分为古代史与近现代史，又有什么必要独立出一个"民国史"呢？这当然是为了进一步关注和描述民国特有的社会、政治与文化情态。一般说来，古代、近现代，这都是世界通行的普泛性概念，这些概念的意义在于昭示了一种共同的人类历史进程，其意义自不待言。但是普泛性的概括并不能代替各个国家和民族的具体遭遇和问题，共同的历史进程之中，依然掺杂千差万别的"民族史""区域史"，特别是像中国这样的独特的东方"现代"国家，许多历史的细节都不是西方话语体系的"近现代"所能够涵盖的，中国的"现代"就集中发展于"民国"，所以研讨"民国"也就是真正落实中国的"现代"历史是什么。近些年来，民国史研究是中国史学界取得显著成果的一个领域，可以说，在尊重、回到历史的取向上，历史学家已经走在了学术的前列。中国现代文学研究开始重视"民国"历史种种，从根本上讲就是得益于历史学界的启示。

因为这样的启示，我们的文学研究也才开始摆脱了"理论的焦虑"，在新的领域找到了自我充实的可能。中国现代文学研究其实一直存在着某种理论的焦虑症。先是有中国式的马克思主义理论"武装头脑"，继而又用西方的各种文学理论来框架我们的现象，到头来发现它们都难以准确描述现象的丰富和复杂，这才出现了几乎是众口一词的"回到历史现场"、体察具体历史情境之类的倡议。

当然，所谓"回到历史现场"也并不是一件那么容易的事情，它关乎我们对待历史的态度，也牵涉我们自己的思维能力，并且在某种意义上也不应当成为"非理论""去理论"的简单借口，在更深的地方，"理论"依然有其不可替代的价值，并且将可能恰到好处地推进我们的认知。"回到现场"不是绝圣弃智，不是排斥理论思维能力，而是让我们的理性的能力更妥当地敞开事实呈现的广阔空间，或者说理性思辨的节奏和方向与丰富的历史事实两厢贴合。自然，这样的历史考察就不是那么容易的，至少不是我们表述学术态度时那么容易。文学研究最终依靠的不是一种"表态"而是更为深邃的能够破解精神秘密的"意识"，这就是我们所谓的"历史意识"。历史意识是在尊重历史现象中产生的，但又不是对历史现象的乱七八糟的堆砌，其中深含着我们自身思维能力的发展和成熟，所以，"回到历史现场"不会是一次性完成的，也不会只有哪一家的"现场"，它同样值得讨论、辨别、清理和驳诘。

这样，我们的"民国文学史论"就有了第二辑，也许还会有第三辑。连续性的发展表达的是不同认知的结果，重要的在于，随着我们对"民国"特定历史的逐步"返回"，我们对于文学的理解也逐步加深了，观点也日益丰富了。

感谢那些多年来一直关心我们研究的同行、朋友和广大的读者，我们都在不断充实着自己，在越来越深入的历史考察中解读现代的中国，在越来越广阔的视野中丰富我们的思想意识。当然，也要感谢花城出版社，这些有理想有坚守的优秀编辑，没有你们的策划、督促和鞭策，也绝不会有这连续数年的学术工程。

2018 年 8 月于成都江安花园

总序二：还原民国文学史

张中良

不止一次听到质疑：既然中国现代文学史的概念早已获得公认，20世纪中国文学史的概念也逐渐为人们所接受，为什么还要另起炉灶提出民国文学史？

尽管存在着质疑，而且对民国文学史的理解也不尽相同，但这个概念总算引起了人们的注意，这就扩大了探讨的空间。

民国文学史的概念，1994年见之于一套"中国全史"时，只是参照历代文学史的分法，标志着一个时段，并没有涉及多少民国赋予文学的意义。现在，仍有学者持同样的理解。2006年，秦弓提出"从民国史视角看现代文学"，意在把现代文学还原到民国史的历史语境中去重新审视。2009年，李怡阐述现代文学的"民国机制"，将问题的讨论向前推进了一步。几年来，民国文学乃至民国文学史的概念逐渐凸显出来，中国现代文学研究会、北京师范大学文学院等举办的学术会议都曾就民国文学问题展开过讨论，《文学评论》《中国现代文学研究丛刊》《学术月刊》《文艺争鸣》《广东社会科学》《湖南社会科学》《厦门大学学报》《湖南大学学报》《郑州大学学报》《重庆师范大学学报》《衡阳师范学院学报》《金陵科技学院学报》《兰州学刊》《当代文坛》《江汉学术》等刊物发表相关论文。从讨论来看，民国文学史确有新民主主义文学史、现代文学史、20世纪文学史所不能表征的独特而丰富的意涵，既然如此，"民国文学史"的梳理、叙述与阐释又有何不可？

在相当长的时期，民国是一个禁忌。人们每每把民国简化为一个败亡的政府，如果作为一个历史时期来表述的话，通常是"解放前""旧社会"。一个简单的逻辑就是：政府如果不腐败，怎么会被推翻？旧社会如果不黑暗，怎么会结束？在这样的背景下，有谁还敢"冒天下之大不韪"去探讨民国问题呢？

然而，问题在于：民国在推翻了清朝政权、结束了两千余年的封建帝制的基础上建成，是辛亥革命的胜利成果，而非历史的耻辱；民国作为亚洲第一个共和国，曾经寄托了中华民族走向现代化的希望；民国是一个国家实体，而国家从来就不等同于政府，民国有多种势力对峙、冲突、交错、并存的政治，有虽然地区之间并不平衡，但毕竟曾经几度繁荣的经济，有由弱到强的外交，有终于赶走侵略者的抗日战争胜利，有大踏步发展的新式教育，有束缚与自由交织的新闻出版，有丰富多彩的文学艺术，等等，怎么能够因为民国政府的最后败亡而抹杀民国的一切？民国是一个历史过程，从诞生到成长再到衰败，怎么可以由其结局否定此前的所有历史？

即使为了总结历史经验教训，也不能无视民国的存在。中国向来有后世修史的传统，1956年，国家制定十二年科学发展规划时，中华民国史研究被列入其中，然而，1957年的"反右"使规划搁浅，在接下来阶级斗争之弦越绷越紧的政治形势下，民国史研究没有人敢于问津。关于民国时期政治史、经济史、口述史等资料经过整理面世一批，但没有一种以"民国"冠名。1971年9月13日三叉戟折戟温都尔汗之后，"文革"狂潮呈现衰势。1972年，周恩来总理再次号召编写中华民国史，中国科学院近代史研究所成立了中华民国史研究室，开始启动研究与编写工作。但在"文革"后期，学术研究步履维艰。直到改革开放以来，才恢复了实事求是的优良传统，民国史研究逐渐步入正轨。① 史料的发

---

① 参照张宪文等：《中华民国史》第1卷，南京：南京大学出版社，2005年，"导论"，第2—5页。

掘、整理与出版，敏感问题的探索，均有可喜的成绩。在此基础上，张宪文等著《中华民国史》（4卷本）、李新担任总编的《中华民国史》（12卷本）①等代表性成果先后问世，引领读者走近民国史的真实。

比较而言，中国现代文学研究在民国文学的历史还原方面要落伍很远。人们已经习惯于在原来的思维框架中思考问题，怯于拓展新的学术视野。直到今天，还有人担心研究民国文学会不会有什么风险？历史已经走到21世纪，多少惨痛的教训才换来了新时期以来的改革开放，走回头路的可能固然并没有完全杜绝，但我们应该相信社会的进步、民族的良知、人民的觉醒，如果有谁再敢倒行逆施，很难得逞。民国文学史研究的指归，小则是要呈现真实的民国文学史风貌，丰富人们的历史认知，大则是要普及实事求是的历史主义精神，保障社会稳步前进。

以新民主主义观点、现代性或20世纪眼光来梳理与阐释文学史，自然各有所长，但是民国文学在民国的背景下诞生、成长，打上了深刻的民国烙印，表现了独特的民国风貌，而从20世纪50年代以来的学术史来看，从迄今出版的近600种现代文学史著作来看，回避民国文学概念，便无法揭示文学的民国基因，因而，很难准确地画出这一历史时期的中国文学全图，无法解释文学发展的复杂动因，也无法理解民国文学的多元内涵与艺术个性。

民国政治自始至终是一种多元化的政治。北洋政府时期，南北对峙自不必说，北洋政府内部派系林立，你方唱罢我登场，客观上给新文学提供了一个相当宽松的发展空间。1927年4月18日南京国民政府成立，到1937年卢沟桥事变，这期间不仅存在着尖锐的国共冲突，而且两党之外还有活跃的自由主义阵营、根基深广的民主主

---

① 李新总编：《中华民国史》（12卷16册），北京：中华书局，2011年。

义力量，国民党内部也有各种错综复杂的派系。全面抗战爆发之后，各派政治力量团结在民族统一战线的旗帜下共同抗日，但又各自保留着相对独立的空间，不仅有陕甘宁边区、新辟的敌后根据地与广义的国统区之别，而且在国统区内部，也有桂、粤、滇、晋等具有一定独立性的区域。这种多元化的政治是民国文学形成多样形态的重要原因。民国的法律，有其自身的缺陷，也存在着法律层面与实践层面的巨大反差，但作家的生活与创作还是有一定的法律保障。若不然，鲁迅怎么能够在对教育总长的诉讼中胜诉、恢复了被免去的教育部佥事职务？在他成为左翼作家之后，怎么能够躲得了牢狱之灾，继续他的著译事业？在"白色恐怖"之外，还有广阔的空间，于是，才会有色彩斑斓的民国文学。民国时期，尽管确有政治压迫与文化管制，但民国文学却能在错杂的空间中得以发展，不仅内蕴丰盈复杂，而且审美风格也是千姿百态。

民国文学应是民国时期文学的总称，就文体而言，不仅有五四文学革命开创的新文学，也有传统形式的旧体诗词、戏曲、文言小说、文言散文，还有介乎二者之间的改良体；就政治倾向而言，不仅有官方属意甚深而命途蹇涩的三民主义文学，官方倡导且得到广泛呼应的民族主义文学，也有左翼倡导的革命文学、左翼文学，还有"五四"以来脉息不绝的自由主义文学、民主主义文学；就创作方法而言，不仅有现实主义，也有浪漫主义、古典主义，还有形形色色的现代主义，以及各种方法的杂糅重构；就审美格调而言，有《凤凰涅槃》式的豪迈弘放，也有《义勇军进行曲》式的慷慨悲壮，还有《再别康桥》式的缠绵悱恻；从喜剧风格来看，有鲁迅浙东式的冷隽幽默，也有李劼人式的麻辣川味，有老舍杂糅着京味儿与英国风的月色幽默，还有张天翼式的湖南辛辣讽刺；就城乡文明倾向来看，有新感觉派式的斑驳陆离的都市色彩，也有沈从文式粗犷与清新交织的湘西风光，还有赵树理最为典型、叙事偏于传统的乡土通俗，等等。气象万千的文学风景，无论是其内蕴，还是其形式，都在民国的历史进程中形成，都与民国的机制息息相关，因而民国文学研究不是单纯的外部研究，而且含有审美机理的内部研究。

民国文学史研究还是刚刚起步，要做的工作有许多。我与李怡教授曾经交流过，我们都认为，一部成熟的文学史著作应该有扎实的研究作基础，与其现在匆匆忙忙地"凑"一部民国文学史，毋宁脚踏实地地考察民国文学与民国政治、经济、法律、战争、外交、民族、宗教、文化、教育、艺术、新闻出版、自然环境及灾变诸多方面的关联，考察文学所表现的民国风貌，考察民国文化生态对文学风格的影响（或曰民国文学审美建构不同于前后时代的特色），然后再进行民国文学史的整合性的叙述与分析。我们不去奢望将来关于20世纪上半叶的文学史叙述仅由民国文学史来承担，那样既无必要，也不可能，大一统式的构想本来就是与学术自由相背离的。但我们相信，民国文学史的叙述必定会在中国文学史的总体框架中占有不可或缺的一席之地。

我们的构想与努力有幸得到花城出版社乃至上级管理部门的认同与支持，"民国文学史论"第一辑六卷列入"'十二五'国家重点图书出版规划项目"与"国家出版基金项目"，于2014年出版，并在"国家出版基金项目"2015年绩效考评中获得"优秀项目"。丛书问世以来，有学者在海内外发表评论，予以积极的肯定。这对我们来说，无疑是巨大的鼓舞。民国文学话题也遇到一些质疑，但探索并未中止，视野与深度反而不断拓展，曾经一度持有尖锐意见的学者也加入了推进民国文学研究的队伍，这正是我们所希冀的良性学术生态。花城出版社张瑛副编审在成功策划了《民国文学史论》丛书第一辑之后，又积极策划第二辑、第三辑。如果说第一辑主要是在观念与宏观方面打下基础的话，那么，第二辑则较多在语言、审美品格、文学教育、经典作家、形象和刊物等典型个案等方面做出新的拓展，第二辑的问世将会进一步丰富读者对民国文学的认识。第二辑 11 卷同样被列入国家出版基金项目，感激自在不言之中！这无疑也增强了我们将民国文学研究不断引向深入的信心。

2018 年 8 月 19 日修订于上海

目 录

小　引 / 001
绪　论 / 003

第一编　1930年代朝鲜问题在《文艺月刊》中的表现

第一章　《文艺月刊》对朝鲜问题的选择 / 021
第二章　《文艺月刊》对朝鲜问题的表现 / 025

第二编　《文艺月刊》与"九一八"纪念

第一章　1931年《文艺月刊》对"九一八事变"的默哀 / 049
第二章　1932年《文艺月刊》对国联外交的支持 / 058
第三章　东北抗日义勇军肖像 / 071
第四章　中国留日学生"九一八"后抗日活动写真 / 081
第五章　1935年回归低调的"九一八"纪念 / 089
第六章　"九一八事变"在诗坛的反响 / 098
第七章　"九一八"周年前夜的创伤记忆 / 118
第八章　东北抗日报告文学的发生发展 / 131
第九章　东北抗日联军与关东军之军歌比较 / 153

第三编　《文艺月刊》关于淞沪会战的表现

第一章　淞沪会战之决战前夕 / 169
第二章　抗日硝烟里的中国空军 / 174
第三章　"空军文学"一瞥 / 189
第四章　淞沪会战之地面作战 / 200

第四编　《文艺月刊》对南京、徐州会战的反映

第一章　《文艺月刊》对南京会战之表现 / 215
第二章　《文艺月刊》对徐州会战、武汉会战的表现 / 226
第三章　日本士兵对战争的体验与书写 / 241
第四章　抗战文学关于日本俘虏的言说 / 254

第五编　《文艺月刊》对游击战的反映

第一章　游击战之民众基础 / 269
第二章　各战区之游击战 / 278
第三章　游击赞歌 / 293

第六编　绥远、西康等地抗战文艺

第一章　绥远的抗日斗争 / 303
第二章　从反英到抗日：抗战时期西康民族话语的表现 / 316

余论　记忆深处的中国文艺社 / 328
结　语 / 351
参考文献 / 354

小　引

　　民国定鼎，国家观念渐入人心，民族话语兴起，实有根基。到1930年，南京政府虽已完成形式上之统一，但民国依然举步维艰。且不提兄弟阋墙，晚清侵华之列强，此时仍旧盘踞不去，各怀算计。老牌帝国英吉利，自清末"假通商"，以鸦片敛财，炮舰之后，基督教随之挤进国门；民国后，英国"绅士"屡屡染指西藏，欲割土分疆。基督教随强权闯入已犯众怒，惊惧、愤懑兼之误会，国人视四方"游牧"之传教士与列强蛇鼠一窝，非基督教实乃反帝。不过，1930年代，中华民族最大危机出自东洋而非西洋。

　　侵华队伍中，日本为黑马，蕞尔岛国胃口惊人，取台湾，亡三韩，再图神州大陆。中朝同为弱小，唇亡齿寒，国人关注朝鲜，实出对中华命运之担忧。日本早将侵华纳入国策，此刻，先有万宝山事件挑拨中朝，紧接"九一八"侵占东北。日本狼子野心，非止于四省，为强化国难意识，时刻警惕日本，《文艺月刊》配合政府动向，推出"九一八"系列作品，刺激同胞勿忘国耻，重拾山河。日本必欲亡我，"七七事变"，侵略者挑起全面战争。为消耗日寇、争取时间，国民政府先后组织大型会战22次，正面战场，忠勇将士血流漂杵。家国危亡，不少文人凭借一颗赤子心，脱下长衫，换上戎装，到前线慰劳、采访乃至参战。作家饱蘸一腔爱国热血，舞动手中一只秃笔，记录抗战影像，鼓舞军民抵抗到底。《文艺月刊》对淞沪、南京、徐州、武汉等正面战场多有表现，我军奋勇、日寇凶残、军民协作、胜利之欢欣、挫败之悲壮，尽收笔底。正面战场血战，敌后游击斗智。国民政府布置之游击战，向来乏人问津，却并非无所作为。划分游击战区，调配作战部队，国民政府颇为重视，国军也于太行山、五台山、大别山等根据地消耗不少日伪。只是，相比于八路军、新四军的机动灵活，国民政府游击战略在所难及。

《文艺月刊》中的民族话语，体现了1930年代中华民族危机之深重，反映了知识群体捍卫民族国家的合理要求。1930年代民族话语的高涨，并非仅是对抗左翼的意气之争，它的发生、发展自有其深刻复杂的社会、历史根源。

绪 论

一、选题的意义

1930年8月19日,《民国日报·觉悟》的文坛消息一栏刊登了一则出版信息:"《文艺月刊》创刊号出版宣传已久之新兴文艺运动,渐由理论而近于实际;《文艺月刊》创刊号已于本月十五日出版,要目有……"这条出版信息位于《觉悟》版面的左下角,其所占篇幅狭小与本版"报屁股"上《火烧红莲寺》的影讯相当。风靡一时的"武侠巨片"终归沉寂,而伴随不起眼的文坛消息登上历史舞台的《文艺月刊》却坚持十一年之久、并在抗战的恶劣条件下转战三地①,于烽火硝烟中通过文艺的"达赖满"发出自己的声响。

友人笔下,王平陵对《文艺月刊》曾有如下回忆:"民国十九年,共产党宣传阶级斗争的'普鲁文艺',气焰嚣张",与之相对,"叶楚伧先生首先倡导'民族主义'的文艺运动,力图挽救颓风。我在他的指导下""创办大型文艺刊物——《文艺月刊》,每期十五万至廿万字,如遇'专号'及'特辑',常常扩大到三十至五十多万字;我从十九年创刊号起,担任总编辑,直到三十一年才辞去"②。同是1930年,《申报·书报介绍》栏目刊登了《文艺月刊》创刊的消息:"在普罗文学高唱入云的中国文坛上,的确的有许多观众是瞠目结舌了,他们好像在看着一台全武行的戏,打、喊、骂,夹着震耳的破锣声音",对抗左翼锣鼓的是"一个小小的达赖满"。敲锣打鼓的提倡武斗意在攫取"同

---

① 《文艺月刊》1930年8月首创于南京,1938年1月1日迁至汉口,同年8月16日再迁重庆,直至1941年11月终刊。
② 袁道宏:《王平陵之文艺生活》,《王平陵先生纪念集》,台湾:正中书局,1975年,第162—163页。

胞的血液",喇叭吹奏的同样是战歌但引领人们将枪口"瞄准压迫我们全民族的敌人"①,在介绍者眼中,那些"在黑暗中摸索着、为民族奋斗着的"执号而歌者才无疑符合时代的要求。时至1932年,民族主义文艺刊物《矛盾月刊》在讨论《文艺月刊》问题时,认为主要成员王平陵"从他历来的理论文字来观察,他是主张'民族主义文艺'的,他认为文艺根本就是一种工具,是一种武器,用这工具与武器来唤醒大众的民族意识,乃是眼前必要的工作,且不容有丝毫怀疑之存在"②。王平陵与国民政府不乏联系③,《书报介绍》的宣传方向掌控在同样拥有官方身份的朱应鹏手中,他们针对左翼的敌对态度并不新鲜,重点在于当事人的回忆与同盟军的鼓吹均反映出《文艺月刊》自筹备、诞生之时就已经具备了民族主义的"基因"。

得到《民国日报》与《申报》两份重要报纸鼓吹的《文艺月刊》属于中国文艺社,"中国文艺社,这是一个创办得最早而且规模也最大的文艺社团,成立时期大概是1930年的七月间。其组织的系统与经济之来源,完全和国民党中央宣传部有直接的关系"。"中国文艺社的组成分子,其比较最重要而又为一般所注目的是:王平陵,左恭,钟天心,缪崇群等四人。"④ 也有人说"中国文艺社成立于北伐战争之后,是南京中央大学几位教授与王平陵、华林等组建的。1929年三民主义文艺政策制定、三民主义文艺口号提出,他就是成为这政策的执行者、这口号的营销店。"⑤ 两种说法都透露出中国文艺社的官方背景。与国民党中央宣传部的统属关系似乎给《文艺月刊》贴上三民主义文艺的标签⑥,而在有关此刊性质的表述中,王平陵与其友人的追忆更多提到"民

---

① 终一:《文艺月刊》,《申报·书报介绍》1930年9月15日。(缪崇群有笔名"终一",结合其与《中央日报》《文艺月刊》的密切关系,此《书报介绍》中的终一极有可能就是缪崇群。)
② 辛予:《一九三一年南京文坛总结算(上)》,《矛盾月刊》1932年第2期。
③ 1935年王平陵出任中宣部下属"全国报纸副刊及社论指导室"主任,其1964年逝世时由蒋经国任治丧委员会主任委员高调至祭。
④ 辛予:《一九三一年南京文坛总结算(上)》,《矛盾月刊》1932年第2期。
⑤ 张大明:《主潮的那一面——三民主义文艺与民族主义文艺》,北京:中国社会科学出版社,2010年,第59页。
⑥ 倪伟曾举例朱应鹏就认为"中国文艺社"提倡的是三民主义文学。倪伟:《"民族"想象与国家统制——1928—1949年南京政府的文艺政策及文学运动》,上海:上海教育出版社,2003年,第67页。

族文艺"①。即便当时国民党中宣部提倡的三民主义文艺与其"中央组织部"陈氏兄弟的铁杆民族主义文艺有所分歧②,但通过文艺发扬民族精神、唤起民族意识却属二者一致之处,因此《文艺月刊》不论被戴上哪顶帽子,民族主义自然都会是其题中之意。

"达赖满"第一次发出的声音有"跑调"之嫌。激情澎湃的创刊词绝非无懈可击,针对左翼文学宣扬的阶级论,它强调"一切古往今来的文艺创作家"不是"为着某一个阶级,而写作文艺","决不会渗入了故意和不自然的成分,默认自己为一个阶级而创作文艺,是拥护某一阶级的忠仆"。"文艺家并不存心代表任何阶级来说话"。与之相对,在中国文艺社同人的理解中:

> 文艺是人性自发的最天真的冲动,为愉快而创造,因创造而愉快。文艺家是时代的预言者,是灵魂的冒险者,他具有纯洁无瑕的热忱,超越一切的敏锐的感觉,透视一切的犀利的目光,热烈的丰富的情绪和想象;他能深刻的了解自己的痛苦,同时又最沉挚的怜悯社会的沉沦;他有希求社会向上的一颗热烈的心,但是,他没有实行决斗牺牲的强毅的力;他能很清楚的看透了"现在",最明显的预测了"将来",但是,他对现在只是写出了一篇供状,对将来仅仅流露出一个期望。当一个社会的悲观面,阴褐层还在朦胧的时候,文艺家已经感到异常不安了;当无量数的民众,被蛊惑于撒旦的欺骗而不自觉,文艺家早就吹奏着阔大的号音惊醒了人们的迷梦了;当人们憔悴呻吟于暴君污吏的虐政之下,文艺家已代表许许多多被灾难的同伴们,放声嚎哭了;当人们正在绝望颠沛,怅惘于无边的恐惧时,文艺家又替人们举起了智慧的火炬,推开了禁锢的隔膜,预示着人道的曙光。③

文艺家"开始创作的时候,就决不会顾虑到后来的批评家,要把他们的作品,不惮烦地染上了红的绿的颜色,归入哪一类,哪一派,哪一个问题,哪一个时

---

① 对此,绿蒂、李德安、袁道宏等人的纪念文章屡有提及,详见《王平陵先生纪念集》。

② 思扬1931年9月13日发表在《文学导报》第1卷第4期的《南京通讯》着重强调了国民党中央宣部与中组部在此问题上的矛盾。倪伟则认为对此矛盾左联看法有夸大之处,详见倪伟:《"民族"想象与国家统制——1928—1949年南京政府的文艺政策及文学运动》,第68页。

③ 本社同人:《达赖满DYNAMO的声音》,引自《文艺月刊》1930年第1卷第1号。

代","一切都是听之于自然罢了,决不会掺入了故意和不自然的成分"①。创刊词驳斥了左翼文学以阶级论主宰一切的强势话语,认为文艺应是作家自然而然的表现,突出作家的主体性。授人以柄之处就在这里,"一方面它强调文艺不能屈服于任何外在的目的,尤其是不能充当阶级斗争的工具,因而极力声称文艺只能是文艺家个人真实人性的自然表现;但在另一方面,民族主义的论述本身又规定文艺不能仅仅是个人情性的宣泄,它要求文艺必须致力于创建一个想象的共同体"。"既要用文学的个人主体论打击文学的阶级论,同时又要把这种主体论统摄到民族主义的论述之中","虽然表面上肯定了主体的作用,但是对主体的抽象设定却在实质上抽空了主体"②。

看似悖论实则折射出《文艺月刊》自始就孕育的复杂性。30年代初左翼文学话语生机勃发,国民党"中宣部"支持下的《文艺月刊》在此时问世自然包含对抗左翼争夺话语权的目的。1931年,朱应鹏在回答记者关于民族主义文艺运动的问题时有如下说法:"所谓党的文艺政策,又是由于共产党有文艺政策而来的;假如共产党没有文艺政策,国民党也许没有文艺政策"③。"以往论者均将这段话作为具有官方背景的民族主义文艺运动的兴起是针对左联成立而匆忙拼凑出来的铁证",但"朱应鹏的言论与其说是在强调官方文化统治的必要性,不如说是在表达某种无奈"④。实际上,《文艺月刊》同人也未将大量精力消耗在对左翼文学的攻击上。除去创刊词,算得上批评文章的也只有王平陵《会见谢寿康先生的一点钟》(创刊号)、缪崇群《亭子间的话》、徐子(左恭)《鲁迅先生》(第一卷第二号)、克川《十年来的中国文坛》(第一卷第三号)。相对于《文艺月刊》每期15万~17万字前后多达125期的巨大容量来说,这些正面进攻的声响实在微乎其微。

应对左翼文学,是民族主义文艺出现的推手,但并不是唯一的原因。民族国家话语并非1930年代突然出现的产物,"中国文学的爱国主义传统源远流长,随着国家形态的嬗变而传承演进。鸦片战争以来,在列强侵凌的逼促下,文学中表现出鲜明的国家话语,辛亥革命以后,更是具备了现代色彩。五四时期,文学中的国家话语并没有因为个性高张而中止,而是随着五四爱国运动以

---

① 本社同人:《达赖满DYNAMO的声音》,《文艺月刊》1930年第1卷第1号。
② 倪伟:《"民族"想象与国家统制——1928—1949年南京政府的文艺政策及文学运动》,第69—70页。
③ 《朱应鹏氏的民族主义文学谈》,《文艺新闻》,1931年3月23日。
④ 冷川:《民族主义的窄化:从时代精神到文艺政策》,《中国社会科学院文学研究所学刊》,北京:中国社会科学出版社,2009年,第311页。

及五卅惨案、'三·一八惨案'等事件的发生,有了新的进展,呈现出丰富多彩的形态"①。1920年代末至1930年代初,中国夹在列强中艰难求生的形势并没有因国民党政府在南京定都而焕然一新。东亚近邻日本在民国四年就提出了灭亡中国的"二十一条",此后济南惨案、皇姑屯事件、关东军在中国东北地区的战地踏查、万宝山惨案等一系列事件都表明日本吞并中国的险恶用心日趋明朗化,笼罩在中国上空的灭亡阴云愈积愈厚,风暴随时降临。《文艺月刊》带有民族主义色彩更重要的原因是民族生存空间进一步恶化,这也是部分精英知识分子面临内忧外患时的一种自然选择。

民族主义文艺运动旗帜——锋芒逼人的《民族主义文艺运动宣言》在《前锋周报》《开展》《前锋月刊》等民族主义文艺运动铁杆儿拥趸中反复亮相,同为"战友"的《文艺月刊》却无动于衷,文艺社同人没有采用前锋阵营如此霸气外露的战术而是呈现出相对独立、温和的姿态。《文艺月刊》日后的发展表明,刊物的"性情"与走向并不与激进的民族主义文艺运动之精神完全契合。"《文艺月刊》出版后,主编者以比较老成的态度从事,竭力拉拢文坛上三四流的'中间份子'作家;首先一筋斗跪上去的是被胡圣人与徐诗哲提拔的沈从文,其次是灭亡的安那其的巴金;写性史的金满成在前数期还发表作品,后来是被扔开了。"②老成的编辑态度与"中间份子"的参与都使得刊物收敛锋芒减少树敌广结人缘。"在南京所有的定期刊物之中,《文艺月刊》的内容是应该站在第一位的。从每期的目录里边,我们看以看见随处堆满着那些为一般读者所熟谙的大家的作品。"原因之一就是"《文艺月刊》那种模棱灰暗的态度,尚可以使一些老成持重的大家不致有左右为难的痛苦"。对此,民族主义文艺阵营中的盟友颇有微词,"我们对于这本内容丰富的刊物,却又不能不有所非难","试翻遍十多期的《文艺月刊》,几乎找不出几篇是他们社员的作品,这现象,若非编辑者之过分崇拜偶像,则一定是刊物本身之侧重于商业化。然而,以一本同人杂志而如果染上了这两种倾向之一,也已经是很可怕的病态了。"中国文艺社"卒因思想之没落,态度之模棱的缘故,给予大众的一切实在是太少了"③。其实,某种主义的激进拥护者往往因其过激的言行使人望而生畏。在非黑即白的话语声中,《文艺月刊》尽管拥有政府背景却能为一

---

① 秦弓:《关于五四文学的"国家"话语问题》,《天津社会科学》2010年第4期。
② 思扬:《南京通讯——三民主义的与民族主义的文学社团及刊物》,《文学导报》1931年第1卷第4期。
③ 辛予:《一九三一年南京文坛总结算(上)》,《矛盾月刊》1932年第2期。

大批"老成持重"的作家提供适宜活动的舞台，也借此吸引更多的读者使刊物持久生存，于不露声色之中发出自己的声音。

　　由此看来，创刊词对文艺是作家自然表现的强调并不只是冠冕堂皇的高论，其中似乎包含了文艺社同人的微妙态度。王平陵创办《文艺月刊》经过国民党"中宣部部长"叶楚伧的"指导"，缪崇群与王平陵一样编辑过南京政府的喉舌——《中央日报》，左恭曾任中国国民党中央宣传部总干事①，钟天心也供职于立法院②。与官方如此密切的关系，使得他们对左翼文学与民族主义文艺的态度不会与政府完全背道而驰。但自始至终《文艺月刊》甚少激烈的言辞也少有对某种主义的阐发，刊发内容中占绝对多数还是文艺作品，大致有：学术性质的文章如《乐曲创作之要点》《现代美国文学之趋势》等；趣味性浓厚的如《门外汉》《死去的火星》等滑稽戏剧与科幻小说；魏尔伦、钟天心等人体味爱情、亲情的诗歌；《月亮上升》《摸索》等鼓动民气的翻译与创作；《决绝》《爱》等反映国民党青年生活的作品；表现"九一八""一·二八"等抗日战事的《期待》《洒鞋》等创作。抗战全面爆发之前，《文艺月刊》的作者队伍庞大到有近二百人，包括巴金、臧克家、何其芳、王鲁彦等进步人士，也"拉拢"了沈从文、戴望舒、施蛰存、李金发、钟宪民、王家棫等一大批"中间份子"。从参与作家身份与发表作品的性质反观，《文艺月刊》及其编撰群体大致显示出如下特点：左翼文学与激进的民族主义文艺都含有将作家完全视为留声机的工具论倾向，对文艺的执着使"中间份子"对两方看法均有所保留；列强步步紧逼国际形势紧张，爱国知识分子关心民族生存认同国家立场提倡民族主义；认同不等同于对官方完全附和，即使强敌环伺也不应强迫所有声音一致，所以他们并不欣赏如前锋社般的激进姿态。同时，社会积弊丛生使作家对政府时有批评但不像左翼一样要将其推翻。大批知识分子在来自"左""右"的尖锐攻伐声中调整步伐艰难前行，历史就是这样复杂。

　　《文艺月刊》内容丰富，创刊初期曾从多角度言说民族主义。1930年3月2日中国左翼作家联盟成立，"群集上海的""国民党文人也在紧锣密鼓地筹组一个文学社团，以对抗刚刚成立不久的中国左翼作家联盟。1930年6月1日，一群自称为'中国民族主义文艺运动者'的文人在上海集结，宣告成立上海

---

　　① 胡风回忆，左恭曾供职于中山文化教育馆，"后来冯雪峰告诉我他是隐蔽的共产党员"。《胡风回忆录》，北京：人民文学出版社，1997年，第31页。

　　② 关于这几位编者的履历可参考张大明：《主潮的那一面——三民主义文艺与民族主义文艺》，第96—97页。

'前锋社',并发表了《民族主义文艺运动宣言》,正式提倡民族主义文艺"①。以言辞尖刻著称的《前锋周报》于 1930 年 6 月 22 日面世,6 月 29 日第二期刊载《民族主义文艺运动宣言》,攻击左翼并阐发民族主义文艺理论。1930 年 8 月 8 日《开展》创刊同样刊载《民族主义文艺运动宣言》,挞伐普罗文学,高调加入前锋阵营。在这种氛围之下,同样具有官方背景的《文艺月刊》创刊。创刊词以人性论反驳普罗阶级论,并抓住左翼与苏联的密切关系进行攻击:

> 我们决不应该丧心病狂,把金卢布掩盖了天真洁白的人格,不惜发掘自己的坟茔,把自己几千年来,一大段民族的光荣史,轻轻地撕去,反而崇奉宰杀自己兄弟姊妹们的毒蛇猛兽,让他们高踞在宝座之上。自己本来快要从白色帝国主义的铁蹄下解放出来了,又来苦心孤诣造成一个变本加厉的赤色帝国主义者,让他们拥尽世界上所有的财富,握尽人类间所有的权威,享尽社会上一切的幸福,而自己和自己的弟兄们,一个个都被践踏在地狱的底层,听他们如牛马一般地役使,当猪羊一般地宰。

在文艺社同人眼中,苏联比之其他列强有过之而无不及,抛开在朝与"在野"的私人恩怨,从苏联对其在中国东北的一系列权益的态度上看,这段文字并非仅是栽赃与辱骂。此时,《文艺月刊》对民族主义的宣扬与对左翼的攻击缠绕在一起,在第一卷第二号《通讯》一文中借攻击苏联而批判左翼的情形再次出现:

> 但你须警戒,那些一面"臣该万死,万万死"似地,双膝跪在赤色帝国主义者的宝座下,拼命歌功颂德;一面又惺惺作态,对着劳苦的群众,装着"猫哭耗子"一般的大慈大悲的卢布先生们,是无论如何不会轻易放你过去的。我想,他们有一天,有一刻,果然飞黄腾达,大得民心之后,你我无疑的,定会被他们提高到贵族阶级,或者皇帝阶级,流戍到西伯利亚去。

1927 年后国民政府与苏联交恶是不争的事实,中东路事件我民族利益受损,这足以令政府与国人蒙羞,左翼不计代价维护苏联的立场必然成为民族主义文

---

① 倪伟:《"民族"想象与国家统制——1928—1949 年南京政府的文艺政策及文学运动》,第 51 页。

艺阵营的话柄。

《文艺月刊》并非只是借民族主义作为攻击左翼的幌子，刊物强烈的民族意识在许多方面得到体现。自创刊至1930年12月，短短几个月时间，《文艺月刊》刊登翻译小说13篇，包括弱小民族作品6篇，比重占翻译作品半数，其中保加利亚3篇，南斯拉夫、瑞典、希腊各1篇，此外还有爱尔兰格里高利夫人表现民族解放运动的戏剧《月亮上升》1篇。编者在创刊号《最后一页》中讲到：

> 本刊所刊载的《环戏的一员》，系钟宪民先生根据世界语译出。系弱小民族不可多得的代表作。我们要了解弱小民族被压迫的厄运和艰辛，以同在暴风雨里拼命挣扎的同伴们，对钟先生的这篇译稿，尤当怎样的重视啊！

钟宪民在译者序言中明确表达了借文艺激励国人以促成民族自强的用心：

> 弱小民族的文学，向为人们所不注意的，然而在他们文学的园地里也有美丽的花卉；更可注意者，它们的文学作品，比诸强大国家的，更为真诚，含有更深刻的意义；民族的精神，民族的呼声，也在它们的文学中表现得更为伟大而动人。例如，波兰的密克委兹，便是表现民族精神最伟大的作家，波兰的复兴，不能说是与文学无关的。但可惜弱小民族的文学作品，译成他国文字者，比强大国家的少得多。我们中国文坛上介绍的世界文学作品，多是几个强国的；弱小民族文学，竟为人民所藐视，这是不应该的。在文学的园地里，国界是没有的，弱小民族自应有它们的地位。我们中国，更应该靠文学的媒介，认识弱小民族的民族性和生活状况，然后可以和她们联合起来，共同努力于谋世界大同的伟业。因此，我想多介绍些弱小民族的文学作品，俾使国内文学者对于弱小民族的文学，发生兴趣，在以文学表现民族精神这一点上，和她们共同努力，完成文学的一种使命。

弱小民族文艺作品的翻译五四时期已经出现，《文艺月刊》倚重翻译文学宣扬民族主义可谓"有迹可循"。刊物草创，在稿源上也许需要翻译作品支撑门面，但题材的选择却足以反映出编者振兴民族的强烈愿望。

作为民族意识觉醒的表现之一，反帝不只是政治口号，它体现于现实生活各个方面。1930年6月1日是个星期日,但周末并不轻松,《申报·商业新闻》短短一条消息预示着国民经济的巨大波动:"金价冲出四十四两最高峰四十四两九钱两日间狂腾十一两二今明日金交休业两天停刊日金价大涨,五月三十日因逢惨案纪念,本报休刊一天,所有标金状况竟有十三两之曲折,惟潜伏高峰,已冲出五百四十两大关,诚二十四史以来未有之。"《文艺月刊》在创刊号中就推出金满成《金的价格》,其指向性一目了然:

> 从十九年六月份起,标金的价格,曾飞涨到六百两以外过;后来的几天,虽然低过二三十两,然而与从前的金价比起来,最少也增了五分之二。于是一般实行金本位币制的国家,如美国,英国,法国,德国,日本,最近的印度等,因为他们输出的货品,都是以金本位定价的,所以金价高货品便高了;从前三元买得到手的,现在非五元不行了。其所以如此吃亏的原因,是因为中国的币制是以银为单位;金价高了,银价不消说是低了,经济上所谓"外汇"的现象,真是一落千丈,惨不可言。
>
> 于是中国人全体恐慌了,这恐慌叫做(作)金贵银贱的恐慌,如果不设法救济,中国大部分的工商业都非破产不可。因为事实上,中国各工厂所用的机器和许多自己没有的原料,无一不是仰给于外人;如果因了金贵而买不起这所需要的东西,工厂必会关门,商业更不用说了。
>
> 一切的办法都是无效的,因为根本的原因是帝国主义者垄断了中国的各大商场;金价的涨缩,就是直接操纵在他们的手里,至少是间接操纵他们手里。尤其痛心的,是中国的工业不发达,简单的机械,也非购用帝国主义者不可。同时租界内能通商自由,帝国主义者可以任意推销他的丰富的出产,可以任意购买我们宝贵的原料;总之,以租界作了根据地的各大强国,是任意可以吸取我们的膏血了。①

直观地说明之后,金满成用形象的故事加以诠释,表现帝国主义对金价之操纵及对我国之危害,反帝呼声贯穿始终。经济是社会生活的重要内容,倘金融命脉握于他人之手,我民族必为鱼肉,在此,帝国主义经济侵略取代阶级剥削成为国困民穷的一种解释。经济命题之外,《文艺月刊》还关注了基督教来华之是非。列强与晚清所订不平等条约或有宗教条款,无论宗教教义如何,其与强权政治之关联必伤害我民族感情,对基督教及其中国教众等问题的探讨不论褒

---

① 金满成:《金的价格》,《文艺月刊》1930年创刊号,第19—20页。

贬都牵涉民族话语，帝国主义枪炮声中，我民族身份日显清晰。

1930年代至1940年代初，国际国内形势由纷繁渐趋明朗，日本对中国的侵略由遮遮掩掩的蚕食终至发动全面侵华战争；列强对日态度由压制中国对日让步到忍无可忍结盟反法西斯；中国与列强不断博弈，有拉拢有强硬并逐渐形成反法西斯同盟集中力量抗击日本侵略。中国国内，国民党内外各方政治力量不断角逐、整合，最终国共携手枪口对外形成抗日民族统一战线。据此形势变化，《文艺月刊》的反帝声响演变为抗日号角。抗战全面爆发前，《文艺月刊》重视"九一八""一·二八"等侵华事变，揭露日本野心，为民族危机预警。"七七事变"后，《文艺月刊》更将精力集中于鼓舞军民坚持抗战。此时，对刊物主编王平陵，胡风评论道："和他打交道有一个省力处：他糊涂，无论什么问题，只要不是明显地反对国民党的，一说服他就会表示同意和敬佩；国民党有什么不利于团结的企图，我们一批驳他也就马上撤销了。"① 红色作家眼中的"糊涂"，或许能解释王平陵手中刊物的包容性。《文艺月刊》创刊之初即强调文学性，政治色彩淡薄，因而作家群体庞大，作品内容多样；抗战时期，刊物尽力绕开国共分歧，王平陵还积极促成中华全国文艺界抗敌协会，凝聚作家"为这神圣的战争而效劳"②，将焦点对准民族浩劫，表现国民苦难，描写正面战场与敌后战场，全力记录这场民族对决。战争中，出于对祖国的热爱与忠诚，无数中华儿女挺身而出以生命捍卫民族尊严，他们抛洒热血守护的首先是民族、家园，毕竟，民族危亡，党派之争对普通民众来说已不那么重要。王平陵等编纂同人与国民政府关系融洽，但他们始终是文人学者而非政客，《文艺月刊》对当局没有言辞激切的指责批判，同样力避毫无判断的随声附和，刊物以相对独立的姿态言说社会、人生，记录民族的挣扎、奋起，那些因卫国而舍生的万千同胞，在此也得到祭奠。

历史复杂，文坛声音也不止一种。1930年3月2日，中国左翼作家联盟成立，普罗文学势力不断壮大。但由于国共意识形态差异，加之部分作家对以阶级论为指导的文学创作模式持保留态度，左翼的发展受到限制。左翼30年代创办的刊物如《萌芽》《拓荒者》《巴尔底山》《文学导报》等由于种种制约存在不过一年，影响了其在文坛上的成绩。20世纪30年代，列强尤其是日本对我国采取了一系列的侵略活动致使我民族危机加剧。国民党政府定都南京后，党内派系斗争频繁激烈，军事冲突时有发生，冲击了政局稳定性。国民政

---

① 胡风：《胡风回忆录》，1997年，第94页。
② 《发刊词》，《文艺月刊·战时特刊》1937年第1卷第1期。

府有改善形象树立权威的要求，更兼之民族危亡、左翼话语强势，诸多条件助澜之下民族情绪高涨，民族主义文艺运动趁势而起。最初诞生的"前锋"阵营针对左翼文艺态度强硬，文艺工具化色彩较强。稍后成立的中国文艺社同人创办《文艺月刊》，虽对普罗文学不满但姿态远较"前锋"和缓。主编王平陵学者身份胜于其政府背景，刊物在他主持之下态度温和。《文艺月刊》注重文艺性，刊发大量文学作品，它鼓吹民族主义但并未借此一统文坛，极少参加论战、标榜某种主义。刊物以其温和的姿态吸引了大批对左翼及激进民族主义者持保留意见的作家，他们重视作家个性，对官方亦有批评，在民族危机面前认同国家立场。在编辑、作者、读者及政府等各方支持下，《文艺月刊》站稳脚跟，虽经历炮火但前后仍坚持11年。刊物中的作品保留了1930年代至1940年代初政治、经济、文化等社会生活各方面信息，反映了"九一八""一·二八"及全面抗战等重大历史事件，为我们了解当时的社会状况提供了足资借鉴的珍贵资料。海量的内容里，民族话语贯穿刊物始终，言说30年代的风风雨雨，是文坛中一股不可忽视的力量。随着大陆两岸关系的缓和，《文艺月刊》以其创作实绩应当受到全面的考察与评价。

二、研究思路与方法

中华民国自成立以来步履蹒跚，但还是在政治、经济、文化等各方面做出不少成绩。仅就南京政府存在的22年来看，"尽管其间曾有大动干戈的派系斗争，……个人独裁趋势逐渐加剧，最后政治严重腐败，民主共和功能变质，因而理所当然地被新中国取而代之；但是，不能否认，在长达22年的历史进程中，南京政府对于中国的进步也并非无所作为"①。截至1930年代上半期，中国的政治、经济、文化等事业都有了长足的发展，这就为现代文学的成长提供了动力。《文艺月刊》贯穿1930年代，对此时期民国社会的方方面面都有生动表现。政治层面，《文艺月刊》同人提倡民族话语冷却阶级矛盾，但并不回避民生疾苦，态度客观；刊物也关注经济生活，抨击外国资本控制中国金融命脉，批评军阀混战导致市场萧条；文艺方面，刊物聚焦文学发展，对音乐、美术等也有涉及。民国历史、社会的变迁，在《文艺月刊》这面镜子中显露出丰富的面相。

近代以来，中国屡遭外敌重创，进入民国，外患频仍。五卅惨案、济南惨

---

① 秦弓：《现代文学的历史还原与民国史视角》，《湖南社会科学》2010年第1期。

案、中东路事件、"九一八事变"、淞沪抗战等接二连三,外人肆意践踏中国主权。民族危机刺激民族话语蜂起,现代文学对国难予以密切关注,相关作品迭出。以《文艺月刊》为例,万宝山事件、"九一八事变""一·二八事变"、伪满洲国成立、长城抗战等敏感事件或作为主题或列为背景,均在刊物中展现,除此,像丁丁、姚苏凤等一批热血青年的"九一八"诗歌,张恨水通俗小说《太平花》及各地出现的抗日戏剧等均将矛头指向民族危机,亡国无日,表现民族话语已经成为爱国作家的主动选择。但是,"现代文学研究对此缺少足够的关注",出现了诸如"历史叙述不准确""曲解或遮蔽"① 等种种问题。如此怪象何以出现?"一个很重要的原因就在于不是从历史出发,而是先入为主地以某种概念去剪裁与评断。譬如,当人们要用新民主主义理论来烛照文学史之时,排斥非新民主主义的成分自不必说,就连本来属于新民主主义革命力量、但并非处于核心地位的成分也加以排斥,过分夸大1930年代左翼文学的权重,夸大《在延安文艺座谈会上的讲话》对国统区的影响"②。

民国文坛并非阶级话语一统天下,执着于文艺的作家也不止左翼人士。伴随国势危殆,民族话语日渐响亮。清末,中国遭人瓜分,"俄罗斯,自北方,包我三面;英吉利,假通商,毒计中藏;法兰西,占广州,窥伺黔桂;德意志,胶州领,虎视东方;新日本,取台湾,再图福建,美利坚,也想要,割土分疆",中华"奄奄将绝"③。民国草创,国家飘摇依旧,列强继续盘踞中华,为攫取更多利益不断窥伺、试探;见微知著,爱国知识分子时刻警惕奋力振响警钟。当年"取台湾""图福建"的"新日本"此时早已吞并三韩,并欲以中国台湾及朝鲜为跳板鲸吞中华。聚焦朝鲜提防日本,事关我民族生死,北洋、南京政府均曾因朝鲜问题与日本引发交涉。1931年,日本借朝鲜侨民挑起万宝山事件,制造侵华舆论,两个月后,日本再次造谣生事直接出兵东北,"九一八事变"爆发,中日关系陡然紧张。

自民国初立至"九一八",列强在华试图维持均势,日本未能坐大,由此,中日虽屡生摩擦却未公然刀兵相见。在此期间,侵华势力不止日本一家,英、法乃至苏联均有既得利益。尤其英国,曾为侵华先锋,晚清时期,英、法以炮舰"护航"将鸦片塞给中国,"物质馈赠"外还有"精神盛宴",基督教亦随

---

① 秦弓:《现代文学的历史还原与民国史视角》,《湖南社会科学》2010年第1期。
② 秦弓:《三论现代文学与民国史视角》,《文艺争鸣》2012年第1期。
③ 陈天华:《猛回头》,《陈天华集》,刘晴波、彭国兴编校,长沙:湖南人民出版社,1982年,第35、36页。

枪炮来华。救赎世人的教诲，背后却有强权阴影，国人侧目在所难免。除割占香港，英人还长期觊觎西藏，甚至出兵支持叛乱。民国历任政府或因国家孱弱力有不逮，但均坚持中国对西藏的主权，中英之间时见龃龉。宣扬民族话语的《文艺月刊》，承接1920年代反帝声浪中非宗教运动余绪，借讽刺高傲的传教士，敲打英人野心，但鉴于中日矛盾逐步上升的国际形势，刊物对英国侵华恶行点而不破。"九一八事变"后，日本亡我之心愈甚，加快侵略脚步，开始在侵华行列中"一枝独秀"。为警醒国人保持国难意识、防范日本，《文艺月刊》自1931年起，大致在每年9月、10月份推出"九一八"纪念作品，这些作品均以"九一八"为背景描写中日两国民众反应，其抗日声音随国内外形势变化，由隐忍渐至高亢，直至抗战全面爆发。

"七七事变"后，全民族投入生死之战。在国民政府领导的正面战场上，国民革命军三军将士浴血抗战，参加大型会战22次，以伤亡300多万人的巨大代价，消耗日伪军285万人，与中共组织的敌后战场一同为抗战胜利做出巨大贡献。然而，有些文学史著作在谈到正面战场时，往往一笔带过，"要提及也是对部队军阀作风、军纪废弛、作战溃败的愤懑与抨击"①。正面战场有阴暗面，更有爱国将士的视死如归、前仆后继，"文学以新闻似的敏感追踪前线的战况与战局的发展，如实地表现出战争的惨烈，让人为之震撼，在血与火的交迸中热情讴歌抗战将士的爱国情怀与牺牲精神，表现正面战场的广阔场景与各个侧面"②。《文艺月刊》同人于抗战期间"改出半月刊，全部刊载抗日爱国的作品，特别注意描写前线战斗的报告文学"③，其中涉及各兵种之英勇战斗、伤残军人救助、战地孤儿收容、战时民众教育、战区宣传策略及战争中民众生活等多个方面，战时中国社会生活的面影由此显露一斑。在《文艺月刊》刻录的纷繁影像里，淞沪、南京、徐州、武汉等几次会战的厮杀声至今震颤人心，爱国将士的鲜血从未冷却，硝烟弥漫中，英勇的中华儿女慷慨捐躯用生命捍卫民族尊严，借参加台儿庄战役的原27师师长仵德厚老人一句话：中华民族有这样的儿女，中国亡不了！

正面战场，将士奋不顾身，敌后游击，也有国军身影。国民政府在抗战初期就曾制定游击战略，相持阶段后，对游击战愈加重视，大量正规军部署敌后牵制日寇。遗憾的是，国民政府为防范民众武装，主要依靠正规军作战，游击

---

① 秦弓：《三论现代文学与民国史视角》，《文艺争鸣》2012年第1期。
② 同上。
③ 袁道宏：《王平陵之文艺生活》，《王平陵先生纪念集》，第164页。

策略僵化，动作不够灵活，部队易被敌人各个击破，游击效力有限。尽管如此，仍有大批将士在敌后战场献出生命，今天，借助《文艺月刊》我们得以走近那段峥嵘岁月。

伴随时代进步，我们逐步正视民国往事，缅怀挽救家国危亡的先烈。本文引入民国史视角，采取历史还原、比较研究与文本细读等方式，以《文艺月刊》为主，参照同时期相关刊物，通过作品分析，就朝鲜问题、基督教来华、"九一八事变"、全面抗战、敌后游击等几个在1930年代相对突出的社会、历史热点进行讨论，在保家卫国的呐喊声中勾勒中华民族反抗侵略争取自由的时代烟云。

三、以往研究成果

由于刊物的官方背景及左翼对民族主义文艺运动的否定性评价，在现代文学研究中，《文艺月刊》少人问津，国内学界对其关注较少，未发现以此为题的研究专著。在相关研究中，倪伟《"民族"想象与国家统制——1928—1948年南京政府的文艺政策及文学运动》（上海教育出版社，2003年）在第二章第二节"南京：'中国文艺社'·《开展》·《流露》"中，对中国文艺社基本情况作了介绍，对《文艺月刊》创刊词及第一卷攻击左翼的三篇文章及沈从文的两篇批评文字作了分析，评价不高，对刊物大量的文学作品没有涉及。张大明《主潮的那一面——三民主义文艺与民族主义文艺》（中国社会科学出版社，2010年），在"三民主义文艺"标题下将"中国文艺社"、《文艺月刊》列为专节，介绍了中国文艺社的基本组成情况，对《文艺月刊》的"作者队伍""特辑和专号""编者及其创作"等情况进行了整理，没有涉及文学作品分析。另外，段从学的《"文协"与抗战时期文艺运动》[①]也值得特别注意。该书虽未涉及《文艺月刊》的具体内容，但却详细考证、论述了以王平陵为首的中国文艺社在组织中华全国文艺界抗敌协会过程中的作用与功绩。"综合从最初的倡议到正式成立的历史过程来看，组织'文协'的工作始终得到了国民政府有关党政部门的积极支持，以王平陵为首的中国文艺社成员则承担了大量的事务性工作，在'文协'的成立过程中发挥了关键作用。"[②]通过细密的辨析，段氏还原了王平陵及中国文艺社在抗战初期组织、团结全国作家成立"文协"这

---

① 段从学：《"文协"与抗战时期文艺运动》，北京：北京大学出版社，2012年。
② 同上，第62页。

一工作中的角色,并对其工作予以了客观的评价,借助这一论断,中国文艺社同人在抗战全面爆发后的活动也可见一斑。同时,段氏还指出,"文协"成立后,"一直和国民政府有关党政机构保持着密切合作的关系,'中宣部'、教育部和政治部等党政机构为'文协'提供日常活动经费,而'文协'则积极承担有关党政部门委托的抗战文化宣传工作"①。如是,"文协"的这一性质,对我们认识、理解中国文艺社的官方色彩、背景是否也具有一定的启发意义?论文方面,古远清的《为右翼文运鞠躬尽瘁的王平陵——从南京到重庆的文艺斗士》(《涪陵师范学院学报》2002年4期)比较详细地介绍了王平陵在"民族主义文艺运动"、中华全国文艺界抗敌协会及抗战胜利初期的主要活动并给予肯定。论文还介绍了王平陵去台后的主要活动,展示了这位作家贫寒清苦的后半生。钱振纲的《民族主义文艺运动社团与报刊考辨》(《新文学史料》2003年2期)认为中国文艺社与《文艺月刊》虽然支持民族主义文艺运动,但还是"非民族主义文艺的右派社团和报刊",与民族主义文艺同属于"国民党右翼文艺阵营"。本来,《文艺月刊》同人并未公开声称自己属于哪个派系,无论从属,其响亮的民族话语则是显而易见的。钱振纲的另一篇论文《论三民主义文艺政策与民族主义文艺运动的矛盾及其政治原因》(《江西社会科学》2003年4期)又将三民主义文艺政策与民族主义文艺运动做出区分,认为民族主义文艺运动单纯地提倡民族主义,是蒋介石与其亲信陈氏兄弟授意下的产物,而三民主义文艺政策则是孙中山遗教的体现。论文指出国民党最高当局并不重视民生、民权,因而出现"公开制定三民主义文艺政策"而实际上则发动、支持"民族主义文艺运动"。毕艳、左文的《"左联"时期国民党文艺期刊浅探》(《中国文学研究》2006年1期)以左联为文坛正统,认为三民主义文艺政策、民族主义文艺政策及中国文艺社、《文艺月刊》等均因国民党对左联的"文化围剿"而产生,这支拼凑的文学队伍完全依靠政府支持才出现"昙花一现的虚假繁荣",本身创作也乏善可陈。该论文有值得推敲之处,左翼不少刊物存在时间同样短暂,是否也属"昙花一现"?仅以左、右政治倾向作为文艺评判标准,有欠妥当。王晶的《〈文艺月刊〉遗补》(《新文学史料》2009年3期)属于史料补正,作者发现了被忽略的《文艺月刊》第十一卷第三期。韩雪林的《张力与缝隙:民族话语中的文学表达——对〈文艺月刊〉(1930—1937)话语分析》(《文艺争鸣》2010年7期)主要论述《文艺月刊》如何在阶级论与民族主义的对抗中努力坚持文学自足性。该文认为,《文艺月刊》虽

---

① 段从学:《"文协"与抗战时期文艺运动》,第62页。

然鼓吹民族主义但刊物秉持多样的文学观念,虽是意识形态体制内的刊物,但"编辑们作为新文化运动孕育起来的'新文化'人,更多表现出'探索'的气质,虽然这些探索性并没有找到一个合适的平衡点,但却使之在民族话语和阶级话语之间的对抗中存留了一定的间隙,为'文艺'留下了必要的空间。"论文对《文艺月刊》为何及如何坚持人性论、寻求自身特色作了论述。博士学位论文中,钱振纲《民族主义文艺研究》(2001年)、周云鹏《"民族主义文学"论(1930—1937)》等对民族主义文艺的理论、社团、作家进行了详细的考察,但写作重点并非《文艺月刊》个案的研究。硕士学位论文中,郑蕾的《〈文艺月刊〉研究》(2009年)将《文艺月刊》"置入30年代大型文艺刊物的场域中进行比较、考察",突出刊物在文艺方面的建树。该论文从具体文本入手,对金满成、老舍、沈从文、袁牧之、马彦祥、欧阳予倩等人的作品进行分析,考察《文艺月刊》对30年代流行的"革命""乡土""都市"等话题的反映,总结刊物在戏剧方面的贡献,肯定了刊物所体现的社会责任感及文艺品格,此文通过文本分析反映出《文艺月刊》内容的多样性,但对《文艺月刊·战时特刊》未作考察。与之相对,王美花《〈文艺月刊·战时特刊〉研究》(2010年)则专门对《战时特刊》进行分析。论文从《战时特刊》服务抗战的宗旨出发,探讨了中国文艺社同人在组织中华全国文艺界抗敌协会中的积极作用,作者还重点分析了刊物关于文学评论方面的文章,介绍了《战时特刊》在"抗战文艺运动""抗战文艺通俗化""抗战文学艺术性"等方面的努力。以上研究成果,充分说明《文艺月刊》的复杂性、丰富性及其广阔的研究空间。

考察1930年代至1940年代初民族主义话语在《文艺月刊》中的表现,往往牵涉到中日之间那场旷日持久的战争,毕竟,在国破家亡的关口,团结御侮才是中华民族的首要任务。不过,旧事重提"并不是为了呼唤战争,更不是呼唤复仇,而是希望以此唤醒我们对这些中国的脊梁的回忆。在那样苦难的时刻,依然有那样多的人为了这个国家义无反顾,捍卫这片生我们,养我们的土地。从他们身上,我们可以看到一个民族的尊严"①。

1930年8月15日《文艺月刊》在南京创刊发行,反映历史影像的"长片"于当日揭开大幕。

---

① 萨苏:《国破山河在——从日本史料揭秘中国抗战》,济南:山东画报出版社,2007年,第320页。

第一编　1930年代朝鲜问题在《文艺月刊》中的表现

国家多事之秋，《文艺月刊》支持民族主义文艺运动，30年代初，宣扬民族精神，关注弱小民族奋斗，朝鲜似我缩影，抗争种种引国人同情，但考虑政府立场，刊物声音尚属温和，故山鹰咆哮尚在盘旋。30年代中期，日寇亡我益甚，《一羽》图穷匕见，暴日之前，尽展我抗敌决心。抗战全面爆发后，团结合作共抗外敌才是当务之急，大局之下，《关东人家》最终搁置分歧携手拒贼。几篇作品在一贯的民族反抗精神中透露出不同的历史信息，朝鲜民众不同的身份认同与表达，战士多样的抗争方式，中、朝、日微妙的历史关联，点点滴滴一同勾勒出繁复的历史烟云。

第一章 《文艺月刊》对朝鲜问题的选择

孙中山在关于民族主义的讲演中曾提到,"亚洲除日本以外,所有的弱小民族,都是被强暴的压制,受种种痛苦。他们同病相怜,将来一定联合起来,去抵抗强暴的国家。"可见,重视弱小民族的抗争是民族主义的应有之义。《民族主义文艺运动宣言》关于"最近像中国的国民革命,土耳其共和国的建立,爱尔兰的自治运动,菲律宾的独立运动,朝鲜,印度,越南的独立运动,更充满了民族运动的记录"的论述表明,展现弱小民族的抗争也是民族主义文艺重要的表现范围,但侧重展示哪个民族的斗争历程,则见仁见智。

翻看1930年的《申报》,甘地、尼赫鲁领导的争取印度民族独立的抗英运动成为热点事件。尤其1930年3月至7月,印度民族独立运动的消息几乎每天都出现在国际电讯栏目。其中4、5、6月份,每个月约有26—28天在报道此事。舆论的追踪报道,客观上为致力于民族主义文艺的作家营造了适宜的社会氛围,或许还会为创作提供一些线索。

1930年8月,《开展》创刊号刊登了王沉予《清凉的月夜》。文章通过流亡中国的印度民族运动志士,回忆印度民族抗争,表达反抗决心。《前锋月刊》创刊号及第二期刊登了甘地、奈都夫人的画像,同时发表文章介绍近期印度民族革命运动的情况①。诗歌《婆罗门的姑娘》②,通过姑娘吟唱,悲愤地追问"大印度何时抬头"。《印捕之死》③ 类似英国的《月亮上升》,鼓吹牺牲个人,保存民族抵抗力量。

---

① 郑行巽:《最近印度民族革命运动》,《前锋月刊》1930年创刊号。易康:《印度民族革命领袖女诗人奈都》,关立根:《甘地运动》,《前锋月刊》1930年第2期。
② 何惧:《婆罗门的姑娘》,《前锋周报》1930年第25期。
③ 潘子农:《印捕之死》,《开展》1930年第5期。

同样关注弱小民族,《文艺月刊》在 1930 年代却将目光集中于朝鲜。印度与朝鲜同为中国邻邦,历史命运与中国相似,但斗争指向一为英国一为日本。1929 年,南京国民政府通过中美宁案,与美、英等列强和解,以求尽快站稳脚跟。1930 年后,日本侵华步伐加快,中日矛盾激化,冲突不断升级,英、美等国反而成为可争取的力量。在此时期,国民党的喉舌《民国日报》在报道印度民族运动时,文字简短,态度低调,想必有争取外援之意。"前锋"、《开展》等在民族主义文艺阵营中姿态激进,对列强不加区别,务必扫除而后快。他们高调宣扬印度抗英斗争,似乎没有考虑到国民政府对列强轻重缓急的外交策略。《文艺月刊》立场温和,发言立意相对理性,其主编王平陵与叶楚伧颇有交往,中国文艺社也与官方维持着不错的关系,凡此种种,有可能使《文艺月刊》较多顾及政府立场,缩小打击范围,侧重与日本有关的题材,从而选择表现朝鲜民族运动。"九一八""一·二八事变"后,《文艺月刊》锁定日本,积极参与抗敌宣传,因而更加关注朝鲜问题。

基于中华民族自身的处境,朝鲜民族独立运动一直为我国有志之士所关注。1906 年,作为革命党喉舌的《民报》,刊发译稿《日韩保护条约缔结之巅末》,暴露日本亡韩行径,中韩唇亡齿寒,我东北门户洞开的隐忧不言而喻。1920 年,国民党机关报《民国日报》刊载《韩国独立运动记》,除介绍"韩军战绩"外,更发布了韩国流亡政府军务部"铁血救国"之抗敌檄文:

告于我忠勇大韩男女,血战之时与光复之秋已至矣。前进且前进,为正义为自由为民族以铁血救祖国,非此时欤。有魂有血之我大韩男女为先祖为后孙为彼虐杀于无道□①敌之父母兄弟姊妹,供最后之牺牲非此时欤。神圣民族大韩男女,我四千余年祖国,一朝为充岛夷之野心,十年之间,受苛酷之压迫,当耻辱之苦痛。然唯含血泪苟存残命者,非待今日而然欤。仗半万年历史之权威,合二千万民族应二十世纪今日之时代的要求,阐明人道而前,何惧也,何忧也。自由独立在前而已,以吾人之忠勇热血神圣权威,欲作战且胜战养成军人编成军队,为战斗基础之第一急务。资金为次,武器为次,此为吾人正当之要求,必然之事实,完全之自觉也。勿为踌躇勿为顾虑,一起为大韩民国之军人,两千万男女团成统一的光复军。军务总长卢伯麟②

---

① 此处原文为衍文——引者注。
② 《民国日报》,《韩国独立运动记》1920 年 3 月 28 日。

铁血檄文道尽三韩艰辛,中韩均受日辱,檄文所至同样刺激华夏儿女。

1920年代后,中日冲突频繁,面对民族隐忧,爱国人士对中、朝、日纠葛的思考更加深入。朝鲜与"我中国各有数百年乃至千年以上历史的关系,若者兴,若者亡,亦足以供国人考鉴矣。"① 日朝故辙对中日关系走向足资借镜,"莫问彼欲朝鲜我否,且自审我视朝鲜如何;则朝鲜诚我之宝镜也。更观彼所施于朝鲜者何如,所施于朝鲜人者又何如,则今日之朝鲜,犹今日我之宝镜也"②。中国自古与朝鲜联系密切,朝鲜之于中国不只是物伤其类的弱小民族。十九世纪后半期,日本对中、朝的侵略往往连带而生,"考日本的侵略我国,其动机不是发生于一朝一夕,是发生于三十余年前的满清政府时代,那时日本乘甲午战胜的余威,订立了《马关条约》,其中最重要的,就是承认朝鲜为独立国,割让台湾和澎湖诸岛,以及其他种种苛刻的条件"。虽不像台湾乃我固有领土,但"朝鲜是我国的藩属""屏蔽于东北",其意义不亚于台湾之于大陆的"保障于东南"。日本占领朝鲜,可谓一石二鸟,不仅鱼肉三韩,且凭此可"征服我整个的中华民国即所谓历来日人上下所萦于脑际的大陆政策",因为"要想插足大陆"必假道于朝鲜。

1930年代,日本侵华野心由蚕食变鲸吞,此时考察朝鲜问题,对中国来说,更具现实意义。辅车相依,三韩命运与中华民族的生死存亡缠绕在一起,关注、支持朝鲜民族主义运动,既是弱小民族携手抗争的题中之意,同时也符合中朝两国民族独立、民主建国的共同追求。

中国对于朝鲜民族独立运动,不仅有道义上的同情更有实质的援助。支持民族主义文艺运动的《文艺月刊》,在1930年代中日矛盾渐趋激化的风口浪尖,将目光投向与我国关系密切的朝鲜,陆续刊登几篇涉及朝鲜问题的文学作品,记录边境抗日、刺杀敌酋、中韩摩擦等历史细节,表现朝鲜民族独立运动的曲折道路,展示中、日、朝、俄等复杂的斗争、联合关系,借此宣扬民族主义,激发民众的爱国热情。

需要指出的是,民族主义文艺阵营中,涉及朝鲜问题的作品,并非除《文艺月刊》而外别无分号。《前锋周报》刊载有李翼之的《异国的青年》及署名管理的《安金姑娘》,这两篇作品内容浅显,其中所刻画的朝鲜革命者形象颇为类似,即其行动、情绪无不英勇、激烈,"打倒日本帝国主义"的高呼反复

---

① 黄炎培:《序言》,《朝鲜》,上海:商务印书馆,1929年,第1页。
② 黄炎培:《朝鲜》,《开卷语》第2页。

出现，难免有标语文学之嫌。《前锋月刊》上的《朝鲜男女》①，描写较为细腻，但侧重表现朝鲜青年坚韧的革命情怀。另外，该文行文中，突兀、生硬的插入了朝鲜青年对中国三民主义的膜拜，及其对苏俄、共产党的仇视，宣传某种主义的迹象过于明显。《矛盾》中的《战壕中》《突变》等作品涉及朝鲜民众随日军对华作战问题。正像题目"突变"一样，这些本来与我敌对的朝鲜士兵，均通过一次民族悲惨遭遇的哭诉便立即醒悟，与我化敌为友，过程实在突然，这样的转变很难令人信服。以上作品均出现于民族主义文艺激进派刊物，作者借之宣扬民族主义、对抗左翼文化，其心情急切导致意识形态先行，创作的政治宣传色彩过于浓厚，留下的只能是民族主义口号的喊叫。

或许与淡化党派色彩，强调文学性的刊物定位有关，《文艺月刊》的相关作品，同样提倡民族主义，但很少出现标语似的叫喊，大都叙述从容，包裹较多历史信息，显露出朝鲜民族独立运动的复杂性。

---

① 苏灵：《朝鲜男女》，《前锋月刊》1930 年第 1 卷第 3 期。

第二章 《文艺月刊》对朝鲜问题的表现

1931年1月，《文艺月刊》第2卷第1号发表了杨昌溪《山鹰的咆哮》。在此之前，1929年10月30日，朝鲜光州爆发学生运动。随后，《民国日报》《申报》等均予以关注。1930年2月7日，《申报》刊发《韩民独立运动之真相》，报告事件始末，"暴露日本帝国主义之罪恶"。针对此事，国民党发出援韩抗日的声音。2月12日，《民国日报》《申报》同时刊发国民党江苏省党务整理委员会致韩国民党电，支持韩国独立运动，"本党同志誓为后援"。此后，国民党上海特别市第六区执行委员会、国民党山西省党部、江西省南昌市党部、汉口特别市党务整理委员会、青岛特别市指导委员会、中央政治学校区党部先后发表通电，认为"此次朝鲜革命，为民族自决之真精神，希望全民族，予以同情之援助"①。1929年年末到1930年上半年，《申报》的《艺术界》栏目已有杨昌溪的身影出现，6月份朱应鹏借《艺术界》介绍民族主义文艺，杨昌溪更加活跃。当年杨昌溪掌握国内外大量文坛信息，应对各种报刊均有涉猎，如此，之前《申报》《民国日报》中有关朝鲜光州学生运动及国民党声援的信息，或成为影响杨昌溪创作及《文艺月刊》刊载此作品的潜在因素，当然，这些只是推测。

作品以1920年代为时间背景，讲述了在中、朝、俄边境坚持武装抗日之朝鲜游击队的故事，历史的复杂性在作品的文学叙述中逐渐显露。

一、特殊的日本皇民

朝鲜被日本吞并，朝鲜民众自动具备日、韩双重国籍，部分朝鲜人进入中

---

① 《民国日报》1930年2月13日。

国境内并入籍。民众国籍的选择，暗含对民族国家的认同问题。《山鹰的咆哮》中，抗日游击队司令黎蕴声被士兵咒骂，"一切日本人都是流氓"，由此引出日本吞并朝鲜后，朝鲜民众的国籍转换问题。

朝鲜被日本吞并，朝鲜人成为"天皇子民"。黎蕴声一度希望凭借自己的努力成为名副其实的日本皇民，并试图通过改换国籍来重获新生。"黎蕴声是曾改入日本籍的朝鲜人，在军事学上他是完全接受了日本式的教训"，他"曾经是想获得一个道地日本人所享受的一切权利而改入了日本籍"。但实际上，国籍的更改并未改变他亡国奴的身份，也不能给他带来所期待的做人的尊严，"他感觉到改入日本籍后仍然免不掉日本人对朝鲜人的歧视"。黎蕴声的体验并非出于作者虚构，在现实中，"日本帝国主义时代的朝鲜人的生活，不仅在朝鲜半岛上，即使在宗主国的日本国内，说他们过着'奴隶般'的生活也绝不过分。"例如，日本人"听到发生了火灾便赶了过去，但当知道是朝鲜人的家时，大家马上就折回去了"。"理发店说'没有为鲜人理他那只恶臭的头的工具'将朝鲜人赶了出去。""在停车场的等候室中用脚踢朝鲜人叫其让位。""骂捡起落穗的朝鲜妇女是小偷，拳打脚踢，致其流产。""拒绝出租土地的人说：'鲜人住的都是狗窝吧'。""小学生骂朝鲜儿童'今天是你们败给日本的日子'"①。歧视种种，无处不有。痛定思痛，对以黎蕴声为代表的朝鲜人来说，匍匐于异族脚下难有抬头之日，民族独立，个人乃有尊严之说；投身革命，民族、国家才有一线生机。由此"他便毅然地弃置了他在军事学的研究上所企图的希望而加入了朝鲜人民族革命的队伍里。"黎蕴声"是一个典型的军人，他把朝鲜民族的痛苦为痛苦。所以，他在统辖这一批因革命而集合起来的同志时也时常把这种意见指示他们。"黎蕴声有知识有思想，尚且主动加入日籍对侵略者抱有幻想，其他民众面对民族的沦亡，又"没有一种独特的知识去了解"，做出反抗的抉择更其曲折、艰难。②

李宣廷对日作战勇敢，誓不退缩，但在其投身民族解放运动之前，对殖民统治的觉醒却颇费周折。他的家族长期受日本人压迫："他的祖父，他的昏庸

---

① 徐晶植：《不许侮辱我的母亲》，[日]小森阳一、高桥哲哉编：《超越民族与历史》，赵仲明等译，南京：南京大学出版社，2017年，第38页。

② 黎蕴声身份认同的曲折也可折射日本在朝鲜实行"同化政策"如"皇民化"运动对朝鲜民众之迷惑，但严酷的殖民统治也激起了如黎蕴声等部分知识分子之反思，认清异族侵略之本质，从而回归朝鲜的民族国家认同。林泉忠对日本殖民下琉球民众之民族国家认同的转变有详细论述，朝鲜情况虽不与琉球完全相同但亦有相似之处，参见林泉忠：《琉球的故事》，《东方历史评论》2013年第1期。

愚蠢而被神和人所侮辱而麻醉的祖父，虽然受着日本人的压迫，却把一切苦痛归之于天命，仍然在田里不绝地耕种着"；他的父亲是一个"驯服于工作的奴隶"，每天只知道"笨拙的穿上满着可怕的炭渣的油布防水短裤做工"；至于他本人，很长一段时间里都在重复着上一代的麻木，"李宣廷在十二岁的时候已经知道在汽笛叫着的当儿起来，拉着重货矮车，说着不需要的话句，和卑污的话句，也是，饮着麦酒。至少在罗家湾矿山临近的酒店的数目是不下于零落而卑陋的茅屋。在这种生存中，李宣廷不能寻着新出路，仅仅随着许多年他所走的当前的平安的道路罢了。但做工的时间到来，他带着一件布的汗衫和皮的长靴去了；在假期中，便向着平原的村庄走去。在那儿，伴着别的葡匐在日本人统治下的青年们，拉着手风琴，同朋友们战斗，唱着淫猥的歌，引诱着乡村的姑娘们"。李宣廷祖孙三代生活于日本人的压榨之下可谓"苦大仇深"，可三代的苦难并没有激起反抗意识。一直以来，李宣廷安于异族铁蹄下的生活，称得上是"消极的好人"，直到他被卷入支援朝鲜民族运动的罢工风潮中：

  但是，莫名其妙的，他被放入了一个散发着污秽的袜子和臭虫气的龌龊的拘留所中。这本是忽的在某年四月反抗日本在汉城枪杀朝鲜民族革命青年战士而罢工援助的激烈点时发生的。那时李宣廷还没有一种正确的意识使他鼓动着什么，他只不过坚守着罢工的信条罢了。他被囚禁起来不完全是因为他做了任何轨外的事，仅为了他是一个全厂著名的多舌者；他们希望威吓他，好从他得着为援助民族革命者而煽动罢工的首领们的名字。

他的参与并"没有一种正确的意识使他鼓动着什么，他只不过坚守着罢工的信条罢了"，换言之，此时李宣廷心中更多的是有难同当的"义气"而非为民族争生存的抗争信念。李宣廷"被炭厂开除"之后，竟由被压迫者变为侵略工具，被"日本征兵去到骑兵队"，为日军"几次同俄国人和中国征战"，成为"皇军"一员。

作家笔下，即使对华作战，日军里的朝鲜士兵往往也不被视为中国的敌人。在此，为宣扬抗日，作家们暗自设置了一个前提，即朝鲜人应该痛恨日本，他们不愿做日本皇民。《矛盾》月刊发表的《战壕中》[①]，与马占山部作战的日军中有韩人士兵。本来他们"帮助日本人来打中国，来抢东三"，对中国来说，这与"完全纯粹的日本人"无异，但作者强调朝鲜亡国破家的遭际，将

---

① 赵光涛：《战壕中》，《矛盾》1932 年第 1 卷第 3、4 期合刊。

韩籍士兵一概视为受日人强迫的炮灰。这些士兵与国军交战被俘,作者多将此解释为韩人主动投诚,意在抗日。这些士兵不仅有斗争的内在需求,外部环境也迫使他们调转枪口。《突变》① 中随日军追杀中国人的朝鲜士兵,也并未被日本人视为同类,作者借日本士兵之口说道:中国人同朝鲜人"还不是一样",以此宣扬中韩联合之主张。两篇作品中,朝鲜士兵与我化敌为友的转变均稍显突兀,与其说这是被表现群体的民族觉悟,不如说更多出自作家"一厢情愿"的苦心经营。在团结抗日的大背景下,《战壕中》与《突变》均将日军中朝鲜人的侵华活动淡化,有意忽略朝鲜士兵不同的个人选择,强化中、朝两国历史命运、现阶段革命任务的共性,以之奠定合作的基调。在解释朝鲜士兵与中国作战的原因时,作家均强调此乃日人胁迫,非他们本人所愿,如此,使这些朝鲜士兵成为"身在曹营心在汉"的特殊群体,其命运实在值得同情。大敌当前,矛盾须分主次。基于中、朝民族国家遭际的相似性,中国作家忽略朝方不和谐甚至敌对的声音,强调国家整体利益的一致,以此彰显受压迫民族联合抗日的时代要求②。

面对暴日,中朝民众确应联手抗敌,但事实却并不尽然,朝鲜人中不乏对日本皇民身份甘之如饴者。日本占领者在朝鲜进行愚民宣传大力推广同化教育。朝鲜普通学校修身书卷首有所谓日皇明治四十四年(1911年)十月二十四日教育敕语"……我臣民克忠克孝,亿兆一心世济厥美。……如是不独为朕忠良之臣民,亦足以显彰尔祖先之遗风。……"③ 1931年后日人在朝鲜推行"'日鲜一体的'皇民化'运动',颁布所谓'皇国民誓词'令所有韩人小学生每朝集会朗诵:'吾等乃大日本帝国臣民;吾等尽忠义于天皇陛下……'对于中等以上之韩人学校及一般民众则每利用集会,强令朗诵:'吾等乃皇国臣民,誓以忠诚报效君国'。"④ 在占领者"愚民政策"的熏染下,不知不觉甚至堕落、附逆者不乏其人。《皓月当空》讲述了几个"高丽鬼"利用日本臣民身

---

① 胡春冰:《突变》,《矛盾》1933 年第 1 卷第 5、6 期合刊。
② 抗战时期,日军内的朝鲜士兵一直都是中方争取的对象,在 1940 年代出版的针对朝鲜人的反战标语中,有"敌军内的朝鲜士兵们!你们赶快反正过来到中国战线吧!朝鲜的革命男女都在一齐参加中国抗战的最前线!"、"敌军内的朝鲜士兵们!请问你们为谁牺牲你们的生命?是为朝鲜民族的独立自由?或是为日本军阀的野蛮的侵略战争?"等语。宣传者从民族利益的单一角度出发,号召中朝联合,其思路与 1930 年代初的《突变》等并无太大区别。参见军事委员会政治部印发的《对朝鲜民众士兵宣传标语及传单集》,1940 年 2 月。
③ 黄炎培:《朝鲜》,第 229 页。
④ 陈水逢编译:《日本合并朝鲜史略》,台湾商务印书馆,1972 年,第 235 页。

份，在中国走私现银藐视民国政府挑战我国法律，并以欺诈的手段强占民宅组织朝鲜女性卖淫的故事。他们认准了"支那官兵不敢单独来干涉我们"，因而，他们的事业"一点危险也没有"。日本的强横使他们狐假虎威有恃无恐，横行无忌的背后是民族与个人尊严的自我践踏。① 这样的故事并非尽是文学虚构，有人回忆"从前的上海人提到朝鲜人，就觉得头痛，因为战乱时期，日本军人的翻译必然是朝鲜人，他们常常仗着日本的势力，为非作歹，欺压华人。打起架来，中国人不敢回手，他们走私贩毒，连租界上的警察当局都不敢过问，好多次破获的吗啡案、红丸案，捉到了朝鲜人，第二天就由日本领事馆出面担保出去"②。抗战全面爆发后，日本人还在朝鲜招募志愿兵前往中国作战。这些被招募的朝鲜人自愿沦为"皇国臣民"，堂而皇之地与日本人沆瀣一气为所欲为，民族精神荡然无存。

上述"忠良之臣民"并非个别。"八·一三事变"时，部分侨居上海的朝鲜人"表现出向祖国日本服务的姿态"，"在炮轰枪击、弹落如雨的情况下，或率先搬运军需品于陆上，或参加构筑临时飞机场和急设阵地"，"更有的担任临时翻译、驾驶员，或者搜集敌方之情报"，"在当时形势下，彼等表现之勇敢的服务性活动，即或是日本内地人也不易做到。""彼等朝鲜人如此致力于祖国日本之献身的活动，均为当时之军部、其他各方面所承认，并且受到热烈称赞。当时之广田外务大臣、朝鲜南总督都向彼等颁发了感谢信和奖金，并激励彼等将来以皇国臣民之自觉做出更大的努力。"③ 由此可见，朝鲜人对日本皇民身份，并非尽是弃之如敝屣，还有不少人表现出极大的认同感，日本在朝殖民统治之影响可见一斑。

与堕落者争当"大日本帝国臣民"相对，在中日全面开战前，一些坚贞、爱国的朝鲜人士，为借中国之庇护开展民族解放事业，主动加入中国籍，由日本臣民转为中华民国公民。《一羽》中，投身民族革命的朝鲜少女胡澄子及其同志即加入中国籍，借此身份掩护其反日活动。当其被日本人逮捕时，"我"在报上看到如下报道：

---

① 鄂鹗：《皓月当空》，《文艺月刊》1936年第9卷第2期。
② 陈存仁：《银元时代生活史》，桂林：广西师范大学出版社，2007年，第423页。
③ 朝鲜总督府警务局：《华中、华南、北中美洲居住之朝鲜人概况》，1940年。转引自杨昭全等编：《关内地区朝鲜人反日独立运动资料汇编》上册，沈阳：辽宁民族出版社，1987年，第3页。

  朝鲜少女胡澄子被捕（中央社）上月东京发生炸弹案后，据审查结果，系韩国革命党在上海所主使，故首脑部即派特种警探来沪侦探，半月来，已侦得端倪。今日下午二时半，日警探五人闯入法租界戈登里八号，韩人徐兴杨宅，捕去朝鲜少女胡澄子一名；闻胡女士新从外埠返沪，徐宅为其友寓，寄踪该处尚不满五小时云。并闻二韩人俱已入中国籍，且逮捕前并未通知我方官厅与法工部局，按国际私法，实有损主权，外交当局，不容坐视也。①

  胡澄子加入中国籍已属我国公民，日本警探私自将其逮捕，"并未通知我方官厅与法工部局，按国际私法，实有损主权，外交当局，不容坐视也。"基于此，"我"所想到的营救方式也是"连夜去找一位在'外交部驻沪办事处'的朋友，请他设法去。"司法问题牵扯国际关系，外交交涉成为营救革命人士的渠道之一。

  1930年代的中国虽未如朝鲜丧国，但局势也危若累卵。《一羽》中，面对骄横的日本，我"外交抗当局的抗议，只得到一个强辩的狡猾的答复：'朝鲜人民未得到本国政府许可，不得入其他国籍，故能自由逮捕'。"按照当时《中国国籍法》的规定，"凡外国人加入中国籍者，即脱离其本国国籍。1910年，日本于吞并朝鲜后，即将朝鲜人规定为日本国民。所以，朝侨加入中国国籍，成为中国公民，就丧失日本国籍。"与之对应，《日本国籍法》规定日本国民"依自己之志愿取得外国国籍者，丧失日本国籍。"② 像胡澄子一样的朝鲜革命者试图利用此种法规，以中国公民的身份掩护朝鲜民族主义运动并保护自我。朝鲜独立运动志士安昌浩就曾于1922年加入中国籍，当其被日本捕获时，营救者指出安氏"既于中华民国十一年取得中国国籍，其为中华民国国民毫无疑义"，且他的"现在住址与被捕场所俱在中国领土之内，应受中国法律管辖"，但却"被上海法租界巡捕会同在沪日本军当局逮捕，不依协定解送法院，迳将该民引渡日本军队"。③ 安昌浩的遭遇就是胡澄子被捕事件的现实翻版。《一羽》中"我"寄希望于外交途径搭救胡澄子，替安昌浩辩护的上海律

---

① 谢挺宇：《一羽》，《文艺月刊》1934年第5卷第5期。
② 杨昭全：《中朝关系史论文集》，北京：世界知识出版社，1988年，第319—321页。此处所引《中国国籍法》为1929年颁布之版本，《日本国籍法》为1924年12月1日颁布之版本。
③ 石源华：《韩国反日独立运动史论》，北京：中国社会科学出版社，1998年，第240页。

师公会同样"致函国民政府司法行政部和外交部","呈请钧部立予查明,提出抗议,严重交涉,以保国权"①。正如作品中我外交当局收到的答复,现实中,日本政府同样声称《日本国籍法》"不适用于朝鲜人""朝侨即使加入中国国籍成为中国公民,仍具有日本国籍,仍为日本国民"②。日方解释显系强词夺理别有用心,但弱肉强食的社会背景下,胡澄子与安昌浩等反抗者只能听凭日军的任意处置。弱国尚无外交,何况亡国之裔,民族自强、独立的呼声惨痛、悲壮。

黎蕴声与李宣廷有过积极争取或麻木服从"皇民"身份的歧路彷徨,殖民统治下,他们的身份认同一度发生变化,然而,国家、个人屈辱的遭际最终促使他们回归本民族身份并为之而战。《一羽》里的少女与现实中的斗士,都曾改换国籍转换身份,但最终指向乃同胞的自由,舍命为之奋斗的是国家民族的独立与尊严。那些"致力于祖国日本之献身的活动"的朝鲜裔"帝国之忠良",与争取解放追求自由的民族战士生活在同一片土地上,截然相反的选择不禁令人慨叹。

二、1920年代边境线上的朝鲜反日活动

中、朝、俄接壤,边民往来有道,日本蚕食朝鲜之初已有朝鲜民众陆续流落中俄边地。《蒙边鸣筑记》中,朝鲜侠女李朝阳其父为日人所害,甲午战乱,朝阳即与其母"从汉衣冠,避地于吉林郊外"③,日后协助江南生剪灭日本奸细,边境抗敌实有渊源。

《山鹰的咆哮》中黎蕴声带领的"黄陵县游击队"是一支活跃在朝鲜北部"邻近西伯利亚的鸭绿江流域"的朝鲜抗日武装力量。作品不时点明附近几支游击队活动范围的地理特征:"在满着榛树的鲜绿的小山后隐流着鸭绿江河,国民义勇队是在那里扎营。"罗伯生的队伍与日军激战发生在"在鸭绿江的别一边";战地医院"是在两条河的交结处。在村子的边际,啄木鸟叮叮着,染着紫红色的满洲枫树微弱的窃语着;下面,在泥水潭的脚下,两条河流银洋般的,不停的潺湲着";游击队战士张侠魂在"这为西伯利亚硕大的林子的静穆

---

① 石源华:《韩国反日独立运动史论》,第240页。
② 杨昭全:《中朝关系史论文集》,第321页。
③ 叶小凤:《蒙边鸣筑记》,叶元编《叶楚伧诗文集》,上海:上海三联书店,1988年,第168页。

包蔽的环境下"养伤。地理环境的选择透露出战略的考量,"邻近西伯利亚的鸭绿江流域"山高林密地势复杂,靠近中、俄边境进可攻退可守,"自日本侵入朝鲜以后,便有许多朝鲜人流亡到与朝鲜毗邻的中国东三省和俄国的西伯利亚。1910 年朝鲜亡国后,一部分革命志士也逃亡到中国东北和西伯利亚,继续从事革命活动,有的做暗杀工作,有的组织军队,直接与日军作战,如洪范图、白三圭、金佐镇、玄河竹等"①。由此可见,作品中地理位置的设置并非作家向壁虚构,确有历史影像图画在前。

在朝鲜北部边境活动的"这种游击队是仿效着军队组织,虽然同志们都是为朝鲜独立和自由而集合起来的,但是在行动上不得不受着军队式的制裁。"这样的抗日武装力量不止一支,黎蕴声带领的这支武装"算是全个游击队和别动队中最有组织而有铁的纪律的队伍了",在退守西伯利亚前,队伍"还现存有三四百人"。这里并非想通过文学作品坐实抗日力量的规模,不过,通过作家的描述却也能窥探出这些抗日组织曾一度壮大的历史信息。中、朝、俄边境,朝鲜人抗日武装发展、活跃期大致在 1919 年至 1921 年。"'三一'革命后,长期在中、朝、俄边境活动的韩国独立党人顿时活跃起来,不仅在中国边境袭击日本领事馆及各种机关,给东北境内的日军以重创,而且屡向韩国境内进攻,猛烈冲击着日本对于朝鲜的殖民统治。"②"这一时期,绝大多数朝鲜民族主义团体和独立军都把开展反日武装斗争,回国作战,打击日本侵略军作为中心任务。尽管它们组织大小不一,人员多寡不同,但大都开展武装斗争,进入国内作战。"③ 朝鲜独立运动的发展势必引起日军镇压,于是李宣廷看到了日寇对罗伯生抗日队伍的围剿:"嗒－嗒－嗒－机关枪正在山后叫着,宛如用炮火之线把震耳的炮声和枪声缝在一块儿,日本人的来福枪的清澈的炸裂声可以听到。"日本人企图扫清边境抗日力量,病愈归队的张侠魂从游击队哨兵处得知"目前的情势是一天一天的险恶,日本人想要把在鸭绿江临近潜伏的势力全部消灭,虽然临近的同志们不少,但是,现在能做抵抗的只有七八百人了。他们又告诉他几个游击队完全在对日本人的征战中牺牲了。他们又告诉他朝鲜京城汉城又有三千男女学生为朝鲜革命而与日本警察血战,结果死亡了五六百人,逮捕了三四百人。他们又告诉他,在临近几县的同志的集议,决定缩小范

---

① 沐涛、孙志科:《大韩民国临时政府在中国》,上海:上海人民出版社,1992 年,第 9—10 页。
② 石源华:《韩国反日独立运动史论》,第 7 页。
③ 杨昭全:《中朝关系史论文集》,第 330 页。

围，集中势力来抵抗日本人的进攻；在必要时退到西伯利亚，满洲，朝鲜三交界的地方去，以便借着国际的卵翼可以保存现存的势力"。日军的疯狂报复使朝鲜抗日力量元气大伤，"在五日后黎蕴声的队伍被日本人袭击了。差幸他在事前早已料到日本人是必定采取迅雷不及掩耳的手段来扑灭这朝鲜民族革命中唯一的具有强大势力的部队，而且更兼着他自己在军事学上有着深切的研究，所以，还不至于好像罗伯生和他的队伍那样的覆灭。虽然在战线上是牺牲了好几十个同志，但是那残留的势力便算是他们再起的基本"。这支拼死保留下来的有生力量按照既定决议撤退，"又过了两三日后，黎蕴声和他的队伍到对岸去扼守了。日本人没有再冲过西伯利亚区域的可能，而且，俄国也因为白俄的潜伏，也没有拒绝朝鲜革命者的退入。因此，在'国际'两字的卵翼下他们在那儿培养着革命的再兴"。历史上，在边境活跃一时的韩国独立军在日军打击下遭受重大挫折，"鉴于苏联远东地区居有朝侨50万，反日独立运动甚是蓬勃，既有旧日反日义兵，又有众多反日团体，而且苏联政府声称奉行支持弱小民族政策"①。因此，独立军各部"经远东共和国许诺，进入西伯利亚南部休整"②。"在西伯利亚林子的风拂荡的一些茅屋内栖息着三四百为朝鲜自由和独立而流成在异域的战士。"为坚定抗敌决心，作家在结尾描绘了一幅饱含民族斗争豪情的图画："北国常有的山鹰们在蔚蓝而深邃的天空中高高地，耐心地，强烈地画着大圈，发着惊天的咆哮。他底大翅昭示着人们无限的伟力。他们怀抱着伟大的思想，渐渐地愈旋愈高了，好像要飞到那辽远的日球那儿。在山鹰的咆哮中，全朝鲜的流成在西伯利亚的战士们都在心中兴奋着，宛如山鹰们在为他们奏着攻渡鸭绿江的前进曲。"有着共同敌人的弱小民族的抗争同样激励着中国人的民族精神，携手抗敌的前景隐约可见。

《山鹰的咆哮》重在激励民族情绪而非实录历史，作品中的细节也不可能与历史事件完全对应。按图索骥难免徒劳，蛛丝虽微却也有迹可循，这段争取民族解放的历史还是隐约残存在了对黎蕴声等武装团体活动的描写之中，鼓动中韩民族奋发图强。

三、1930年代大韩民国临时政府对日刺杀活动

创作于"九一八事变"之前的《山鹰的咆哮》，朦胧地承载了1920年代

---

① 杨昭全：《中朝关系史论文集》，第335页。
② 石源华：《韩国反日独立运动史论》，第11页。

朝鲜独立运动的部分历史信息。"九一八事变"之后出现的《一羽》则清晰地指向了1930年代朝鲜独立运动的重大历史事件。

1932年1月9日，上海《民国日报》出现如下报道：

> 《韩人刺日皇未中日皇阅兵毕返京突遭狙击不幸仅炸副车凶手即被逮犬养毅内阁全体引咎辞职》八日东京电今晨日皇由新年校阅回宫时，将近宫前之樱花门，忽有一韩人向掷炸弹，中其副车，炸声甚烈，众为大惊，幸未伤一人，仅马一匹受微伤。凶手当场就逮，查知为韩人，托名浅山，年三十二岁。押至警署后，检查其身，衣袋中尚藏有炸弹一枚，行凶目的未经宣露。大约乃受印度自主运动复兴之感动。警务当局之意，迩来报纸纷载印度非武力反抗运动消息，该韩人或因一时冲动而为此。内阁因暴徒惊犯御驿，特于今日午后引咎辞职，嗣由日皇命首相犬养毅照常供职，以待后命。众意日皇俟商诸顾问后，或将接受内阁之辞职文。闻凶手经研训后，知其炸弹两枚，由上海高丽临时政府供给，并赠以日币三百元。
>
> 八日东京电日本内阁倾以韩人谋狙日皇事，已由首相犬养毅领衔引咎辞职。犬养今日下午五时余入宫觐见日皇面递内阁辞呈，表示政友会对于此次变乱负有全责。此种辞呈，实不过形式上之举动，盖非借此不足以表示日本国民对于皇室之尊敬也。至谋刺日皇之韩民，系国家主义分子，汉城人，名李凤章（译音）今晨十一时三刻乘日皇阅兵毕返宫时，以手榴弹遥掷日皇之汽车，但未能中日皇之车，仅炸裂于第三随车之旁，车稍受损，亦无受伤者，日皇安然返宫，而韩人则当场被逮，现正在严重监视中，不久恐将就死刑。自日军侵入中国东省后，印度国民革命运动即随之而发生。因此高丽境内之复国运动，即显蓬勃之势。警察当局事前曾受命严加防范，故此次事变发生后，当局即严密侦查有无同谋之人。①

报道位于本版头条，标题醒目。同日《申报》有标题为《韩国志士狙击日皇未成手榴弹误中随车李凤章当场就逮犬养毅内阁引咎辞职未准》②的报道，内容与《民国日报》相差无几。《一羽》以此事件为背景，讲述事件发生前后，为三韩命运奔走的朝鲜少女胡澄子的故事。

作品选择上海为胡澄子活动的主要的地点，繁华的都市中，少女却琴声哀

---

① 上海《民国日报》1932年1月9日，人民出版社，1981年影印。
② 《申报》，《国外要电》1932年1月9日，上海书店，1984年影印。

怨,"徐徐地弹起来了,那么忧郁的。慢慢地奏到颤音,谁想到哪,一种异域的音调,凄凄切切的从那张沉默的嘴里滑出来。""凄楚的歌声依依地绕着琴音。迟迟地引到高音,悄悄地又拉到低音去了,一种幽咽的情绪散布着四周"。亡国之音哀以思,一曲《故国行》无限凄切,唱尽少女身世:"一个未满十九岁生日的姑娘,倒饱尝了人世间凄惨的命运","十一岁的时候,就离开家庭,离开了汉城,到了繁华的东京。五年内,在长崎,在横滨各大都市中,负着恢复祖国的使命,到处跑着;终于坐了几个月的牢狱,放逐似的到了哈尔滨。此后,避了侦探的追随,像浪人一样的漂流到天津,又像一张秋叶似地,被残暴的风吹到葱郁的椰树下——新加坡。"四方辗转后"到了上海——这建筑在地狱上的天堂,还不满半年哪。""这儿那儿漂游,这儿那儿奋斗,多么坚忍的姑娘呵!"

  坚忍的胡澄子背负复国使命转战多方,落脚上海后继续秘密工作。上海有许多同胡澄子一样"流浪在这儿"的革命志士,大韩民国临时政府此时也寄身于此。为何选址上海,大韩民国临时政府领导人之一的赵琬九曾有如下解释:"在内地(韩国)未有片土之占据,以在外者而言之,中领之东三省,俄领之西比亚,为吾韩侨最繁之区域,而现居日本屯驻之冲,非安全地也。在美领之各地之要点,虽非十分安全,而比他处为胜。"① "事实上,上海不仅是仅次于中国东北的韩侨聚居之地,而且也是韩国反日独立运动志士云集之地,有着韩民族开展反日复国的光荣传统和厚实基础。日本对于韩国反日独立运动的控制和镇压的能力相对比较薄弱,加上当时上海法租界当局对于韩国反日独立运动抱同情态度",基于以上考虑,大韩民国临时政府客座上海。

  小说中,作家将胡澄子与李奉昌刺杀日皇事件相关联,"在无线电播音里,听到了韩国某少年在东京掷炸弹行刺××不中而被捕的消息。她紧紧地咬着下唇,胸脯一起一伏地好像听见她的肺叶张翕声,脸色苍白,眼中闪烁着愤怒的郁结的光芒,跺着脚,恨恨地说:'你们这批混蛋等着,有的是人哪!'"。被捕后,晚报之报道也暗示她与刺杀事件似有瓜葛:"上月东京发生炸弹案后,据审查结果,系韩国革命党在上海所主使,故首脑部即派特种警探来沪侦探,半月来,已侦得端倪。今日下午二时半,日警探五人闯入法租界戈登里八号,韩人徐兴杨宅,捕去朝鲜少女胡澄子一名"。胡澄子无惧无畏的奔走与牺牲,体现了作品所要宣扬的抗争精神,现实社会中,更引人注目的则是李奉昌刺杀

---

① [韩]赵琬九:《韩国临时政府奋斗史》,《韩民》第1卷第5期。转引自石源华:《韩国反日独立运动史论》,第105页。

事件。

　　1931年"九一八事变"爆发后,我东三省遭日军蹂躏。在中国反日情绪高涨、中日关系紧张之际,大韩民国临时政府欲借此机与中国政府携手抗日壮大声势,发表《告东三省同胞书》,"号召建立中韩两民族之共同战线,要求'担任密侦之同胞采取直接行动,努力于最短期间内对敌人作根本消灭之计划,在上海方面者则作最后决死之努力,为东三省同胞之后援,以全力剿灭敌人之主力'"。1931年12月,大韩民国临时政府在上海组织以金九为首的"韩人爱国团",专事刺杀日本军政要人,"以这种特殊的方式,扩大临时政府的影响,振奋韩民族的反日精神,开创韩国反日独立运动的新局面"①。李奉昌刺杀活动即在"韩人爱国团"策划下进行。正如《民国日报》《申报》等报道,日皇突遭狙击内阁引咎辞职,日本朝野震动可想而知。事件发生后,上海《民国日报》副刊《闲话》刊登编辑苏凤的诗歌《伤义士荆轲——献给邻国一位英雄》悼念义士:

　　"风萧萧兮易水寒,壮士一去兮不复还。"弱者的一把匕首,寒了秦王的胆,事情虽然没有成功,壮志永垂于千载。
　　仿佛想起"箕踞以骂"的时候,那种粗暴的雄壮的呐喊;仿佛还想起秦王殿上的铜柱,留着不可磨灭的愤慨。
　　太史公曰:"……此其义……或不成,皎然不欺其志。……"
　　义士荆轲呵!我又何必为你流泪!瞧着吧!一朝,终有一把匕首报了深仇如海。②

　　诗歌视李奉昌为反抗强权的荆轲,"事情虽然没有成功,壮志永垂于千载"。在义士的鼓舞下,被日本侵略的民族终将挺身抗争,"瞧着吧!一朝,终有一把匕首报了深仇如海"。弱小民族压抑已久的怒火在悲痛中即将喷发。继此之后,《尚志周刊》以《李奉昌》为题,刊登大韩民国临时政府领导人金九先生文,"详述此案颠末,及李之历史","字里行间,虎虎有生气,读之令人起敬"。作者由刺杀事件慨叹"亡国之民,尤多义勇",然我华夏"堂堂大族,徒事蜗争"③,"九一八事变"后日人在我东北逞凶,亡国韩人且为之玉碎,我民族更

---

① 石源华:《韩国反日独立运动史论》,第250页。
② 苏凤:《伤义士荆轲——献给邻国一位英雄》,《民国日报》(上海)1932年1月15日。
③ 《李奉昌》(未署作者),《尚志周刊》1932年第2卷第4、5两期合刊。

应停止内耗一致对外。

李奉昌刺杀事件"撼天动地",但此荆轲刺秦之举既非空前也未绝后。《蒙边鸣筑记》之侠女李朝阳甲午战后东渡日本,于东京托身歌姬,刺杀曾在朝鲜主兵大佐以报国仇家恨,此文学中女版荆轲。现实中,1909 年 10 月 26 日韩国义士安重根在哈尔滨车站刺死日本侵朝先锋伊藤博文。"安重根的壮举使韩国人对日本的不满和痛恨暴露于光天化日之下,使日人的欺骗舆论不攻自破。""是对侵略成性的日本帝国主义的一个严重警告和惩罚"①。安重根牺牲后,梁启超悲吟《秋风断藤曲》悼念义士:"……不识时务谁家子,乃学范文祈速死。万里穷追豫让桥,千金深袭夫人匕。黄沙卷地风怒号,黑龙江外雪如刀。流血五步大事毕,狂笑一声山月高。前路马声声特特,天边望气皆成墨。阁门已失武元衡,博浪始惊沧海客。万人攒首看荆卿,从容对簿如平生。男儿死耳安足道,国耻未雪名何成……一曲悲歌动鬼神,殷殷霜叶照黄昏。侧身西望泪如雨,空见危楼袖手人。"② 诗歌颂扬了"荆卿"气壮山河的事迹与从容不迫的气度,但大厦将倾独木难支,国耻未雪英雄已逝,只剩袖手者冷眼旁观,想望民族前途不禁泪如雨下。梁启超一生探索民族自强之路,《秋风断藤曲》同情、颂扬弱小民族的拼死抗争,我与朝鲜唇亡齿寒,朝鲜命运乃我殷鉴,慷慨悲歌的背后似也饱含了任公对中华民族前途的隐忧。饮冰室颂扬义士之后,又有《小说新报》为之立传。李定夷的《小说新报》刊载文言《安重根外传》冠以"爱国小说"之名。文章介绍安氏生平及刺杀经过,文末以颇传统的"异史氏曰"作结:"重根一布衣也,其所为能惊天骇地,如于深夜好梦中骤鸣雷霆,使闻者能不变色。较之闵泳焕、赵秉世、洪万植、宋秉璇诸人,或受国恩或承使命,先后立节者亦足多矣。我国今日,江河日下,外侮频乘,安得有重根其人者出,一为我国民雪此大耻乎。"③ 小说褒扬朝鲜义士壮举,立足之处仍在激励我族勿忘复仇雪耻。此外,于右任"在他在上海所创办的《民吁日报》上发表了近百篇文章和报道""大力宣传了安重根志士的英勇业绩,热情颂扬了韩国志士的爱国侠义,愤怒驳斥了日本侵略者的种种谬论。"④

---

① 石源华:《韩国反日独立运动史论》,第 218 页。
② 梁启超:《秋风断藤曲》,《饮冰室合集》第 5 册《饮冰室文集之四十五》(下),北京:中华书局,1989 年,第 37—38 页。
③ 资粥:《安重根外传》,《小说新报》1919 年第 5 年第 1 期。
④ 石源华:《韩国反日独立运动史论》,第 221—222 页。

或许安重根挥洒热血之举感染到后来者，使得韩国"荆卿"一再"刺秦"。《一羽》中，刺杀案事发后，胡澄子诅咒日人"你们这批混蛋等着，有的是人哪！"时隔不久，针对日寇，上海滩果然发生了更加轰动的袭击事件。这次义无反顾的刺杀，加快了中、韩联合抗日的步伐。1932 年 4 月 30 日，《申报》有如下报道：

《日本要人昨午被炸》：虹口阅兵台上飞来炸弹，野村、重光、村井、河端重伤，白川、植田、友野均受轻伤，当场拘一韩人传系凶手。①

这天的《申报》动用一整版篇幅，报道前一日发生在虹口公园的炸弹袭击事件，事后表明此系韩人尹奉吉谋求民族独立的"刺秦"之举，侵华日军总司令白川义则伤重不治。民族主义文艺阵营的潘子农从"世界被压迫的弱小民族底联合反抗"角度出发，讲述尹奉吉在中韩两国从事的抗敌活动，揭露日本帝国主义对弱小民族的残害，虹口血拼令"这伟大的韩国青年有一个伟大的印象留在世界上每个人之内心。他用热血来燃烧了全世界被压迫的弱小民族的斗争情绪，他放了一把火"②。英烈浩气长存，反抗之火蔓延，时人目尹奉吉为"抱了亡国的惨痛而不愿终为亡国的惨痛所侵蚀的新英雄"③，以之鼓励中国青年为民族独立奉行"爱生的死强毅的死"的抗争精神。"虹口公园事件也使中韩关系出现了重大的转折和变化，唇齿相依的中韩两国人民在反对日本帝国主义侵略的斗争中更加相互支持，共同奋斗"④。烈士亡命相拼实因日寇暴虐，中韩风雨同舟只为还我山河，抗战胜利 67 年后，《一羽》中的掷弹少年依然鲜活。

---

① 引文标点为引用时所加。
② 潘子农：《尹奉吉》，《矛盾》1932 年第 1 卷第 3、4 合期。
③ 君度：《由尹奉吉想到青年应该怎样死》，《大陆》杂志 1932 年第 1 卷第 1 期。此《大陆》于 1932 年 7 月在上海创刊，撰稿人有谢寿康、巴金、徐悲鸿等人。据上海市民陈存仁回忆，"八·一三事变"后，日本势力曾强迫市民订阅一种叫《大陆杂志》的日本式大型书刊，此刊与本论文所引非同一刊物。陈存仁回忆见其所著《抗战时代生活史》，第 141 页。
④ 石源华：《韩国反日独立运动史论》，第 252 页。

四、1920 年代至 1930 年代中、朝、日关系的微妙变化

《山鹰的咆哮》与《一羽》均将弱小民族引为同调,对朝鲜民族对立运动表示同情与肯定,借此鼓舞中华民族精神与士气,但两者反日声音高下有别。《文艺月刊》与国民党中央宣传部颇有联系,基于作品反日姿态的显隐,我们或可感知政府立场,进而捕捉 1920 年代至 1930 年代中、朝、日三者关系的微妙变化。

1920 年代,中、朝、俄边境的朝鲜反日活动在《山鹰的咆哮》中隐约呈现,文章对朝鲜民众反日活动表现出同情与肯定的态度,但中国官方姿态在作品中并未明确表露。创作于 1930 年代的《一羽》则直接以李奉昌刺杀事件为线索,高调反日,同时出现中国官方声音。小说中我外交当局对日警违反"国际私法"擅自捕人的行为明确表示抗议,交涉无果后,作为中国人的"我"开始醒悟:对于外来压迫"忍耐只有死","这不是一个人的仇恨和悲哀,也不是一个人的被压迫。而是一大群的人们哟!"最终"我"投身抵抗运动。

时代背景或为创作添色。《山鹰的咆哮》发表于 1931 年 1 月,故事时间选定在 1920 年代。1927 年南京国民政府定鼎之前,我东北边境处于北洋政府控制之下,"东北地方当局对待韩国独立运动的态度也经历了一个变化的过程"①。朝鲜"三一"运动至 1920 年,中、朝、俄边境朝鲜抗日活动活跃,日本对中方屡次施压要求镇压朝鲜抗日活动。在此情况下,吉林督军鲍贵卿主张对朝独立运动采取"宽严相济主义"实际采取同情与默许的态度。其后,由于日本步步紧逼,1925 年 6 月与 1927 年 9 月中国奉天当局与日本先后签署《取缔韩人办法大纲》《取缔东三省韩人协定》,"使东北境内的韩国独立反日运动受到了沉重的打击"②。国民政府定都南京后,"在法理上继承了孙中山关于扶助弱小民族的政策",同情朝鲜民族独立运动,但"日本当局采取种种外交讹诈和军事威胁手段,逼迫国民党当局取缔在华韩国反日独立运动",在中日关系未进一步恶化前,国民政府采取灵活政策,暗中支持朝鲜民族主义运动。政府旗帜变换,外交关系复杂,在此大环境下,《山鹰的咆哮》表现出对弱小民族抗争的理解与肯定,但并未凸显中国官方立场也没有呈现激烈的反日情绪。

---

① 石源华:《韩国反日独立运动史论》,第 7 页。
② 北洋时期中国与朝鲜独立运动关系的论述详见石源华:《韩国反日独立运动史论》,第 5—12 页。

时移世易,《一羽》涉李奉昌事且于 1934 年 5 月刊出,创作时间应在 1932—1934 年间。随着"九一八""一·二八"、伪满洲国成立、华北危急等重大变故,中日关系日趋白热化,民众反日情绪不断高涨,我官方抗战立场渐趋明朗。中朝方面,"九一八事变"后"中国国民党与韩国反日独立运动之关系发生了重大变化","尤其在 1932 年 4 月 29 日上海虹口公园发生韩国志士尹奉吉掷弹事件后,国民党最高当局开始直接关注韩国反日独立运动,采用各种公开或秘密的方式,支持旅华韩侨的反日复国斗争"①。《一羽》中,鲜民入我国籍的策略、我外交当局以理抗争、"我"对侵略的觉醒等细节,表明当时中国上下对朝鲜反日的态度已从不公开表态的同情渐变为实质性的扶持与联合,这或许就是文学创作对国际生态环境变化的一种体认。从《山鹰的咆哮》到《一羽》,中、日、朝三者关系微妙转变的历史身影留在了文学之中。

中朝同属被宰割民族,民族独立的道路上日本帝国主义是我们共同的敌人,《山鹰的咆哮》与《一羽》或隐或显地表达了中朝面对敌手日本时的同袍之谊。另一方面,中朝交往虽久,但国家利益复杂,日本又从中作梗极力阻挠中朝联手,挑拨之下同袍或有龃龉。

《山鹰的咆哮》中革命青年张侠魂与当地百姓皮嘉善曾有过一段对话:

(皮嘉善)"唉,你,张先生,我想中国人比日本人好。……你说怎样?"老人似乎急待着张侠魂的回复。

(张侠魂)"这,老先生,日本人加给我们的痛苦,在这几千年来真是非语言和文字能够形容的……但是,我们只是在中国人的统治下当一个进贡的蛮夷,那时我们哪晓得在亡国后有如此痛苦?……但是,老先生,还是感激日本人,他们使朝鲜有受教育的机会,谁个管它的奴隶教育,却是与他们的初心相反,在日本人学校出身的知识青年都成了反叛的人们,一走出了他们的学校便咆哮着朝鲜的自由和独立。……唉,老先生,你的大少爷也是这样有为的青年。……"

面对中国与日本哪个对朝鲜更好的问题张侠魂没有正面回答,在他看来,日本之于朝鲜固有亡国之恨,然中国治下的朝鲜也仅是"一个进贡的蛮夷"。朝鲜民众追求本民族自由、独立,日本殖民地的标签诚属极大的屈辱,而中国藩属的定位恐也实非所愿,中朝芥蒂或许由此潜伏。我境内鲜民品流复杂,有胡澄

---

① 石源华:《韩国反日独立运动史论》,第 24 页。

子、李奉昌等令中国民众肃然起敬奉为榜样的革命志士，也不乏《皓月当空》中仗势欺人胡作非为的流氓无赖。上海为大韩民国临时政府所在地汇聚不少民族精英，但也有韩人借日人势力欺压华人为非作歹，当地市民对其印象极差。中朝感情本身既非铁板一块，又普通民众之间彼此隔膜兼之生存压力，为日后受人利用，引起摩擦埋下隐患。

19世纪中叶朝侨移民我国东北者渐多，1910年日本吞并朝鲜后，我东北境内朝侨激增，"1910年东北地区朝侨人口仅为109000人，到1931年'九一八事变'前，激增为630982人"①。鲜民入境既有躲避日寇迫害的考量，又与日本"日人殖鲜，鲜人殖满"的殖民政策有关："1927年臭名昭著的《田中奏折》，对这一政策说得十分露骨：'朝鲜民移住东三省之众，可为母国（指日本）民而开拓满蒙处女地，以便母国民进取。''按在满蒙之朝鲜人如扩张至二百五十万以上者，待有事之秋，则以朝鲜人为原子，而作军事活动，更借取缔②为名，而援助其行动。'"③ 以上种种，鲜民大量涌入，中国民众虽有疑虑但并非皆以"非我族类其心必异"的激烈态度对之，对于热诚抗敌者我们引为战友，勤劳善良者我们和平待之，但对受人蒙蔽无理寻衅者我们定会据理力争。

为入侵东北，1931年7月日本利用朝鲜移民制造万宝山事件。"1931年4月，朝鲜移民与中国当地农民为争水夺地产生纠纷。5月底经中国当地县政府出面调解，已有和平解决的可能。然而，在日本驻长春领事馆的干涉下，中国地方当局的交涉受到阻挠，朝鲜侨农与中国农民的矛盾进一步激化。7月初，日本驻长春领事馆警署主任中川义治郎率日警，荷枪实弹赶到事发地马家哨口，欲镇压来此平渠的中国农民。中国农民代表孙荣卿与中川义治郎进行了激烈的争辩。""日警理屈词穷，恼羞成怒，当下鸣枪伤人，滥捕中国农民。接着又增派日警数十名，并携带山炮、枪支等武器来到现场，挑唆朝鲜侨农重新挖渠筑坝，强行引水灌田。"④ 与此同时，日本在韩进行虚假宣传，致使韩民暴动排华，给我华侨造成难以估量的生命、财产损失。中国舆论对此事严重关切，积极曝光事件真相，谴责暴民排华，呼吁国人以大局为重，忍痛联合抗日。《民国日报》接连发表社论，分析"日纵韩民排华之背景"，提醒当局注

---

① 杨昭全：《中朝关系史论文集》，第308页。
② 日语"取缔"应译为汉语"管理"。——引者注
③ 杨昭全：《中朝关系史论文集》，第311页。
④ 张宪文等：《中华民国史》第2卷，南京：南京大学出版社，2006年，第245页。

意"东北的危机",要求"中央调查损害确数"惩膺罪魁,但最终指向仍在联韩反日。

《关东人家》① 以此事件为背景,描写日本挑唆下,朝鲜侨农与中国农民之间的冲突,控诉日本侵略行径,引导民众顾全大局团结抗战。作品通过云山老人的心理活动表现中朝农民摩擦:"他靠在河边地亩的尽头的那条曲折的小道,一点也不敢停息的走着……走到那里去,连他自己也莫名其妙,他心里只直觉的感到这里是不好站住的,因为近来这些地方,已一再被东洋人指挥的……抢杀过了。在这里,常常埋伏着高丽人,他们只要一看到那些背着锄铲的庄稼人上地来,便就偷偷的一下。不是杀了你,便是给你个管教你一生也不曾忘的教训。这样半年来,河两岸已不知死伤了多少的好人,尤其是在六月里的那次反抗高丽人横伊通河筑坝的事,不是一次就叫东洋人开枪打死了两千好百姓吗!"高丽横行实为东洋操控,日人枪炮前我百姓无辜受辱,"虽然这些好百姓都是无辜的,谁也没有犯过什么错,可是,结果是白死了"。国民遭难政府抗议,奈何力不如人境遇尴尬,"事后政府也曾提出抗议过。但还有什么用处呢?政府不也和无力的老百姓般的受着鬼子们的欺凌吗!没有力量的人有什么话好说呢?"外敌当前,国、民荣辱与共。日本辱我家国意在制造事端,占我山河,"……鬼子兵,在关东满洲越闹越不像话了,中国人简直已求猪狗的待遇不可得了。但是,就这样他们还不满意,结果,云山爷他们连两个月也未得拖,关东军便在九月十八号的半夜工夫占了沈阳,到第二天黄昏的时候,又把靠着伊通河的公主领、长春和南岭等地方,抓在东洋鬼子的黑爪下了"。《关东人家》创作于"九一八事变"七周年之际,在中朝携手抗敌的大环境下,作品没有回避中朝民众的矛盾,但将祸根归结为日寇的阴谋、挑唆,矛头所指仍是日本侵略者,这也颇合当日的舆论基调。面对共同的敌人,中国民众最终顾全大局"决不为土地的依恋所羁绊,而一致和他们起先仇视的人们,为了抗日反帝这一新任务而拉了兄弟的手"。作品由此回归团结抗战的主旨。

《关东人家》从民族、国家立场出发,目的在鼓励全民坚持抗战。同样以万宝山事件为题材,李辉英创作的特点在于将阶级话语与反帝结合。作者借李竟平之口分析朝鲜侨农何以落户万宝山:

> 日本子头道沟领事收纳了中川警部的建议,实行开辟万宝山水田,中川警部是专门到咱们各屯探查虚实的坏东西!他看到万宝山一带地方很

---

① 沙雁:《关东人家》,《文艺月刊·战时特刊》1938年第2卷第3期。

好,一片荒地可以开荒种稻。万宝山有些好风景,万宝山地位好,想借种水田为名,招来些高丽人,然后用高丽人霸占咱们人的田地,引起来交涉,日本人好派兵占领万宝山这地方……知道么?可是这都因为郝永德名下的"长农稻田公司"是日本人背地里拿钱开的,背地捣乱,这是最重要的一点!日本子占了万宝山之后,就和头道沟打成一片,划成租界,要不也做了头道沟附近避暑地,屏障,好一好,从这向北可以侵占哈尔滨,向西到扶余过江可以占江省,你们看这就是日本子的诡计!①

日人利用朝侨图我领土,这与《关东人家》见解相当,但事情似乎没有这么简单,李竟平认为日人最终意图乃"一二年后占去吉林和江省交界地,然后同大鼻子②开仗,大鼻子是××国,人人做活人人有饭吃,日本子人怕他们本国没钱人起来闹事,所以要打大鼻子;大鼻子要是打败了,谁也不会相信大鼻子的主义,那么就没有人附和了,他们多凶啊!"③ 作者一再强调日人的"险恶用心":"至于日本子一定要占万宝山,像我上次说的,他重要的地方是想和大鼻子开火!帝国主义的官,都是有钱人,怕穷人起来推到他们,怕大鼻子宣传穷人帮助穷人打倒他们,他们要拼命消灭大鼻子,要不他们自己就做不成官!因为帝国主义国家里也有很多穷人,大鼻子这几年人人都好,没有大富的,也没有太穷的,别国穷人见到都想照这样学,帝国主义怕这一点,所以用两种方法来制止:一种是对国内大多数穷人极力压迫,一种是对大鼻子共同监视,有机会就进攻。"④ 说到底,日本人图谋万宝山、进攻东三省皆因害怕苏俄共产旋风威胁日本统治阶级利益,日本亡我的家国恨转变为世界无产者与剥削者的阶级仇。《关东人家》里的中朝农民相互仇视,在阶级话语中被无产者天然联合所取代:"高丽人有些比咱们人明白的多,他们因为吃不了日本子的苦处,时时有想去反抗日本子,咱们老百姓和他们都是一样吃日本子的苦,受官家的气,为什么不快反抗呢!想法和他们都联到一起,和他们往来,探寻些他们的日常情形,又同是被帝国主义压迫的人,大家定要紧紧地连在一处才行;这样一来,力量雄厚,就可以和帝国主义做持久斗争啦,做打倒帝国主义的工作

---

① 李辉英:《万宝山》,上海湖风书局出版,1933 年,第 125—126 页。
② 大鼻子是东三省人对俄国人的通称,作者原注,第 134 页。
③ 李辉英:《万宝山》,第 126 页。
④ 同上,第 217—218 页。

啦!"①《万宝山》显示,欺压中国百姓的不包括朝鲜侨农而是"奸商,官家,日本子",国民党当局与汉奸、日寇俱成祸首,"中国官都有钱,他们不管日本人来也好,英国人来也好,美国人来也好,灭亡了国家由它,反正有钱哪里都有福享。因为他们和帝国主义勾结在一块的,他们可以靠帝国主义势力来刮老百姓钱,只是苦了老百姓,没钱人处处转不动"②。看来,万宝山一带的村民不止肩负打倒帝国主义、保护"大鼻子"的重任,推翻本国统治阶级同样时不我待。

1931年7月7日,中、日、朝三国共产党中央,就万宝山案联合发表《告中、日、朝三国劳苦大众的檄文》。檄文认为日本造成此事意在制造中朝仇恨,同时"进一步实现其满蒙政策,进攻苏维埃联邦,残酷地屠杀中国的革命大众,残酷地镇压国内的无产阶级运动"。文章指责国民党"投降帝国主义,出卖中国民众的利益,屠杀中国国民的杀人魁首国民党,对其他帝国主义者凡是屠杀中国民众的一切事件都有责任。同样,对这次的事件也是主要的责任者。"同时认为"国民党利用万宝山事变进行反对朝鲜人、日本人的狭隘民族主义"。最后,号召"中国、日本、朝鲜的工人、农民及一切劳苦大众,对帝国主义和国民党的这种欺骗的唯一回答,就是我们无论是什么民族,团结一致打倒帝国主义及地主资产阶级的国民党,拥护苏维埃联邦,拥护中国苏维埃政府,拥护红军。只有斗争,才能从帝国主义铁蹄下解放日本、朝鲜及中国的广大工农劳苦大众"。《万宝山》中的许多观点与党的政策暗合。东北作家李辉英三十年代在上海参加左联,与丁玲颇有过从,《万宝山》经由丁玲修改③。由此,《万宝山》观点与檄文大致相同,也许就"事出有因"了。

《万宝山》1933年面世,其时,日本挥刀在前,国共纷争未已。左翼立场

---

① 李辉英:《万宝山》,第131—132页。
② 同上,第218页。
③ 李辉英与丁玲交往及参加左联事,见柳苏《东北雪东方珠——李辉英周年祭》,《读书》1992年第7期。实际上,在1931年11月,丁玲主编的《北斗》(第1卷第3期)上就曾刊登周裕之《奸细》,借曾报道、煽动万宝山事件的朝鲜记者金利生之死揭露日本刻意制造万宝山事件,借此引发中韩争端的阴谋,与李辉英《万宝山》相比,此文较少涉及阶级话语,重点在叙述事情经过。本期还刊登沈起予《蓬莱夜话》,讲述因参加革命活动被捕留日中国学生在日本监狱的见闻,作品最后号召"日本、中国、朝鲜的被压迫民众联合起来!""打倒日本帝国主义!"。这两篇作品的出现,表明左翼作家此时已关注万宝山事件,关注中、日、朝问题。

使李辉英对国民政府难有好感,反帝之外不忘阶级斗争①。《关东人家》出于《文艺月刊》,对当局姿态不会太过激进,1938年处于坚持抗战的关键时刻,团结抗战既是官方口径又属大势所趋,凸显一致对外的民族话语恰逢其时。尽管《万宝山》夹杂阶级话语,《关东人家》突出民族主义,但二者都透露出中朝确有摩擦,民族大义面前又携手抗敌的历史事实。

---

① 另一位持左翼立场的作家胡风,1930年代翻译过张赫宙、李北鸣、郑遇尚三位朝鲜作家的四篇小说,张赫宙的《上坟去的男子》主要表现了朝鲜国内的民族主义运动,另外一篇《山灵》,与李北鸣《初阵》、郑遇尚《声》将工人反抗厂主、农民反抗地主的阶级斗争与反日活动相结合,民族与阶级话语共生。胡风译作参见《胡风译文集》,北京:人民文学出版社,1986年。

第二编 《文艺月刊》与"九一八"纪念

《文艺月刊》支持民族主义文艺运动，持续关注"九一八"，树立国难意识，坚定民众抗日信念。自1931年"九一八事变"发生后，《文艺月刊》几乎逐年推出纪念作品，从最初讣告式的《致哀》到《世界底污点》《期待》《诗人底画像》《十字架上》等。这些作品刻画了不同的形象，从大孤山的英烈到生活中的小"我"，透露出不同时期的社会气象，有国联外交的隐忍有热河失陷的悲愤。尽管抗争主体不一，国内局势变幻，作家们的指归无一不是抗日救国。通过这些作品，"九一八"至1937年全面抗战爆发前，中华民族的屈辱与抗争在《文艺月刊》上展露一角。抗战全面爆发后，日寇大举侵华，国共携手抗日，国内、外形势瞬息万变，国共两党将注意力灌注于长期抗日抗战建国，此后，"九一八"纪念又有了更为现实的意义。

第一章　1931年《文艺月刊》对"九一八事变"的默哀

1931年9月19日,"九一八事变"的消息随张学良的通电发出,"顷据沈阳臧主席、荣参谋长皓卯电称:万急,副司令钧鉴,详密。日兵自昨晚十时,开始向我北大营驻军实行攻击,我军抱不抵抗主义,毫无反响,日兵竟致侵入营房,举火焚烧,并将我兵驱逐出营。同时用野炮轰击北大营及兵工厂,该厂至即时止,尚无损失,北大营迫击炮库被毁,迫击炮厂亦被占领,死伤官兵待查。城内外各警察分所,均被日兵射击,警士被驱退出,无线电发报台亦被侵入。向日领迭次交涉,乃以军队之行动,外交官不能制止等语相告,显系支吾,并云由我军破坏南满路之桥梁而起,实属捏词。截至本日午前五时,尚未停止枪炮。以上等情,均经通知各国领事,伊等尚无表示,职等现均主张不予抵抗,以免地方糜烂。馀续电,并已转电南京政府谨陈。臧式毅、荣臻叩皓卯印等语。最后复得沈电台报告,日军已于今晨六时三十分入省城,占据各衙署各通讯机关,驱逐我警察,遮断我北宁路。此后消息完全阻断,情况不明。日方宣传,因我军袭击南满路,故日军施行追击。但事实上我方绝无此事,即日军犯我北大营时,亦毫无与之抵抗。除电呈国民政府外,敬电奉闻。张学良叩皓(十九日)印"①。9月20日,上海《民国日报》以《日军昨晨强占沈阳》为标题,全文转发此电,并辟两版对此事进行密集报道,关注东省事态发展,声讨日寇侵略。9月30日,"九一八事变"12天后,《文艺月刊》第二卷第九期出版,在扉页上,刊物登出讣告式的《致哀》:

致哀:为国难牺牲的同胞致哀

---

① 《张学良为日军进犯沈阳北大营通电》,秦孝仪主编:《中华民国重要史料初编——对日抗战时期·绪编(一)》,中国国民党中央委员会党史委员会,1981年,第257—258页。

  公理与和平在弱小民族的每个人的翘盼里。强暴者说：这里太多了，我们也不稀罕，去！大批地交给你。来了——是漫无边际的乌烟瘴气，是闪着光的刀刃，是疾飞着的弹粒……结果，公理浸在殷红的血泊里，和平踏着白皑皑的骨堆。

  骨是我们弱小民族的山，血是我们弱小民族的河；骨血是我们弱小民族的礼赞之歌。去！还给你，这和平，这公理。我们这里还有正在沸腾着的鲜血，还有不死的亿万人的精灵：将血液把所有的狞恶的强暴者易色，把精灵筑成我们弱小民族的一条万里长城。

自此，四个月零六天后，东三省全部沦陷。"九一八事变"发生后，最高当局授意东省地方"抱不抵抗主义"，"国民政府把解决中、日冲突的希望寄托在依赖国联'主持公道'上"①。1931 年 9 月 22 日，蒋介石在南京市党部党员大会上要求，"我国民此刻必须上下一致，先以公理对强权，以和平对野蛮，忍痛含愤，暂取逆来顺受态度，以待国际公理之判断"②。9 月 23 日，国民政府重申，"政府现时既以此次案件诉之于国联行政会"，"故已严格命令全国军队，对日军避免冲突，对于国民亦一致告诫，务必维持严肃镇静之态度"，"以文明对野蛮，以合理态度显露无理暴行之罪恶，以期公理之必伸"③。于是，不准抵抗的弱小民族束手翘盼，期待国联伸张正义、日寇奉还和平。日本视侵华为既定国策，"不稀罕"公理，任国联自说自话，"乌烟瘴气"的争吵声中，日寇的刀刃与枪炮依旧屠戮东省，有加无已。"自 9 月 19 日至 25 日，短短几天时间，辽宁、吉林两省的千里河山、主要城镇和交通枢纽都落入日本侵略者之手"④，东省民众等来的是"殷红的血泊"与"白皑皑的骨堆"，屠刀下的不抵抗，令我家国破碎，公理、和平终成泡影。日寇凶残，政府退让，然我民气凝聚、激昂，致祭过牺牲同胞，亿万不死精灵鲜血沸腾，高唱战歌，要用热血"把所有的狞恶的强暴者易色"，誓将生命筑成长城抗击入侵，为我民族而战。《致哀》借我翘盼公理之状，暗示当局"逆来顺受""以待国际公理之判断"的对敌策略。遇难同胞的尸骸，不止控诉了日军的杀戮与国联的乏力，对

---

  ① 张宪文等：《中华民国史》第 2 卷，第 395 页。
  ② 《蒋主席讲词：一致奋起共救危亡》，秦孝仪主编：《中华民国重要史料初编——对日抗战时期·绪编（一）》，第 283 页。
  ③ 《国民政府告全国国民书》，秦孝仪主编：《中华民国重要史料初编——对日抗战时期·绪编（一）》，第 286—287 页。
  ④ 张宪文等：《中华民国史》第 2 卷，第 254 页。

不抵抗政策也是一种谴责。文末，鼓动全民族众志成城，以生命抵御侵略，奋勇、坚毅的抗争精神与"严肃镇静"之"文明"态度，自有不同，差别声中，透露出《文艺月刊》对当局政策的质疑。

"九一八事变"发生后，在爱国热情激励之下，抗日救亡运动蜂起，举国抗日之声沸腾，"许多人口密集的大中城市纷纷召开各界抗日救国大会，举行游行示威"，在"全国抗日救亡浪潮中，广大学生成为桥梁和先锋"，"广大学生纷纷发表通电，组织集会游行，进行抗日宣传，建立抗日救亡团体和抗日义勇军，要求政府停止内战，一致对外，出兵抗日"①，一时言战之声激烈。国难后，王礼锡、陆晶清编辑的《读书杂志》快速推出《东北与日本》②专号，从日本的政治、经济与远东国际形势等方面讨论"九一八事变"的发生、发展，探索"满洲事变后之国际国内的形式与中华民族的出路"。《世界与中国》③杂志出版《东三省事变特号》，介绍日本"大陆政策"，分析其军事、经济、文化等政策中的侵略性，抨击不抵抗政策，声援学生抗日运动，阐述"九一八事变"与世界的意义，认为此乃"第二次世界大战底警号"。甚至行业性质的《铁路月刊》④也从专业角度，揭露"日本侵占东三省铁路之现状"，估算"九一八事变后东北各路损失"。文学方面，上海《申报·青年园地》与《民国日报·觉悟》适时刊载了大量爱国青年关于"九一八事变"的诗歌，以此为代表的"九一八"诗篇，记录了我国丧失土地的屈辱与同胞的苦难，抨击了政府的对日妥协政策也揭露了部分民众的麻木不仁，更唱出了舍身报国、团结抗日的铁血战歌。青年们"慷慨悲歌""发扬踔厉"，艺术虽不尽善但爱国赤诚不容抹杀。国难面前，通俗作家也表现不俗，面对危亡张恨水高唱"一腔热血沙场洒，要洗关东万里图"，他的《太平花》《满城风雨》《九月十八》《弯弓集》等一系列作品以不同的体裁表现了同样的国家话语。其他"通俗文学作家纷纷创作'国难小说'，譬如有程瞻庐的《疑云》，徐卓呆的《往哪里逃》和《不栉的女进士》，顾明道的《为谁牺牲》，黄南丁的《肥大佐》，汪仲贤的《恐怖之窟》"⑤。关注国难的还有大量旧体诗词，在"九一八""这一家国巨劫的大事变之后，旧体诗词出现了20世纪以来第二个创作高峰，作者来

---

① 张宪文等：《中华民国史》第2卷，第296—297页。
② 《读书杂志》（东北与日本专号）1931年第1卷第7、8期合刊。
③ 《世界与中国》（东三省事变特号）1931年第2卷第1期。
④ 《铁路月刊》（津浦线）1931年第1卷第14期。
⑤ 秦弓：《现代通俗文学的生态、价值及评价问题》，《南都学坛》2010年第30卷第3期。

自社会各阶层,有世家文人、教师、军人、学生等等"[1]。与此相比,《文艺月刊》第二卷第九期除简短的《致哀》,其他内容均与"九一八事变"无关,之后直到1933年初,各期内容均未明确提及此事,对比于各界对此次国难的强烈反响,《文艺月刊》的举动更像"默哀"。

毋庸讳言,《文艺月刊》支持带有国家意识形态色彩的民族主义文艺运动,国难当头,鼓舞民气、凝聚力量是本职工作,由此决定了《致哀》坚韧不屈的感情基调,在政府不抵抗与国联虚与委蛇的情况下,东省丧师失地,民众家破人亡,惨状有目共睹,对此,《文艺月刊》并未遮掩,血泊中的白骨表达的不止沉痛,也隐含对当局决策的批评。不过,与《觉悟》《青年园地》壮怀激烈的铁血青年不同,《文艺月刊》的编撰群体,姿态温和,对时局与国策,更多冷静观察与理性思考,发言立意谨慎、低调。1931年9月22日,蒋介石在南京市党部党员大会中,就"九一八事变"讲话,"告诫民众,严守秩序,服从政府,尊重纪律,勿作轨外之妄动"[2]。同日,《中国国民党中央执行委员会告全国同胞书》同样指出,"艰危之局,非虚声所能挽回,亦非仅凭感情冲动之表示,所能有效"[3]。9月23日,国民政府告诫民众,"断不容以任何意气情感,摇动中央所决定之方策与步骤"[4]。面对学生要求政府出兵的呼声,国民党中央明确答复,"夫宣战问题,决不能以学生之罢课与否为衡者也"[5],显然不支持学生运动。《文艺月刊》同人不乏爱国之心,但在上述背景下,对当局政策虽有质疑,却不会强项指责,本来,刊物强调文学性,对政治不易高调表态,再者,刊物若要长久生存、发挥影响,对上意见表达也应讲究策略、考虑方式。针对家国惨变,《文艺月刊》沉痛致哀,悼我遇难同胞,鼓我民族斗志,用无所畏惧的声音表明刊物态度,在大众舆论与政府尖锐对立之时,编者选择收敛锋芒,避免对当局刺激过度,以图后继。时事多变,《民国日报》言辞激烈,在日军压力下,1932年1月26日被迫封喉,《青年园地》发扬踔厉,但

---

[1] 薛勤:《"九一八"文学旧体诗词初评》,《辽宁大学学报》(哲学社会科学版)2007年第35卷第6期。

[2] 《蒋主席讲词:一致奋起共救危亡》,秦孝仪主编:《中华民国重要史料初编——对日抗战时期·绪编(一)》,第283页。

[3] 《中国国民党中央执行委员会告全国同胞书》,秦孝仪主编:《中华民国重要史料初编——对日抗战时期·绪编(一)》,第284页。

[4] 《国民政府告全国国民书》,秦孝仪主编:《中华民国重要史料初编——对日抗战时期·绪编(一)》,第287页。

[5] 《中国国民党中央执行委员会告全国学生书》,秦孝仪主编:《中华民国重要史料初编——对日抗战时期·绪编(一)》,第290页。

热度难继，于 1932 年停出，当日低调的《文艺月刊》，却在此后漫长的抗战岁月中，以自己的方式，不断提醒国人勿忘"九一八"国难，鼓舞民族精神，引导抗战舆论，在抗战史上发出悠长的声响。

1931 年 9 月 28 日，《文艺月刊》刊出《致哀》两天前，《文学导报》① 登载了中国左翼作家联盟公布于 9 月 26 日的《告国际无产阶级及劳动民众的文化组织书》，就"九一八事变"发表看法。左联接受中共领导，而"早在大革命之前，许多中国共产党人就已经渐渐习惯于按照共产国际那种机械的黑是黑，白是白的阶级分析方法，去看待复杂的国际关系了，习惯于从社会主义苏联与资本主义世界根本对立的角度，把一切资本主义国家统统看成是自己的敌人。大革命失败之后，特别是斯大林以及共产国际'六大'公开向各国共产党人提出'保卫苏联'的历史使命之后，中国共产党人更是一度直接把中国革命的胜利同根本摧毁帝国主义统治的世界革命联系起来"②，共产国际的这种论调，此时，也出现在左联的这份宣言中。宣言对日军出兵东省表示愤慨，斥责国联尤其美国袒护日本，并重点剖析了日军出兵原因："日本资产阶级""不信任他们在中国的走狗——国民党的领袖蒋介石张学良等等，不信任国民党能够替他们扑灭中国的工农群众的苏维埃运动"。因此，日本"实行亲自出兵的政策"。而日本更深层目的，"还在于占领远东方面进攻苏联的军事基础地"，"日本出兵满洲"，"是进攻苏联的战争的第一步"。苏联是无产阶级的"共同祖国"，现在"国际帝国主义"要"进攻我们的共同的祖国"，"日本的出兵满洲，正是这种阴谋具体化的第一步"，"我们和你们的共同责任，是用一切，用自己的鲜血，用自己的性命来拥护苏联，反对进攻苏联的帝国主义的战争"。"总之，日本帝国主义的占领满洲"是"帝国主义联合进攻苏联的战争，帝国主义进攻中国革命，奴役，压迫，剥削屠杀中国劳动民众的帝国主义战争的第一步"，"这是国际帝国主义的资产阶级的拼命的垂死的挣扎，他们所要的不仅是我们的血，而且是你们全世界劳动者的血，他们妄想用我们和你们的血——几千百万人的血来挽救资本主义剥削制度的灭亡。他们妄想用空前巨大的冒险投机政策，来镇压住中国的苏维埃革命，扑灭无产阶级的祖国苏联"。左联这

---

① 《文学导报》1931 年第 1 卷第 5 期。左联外围刊物《文艺新闻》，1931 年 9 月 28 日第 29 号，10 月 5 日第 30 号，10 月 10 日第 31 号，均刊登有关于"九一八事变"的文章，与《文学导报》遥相呼应，立场一致，但比之《文艺新闻》，《文学导报》声音更加激烈，报道密集，更能反映左联态度。

② 杨奎松：《中间地带的革命——中国革命的策略在国际背景下的演变》，北京：中共中央党校出版社，1992 年，第 244 页。

份文件认为，日本出兵目的在镇压中国无产阶级，维护日本资产阶级利益，进而联合帝国主义，进攻世界无产阶级共同的祖国苏联，归根结底，这是全世界剥削阶级与劳动者的阶级矛盾，中华民族亡国灭种的危机面前，左联这种教条式的理念依旧挥之不去。

日本侵华野心由来已久，"日本侵华政策源于19世纪70年代明治维新时期"，"甲午战争以后，日本不断策划侵略中国的新阴谋"①。民国以后，日本先后提出二十一条、召开"东方会议"，制造济南惨案、万宝山惨案、中村事件等，蠢动不断。既定政策下，日本积极准备入侵东北阴谋灭亡中国，中日一战只在早晚。日本终极幻想乃吞并中国、称霸世界，其军国主义的对外扩张政策不以中国的社会性质为转移，侵华势在必行，1930年代的世界性经济危机只是给日本军方提供了出兵的借口，与"扑灭中国的工农群众的苏维埃运动"同为烟幕。日寇侵华，遭受屠戮的是中华民族，并非仅限某一阶级，这是对中华民族的侵略，若国将不存又何有阶级之说。左联的宣言，以阶级划分敌我，非团结御侮之道，且反复强调日本出兵意在苏联，将之归咎为国际劳资纷争，对国际政治的看法过于单纯。在东省沦亡之际，左联淡化自我民族危机，缺乏现实的救亡方针，认为"日本出兵满洲"是"进攻苏联的战争的第一步"，决心"用自己的鲜血，用自己的性命来拥护苏联，反对进攻苏联的帝国主义的战争"，无私的国际主义胸怀不合时宜。

日寇屠刀下，国人化为齑粉，领土沦陷异族，面对深重的国仇家恨，国共相互仇视如故。1930年底至"九一八事变"前，国民党对红军三次"围剿"，"九一八事变"发生后，对苏区进攻未停，你死我亡的境地中，国共矛盾尖锐。左联乃中共外围组织，服从中共纪律，推广阶级学说，与中共同进退，由此，不断受到政府打压生存艰难，对当局自然难有好感，推己及人，宣称"中国的劳动民众""只相信自己的力量——绝对不相信中国的豪绅地主资产阶级。中国豪绅地主资产阶级的代表政党——国民党早已是帝国主义的走狗。"左联还斥责国民党"一手拿着吃人的三民主义的经典，一手拿着帝国主义御赐的枪炮，拼命的屠杀中国的工农，进攻中国的红军。""九一八事变"中，又"把满洲送给帝国主义，做进攻苏联的军事根据地"，反共、反苏证据确凿，阶级觉悟感召下，"中国的工农民众只有相信自己的力量，他们认清国民党是自己的仇敌。中国国民党而且是全世界劳动民众的仇敌！"中外民众并未发声，想法如何已无确证，但仇敌之说至少是左联的愤激之言。1931年9月20日，国

---

① 张宪文等著：《中华民国史》第2卷，第242页。

民党中央委员会就日军侵华对各级党部发布训令，其中敌视中共与左联攻击"党国"异曲同工。"围剿"红军，已使立场鲜明的左联对国民党不满，此番日军出兵东省，国民党不予抵抗，左联眼中，这无异于协助日本进攻"祖国苏联"，更是中日资产阶级迫害世界无产阶级的铁证，中日复杂的民族矛盾被非黑即白的阶级仇恨取代。国难的降临，成为左联笔伐国民党、宣扬中共理论的契机，国民党也以此为由坚持反共。外敌当前国人依旧反目，舆论中的家国惨变难掩政党政治的色彩。

左联宣传工作细致，为扩大影响，本期《文学导报》还刊登了歌谣形式的《东洋人出兵》①，用上海话、北方话分别写出，意在广泛传播。此作宣扬阶级理论，号召捍卫苏联，鼓动讨伐国民党，可视为《告国际无产阶级及劳动民众的文化组织书》的通俗、浓缩版。全文共十五节，简要抄录如下：

一

说起出兵满洲的东洋人，先要问一问原因才成。只因为有钱的中国人，狼心狗肺是生成，天天晚晚吃穷人，吃得个头昏眼花发热昏。有了刀，杀工人，有了钱，打农民，等到日本出兵占了东三省，乌龟头就缩缩进，总司令在叫退兵，国民党在叫镇静，可是难为了咱们小百姓，真是把我们四万万送人情。

二

千刀万剐的国民党不是人，打来打去只打小百姓，就是为着抢人吃，帝国主义里头抢不清，先叫国民党呀来帮衬，帮忙帮的不称心，日本自己来出兵，张学良走狗要做不成。

三

还要问一问国民党竟是什么人，原来是资本家地主的假名称，他们都是奴才性，卖国卖民要卖得干干净，只怕碰着工农兵，外国的中国的大人都惊心，国民党就赌咒发誓去打红军，哪知道打了半年打不胜，帝国主义说我对你不相信，要想亲手来打中国的工农兵，这也是东洋军阀出兵的大原因。

四

帝国主义是外国人，外国人里头也有好人，这些好人是工人，还有农民跟穷人，只有资本家才是坏人，他们是帝国主义成了精。讲到俄国的工

---

① 史铁儿：《东洋人出兵》（乱来腔），《文学导报》1931年第1卷第5期。

农兵，十四年前大革命，他们的地主资本家已经打干净，各国的工人跟穷人，俄国苏联的工农兵，这些人才能够帮助我们的穷人。
……

十三

现在除出有钱的中国人，大家都要起来大革命，问你是不是好好的人，做奴隶你是不是甘心，劝你反对国民党还要趁早申明，不要等到工农大革命，那时候逃命也逃不成，因为国民党等于私通日本人，走狗做得成了精，花言巧语会骗人，现在戳穿西洋镜，大家起来要他们的命。
……

十五

全中国的工农兵，大家起来大革命，革命才能打退日本人，国民党叫你镇静是送命。请问哪一个肯送命，国民党的话就请他去听。不止蒋王张汪几个人，地主资本家都是祸根，咱们穷人起来练大兵，打倒国民党救自己的命。怎么才能救自己的命，大家选出工农兵，起来管理中国的事情，自己组织起来做红军，联合世界上的工农兵，保护苏联的大革命，叫醒日本的工农跟日本的兵，打退日本的军阀跟有钱的人。全中国的工农兵，大家起来大革命，革命才能打退日本人，国民党叫你镇静是要送你的命。

作品简单、通俗，宣传意图明确，全篇由"九一八事变"引出，着墨并不多即迅速转入主题：抨击国民党，宣传阶级论，鼓动工农兵。作家因之国难，将救国口号与中共政治理念相结合，着眼点还是武装工农推翻国民党统治的政治诉求，宣传缘起可变，革命精神永恒，屠杀工农的阶级阴谋已经降临，拯救大众的政治使命更显紧迫，如此执着于彻底革命的理想，对民众高涨的民族情绪却估计不足。

为紧扣时代脉搏，10月23日《文学导报》①又发布了左联《告无产阶级作家革命作家及一切爱好文艺的青年》一文，论述重点仍是"日本的占领东三省，首先是对于中国苏维埃革命的进攻，首先是对于建设着社会主义的苏联准备战争"。本期同时刊登了洛扬的《统治阶级的'反日大众文艺'之检查》与石萌《评所谓'文艺救国'的新现象》。"九一八事变"后，与国难相关的文艺作品层出，它们或图解当局政策或鼓动民众抗日，这些作品均遭洛扬贬斥：诸如国民党市、区党部、上海市立民众教育馆筹备处等推出的抗日宣传品，被

---

① 《文学导报》1931年第1卷第6、7期合刊。

批为"骗"字当头的民族主义文艺；通俗的例如《抗日小热昏》《新编时调日本强夺东三省》《打东洋五更调》等歌谣被归为麻醉民众的"封建余孽"的"服务统治阶级的'大众文艺'"；普通民众"纯粹出于'爱国心'的企图'唤醒同胞'的大众宣传"，一样是"统治阶级的反动的大众宣传"。不止文艺作品，一些基于抗日义愤成立的文学团体同样遭到批驳。石萌就指出，类似谢六逸、赵景深等"灰色"文人，组织上海文艺界救国会，无疑是民族主义"最新式的欺骗麻醉政策"，中国文学青年联盟也无非是"对于政治的认识不很正确"的"小资产阶级"的团体，如果他们不接受工农领导，"结果只是做了统治阶级的奸细"，"革命的群众惟有一脚踢开他们去！"非我阶级，其心必异。除此，还有《"民族主义文学"的任务和运命》对民族主义文艺进行专门批驳，讥诮声中，反证民族主义文艺势头颇劲。除旧还需布新，《关于革命的反帝大众文艺的工作》既是炉灶另起之意，此话题在"九一八事变"一周年时，仍然有效。

透过左联的批判，我们恰好看到了当时因国难而活跃的文坛。1931年，民族危亡的刺激下，社会上涌现出不少激励民气之作，无论官方与民间，这些声音的背后都不乏因外敌入侵而激起的爱国热忱，只是形态各异，有的感情迸发、激昂慷慨，例如热血青年之"九一八"诗歌等，也有低调内敛却张力暗藏如《文艺月刊》者，同时不乏声东击西、锋芒毕露似《文学导报》者，各色声响，因"九一八事变"而交织、错杂，将一出精彩的变奏交响曲搬上历史舞台。

第二章　1932年《文艺月刊》对国联外交的支持

1932年9月18日星期日，"南京军政部电全国各军师"，"下半旗一日"，南京"各院部会各级党部，遵中央令，虽值星期，全体公务人员，照常工作，免去例假"，"各学校照常上课，各工厂照常工作，娱乐场一概停止并停止宴会"。这一天，"九一八事变"一周年，南京国民党中央党部于"上午十时"，"在大礼堂举行""九一八"国难纪念会，"由中委叶楚伧报告事实，讲述国难严重，警醒国人，努力团结，救国御侮"①，上海、镇江、北平、长沙、福州等地同时展开纪念。《文艺月刊》址设南京，主编王平陵、左恭、钟天心、缪崇群等与政府机关不乏联系，他们关注时局对中央及地方的纪念活动不会一无所知，刊物本有宣扬民族主义之心，斯时斯地，对"九一八事变"周年纪念《文艺月刊》虽未辟专栏、专号却也不会无动于衷。需要说明的是，自1931年9月30日《文艺月刊》因"九一八事变"刊载《致哀》后，于1933年10月1日推出秋涛（即王平陵）之《期待》，1934年10月1日刊出方之中《诗人的画像》，1936年10月1日发表方深《十字架上》，1937年10月21日，刊物因抗战全面爆发，改为《文艺月刊·战时特刊》（半月刊），于1938年9月16日、10月1日发行"九一八专号"。以上作品、专刊，写作角度及侧重点各异，但均以"九一八事变"为主要线索，且于当年9—10月份定时推出，纪念之心暗含，构成"九一八"系列作品②，此举应是编者有意为之。稍有不同，1932年的《文艺月刊》于6月30日出至第三卷第五、六期合刊后，本年度发

---

① 《九一八各地举行纪念》，《申报》1932年9月18日。
② 1935年，《文艺月刊》于6月1日出版第7卷第6期后暂停，1936年11月接续出版第8卷第1期，此时段，未见"九一八"题材作品。1937年8月1日出版第11卷第2期后，因战争而暂停，同年10月21日改出《战时特刊》，此时也出现相关题材作品。

行活动暂告段落，1933 年 1 月 1 日再次启动出版第三卷第七期，此期刊登孙俍工《世界底污点》，同属"九一八"题材作品，根据上述规律，此作可视为《文艺月刊》"九一八"系列之 1932 年度的代表。

《世界底污点》"1932 年 4 月 1 日脱稿于南京"，是一出四幕剧，全作主要由人物对话构成。作品时间设定为 1931 年 12 月，表现了"九一八事变"后，日本国内对战争的反应。有意思的是，作品并未出现中国人的身影，而是完全借助井上清二郎、永井千代子[①]夫妇等日本国民对"九一八事变"进行观察、评论，通过日本国民之口，谴责侵略战争，呼唤公理、正义，期待人类和平。

"九一八事变"爆发后，日本大多"国民为国家这个名字所麻醉"，"无理的喊着战吧，战吧，攻进支那去吧"，"举国若狂"。在此环境中，知识分子清二基于人道、正义、和平等人类普世价值，"修正日本国民的误谬心理"，批判日军发动侵华战争。"这一次的战争"，日本"仗着国家的炮火的威力就把他人的土地抢夺过来，就把他人的人民惨杀将去，就把他人的财产掠为己有"，实在"无理之至"。中国事前既无防备，事变中又"尊重世界和平公约，处处都是退让""一些儿抵抗也没有"，"据事实来看，这次的战事，总不外是日本无理。所谓自卫，完全是欺骗国联的"。时隔一年，作家借清二重申，日军出兵，无疑以侵占领土夺取财富为目的，入侵之时对中国无抵抗之军民野蛮屠杀，事后百般狡辩否认侵略，敷衍国联蒙蔽舆论。在作品中，清二又进一步指出，侵略活动早有端绪，为哄骗国际社会实现侵华目标满足称霸野心，日本"用什么手段都可以不管。虚伪，卑鄙，恶劣，凶残，惨（残）酷，无所不至"。侵华之前，首先"派遣浪人娼妓到中华各地造出许多的交涉来。事后乃透过于华人"，"最近制造万宝山事件以引起中韩人民的互相残杀"，意图挑衅。阴谋未逞，遂"制造中村大尉事件"再挑中日纠纷，之后，"诡埋炸弹在铁路旁边"炸毁路轨，从而"嫁祸于人说是人家破坏交通""以引起这次的战争"，蓄意侵略之步骤环环相扣毒计中藏。

谴责侵略之外，呼唤人道主义是作品又一主题。清二抨击日本不止无理出兵，更无视人道，"你们都知道中华民国的人民今年真是不幸的很。水灾，旱灾，兵灾一齐都乘着而来，真是饿殍载道，哭声满野。我日本不但不讲救灾怜恤的人道，反而要做趁火打劫的暴徒"，"一班横蛮的军阀，乘着这机会""悍然不顾一切，打进了中华民国"，致使东三省"鬼哭神嚎，凄天惨地，血肉横飞"，如此恃强凌弱荼毒无辜"最是不人道的"。日军侵华，不仅给中国民众

[①] 孙俍工在作品中将此夫妇二人简称为清二、千代。

带来人道主义灾难，日本人民同样是受害者。日本当局为发动侵略，"把自己的同胞，用了一些爱国自卫的名词去欺骗他们，要他们去送死，这真是将人不当人样糟蹋了"。江桥一役，日寇遭受重创，伤兵惨痛呼号，井上义一郎一家大小数口为不义战争所迫，全家自杀。日寇侵华，中日民众的幸福皆毁于炮火，害人害己，由此，"我日本不是人道的恶魔是什么呢？"。

"九一八事变"中，有日本媒体与军方沆瀣一气，歪曲事实，误导民众，鼓吹侵华。《世界底污点》点明，诸如《朝日新闻》《时事新闻》《中央公论》《改造》等刊物，均"助桀为虐，帮着军阀摇旗呐喊，鼓吹侵略的战争"。"日本的新闻记者"，"只要是于己国有利，于他国有损的事，颠倒是非，抹煞公理都能悍然不顾地做出来的。红的说成白的，白的说成红的，这尤其是他们的惯技"，对内，他们对日军江桥惨败秘而不宣；义一郎一家厌恶侵略战争以死相抗却被渲染成激励军心以报皇恩；对外，分明"日本人带了钢炮，机关枪，飞机，坦克车横冲直闯（撞）的打进东三省，杀人如麻，血流成渠，而每天报上只登载一些支那人怎样不合理的消息，大事宣传。而日本人自己的野蛮无理都变成了正义人道"。顾维钧曾回忆，国联调查"九一八事变"期间，"据说斋藤首相曾告诉新闻界，和中国进行谈判，是比满洲问题更大的难题，因为日本不知道中国的真正政府在哪里"，日本还计划"散布山东、四川、福建、广东和贵州内部纷争"，恶意攻击中国局势，借此转移国际视线，为"日本代表在国联进行诡辩作准备"①。在日本媒体看来，事实如何无关紧要，舆论导向须迎合政治。

作品最后，清二以全人类的立场，向日本民众呼吁"不要持着帝国主义的思想而夜郎自大"，"不要自恃武力强权以欺凌国人"，而应具备"一种世界的精神"，倡导普世价值。作家认为，现今"为了全世界人类全体的幸福，想避免世界二次大战，和平运动已弥漫了全世界。人道的思想，非战的呼声已弥漫了全地球。博爱，互助，平等，已成了现代人第一的美德"。"如有不遵循此种潮流而行的，不是顽固，就是疯狂"。因此，"在二十世纪的世界，如果还有蔑视人道，侮辱公理的国家，如果还有用武力来压迫人国的国家，如果还有将人不当人样的牺牲，役使人民如同奴隶牛马一样的国家，如果还有只知道为己国打算，为己国求幸福，忘记了为别国打算，忘记了别国的幸福，忘记了别国的生存的国家，这样的国家"，无论英、法、美、日，均应反对，"因为这种的行为，是人道的恶魔，是世界的污点，是永远也洗不去的世界的污点呀！"历史

---

① 顾维钧：《顾维钧回忆录》（第二分册），北京：中华书局，1985年，第72—72页。

无情，污点扩散，作家美好的期盼将很快被陷入战争狂热的法西斯彻底击碎，人类被一步步拖向灾难深渊。

孙俍工的这篇剧作实是旧事重提，当年"九月十八沈阳城头流血的初夜"，作家恰在日本"京都狮子谷做着甜蜜的理想的梦"①，战争的消息令其惶惑不安。作家平素服膺武者小路实笃，推崇《一个青年底梦》中的反战思想，但"九一八事变"使他看到日本"举国上下，如疯似狂"，"我才知道日本人战争底中毒很深"，"那时的我，不仅为与亡国一样的悲哀所袭击，而且为世界人类不幸的命运而恐怖着"②。出于爱国热情，孙俍工于1931年9月29日回国，在侵略者的刺激下，作家从人类整体命运出发，续写《一个青年底梦》，发扬"非战的精神"，《续一个青年底梦》面世③。

《续一个青年底梦》延续《一个青年底梦》的反战精神，批判的都"只是一些'破坏了别国的文明，就在这上面建设自己底文明'的事；只是一些'使别国成为亡国妨害他国人民底生长'的事；只是一些'暗地里从别国人或别种人竭力取了利益却互相忘了这恩惠'的事；只是一些'用暴力压迫别国，占领别国，……移植了本国底文明消灭了那一国底自立的力量'的事；只是一些'使别国的人受到奴隶以上的苦'④ 的事"⑤。作家让"青年"在十几年后继续当年的梦，跟随"不识者"观看"日大"针对"支大"的种种阴谋、暴行。二十一条、"东方会议"、万宝山事件、中村大尉事件、"九一八事变"等，一一上演，日军对东三省人民的屠戮，对国联的哄骗，对"支大"的威胁等均借梦境重现。目睹真相，"青年"呼吁反抗像日本这样"带了野蛮的军队，藉端打进了他人底国家而说是自卫，这种颠倒是非的民族，藐视公理的国家"，以"显现人类的正义"⑥，拯救被"大日本帝国"埋葬的"公理""人道""和平"。此作乃孙俍工出于忧愤而为，作品却并未"竭力鼓吹自己国民的反抗"，而是着眼全人类，"为了全人类将来的幸福"⑦ 呼号。《世界底污点》又紧接《续一个青年底梦》而来，此时，梦境已变为现实，梦中批评国联的声音也在现实中消散，除此，两作主旨相同台词相近，甚至"世界底污

---

① 孙俍工：《续一个青年底梦》，上海中华书局，1934年，"自序"，第2页。
② 同上，第3、4页。
③ 《续一个青年底梦》1931年11月23日起稿，1931年12月22日脱稿。
④ 引文见武者小路先生原著《一个青年的梦》第一幕。
⑤ 孙俍工：《续一个青年底梦》，"自序"，第6、7页。
⑥ 同上，第59、60页。
⑦ 同上，"自序"，第8、9页。

点"这一题目也在《续一个青年底梦》中出现①。两作特点在于以外国人视角观察"九一八",未突出国人反抗,超越民族国家落脚全人类,呼吁人道、正义、和平等普世价值。

类似这样"外国人眼中的中国国难",并非个案,1932年度《文艺月刊》另一篇作品《鸿沟》②,同属此类。《鸿沟》以上海"一·二八事变"为背景,马丹黎(马丹即太太之意)跟随中国丈夫由比国来到上海,"九一八事变"后,马丹黎不满意中国动荡的生活,友人安慰她,"马丹,我们已经到了被敌人入侵的境界了,大战中的苦处,您在比国已经尝够,那么又何必把现在的事看作太苦呢?"马丹黎并不认同此说,因为比国"是拼了命自卫过的,你们自卫过一分钟吗?"她显然不满意中国政府的不抵抗政策,并试图说服丈夫回比国,丈夫黎大平却有不同看法,"慢着吧,我们就要自卫呢",只言片语透出对政府的期待。"一·二八事变"中,马丹黎因战乱流离再次想到回国,友人鼓励她,"马丹,这是我们自卫的时代,个人的牺牲,还不是为整个的民族!",目睹了列强对中国的欺凌与国人的抵抗,马丹黎转变观念,最终留在中国同这里的人民荣辱与共。作者李青崖在处理"九一八事变"时,对政府没有明显的抨击之举,作品里对不抵抗政策不满的是作为外国人的马丹黎,而在她周围的中国人呈现出的是一种对国家的信任与隐忍不屈的团结御侮精神。《文艺月刊》之外,同样反映"一·二八事变",黄震遐《大上海的毁灭》③则着力描写战斗场面,表现战争的残酷,刻画血洒疆场的中国军民,作品渲染了抵抗精神,也涉及爱国官兵被迫撤退的无奈及民众的麻木、冷漠,揭示了战争、历史的复杂性。与《鸿沟》相比,《大上海的毁灭》侧重记录"一·二八"淞沪抗战的经过,展现出对侵略者坚决予以打击的抗敌信念,对中央与地方的矛盾、"畸形发展的社会"之幻灭、没落等战争中暴露出的问题予以关注、思考,中国社会不尽如人意的一面也由此呈现。

尽管《大上海的毁灭》与《世界底污点》《鸿沟》均属同时期的国难题材作品,但从内容上看,《鸿沟》与《世界底污点》无疑有更多相似之处:二者以国难为背景,重心不在渲染国人反应,却由外国人观察、评论中国国难;作

---

① 《续一个青年底梦》中,"支大"曾控诉"日大"所犯罪行"一桩一桩地记录在和平运动弥漫着全世界的今日的历史上。你以为你这种的狂暴是你底光荣么?你这种的行动实是文明世界的污点","世界底污点"出处在此。

② 李青崖:《鸿沟》,《文艺月刊》1932年第3卷第4期。

③ 黄震遐:《大上海的毁灭》,上海大晚报馆,1932年11月。

家对国民政府同情、理解多于批评；较少触及国内社会形势，对国联不批评或不牵扯；作品流露出沉着、坚韧的感情基调而非慷慨、昂扬的战斗豪情；与着重鼓舞民族精神的作品不同，这二者更看重对诸如正义、和平等人类普世价值的宣扬。《文艺月刊》强调文学性，客观来讲，《世界底污点》语言组织、写作技巧并不突出，民族主义也并非其重心，再者，"九一八"后，国难题材的作品不在少数，《文艺月刊》选择这样一篇作品纪念"九一八事变"，又同时推出类型相似的《鸿沟》，此种编排的背后是否玄机暗藏？

1932年，东三省硝烟未散，日军又于1月28日在上海挑起"一·二八事变"。1月29日，蒋介石制定《对日交涉之原则与方法》：

>　　原则：一面预备交涉，一面积极抵抗。
>　　方法：一、交涉开始以前，对国联与九国公约国先与接洽，及至交涉开始时，同时向九国公约国声明。
>　　二、对日本先用非正式名义与之接洽，必须得悉其最大限度。
>　　三、交涉地点。
>　　程度：交涉必须定一最后防线与最大限度，此限度至少要不妨碍行政与领土完整，即不损害九国公约之精神与不丧失国权也。如果超此限度，退让至不能忍受之防线时，即与之决战，虽至战败而亡，亦所不惜。必具此决心与精神，而后方可言交涉也。①

蒋介石此项决策为我今后军事、外交走势定下方向，在交涉方法中，他强调国联作用及中方维护公约之决心，主动向国际社会靠拢，这表明，当局针对"九一八"制定的依靠国联牵制日本的外交策略，今后仍将贯彻，这在此后的相关文件中，得到体现。29日，外交部发表《淞沪事变宣言》，指出"日本侵占上海，显系再行违背国际公约、凯洛克非战公约、九国条约以及国际决议案之暴举"②。30日，外交部向国联及九国公约签字国驻华公使发出照会，要求各国"本其在该公约上之神圣责任，速采有效之手段，严正制止日本在中国领土内之一切军事行动，以及违反该公约之一切其他行为，俾该公约之尊严与远东之

---

① 《蒋委员中正手定对日交涉之原则与方法》，秦孝仪主编：《中华民国重要史料初编——对日抗战时期·绪编（一）》，第431页。
② 《外交部对淞沪事变宣言》，秦孝仪主编：《中华民国重要史料初编——对日抗战时期·绪编（一）》，第433页。

和平均得维持"①。3月5日,《中国国民党第四届中央执行委员会第二次全体会议宣言》声明,"犹有为世界告者,国际公约,既为各主权国家凭自由意志而签定,自必共同保障其尊严,此次中国不得已,为自卫而抵抗,同时亦既为保障公约之尊严而抵抗,公约如沦废纸,世界即无和平"②。凡此鼓吹国际责任的辞令,同样见之于《国民政府移驻洛阳办公宣言》《国难宣言》等标志性文件。以上种种,对内对外,当局统一口径,强调中国恪守国际公约,履行国际义务,维护国联尊严,信赖国际裁决,谴责日本无视公约,践踏人道,破坏和平,藐视国际社会,借列强制日本的外交思路一以贯之。不知是否巧合,孙俍工《世界底污点》绕开民族仇恨,呼吁民众捍卫正义、公理、和平等人类普世价值的写作策略,与当局强调遵守国际公约、维护远东和平、保障各国利益,借以打动国联的政治考量不谋而合。

为解决东三省问题,"1932年1月21日,国联调查团正式成立","2月初,国联李顿调查团从欧洲启程","3月中旬到达上海",受到我国报界人士欢迎③,"此后,调查团便先在上海就停战谈判斡旋于中日之间",调查团工作期间,伪满洲国成立,"尽管如此,国民政府对依靠国联调查团阻止和惩治日本分裂中国、解决东北事件仍抱了很大的希望","9月4日,调查团成员在报告书上签字后返回欧洲","10月2日,《国联调查团报告书》(又称《李顿报告书》)在国联总部所在地日内瓦、东京和南京同时发表"④。

日本对华步步紧逼,促使国人对国联及其调查团愈发关注、期待。期间,日人曾向国际社会"肆意污蔑中国破坏条约""排日侮日","军阀割据""系一无组织之国家"⑤。据此情况,为使国联裁决尽可能有利于中国,国际人士建议,中国"应内部团结一致,对外则应对日本只继续消极抵抗,以便在等候裁决的过程中,不使日本抓到对中国采取公开战争政策的任何藉口"。国民政府注意到这一点尽力平息国内纷争⑥,突出自卫的"不得已",避免贻日本以

---

① 《外交部致国联及九国公约签字国驻华公使照会》,秦孝仪主编:《中华民国重要史料初编——对日抗战时期·绪编(一)》,第434页。

② 《中国国民党第四届中央执行委员会第二次全体会议宣言》,秦孝仪主编:《中华民国重要史料初编——对日抗战时期·绪编(一)》,第440—441页。

③ 1932年3月18日《申报》头版即《报界招待国联调查团》,对此事大篇幅报道,此后对国联即调查团密切关注,无论褒贬,反映的却是国内舆论对国联的重视。

④ 张宪文等:《中华民国史》第2卷,第394、396、397页。

⑤ 周天放:《九一八事变周年感言》,《外交月报》1932年第1卷第3期。

⑥ 据顾维钧回忆,《李顿报告书》发表期间,山东、四川、华北局势不靖,日本企图以此攻击中国政府,降低中国的国际信誉。详见《顾维钧回忆录》(第二分册),第72页。

侵略口实。《世界底污点》《鸿沟》对国内混乱局势未加渲染，强调自卫的正义性，与当局"团结御侮"的号召相协调。关于调查结果，国际友人建议，"中国不宜对报告书过多挑剔""应采取和平姿态以便保持国联的同情，从而与国联结成联合阵线以对付日本"，这"对于一个军事弱国来说，它是很切合实际的"①。鉴于此，国民政府对国联的努力始终表示感谢，对报告书争议部分，"暂时保留意见""不对报告书进行批评"②。《世界底污点》脱胎于《续一个青年底梦》，但去掉了对国联昏聩无能的描写，《鸿沟》更无批评意见，作家如此处理与当局以克制换支持的做法异轨同奔。政策解读见仁见智，对当局及国联持批评意见者亦有。以幽默讽刺著称的《论语》就在《李顿报告书》发表时推出《拟某名流为李顿报告发表谈话意见》③，调笑之间对此报告不以为然。《山东秋操》借韩、刘混战，讽刺国内局势动荡，政府束手无策。《中央与国联的神似》④则抨击中央安抚山东内乱恰如国联调解中日纠纷都是虚有其表的敷衍。《论语》将内忧外患调侃出之，本意在针砭时弊⑤，但讥讽太过，难免让人感到作壁上观的冷酷。

"九一八事变"已给国人带来巨大的伤痛，1932年，"一·二八事变"、伪满洲国成立等一系列打击更令国难加深，为警醒、鼓励国人，《文艺月刊》推出"九一八"纪念之作。此一时期，为制止日军侵略，军事孱弱的国民政府一面抵抗，一面静待国联佳音。欲引国际社会关注，必明其利害关系，国民政府申诉日寇侵华之无理，更强调其破坏远东和平对各国利益之损害，面对日人对我政局不稳之渲染，国民党当局竭力呼吁国内团结，在中日争端调解过程中，为尽力争取国联支持，中国政府努力保持低调、克制的姿态。把握政治风向本属刊物谋生之道，加之国民党中央宣传部为中国文艺社提供财政支持，使王平陵主持的《文艺月刊》不可能对政府的外交策略、舆论导向不闻不问。《世界底污点》与《鸿沟》因国难而作有纪念之意，作家态度温和对国内政局与国联处置不加评论，宣扬正义、人道、和平也符当局之意，《文艺月刊》在1932年选择这样的作品纪念"九一八"，民族主义之心暗含，且顺应当局政治意图，

---

① 顾维钧：《顾维钧回忆录》（第二分册），第57页。
② 同上。
③ 宰予：《拟某名流为李顿报告发表谈话意见》，《论语》1932年第3期。
④ 凯：《中央与国联的神似》，《论语》1932年第3期。
⑤ 论语社同人曾刊登戒条，对"我们所爱护的，要尽量批评（如我们的祖国，现代武人等）"，同时辩解有些读者将他们的文字理解为"挖苦冷笑"实在误会，创作动机无法深究，但"挖苦冷笑"实由文字而生，强辩无益。

配合局势发展,如此安排思虑周详。

国难周年多方热议,声音多元各含深意。1932 年 9 月 18 日,国民党中央执行委员会在《告国人书》① 中,追昔抚今一番后表明心志,"今日之事,有理可讲则讲理,无理可讲则角力,力竭矣,则宁为玉之碎,不为瓦之全。此本党之志,敢告国民"。激扬文字非为发动民众,与敌角力更要严守纪律,北平"地方当局通令各区属",注意"九一八"纪念日治安,要求"民众运动,不得轶出范围",市府如临大敌,"通令各机关""九一八照常工作"②。上海的国难周年纪念大会会场"戒备森严""秩序井然","机关照常办公默念雪耻",全市亦"特别戒严",其中,华界"戒备甚为严密","情形甚为安谧";租界方面"满布探捕",个别地方"戒备犹严";虹口区域"铁甲车、小型坦克车""置于路边",在严密防守下,全市安堵,"入晚幸告平安过去"③。防民之口只会适得其反,高压下的寂静遭到嘲讽:

> 九一八翌晨,有充淞沪公安局某职的友人来坐谈。我问他昨天情形如何。
>
> "好极了"他说。
>
> "怎么说?"
>
> "街上一点动静都没有。也没人开会,也没人游行。我们加警站岗,分队驻防,一点也不让于租界巡捕。昨天西门有工部局三位警察头来观察情形,看见我们这样治安,倒点头微笑说,Very good。"言下哈哈哈而去,我也哈哈哈送他出门。④

作品讽刺政府压制民意,街上的死寂难掩人们心中的波澜,郁达夫批评说,"九一八纪念,只需沉默五分钟,不许民众集会结社","长此下去,中国的国民,怕只能成为哑国民了"⑤。《国难期间停止国庆说》《奉旨不哭不笑》⑥ 观点与郁达夫大致相当,作家认为,"九一八"周年之际民众哀痛、愤恨需要表

---

① 《中执会九一八告国人书》,《申报》1932 年 9 月 18 日。
② 《九一八各地举行纪念》,《申报》1932 年 9 月 18 日。
③ 《昨日国难周年纪念大会》,《申报》1932 年 9 月 19 日。
④ M:《九一八庆幸无事》,《论语》1932 年第 3 期。
⑤ 郁达夫:《天凉好个秋》,《论语》1932 年第 3 期。
⑥ 岂凡:《国难期间停止国庆说》,语:《奉旨不哭不笑》,二文均载《论语》1932 年第 3 期。

达，倘国民歌哭笑骂也要仰人鼻息，则与亡国奴又有何异？政府大费周章迫民收声，除去粉饰太平还有媚外之嫌，如此"内紧外松"，到底是"严守纪律"还是软弱妥协？《论语》群体此时对政府最大不满或还在国联外交，童锡祜《卖国救国方策》认为所谓"五年计划""长期抵抗"无非纸上空谈，时下"外侮因步步退让而越来越紧"，"政治上不上轨道，财政濒于破产，生产凋敝，外货的输入如潮一般，国民生计，大有朝不保夕之势，而一般人及政界当局，有识的学者，都置若罔闻，懵懂莫觉"，只会依靠洋人，不如干脆"雇佣外人来治国"，林语堂评价此为"一篇沉痛语，说许多人所不敢说的话"。与《文艺月刊》对政府的温和态度不同，《论语》诸君不认同国联外交，讽刺当局荒唐误国，戏言背后或有愤激，如何救国，政府意志与民间话语纠缠龃龉。

　　淞沪抗战，十九路军血战上海，"使中国人人感觉一种新的生命，新的希望"①，在这希望的鼓舞下，《独立评论》以纪念"九一八"周年为契机，分析国内外形势，指出不足，提供建议，期待中国浴火重生。与《论语》一样，《独立评论》不看好国联外交。孟真（傅斯年）在《九一八一年了》②中责难当局无能，"在如此严重的国难下，统治中国者自身竟弄不出一个办法来"，"不特抵抗的工作不曾办，并如此的一个政府也亦弄到不上不下，若有若无了"。胡适亦指出"自'九一八'以来，政府除了迷信国联与九国公约之外，几乎束手无策。""政府应该利用激昂的民气和国际舆论，在争取外交上的胜利。但政府一味敷衍民众，高唱'抵抗到底'而实无抵抗的准备，高唱'兼用外交'而实无外交的方针"。东北沦丧，百姓殒命，当局难辞其咎，但指其毫无作为则有偏颇，"九一八"争端，顾维钧等人在国联与日本斗智斗勇，不敢丝毫懈怠；"一·二八"之役，国民政府调集海陆空联合作战，将士争先用命，时势复杂，一言岂能蔽之。"九一八"的发生，使《独立评论》注意到执政党本身的问题，在《惨痛的回忆与反省》中，胡适批评当下的国民党"缺乏远大的政治眼光与计划，能唱高调而不能做实事，能破坏而不能建设，能钳制人民而不能收拾人心"，弊病重重，难成社会重心。内忧外患缠身，《独立评论》却未对国家丧失信心，"这希望不在天国，不在未来，而在我们的一身之内。我们若以民族的希望为宗教的信仰，以自身之勤勉工作各尽其职，为这信仰之行事，则大难当前，尽可处之泰然，民族再造将贡献一份助力"③。言者

---

① 胡适：《上海战事的结束》，《独立评论》1932年第1期。
② 孟真：《九一八一年了》，《独立评论》1932年第18期。
③ 同上。

谆谆，只为有益国家，无私献芹，全出爱国热诚，当年推崇易卜生，要做"永不知足，永不满意，敢说老实话攻击社会腐败情形的'国民公敌'"①的独立青年重视社会担当，擅长英国式幽默的林氏诸君却将人生、社会等统看作"一场的把戏"②，两者终有差别。《文艺月刊》全盘着眼，不动声色支持政府立场；《独立评论》指摘时局，不党不群致力民族复兴，二者见解有别，所为皆在挽救中华危亡，可谓和而不同。

1932年10月15日出版的第三期《文学月报》"是以'九一八'纪念为中心的"，此期有《蓬子启事》一则，声明刊物易帅，自此由"周起应君负责"。本期封面呈蓝色，内容却"鲜红"夺目。刊物以李文《第二个九一八！》开篇，并在"九一八周年"栏目分别推出亚子、田汉、茅盾、洪深、穆木天、适夷、华帝（以群）等人的纪念文字，此外还有沈端先《九一八战争后的日本文坛》、方英《大上海的毁灭》（即阿英《上海事变与资产阶级文学》之一，评《大上海的毁灭》）、宋阳《再论大众文艺答止敬》等。

此次"九一八周年纪念"的基调，从周起应（周扬）的《编辑后记》中可窥一斑："九一八"后"一年的惨痛的经历清清楚楚的告诉了我们，日本帝国主义要屠杀的是中国民众，要消灭的是中国民众求生存，求解放的斗争，要进攻的是世界资本主义的共同的敌人。新的进攻和屠杀，正在不断的威胁着我们，我们除了自动的起来反抗以外，再没有第二条生路了！"鼓动阶级斗争是左翼的长期任务，时隔一年，日本侵华意在苏联的共产国际式思维，仍在周扬这里延续。当年《文学导报》提倡的文学大众化道路，也在此继续推进："九一八以后，中国的文学运动开始了新的道路。这就是文学大众化问题的展开。虽然还有许多不正确的意见和消极抵抗的态度，对于这个问题的讨论的深入，却不能不说是一件可喜的事情。"不知是否要展示此项运动的阶段成果，本期收录了丛喧《夜会》，讲纱厂工人纪念"九一八"，批判"帝国主义资本家"和"他的一切走狗奴才"，作品人物语言粗鄙不堪，似以此突出"大众"，但情节突兀，文学大众化徒有其表。实际上，此回《编辑后记》不止概述了刊物主要内容，更重要的是表明了立场，预示了发展路线，刊物转红。

《文学月报》此时态度，应与国民政府有关。1932年"九一八"纪念日，国民党中央执行委员会在《告国人书》中表示，国家正在做抗战的"长期之计划与准备"，并再次强调安内攘外进攻红军。对此，左翼作家毫不示弱。《文

---

① 胡适：《易卜生主义》，《新青年》1918年第4卷第6号。
② 《我们的态度》，《论语》1932年第3期。

学月报》首发《第二个九一八!》针锋相对,斥责当局"长期抵抗的整个计划"是亡国灭种的阴谋,文章将苏联与国内红军比作太平天国,由于"国际资产阶级,日本帝国主义,中国绅商大人"知道"世界上的太平天国,中国里面的太平天国,都是不容易打的",所以"非得长期不可"。文章随后转向文艺批判,左翼以外的作家作品遭到挞伐,像一年前一样,黄震遐再次被拉上审判台①,罪名是哄骗劳苦大众做"日本资产阶级"的"奴隶牛马"。其他"种种式式的文艺——从'九一八'到现在,其实都在拼命的努力的帮着国际的资产阶级和中国的绅商,进行剿灭国际的和中国的太平天国的任务,企图制造或者固定一些奴隶性。"不止如此,"从文明戏直到马路上的'流通图书馆'的所谓大众文艺,自然更是制造奴隶性的工具"②。有破有立,文章最后号召作家创作"大众文艺! 真正大众自己的文艺",并指明出路,"一些不愿意做清客的作家,一些贫苦的青年,只要真是站在文艺战线上的,——都快些到大众里去吧。只有跳进水里去,才能够学会游水"。总体观之,文章将阶级斗争学说与文学大众化问题捆绑推出,与1931年洛扬《统治阶级的'反日大众文艺'之检查》如出一辙。左翼作家强调组织纪律,田汉、穆木天、茅盾等人步调一致,对"九一八"的感想、回忆大同小异。作家们怒斥统治阶级的不抵抗政策,认为他们与日本资产阶级、国联等都是一丘之貉,目的无非是镇压无产阶级、进攻苏联,劳苦大众只有团结斗争才能救己救国。当年《文学导报》深受共产国际影响,借"九一八事变"宣扬阶级斗争鼓吹武装保卫苏联,且在批判"糟粕"之余发起文学大众化运动。一年后,《文学月报》阶级学说依旧响亮,抨击国民政府政府措辞严厉,在不忘保卫苏联的前提下左翼人士开始顾及民族主义,周扬眼中文学大众化运动势头可喜,无产阶级文艺阵地日益巩固、扩大。"一·二八"事变后,"1932年4月15日,中华苏维埃共和国临时中央政

---

① 本期还有方英(阿英)《大上海的毁灭》,专文批判黄震遐,由此可见以黄氏为代表的民族主义文学之影响。"一·二八"事变发生后,共产国际和临时中央政治局对形势分析过于简单,他们认为"十九路军将领的抵抗,不过是为了欺骗民众,'造成马占山那样的民族英雄的美名,来侵吞民众的捐款,来向帝国主义投降出卖','他们有意把士兵放在日本军队猛烈的炮火之下,不给士兵以有力的援助,好让士兵失败之后自动退却。'而当十九路军被迫后撤后,他们仍旧四处散发传单,呼吁士兵们'反抗国民党军阀的撤兵命令,枪毙反动的长官,持枪到闸北、吴淞、南市去,与民众一起继续与帝国主义决战到底'。"(论述详见杨奎松:《中间地带的革命——中国革命的策略在国际背景下的演变》,第252—255页。)1931—1932年,以"一·二八"为描写对象的《大上海的毁灭》之所以受到多次批判,极可能与以上共产国际与临时中央政治局的这些行动有关。

② 李文:《第二个九一八!》,《文学月报》1932年第3期。

府公开对日宣战,但其真正目的却是要以此号召群众,'积极进行革命战争,夺取中心城市,来摧毁国民党的统治'"①。中共对日宣战,左翼想必更有底气痛斥国民政府国联外交,有了"摧毁国民党的统治"的革命号召,对当局声讨必须全力以赴,周扬接编《文学月报》马上采取攻势,借"九一八"纪念发难,师出有名,言辞猛烈,与中共上述决策正相呼应。

"九一八"周年纪念引来多方关注,话语繁杂立场多元,声音温和顾全大局者有之,自由独立建言献策者亦有,英伦绅士戏谑嘲讽之声时闻于耳,阶级革命的红色声波同样不绝如缕,1932年国际国内的复杂形势就在这众声喧哗中露出面目。

---

① 杨奎松:《中间地带的革命——中国革命的策略在国际背景下的演变》,第256页。

第三章　东北抗日义勇军肖像

伴随各国在国联的博弈，"九一八"问题被拖到了1933年。英、法等大国基于自身利益考虑，不愿因中国问题激怒日本，经各方争吵、妥协，1933年2月24日国联特别大会终于就"九一八事变"给出了一个"说法"。结论以李顿报告书为基础另形报告，"它反映的是国联成员国一方面反对日本独占中国东北，另一方面又想自己从中插手的明显意图，并因避免激怒日本，言辞也有偏袒倾向"①。对等来的"公理"，"国民政府的态度是'大体上表示同意'，但对报告书中某些条款提出了修正和保留的意见"，而决意独霸东省的日本并不领情，三天后，即2月27日，日本政府"宣布正式退出国联，从而使国联大会通过的决议案成为一纸空文。这不仅表明国联对于中日纠纷调解的失败，而且也宣告了南京国民政府依赖国联外交的破产"②。

日本为表明态度，2月25日，"即国联决议通过的次日"，日军"分兵三路悍然向中国热河、长城一线发起大举进攻，以此向国联进行军事示威。在日本进攻面前，热河全省10天即告沦陷"③。拖沓三载，正义公理未救东省于水火；敌进我退，十数天内惊闻热河又落贼手，国土一再沦丧，人心愤慨难平。舆论痛责当局以苟安之心畏敌避战，"以素称天险难攻之热河，而敌已长驱直入，今者承德且告失陷矣，而所谓综握军符及坐镇华北者，均逍遥远处，迟迟不赴前敌，若是者可谓为有战之决心乎？热河前哨之战开始，犹远在伪国成立之前，迢迢年余中，敢问华北守土将吏，是否有充分之准备？如曰已有准备，则何以凭险以守，旬日之间，迭失名城，而承德且至不守。此次热战爆发以

---

① 张宪文等：《中华民国史》第2卷，第398页。
② 同上，第399页。
③ 同上。

前，洋洋洒洒之文电，仍是掩人耳目之设辞而。夫抵抗之决心，必求证于抵抗之事实，而抵抗之事实，不能仅凭一纸之宣传也"。"夫图苟安者，终必至于误国。如以苟安为可久也，则请证以过去之事实，锦州之放弃，原所以求敌人之止戈，榆关之轻防，亦所以求敌人之谅解，然其结果，适中敌人逐步进占之计。则今之放弃热河以求平津之苟安者，平津果能永保乎？苟安果能长久乎？"①。热河被占全国震惊，胡适指出中央政府在此事上"至少有'四层罪过'"，汤玉麟、张学良、蒋介石、宋子文被胡适点名批评，他提醒当局不要"受了国际均势之下的苟安局势的麻醉"，"陷入醉生梦死的昏迷状态"②。失地悲剧一再上演，中央决策成为众矢之的。一时间，国内声讨，国际哗然，顾维钧等曾在国联坚表中国抵抗之决心，热河战况令其处境尴尬，"友我者对于我国是否真心抵抗，群来惶问；忌我者谓我本无自助决心，国联原可不必多事"③，中国军队迅速溃败在国际同样影响恶劣。

日军据热后继续推进，中国组织长城抗战。抗战过程中，我虽取得部分战果，但当局坚持安内攘外之说，"把长城抗战只当作应付舆论、争取和谈妥协的权宜之计，未积极采取发展胜利的措施，因而导致了长城战局向不利方面的转化"④，此役以签订中日《塘沽停战协定》收场，"按照这个协定，国民政府已在事实上承认日本占领东三省和热河省的'合法'性，并把冀东、察北的大片国土拱手让敌，使华北门户洞开"⑤。2月24日国联给"九一八"定案，5月31日中国与日寇签订城下之盟，三个月内我国形势急转直下，如此戏剧性的变化势必造成国人巨大的心理落差，针对政府在处置中日关系方面的表现，不满、批评、反思的声音汇聚成流。

国联外交难挽残局，山河易色人民悲愤，在此情境下，《文艺月刊》1933年度的"九一八"纪念之作《期待》⑥面世。作品以东北抗日义勇军为表现对象，关外抗战的热血男儿走近读者，刊物对时局的见解借此展现。

1931年"九一八事变"后，东北抗日义勇军的事迹就已见诸《民国日报》

---

① 乃：《承德失陷》，《申报》1933年3月5日。
② 胡适：《全国震惊以后》，《独立评论》1933年3月12日第41期。
③ 顾维钧：《顾维钧回忆录》（第二分册），第192页。
④ 张宪文等：《中华民国史》第2卷，第284页。
⑤ 同上，第287页。
⑥ 秋涛（王平陵）：《期待》，《文艺月刊》1933年10—12月第4卷第4、5、6期。

《申报》等报刊①,《民国日报》的《觉悟》副刊还曾刊登了颂扬辽西抗日英雄"小白龙"的诗歌与散文②。其时,"九一八事变"发生不久,民众抗日热情高涨,表现"小白龙"的诗歌、散文均表达了昂扬斗志与必胜信念,也批评了不抵抗政策与民众的麻木,一位被遗忘的抗日英雄从密林中跃马而出。1932年,《申报月刊》推出《东北义勇军之考察》③,对义勇军的发生、发展、战术、战绩,日伪的应付,义勇军的前途等做了详细说明。如同"小白龙"一般的抵抗者不乏报国之心,但由于日军封锁、"进剿",义勇军粮饷不济作战条件恶劣伤亡严重,1934年"九一八"三周年时,东北抗日义勇军将领李杜将军曾谈及,义勇军艰苦奋战"就义之事,无时无之","敌伪之痛恨义勇军,固在意中"④。秋涛(即王平陵)《期待》中的义勇军战士在日寇的残酷围攻下,誓死不降,以饥寒之躯对抗装备精良之敌,最终全部壮烈殉国。

《期待》中的这支抗日队伍于"九一八"后组建,就作品中所提地名看,部队活动范围大致在辽宁南部,遭遇敌寇后由"辽阳奔上大孤山"。抗日义勇军大都属自发性质,成分多样,"有工人、农民、商人和爱国知识分子;有爱国的富绅和地主;还有相当数量的爱国'绿林好汉'","总之,包括各阶层的爱国人士"⑤。正如秋涛笔下,战士李得胜、邱国铎是辽阳同乡,"九一八"前曾"同在沈阳×公馆当过马弁",张谱庚大概是个"老军伍",其他还有家乡的"庄稼伙",工厂里的"苦工",领导这支队伍的"邓司令是受过军事训练的学生",而他已牺牲的前任则"是一个石匠出身","曾经当过兵",就是这样一群人,凭借一颗爱国之心,在保家卫国的共同信念下走到一起。义勇军退守"大孤山",山名似乎预示了他们的处境与结局,孤立无援竟被世人遗忘,孤军奋战至全体殉国。辽南三角地带实有大孤山其地,义勇军与敌伪也确曾在大孤山附近激战,与《期待》不同,实际情形中敌我胜败易势,邓铁梅司令率领东北民众自卫军第二十八路军前后两次在大孤山附近予汉奸李寿山部以重

---

① 《申报》1931年10月17日、《民国日报》1931年11月4日、12月8日,均有关于辽西抗日义勇军的报道。
② 诗歌为苏凤的《梦中仿佛遇小白龙》,刊1931年10月23日《民国日报·觉悟》,散文为署名"唐"的《忆小白龙边塞的一夜》,刊1931年12月19日《民国日报·觉悟》。"小白龙"即白乙化,原名白容欧,"九一八事变"后至1933年在东北打出"平东洋"的大旗,组织义勇军抗击日寇。
③ 陈清晨:《东北义勇军之考察》,《申报月刊》1932年第1卷第3号。
④ 《李杜谈"九一八"感想》,《申报》1934年9月17日。
⑤ 潘喜廷等著:《东北抗日义勇军史》,沈阳:辽宁人民出版社,1986年,第64页。

创①。《期待》中，义勇军将士在弹尽援绝、无衣无食的悲惨境地中全军覆没，但"自从九月上山，到了冬天的尽头"，在孤军奋战的几个月中，配备飞机、火炮，供给充足的日寇一直被压制在山脚下，未能推进一步。秋涛刻画的这支队伍与此次战斗，在义勇军战史中或许查无实据，但作品中抗日将士舍命抵抗的爱国之志，艰苦卓绝的斗争环境，后方民众的无知无觉，凡此种种，非尽出于虚构，实际上，作品中这支难以坐实的部队及其惨烈的事迹，正是日夜战斗在黑水白山之间的无数义勇军将士抗日活动的真实反映，历史点滴就借这有影无踪的人物与故事长久存留。

抗日义勇军作战勇敢但武器装备陈旧落后，缺乏给养与基本医疗条件掣肘颇多。1933 年，"东北抗日各军羁留新疆将士，为纪念九一八国难两周年，特发出《痛告国人书》"，痛陈义勇军"经年苦战"却"饷无来源，弹无补充，夏不饱食，冬不蔽体"②，李春润部屡创日伪的同时，急切呼吁各界接济弹药、服装、粮饷③。义勇军生存难以为继的普遍状况在《期待》中得到反映。李得胜等三百多弟兄困守大孤山，这是一群"叫化（花）子样的兵"，"破烂的铁锅，铺盖，草鞋，茶托"算是他们的"辎重和军需品"。两军对垒，敌人拥有"铁甲车，坦克车，山炮，迫击炮，机关枪，步枪，马枪"及大批"从辽宁掠夺来的""不花钱的子弹"，弹药充足火力猛烈，但我抗日队伍弹药告乏，战士们为节省子弹，利用山上的"石老虎"袭击敌人，甚至拼死冲下山去与敌近身肉搏。日寇强大火力势必造成我人员伤亡，可"山上没有所谓后方医院之类的组织"，伤残将士因无法救治而牺牲。敌我主客有别，远道的侵略者供给充足，倒是在自己国土上作战的抗日将士"身上所穿着的，虽然也叫做（作）军服，可是颜色早经褪落，破旧到补了几十个补丁，已不成其为军服的样子，一件名义称为外套的，而实际上多谢敌方送过来的炸裂弹和手榴弹的破片，无情地撕破了，就是自己用粗线把破处缝好，但因为堆满了粘（黏）土和脓血，污秽的不能着"，"脚上的那双草鞋"，是几个月前民众的犒赏，"就是仔仔细细地当心的穿着，究竟因为是草料，而且山上高兀的气候，使一根根的草都自动的遮断了"。战士们并不惧怕敌人，"胜仗是常打的""但这一群被同胞们遗弃在荒山上的饿兵，能延长多久呢？"，部队"军用器只有一天天的减少"，"粮食更不必说起，现在每天仅能喝一口稀粥，维持着最后的呼吸。时间，已

---

① 战斗经过详见潘喜廷等著：《东北抗日义勇军史》，第 253、256 页。
② 《东北留新将士痛告国人书》，《申报》1933 年 9 月 18 日。
③ 《纪念声中李春润崛起抗日》，《申报》1933 年 9 月 18 日。

到初冬，寒风刺入骨髓。生活已到了困苦的绝地。就算敌人不再取攻势，好像要延长几天的生命，都不很容易"。敌人采取围困、拖延战术，我军誓死不降，山上食物告罄，"大家都在皱拢着眉尖像吃药似的吞着""树皮、草根"，断炊后，伙夫看到因饥寒倒毙的战士，羞愤自杀。深冬时节，荒山之上衣食俱无，残余将士先后"倒了下来，有的，紧抱着枪根，合扑在雪堆里；有的，把脑袋无力地枕在手臂上，舌头尽可能地伸长着；有的，因突然地倒下，把面部刺在锋利的树根上，还在流着殷色的死血；有的，脚跟和脚跟叠起，仰躺着看着模糊的天空；有的蜷曲的身体像打毙的野兽似的死在雪堆里，嘴里流着珍珠样的水泡……"战士遗体倒在雪地上"他们所穿着的，还是夏天的制服"。秋涛笔下义勇军的遭遇不是个别现象，"当时处于抗日斗争前线的东北各路义勇军，不但不能发饷，就是服装、粮食也没有办法解决，只能靠在战斗中缴获敌人的辎重物资和枪支弹药来充实自己，或从民间得到点微薄的援助，来维持低标准的生活。他们常常有几天吃不到饭，只能靠野果充饥，特别是在敌人'大讨伐'时期，更是叫苦不迭。到了冬季，战士们有的仍穿着一件单衣同敌人搏斗"，"由于医药奇缺，造成抗日义勇军和抗日人民的大批死亡"①，《期待》中李得胜等人的境遇，与广大义勇军实际生活并无二致。

　　反侵略，抗日将士舍生取义；丧领土，当局诸公虚与委蛇；忘国难，后方民众苟安升平。自东省敌寇入侵，抗日群英置诸死地以命相搏，牵制、打击日军。1934 年，日本陆军省发布《满洲事变爆发满三年》提到因义勇军坚持抵抗，日军疲于应付，"东奔西跑，实属席不暇暖"，与义勇军作战"大小合计已达一千数百次"，大部队作战"也有二十余次"，为扑灭义勇军，日军"作（做）出超人之努力"②。义勇军奋战如此，仍不免苛责。1933 年热河失陷后，"负华北军事总责者，乃卸过与义勇军，责其不发一弹"，就此，时人评论道，"其实义勇军之本质，原非正面应敌之正式部队，而为游击性质"，"彼东北义勇军，无饷无衣，忍饥耐寒，持少数腐窳器械，以与兵精粮足之敌相抗。在困苦万状中，勉强撑持年余，所凭者仅有血肉，纵未能尽数殉国，其志亦已可嘉，其行亦甚可佩，向非平日拥兵自大敌至望风而逃之汤玉麟可比"③。若汤玉麟辈，政府高官厚禄养之千日，贼寇兵门临竟贪生怕死弃城奔逃，至于一些

---

①　潘喜廷等：《东北抗日义勇军史》，第 516 页。
②　[日] 江口圭一：《日本帝国主义史研究——以侵华战争为中心》，北京：世界知识出版社，2002 年，第 227 页。
③　晦：《哀热河》，《申报》1933 年 3 月 7 日。

"激烈的抵抗论者"或许还"从来没有听过敌人的炮声",懦弱退缩与空言抵抗同样无益时局。

作品内外,义勇军抗击日伪奋不顾身,民众健忘国仇家恨抛诸脑后,反抗者孤军奋战日暮途穷。《期待》里荒山"饿兵"已入绝境,"他们明明白白地被困在兵尽援绝的大孤山上。这里已经是异国底土地了,虽然离开他们的祖国还不甚远,但在同胞们那种淡漠,那种与他们毫不相干的情形,倒好像是隔离着几千万里呢!","他们一想到中国同胞号称四万万,而在这里真真与敌人拼命的,只有他们三百多个无路可走的饿兵,这不算是一件悲哀的事,实在是可耻到绝顶的事呢!"。作家慨叹应是有感而发,"九一八"两周年纪念,不少文字以前后对比提醒民众勿忘国耻,"当'九一八'祸变爆发之处我举国上下,固亦曾一度激昂慷慨,若将奋发有为者"。"在我人民方面,则东北义勇军亦如火如荼,募款输助,争先恐后。然而迄今才两年,义勇军虽奋斗犹昔,而输助寥落矣。抗日之声,寂焉不可再闻矣。奇耻钜(剧)痛,人所决不能忘决不忍忘者,我竟悠然若无其事,我民族其真为善忘之民族乎"①。同一祖国,前后方两重天地,"东北三省的义勇军,曾有过轰轰烈烈的斗争,可惜都只是一面,而处在后方安全地带,则行其所无事似的,决不像正在生死存亡的斗争期中的状态。仅只一二八战争当时,上海附近确是有战时情况,但是不久又恢复酣歌曼舞的故态"②。东北地处一隅,三省同胞亡国破家之恨,后方民众难有切肤之感,时逾两载,后方抗日豪情渐退,往昔义举随之消歇,政府战和态度尚不明朗,民众自然得过且过对国难冷漠视之。

政府乏力,民气消沉,抵抗精神遇冷,抗日志士徒洒血泪凄凉收场。鉴于国人苟且麻木,秋涛曾设想抗日忠勇之结局,若"抵抗下去,这消息能不能传给平安地带的中国人,是疑问。就是给他们知道一点虚伪的事迹,至多在茶余酒后,增添一些话料,发出几声轻微的叹息而已。也许会引起他们滔滔不绝的伟论来,说那些顽强抵抗的人,是至死不悟,死无足惜的"。战死者无名,只换来虚应故事的一声叹息甚至作壁上观的冷嘲热讽。抗敌将士牺牲一切保家卫国,赖之而生者不乏自私冷酷唯知自保之徒,这些人"除了责望别人牺牲,送死而外,是不会有更多的办法。有时候虽然肯破费他们吝啬的钱囊,捐出几个钱;或者把吃剩了的臭粮和腐肉等,像成人欺骗小孩似地鼓励他们,实际上

---

① 伟:《九一八两周年祭》,《申报九一八二周年沉痛纪念》1933 年 9 月 18 日。
② 明:《两年来的回顾与展望——东北三省失陷的前因后果》,《申报九一八二周年沉痛纪念》1933 年 9 月 18 日。

不过是遮盖一些自己的耻辱而已。能这样，他们就算牺牲了什么，虽说不上牺牲生命。将来，如果听到大孤山上的亡命人有因事实上的艰难绝对不能支持的一天，他们便好像更有说话的余地了。那时候，他们定会把过去的浴血苦斗，一笔勾销，轻松地把亡国奴，汉奸等等现成的帽子——应该是适合他们自己的，拿来戴在这些亡命人的头上的"。为国捐躯，前仆者横遭非议，后继者情何以堪。1933年至1934年初，《文艺月刊》登载《逃难》《洒鞋》等作语涉抗战，表明1931年后抗日诸役已为编撰关注，此间推出《期待》，所言虽指前日之东省，所感必及今日之热河，故祭奠之意应不止东省死士。自"九一八"江桥抗战、"一·二八"淞沪血战至榆关、长城各口之战，"浴血苦斗"的"亡命人"不在少数，其生前身后之境遇或为人忽略。《洒鞋》①描写曾参加古北口之战的士兵大麻哥负伤失去双腿，出院后流落为乞，遭世人白眼。大麻哥梦中见抗日诸役阵亡将士集会痛责社会有负英烈，"我们在嫩江空着肚子支持了几个月，敌人的炮弹轰烂我们，寒冷的冰雪冻死我们，我们甘心地死了。因为那时大家都说决心要赶走敌人，但是敌人现在可已经赶走了没有呢？"，"现在我们的家小还是在那里受冻受饿随时受敌人杀害，谁还念到他们呢？"。除《文艺月刊》外，李辉英《三周年》②同样涉及烈属问题，黄老太太之子于"九一八"战死，只剩下孤儿寡母，自此，"每次摊派捐税，她们一定要比别人多摊些"。将士为国舍命，家小竟遭欺凌，英灵身后状况堪忧。国难未已，酣歌又起，将士空余悲愤，"我们把一腔热血洒在长城上，为的是要给我们的民族争口气。但是现在我们的血干了，肉烂了，满山满野都是我们的白骨，而那些活着的人可曾记念到我们呢？他们吃喝玩乐他们的，甚至向着敌人摇头摆尾"③。阵前碧血横飞，中华仍似"猛狮沉睡，酣梦不醒"④，国殇何以瞑目。

国家满目疮痍苟安之气弥漫，但作家依旧"期待"，期待国人奋起，期待河山重整。期待在反抗中才会萌发，大孤山衰疲之士杀敌明志，"活着一天，就得抵抗一天，活着一刻，就得抵抗一刻""到死为止"。义勇军的抵抗非仅为一己，"是争我们全体的生存，全体的人格"，为民族尊严，他们舍生忘死。家国危在旦夕，不甘为奴者前仆后继，朴实的军歌鼓动更多人加入到抵抗的

---

① 朱溪：《洒鞋》，《文艺月刊》1934年第5卷第1期。
② 李辉英：《三周年（下）》，《申报自由谈》1934年9月19日。《三周年（上）》刊载于1934年9月18日的《申报自由谈》。
③ 朱溪：《洒鞋》，《文艺月刊》1934年第5卷第1期。
④ 公仆：《一周不如一周的二周年纪念！》，《申报》1933年9月17日。

行列：

> 黑的是黄昏，白的是光明。永远不会消灭的是人类的斗争。在你的颈上，记着！
>
> 那伤痕还是很新鲜，在你的胸口，记着！那伤痕还是很新鲜。你还爱惜什么呢？
>
> 兄弟们都倒在你的面前了，你怎么不起来呢！
>
> 啊！整个的地球变成了冰块！人类的良心一齐死灭了！快燃起呵！炽烈的圣火！
>
> 烧尽魔鬼占据的宝座。上前去！勇敢的弟兄们！战火的信号冒出烽烟了。
>
> 高擎着我们的国旗，把骄傲的胜利者挥倒。如果我们的末运已经来到，我们的尸体堆积如山有什么要紧呢！快燃起炽烈的勇敢的圣火！
>
> 要把我们的国旗树立在尸体的上面呵！

屠杀面前退缩没有出路，侵略来临惟有奋起反抗。李得胜等人"最初未尝不震慑于敌人的新式的兵器"，被敌人逼得退无可退时，他们"胆量反而强壮起来"，生死考验使"他们死命的团结在一起""和敌人拼命"，"他们在山上，没有坚固的阵地，没有周密的防御，没有锋利足用的军器，也没有新式的曲曲折折的壕沟"，面对炮火，他们"仅仅是凭着决死的心"。日寇凶顽但并非不可战胜，"敌人未必都是钢铁，只要抵抗的力量是出于他们意外的激烈，也会知难而退的"。几次较量后，"大家深深知道那些外表堂皇服装整齐的敌兵，实在是并不足怕，要不是凭借着猛烈的军火，像他们那般养得白白净净的少爷兵，简直和快刀切豆腐一样""包叫他们一个不得回去"。敌强我弱此乃实情，入侵日寇实为劲敌，但炽烈、勇敢的圣火已经向魔鬼烧去，尸体上的国旗自豪地飘荡，鼓舞人们坚定抗敌信念击败侵略者。

国家危殆局面的扭转，要靠政府与全民的不懈奋斗，作家期待奋勇作战的队伍涌现，更期待政府坚定抵抗信念，民族觉醒团结抗战。大孤山一支人马，已成为中华抵抗精神不灭的象征，"如果在'九一八'的辽宁，有这些被同胞们一向忽略着的饿兵，在那里恭候敌人的袭击，至少，还能使他们出乎意外地感觉到一点潜在的势力，中国的地层里还能爆发出猛烈的火花来的"。为阵亡的兄弟，为沦陷的家乡，为垂死的民族，他们宁战死不生降，"他们在这样一个恳切的表示中，要使山脚下的敌人，知道山顶上还留着一小部分知道羞耻的中国军队。使他们知道就在这大孤山上,还保留着一线希望的光;整个的将要沉沦下去死灭下去的中国的国魂,还有小到不可再小的一部分,留在大孤山上。就是中国变换了颜色,而这一座荒凉的大孤山,还是给这些斗士们的血,在黑夜里放射着烈火一般的光明"。这"一线希望的光"是"抗斗不屈精神所表现,将来恢复失地之根基在是,今日天地正气之维系亦在是"①。作家相信"中国的民众并不是缺乏勇气,只是被压迫着无处显现","斗士们的血"使死灭下去的国魂重新升腾,也"必能使柔懦的中国的大群强壮起来,勇敢起来,一致加入反抗的斗争"。作品里义勇军壮烈殉国,现实中抵抗精神不灭,至1934年仍有"邓铁梅部之转战辽西""刘亮山部活动于辽热边境""赵玉山等进攻宾县""黄锡山老北风崛起本溪""齐占久部扼守长山峪"②"赵尚志部奇袭伪轮"③等事迹传颂,东北义勇军"此起彼仆,奋斗不懈"。因义勇军之打击,自"九一八"至1936年7月,日军"在满各部队即有战死者2891人,病死者1037人,受伤者6694人",而"日军战死、病死的3926人中,有1362人(34.7%)系死于1933年9月以后",义勇军同样付出巨大代价,"1933至1936年度,其战死者总数即达四万人以上"④。

《文艺月刊》于《塘沽停战协定》后推出《期待》,高调鼓吹抵抗精神,激发民族主义情绪,与现实里中日妥协局势反差明显,由此也显示了刊物态度。《文艺月刊》1932年度"九一八"纪念之作为孙俍工《世界底污点》,此作对民族仇恨低调处理,呼吁和平、公理,与政府争取国联支持、制裁日本侵略的外交策略相呼应。1933年初,顾维钧等提醒当局,"自报告书公布后,军事方面重要甚于外交。将来外交前途,多视军事为转移"⑤。尽管我外交人员一再努力,热河形势却表明政府在制止日本侵略方面表现糟糕,"前年三省之陷,不战而走,世界为之骇异。此次热河之役,日人宣传,谓我军并无抵抗诚意"。"我军凭崇山峻岭之险,有主客攻守之异。而战线屡缩,失地频闻"⑥。又长城之役后,国民政府"改与日本直接交涉。此前,日本为断绝国民政府与国联的联系,曾数十次要求与中国直接交涉,均为中国依赖国联外交阻绝,而此时国联尽管无所作为,但还是通过决议谴责了日本,国民政府此时出尔反

---

① 桐心:《九一八二周纪念》,《申报月刊》1933年第2卷第9号。
② 世:《呜呼今日之东北》,《九一八三周年纪念》,《申报》1934年9月18日。
③ 《赵尚志部奇袭伪轮》,《申报》1934年9月18日。
④ [日]江口圭一:《日本帝国主义史研究——以侵华战争为中心》,第227—228页。
⑤ 顾维钧:《顾维钧回忆录》(第二分册),第192页。
⑥ 同上。

尔，在国联会员国中造成极坏影响，外交上更加被动"①。《文艺月刊》并非官方传声筒，之前顺应国家外交局势，乃是希望通过各方努力，政府能够阻止侵略收复失地。事与愿违，日寇刀锋所向，中国一退再退，东省未收又丢热河，再至签订《塘沽停战协定》，整个过程当局抵抗诚意不足。国联外交收效甚微，祖国山河一丢再丢，《文艺月刊》通过《期待》宣扬抗日义勇军抵抗之坚决，流露出对官、民抵抗精神萎靡的忧虑，国难意识强烈，不满时局之意暗藏其中。时至1933年，"以前在东北领导义勇军的抗日将领有多数是已被迫的逃入关内，现在所存在的，亦因接济的日见缺少，于是不能作大规模的反抗"②，屋漏偏逢连阴雨，抗日势力日蹙之际舆论纷陈民众消极、善忘，国难急矣人民反习于苟安，《期待》中屡屡言及义军被同胞遗忘孤立无援，期待全民关注义勇军关注国难，抗战反侵略尽在"期待"中。

"九一八"时隔两年，中共北方党组织为"争取苏维埃和红军的前途"，"以'抗日反蒋'为手段"，帮助冯玉祥"树起了察哈尔抗日同盟军的旗帜"③。舆论指责国内"政治纷扰犹是，人民苟安犹是，一切无组织无计划之状态无不犹是"④。胡适等人也坦言当局过失，建言献策。《文化界》《时代公论》等刊物的纪念文章⑤多由"九一八"谈及《塘沽停战协定》、平津危急，批评不抵抗政策。《矛盾》的《铳火》⑥更是义愤填膺，直言当局放弃东三省，让"义勇军去做炮灰"，"一·二八"来临，"做官的""老早离开危险地方躲在大洋房烤火"，只剩百姓遭殃，作品借底层民众之口痛骂"不抵抗"，对政府表现出强烈的不信任。喧嚣之中，《文艺月刊》没有直接回应时局，对政府也未做正面批评，它通过《期待》对东北义勇军画影图形，激励民族精神鼓吹抗日表明刊物态度。《文艺月刊》如此委婉，或碍于国民党中央宣传部情面，或出于一向的温和姿态，但同样表达出基于爱国热情的国难意识及全民动员共济时艰的意愿。

---

① 张宪文等：《中华民国史》第2卷第400页。
② 公仆：《一周不如一周的二周年纪念！》，《申报》1933年9月17日。
③ 杨奎松：《中间地带的革命——中国革命的策略在国际背景下的演变》，第262页。
④ 伟：《九一八两周年祭》，《申报九一八二周年沉痛纪念》1933年9月18日。
⑤ 《文化界》《时代公论》纪念"九一八"两周年的文章分别为彭瑞夫：《"九一八"二周年》（1933年10月第2期）、王德辉：《"九一八"二周年》（1933年第2卷26期）。
⑥ 朱雯：《铳火》，《矛盾》1933年第2卷第2期。

第四章　中国留日学生"九一八"后抗日活动写真

　　侵略不止抵抗不休，1934年"九一八"纪念来临，《文艺月刊》推出了方之中《诗人底画像》，作品描写"九一八"后中国留学生"诗人""画家"（人物绰号）等在日本的见闻、斗争，通过主人公回国前后的遭遇，反映中国民众对国难的冷漠、麻木。《诗人底画像》与《期待》刻画的是不同群体的遭际，但透过作品，两位作家均流露出对国内抗争精神缺失的忧虑，强烈的国难意识成为二者的共同点。

　　1931年9月20日，《申报》《民国日报》开始报道"九一八事变"，日寇攫取东省给中国乃至国际社会长久震动。东北的炮声在日本引起何种反应？方之中借助中国留日学生的视角，把目光投向了日本媒体。作品中，日本媒体动作迅速，"九一八事变"的消息传到东京之际，诗人尚在睡梦之中，画家清晨通过《朝日新闻》"皇军克服×"的报道，惊悉东省领土沦陷敌手焦灼万分。此后报纸"逐日载着皇军又克服了某处"，诗人手上的号外"上面的大标题是：'皇军的神武'，小标题是：'一周内可结束战事'。再看下去，又克服了某处，敌军全部歼灭"。针对"九一八"，中国媒体强调日本属违反公约、破坏和平、公布事变真相、战争责任、揭露日军暴行。与此形成对比，方之中笔下，日媒回避战争责任、鼓吹日军战绩、口气狂妄嚣张，侵略竟堂而皇之地登场。《文艺月刊》的猛克也描写了日本媒体在"九一八"后的反应，"东京新闻界首先活动了"，"东京各报馆的排字房里都有一种特制的嵌在黑底花版上的白色活字，在'九一八'后的一个月内，这些活字在那些号称权威报纸的朝日和日日新闻的第一版上狂旋乱舞的跳跃着，它们齐唱，那'皇军胜利'的凯歌。报贩子忙碌了，腰间挂一个铜铃，叮当的在各车站的月台上飞散着手中的'号外'"，不止报纸，"新宿车站的无线电原是专司报告行车的时刻之职的，这时它也兴奋了，在转播着报上传来的'皇军浩荡'的消息"①，战争狂热下，传媒好似群魔乱舞，对此，《文艺月刊》外的其他作品也有反映。华蒂《一个印象》② 中，日本媒体报道"九一八"争先恐后：

> "这是一九三一年九月十九日的上午"，"十点钟的时候，突然，一阵紧急的铃声投进了这杂乱而简单的街头底空气中。于是，如平静的海里翻起一个奇异的浪涛一般，人们底注意都被它吸住了。这紧急的铃声由一起而二起，二起而三起，三起而四起，……弄得人们辨不清有几处在响，四面八方，都接续着飞来了这紧急的铃声。这明明是卖报者底铃声，但是显然的却不是寻常的卖报。铃声是响得那样急迫，而且愈响愈紧，愈响愈密，也愈响愈近。渐渐地，'号外'，'号外'的声音已模糊地达到了路上人们底耳朵里，大家都不期然地一齐暂时停住脚来等候。接着，'朝日新闻号外'！'日日新闻号外'！'时事新闻号外'！'国民新闻号外'！……等的喊声也都已听得清楚了"，"一刹时，在许多人底手上已都有着一张'号外'，'支那兵破坏满铁线！'、'我军已占领北大营'、'主力向奉天前进'……"

紧急的铃声后是蜂拥而来的报道，仅时隔一天，"九一八"的消息随各大新闻纸传遍大街小巷，宣传倾向仍是侵略者的"神武"，公理已被狂热抛弃。崔万秋《九一八在日本》同样记录了日本报界的快速反应："九月十九日早晨""六点"，"一阵号外铃声"把中国留日学生冯景山"从睡梦中警醒"，"朝日新闻"送到。"八点钟""又是一阵号外铃声"。冯景山看到两张号外，"第一张，奉天电报：日本满铁守备队与中国军冲突。第二张，奉天至急电报：北大营已完全为日军占领"。不久"满街铃声""每日新闻、中国新闻都一齐发出了号外"即"日本军队今晨六时，将奉天城完全占领！"③，张张报道满载侵略者的耀武扬威。方之中等通过中国留学生观察日媒反应，各大报社行动迅速口径统一，只提"占领"回避侵略，颠倒黑白诬陷我军，神化日军误导民众，侵略暴

---

① 猛克：《当北大营的烽火燃烧到东京的时候》，《文艺月刊·战时特刊》1938 年第 2 卷第 3 期。
② 华蒂（以群）：《一个印象》，《文学月报》1932 年第 1 卷第 3 期。
③ 崔万秋：《九一八在日本》，《新路》，上海：时事新报、大陆报、大晚报、申时电讯社四社出版部发行，1933 年，第 206、207 页。

行被遮蔽。"九一八"前后，华蒂、崔万秋身在日本①，方之中在上海，不同背景的三位作家一致注意到日本报界的动作，则日本媒体与日军侵华到底有何关联？"九一八"之前，日媒已将民众视线引向东三省，"从1930年底至1931年初，日本帝国主义对满洲统治的动摇被作为'满蒙问题'开始大肆宣传。朝日、每日两大报竞相以很大篇幅报道满蒙问题，引起了读者的关心"②，为日后夺取东省造势。事变发生后，日媒大肆渲染，朝日、每日两报"对原已设在中国的特派员通讯网进行了总动员"，动用飞机频繁接送记者与摄影师，大量发行号外、放映新闻电影，歪曲事实煽动民众，"大报社还相继制定出向满洲派遣慰问代表、募集慰问金与慰问信及其他计划"③，配合日军暴行鼓吹侵略战争。通过以上手段，"作为最大最强有力的大众传播媒介而覆盖全日本的报纸，根据其各自的规模及能力，争先恐后地发表支持战争的言论、报道，煽动起排外热，从而参与了侵略并提供了合作"④。在媒体欺骗性宣传下，日本民众"激烈地燃起对中国以及国际联盟和列强的敌意与憎恶，排外热泛滥，对于奋战中的'皇军'的感谢与激励唤起了爆炸性的慰问运动"⑤。此后，日本逐渐走上法西斯道路，媒体"功不可没"。

关注过日本媒体之后，方之中将焦点转向了日本民众。"九一八"后，孙俍工《世界底污点》刻画了呼吁和平、正义的井上清二郎，但支持他的只是少数。方之中展现了日本社会的另一面，"九一八"消息传来，东京"满街都高张着庆祝的旗帜，在麻醉了的日本下层民众中，也有读说皇军神勇的"，房东少妇开始监视中国学生的举动，商店里的人、"岔道上的街警"、坐镇中国菜馆的日警，都在嘲笑、排挤中国人。媒体愚弄下，家庭妇女都"带着骄意""暗夸着皇军的功劳"，她们认为日军在东三省的行动是替中国人赶走军阀使百姓安居乐业，因此，中国留日学生的抗议活动实属"恩将仇报"。《九一八在日本》中，天真无邪的日本少女敏子"催促她母亲赶快把太阳旗找出来，挂在门外，庆祝日本占领沈阳"，忠君爱国的教育使敏子认为东三省是"日本生命线的满洲"而非中国领土，侵略二字无从谈起。猛克也提及日本中小学生的表

---

① 据胡风回忆，"九一八"前后，他曾在早稻田大学和华蒂（以群）碰过一次面，见胡风：《胡风回忆录》，第9页。崔万秋事见毛德传：《崔万秋不是文化特务》，《炎黄春秋》2011年第7期。
② ［日］江口圭一：《日本帝国主义史研究——以侵华战争为中心》，第132页。
③ 同上，第148页。
④ 同上，第127页。
⑤ 同上。

现,"各学校当局接到了内务省'街头宣传'的命令,把学生从课堂里抛出,掷在各车站的地下通道的出入口上","女学生手上拿一个邮箱式的捐盒,耐心地向路人行着九十度的鞠躬",男学生"提着一个开运动会用的马粪纸口令筒,面孔通红地大喊大跳","马路上也渐渐出现队伍的行列了,他们都是些天真的小学生",侵略思想已荼毒下一代。与方之中同属左翼的华蒂对日本民众的描写颇有意思,凡是盛赞"大日本帝国"军队勇敢的都是"衣冠楚楚的绅士",反战的是被作家看作"友人"的工人,他们认为战争为的是"军阀的利益",穷人只有"加捐税、派战债",华蒂笔下,工人的阶级观点战胜了政府的"举国一致"。现实中"衣冠楚楚的绅士"似乎更多,1932年9月18日,"东京举行各种纪念会,纪念攻击沈阳北大营之日"。日本各级官吏讲演,"全国一齐默祷卅秒,祭祀阵亡军人",各界人士"举行慰灵祭,招待遗族伤痍军人,赠送纪念品"①。1933年9月18日,东京纪念如故,北平的日本小学也加入到庆祝行列,超越国家观念的"友人"终究稀少。

侵略消息的刺激,日本民众的狂热,势必给中国留日学生造成巨大压力,爱国赤诚使青年学子肩负耻辱奋起抗争。近代以来中华危急,中国留学生并不因远离本土而缺乏爱国热情。"在留日学生之间,第一件表现民族意识和爱国心的事,莫过于清国留学生会馆的设立。""使其威力充分发挥的是反对《清国留学生取缔②规则》运动",这次运动成为日后"一连串反对日本侵略政策的归国运动的典范"。民国以后,伴随日本侵华活动,中国留日学生的反日斗争不断,"一九一五年,日本有所谓二十一条的要求,留日学生坚决反对,为抗议而归国者很多。其次,一九一八年,日本向中国政府提议共同出兵西伯利亚,留学生亦坚决反对,大举归国,并组织救国团"③。据王拱璧《东游挥汗录》记录,1918年中国留日学生在日本纪念"五七"国耻,"男女留日学生四十六名被捕";1919年"五七","三千青年流血东京"。1928年,日本在山东制造济南惨案,"留日学生组成了中华各界反日大同盟大举归国"。"九一八事变"发生后,"留日学生几乎全部回国"④。

回归祖国是表达立场的一种方式,《诗人底画像》里,中国留日学生更直

---

① 《九一八纪念日庆祝我哀悼》,《申报》1932年9月19日。
② 日语取缔为汉语管理之意。——引者注
③ [日]实藤惠秀:《中国人留学日本史》,谭汝谦、林启彦译,香港:香港中文大学出版社,1982年,第301页。
④ 同上,第297页。

接地表明了态度,他们组织了"反日侵华团"。为抗议侵略,诗人等上街秘密散发传单,学生们手无寸铁,传单成为斗争武器。中东路事件后,中国学生曾"携带中日文传单"①试图在日本街头示威游行。《九一八在日本》中,鞠晚声等中国留学生利用传单号召日本民众与出征士兵"勿做资本家之私欲私利的牺牲品"。鞠晚声等全身而退,方之中笔下的学生们却不幸被日警抓获。学生们"对于暴动的事绝不承认",但还是受到日方刑讯逼供,画家等人被打得"血骨模糊"。狱官引诱诗人认罪未逞,两个兵士"尖峰的皮鞋底就在诗人的两体上摩擦起来",之后是"向诗人的口鼻喷射"污水,最后"又受到麻绳的束颈和铁板的击臂",诗人"由裤破而皮裂,而血流,而肉飞"。被扔回牢房后的学生们"决议牺牲这条生命,与帝国主义抗战。自后每次审问,每个人都只带了一身加重的伤痕回来,不曾有半句话留在供状上"。旅日中国人因政治问题遭受日警逮捕、毒打不尽是小说里的情节。1933年,胡风因与日共的关系被关进日本监牢,他的处境与方之中描写相仿,同样是拥挤的牢房、恶劣的饮食、狱官的威逼利诱,审讯中胡风保持沉默多次遭到殴打,"用棍子打我的双腿及后股","打累了休息一下""于是又打"②,几次三番。现实中胡风未曾开口,作品里诗人等始终不肯屈服,他们只有一个信念,"倘能侥幸地回到中国,他们要做一个抗日的先锋。在他们的想象中,中国的同胞的愤怒,已经到达了爆炸的极度"。在祖国,日军毁我家园杀我同胞;在异域,日人肆意侮辱、关押我留日学生,国仇家恨使爱国青年怀着一息尚存抗争到底的精神艰难度日,复仇之火炽烈。五个月后,因证据不足诗人等被释放并遣返回国,"饭后,两个兵押一个人,各自回到旧寓去收拾行李","两刻钟又齐到了火车站上",被遣返的学生们"挤在一个车厢里,两头分坐的是一排荷枪实弹的日兵。中国学生愤恨的眼紧对着日兵监视的眼,谁也没有作声"。火车开动后,"老王突然高歌了一声,那些陌生的中国学生也一齐高歌起来,任是日兵们如何的喝止,也压不下这种狂热,这狂热断续地一直延到他们下了车,又上了归国的船以后"。日方监视下,青年学生被强制遣返回国,爱国热情不可遏止冲破沉默似歌声澎湃,学生们满怀斗志踏上归途,只待回国投身抗日。胡风曾回忆他遭遣返的经过,"释放前一天被警察押着去理发洗澡,回住所收拾行李",后到"大学办退学手续"。"当天,被端保(日警——引者注)押着先到一个不知名的警察署地下室,向我宣布了驱逐出境令","最后,每人由一名刑警监视着坐

---

① [日]实藤惠秀:《中国人留学日本史》,谭汝谦、林启彦译,第297页。
② 胡风:《胡风回忆录》,第14页。

上火车"。"开车时，我上身伸出窗外喊了反对日本帝国主义侵略中国的口号，虽然同行者没来得及响应，但我总算是吐了一口闷气。警察想制止也来不及了"。"在神户上船后，先把我们关在船头下面的尖舱里。除留了两名监视外，其余的警察都回去了。第二天到长崎，那两名警察也上岸走了，我们才真正地成了旅客"①。方之中关于遣返的描写与胡风回忆有相似之处，驱逐路上学生歌唱，胡风高呼，表达形式有别，抗日旨归相同。1933年夏，胡风回到上海为左联工作，方之中1930年加入左联后也在沪上活动，现没有证据表明胡、方之间有直接联系，不过，与胡风同案并"一道被驱逐回国"②的聂绀弩与方之中有过关联③，不知方之中创作《诗人底画像》是否曾受到上述人士经历的影响。自"九一八"诗人等归国后，直至《诗人底画像》面世的1934年，日本的中国留学生人数才开始回升④，"不过，他们只是为了学习救国的必要知识，对日本怀有好感人几已绝踪"⑤，1937年七七事变爆发，"导致全体留日学生返国，而近代中国留学日本的运动至此亦暂告终止"⑥。

《诗人底画像》描写了中国留日学生在敌国的抗争，同时还涉及他们回国后的遭遇。《九一八在日本》《一个印象》里中国留学生的活动止于日本，《诗人底画像》中热血青年们斗志满怀回到祖国，国民政府教育部"通令北平、上海等地大学收容留日归国学生"⑦。读书不忘救国，诗人与同学到上海后组织了"留日被迫归国团"，为宣传抗日"他们发宣言，打通电，他们相信这种热情不会浪费的"。现实充满讽刺，"社会的答复"，"与他们的期待成了反比例：仇货的激增，抗日团体的消灭，市场上，电影院，跳舞场，……一切都回复了太平盛世的景象！"，敌人的拷打没能扼杀反抗信念，国人的健忘却让抗日精神窒息。"他们失望了，幻灭了，'中国同胞的愤怒，到达了爆发的极度！'毕竟只是他们的幻想"。大敌当前没有团结抗战却是不知今夕何夕的歌舞升平，东三省的杀戮、淞沪的血战被大家遗忘，"中国同胞的愤怒"早已烟消云散，醉

---

① 胡风：《胡风回忆录》，第17页。
② 同上，第22页。
③ 1936年，方之中编辑《夜莺》曾通过聂绀弩向鲁迅约稿，鲁迅《三月的租界》、《写于深夜里》托聂转交方之中。详见林溪：《鲁迅与方之中》，《鲁迅研究动态》1986年第八期。
④ 关于1928年至1937年中国留日学生数量的变化情况可参见王奇生：《中国留学生的历史轨迹：1872—1949》，武汉：湖北教育出版社，1992年，第115页。
⑤ ［日］实藤惠秀：《中国人留学日本史》，谭汝谦、林启彦译，第297页。
⑥ 同上，第301页。
⑦ 王奇生：《中国留学生的历史轨迹：1872—1949》，第114页。

生梦死的世界使诗人誓做抗日先锋的心变得冰凉。东北父老的死难、留日学生因抗争而"身受的蹂躏"已不能激起民族的反抗，诗人将苦难的记忆化为笔下"愤世嫉俗的话"，可"这类稿子寄出去又退回来"，抗敌话语已无处言说。爱国赤诚被压抑成无可发泄的愤懑，诗人只能用颓废的生活表达对社会的失望与不满，他心中那一线抗争的光亮被"黑神的翅膀""紧紧地包围着"，何处才是抗日精神生长的土地。

《诗人底画像》围绕"九一八"展开，但从作品细节与现实环境看，作家隐忧更源于1934年前后的社会状况。作品中提到诗人于"九一八"后五个月回沪，抵沪后获悉"一·二八"沪战刚刚结束，按这两条线索则诗人到达上海的时间应在1932年3、4月份。"一·二八"一役第19路军奋勇抗击日军，全国尤其上海民气激昂，各界人士纷纷以各种方式支援第19路军抗战，军民团结抗日热情高涨，到3、4月间沪战结束不久，"九一八"也尚不遥远，诗人所睹民气消歇之种种表征应不至在此时出现。那么，诗人回国后反抗热情遇冷、抗日精神枯萎所指何时？《诗人底画像》完成于1934年，作品中诗人所读报纸曾语涉"新生活运动"，则1934年的社会景象极有可能被融汇在作品之中。问题在于，1934年的社会、历史语境是否如作品所示，国难未已而国人丧失斗志得过且过？1933年，社会国难意识的淡薄已引起有识之士的警惕，1934年，"九一八"渐行渐远，民族前途却日益黯淡，强化国难意识成为本年"九一八"纪念的主题。《东方杂志》告诫国人应"痛除因循偷惰之积习""牢记九一八"①。《人间世》的《忘记了九一八事变》②指出通过考试检验不少学生遗忘"九一八"，批评"中国民族是健忘的民族""这健忘却决不是自然的；而是催眠的"。《申报月刊》评论道，"当九一八之第一年，全国呼号震动。商界抵制，学生请愿，政府亦旦旦申言，收复失地，长期抵抗。未几而抵制者声浪销（消）沉，劣货充斥矣。未几，而请愿者'爱国有心，回天无力'矣。已失之地，未有寸土尺地之收复。未失之地，如内蒙，如华北，更日在侵凌压逼下矣。'抵抗'二字，两年前为时髦口头禅，今为绝响广陵散矣"③。失地未复，国人忘忧，日寇步步逼近意在亡我中华，我国民抵抗精神即丧亡国灭种亦不远矣。面对严峻的局势，各方声音急欲唤起全民族的国难意识，这也正反映了现实中反抗精神的缺失，基于当下这种紧迫的社会形势，方之中将对现实的

---

① 允恭：《牢记九一八》，《东方杂志》第31卷第18号，1934年9月。
② 亢德：《忘记了九一八事变》，《人间世》第12期，1934年9月。
③ 桐心：《'九一八'三周年》，《申报月刊》第3卷第9号，1934年9月。

感知融入笔端创作《诗人底画像》，借中国留日学生的抗日活动及其冷遇，颂扬抗日精神、鼓动民众保家卫国打击侵略者。

1933年王平陵之《期待》所流露出的国难意识，在《文艺月刊》1934年度的不少作品中再度呈现。我国丧权失地日趋严重，国民政府开会、默哀、降半旗的"九一八"纪念之举日显乏力。《文艺月刊》刊载作品从多个角度反映日本侵华活动，强化国难意识，鼓动国人奋起抗日。1934年8月，《文艺月刊》推出《满洲小景》①，伪满"在统治上或者是奴隶的职务上都是一些新的人物登场"，他们"代替那帝国主义的暴力剥削这广大的群众"，但这里的民众不忘自己是"中国人，中国种"，反抗势力潜滋暗长。同年9月，登载《支那料理师》②，旅日的"几千几百中国商人和工人"，"没有触犯日本政府的法律，没有违反警视厅的警章，纳税缴捐"，辛勤劳动，却被日本没收财产驱逐回国，一切只因他们是"支那人"，被侮辱者的仇恨已经点燃。1934年10月，《文艺月刊》发表《诗人底画像》，作家将描写对象对准中国留日学生，通过"九一八"后他们在中、日两国的遭遇，鼓吹誓死反抗日本侵略的爱国精神，对国人于国势危殆之际缺乏抵抗意志表示不满。方之中为左联作家，但此作并未宣扬阶级学说攻击国民政府，作品包含纪念"九一八"之意，反映了1934年的历史语境，与之前作品的国难意识一以贯之，为姿态温和的《文艺月刊》所选择并不突兀。

---

① 胡琴子：《满洲小景》，《文艺月刊》第6卷第2期，1934年8月。
② 夏莱：《支那料理师》，《文艺月刊》1934年第6卷第3期。

第五章　1935年回归低调的"九一八"纪念

　　自1932年开始，日本知识分子、东北抗日义勇军、中国留日学生等形象，作为个人或群体，陆续出现在《文艺月刊》"九一八"纪念之作的镜头前，展示他们为反对日军入侵东三省所做的努力。1936年，《文艺月刊》推出了方深的《十字架上》，本年度的"九一八"故事由中国城市贫民里的一位普通姑娘讲述出来。

　　《十字架上》借用普通民众的视角记录1930年代中日关系的起落。作品采用第一人称叙事，"我"是个贫民家庭的姑娘，父亲去世后，"我们的家境为着债务的瓜分"沦为无产，"单靠姆妈十指辛勤，在危殆中撑到现在。这责任，而今又加到我的肩上来了"。由于生计难以维持，姆妈劝"我"接受在中国做生意的老年日本商人松岗的"包养"，在松岗软硬兼施的手段下，"我"被他占有。面对松岗，起初"我"羞愧难当无比怨恨，但日久生情"我"对他产生依恋，产下一子。"九一八事变"爆发，伴随事态的扩大，松岗同大批日侨回国，自此"我"与他分隔两地，后松岗意外丧生，母亲病逝，"我"抚养幼子艰难度日。与此前纪念之作不同，《十字架上》没有描写知识分子义正词严的反战演说，也未突出爱国军人、青年学生血泪交迸的群体抗争，历史激起的汹涌波涛变成了涟漪。故事讲述的是贫民阶层日常生活中的一段往事，主要围绕"我"的情感遭遇展开，1930年代那些影响中日关系的重大历史事件，在"我"——一个十几岁姑娘的生活中留下印记。不像东省苦难同胞，"我"不是"九一八"的亲历者，也不同于活跃在抗日一线的先行者，他们抒写了中国人的抗争事迹，"我"是时代裹挟下普通的历史见证者。

　　《十字架上》通过"我"与松岗的交往，影射、讽刺了日本侵华阴谋与国人的投降行为。在"我"的讲述中，即使是生活里的寻常事也总让人联想到中日国家间的交往。与松岗交往之初，他送来不少礼物，接近我后企图用强力逼我就范，顿时，"我""明白那一切的亲善底圈套，都是哄骗我的姆妈来欺骗我的一种有目的的计划。什么是好的友谊？什么又叫做（作）纯洁的互助"。日本对华"亲善""互助"之说"乃变相之挟持"，"其予取予求，目中无中国之态度，已昭然若揭"，谎言遮掩不住侵略的阴谋，"吾国人民，苟不自甘于灭亡，必思应付之方法"①。"我"识破松岗的"诡计"，并不害怕他"用着他们国度里惯用的手腕来侵略我"，因为"我"可不像"我们国度里的一般伟人物，肯屈服在你的威胁利诱下"，我拼命反抗松岗的"侵略"，可姆妈扮演了"伟人物"的角色，她在"威胁利诱"下屈服，劝我顺从松岗，"要我去做这种××②人的俘虏"，原来"她居然也有了这么长的时期同着松岗订下这些秘密的事件来蒙混我"，这无异于"沟通了外人来共同出卖我"。外有松岗软硬兼施，内有姆妈"蒙混""出卖"，我腹背受敌不知所措，"像一个战场上的勇士，在一刹那间，不是抛掉干戈，驯羊般的伏在敌人的足下，便要洒着鲜红的血泪和强暴的顽敌作殊死战"，如果"现在没有奋斗"，我"便将永远沉没"，"我如果不抵抗而丧失了一切幸福"，"那该是……残酷的事"。我与松岗的交往演绎着中日之间的纠葛，有侵略与利诱，有屈服与出卖，内外交攻之下，勇士面临生死抉择，做抛掉干戈的驯羊，还是与顽敌做殊死战，历史给出回答，不抵抗便沉没。我并非勇士，而只是"刚刚踏入社会的一朵蓓蕾"，在松岗与姆妈"高压的诱迫下"，我终被"导引上""牺牲的庖俎前"。

生活中，"我"经历着个人情感上的爱恨情仇，更感受着中华民族的屈辱与悲愤。"我"和松岗有不和谐的开端，但从那之后，"他对于我，不能不说是尽着全力地爱护了"，人非草木"我"开始觉得松岗"有些儿可爱了"。"我"和他的生活似乎这样延续下去，但是"东北的事件突然爆发了，全国的空气顿行沸腾"，国家利益与个人情感的碰撞冲击着"我"的生活。日侨密切关注东北局势，"一天里，松岗要去领事馆几次，探听军事上的消息"，松岗与侵略者站在一边，"他们的国家胜利了，他就欢欣鼓舞，但当我国抗×的空气密度增浓时，松岗也就很愁闷地不知所措"。我是中国人，身边日本人的举动更加刺激了我的民族自尊心，我同样关注着战局，"我国的民气也越来越激昂，这显然是谁都不曾死心。懦弱的镇静，就从来不曾在人们的心里扩大过"，民气激昂没能阻挡住侵略的铁蹄，日本"不声不响地，加速度地占领了整个的东

---

① 记者：《九一八五周年》，《中国新论》1936年第2卷第8期。
② 《十字架上》凡涉及日本处，皆以××代替，如日本人写作××人，抗日写作抗×，用意或在避免引起外交上的问题。

北"。侵略引起民众的愤慨，鉴于与松冈的关系，我受到大家的责骂，但我未因自己的小家庭而丧失民族立场，为"九一八"，我与松冈等日本人据理力争斥责侵略，"国事的蜩螗"令我悲痛莫名。外敌入侵之时，确有无耻的"冷血同胞"冒出，日军占领东北时，跑来向松冈等报告胜利消息的竟有"我国的绅士同胞"，"他们这样的爱重××，爱重的就像是他们的祖宗！所以就不怕中国永远地沦亡在十八层地狱下"。全国掀起抵制日货的浪潮，这些出卖民族利益的人却"在一起商量着，应用如何的方法，去伪造货物，使人们辨认不出这是××制造的"，部分"抗×团体"的"×货检查员"与他们沆瀣一气，"嘻嘻的半睁闭着眼睛""带满了银洋钞票回到家里去"。《文艺月刊》另一篇作品《长征》①对私卖日货也有描写，小说中小商人沈观田在"一·二八"之后不顾民族仇恨，"每天将日本商品推销，但他在头口上还是说'中华国货人人要'"，为赚钱他"替日本商人推销货品"，最终却死在日本装甲车下，"这不知是怎样一种报应"。《十字架上》《长征》痛斥日寇，对背叛民族的国人同样毫不留情，随着侵略者的刀锋所向，中华民族的悲喜剧不断上演。

　　派舰"示威"，日本军方对华步步紧逼，或走或留，中国日侨配合侵华形势。"九一八"后，松冈暗示我，将来中日间"更有许多绝大的危险在潜伏"。形势一天天严峻，"×舰又添开来了许多支，说是来保侨"，"全体的人民都焦急万分"，我"更感到苦闷的压迫了"，松冈力邀"我"随他赴日，可我坚信"国家总可尽力量把我们保护住，决不致眼看着我们给异国欺侮"。终于，松冈随大批日侨归国，他们走后不久，"××人又打到上海来了"，"××的军舰又开来了四艘，到我们这里来示威"。日舰"示威"之事确有影踪，为压制上海人民因"九一八"而掀起的抗日浪潮，"1931年10月5日，日本政府调遣四艘驱逐舰到沪，舰上数百名海军陆战队员在浦东沙县登陆'示威'，制造紧张气氛"②。回想前后，我发现日侨的动向实乃日军活动晴雨表，"每一次事件发动的先前，×侨就预先的相率回避去。这不是有组织的计划，让领事馆里早先给他们的通告，他们才会晓得的吗？"。事实上，"九一八"后，一部分日侨还参与了日本的侵略活动，日舰来沪后，从1931年10月11日起的半个月内，"在日本军舰及陆战队的武力支持下，日本驻沪领事馆发给日侨枪支"，"数千日侨持械游行，撕毁抗日标语，殴打演讲学生，枪击出租车司机及中国警察，拘捕中国学生"，同年"12月6日，各地43个日侨团体的代表1000余人，为

---

① 程碧冰：《长征》，《文艺月刊》1934年第6卷第4期。
② 张宪文等：《中华民国史》第2卷，第260页。

对付中国人民的抗日救亡运动，在沪举行全支那日本居留民大会"，"提出中国废除排日、取消打倒日本帝国主义的口号等无理要求"①，在这之前，松岗的日侨朋友就已"操着不通的中国话"叫嚣"'抗日运动他们制止，取消×货检查'"了，部分日侨随侵略而动已无可否认，文学与历史交互印证了日本的侵华罪行。

《十字架上》始于"我"终日忙碌的闺中生活，经历"九一八"的波澜后，作品收束于"我"对往事不胜沧桑的感喟之中。我与松岗分离后，"××的侵略日甚一日，抗×的风声也就日紧一日"，侵略者铁蹄下，中华民族背负着苦难的十字架艰难前行，民族遭遇使"我恨××"，"但，我爱松岗"，可这爱却玷污了我的灵魂，我同样要在十字架下忏悔、行进。《十字架上》关于"九一八"的部分影像再现于"我"对往事的回忆，战争背景下，我国"绅士"、日本侨民登台亮相，作家用"我"对侵略者、汉奸的痛恨，表明民族立场，坚决抗日的意旨不言而喻。方深并未将抗日的声音贯穿作品始终，"九一八"是"我"记忆中的插曲而非全部，民族苦难我感同身受，自身的凄凉更让我悲从中来，往事成梦，对松岗、母亲，我只剩怀念，如今我也为人母，艰难的生活仍要继续。作家将民族精神的弘扬包裹在一段充满情感纠葛的往事中，慷慨激昂的鼓动变成娓娓道来的回忆，抗日不只是直面日寇的战斗，或许，肩负民族苦难顽强生活，才是普通民众生存常态。相对于《期待》《诗人底画像》等的对敌斗争情节，《十字架上》没有涉及与日寇正面冲突的场景，转而描绘"九一八"期间"我"的见闻、感受，与此前纪念之作相比，《十字架上》不乏民族精神与抗敌信念，但对1936年前后的时局反映较少，选此为本年度的"九一八"纪念，《文艺月刊》的声音稍显单调，而此时，国内形势正在发生微妙的变化。

1935年以后，伴随日军侵华进程的加快，国内要求联合抗战的呼声渐起。"九一八"5年以来，我国局势日渐恶化，"一·二八"事变、伪满成立、热河沦陷接连而来，1935年5月发生"河北事件"，6月发生"张北事件"，"接着，为全面控制华北，日本又加紧策动河北、山东、山西、察哈尔、绥远等华北五省'自治运动'"②。此外，"华北驻兵的剧增，走私的包庇，以至于所谓中日经济提携……一幕一幕的继续不断的演出"③。国势危殆，牵动国内各方

---

① 张宪文等：《中华民国史》第2卷，第260页。
② 同上，第312页。
③ 尚希贤：《"九一八"事变后我们应有的觉悟》，《中国新论》1936年第2卷第8期。

神经，1935年8月1日，中共发表《为抗日救国告全体同胞书》，总结近来国内形势号召团结抗日，"近年来，我国家、我民族、已处在千钧一发的生死关头。抗日则生，不抗日则死，抗日救国，已成为每个同胞的神圣天职！"，在此情形下"无论各党派间在过去和现在有任何政见和厉害的不同，无论各界同胞间有任何意见上或利益上的差异，无论各军队间过去和现在有任何敌对行为，大家都应当有'兄弟阋墙外御其侮'的真诚觉悟，首先大家都应当停止内战，以便集中一切国力（人力、物力、财力、武力等）去为抗日救国的神圣事业而奋斗"。文件明确表示，"只要国民党军队停止进攻苏区行动，只要任何部队实行对日抗战，不管过去和现在他们与红军之间有任何分歧，红军不仅立刻对之停止敌对行为，而且愿意与之亲密携手共同救国"①。中共《八一宣言》推动了抗日救亡运动的发展，本年12月9日，北平爆发了爱国学生反对"华北自治"的"一二·九"运动。"'一二·九'运动揭露了日本帝国主义侵略中国并吞华北的阴谋，抨击了国民政府的对日妥协政策，促进了中国人民的觉醒，标志着中国人民抗日民主运动高潮的到来"②。12月17日，中共中央召开瓦窑堡会议，"确定了抗日民族统一战线的策略方针"③，建立抗日民族统一战线的诉求逐渐强烈，终将影响国内政治走向。

各党派联合抗日成为1936年"九一八"纪念的重要议题。李公朴主编的《读书生活》在"九一八"5周年之际，从"九一八"谈到"一二·九"，认为当下"全国各阶层各党派的人都渐渐明白抗战的必要，并且在这样的基础上，喊出了联合战线的口号，不管你是主张什么，你关心的利益是什么，倘若你是要求生存的话，就应该听从着这个呼声的号召，集合到国防的抗敌的战线上来"④。此言论与中共《八一宣言》及建立抗日民族统一战线的主张十分相似。《救亡情报》同样在"九一八"纪念日讨论"一二·九"学生运动的意义及抗日救亡联合战线的组织⑤。《读书月刊》的编辑中有艾思奇，撰稿队伍中

---

① 《中国苏维埃政府、中国共产党中央为抗日救国告全体同胞书》，中央档案馆编：《中共中央文件选集》第10册，北京：中共中央党校出版社，1991年，第519—522页。

② 张宪文等：《中华民国史》第2卷，第319页。

③ 同上。

④ 崇：《纪念九一八》，《读书生活》1936年第4卷第9期。

⑤ 《救亡情报》由上海文化界救国会、上海妇女界救国会、上海职业界救国会、上海各大学教师救国会、上海国难教育社联合编辑发行，撰稿人中有沈钧儒、章乃器等民主人士。其中1936年9月13日第十八期，9月18日第十九期，均有关于"九一八"和"一二·九"，以及"抗日联合战线"等话题的讨论。

有中共人士，《救亡情报》有沈钧儒、章乃器等人参与，这些至少表明中共与李公朴、章乃器等民主派人士，在建立抗日联合战线的问题上存在共识。

在此之前，国民政府根据形势变化也着手抗战准备工作。1935年的《防卫计划纲要》、1936年初的《国防计划大纲》，表明"此时国民政府已确定对日作战的总方针"①。1936年7月中旬，中国国民党五届二中全会在南京召开，发表《第五届中央执行委员会第二次全体会议宣言》，文件表示"中国目前形势，非以决死之心求生存，则不能得安全之保障；非举国一致以整齐之步骤谋挽救，则将无逃乎各个击破之危机"，故"吾人对内唯有以最大之容忍与苦心，蕲求全国国民之团结；对外则决不容忍任何侵害领土主权之事实，亦决不签订任何侵害领土主权之协定，遇有领土主权被侵害之事实发生，如用尽政治方法而无效，危及国家民族之根本生存时，则必出以最后牺牲之决心，绝无丝毫犹豫之余地"②。这份宣言在"一定程度上显示了国民政府的抗日决心"③，向社会释放出积极的信号。或许正是受到这种风向的鼓舞，《读书生活》在纪念"九一八"的同时，开辟"国防总动员特辑"，发表一系列文章从政治、经济、军事、教育、哲学、文学、戏剧、电影、音乐、文字改革等诸方面探讨国防动员问题，在最重要的《政治的国防动员》中，李公朴探讨了政治民主化问题，总原则是"放弃过去政治上阶级的偏见，仇恨，独断，而将政权真正的授之于人民，自然，人民的公意往往是通过政党而实现的，所以这时政治的组织者是各党派的合作，除汉奸亲敌的政党外，一切民族的政党，不论从极右到极左，均无排斥它参加政府之理。一切政党的存在，均受法律保障它做政治的斗争"④。李公朴的建议具有合理性，但现实政治不会如此理想，国民党五届二中全会要求国民应"予中央以彻底之信任"，强化一党权威，且当局"剿共"如故，直到西安事变的发生。中共方面，在共产国际的影响下，"中共中央不能不为自己规定了一种'逼蒋抗日'的方针。这一方针旨在一方面向国民党'提议与要求建立抗日的统一战线'，另一方面'并不放弃同各派反蒋军阀进行联合的抗日'，并'继续揭破他们的每一退让、妥协、丧权辱国的言论与行动'，使自己最终实际成为'全国各党、各派（蒋介石国民党也在内）抗日统

---

① 张宪文等：《中华民国史》第2卷，第355页。
② 《第五届中央执行委员会第二次全体会议宣言》，荣孟源主编：《中国国民党历次代表大会及中央全会资料》（下），北京：光明日报出版社，1985年，第411—412页。
③ 张宪文等：《中华民国史》第2卷，第316页。
④ 李公朴：《政治的国防动员》，《读书生活》1936年第4卷第9期。

一战线的组织者与领导者'"①。国共皆曰抗日,但各有考虑,联合战线实非易事。

  鼓吹联合战线的还有左翼色彩的一些刊物,与民主人士不同,联合之外他们不忘斗争。"九一八"五周年之际,《今代文艺》总结道,"五年来,侵略者是日益来的积极,急进,大胆,无耻,而我们整个中国民族的命运也就日益濒于死亡线上!",为救国自今往后,"联合战线的主张应该马上由提倡的阶段而入于实践的阶段;应该马上使每一个汉奸以外的爱国民众,都不分党派,阶层,……一齐集中在救亡的旗帜下……为祖国的独立自由而战!"②。《文学大众》"九一八五周年纪念特辑"中,有作家指出,当下"全民的救亡阵线被组织起来了,他们要求着一切不愿做亡国奴的中国人,不分党派党别,牢固地在抗敌地号召底下联合起来",但"握有全民族命运底当局"③ 却无视这种要求。无视人民要求必然受到批判,白朗借"九一八"的伤痕揭露当局历史"罪行","我们忘记不了:那有飞机,有大炮,有枪,有刀,而主张不抵抗的投降主义者,陷人民于水火的大罪人"④。《今年是第五年了》新仇旧恨一起清算,当初"不抵抗的将军在爵士歌舞下葬送"东北,如今,"'一二·九'北平学生奋臂疾呼"又"受了压迫",如此"中国便给无情的历史划成了两个壁垒",作家当头棒喝"出卖民众的便是民众的敌人",警告统治者三思后行。昔日葬送东省领土,今时镇压学生运动,人民面前,当局的出路只有痛改前非掉转枪口抗日。由此,文章要求"不分党派不分阶级"组织"抗×的统一战线"。不过,其中"民族资产阶级甚至洋奴化了的买办阶级""还有些微良心的军阀"等称谓意味深长,阶级烙印难以磨灭,联合之前已有芥蒂,联合之后难免摩擦。为纪念"九一八",本期还推出了舒群、罗烽、田平、亚丁等东北作家的作品,面对变色的山河,他们或抒悲愤之情,或表战斗之志。正如"九一八特辑引言"所说,这些作品是"抗战的呼声"是"我们的战歌",在这危急关头,"愿我们的怒吼唤醒千百万大众!愿我们的热泪如铁液一般溶化每个人的心脏!愿我们的号召到每个角落的人群中去!更愿我们的信念为一切不愿做亡国奴的人接受!""战歌""怒吼"迸发出抗战的强音,对国民政府则"继续揭破他们的每一退让、妥协、丧权辱国的言论与行动",这种强硬的态度极可能

---

① 杨奎松:《中间地带的革命——中国革命的策略在国际背景下的演变》,第293页。
② 张若英:《纪念九一八》,《今代文艺》1936年第1卷第3期。
③ 林娜:《深深的仇恨苦痛着我们》,《文学大众》1936年第1卷第1期。
④ 白朗:《忘记不掉的一天》,《文学大众》1936年第1卷第1期。

是在配合之前中共"运用舆论与实力两方面的压力，努力取消国民党的中心地位和强大影响"的策略，可问题在于，"理论上的这种'压力'将从哪里来呢？"①。《文学大众》提及，上述"战歌"作家多是"国防文学"主力。此前，为适应抗战需要，左翼提倡创作"国防文学"，"九一八"纪念之时热议持续。《文学大众》在《我们的建议》中指出，左翼内部应抛弃成见，"立即发动广泛的群众的讨论，展开并扩大统一战线，从事国防文学阵线的再组织运动"。《文学大众》仅是"建议"，《文学界》则大篇幅讨论，第一卷第三期开辟"几个创作家对于国防文学的意见"特辑，集中发表荒煤、征农、艾芜、魏金枝、罗烽、林娜、舒群、戴平万、叶紫、沙汀等人的相关论述，一卷四期紧接推出郭沫若、俞煌、丁非、凡海等人文章，继续"国防文学"与"民族革命战争的大众文学"的讨论。本期虽有任钧、罗烽、舒群的诗歌，关露的散文及秋雁的小说等"九一八"纪念作品，但刊物重心显在"国防文学"的讨论。中共领导下，左翼作家配合党的宣传工作，"九一八"纪念必谈抗日，在《八一宣言》的指导下，抗日要求联合，左翼提出"国防文学"或"民族革命战争的大众文学"，所言自然是揭露敌人罪恶、鼓动全民抗战、对国民党既拉又打"逼蒋抗日"，此举最终目的还是通过舆论攻势迫使国民政府承认中共地位，组建联合战线共同抗日。面对中共苦心，政府当局对红军继续进攻，这或许可以看作一种回应。

1936年，日寇侵华脚步不停，国民政府着手准备抗战，国内要求联合抗日的声音渐起。基于全民族利益，《文艺月刊》"九一八"纪念之作抗日呼声依旧，这符合当局此时的宣传口径，除此之外作品不涉其他议题②。中共《八一宣言》表示联合姿态，民主人士有推动之意，李公朴等人关于政治民主化、各党派组建联合政府的建议着眼大局，但直接触碰当局统治权威，难以轻易获得政府认可。相对于民主派，左翼声音过之而无不及，对当局批判不遗余力，"国防文学"问世，内部却又分歧不断，且《文学界》四期而终，《今代文艺》只出三期，其影响力如何难以测定。《文艺月刊》同人对政治一向谨慎，在国民政府坚持与红军为敌的情况下，讨论联合定然碰壁。关于抗日，《文艺月刊》

---

① 杨奎松：《中间地带的革命——中国革命的策略在国际背景下的演变》，第293页。
② 以雷震充当发行人的《中国新论》1936年9月18日第2卷第8期为"九一八特辑"，本期撰稿人如薛铨曾、祝修爵、王古鲁等多为大学教授或政府公职人员，编撰队伍与《文艺月刊》有几分相似，本期纪念"九一八""冀唤醒国人，奋起救亡"，主要内容在介绍日本、东北近年军事、政治、经济等情形，希望政府、民众共同努力，"充实国力，建设国防，以复仇雪耻"。除此而外，不谈其他，《文艺月刊》之道不孤。

对当局举棋不定有过批评，但刊物始终不曾质疑国民政府的领导地位，对国共分歧更是尽力回避。多事之秋，政局复杂文坛热闹，各方暗中已呈紧张之势，《文艺月刊》选择《十字架上》纪念"九一八"，抗日之外不言其他，变局之中保持低调，着眼民族生存，顾及当局颜面，看似单调的声音却已表达了刊物的见解、立场。

第六章 "九一八事变"在诗坛的反响

1920年代末至1930年代初,中国夹在列强中艰难求生的形势并没有因国民党政府在南京定都而焕然一新。东亚近邻日本在民国四年就提出了灭亡中国的"二十一条",此后济南惨案、皇姑屯事件、关东军在中国东北地区的战地踏查、万宝山惨案等一系列事件都表明日本吞并中国的险恶用心日趋明朗化,笼罩在中国上空的灭亡阴云愈积愈厚风暴随时降临。

孱弱的民国政府外部杀机四伏,国内更是同室操戈不仅国共反目,国民党自身也祸起萧墙刀兵相向。"三民"之中民生、民权渐成画饼,"唯有民族主义,才既易于争取民心,又正切合南京政府欲以民族意识冲淡阶级意识、以权威意识压倒个体意识、以统一意识取代地方意识的功利目的。"① 国内外诸种条件共同作用,1930年6月1日在朱应鹏、范争波的倡导下,前锋社于上海面世,民族主义文艺运动"水到渠成"②。

国共对立,民族主义文艺运动部分领导者的官方立场③使得他们对左翼文学不无敌视与攻击,擅长阶级斗争的左翼阵营自然"水来土掩"积极应战。鲁迅《"民族主义文学"的任务和运命》就是当时左翼攻伐的经典之作。黄震遐因《陇海线上》《黄人之血》等作品在民族主义文学阵营中声誉鹊起甚至被目为"东方的拜伦",加之其国民党军官的身份,首当其冲成为鲁迅批驳的典型。民族主义文学的队伍中"虽然有的具有官方身份""但文化人比官方人物要

---

① 秦弓:《鲁迅对20世纪30年代民族主义文学的评价问题》,《南都学坛》2008年第28卷第3期。
② 《开展》月刊创刊号上《开端》一文有"民族主义文学,以水到渠成之势"云云。详见秦弓《鲁迅对20世纪30年代民族主义文学的评价问题》。
③ 朱应鹏为《申报》编辑、国民党上海市党部检查委员会委员,范正争为国民党上海市党部执行委员会委员、淞沪警备司令部侦缉队长兼军法处长。

多"，而队伍的基本成分"还要说是文学青年"①。这些被鲁迅加冕为"小勇士们"的年轻人，不幸成为黄震遐的"陪斗"。作为众数的"配角"很容易被人遗忘，又被鲁迅引为"反面教材"更难咸鱼翻身。其实，要"拨云见日"的又何止民族主义文学这一支队伍，为新文学激进力量所挞伐的通俗文学家们在国难当头之际何尝不是怒发冲冠表现不俗，"九一八""一·二八"破门而入，面对危亡张恨水高唱"一腔热血沙场洒，要洗关东万里图"。他的《太平花》《满城风雨》《九月十八》《弯弓集》等一系列作品以不同的体裁表现了同样的国家话语。爱国并非阶级专利，"通俗文学作家纷纷创作'国难小说'，譬如有程瞻庐的《疑云》、徐卓呆的《往哪里逃》和《不栉的女进士》，顾明道的《为谁牺牲》、黄南丁的《肥大佐》、汪仲贤的《恐怖之窟》"②。关注国难的还有同样被新文学阵营鄙弃的旧体诗词，在"九一八""这一家国巨劫的大事变之后，旧体诗词出现了20世纪以来第二个创作高峰，作者来自社会各阶层，有世家文人、教师、军人、学生等等"③"旌回旆转指红螺，力尽难挥落日戈。星月敛芒笳鼓咽，踏冰夜渡白狼河。"李鹤这首《退义县》传达出爱国军人奉令退却的无可奈何。陈家庆在辽、吉失陷后作《如此江山》哀叹同胞苦难，"辽宁片土，正豕突蛇奔哀音难诉。月黑天高，夜阑应有鬼私语"。钱仲联的《哀锦州》则讽刺了当局的退却政策，"奔车一夜辚辚声，我军尽向关中行。锦城高高天五尺，有城不守奈何许"。大敌当前我军却有城不守退向关中致使我无辜百姓悉数为奴，潘式的"谁令拱手事虾夷，十万为奴食残烬"。道尽生民悲愤。④ 通俗作品与旧体诗词表现抢眼，受惠于五四文学革命秉承爱国激情的现代诗歌对家国巨变又岂会等闲视之。通俗作家群、旧体诗人群与创作现代诗歌的青年群体在战火面前争相举起爱国旗帜，承载国家话语之作一时迸发。

  近年来民族主义文学运动已引起学者的重视⑤，重镇黄震遐被积极评价，

---

① 秦弓：《鲁迅对20世纪30年代民族主义文学的评价问题》，《南都学坛》2008年第28卷第3期。
② 秦弓：《现代通俗文学的生态、价值及评价问题》，《南都学坛》2010年第30卷第3期。
③ 薛勤：《"九一八"文学旧体诗词初评》，《辽宁大学学报（哲学社会科学版）》2007年第35卷第6期。
④ 对李鹤、陈家庆、钱仲联、潘式旧体诗词的解读详见薛勤的《"九一八"文学旧体诗词初评》。
⑤ 倪伟：《"民族"想象与国家统治——1928—1948年南京政府的文艺政策及文学运动》。秦弓：《鲁迅对20世纪30年代民族主义文学的评价问题》，《南都学坛》2008年第28卷第3期。

作为运动基础的大批文学青年也应受到重新审视。"'民族主义'旗下的报章上所载的小勇士们的愤激和绝望"在鲁迅《"民族主义文学"的任务和运命》中具体表现为五首诗歌：苏凤《战歌》、甘豫庆《去战场上去》、邵冠华《醒起来吧同胞》、沙珊《学生军》、徐之津《伟大的死》。苏凤《战歌》出自上海《民国日报·觉悟》，其他四首均为《申报·青年园地》刊载，《申报》与《民国日报》① 应属"'民族主义'旗下的报章"。与朱应鹏关系密切的《青年园地》，被视为民族主义文学的"势力范围"，上海《民国日报》是国民党老牌机关报，受到政府文艺政策的影响也不足为奇，但在此刊登的"发扬踔厉"与"慷慨悲歌"的"九一八"诗歌绝不止附庸政府图解政策这么简单。苏凤、邵冠华等一大批文学青年"愤激和绝望"的集中爆发主要出现在"九一八事变"之后，诗歌所写无论是呼吁政府、国民拿起武器团结御辱还是作者立志舍身抗敌从容赴死，体现的首先是热血青年的爱国激情，唤醒民众救亡图存才是最后旨归。至于"愤激与绝望"是否如鲁迅所说有粉饰"不抵抗主义，城下之盟，断送土地这些勾当"的用心，还要回归历史现场与诗歌本身一探究竟。

一、悲歌中的故土沦丧与同胞苦难

"我的家在东北松花江上"，那里不仅有森林煤矿、大豆高粱，还有我的同胞我的爹娘，"九一八事变"的发生彻底打乱了东北人民的生活秩序，使无数人失去了财产、故乡、爹娘，耻辱的亡国奴生活揭开序幕，毁灭的阴云吞噬了东三省。

"九一八事变"后，中华儿女血脉贲张掀起各种形式的抗日救亡活动，爱国青年蘸血与泪写下诗篇，记录了日本侵略战争带给我们民族、国家的巨大灾难。"日本兵在关外暴吼，抢劫，奸淫，惨杀。"② 日军占领沈阳后，"在城内四处劫掠，惨杀市民"③ 民众宝贵的生命沦为草芥。"同胞的血迹，洒过了沈阳城垣，又洒过了松花江畔；但见血红的火光烛天，日兵在到处焚劫屠宰。"④

---

① 两报抗日诗歌考查均以 1931 年 9 月 18 日为起始。《青年园地》1932 年停出，故其考查时间以 1931 年 12 月 31 日为止。上海《民国日报》考查时间以 1932 年 1 月 26 日被迫停刊为止，1932 年 1 月 1 日起《觉悟》改为《闲话》仍为苏凤主持且色彩与《觉悟》基本一致，也列为本文考查范围。
② 子凡：《奋斗啊坚持到底》，《申报·青年园地》1931 年 10 月 15 日。
③ 张宪文等：《中华民国史》第 2 卷，第 252 页。
④ 潘寿恒：《赴敌去》，《民国日报·觉悟》1931 年 9 月 24 日。

"看同胞们的血喷出来了,看同胞们的肉割开了,看同胞们的尸体挂起来了"①沦陷区"尸体是遍野横陈"②"同胞的热血满涂着辽东三土,同胞们的尸骨铺遍了锦绣江山"③。灭绝人性的侵略者把我们的家园变成废墟,"东北起了火,烘透半天云""一群群火牛,野蛮的舍着命冲刺""现在那角落白天冷静的像黑夜,烟囱都漏不出半丝气息;村庄里已经没有处女与贞妇了"。④

践踏人道的日军还不顾国际公约使用禁用武器"听吧,无人道的达姆弹和机关枪扫射的声音。听吧,我同胞血和泪的惨痛哀吟"⑤。季琳《黄帝的子孙》⑥ 更是直接记录了日军残害我国民众的历史现场:

> 九月二十九报载:日军蓄意破坏北宁交通,使用国际所禁用毒弹,飞机连续轰击列车,死伤累累,且多为避难人民。
>
> (一)啊,我们真倒霉做黄帝的子孙,到今天才算出虎口死里逃生;回想那时候不死,真算是万幸!朋友,你别问那惨(残)酷的情形,想着也叫人寒心!
>
> 你不看见日军的弹雨枪林,刀光闪闪地照耀灰惨的黄昏,随时你得提防黑衣的死神光临。朋友,这哪里还是人的生命,路旁的野草一根!
>
> 秋风里常夹着一阵阵的血腥,碰着了那恶鬼你可真是倒运,你生命早就被握在他的手心;朋友,枪尖在你的胸头刺进,他们还毒笑狰狞!
>
> 黑夜的火光烛起满天红云,大野漫漫到处都有火在烧焚,耳膜上整夜震荡着杀声哭声,朋友,荒郊上蠕动幢幢黑影,那正是华夏之民!
>
> (二)火车上满是这一批虎口残生,拥拥挤挤地被驮着向前飞奔,大家的心里交织着喜愤忧惊。朋友,西风无情的飒飒逼人,肚子又饿的难忍!
>
> 啊,头上又响起了隆隆的声音,鹰隼似地飞机跟着回绕巡行,枪弹射似疾风里骤雨倾盆;朋友,受弹的纷纷滚落车顶,惨厉的呼声沸腾。
>
> 每一颗枪弹击着了谁的人身,血花便蓦地开满四座的衣襟;许多妇女跳下铁轨做了轮吻。朋友,我们只好紧闭着双睛,悲愤似毒箭穿心。

---

① 邵冠华:《醒起来吧同胞》,《申报·青年园地》1931 年 10 月 2 日。
② 徐之津:《伟大的死》,《申报·青年园地》1931 年 10 月 15 日。
③ 萧寿煌:《起来呀同胞们》,《申报·青年园地》1931 年 9 月 29 日。
④ 结青:《东北起了火》,《民国日报·觉悟》1931 年 11 月 25 日。
⑤ 吴皓英:《武装起来吧青年》,《申报·青年园地》1931 年 10 月 26 日。
⑥ 季琳:《黄帝的子孙》,《民国日报·觉悟》1931 年 11 月 1 日。

（三）啊，我们真倒霉做黄帝的子孙，到今天才算出虎口死里逃生；回想那时候不死，真算是万幸！朋友，你别问那惨（残）酷的情形，想着也叫人寒心！

日军自九月十九日占领沈阳城就积极控制、破坏交通，北宁路乃平、沈要道成为攻击的主要目标。日军飞机对北宁路列车几次三番"追逐枪击，伤亡旅客多人"①。与此间事实对应，《黄帝的子孙》揭露了日军在东省所犯罪行一角，开头小序（实为九月二十九日《申报·要闻》）记录历史现场，同时交代创作缘起，诗歌真实地再现了历史场景，惨烈的屠杀如在眼前，滔天罪恶令人发指。"那惨（残）酷的情形，想着也叫人寒心"，这一切只是噩梦的序曲。入侵的铁蹄没有休止，"悲风扫着数不清的枪，看，敌人是前进了，前进了，践踏着关东的高粱"。"敌军已经占领了我们神圣的土地""从鸭绿江到山海关，从鸭绿江到山海关，二千里的河流在痛哭哟，摩天巅在摇颤"。②

"九一八事件"预示着更大灾难的序幕，日军杀我父老乡亲夺我兵马粮秣，暴行的背后正是其以东北为跳板鲸吞华夏的险恶用心。沈阳陷落后"仅官方统计，损失即超过17亿元。奉系军阀经营多年，耗资巨大的军工企业及军工产品皆完好无损地落入日军之手，成为日后日军发动全面侵华战争的'军火库'。"③"九一八"诗歌记录了日军强夺我战略物资的丑行："日人夺了我土地。"我们用汗水浇灌的"东三省的大麦小麦，东三省的大豆小豆"④ 更无从幸免。侵略迫使乡人逃离故土入侵者却坐收其成，"粮食满仓满屋的任它堆着，为了什么没有人看守？"⑤ 家园沦丧的悲愤溢于言表。"东北的兵工厂没有了，东北的飞机没有了，东北的迫击炮厂没有了，东北的村落焚毁了，东北的田园荡平了。"⑥ 敌人不仅用我们的粮食喂饱了自己，还要用我们的武器屠杀我们的手足从而霸占整个中国，富饶的东北完全沦为日本日后全面侵华的战略基地。

在中华大地上蔓延的灭我种族之"瘟疫"绝非始于"九一八"，日人处心

---

① 《申报》国内要电二（二十六日专电），1931年9月27日。《申报》9月20、24、26日均有关于日军蓄意破坏北宁路交通伤我旅客的报道。
② 黄震遐：《哭辽宁救辽宁》，《申报·青年园地》1931年9月28日。
③ 张宪文：《中华民国史》第2卷，南京大学出版社，2006年，第252页。
④ 贾冠群：《战歌集》，《民国日报·觉悟》1931年10月17日、29日。
⑤ 结青：《东北起了火》，《民国日报·觉悟》1931年11月25日。
⑥ 黄震遐：《哭辽宁救辽宁》，《申报·青年园地》1931年9月28日。

积虑亡我中华早已有迹可循,此次集中爆发的"九一八"诗歌对昨日累累血债刻骨铭心:"济案的血痕,鲜案的痛创,岂已从我们的脑海、心头一起消亡"①、"济南的血迹未干,万宝山案离今不远"②"二十一条约的奇耻未雪,五卅烈士的英魂未散,五三惨案的流血未干,万宝山的交涉未完。"③"记得么,汉城屠杀,民四的二十一条,还有东三省和济南,种种洋仇未报。"④"济南平壤血未干,野心贼子逞兽欲。"⑤侵略者早有预谋,不断试探、挑衅,刺刀早已鲜血淋淋。"九一八事变"使得旧恨新仇一起爆发,面对同胞的亡灵、沦丧的国土,"人民忍痛望恢复",当局的应对又是怎样?

二、抨击政府妥协暴露民众麻木

"九一八事变"后,南京国民政府反应"迅速",九月二十日外长"王正廷报告外交方针,电请国联主持公道希望国人力持镇静"⑥。"蒋介石在事变几天后,也即9月22日国民党南京市党部举行的党员大会上的外交政策演说中有明白的宣示,即所谓:'此刻必须上下一致,先以公理对强权,以和平对野蛮,忍痛含愤,暂取逆来顺受态度,以待国际公理之判断。'次日,南京政府又正式发表《告全国国民书》,称:'政府现在既以此案诉之国联行政会,以待公理之解决,故已严令全国军队对日军避免冲突。对于国民亦一致告诫,务必维持严肃镇静之态度。'"⑦就在最高当局呼吁民众"镇静"的最初几天,"自九月十九日至二十五日,短短几天时间,辽宁、吉林两省的千里河山,主要城镇和交通枢纽都落入日本侵略者之手"⑧。杨锡龄《从军乐》抨击了当局这种葬送国家的鸵鸟政策:

引言遥望东北,白骨与赤血很鲜明地交映着,秋风带给我们一阵阵的腥味,报纸告诉我们一件件的警讯;然而我们的哭丧着脸的外交家,还正

---

① 萧寿煌:《起来呀同胞们》,《申报·青年园地》1931年9月29日。
② 王一心:《救国之歌》,《申报·青年园地》1931年10月12日。
③ 子凡:《奋斗啊坚持到底》,《申报·青年园地》1931年10月15日。
④ 《东方的巨人醒来》,《申报·青年园地》1931年11月1日。
⑤ 杨锡龄:《从军乐》,《民国日报·觉悟》1931年10月2日。
⑥ 《申报》国内要电(二十日专电)1931年9月21日。
⑦ 张宪文等:《中华民国史》第2卷,第395页。
⑧ 张宪文等:《中华民国史》第2卷,第254页。

> 在扭扭捏捏地向国联会诉苦，拉列强出来评判曲直。才博得欧美的一声空泛的同情，便喜得手舞足蹈，可怜啊，目下的中国！
>
> 　从军乐，男儿有志赴东北。嗟我政府太无能，忍听吾民遭屠戮！镇静退避安足恃？豸突狼奔日相迫。
>
> 　从军乐，男儿有志赴东北。嗟我政府有若无，外交人员多庸碌！匐伏（葡匐）苟且容一身，只图个人势与禄！①

日后的事实证明，退让只能助长敌人气焰，而"镇静"的王外长被爱国学生痛殴后在同年十月份黯然下台。

"逆来顺受"挡不住侵略者的铁蹄，"九一八"诗人要撕碎虚假和平的面纱，他们敲响"血钟"奋力唤醒沉睡的灵魂。在强权世界"弱者的伤亡原是天演的公理。"面对带刀的入侵者，"人们梦想着和平"但"和平之神早已背转了我们。"诗人振臂高呼"紧挝我们的鼓，醒来罢！沉醉了，麻木了的人啊！别忘却了你们的东邻，是何等无厌地占侵。醒起了罢，醒起了罢，一切的人们！别仍梦想着公理，公理是像晨雾一般的依稀，唯有我们的热血是可依赖的武器"②。一次世界大战后，凡尔赛—华盛顿体系划定了新的政治格局，日本因列强分赃不均对此早有不满，打破既定秩序对日本军国主义对外扩张的束缚只在早晚。"九一八事变"爆发，中国最高当局误判为局部冲突，企图利用列强之间的"均势"迫日退兵。然而华盛顿体系下的国联早已被日本弃之如敝屣，希望国联挡住军刀无异于缘木求鱼，"九一八"诗歌一针见血地戳破了梦呓中的和平：

> 起来哟，同胞们，觉悟起来。日本帝国主义的阴谋毒计正如电网一般的设施布摆。还要漠然吗，还要置若不闻不见。
>
> 我们举国便将坠入茫茫的陷阱，不要希望国际的公道，不要希望世界的同情。如今，公道是握在强权的手里，同情不种在人类的心田。
>
> 不要相信凯洛格的非战公约，不要妄想国际联盟的调停。如今，公约徒是纸上的虚文，调停徒是缓和我民气的美名。
>
> 强国侵略弱国，众民残杀寡民。强权就是公理，公理也是强权。还有什么公道，还有什么同情，更还顾什么公约，更还容什么调停。——弱者

---

① 杨锡龄《从军乐》，《民国日报·觉悟》1931年10月2日。
② 叶揆材《醒来罢》，《民国日报·觉悟》1931年9月27日。

灭亡，强者生存。——

　　我们不要索性的镇静、镇静，我们不要索性的无抵抗、无抵抗。

　　不听见吗，人家的话儿，三十六小时要把中国灭亡。今天到了明天晚上，唉，我们便要做了亡国的羔羊。同胞们呀，对着惨黯的前途，你们的心灵可感到何等的痛创。

　　到了手铐、脚镣、枷在肩上，是的，那时候，我们只有镇静、镇静。那时候，我们只有无抵抗、无抵抗。①

生存要靠实力争取，公约哪能制止屠杀，"世上一切公理，只是强权战胜。弱者向人家乞怜，人家只有讪笑欺凌"②。弱肉强食早已不是秘密，"什么非战公约国际联盟，也无非是强国的假面具，弱国的画饼。弱者何曾因此而得了利益，强者又何曾因此而稍敛了野心。天演论的优胜劣败并没有错，依仗他人何能得些益处。你如要求生存于这世界就当努力抵挡外侮——寻求生路"③。屠刀下的"镇静"换来更多宰割，枪口前的无抵抗只能加速灭亡，这就是"公理"，诗歌对国际政治丛林生态的言说切中要害。"九一八"诗歌及国内媒体对当局的抨击形成强大的舆论压力，日本在华媒体别有用心企图渲染这种不满情绪以制造混乱，《盛京时报》"连篇累牍地批评蒋介石和张学良'丧城失地''不负责任'。该报指出蒋介石'拱手无抵抗断送东三省'，是'政府失职''让国人蒙羞'，'对国家无责任，无办法，对民族无半点抱歉之意'"。"九一八"诗歌旨在呼吁政府积极抵抗，"而《盛京时报》批评蒋、张是旨在搅乱国内政局，利用舆论压力迫使政府改弦更张，与日本进行所谓'直接谈判'。"④《盛京时报》的举动正折射出"九一八"诗歌对当局批评声音在当时的普遍性。

　　祖国危亡儿女被注入"不抵抗"的麻醉剂，"风云紧急时，为何不见我们的壮士们迈步前进？""镇静，镇静，耳听着风云紧急，仍不见我们救国的战士们，奋勇迈步前进！"⑤"镇静"的冠冕束缚了干城的手脚，剥下"镇静"的外衣更可怕的是国民不堪的灵魂。大厦将倾有人却沉浸在"肉的享受酒的陶

---

① 萧寿煌：《起来呀同胞们》，《申报·青年园地》1931年9月29日。
② 路德：《前进》，《申报·青年园地》1931年10月12日。
③ 徐戴士：《静默》，《申报·青年园地》1931年10月9日。
④ 齐辉：《〈盛京时报〉与九一八事变》，《民国档案》2009年第3期。
⑤ 蔚然：《前进》，《民国日报·觉悟》1931年10月6日。

醉"中,"繁华的都市是沉沦的捷径,他们忘却了四方的紧邻;是何等的无厌地占侵"①。沈阳沦陷前夕依然是夜夜笙歌"白昼般的灯光突然消失了,淡绿色的光亮刹那间呈现在我们的眼前。梵哑林的琴声徐徐地,梦一般的在舞台上交响起来。色的诱惑,肉的蠕动,台下观众们雷一般的掌声""舞客们沉醉,舞星儿婀娜。色的诱惑,肉的蠕动,台下观众们雷一般的掌声。"② 灭亡黑云压城,城内醉生梦死,东三省惨遭屠戮之际,通日奸商、助日匪帮的消息时常见诸报端,国人昏聩自相残杀,面对此景诗人忧心忡忡"慨我民气太消沉,大好河山几倾覆!志士豪杰今何在?追念先烈泪陆续"。"慨我同胞心死久,国之犹是耽逸乐!朝朝歌舞夜夜饮,朝鲜印度堪怵目。"③ 亡国的朝鲜、印度既是前车,殷鉴不远我们却消沉、逸乐,自私、散漫、懦弱的国民性是全民族的耻辱:

  当我们再睁开眼睛,满地早已不是人群;谄媚蒙着男人的脸,无耻才是女人的心!
  当我们再睁开眼睛,晴空早已没有了光明;诡诈在黑暗云边探望,迷雾里挤满着奸淫。
  这是什么世界哟,是懦弱,是不忠不孝,是我们这一代将山河送掉,只是短短的五分钟,不错,还是五分钟,人们早已又谄媚的笑了。
  关山的秋云,白雪,应记得这是谁家的山河。才是一刹那,一切都变了颜色,是懦弱不争气的主人,我们这可羞的民族!④

怒其不争的背后是诗人对国家、民族无限的热爱与担忧。因对故土爱得深沉,诗人们奋力挣扎冲破迷雾,在铁屋之中向民众高唱救国之歌:

  朋友,请不要再继续你太平的美梦,你留心着我们最后的一次丧钟。帝国主义不住的向我们张牙舞爪,要是我们不再清醒太平的梦,太阳怕将不再向中华照耀。永永是一个黑夜,若天黑暗。届时我们的梦要醒也醒不过来。黑夜会剥夺去我们的自由,黑夜会剥夺去我们的财产,黑夜会剥夺

---

① 叶搽材:《醒来罢》,《民国日报·觉悟》1931年9月27日。
② 朱复钧:《沈阳被占前后》,《申报·青年园地》1931年10月9日。
③ 杨锡龄:《从军乐》,《民国日报·觉悟》1931年10月2日。
④ 未枫:《可羞的民族》,《民国日报·闲话》1931年1月1日。

去我们的幸福,黑夜会剥夺去我们的利权,黑夜会剥夺去我们的一切……

朋友,请莫要再酣睡在云雾中,你得睁开眼看看你身边的大虫。它会吃去我们的财产,它会吃去我们的自由,它会吃去我们的利权,它会吃去我们的幸福,它会吃去我们的一切。

中华是一只猛大的狮子,如今却还在树林里做梦。你睁眼,狮子的身旁尽是毒蛇。它咬断狮子的尾巴,狮子却还在继续安睡,安睡。它咬破了狮子的耳朵,狮子却仍在梦里高歌……唉,唉,猛大的狮子哟,还不快醒。再迟了毒蛇会咬去你的眼睛。天地会跟着昏黑,到那时你再也不能看到一丝丝光明。

朋友,请留心着我中华的前程。快趁这天地没有昏黑的时候觉醒。国耻不雪尽了我们永不干休。要雪国耻呀,正是这个时候。①

狮子猛大却安睡不醒,只有吹散酣睡的云雾划破昏黑的暗夜,丝丝光明才会重现。诗人力振丧钟啼血叫吼:"醒来,醒来,东方的巨人哟,莫再睡了,它们正在那里磨牙厉(利)齿、跳踉咆哮。看,你周围,已环伺着无数恶魔丑妖,想把你的一切的一切,都减除毁掉。""它们早就暗地缔结了个丑恶同盟,准备着将你的巍巍神州活剥生吞。听呀,还说这是军人私斗,无关行政,谈不到违反誓约公理和东亚和平。""巨人哟,别人不是说你已心死无用,便道你是万劫不复,遍身都染创痛。创痛是暂时的,所以我见解着不同,你有你自己的伟大,又岂能永久牺牲。""嘿,巨人,你从前的灵魂呢,今朝何在。记得么,汉唐时代威风,竟一往难再,还不赶快醒来,既往莫咎,来者可为,急去追寻你同族成吉思汗的英伟。"② 恶魔要将"巍巍神州活剥生吞",列强只是分赃的丑恶同盟,中华此时"遍身都染创痛",但"我见解着不同",华夏毕竟有汉唐与蒙元的血脉,我们不会"永久牺牲"!在外敌亡我种族的风口浪尖,追述往昔并非"我先前比你阔多了"的自欺欺人,追寻成吉思汗也不是"主子""奴才"征伐红色苏联的寓言,草原雄鹰毕竟为中华一员,消沉的民气更需鼓动,诗歌对华夏历史文化的认同是非常时期爱国热情的涌现。亡国无日,"修我戈矛,与子同仇"抗击外敌才是当务之急,讲同志爱阶级仇也要先保住我们可爱的祖国。

"九一八"诗歌抨击政府对日妥协退让,暴露部分民众麻木不仁。无论是

---

① 王一心:《救国之歌》,《申报·青年园地》1931年10月12日。
② 《东方的巨人醒来》,《申报·青年园地》1931年11月1日。

痛诋当局还是揭示国民弱点,"九一八"诗歌的目的均指向卫国保种,体现了爱国青年唤醒民众拯救国家的良苦用心,救亡与启蒙缠绕共生。

三、抗战旗帜下的铁血战歌

高喊杀敌与牺牲的"小勇士们"在鲁迅眼中未免幼稚,诚然,爱国青年血气方刚在民族危亡的关头跳喊呼号愤激冲动势所难免,万丈豪情也不足以摧毁战争的绞肉机。但在强敌压境、当局束手、民众冷漠的历史境遇下,我们需要有人首先吹响抗战的号角,"九一八"诗歌无疑是冲锋号中声音响亮的一把,振聋发聩的呼声折射出爱国青年投身抗日运动的高涨热情。

爱国青年竖起抗战大旗高唱铁血战歌:"谁个青年没有血性,谁个青年没有沸般的热情!我们要奋臂奔赴疆场,纵然死也须死得光明!四面洪洪的撞着警钟,快举起武器向敌人进攻,我们誓死不做亡国的奴隶,甘为国家牺牲做赴敌的先锋!"① 我们珍视生命,但"四千年中华的光荣"不知"沾上了多少倭奴的耻辱",到如今"国将亡""家将破""生存毁灭决在今日,谁还不该拼命奋斗?""勇敢呦!快快走上战场上。"② 我们为何放下书本直面战火?敌骑咆哮于前,"我们需要一个保住祖国的战争""我们需要一个民族不灭的战争",我要"用右手高举着国旗,用左手握着空拳。他斩了我的右手,我把国旗拿在左手;他斩了我左手,我把国旗咬在两唇间;他割去我两唇我把鲜血向他直吐过去;我要把我宝贵的鲜血涂在他的胸膛前,染出一面灿烂尊严光荣的国旗"③。"我们要撕碎东北的那招魂的太阳丧旗,重换我们鲜艳绚烂的青天白日!"④ 国旗滴血展我赤诚,对祖国的热爱使我们甘愿"把我们的尸体尽铺遍我们的地面,把我们的鲜血尽填满我们的河流"⑤。把"我们的头颅要建筑提防于东北!"⑥ "我们要用热血来浇灌自由的鲜花,我们要用性命来救出危急的中华。"⑦ "九一八"事变后不久,各高校学生纷纷组织学生义勇军进行训练,南京中央大学的学生组织了反日救国十人团,其誓词为"以照我之白日为誓,

---

① 潘寿恒:《赴敌去》,《民国日报·觉悟》1931年9月24日。
② 江德奎:《战歌》,《民国日报·觉悟》1931年9月25日。
③ 冰愤:《我们需要战争》,《民国日报·觉悟》1931年9月29日。
④ 白衣:《准备》,《民国日报·觉悟》1931年11月4日。
⑤ 冰愤:《我们需要战争》,《民国日报·觉悟》1931年9月29日。
⑥ 白衣:《准备》,《民国日报·觉悟》1931年11月4日。
⑦ 墨卿:《振着精神》,《申报·青年园地》1931年10月15日。

以祖国之河山为誓,以祖宗之坟墓为誓,誓以热血,誓以赤心,誓以至诚,牺牲身家,牺牲一切,以扑灭侵略我祖国之敌人,以复兴我光华灿烂之祖国。我誓以亲爱精诚之精神,与我同胞同生存共患难,如有悔心,或生二志,人天共戮之"①"九一八"诗歌正如这划破长夜的誓词,以嘹亮的战歌激励无数稚嫩的生命前仆后继义无反顾地加入到抗战的行列。

  抗战是全民族的使命,各阶层团结抗日才能浴火重生,鼓动全民族携手抗敌构成"九一八"诗歌的又一重要内容。同仇敌忾下"我先来和你这样约定""我你一致团结起来去杀呀",即使战至一兵一卒仍要"去杀退日本兵!"②。侵略几至神州陆沉,宁为战死鬼不为亡国奴,热血男儿要血洒疆场,"风雨中集合的号音是凶猛的,是悲凉的,中华的男儿哟,告别你的闺房,中华的女儿哟,送他们到营房"③。"中华的好男儿啊,危急的战鼓催动,岂容你停留,快挥起你的利剑,跨上你的貔貅,为祖国雪耻,为同胞展忧"。大敌当前红颜又岂逊须眉,"女子也有沸腾的热血和大好的头颅。我们能宣传和激励,我们能救护和运输。""我们也愿做战死的鬼,不愿做亡国之奴。"④"在灰苍苍的天幕下"务本女中的学生军高喊着"亲爱的同胞们,快起来准备出战,快起来奋斗,战死是我们的生路。"⑤ 战鼓声声,催促着昔日柔弱的姑娘"画直了眉毛,涂黑了唇。脱掉绮罗的衫儿,飘洒的裙",为抗战"扛起沉重的大枪,换上灰色的军装"⑥。奋起自救何论性别,保家卫国不分职业。"中华的民众哟,鼓动你伟大的心房,离开你的田野,揭起你的旗竿(杆),抛弃你的书本,捣碎你的亭子间。"⑦ "抛了斧头、镰刀与笔杆,拿起雪亮的利刃,明晃的长枪。出了学校,田陇与工厂,跑上黄沙滚滚、杀气腾腾的战场。"⑧ 山河破碎,农民、工人、学生都成为家园的卫士,战火蔓延,社会各个阶层均应为抗敌贡献力量,"二十万市民大会的激昂,八千学生军请愿的义勇",各阶层对日经济绝交使"日本惊惶恐惧"。战争残酷,并非所有民众都适合在火线拼杀,但只有全民一心各尽所能才可击败凶残的敌人,"九一八"诗人群用愤怒地叫吼鼓动着

---

① 《中大学生组织救国义勇军》,《申报》1931 年 9 月 28 日。
② 黄曙霞:《到前线去》,《民国日报·觉悟》1931 年 12 月 12 日。
③ 黄震遐:《哭辽宁救辽宁》,《申报·青年园地》1931 年 9 月 28 日。
④ 李广政:《悲痛》,《申报·青年园地》1931 年 10 月 7 日。
⑤ 沙珊:《学生军》,《申报·青年园地》1931 年 10 月 15 日。
⑥ 郭德浩:《给姑娘们》,《民国日报·觉悟》1931 年 12 月 27 日。
⑦ 黄震遐:《哭辽宁救辽宁》,《申报·青年园地》1931 年 9 月 28 日。
⑧ 萧寿煌:《起来呀同胞们》,《申报·青年园地》1931 年 9 月 29 日。

中华民族宁为玉碎不为瓦全的抗战决心。战争期间,"日本国内的新闻媒介侧重于'报道'所谓皇军的'善行'和日中友好的情景以及中国抗日的'暴行',完全是颠倒黑白的胡说"①。这些被侵略逼出来的九一八诗歌恐怕也被日人利用,成为"中国抗日的'暴行'"的证据之一吧。

四、"合唱团"中的"歌手"

这群鼓吹抗战的年轻"歌手"其歌声总体趋向粗粝,但这并不意味着他们只能作为面目模糊、性格统一的时代群像出现,作为鲜活的生命他们都曾如流星划过历史的天空。"民族主义文艺运动虽然是由国民党内的文艺干才发动的,但也不能否认它确实拥有一定的社会基础,构成其群众基础的就是以青年学生为主体的'受教育阶层'。"②李广政③、徐之津④均为复旦学子,李广政日后成为上海"一二·九"学生运动的积极分子,徐之津也曾因学生运动遭当局逮捕,日后他还加入了左联。萧寿煌曾在上海中共中央工作,复旦校友杨锡龄为上海美术专门学校的教师。朱复钧在话剧与小说领域均有所贡献,邵冠华、甘豫庆、王一心、黄曙霞为民族主义文艺增砖添瓦。与左翼作家关系颇密⑤的苏凤为《民国日报》副刊《觉悟》《闲话》⑥编辑,对"九一八"诗歌贡献颇多。上海《民国日报》系老牌国民党机关报,"九一八事变"后苏凤并未保持"镇静"而是坚持抗战立场,创作、编发了大量抗战诗文。1932年1月26日

---

① 王晓岚:《日本侵华战争中的新闻谋略》,《河北学刊》2002年第22卷第2期。
② 倪伟:《"民族"想象与国家统治——1928—1948年南京政府的文艺政策及文学运动》,第110页。
③ 李广政事参见:《复旦大学百年纪事1905—2005》,《复旦大学百年纪事》编纂委员会编,2005年,第90页。啸弩:《复旦学生晋京请愿始末》,《上海青运史资料》1983年第4期。
④ 徐之津事参见:《复旦大学百年纪事1905—2005》,第81页。郭维城《话"左联"往事》,《"左联"纪念集1930—1990》,中国左翼作家联盟成立大会会址纪念馆、上海鲁迅纪念馆编辑,1990年,第85页。强苏生《一九三三年复旦大学地下斗争回忆片断》,《党史资料丛刊》第2辑总第19辑,1984年,第78页。
⑤ 1930年代苏凤编辑《晨报·每日电影》时团结左翼作家,与夏衍交情颇好。参见舒湮:《悼怀老报人姚苏凤》,《世纪》1994年第6期;王尔龄《夏衍和姚苏凤的一段往事》,《新闻记者》1989年第8期。
⑥ 1932年1月1日起,迫于压力,抗日色彩较浓的《觉悟》为《闲话》取代,编辑苏凤继续刊载抗日诗文。《民国日报》变迁情况参见袁义勤《上海〈民国日报〉简介》,《新闻研究资料》1989年第1期。

《民国日报》被迫停刊，直至此时仍有苏凤创作的抗日诗歌，个人立场可见一斑。针对政府"逆来顺受"的姿态，苏凤发出了"诅咒"：

> 我诅咒刀和枪，诅咒战争，诅咒科学，诅咒聪明的人，
> 我更诅咒公理，诅咒和平，诅咒一切，那骗人的文明。
> 愿世界早一天复归于混沌，权和利都成为遗忘的烟云，
> 强和弱一同受自然的极刑，剩层层的岩石永永地相亲。
> 然而梦想终于还是个梦想，战争真像了不可缺的粮食，
> 哪一块钢铁不能铸造刀枪？哪一页历史没有血染沙场？
> 迷信和平像迷信神圣一样，和平只是一座颓废的堵墙，
> 倒不如把战争替自己取偿，你杀我和我杀你一样平常。
> 我称颂刀和枪，称颂战争，称颂科学，称颂勇敢的人！
> 但我依然诅咒公理与和平，和平只是一些自杀的毒鸩。
> 愿世界永远这样杀气腾腾，没有一个人能够侥幸生存，
> 只剩一些走兽，一些飞禽，在断头台之旁守候着光明。①

"聪明人"利用"科学"制造了杀人的"刀和枪"发动战争。同胞惨遭屠戮政府却寄希望于同样看重"权和利"的"文明人"给我们送来公理与和平，这一切不过是一厢情愿。历史充塞着血淋淋的杀戮，乞讨来的和平"只是一座颓废的堵墙"，安宁的生活要用战争捍卫。勇敢的人靠刀枪对付豺狼，空许的和平只是民族沦亡的"毒鸩"。为了抵抗无耻的侵略诗人宁愿与敌人同归于尽，因为这样的宇宙早已"天也不像一个天""人也不像一个人"哭泣的万籁唤不醒酣睡的人群。如此宇宙"还存希望么？"②"诅咒"固然愤激却反映出你死我活的残酷生态，屠杀面前不能迷信公理，我们要推掉"颓废的堵墙""把战争替自己取偿"。等待宰割不如奋起反抗，背水一战只为保家守土。"雷电在头上咆哮，浪涛在脚下吼叫"，山河变色之际中华儿女"热血在心头燃烧"，我们齐唱"战歌""向前线奔跑"。这首被鲁迅点名批评的《战歌》却"真实地表达出年轻一代救亡图存的慷慨激情"，其中"战啊，下个最后的决心，杀尽我们的敌人，你看敌人的枪炮都响了，快上前，把我们的肉体筑一座长城。"与"1935年4月，田汉作词、聂耳谱曲的电影《风云儿女》主题歌《义勇军进行

---

① 苏凤：《平常》，《民国日报·觉悟》1931年10月3日。
② 苏凤：《不像》，《民国日报·觉悟》1931年11月4日。

曲》"中"'起来，不愿做奴隶的人们！/把我们的血肉，/筑成我们新的长城！/中华民族到了最危险的时候，/每个人被迫着发出最后的吼声。/起来！起来！起来！我们万众一心，/冒着敌人的炮火前进！/冒着敌人的炮火前进！前进！前进！进！'两相比较，意趣甚至包括句子是何等相像！"①

　　苏凤的诗歌不仅表达了爱国青年的愤懑与抗争，也存留了英雄儿女在东北血战强敌的历史图景：

　　　　仿佛有千乘万乘铁骑，踹破了敌人的营垒，拼着志士的头颅和热血，把碎缺的山河补缀。
　　　　马背上据说是一个"强盗"，鼓动着雄奇的呐喊，尽满眼是凄凉的意味，掩不住悲壮的气概。
　　　　可怜他平时埋没在山林，也流过忧时的热泪，只是这世界遗弃了他，没有展发他的雄才，忧伤的情绪转为愤激，才流浪于世界之外；
　　　　他依然有圣洁的灵魂，依然有侠义的肝胆。
　　　　民国二十年九月十九，倭寇攻破了沈阳城。像一群虎狼肆无忌惮，张牙舞爪地到处横行。松花江流不尽无限的侮辱，长白山压不住群众的悲愤。可怜数十万赳赳的武夫，忘了自己是国家的干城。大好的河山任人蹂躏，受尽了欺侮还是忍气吞声。
　　　　一刹那国破家亡，敌人的凶焰更见嚣张，怎禁得新仇旧恨，数不清无限的创伤！但四围依然是一片镇静，如何听不见抗争的声音？空有雄师百万，似乎都不关痛痒。
　　　　雷电在顶上咆哮，浪涛在脚下呼号，亡国的奴隶谁甘心做，偏恼怒了一位"强盗"。
　　　　"好！起来吧！好！好！有耻必雪，有仇必报！"慷慨的呼声震动了天地，冲破了死一般的寂寥。
　　　　"弟兄们！杀敌人去！有耻必雪！有仇必报！"
　　　　三千个"强盗"胜过千万甲兵，豪情掩日，壮气凌云，民族的热血已经沸腾，强暴的倭寇也大吃一惊。仿佛有千乘万乘铁骑，踹破了坚固的敌营，拼着头颅和热血，为我们保持些不屈服的民族之魂。②

---

　　① 秦弓：《鲁迅对20世纪30年代民族主义文学的评价问题》，《南都学坛》2008年第28卷第3期。
　　② 苏凤：《梦中仿佛遇小白龙》，《民国日报·觉悟》1932年10月23日。

"不抵抗"的命令不能冷却沸腾的热血，复仇的呼声"冲破死一般的寂寥"，不屈的民族之魂踹破敌营誓以生命雪耻！诗歌记录了抗日英雄白乙化①在东北浴血奋战的事迹，沈阳城破，金瓯残缺，东北军奉令克制致使日寇肆无忌惮步步紧逼，白乙化揭竿而起以少数武装与敌周旋、激战羁绊日军，但由于其共产党的身份在当时只被目为"义匪"②"胡匪"③。苏凤抛开党派分歧，热情颂扬"小白龙"的抗日事迹并将其誉为纯洁、侠义、顽强不屈的民族之魂以鼓荡民气，同时把"拼着头颅与热血"的"强盗小白龙"与"忍气吞声的百万雄师"相对比，抨击祸国殃民的"不抵抗"政策使"将军不战空临边"以致国土沦丧，笔锋何其犀利。诗人意图显然在维护国家、民族利益而非掩饰"城下之盟、断送土地这些勾当"以维持政党统治。当时报刊对"小白龙"抗日消息报道有限，苏凤在副刊以诗文④的形式为英雄立此存照，将历史细节巧妙地嵌套于诗歌之中体现了诗人的智慧与良心。

苏凤在创作中褒扬的抗日志士不止小白龙，1932年1月9日，《民国日报》对日皇遇刺事件进行报道，其标题"韩人刺日皇未中日皇阅兵毕返京突遭狙击不幸仅炸副车凶手即被逮犬养毅内阁全体引咎辞职"中"不幸"二字意味深长，日本以"触犯天皇"为由向租界当局施压，强烈要求封闭带有抗日倾向的《民国日报》。面对重压苏凤义无反顾，把诗歌的投枪刺向猖狂的敌人：

伤义士荆轲　献给邻国一位英雄

"风萧萧兮易水寒，壮士一去兮不复还。"弱者的一把匕首，寒了秦王的胆，事情虽然没有成功，壮志永垂于千载。

仿佛想起"箕踞以骂"的时候，那种粗暴的雄壮的呐喊；仿佛还想起秦王殿上的铜柱，留着不可磨灭的愤慨。

---

① 白乙化（1911—1941），字野鹤，满族人。1911年6月11日出生于辽宁省辽阳县石场峪村，1928年考入沈阳东北军教导队，旋入东北讲武堂步兵本科，1930年加入中国共产党，1935年毕业于北平中国大学。"九一八事变"后，白乙化在辽西组建了"抗日义勇军"，因机智勇敢，又乳名"小龙"被誉为"小白龙"。参见刘卫东、霍冬梅《平北"小白龙"——记抗日民族英雄白乙化》，《北京档案》2006年第8期。
② 《民国日报》1931年11月4日、12月8日均有关于"小白龙"与日军作战的报道。
③ 《申报》1931年10月17日有关于"小白龙"与日军作战报道，其中称"小白龙"为"胡匪"。
④ 除《梦中仿佛遇小白龙》外，1931年12月19日苏凤还刊发了署名"唐"的散文《忆小白龙边塞的一夜》，文章主旨同样为讴歌小白龙的抗日业绩。

> 太史公曰："……此其义……或不成,皎然不欺其志。……"
> 义士荆轲呵!我又何必为你流泪!瞧着吧!一朝,终有一把匕首报了深仇如海。①

作者用荆轲刺秦的故事表达了他对壮志未酬、浩气长存的抗日英雄的崇高敬意,我们的怒火早将泪水烧干,不屈的反抗必会化作无数的利刃投向残暴的入侵者。正如此诗,苏凤在"九一八事变"后的一段时期内所做诗歌,在鼓舞抗日精神的同时记录了历史事件。"九一八事变"后日军荼毒上海、压制言论的斑斑劣迹亦如鲜活的历史场景在诗歌中展现。1932年1月21日《民国日报》以"日浪人籍陆战队掩护 昨日在沪肆意横行 焚烧三友工厂"为题,报道了日本浪人在上海寻衅滋事蓄意制造事端的消息,第二天日海军陆战队既以此为口实发出"通牒",威胁《民国日报》放弃反日立场并向日方道歉,以"明日二十三日午前五时为限要求答复",否则"若不承认,莫怪也"②。苏凤记录了《民国日报》在日军监视之下朝不保夕的命运,"这个人走过惊奇地看看,那个人走过也惊奇地看看,正是一个稀罕的事情!"③ 顾盼之间见出形势紧张,黑暗在迫使正义屈服,"我好像一个罪犯等待死刑的裁判,眼前浮动着无量的黑暗"。敌人会得逞吗?"不!我好像一个君王领受群众的朝参,眼前飞腾着无量的狂欢。"我鄙视这"眼前的黑暗""关住了吧!怯弱的心愿",追求自由的灵魂不会投降,"我将开启在自由神像之前!再给你们看"。死亡的黑暗变成朝参的狂欢,作者无惧灾难以坚毅的心直面"天翻地覆":

> 欢迎变异的到临,像一团热火,烧熟了生硬的果:绽开了皮,绽开了肉,受着神奇的刑戮,虽然在伟大中失去了渺小,这时候已经破晓,晨光照着显露的核心,不愿受暴力的拘禁。
>
> 欢迎变异的到临,像一阵洪水,把平凡的营垒冲溃:流去生命,流去尸骸,受着严肃的检查,虽然在伟大中失去了渺小,这时候已经破晓,晨光照着清新的草原,不愿受暴力的纠缠。
>
> 欢迎变异的到临,不变异的是追求正义的心。世界绝不就此沉沦,努

---

① 苏凤:《伤义士荆轲 献给邻国一位英雄》,《民国日报·闲话》1932年1月15日。
② 《日海军陆战队突向本报提出四项要求》,《民国日报》1932年1月23日。
③ 苏凤:《大门之歌》,《民国日报·闲话》1932年1月25日。

力吧！我们的国人。①

侵略的暴行将我们拖进水深火热的地狱，"变异"中我们惨遭刑戮、失去生命，但炼狱中失去的只是渺小，追求正义的心不会因压迫而沉沦，破晓的晨光终会扫除黑暗。此时，高唱《战歌》的激昂与大叫《不像》的愤懑都汇入更加沉着自信的声浪中。"世界不会就此沉沦"，变异到临，作者坚定地向国人传递着在战争中持久抵挡的坚强意志，沉郁、豪迈之气充塞心胸，"努力吧！国人"的呼声充满信心与期待。国难当头，"发扬踔厉"与"慷慨悲歌"的"九一八"诗歌带有民族主义色彩也是时事使然，爱国青年的呼喊充满强烈的民族情感但也并非丧失理性。面对残酷的战争他们也会茫然，"但弱者还是弱者，虽然我的愤怒不是完全没有意义的，又究竟有过什么实际作用呢；于是我必然的感觉到空虚，我再也把握不住我周遭的一切。这样，形成了弱者之所以为弱者"。② 在现实中，诗人意识到自己力量的弱小却依然选择抗争"不！弱者虽然是弱者，我自己终在冀求着一个奇迹：像火开了花，血灌溉它，力量终于结成硕大的果""所以，我与其默然的像一只熟睡的牛，还是做挣扎在刑场上的羔羊吧！况且，你看吧！弱者未始不能用一星的火热发了一个巨大的炸弹。"苏凤的言说勾勒出爱国青年的心路历程："山海关外那些野兽的踪迹和被噬者的血"让我们悲愤，个体能量的有限让人感受到空虚，但有抗争才有希望，"九一八"诗歌是挣扎的羔羊是一星的火热是青年们血液的沸腾，挣扎能惊醒大众，热血可浇灌自由，全民抗战的无穷力量正由这微弱但执着的呼声引爆。诗人们的跳叫挣扎有与当局立场契合的部分，但由此一点而否定所有青年对祖国的一腔赤诚则有失公允。

"九一八"诗歌在艺术上并不成熟，却也并非如"沉渣""流尸"般一无是处，她对源远流长的爱国主义诗歌有继承也有发展。先秦《无衣》《黍离》《国殇》，唐代李益"伏波惟愿裹尸还"、李贺"男儿何不带吴钩"，南宋岳飞"怒发冲冠"、陆游"诸公可叹善谋身"，清季魏源"城上旌旗城下盟"、康有为"抚剑长号"等无数诗词莫不是在国家危亡之际的发扬踔厉与慷慨悲歌，诗人们或是希望上阵杀敌舍身报效国家或是担忧民族前途痛斥当局无能，"在国势衰落、民族危机的历史时期，爱国诗歌的思想内容主要表现为抗击外辱、维护统一、抨击投降势力、抒发报国立功的雄心壮志，风格面貌一般呈现慷慨激

---

① 苏凤：《变异 给我们大门外的窥探者》，《民国日报·闲话》1932年1月26日。
② 苏凤：《弱者之言》，《民国日报·闲话》1932年1月24日。

昂、苍凉悲壮的特点"①。"九一八"诗歌与这些爱国诗篇明显有血缘关系，除了思想内容与抒情特点上的传承，杨锡龄《从军乐》、王寰选录《军中歌及旋军歌》等还化用了旧体爱国诗歌的形式，《伤义士荆轲》有易水送别的悲壮，《战歌》中"肉体饥饿了我们需要吃，那边有敌人的粮秣；灵魂枯燥了我们需要慰，那边有敌人的鲜血"与《血钟响了》中"我们要直捣东京，我们要痛饮长崎"等词句显现武穆气魄，以昆仑、长江、黄河、山海关等山川河岳象征国家、民众的意象系统也是古已有之，沉睡不醒的东方巨人、猛狮，痴人们泡影般的和平抑或驰骋疆场的小白龙都与梦境相连，这未尝不是对苏轼、陆游等宋代诗人笔下希望与失望之梦②的接续。

梦接千古文化传承不息，但事如棋局变化亦属正常。在意象选择上，"九一八"诗歌中往昔诗篇中的祖国山河意象群依旧，日后成为中华民族坚强不屈象征的"长城"同样闪现。思想内容方面，古代爱国诗篇不少体现为忠君观念，辛亥革命后中华民国诞生，"君主帝国转变为现代民族国家，政体虽易，但中国作为多民族统一的国家形态则没有改变，反而得到更为坚定的确认"③爱国情怀永恒，追慕明主则一变为对"神明之华胄""汉唐时代威风""成吉思汗的英伟"，与"灿烂尊严光荣的国旗""鲜艳绚烂的青天白日"等"中国历史文化与现代国体的认同"④。"九一八"诗歌非无本之木，爱国诗词自古而来，柏华杰的《战歌》甚至借鉴于法国马赛革命曲，创作视野开阔。"九一八"诗歌也非死水一潭，报国热情传递不灭，苏凤《战歌》与《义勇军进行曲》意趣相似，左翼阵营作于"九一八事变"后的另一首抗日救亡歌曲《毕业歌》同样有一颗年轻火热的心："同学们，大家起来/大家担负起天下的兴亡！/听吧，满耳是大众的嗟伤！看吧，一年年国土的沦丧！/我们是要选择'战'还是'降'？/我们要做主人去拼死在疆场，/我们不愿做奴隶而青云直上！"这与"四面洪洪的撞着警钟""我们要奋臂奔赴疆场，纵然死也须死得光明""我们誓死不做亡国的奴隶，甘为国家牺牲做赴敌的先锋！"的"九一八"诗歌又何尝不是精神上的兄弟？热血青年们的咏唱前有源头活水后有流脉蜿蜒，滔滔汩汩的爱国激情今发出历史的回响。

---

① 赵子平、李玉珂编选《爱国诗歌三百首》，石家庄：花山文艺出版社，"序言"，第 13 页，1987 年。

② 参见耿蕊：《论陆游爱国诗词中的"梦"意象——兼论宋代文人心态》，《贵州工业大学学报（社会科学版）》，2004 年第 6 卷第 6 期。

③ 秦弓《关于五四文学的"国家"话语问题》，《天津社会科学》2010 年第 4 期。

④ 同上。

"九一八"诗歌记录了中华民族惨遭屠戮的一刻,血肉横飞的故土上,"小勇士们"吹起了抵抗的号角,他们饱蘸血泪书写了同胞们的苦难,将侵略铁蹄的印迹刻在自己滴血的心上并以此呼吁当局、唤醒民众,救亡与启蒙的音符久久徘徊。尽管当时号手们头上飘扬的是青天白日旗,但屠刀面前只分投降与反抗,所有中华儿女的爱国抗日之心一般火热,"1931年'九一八事变'之后,民族主义的发展势头更是有增无减,而左翼则因其'保卫苏联'的口号不得人心,力量遭到很大削弱"①。鲁迅对"小勇士"的讥讽与他对当局的反感及其左翼领导人的身份有关,但历史的是非曲直不会因个人的好恶而改变。当年这些稚嫩、鲜活的生命已成为历史的众数,或许"当这一次伟大的战争将来编成书籍,他也不会被人提及"②,可是曲终人未散,历史会将他们的图像永久保存,是非功过有待继续评说。

---

① 倪伟:《"民族"想象与国家统治——1928—1948年南京政府的文艺政策及文学运动》,第110页。
② [英]奥登:《献给殉国的中国兵士》,原载《抗战文艺》1938年第1卷第9期,转引自刘增杰:《抗战诗歌》,开封:河南大学出版社,2005年,第186—187页。

第七章 "九一八"周年前夜的创伤记忆

1936年10月,诗人田畴为纪念国庆写下了《沉郁之歌》①,作品有如下片段:

"孺子入井"谁不感怵惕恻隐,"勿侮老成"是华夏固有的明训。他们曾刀桀我们抚顺的数百婴儿,也曾东京市里枪杀他持国的重臣。

他们永蔑视人类相爱的真谛,迷恋着武力是惟一的支国柱石。他们虽盛夸大和魂的骁勇,可怜,我们所见到的只有狰狞!

诗歌揭露侵华日军之累累暴行,他们不仅在本国行凶杀人制造政变,更在中国肆意屠戮无辜民众,抚顺数千百姓即惨遭其毒手。

1932年9月16日,"九一八"将近周年之际,抚顺平顶山、栗子沟、千金堡三村庄近三千村民遭日军屠杀,史称"平顶山惨案",东北民众的亡国苦痛益发深重。大屠杀后,日军随即毁尸灭迹封锁消息,然而时隔不久,真相仍被曝光。1932年9月中旬,美国记者汉特恰在辽南采访,平顶山惨案发生后,他乔装神父至现场探查,并就该事件对外作详细报道。② 同年12月23日,

---

① 田畴:《沉郁之歌》,《文艺月刊》1936年第9卷第6期。
② 汉特发文前,《上海新闻报》已有平顶山惨案消息,参见傅波:《平顶山惨案与日本的罪责意识》,《江桥抗战及近代中日关系研究》上,吉林人民出版社,2004年。但汉特报道更详细、完整,并引起国际反响。汉特报道该案前后经过,参见王平鲁:《揭露平顶山惨案真相的美国记者爱德华·汉特》,《党史纵横》2016年第11期。不过,该文对汉特如何收到惨案消息未作说明。据姚云鹏《平顶山惨案追记》,案发后,有一幸存的女天主教徒将该事对"抚顺天主教堂的美国神甫作了详细报告",该神甫"把这一消息,立即电告国外,成为全世界闻之震惊的特大新闻"。(《抚顺文史资料选辑》第三辑,政协抚顺市委员会文史委员会,1984年,第68页。)联系于此,或许汉特即是该"美国神甫"。

《申报》以"日军在抚顺屠杀惨状美记者汉特氏亲往调查"为题，全文转发汉特报道，《大公报》则在前一日发表了对平顶山惨案幸存者张荣久的访谈①，于此稍早，《时代公论》也就该案亮明观点。② 这些报道、评论令中外知悉日军暴行，也为后人记述惨案留下参照。

一、媒体对惨案真相的还原

平顶山等村何以遭遇灭顶之灾？"缘当九月中旬进攻抚顺之义勇军，曾通过该区，是项攻击，使日方损失三十五万元，并杀日人数名，故即对于此处村落，施行报复手段"③。义勇军"是项攻击"确给日人造成不小冲击。9月16日，日媒《抚顺新报》发行号外描绘战况称："9月15日夜间11时50分，突然出现在西龙山的大刀会匪，首先袭击了杨柏堡火药库，接着袭击了东乡煤矿、杨柏堡公司职员住宅和华工宿舍，烈火以燎原之势将杨柏堡煤矿事务所、东冈煤矿事务所、老虎台煤矿事务所烧毁，情形如同地狱一般。"突如其来的袭击"致使十数名日本人死伤或战死，以致酿成空前的大事件。煤矿熊熊燃烧的火焰，一阵阵震响轰鸣的枪声、炮声，良民发出的地狱般嚎叫声，悍匪发出的喧嚣声，军警防卫队发出的呼喊声，此起彼伏"。深夜，火舌四蹿，枪声、吼叫益发惊心，人马杂沓之际，日军反扑，"刚一接到上边的情报，就在川上队长的指挥下全员出动，首先与栗家沟的敌人遭遇，将这股敌人追击到杨柏堡方面，在这里，敌人凭借杨柏堡煤矿顽强地与我军交战，守备队立即将敌人包围，发动了总攻击，毙敌20余名，并紧追逃跑之敌"④。该文通过视听刺激渲染了紧张、混乱的战斗场面，在烘托日军形象、功绩的同时，大刀队之顽强及日本人内心之震动于字里行间皆有体现。此番战斗不仅令日本人惊恐、恼怒，附近民众亦印象深刻。当晚，平顶山村民杨占有睡梦中听到响动，"爬起来往

---

① 《抚顺惨案又一证明栗子沟难民张荣久逃来北平昨对记者谈平顶山屠杀惨状》，《大公报》1932年12月22日。有研究者曾指该报道发于12月8日，当日《申报》确有"平顶山惨案外部再提严重抗议"之消息，但《大公报》并无相关新闻。另，1933年1月15日出刊的《国际》（第1卷第10号）亦转载汉特报道，平顶山惨案消息持续扩散。

② 《抚顺大屠杀案》，《时代公论》第36号，1932年12月2日。该文借东北外交委员会电文说明事情经过，揭露日军暴行的同时，对日本政府欺瞒舆论之行径提出批评。

③ 《日军在抚顺屠杀惨状美记者汉特氏亲往调查》，《申报》1932年12月23日。

④ 转引自［日］井上久治：《平顶山事件再考》，《中归联》2004年第30期。该文主要利用《抚顺新报》《月刊抚顺》等在平顶山惨案前后的相关报道论述守备队长官川上精一之罪责，详见http：//blog.sina.com.cn/s/blog_ 4a21cad10100f7n3.html

窗外一看，一群群的人，手拿梭镖、大刀，身穿土布衣，头上包块布，从平顶山大街上疾步而过，也有二、三个人抬一个土炮，扛一个大扎枪，还有少数骑了马的。头一回看见了这样的一帮人"。陌生的队伍未强迫村民加入，"他们不惊动老百姓，敲敲老百姓家的门，人家不搭理也就走了"①。居民藏躲，人群离去。"一会儿栗子沟的把头店着了火，又一会儿腰截子的日本街也着了火。这时我有一点明白了：恐怕就是最近以来所传闻的救国军、大刀队来杀鬼子的吧"。② 闭门不出的村民与大刀队似未有多少关联，但对其行动或有耳闻。③ "九一八"后，东北抗日义勇军屡仆屡起。"1932年9月，抚顺东部山区自卫军李春润部决定光复抚顺，为的是在'九一八'一周年之际向世人表明：中国人绝不甘心被日本奴役，要反抗，要斗争。9月15日晚上，李春润所属的第十一路军（大刀队）在司令梁锡福的率领下冲入抚顺老虎台地区，打死五名日本人，打伤了六名日本人，烧毁了老虎台采矿所、杨柏堡采矿所的一些采煤设施。后因日本军队火力太猛，大刀队被迫撤出抚顺市区。"④ 一夜间，大刀队来去匆匆，村民躲避者多插手者少⑤。然而，恼羞成怒的日军不肯善罢甘休，撤退的义勇军踪迹难寻，其经过的村庄就成为泄愤的对象。⑥ 9月16日，日军一部开赴平顶山、栗子沟等地，面对荷枪实弹的日本兵，当地村民不明所以。

平静的山村突然喧嚣，几个小时生死剧变，平顶山等村的男女老幼到底经历了什么？对此，《大公报》采访了幸存者，其文直以第一人称口吻出之，真

---

① 大刀队敲门意在请百姓助威，但"老百姓头一次看到大刀会，十分害怕，都躲了起来。"参见徐桂英（执笔）：《抚顺平顶山惨案考》，《抚顺文史资料选辑》第九辑，政协抚顺市委员会文史委员会，1987年，第47页。

② 杨占有（口述）：《虎口逃生》，《抚顺文史资料选辑》第三辑，政协抚顺市委员会文史委员会，1984年，第60—61页。

③ 义勇军各部原计划18日起事，梁锡福擅自提前，而其动手时，已有风声传出。参见徐桂英（执笔）：《抚顺平顶山惨案考》，《抚顺文史资料选辑》第九辑，第46页。另，关于大刀队的过往及其在此次行动中之成败，参见高其昌：《大刀会起义及其抗日活动》，《抚顺文史资料选辑》第四辑，政协抚顺市委员会文史委员会，1984年，第29页。

④ 傅波：《平顶山惨案与日本的罪责意识》，《江桥抗战及近代中日关系研究》上，吉林人民出版社，2004年，第365页。

⑤ 日军曾指，有平顶山村民趁栗子沟着火偷搬日本人商店面粉，此为"通匪"证据之一，参见徐桂英（执笔）：《抚顺平顶山惨案考》，《抚顺文史资料选辑》第九辑，第50页。

⑥ 惨案后9月18日，抚顺煤矿守备队长张贴布告，认定"刀匪在经过抚顺附近村落的时候，（村民）事先与刀匪私通，给予种种方便，或者引导带路，具有极端险恶的不法行为，以致造成了严重的事态。"转引自[日]井上久治：《平顶山事件再考》，《中归联》2004年第30期。详见http://blog.sina.com.cn/s/blog_4a21cad10100f7n3.html

实、自然、生动、鲜活。据张荣久描述，午饭之际，凶悍的日本兵挨家赶人，强使村民马上到指定地点集合。栗子沟"全村里的人，一个个扶老携幼，在一队日本兵押解之下，向平顶山而行。行到平顶山时，看见平顶山村的人，早就在那里三五成群，围坐起来了"①。不久，"又来了六七百庄稼人，有女人怀抱着小孩，有受人搀扶七八十岁的老太太，一样由日本兵押着，来到这平顶山沟来了，原来是千金堡的人"。报复地方，平顶山首当其冲，妇孺亦不能免。拘押村民，日军推推搡搡连哄带骗，其对待东北民众之态度也略见一二。村民蒙在鼓里，刽子手准备就绪，"忽然听见一声哨号，就看那些押解我们来的日本兵，及押解其他村民的日本兵集合起来。又一阵口令声，便在我们的四周分开，当中那几个会说中国话的人，就对我们说，'现在皇上要分给你们钱，你们一个个跪起来谢谢恩，待我们先给照个相，然后来领赏'"。日军操控下，"皇上"粉墨登场，而所谓"照相"则欺乡民无知。行凶者或恐村民辩解、反抗，编造谎言诱导众人束手就戮任意杀之，死难者终不知其"罪名"。日军阴谋得逞，光天化日，屠杀公然上演。"那些日本兵，正忙着在许多三脚架上，排布像圆筒似的，黑亮亮的东西。我们还以为是照相机，可是看见我们村里，有几个人一边立起来要跑，一边嚷着说，'不好啦，日本人要放机关枪啦'。便看见我们想象的长筒照相机，乒乒乓乓冒出火光来，一时三千余人，在东奔西跑，呼天喊地，叫儿唤女的大乱，但是个个应声而倒。""照相机"突然吼叫，村民愕然、惊恐继而绝望，近三千人同时遭难，现场尽是哀号、挣扎、尸体，血腥的场景在幸存者记忆中留下底片。为赶尽杀绝，机枪扫射后日军又以刺刀"查漏补缺"，逃脱者无几，其中，张荣久因昏迷而侥幸生还。当其苏醒，眼前似人间地狱，"四周都是尸体，有的仰卧，有的伏倒，满地都是殷红的鲜血，我好容易挣扎起来一看，活人是没有一个了，我的母亲，我的妻子，我的弟媳，我的兄弟，一个个死去已久，创口还在流血，我的儿子死的更惨，面目模糊，脑浆迸裂。我经过这阵惨变，我是疯子一样，傻子一般，自己也不知自己是人是鬼，是死了是活着"。村人悉数被屠，房舍尽遭兵燹，家破人亡的张氏仓皇避难关内，然而，巨大的创伤使其梦魇缠身意志消沉："我晚上常常在睡梦中起来狂奔，或是惊嚎。我的家人都死了，我也不愿意活着了。"惨死者不明不白，生还者怨愤难伸，"这就是满洲国国民所享的幸福，这就是无数东北人天天尝的滋味"。日军铁蹄下，国人朝不保夕，张荣久的遭际反映的不只是

---

① 《抚顺惨案又一证明栗子沟难民张荣久逃来北平昨对记者谈平顶山屠杀惨状》，《大公报》1932年12月22日。以下所引屠杀时情形皆出此文。

平顶山的悲剧，更是东北同胞苦难生活的例证。

惨案后不久①，第三方记者汉特到事发地探查，现场情景令人震惊。尽管日军刻意掩盖，其暴行之证据仍十分明显。在平顶山山坡，"只见遇难之农人妇孺所着农装之碎片为血所染，分散遭难地点，触目均是。一带新土隆起，均为新坟。以余鼻所闻，得证实该地系屠杀之场"②。斑斑血迹随处可见，腥气扑鼻闻者胆寒。农人多成冤鬼，村落只剩焦土。"夫中国之村落，本均甚喧哗，而该地则寂然无声，有如坟墓。男女妇孺，阒无一人。栋梁焚烧之灰烬，充满于为火焚成黑色墙壁所围之广场内，所有屋宇之惨状，均出一例。余曾进入某遭难民房，并在屋顶砖瓦，破碎杯碟弯曲之煤油桶（民众曾用作水桶）及已碎之灶神上行走，各民宅之天井，亦表示同样惨状，无一幸免者，两轮之车，则失其一轮，其一轮则已被焚毁，笨重之石臼为家庭必需品，亦为捣毁与被焚之木料相混。此死村沿冻河，惟有乌鸦惨然隐于烟筒中"。借助记者细致的观察、记录，遭难村落之情形得以展现。日军肆意烧、杀，喧闹的山村化为死寂的废墟，砖残瓦碎梁烬墙黑，破损家什散落其间，透过它们既能想见村民日常的生活，更可感受日军报复之酷烈，今昔对比凄惨可怖。记者实地走访，查看现场的同时亦采集了幸存者证言。"遭难村落未死之中国农人，工人，及妇孺，所述该事经过，莫不相同。"有关日军召集村民、"照相"及二次屠杀等事，汉特所闻均印证了张荣久的说法，同时还增加了其他细节。例如，日军焚村，"有一老太太，为焚余之栋梁所压，彼不能逃，以致化为灰烬"，"彼处为沈婶婶，因不欲远离致在火炕上烤毙"。无辜老弱葬身火海，"此种可怕之惨闻，笔难尽述"。日军滥杀平民手段残忍，为防事情败露，毁尸灭迹外，还安插眼线监视现场。"距屠杀场英里之遥，有一草舍，为一日本妇人所居，屋内安有电话一架，苟该妇人睹及有人在屠杀场，彼即通知抚顺之日本宪兵队"。诸如此

---

① 据徐桂英《抚顺平顶山惨案考》，"事件后的第二、三天"，汉特即赶赴现场并看到了大火后之房屋废墟。日本人得知，随即安排"一部分韩国侨民会人员到屠杀现场进一步进行掩埋灭迹工作，并在现场周围用铁丝网围起来，不准人进去看，同时把烧毁的颓垣断壁推倒，铺成沙路，使平顶山面貌全部改变，以便国际上一旦派人再调查时好掩盖其血腥罪行。"参见徐桂英（执笔）：《抚顺文史资料选辑》第九辑，第41页。

② 《日军在抚顺屠杀惨状美记者汉特氏亲往调查》，《申报》1932年12月23日。屠杀后，"日本军队为掩盖罪行，在蒙难者的尸体上浇上汽油进行焚烧，然后用炸药崩山，掩埋被害者遗骨。"参见傅波：《平顶山惨案与日本的罪责意识》，《江桥抗战及近代中日关系研究》上，吉林人民出版社，2004年，第366页。另，杨占有亦提及"第二天鬼子兵又来，雇了一帮韩国人用汽油烧尸"。参见杨占有（口述）：《虎口逃生》，《抚顺文史资料选辑》第三辑，第72页。或由此，汉特在现场未见遇难者尸身。

类情节①，由于日军破坏现场并封锁消息，未必全获坐实，但通过汉特客观、详细的查访、报道可知，平顶山大屠杀的基本事实系"证据确凿，无容狡辩。"

惨案消息不胫而走，抚顺震动，事发地周边矿工大量逃亡，日军被迫出面解释。9月18日，煤矿矿长试图以布告稳定局势："虽然被流言迷惑，人心不稳，但抚顺的军队、警察队、防卫队以及其他组织严加守备，而且，这些措施对于良民来说，断然承担了保护的职责，并不是违法的，所以华工要放心就业工作。"② 尽管日方未正面回应，但从"流言""并不违法"等遮遮掩掩的辞令见惨案端倪。日军守备队长也于同日发声："如今，满洲国成立，就在要变成共存共荣的安乐乡的时候，大刀会的匪徒被迷信所蛊惑，胆敢骚扰破坏，而且这些刀匪在经过抚顺附近村落的时候，（村民）事先与刀匪私通，给予种种方便，或者引导带路，具有极端险恶的不法行为，以致造成了严重的事态。对此，日本守备队进行了严厉的铲除，不过，日本守备队对于未行不法之事的人们，没有进行丝毫的严惩，而是加以保护、诱导他们不要害怕作恶之人，要放心地就业工作。"③ 村民"私通"大刀会，故招来"严厉的铲除"，此说既透露了平顶山遭报复的缘由，也间接表明了惨案的存在，只是日军眼中，其处置合理合法。从大刀队出击到平顶山村灭绝，前后至多半日，时间如此短暂，日军何以判定近三千村民皆有"极端险恶的不法行为"？倘不能一一定罪，其针对平民的杀戮又因何"并不是违法的"？致使近三千人死于非命，所谓"严厉的铲除"实乃毒辣的谋杀。真相难掩，露骨、霸道的强辩加重了当地人的疑惧，恐慌情绪持续发酵。5天后，日方再发"安民榜"："抚顺附近的村民与大刀会匪私通，对于敌人的攻击给予援助，成为敌匪的根据地，所以，对其不法行为进行了断然的裁决，不过，对于一般居民则承担绝对的保护责任，所以，一般的良民努力从业并不动摇，没有断然离开抚顺去避难的必要，如果附近的熟人随声附和、人云亦云，具有动摇的征兆的话，应当妥当地关照安抚。"日军重申罪与罚并再三强调"断然的裁决"之正当性，这恰说明其"裁决"已受到严重质疑。惨案搅动舆论，当地百姓窃窃私语，"离开抚顺去避难"的潮流难以遏制。

---

① 据汉特采访，有村民指称，屠杀之际还有日军飞机"在头上抛投炸弹"，此说在张荣久、杨占有等人证词中未出现，其准确与否有待考证。

② 转引自［日］井上久治：《平顶山事件再考》，《中归联》2004年第30期。详见 http://blog.sina.com.cn/s/blog_ 4a21cad10100f8v4.html 以下日媒资料，皆引于此。

③ 此布告发于《抚顺新报》，转引自［日］井上久治：《平顶山事件再考》，《中归联》2004年第30期。详见 http://blog.sina.com.cn/s/blog_ 4a21cad10100f8v4.html

通过上述惨案制造者的解释、受害者证言及第三方查访，平顶山大屠杀原貌浮出水面。虽日方禁止公开报道平顶山惨案①，但《抚顺新报》等日媒仍留下蛛丝马迹。针对屠杀引起的逃亡，日军公告给出了"铲除"平顶山的理由，试图以此安抚民心平息舆论，这就透露出平顶山事件的"前因"、发生及影响等基本信息。不过，造成惨案的根本原因还在于日本霸占东北之野心。"九一八"后，热爱乡土的东北同胞奋起反抗，日军到处镇压疲于应对。在此背景下，日本守备队于平顶山大开杀戒，目的重在打击义勇军、摧毁民众反侵略之信念，至于"私通"，更像欲加之罪。涉及惨案，日军态度独断、蛮横，所依仗者，乃其在东北的强势及对证据之破坏。加害者含糊其辞，受害者详诉血泪，结合张荣久证言与汉特的报道，触目惊心的平顶山惨案依然呈现出来。

二、平顶山惨案的文学重述

联系中、美、日三方媒体言说，平顶山惨案前后经过及部分细节变得相对清晰，基于这些信息，文学介入了对该事件的描绘，由此也赋予了历史更多内涵。

1933年9月，胡水波创作短篇小说《平顶山》②，围绕大屠杀这一基本事实展开叙述。作品开篇即村民上山一幕，基调黯淡、忧郁："大脚的，小脚的，大肚子的，营养不足的女人；黄脸的，给乌黑的煤染得乌黑了的，瞎眼的，胳膊粗强的，断了胳膊的，伛偻着的男人，像鬼推磨似的走着走着。"步履蹒跚的行列里不乏老弱残疾，瘦弱的身形、肮脏的脸孔勾勒出农人病态的模样，暗示着日军治下苦难的民生。人人鬼鬼的群像令人心酸，阴冷、肃杀的自然景象使悲剧氛围愈发浓厚："天是阴沉沉的，虽然不曾刮着大风，可是灰暗的天空

---

① 惨案发生后，国民政府外交部提出"严重抗议"，"日政府竟照会我外部否认"。参见《平顶山惨案外部再提严重抗议》，《大公报》1932年12月8日。另，据时任奉天总领事的森岛守人回忆，"虽然禁止在报纸上登载而不能够公开，但昭和七年10月，在抚顺又发生了不能容忍的大屠杀满人妇女的事件"。转引自［日］井上久治：《平顶山事件再考》，《中归联》2004年第30期。详见http：//blog.sina.com.cn/s/blog_4a21cad10100f5f7.html

② 胡水波：《平顶山》，《黄钟》1933年第40期。作者1930年代于《之江期刊》《学校生活》《艺风月刊》《文艺月刊》等发表文章，从部分作品推断，其时作者似在浙江高校读书，其他生平不详。

里却堆着阴云,这气候和天色也够凄惨,何况又是漫漫长漫漫远的,那里没有人家也没有人迹","山是静着的","树木也是死的,死得像披了缟素在白皑皑的雪光下闪烁"。暗云低垂,萧索长路似往黄泉,山寂木枯,雪白刺眼浑如丧服。沿途景物寄寓了作者强烈的情感投射,从而烘托人物内心的压抑、恐惧。作者采用全知视角,因此,其笔下村民也预感到死亡威胁,不过,作者眼中,他们可怜亦可悲:"他们老早没有自己的主意","他们只像送到屠场去的猪一样背上有一根粗暴的棍子鞭打着,鞭打着他们去送死"。与上述情节不同,现实中,张荣久等村民事先不晓日军阴谋,因而路上或生疑虑却未有赴死的悲情体验,作者这样编排未尝不含有刺激国人反日意识的考虑。循此思路,待宰的"猪猡"在遭受日本兵踢打、辱骂后,终于萌生了斗争的念头:"横竖是没命了,什么拍中国人的照相,还不是鬼子的恶念","先下手为强,咱们有这些有蛮力的人难道还像刚才被抓住那样害怕吗?那样懦怯吗?呸!……数百个瞄准了枪口搜索的大队虽然斗不过,但做掉数十个捏着枪走路蹒跚的矮鬼总还不是费力的事,挺着胸脯等死是没用的,咱们还是干一下吧!"被日本兵恶劣言行点燃了怒火的人们骚动了,"那些被掳着,被驱送着的汉子,都不顾命的赶来了,有的抢着了刺刀,有的抓住了枪杆,没命的厮杀,没命的抵抗"。

　　故事发展至此,再次突破事实。一方面,村民在行进中未生暴动,另一方面,幸存者对日本兵也没有多少具体描绘。作者虚构村民暴动应出于义愤,不过,作品中骄横日本兵之原型却非无迹可寻。大刀会袭击发生后,日媒《抚顺月刊》就该事采访了部分守备队、防卫队成员,谈及战斗,这些士兵兴奋异常:"同志们磨(摩)拳擦掌,跃跃欲试,斗志旺盛,为了看到战斗的场面而坐立不安,那里边热血沸腾的真锅(东乡),终于等得不耐烦了,他说,这样的战斗难道能够等待吗?于是拔出刀鞘中的日本刀,率领一个小队投入了第一线,进行了奋力战斗。"交火后,日军抓获义勇军俘虏,"(长官)命令'刺死他!刺死他!'可大家怎么也不刺,也许嫌麻烦费事,(长官)就用手枪打了两三枪之后,再次命令'刺死他!刺死他!'这时一个人首先用刺刀穿刺,一旦有一个人用刺刀刺杀,另有其他三四个人就争先恐后地用刺刀将其杀死了。再往后就不断地有人用刺刀刺,已经不再需要命令了"[①]。察其言观其行,日本兵狂热好战、凶狠冷酷的一面跃然纸上。此类报道兼之惨案本事成为作者想

[①] 转引自[日]井上久治:《平顶山事件再考》,《中归联》2004年第30期。详见 http://blog.sina.com.cn/s/blog_ 4a21cad10100f7n3. html

象、描写日本兵的主要依据，其中或有矮化，借此，国人对日军之印象也可见一斑。村民暴动的插曲推动情节走向高潮，至此，村民们反抗的情绪已无法遏制。"数千只的嘴里都在咒骂了"，"你能够赚计杀害咱们平顶山煤矿区城里的男男女女老老小小，你也有本事赚计杀尽咱们全中国的男男女女老老小小吗？""他们这些善良的无罪的生命，大概也知道末日之将临，虽然也有最少最少，懵懂着的还懵懂着。可是大多数不糊涂的不浑噩的人，差不多早知道自己仅有的力量，虽然是没有组织没有军火的那样微薄的，可是毕竟还可以在灭亡就在眉睫的辰光死中去求生！"卒章显志，作者将大屠杀来临之际村民的慌乱、惊恐置换为英勇不屈，他们在死亡面前悲壮的呐喊更体现了鲜明的民族国家意识，全民奋起抵抗侵略的主旨呼之欲出。

话平顶山事，胡水波虚实结合。作品保留大屠杀之事实，意在揭露日军罪行，白骨漫山，东北同胞的血泪万难尽述；文章增加村民反日情节，实为激发国人斗志，日军横暴，拼死一搏家国方有一线生机。依据惨案建构民族主义文艺，宣扬反日救亡，胡氏有的放矢。平顶山惨案引发文坛关注，同样以其为创作题材的还有芝冈的叙事诗《平顶山》[①]：

> 这里是平静的村庄，麦田里风吹麦浪，大路上人来人往，小溪边放着牛羊。
>
> 也不知几历春秋，小溪之缓缓地安流，傍晚看西畴日落，晨起看东山雾收。
>
> 雄鸡在小院里高吟，篱落间狗吠生人，田野中互答的村歌，是每岁丰收的好音。
>
> 这一年又到了中秋，田家都祈祷神麻，陈列了果饼香盘，拜一轮皓月当头。
>
> 这皓月升到中天，满村户户同看，男妇饮团圆美酒，小儿穿新的衣裳。
>
> 月放出异样光明，人间早到了夜深，看月的都入了睡乡，猫头鹰在月下飞鸣。
>
> 一阵阵飞，一声声啼，从村东飞到村西，咒遍了全村的灾祸，又投身向古木枯枝。
>
> 月华向天际沉沦，秋虫在草际低吟，篱前惊醒了睡犬，吠曙天行露的

[①] 芝冈：《平顶山》，《新语林》1934年第1期。

村人。

又一天美好的秋阳，村庄里充满了平康，桂花在篱边开放，风吹来阵阵放香。

这村里有一位巫婆，她穿起神秘的黑衣，说村里要谨防厄难，"听，昨夜又夜猫长啼"。

但农人在田里耕田，农妇在家中煮饭，路上有行人往来，屋旁有儿童唱歌。

不多时日到中天，屋上又腾起炊烟，在鸡鸣狗吠声中，有一个好音流传。

这好音传到村庄，老年人喜笑开颜，"噢，有前清便有后清，宣统爷要放恩粮。"

"真吗，我们真饿得眼青，今天也降下皇恩。"大家都恐后争先，向平顶山头行进。

大路上人海人山，每人都拿袋携筐，老公公扶着童孙，大嫂子牵着儿郎。

希望在每人心中，眼前是平顶山峰，如小孩巴望新年，恨不能驾雾腾空。

忽一阵号声传来，大家多怀着鬼胎，日本兵从四面包围，树林中露出钢盔。

人群中起了喧哗，大家向山头乱爬，山头也排着日本兵，像一条挡路的长蛇。

翻译官向大众扬言："你们真洪福齐天。来，快跪下先谢皇恩，照完像（相）准放粮钱。"

大家都跪倒山头，喜和忧在心腔对流，忽听见"达达"的声音，照像（相）机像几条怒牛。

"呵，快跑，那是机关枪。"一时间烟起弹飞，老幼哭喊。山头的尘土蒙蔽了日光。山谷中传出了哀鸣的回响。

三千条生命像锅里油条，他们的鲜血染红了山坳，这时节秋阳早已西下，只余光映射着山中的血槽。

诗歌前三节勾画山村田园牧歌般的生活，节奏舒缓风格清新。往昔的平顶山村岁月静好，田野间麦浪金黄溪水清凉，院落里鸡犬安闲人丁兴旺，岁岁年年，好日子仿佛永世不变。时光跳跃，笔落案发前夜。作者一方面铺叙看似寻常的中秋节庆，延续先前画风，另一方面又通过月色、猫头鹰等自然元素暗示情节变换。行文至此，作者并未涉大刀队突袭事，代之以欢度佳节的场面，此情此景正可与第二天的突变形成巨大反差，从而使冲突更富戏剧性。月淡星稀，虫敛迹犬惊跃，暗夜似生变。然而，日出如常，村庄好像仍然平静，未几，巫婆预言，故事蒙上神秘色彩。安宁午间，"好音"随炊烟传遍每个院落。在这里，诗歌舍弃了日军入户赶杀人的一幕，事情依旧蒙着面纱，而来源不明的"好音"则凸显了农人的单纯与凶手的奸诈，并在谜底揭开后，对"阴谋"形成讽刺。向平顶山进发的人群充满希望，越是如此，其结局就显得愈发凄惨，而惨案制造者也就愈发可恨。日本兵突然出现令村民心生疑惧，平顶山事件的另一方终于露面。作者镜头里，一队日军似看不清面目的长蛇，但见一顶顶钢盔闪着凶光，如此处理，日军形象更显冷酷，同时也避免了因陌生而描写失真。故事尾声向事实回归，跪拜谢恩的谎言之后即是"图穷匕见"，枪声裹挟着哀号在山谷回荡，生命的绝响让人心惊肉跳。三千无辜就这般消逝，冷冷的夕阳下，只剩殷红，画面静止悲剧落幕。

同以惨案为表现对象，诗歌《平顶山》与胡水波之作各有特色。背景方面，胡作聚焦在案发当天，诗歌则将镜头前推，描绘平顶山村昔年景象。胡作中村民形容枯槁，诗歌里田园其乐融融，前者意在表现沦陷区民不聊生，后者则揭示美好的生活如何被毁灭①，观察视角或分远近，但目的皆在展示侵略给东北民众带来的灾难。细节方面，胡氏对日本兵不乏言行样貌的刻画，漫画式的笔法中充满鄙视与愤怒；诗歌对日军一笔带过，却也点出他们的可怖与强横，夸张抑或虚化，作家眼中，日军正是残杀的代名词。至于情感特征，胡氏出语愤激爱憎分明，其时民族话语之高涨也可见一斑；芝冈则表现克制，作品较少情绪化，对暴行之谴责不露声色。从胡水波的呼号到黄芝冈的低吟，"平顶山"叙事基调发生变化，这其中除了作者年龄、身份等因素影响外，是否也表明部分国人对如何解决中日矛盾看法渐趋理性？

---

① 现实中，惨案前后平顶山村面貌似更接近胡水波的描写。在千金寨流传着一首歌谣，借之，"九一八"前当地生活情形可见一斑：来到千金寨，就把铺盖卖，新的换旧的，旧的换麻袋。一条破麻袋，能铺不能盖，盖上前胸脯，露出两膝盖。北风冒烟雪，无米又无柴，天冷肚子饿，小鬼来逼债。没钱鬼不饶，去把儿女卖，卖掉儿和女，还不掉阎王债。冻死路边倒，阎王脚下踩，一把尸骨扔关外，悔不该来到千金寨。参见傅波：《"九一八"前的抚顺矿工》，《抚顺文史资料选辑》第三辑，第73页。

三、结语

"当年平顶山人烟茂,一场血洗遍地生野草。拣起一块砖头,拾起一根人骨。"① 平顶山惨案发生不久,受害者的累累白骨就被日军匆忙掩盖。虽则证据被毁,国内外报刊依然出现了惨案的相关消息。这些文字或由幸存者回忆大屠杀经过;或由第三方记者走访现场采写见闻;同时,部分日媒也间接透露出惨案的一鳞半爪。借助各方言说,惨案原貌初见眉目。其时,在日军封锁消息的不利环境下,上述报道更显珍贵,而这也成为文坛关注、表现平顶山惨案的基础与依据。以平顶山惨案为主题的作品包括诗歌、小说等。激于民族感情,胡水波通过虚虚实实的创作,强烈斥责日军暴行,高调宣扬反日思想,热血青年的家国之痛可见一斑。东北沦陷日久,加之敌强我弱,国内抗日言行渐趋理性。或基于此,黄芝冈的吟咏多平静的叙述少情绪化的评判,全篇感情深沉暗含抗日思想但火药味则被隐去。这些围绕"平顶山"展开的书写,强化了国人的创伤记忆,揭露了侵略者的罪行,培养了民众的爱国情怀,民族主义话语一时高涨。

文学总与孕育它的社会、历史环境有着千丝万缕的关联。诸如《平顶山》等记述民族创伤的作品就由历史催生,问世后又成为历史叙事的一部分。十四年抗战时期,大量平民遭日军杀害,家国山河满目疮痍,《平顶山》等"创伤文学"应运而生,它凝聚了牺牲者的血泪,也控诉了施暴者的罪行,国人通过它激发力量,也借此反思战争,它是国家的受难史,更是民族抗争的记录。作为一种叙事,"创伤文学"或许包含想象与虚构,这就使它不能与史实完全等同。然而,它的想象、虚构亦是时代产物,折射出国人其时的思想与情感,这又何尝不是一种历史真实?鲜活、丰富的"创伤文学"因其对基本事实的坚守久而久之化为我们历史记忆的重要组成,而通过对它的考证、分析,走进现场触摸历史又未尝不是一种可能。

平顶山惨案给抚顺同胞造成了巨大的伤害,日后,《平顶山》等的创作、传播及其他相关活动使这一事件逐渐成为中华民族的集体记忆。战后不久,中

---

① 此系平顶山惨案后当地流传的歌谣。参见徐桂英(执笔):《抚顺平顶山惨案考》,《抚顺文史资料选辑》第九辑,第41页。

方着手调查、审判日本战犯,平顶山惨案再次引起关注①;1950年代后,抚顺地方政府为惨案遇难者举行了公祭仪式并陆续建起纪念碑、纪念馆②,惨案为更多人所知晓;"1980年代后,通过在地域间进行的访谈调查,战争记忆再一次被挖掘、记录和公开"③,对杨占有等幸存者的走访即于该阶段展开,聆听一段段血泪控诉,惨痛的过往如在目前。

  中国作家关于平顶山惨案的书写,参与了国人战争记忆的建构。"日本是近代以来伤害中国时间最长,使之形成伤痛最剧烈的国家,给中国人民留下了难以释然的历史记忆。这种记忆,通过教科书、图书杂志、广播、电影、电视等媒介,以亲历者的回忆、访谈、纪实、文艺作品等多种形式,立体地、多维地传达给民众,遂形成一个民族的集体记忆"。"尽管中国政府长期主张中日友好,依照马克思主义战争观,强调这场战争是由一小撮日本军国主义分子发动的,广大日本人民也是受害者,但一个民族的记忆难以轻易改变"。④ 当然,时过境迁,旧事重提非为"报仇雪恨",乃是提醒后人面向未来珍爱和平,勿让悲剧重演!

---

  ① "1946年5月27日,国民党政府前军委会东北策反区辽宁省抚顺组组长郝蕉影呈请缉捕平顶山惨案战犯满多野、山下满男等人,开始了光复后,缉捕、审判平顶山惨案战犯的工作。"参见傅波:《平顶山惨案与日本的罪责意识》,《江桥抗战及近代中日关系研究》上,吉林人民出版社,2004年,第368页。

  ② 参见傅波:《平顶山惨案与日本的罪责意识》,《江桥抗战及近代中日关系研究》上,吉林人民出版社,2004年,第368—369页。

  ③ [日]伊香俊哉:《战争的记忆——日中两国的共鸣和争执》,韩毅飞译,北京:社会科学文献出版社,2016年,第2页。

  ④ 徐冰:《中国近代教科书中的日本和日本人——交流与冲突的轨迹》,北京:商务印书馆,2014年,第3页。

第八章 东北抗日报告文学的发生发展

一、东北抗日文学缘起

中日交往由来已久，关系有好有坏。进入20世纪，两国依旧有政治的博弈，经济的往来，然而，折冲樽俎渐被硝烟笼罩。岛国希图扩张版图，武力成为主要途径，"躬逢其盛"的中、朝等弱势比邻与日本围绕领土、主权的军事冲突日益成为焦点，其中，我国东北地区首当其冲，几成东亚之"火药桶"。1904年，日俄在东北开战，虎狼相争生灵涂炭，翌年，旅顺、大连及满铁转由日人租借，黑土地遂冒出关东总督府，而日后屡屡挑衅、作恶的关东军亦随之粉墨登场；中华民国初立，日本炮制"二十一条"，继续霸占旅、大；1928年，关东军密谋，炸死张作霖握紧"满蒙生命线"；1930年后，日本又蓄意挑拨中朝矛盾，制造万宝山惨案，致无辜民众惨死；此间，关东军野心疯长，中村大尉等间谍在东北各地肆意踏查，并吞三省只在朝夕；1931年9月18日，关东军操刀上阵，蚕食变为明抢，关外遍地狼烟，4个多月后，东北沦为日本殖民地；1932年，受关东军侵略活动影响，驻沪日军策划"一·二八"事变，此后不久，伪满洲国成立，虎狼当道，东北民众漫长而屈辱的亡国奴生活拉开大幕。

白山黑水物产丰饶，这里不仅有大豆、高粱，反抗的灵魂同样孕育其间。"九一八"血战江桥的马占山，风起云涌的东北义勇军、抗日游击队，继之而起的抗联，以及坚持斗争的农、工等民间力量，皆令日伪疲于奔命大动肝火。关东军嗜血残杀，反抗团体以热血浇灌黑土，希望的种子在冰天雪地里潜滋暗长，抗日队伍屡仆屡起，东北大地上争自由的烽火不曾息止。反抗不止于阵前、敌后，以笔为枪的东北作家奋力吹响号角坚守精神家园。金剑啸、罗烽、白朗、萧红、萧军等曾以《大同报·夜哨》《国际协报·文艺周刊》为阵地，篇章所及，战斗者不再孤寂，彷徨者转而坚定，麻木之人有所醒悟，堕落之徒无地自容。敌寇暴虐，文艺宣传领域之抗争不见硝烟却不乏腥风血雨。殖民铁幕下，东北文艺界遇难者有之如金剑啸，而罗烽则身陷囹圄，萧红、萧军、舒群、孙陵、骆宾基等相继流亡，抵抗之歌随之在关内播散、汇聚。其后，中国作家同声相应，抗敌书写果实累累，东北抗日文学渐成一景。

国家不幸诗家幸，东北抗日文学随"九一八"勃兴，回顾十四年峥嵘岁月（1931—1945），即见抗敌文艺疆域广阔，与东北相关的抗日篇章亦不胜枚举。首先，山河变色，当地作家遭逢丧乱痛彻肺腑。金剑啸、罗烽、萧红等饱蘸血泪泼墨抒怀，前辈、后起，去留行藏，创作轨迹或有变化，但毁家之痛、沦陷之恨、抗敌之志均成为这批东北籍作家的共同话题，而较早前入关的李辉英、端木蕻良等东北人士也感同身受不乏此类文章。其次，东北作家流亡关内后，投身救亡活动并勤于创作，记述各地抗战见闻，如舒群《西线随征记》、李辉英《北运河上》、白朗《我们十四个》等，此亦可视为东北抗日文学一脉。同时，自东北陷敌，同胞无不悲愤扼腕，外省籍作家亦为东北鼓与呼。例如张恨水《九月十八》，知识青年于《申报青年·园地》《民国日报·觉悟》发表的"九一八"诗歌，刘白羽《一个俘虏来的东北人》，等等，以不同体裁、题材传递国人对关外情形之关切，相关作品层出。另外，东北战场战斗间隙，将士不免吟咏、歌唱，文未必佳，确是真情实感，此类作品作为史料同归东北抗日文学园地。概括观之，东北抗日文学时间跨度长，书写者以东北籍人士居多，作品从不同角度反映三四十年代中国抗敌救亡图景，题材繁复，并涉及诗歌、小说、散文、戏剧、报告文学等多种形式，文笔或壮怀激烈或曲折委婉，表达虽有显隐，爱国无分高下，其争自由之精神一以贯之。

二、中国报告文学与抗日背景

"报告文学"何解？1937年，茅盾曾曰，"这一种新样式在外国被称为Reportage，诚然是'报告'，也诚然是'文学'，可就没有写成'报告文学'，——只是'报告'，正像'小说'这一样式新登'文坛'之时，未尝写成'小说'文学。Reportage不过是年龄最小而已，其与'小说'同为文学之一部门，现在倘有人在'小说'这名词下特缀以'文学'二字，见者必掩口葫芦，我想将来'报告文学'这四个汉字大概也将引人失笑的，——虽然现在只有不多人觉得可怪"①。依茅盾所说，上述舶来之文学样式称"报告"似更准确，不过，如今抗战胜利已70周年，"报告文学"之称已然约定俗成，前人若知，为之一笑。

"报告文学"随西风东渐，何时于中国落地、生根？以群1941年就此回顾总结道，"一九三一年底'九一八'以前，中国还没有报告文学，那时，即或有少数类似报告文学的作品，也未被称为报告文学，因为当时报告文学这一名称还未被确立起来。接近报告文学的作品底较大量的产生，是在一九三一年底'九一八'，日本帝国主义侵略东北四省之后。当时，反日运动风靡全国，各地的青年为着反映当地的反日运动及表达自己底激越的情绪，写下了许多报告性的短小作品，刊布于各地的新闻杂志上。这可以说是中国报告文学底最初的萌芽。然而，报告文学正式在中国新文学史中确立了地位，成为中国新文学底一分支，却还是一九三二年底'一·二八'事件以后的事"。"我们如果要追溯中国报告文学底历史，就不能不认识'一·二八'是中国报告文学底正式的发端期。""'一·二八'的抗日战争虽然不久即告结束，但是全国民众底反日运动却并未因此停止，而报告文学也正是与民众反日运动相依为命，相辅发展的。"② 按以群观点，"抗日"即报告文学发生、发展之关节点，其因"九一八"初露端倪，遇"一·二八"蓬勃生长③，后更因抗战势不可挡，如此说来，报告文学与东北抗日颇有因缘。不过，"报告文学"究竟起于何时，认识并不统一。田仲济认为，"虽然'报告'或'报告文学'这一名称的确立是三十年代的事情"，但名为实之宾，1919年《一周中北京公民的大活动》、1920年代瞿秋白《饿乡纪程》等皆可划入报告文学版图，因之，"在中国，它是同五四新文学的诞生同时诞生的"④。学界争鸣相互启发，以群前说，并未否认"九一八"前有类似文章出现，田氏则更强调早期作品之不容忽视，结合二者，报告文学谱系更加完整。

---

① 茅盾：《关于"报告文学"》，转引自田仲济：《中国报告文学丛书》第一辑第一分册，武汉：长江文艺出版社，1981年，"序"，第6—7页。

② 以群：《抗战以来的中国报告文学》，《中苏文化》1941年第9卷第1期。此文梳理了抗战前中国报告文学的生发，解释了抗战爆发后报告文学异军突起的原因，总结了相关作品的主要内容、风格及发展动向，全文论述细致、内容丰富。1946年，作家书屋刊行"抗战以来报告文学选集"《南京的虐杀》，以此文代序，其中，第一部分标题由"中国报告文学简史"变为"报告文学史略"，其余未变。

③ 南强编辑部1932年4月出版的《上海事变与报告文学》即此间代表作品，包括两篇序在内共收录文章30篇。

④ 田仲济：《中国报告文学丛书》第一辑第一分册，"序"，第5页。

1930年代初，报告文学因中日关系紧张、恶化而异军突起，抗战全面爆发后，围绕战争，一批重要作品再次涌现。丘东平的《第七连》，战地速写《淞沪火线上》①《东战场上》② 等勾勒了淞沪会战之图景；《从芦沟桥到漳河》③ 讲述了平津地区的战况；察绥一带局势借助《西线的血战》④ 及其二辑略见一斑；汝尚《当南京被虐杀的时候》《魔掌下的两个战士》⑤ 则讲述了南京城破的血腥场景。检阅上述作品，抗战初期各地战事尽显其中。随战争延长，曹白、阿垅、陶雄、碧野、姚雪垠、王余杞等一批作家及文学青年均于报告文学方面有所贡献，以致"在当时的许多报刊（纸）杂志上"，"发表的报告文学的数量是惊人的"⑥，"单行本的报告文学作品集也大批的出现，并且还出版过《战地报告丛刊》、《战地生活丛刊》等报告文学丛书"⑦。在这批作家作品组成的文学舞台上，敌我进退之来龙去脉，局势变化之前因后果，日寇之凶残，将士之奋勇，难民之悲惨，一一展现，战时中国社会百态历历在目。随着作品不断推出，关于报告文学的理论探讨也逐渐展开。1938年，《文艺月刊·战时特刊》推出草莱《战时的报告文学》⑧ 与穆木天的《关于报告文学》⑨，鼓励、引导报告文学之创作；其后，以群就报告文学的来源、人物描写、发展趋势等

---

① 该书系"抗战中的中国"丛刊之二，长江主编，胡兰畦等著，生活书店，1938年2月初版。

② 华之国主编，该书封面注"抗战报告文学选辑之九"，封一则标"抗战报告文学选辑之八"，出版社及出版时间不详。

③ 该书同为"抗战中的中国"丛刊，长江主编，长江、小方等著，生活书店，1938年3月初版。

④ 此书为"抗战报告文学选辑之二"，长江等著，上海杂志公司，1937年10月10日初版。《西线的血战二辑》，华之国编纂，"抗战报告文学选辑之七"，上海：时代史料保存社，1937年12月25日初版。

⑤ 分别刊于《七月》1938年第2集第8、10期。

⑥ 以《文艺月刊·战时特刊》为例，1938年10月16日，《文艺月刊·战时特刊》第2卷第5期正式推出报告文学专栏，名曰"报告"（或通讯报告、战地报告、报告小说），此后，至1941年，刊物陆续登载了嘉桂《失掉了家的》、丁明《静穆的南宁》、胡绍轩《八角亭的烽火》、安娥《我娘满身血死了》、陈晓南《黄河初夜》、陆印泉《漫步在敌人后方》、臧克家《花园之夜》、冰莹《战地情书断片》、覃子豪《钱塘江上》、胡考《姚正花》、沙雁《哨兵棚》、徐转蓬《神枪手》等三十余篇报告文学作品。

⑦ 林非：《抗战以后国统区的报告文学创作》，《中国报告文学丛书》第二辑第八分册，"代序"，第4页。另，关于抗战初期报告文学的发表、题材等情况，以群在前引《抗战以来的中国报告文学》中亦有详介。

⑧ 草莱：《战时的报告文学》，《文艺月刊·战时特刊》1938年第1卷第5期。

⑨ 穆木天：《关于报告文学》，《文艺月刊·战时特刊》1938年第1卷第11期。

问题发表系列文章①；《八路军军政杂志》为给部队文艺工作者以参考，就报告文学相关问题展开集体讨论②；《不要误解了报告文学》③精当地剖析了当前报告文学理解与写作的几个误区；周钢鸣出版专著，从报告文学特性、写作技巧及作家素养等方面指导青年创作实践④，同时指出了报告文学所肩负的政治任务及其在宣传、教育方面的作用⑤。写作活动与理论探索齐头并进，量与质逐步提升，报告文学渐成文坛劲旅。然而，这支新兴力量缘何受到文坛青睐，以致其在斯时得到快速发展？左翼文艺阵营强调，首先，报告文学"根正苗红"，革命性、战斗性与生俱来。它由西方无产阶级革命运动催生，后随世界革命潮流自西向东播撒火种，其在中国恰能真实、迅速地反映波澜壮阔的革命狂潮⑥，理应成为宣传武器。其次，战时社会生态为报告文学发展营造氛围。"九一八""一·二八"及至全面抗战，中日战局多变且影响广泛，国内外亟须了解各方情形，相比其他文学样式，报告文学对事态之反映生动翔实快速准确，国内军民及国际社会凭此感知、理解战时中国之风云变幻，受众需求推动创作实践，相关作品亦由此激增。简言之，正是由于外部环境刺激结合报告文学自身特点，决定了该文学样式在战时中国大放异彩。

  左翼重视意识形态，强调斗争传统势所必然，而报告文学能于战争环境下快速成长广泛传播，更在于其兼具新闻性与文学性的特质，这也成为鉴别、判断该文学样式的准绳。一方面，"新闻性区别了报告文学和其他文学形式的不同，凡具新闻性的，不问其形式怎样，均是报告文学，凡不具新闻性的均属于报告文学以外的他种形式的文学"。另一方面，"文学性将报告文学和一切不具文学性的通讯报道区别开来，这就使所有具文学性的一些形式，如文艺通讯、

---

  ① 文章以《报告文学讲话》为总题发表于《学习生活》，如《报告文学为什么会发达起来》（1940年5月10日第1卷第3期）、《报告文学中的人物描写》（1940年9月10日第1卷第5期）、《怎样深化报告文学运动》（1940年10月10日第1卷第6期）等。
  ② 《谈报告文学》，集体讨论，石琳执笔，《八路军军政杂志》1941年第3卷第9期。
  ③ 茅盾：《不要误解了报告文学》，《文艺阵地》1938年第1卷第8期。
  ④ 周钢鸣：《怎样写报告文学》，上海：生活书店，1938年2月。
  ⑤ 相关评价参见茅盾：《短评·〈怎样写报告文学〉》，《文艺阵地》1938年第1卷第8期。
  ⑥ 前述以群《报告文学为什么会发达起来》及《八路军军政杂志》之《谈报告文学》等均指出，报告文学随德国早期无产阶级斗争而诞生，后在美国、苏联、日本兴起、传播，天然具有革命基因，在中国正可作为宣传利器与民众对内、外斗争相结合。1980年代，黄钢、田仲济谈及报告文学亦提到其与世界无产阶级革命的联系。

特写、速写、素描、散记、手记等等，凡是具新闻性的都称为报告文学"①。此度量可谓宽严相济，报告文学须限定疆域，但不妨其领地上兼收并蓄繁花共存，一收一放，独立王国蕴含无限风景。

三、作家作品述略

（一）"七七事变"前，关内外作家对东北的书写

舒群《归来之前》与萧军《大连丸上》分别讲述一段逃亡经历，仓皇惊险，悲愤莫名。出走前夕，舒群已察觉周围空气紧张，"近几日来，朋友被捕的消息每天总有一两次。朋友常常预言着终有一天会临到我的头上"。外部环境凶险，已加入中国共产党的作家随时可能身陷囹圄。不出所料，厄运很快悄然逼近，舒群忽然收到预警，友人语焉不详欲言又止，心怀惴惴的"我"意识到大祸将至，一番犹豫后决定逃亡。全篇重心即在于描写"我"面对去留问题时，反复挣扎痛苦无奈的心理活动。"我"乃家中支柱，此一去，既不得承欢尽孝于高堂，弱妹幼弟亦失依凭，老父多病慈母忧深，家人何以为生？日后何时再见？故园至亲难以割舍，心中倩影怎忍轻离。曾救"我"于穷途的苓子姑娘有情有义，其兄才入狱，又助"我"逃亡，红颜憔悴心痛不已。前思后想，亲情、爱情实在可贵，但暴日逞凶难得苟全，哀戚亡国不如投奔自由。于是，"我"不及拜别家人便匆匆启程。元宵时节不得团圆，前路茫茫尽是未知，"在我的心上，早已失去了快乐与痛苦的感觉，只看见白色的雪花，在我眼前飞着，飞着"。舒群此文情感细腻文笔哀婉，离别之痛难以言表。危急时刻，作家纠结于家庭责任与未来出路，心中满是煎熬。然而魍魉世界难得完卵，含污忍垢还是追寻希望？"我"再三权衡几经挣扎。内心矛盾反映个体之苦，苍凉意绪揭示民族之困，孤身上路不免凄楚，但雪笼大地未尝不孕育新生，路已在脚下，义无反顾。舒群此去三个多月后，萧军偕萧红踏上流亡之路。有意思的是，舒群自哈尔滨经大连赴青岛，二萧行止与其类似，途中虽未经停大连，但所乘客轮恰名"大连丸"，而与《归来之前》同属回忆文字的《大连丸上》（署名田军），亦复原了虎口逃生的一段经历。萧军夫妇登船未稳即遭伪警盘查，"他们和狗用嗅觉一样，用手和眼，在开始去接触我们的行李和我的周身"，"我们这好像开始在什么魔鬼的嘴里赌运命"。魔鬼盘踞伪满，鹰犬肆无忌惮，生死成败在此一搏。伪警狡猾盘问步步紧逼，"我"虚虚实实机智应对。

---

① 田仲济：《中国报告文学丛书》第一辑第一分册，第8页。

几经问讯难见破绽，伪警仍不甘心，此时"只要他把我带到'水上警察署'，只要皮鞭子抽到我的身，只要那煤油或辣椒水一注入我的鼻孔……便什么都全完了！"对决魔鬼全凭运气，"我"置之死地反倒绝处逢生，敌人百般刁难终无实据，二萧险中求胜逃过一劫。同属铤而走险的一段往事，相比《归来之前》对内心细节的反复刻画及低沉的叙事基调，《大连丸上》以简洁之篇幅记录戏剧化的场景，文字爽脆感情外露。作品通过你来我往间不容发的对话营造紧张气氛描绘真实形象，敌伪狐疑阴险狡诈，"我"强作镇定表现平静，狭小的船舱中一时生死难测。命运赌局中萧军从容不迫，但内心已波涛汹涌"显得急躁"，面对敌人，作家强压怒火，只为尽快打破殖民枷锁返归祖国，夜的海面上，愤激的灵魂冲决黑幕。作品中，萧军对日伪的蔑视与憎恨时有流露，相同情境下，萧红柔弱安静忧心忡忡，冰与火的性格反差，使作家呈现不同写作风格，也成为日后影响二萧生活的一大因素。

二萧脱难有惊无险，另一对作家夫妇却未如此幸运。《大连丸上》折射敌人侦监严密，东北境内，日伪对反抗者之镇压更加酷烈。萧军等启程不久，罗烽即遭逮捕下狱，直至1935年，罗烽获释与妻赴沪。信念坚定，罗烽终未屈服，伉俪情深，白朗患难与共，劫后余生，白朗作《狱外集》回顾二人在东北之斗争与劫难。"九一八"后，罗烽等在中共领导下创办《夜哨》坚持文艺抗敌，并协助杨靖宇工作①，白朗亦参与其中。罗、白紧张而兴奋地从事秘密救亡活动，共同的信念支撑二人追求光明，此时东北局势严峻，"可是，我们并不灰心，并不焦虑。我们相信：组织起来就是力量，如果我们坚决的奋斗到底，故乡终会失而复得"。"九一八"击碎了人们苟安的迷梦，"它把我从昏聩中拔救出来"，从此，"我"投身抗日热情高涨。反抗带来报复，日伪反扑罗烽下狱，为防敌人察觉，"我"强忍悲痛，以若无其事的行动掩饰瞬间坍塌的精神，《狱外集》即以大量篇幅记述了罗烽入狱后，"我"与敌伪的周旋及对爱人无尽的思念。东北女作家性情不一风格各异，《大连丸上》萧红吞声饮泣，《狱外集》中白朗直面日寇。强烈的情感驱使作家不顾一切营救丈夫，恐惧、退缩无济于事，隐忍、周旋或有一线生机。经友人劝慰，白朗全力奔走，果断销毁反日证据后，几次独自勇探监牢。跟随作家视角，敌人之威逼，黑狱之阴森、嫌犯之病、弱皆有所见，日寇股掌中的东北，人如草芥。作家爱憎分明，文字情绪饱满，"虽然，我从没有把忧郁的脸色显示给人们看过，虽然，我从不会在人前流过一滴懦弱的泪水，但当人们都已安息了，却正是我心灵受着熬

---

① 参见《白朗文集》第3、4合卷，沈阳：春风文艺出版社，1986年，第11页。

煎的时候"。为获取信息，"我"不得不与手握生死大权的山田接触并与其妻打交道，在此，"我竟受了这么多难堪的对待，而且是受之于一个仇敌的女人！以我偏强的性格，这都是不能忍受的。然而，我终于默然地忍受了，而且忍受的很久"。有求于人，尊严自无从说起，事过境迁，悲愤仍溢于言表。日寇擅作威福，国人无不切齿，但白朗并未刻意丑化敌人。山田之妻虽然势利但持家勤谨，"我"不禁感叹，"日本妇女治家的精神，确是不能不使你吃惊的"。作家笔下，山田夫妇可憎可鄙，但敌人也并非皆是脸谱化的魔鬼，诸如山田夫妻本寻常人家，来华后却直接或间接地屠杀、欺压中国人；中国牺牲固大，而从人性角度审视，侵华战争对日本人精神之扭曲亦可谓触目惊心。为收故土争自由，罗、白与杨靖宇等在党的领导下积极斗争各尽所能，由此亦招来日寇疯狂打击。敌人刑讯残酷毒辣，一墙之隔后会难期，革命伉俪经受生死考验。百般忍耐，白朗狱外搭救愈挫愈勇，坚忍不拔，罗烽狱中斗争机智顽强，妻子下笔饱蘸熬煎，丈夫泼墨浸透血泪。1938年3月，罗烽《满洲的囚徒》开始在《战地》连载，详细记述狱中经历，日人嚣张凶狠，奸细虚伪滑稽，当道者魑魅魍魉，嫌犯屡遭拷打，监房阴暗恶臭，悲惨世界血腥暴力。身心折磨未能撼动信仰柱石，作家九死不悔一腔赤诚，人心不亡，皮鞭、镣铐奈之如何。罗烽作品多短篇，《满洲的囚徒》因篇长而连载，这段经历对作家触动之深可以想见。

在抗战全面爆发前流亡的东北作家还有孙陵，相比舒群、白朗对东北酷烈文网的反映，孙氏关注点较多。日寇嗜血，1936年夏，金剑啸等多位作家、记者遭日军逮捕、杀害，同年，孙陵踏上流亡道路，年底，《边声》开始由《光明》[①] 连载。作者利用身在报社的便利，走访多地，以通信的形式将所见所闻公之于众，以期"叫我们国人明了一点日本统治下的东北的真相"。日本在东北的殖民势力无孔不入：文教方面，奴化政策荼毒幼小，不少孩子接受了"'满洲国'和日本国好"的灌输[②]，民族意识尽遭剪除；政治层面，日伪施以恐怖，在"反满抗日、宣传共产、思想不稳"等名目下，肆意关押、屠杀民众；民生更无从谈起，日、朝人口大量涌入，对原住民予取予夺，致使"我们

[①] 《光明》半月刊，洪深、沈起予主编，1936年6月创刊，至1937年8月止，共出三卷二十九期。《边声》于第1卷第11期（1936年11月10日）开始发表，至第三卷第五期（1937年8月10日）止，除后记外共有10篇。另，该作1940年于桂林结集出版，改名《从东北来》。

[②] 孙陵：《边声后记》（续），《光明》1937年第3卷第5期。

的故乡"沦为"别人的'新地'"。"边声"中自有心声，作家理性思考，感性表达，描画东省实况，记录内心忧愤，沦陷区百姓的挣扎与苦痛令人感同身受。

舒群、二萧、孙陵等相继出走，东北写作群体渐成分散状态。此前此后，东北各界人士持续转移，以文坛潜在力量——知识青年为例，"1931年底，流亡到平津一带的东北学生就有万余人"，"到1934年初，流亡入关的东北学生达三四万人"①。随人员迁徙，"东北民众抗日救亡团体，辗转流亡至北平、西安、上海、南京、武汉、重庆等地进行了抗日复土斗争"②。非常时期，办报出刊也是抗争途径之一，一批由各团体、学校编撰的刊物相继面世③，其中即包括上海东北协会刊行的《黑白》④。该刊重心在时政，涉及政治、军事、经济、文化等多方面，编撰者或许并非皆隶籍东北，却均围绕东三省生发各类话题，其"文艺"一栏对了解斯时东北不无裨益，在此仅以报告文学为限，简述一二。

东北失陷满目疮痍，无论身处何方，爱国之士无不悲愤。不平则鸣，揭露乌烟瘴气的"王道乐土"便化作一种控诉与呐喊，而描绘沦陷中的故土，也是东北抗日文学的重要主题。《不堪回首话故乡》⑤ 作者漂泊关内，恰"因事东归，往返途次，走马观花，深觉铜驼荆棘，黍离麦秀，举目有沧桑之感"，略记见闻以慰他乡之客。北宁路上、南满车中，日人扰攘恃强凌弱，国人则日语熟练似母语，更有同胞为牟利争相服务伪组织，人心散落，到底谁之过？故乡小住，体验亡国奴生活，从税收发布到收缴民枪，从都市营造到乡村农耕，从官吏任用到穿衣打扮，日人经营下，东省殖民气息浓厚。"总之，不到关外，不知亡国之惨，不睹伪京不知奴化之深，不遍坐日伪火车，不知倭寇侵略之积极，不亲入东北乡村，不知同胞创痛之剧烈"。作者以文白夹杂之语抒发胸中黍离之悲，田园易主收复无期，举目四望忧从中来。归去来，山河有异，铁蹄

---

① 齐红深：《抗战时期东北青年学生流亡史略》，齐红深编著：《流亡——抗战时期东北流亡学生口述》，郑州：大象出版社，2008年，第1页。

② 同上，第17页。

③ 已知东北救亡刊物有《救国旬刊》《覆巢月刊》《东方快报》《东北通讯》《中山周报》等，参见齐红深：《抗战时期东北青年学生流亡史略》，齐红深编著：《流亡——抗战时期东北流亡学生口述·前言》，第15、18页。笔者尚未寻到上述刊物，特立此存照。

④ 《黑白》半月刊于1933年11月15日开始发声，以"传达东北消息、研究东北问题、阐扬东北文献"为宗旨，设"文艺"专栏，第三卷改为"国难文学"，笔者所见为1卷1—16期，2卷1—12期，3卷1—10期，截止时间1935年5月30日。

⑤ 中心：《不堪回首话故乡》，《黑白》1933年第1卷第3期。

下，国人惨遭蹂躏。《颤抖着的沈阳》①中，整个城市似成屠场，而此时，城头的日章旗更加刺眼。暴日阴险，以黄赌毒腐蚀反抗意志，浪人横行，无辜民众屡遭祸害，弹冠相庆，汉奸鹰犬争做傀儡。屠刀下的沉默并非尽是屈服，如今备受摧残的民众未尝不是日后更生的希望。因为他们"曾经狂欢过，当义勇军袭城"，"曾经骚扰过，当日本人无理的缴枪"，"曾经响应过，当靖安军杀死日人武装哗变的那一刹那"，"他们有烈火样的愤怒"。作品以绝望始以希望终："希望你的叹息，变成怒吼，变成高呼，变成呐喊——变成一种不可冷凝的无畏的血流，变成一种不可抵抗的宏伟的力量！"诗性结语极富鼓动性，潜行的地火伺机喷薄。《故乡心影录》②同样涉及沦陷区政治、经济与社会生活多个层面。相比《不堪回首话故乡》《颤抖着的沈阳》，本篇描述翔实，文笔流畅，就文学性与新闻性而言，略胜一筹。恐怖的开原、沉沦的西丰、破灭的本溪，一切物是人非。地方沦陷乡间残破，日伪钳制百姓侧目，一一道来，作者感慨良多。尽管身处困局，但反抗精神不灭，作品终了亦回归对民众的期待，"期望着将来的解放，期望着同胞的援助，期待着时机的到来发挥出他们伟大的力量，来涤雪现在的耻辱"。国人坚忍，知耻而后勇，卧薪尝胆，来日方长。

生长于斯，家园岂可轻弃，百折不回，义军前仆后继。《三日从军记》③中，作者因"九一八"流离失所，故旧也多家破人亡，"我"愤而从军，在随后的战斗中，与二三战友击杀日寇，无奈势单力薄队伍溃散，"我"再次流亡。作品背景涉及马占山江桥抗战，国难当前，东北军民并非皆不战而走，舍生取义不乏其人。《攻城》④一战，"东北国民救国军"缺人少炮仍奋力向前，被日军围困后，东拼西突，流血牺牲在所不辞。作品中，对待义勇军，百姓态度不尽相同，欢迎、加入者有之，但也有因怕日军迁怒而躲避、怨恨者。驯顺乡民面对凶残敌寇，一时退缩在所难免，但东北抗日洪流中，更多力量与支持确也来自民间。《一个无名义军底自述》⑤中讲到，"我"三代耕作于乡间安守本分，后家乡失陷，日、朝沆瀣一气，霸我田产杀我父母，忍无可忍，"我"才

---

① 穆益：《颤抖着的沈阳》，《黑白》1934年第2卷第9期。
② 诸君：《故乡心影录》（连载一至七），《黑白》第3卷第1期（1935年1月15日），第2期（1月30日），第3期（2月15日），第5、6期（3月31日），第7期（4月15日），第8期（4月30日），第9、10期（5月30日）。
③ 韵绮：《三日从军记》，《黑白》1934年第2卷第1、2期。
④ 新生：《攻城》，《黑白》1935年第3卷第1期。
⑤ 醒槐：《一个无名义军底自述》，《黑白》1935年第3卷第9、10期。

离别妻儿参加义军，为了逝者的冤屈也为幼小者的将来。以上作品反映，沦陷初期即有东省军民组织抵抗，士农工商皆有参与，屡败屡战，誓死不坠抗敌之志。面对侵略、杀戮，不止农夫野老铤而走险，崇尚和平的基督徒也加入反抗的队伍。《奴隶地带的基督徒》①中，作为信徒，"我"试图躲避战争，但"眼见同胞遭遇惨杀侮辱，毫无救护保卫的能力，这与素所崇拜的慈爱和公义的上帝及救世救人勇敢牺牲的耶稣，是极端矛盾的"。忍让再三，同胞惨遭蹂躏，仁者爱人，正义无惧强权。我们终"不忍全民族沦为奴隶，不能见多数无辜同胞白作恶者的牺牲而不拯救"。于是，一支由基督徒组成的担架救护队奔赴火线救死扶伤，以之维护人道、公理，挽救民族、国家。

《黑白》上述作品，主要描述沦陷区社会现状及各地军民抗争。东北沦亡乱象丛生，日伪统治下，人民遭受严密监控，经济上亦受到剥削压榨。敌人待我以枪炮，往昔可爱的家乡、淳朴的乡亲化作废墟、白骨，遭受侵略之痛，作家椎心泣血。倭寇狂妄，国人奴隶不如，爹娘妻子家园墓庐何以保全？高压态势下，有人屈膝侍敌，有人忍气吞声，亦有人拼死一搏。沉沦者或麻木或纠结，反抗者或牺牲或流亡，可悲或可敬，逝者已矣，生者仍旧挣扎。除记录沦陷区生活与义军斗争外，《黑白》之《一个国立中学素描——国立东北中山中学》②讲述东北流亡学生在北平中山中学③的学习、生活与成长，流亡环境下的教育略见一斑。外敌入侵，家破人亡，争自由求解放的精神深植东北子弟心中，少年强则国强，希望在战火中努力生长。

东北沦陷，逃离者众多，亦有人反其道而行深入虎穴，顾青海《劫后东北的一斑》④便属后者。作者留美归来，"一·二八"后，因工作缘故前往东北，几个月内履及大连、哈尔滨、长春及外蒙等地，观察各方，议论风生。"我"一路走来，所遇形形色色：村民大多愚昧，可怜亦复可笑，乡村建设道阻且长；国联调查团似被日本圈养，指望公正裁决简直缘木求鱼；伪满官吏及部队

---

① 作田：《奴隶地带的基督徒》，《黑白》1935年第3卷第3期。
② 锦园：《一个国立中学素描——国立东北中山中学》，《黑白》1935年第3卷第1期。
③ 东北中山中学系由国民党人士齐世英、周天放等东北协会人士奔走，经行政院拨款，于1934年3月26日在北平为东北流亡学生创建的国立中学。参见齐红深：《抗战时期东北青年学生流亡史略》，齐红深编著：《流亡——抗战时期东北流亡学生口述·前言》，第13—14页。
④ 顾青海：《劫后东北的一斑》，上海：商务印书馆，1934年1月初版，1935年4月再版。

各有所思，有的不过得过且过敷衍塞责，也有的一心为奴甘做汉奸；日本拉拢，蒙古王公若即若离；日人独霸东北，欧美各国担心利益受损多不买账；谈到义勇军，作者除对马占山、王德林部表示佩服外，余则不以为然。作品语言风格幽默，对日伪多讥讽、挖苦，对国民性之丑陋也屡有调侃，笔墨虽有滑稽之处，却非游戏心态。作者出发前即担忧国事，一有机会便不顾亲友劝阻毅然北上，到东北后，在治安混乱的情境下，只身探访各地，多次与密探、特务周旋，然而一番冒险游历，更添几分焦虑，所能做的唯有笔耕，一纸荒唐难掩辛酸。另外，作者文笔诙谐，但极有分寸，其探讨义勇军问题，严肃且深刻，对义勇军自身及外部之不足，从理性出发论述精准，比起一味褒扬，其笔墨可谓独特。客观上讲，抗联成立前，关外义勇军队伍繁杂，其中多数确以失败告终，但在冰天雪地的环境中，物资匮乏的战士们实已尽力。立川《血战归来》①即以军中一员之身份，介绍辽西一支以绿林人物为班底的抗日队伍，其杀敌之初衷与作战之艰辛如人饮水冷暖自知，而面对这样一群奋不顾身的爱国民众，同情、佩服之外，实难苛责。

自"九一八"至"七七事变"，东北抗敌文苑日渐逼仄，舒群、罗烽等苦苦支撑。尽管周围虎狼成群，但荷戟之卒亦不孤单。舒群、二萧等流亡前后，关内其他知识青年、文艺人士同样聚焦东北声讨日伪，无论去留、往来，有名、无闻，他们都奋力吹响号角互为声援。这其中，音调或分高低缓急，但保家卫国之心无不殷红。东北抗日文学因战争而起，随战局变动而现晦明之态，及至抗战全面爆发，东北抗日文学园地再呈新景。

（二）"七七事变"后，东北抗日报告文学之面貌

"七七事变"爆发，日本将侵略战火烧向全中国，国共团结御侮携手对外，地不分南北，人无分老幼，中华民族紧急动员。全民抗战的新形势下，文艺界人士或扛枪上阵或随军采访或参与慰劳，前线、敌后、战斗、宣传，尽其所能。此前东北失地，如今民族危亡，舒群、萧军、白朗、孙陵等东北流亡作家，更是全力投身抗战，其所关注也不止于东北一隅，脚步所至，他们将焦点对准全国。同时，国共合作，政治、舆论环境相对宽松，在全国一盘棋的态势下，东北抗敌情形吸引更多注意，由此，关内一批以东北为表现对象的篇章、

---

① 立川：《血战归来》，《新中华杂志》第1卷第9期、第10期连载（未完），1933年5月10日、5月25日。另，立川本名张永兴或张新生，祖籍山东，1896年生于辽宁，1920年代曾参与对日斗争，"九一八"后投高鹏振部助其组织抗日救国军，作品所写即此前后经历。

刊物次第出现。

"八・一三"炮响，舒群由沪撤离，至南京小住再赴西安，在此以随军记者的身份参加八路军后，随部队进入山西，据路上见闻作《西线随征记》[①]。沪宁道中，日军密集轰炸，"所轰炸的也不过是无抵抗的破旧民房，无辜的逃难的老妇与幼儿，——正像轰炸中国其他地方一样。因此，我想到他们不但要灭亡中国，灭亡正义，而且要没绝中国的儿女，没绝全人类，让世界上只有樱花树存在，只有大和民族存在"。日军持续残杀灭绝人性，如此暴行怎能不激起国人仇恨与反抗？经受血泪洗礼，舒群于八路军办事处入伍，并巧遇贺子珍、史沫特莱，维护正义、人道，中外同志矢志抗敌。进入山西，舒群等先后访问了彭德怀、任弼时、朱德，八路军官兵一致，几位领导人朴素、低调的作风给记者留下深刻印象。长官之外，作家更留意基层军民。战争加剧贫困，但当地乡民仍出人出粮支援抗战，他们对八路军的纪律及战斗力抱有信心。正太线上，伤兵成群，他们未得到良好看护，一位负伤军官试图自杀，并非病痛难忍，他担心战友看到如此凄凉景象动摇军心。将士哀怨，政府责任亟须反思，血洒疆场，万千健儿英雄无悔。缅怀逝者，中国军人奋勇向前。"我停留一下，看见经过身边的队伍每个兵士都像向那些零碎的骨肉在表示：'现在每个中国人所要做的，你们都做到了！你们安息罢！我们还在继续你们为我们的祖国去复仇，去复仇！'"先烈遗志后继有人，保家卫国的淳朴信念支撑无数忠勇不顾一切奔赴前线。从军路上悲喜交加，无助的伤兵与贫弱的难民令人神伤，战斗的胜利又使"我"备受鼓舞。驰骋山西，八路军战绩不俗，人道为本，我军善待日伪俘虏。在驻地，"我"见到战俘松井四郎与佐伯小二郎[②]。此二人曾杀我同胞，既然已经成为俘虏，所以"我们待他们很好，每天都把我们所有的最好的东西给他们吃，行军时他们一人骑着一匹马"。以德报怨的温情似有成效，"他们渐渐地也终于被感动了，尤其是松井四郎，在一处农村的集会上发表了很激烈反日的演说"，"最后他们被送到延安受教育去了。听说他们一天比一天好起来，而且不愿离去中国"。左翼意识形态中，日本士兵乃受军阀蛊惑而来，经过阶级教育，定可痛改前非。阶级论能否解释战争狂热，日俘是否真心改造，仁者见仁智者见智，但八路军优待俘虏的政策无可置疑。战俘还包括伪军，这些士兵来自东北，遭日军胁迫充当炮灰，被俘反而重获新生，经过教

---

① 舒群：《西线随征记》，上海杂志公司，1938年6月。
② 《半月文摘》1938年第1卷第8期之《两个俘虏的自白》（署名绍龙，中央社发文）亦记录了对此二人的采访，所得信息与舒群可相互印证。

育,他们加入八路军,再次走上战场。作品中东北元素不止于此。"哭诉"一节,充当日军翻译的东北青年被俘后,哭诉其遭日伪驱驰之痛苦。对此遭遇,"我"深表同情,这份理解与宽容或许也正源于作家在沦陷区的一段经历。战地之行,还有其他收获。行军中,"我"结识了丁玲,并对其十分欣赏,这未尝不是日后二人合编《战地》之契机。战火中的友谊弥足珍贵,作品中,舒群还特别提到了中国之友——英国基督徒特如丁格女士。这位老妇人为当地设立医院,并无惧日军屠刀,坚持救助中国人。通过她的观察,作品间接宣传了八路军之爱民、善战,并揭露日军烧杀奸淫之暴行。结合前述《奴隶地带的基督徒》,抗战时期,中外教众之贡献略见一斑。行进西北,舒群笔耕不辍,《西线随征记》外还有《西北特区抗战动员记》①,前者从侧面反映了八路军的抗日活动,后者则从正面介绍了以延安为中心的西北特区为抗日而进行的动员活动。为抗日,中共放手发动群众,士兵、农民、妇女、儿童,齐集红旗之下,锄奸、征粮、选举,各项活动有条不紊。积极备战,根据地各界热火朝天,党的组织动员与宣传能力可圈可点,贫瘠的土地上,一股充满激情的政治力量重新积聚、崛起。战争中,作家经受考验也得到锻炼。自"九一八"至全面抗战,舒群作品中的迷茫、愁苦之感渐被坚定、乐观之情冲淡,前路仍有磨难,但作家已看到方向与希望,叙述风格也由低沉一变而为昂扬向上。

离开东北转战全国,萧军、白朗、孙陵等流亡作家视野更为开阔。萧军注重自我,个性十足,《大连丸上》血气方刚,几年后,《侧面》②依旧思想独立棱角分明。作品前后三部,萧军自述山、陕救亡之旅,笔触所及涵盖地方军政、民生疾苦以及知识分子战时表现等,崇高与世俗,理性与蒙昧,率真与虚伪,人情世态杂糅纷陈。所见者细碎、平常,所思者独到、深刻。目睹沿途军民死伤,作家追问残酷战争因何发生?文明社会,人类何以刀兵相向?在萧军看来,求生属人类本能,但狭隘、自私之徒只允许自己及其后代活,而"自己要幸福,自己却不甘心向无限的自然中创造幸福,却偏要把自己的幸福建造在他同类的脑袋上,背脊上,甚至骷髅上",弱肉强食成为游戏规则,发展到极端"也就有了可耻的人与人的屠杀"。比照现实,日本妄图独霸东亚生存空间与资源,遂以此私欲刺激人心之阴暗面,进而煽动极端民族主义至令举国疯狂肆意逞凶,其野蛮行径不仅令中国惨遭屠戮,人类文明亦为之蒙羞。面对日寇杀伐,保家卫国属国民义务,但这是否等于政府有权随意支配国民生死?战争

---

① 舒群:《西北特区抗战动员记》,民族解放丛书,解放出版社,1938年。
② 萧军:《侧面》(七月文丛),香港:海燕书店出版,1941年。

环境下,"小我"究竟价值几何?作家以为,侵略应当制止,生命亦须宝贵。因之,对于"与临汾共存亡""誓死保卫临汾""誓死保守山西"等"官家们的标语","我""就从来是打着'?'号看它们。人是爱'事实'的,并且对于这些'誓死'的字眼,我也不大钦佩,如果你真的有了非达目的不止的决心,即使你活着也并不算不忠;如果你把事情弄的(得)一塌糊涂,即使你死了,那也是不能逃避责任的。能够活着,总要尽力地活着,来用必死的精神执行自己的任务;到实在非死不可的时候,企图逃避的那才是真正的怯懦"。"人类的真理——也就是一切的真理——不是为了'死',却是为了'活'——不是为了活才抵抗,才战争吗?"首先,高喊口号并不代表全力以赴,毕竟,听其言还要察其行。更关键的是,作家不赞成当局引导国人轻言生死,即便为了崇高之目的。战争中,伤亡在所难免,虽则如此,政府也不应视民命为无足轻重而驱群羊饲馁虎,国民之所以支持抗战最终是"为了活",国与家固然密不可分,但若人之不存,国又将焉附? 斯时,在国家话语高涨的舆论场中,在政府试图操控一切的环境下,萧军发言立意尊重人性珍视个体可谓异数。融汇五四精神,作品关于"人"之探讨时有穿插。关于启蒙,作家强调,理性可习而得,民众亦非阿斗,倘因百姓对社会变革一时不适而作"奴隶解放不得"之论,则实属荒谬;针对个人与党派之关系,萧军质疑个体完全从属集体之说,相比所谓忠诚,独立之人格与思想似更可贵。抗战是救亡亦是启蒙,国家亟待拯救,国民更须解放,个人若无现代观念,现代国家又从何谈起? 在意志集中、力量集中的主流话语里,萧军所言未必悦耳,"'有心人'也许会'断章取义'拿它来利用一番,以达成某种下劣的目的,这我无办法,只好任他。不过对于这样的人,我是卑视憎恶而痛恨的——这也是事实"。作家实事求是,仗义执言无所顾忌,观点曲直自可讨论,但其思想独立表里如一之风格实堪佩服。

1939年6月,中华全国文艺界抗敌协会组织作家战地访问团,白朗等一行十四人由重庆北上开启劳军之旅,《我们十四个》① 即沿途日记。初为人母,难离襁褓之子,亟思报国,白朗暂别老幼。走出家庭,作者几经挣扎,"到前方去",更觉义不容辞,小家、大家、牵挂、奉献,尚未登程已是百感交集,抉择取舍间,作家之性情、胸怀活泼泼呈现。慰劳前方乃助力抗战,"我"为之喜悦,而旅途新鲜,又使"我"兴奋难掩。祖国河川壮丽,沿途萧军、周文、蒋牧良、老舍等朋友一一来访,赏心乐事,舟车劳顿释放不少。一路上,

---

① 白朗:《我们十四个》,上海:上海杂志公司,1940年2月初版。

访问团留意收集日军暴行证据，同时过访中国工业合作社、东北救亡总会陕西分会、东北妇女军鞋军服合作社、妇救会、修械所等，了解军民生产、生活。在晋东南，访问团与前线将士近距离接触，他们听取战地报告，访问卫立煌、孙连仲等将领，慰劳伤员采访战俘并与部队联欢，真切感受前方生活。官兵口中，山西军民合作密切，国共部队亦相安无事。不过，一山二虎总有区别，一方面，据战事报告称，晋东南作战失利，"主因是指挥的不得力，民众的组织不够，军民未能切实合作，政治工作人员不到前方去"。另一方面，作家从村民处得知，当地壮丁不顾薪饷微薄，多投八路军，民众以脚投票，取舍背后值得深思。一方问题丛生，一方兵源不断，通过侧面之寥寥数笔，作家委婉表达部队印象。同为"笔部队"，日本军人火野苇平"士兵三部曲"重点表现一线士兵，对战斗场面刻画较多，相比之下，作家战地访问团与部队、战争仍有距离。中国作家与战场关系复杂原因微妙，在此，访问团虽未深入火线，但仍付出相当代价。作品结尾，白朗因病折返，王礼锡病逝洛阳，其他成员亦多有恙，旅途艰辛与战时环境之恶劣可见一二。作品所记自六月十八至九月五日，期间，作家由重庆至中条山，围绕抗战书写见闻，路上风景、友人行踪穿插其中，内容真实、丰富，行文连贯，抒情自然、朴实。

报告文学形式多样，白朗以日记出之，夹叙夹议，孙陵《初夏的山谷》[①]情景交融近似散文。孙氏深入采访，马蹄所至，是生机勃勃的山谷，这里时有激烈战斗，更多的却是清新富有诗意的自然景色。作品视角逐步拉伸，叙述基调俏皮、热闹，军中英勇、乐观之精神与多彩、美丽的环境相互映衬，战事的紧张氛围被冲淡，战斗意志迎风生长，《边声》中的压抑全然不见，明朗、豪爽的情绪显而易见，可爱的战士、坚定的信念，初夏的山谷希望无限。投笔从戎，孙陵转战鄂豫，生死度外，随枣惊险突围。作家曾以秘书身份供职军中，随枣会战期间，一度遭日军包围，危机形势下，孙陵时而随军行动时而独自上路，据此经历作《突围记》[②]。敌进我退或在咫尺，作家虽觉紧张但未惊慌，笔下草木明丽可喜；歧路亡羊命悬一线，"我"持枪备战沉稳冷静，心怀祖国无惧无憾。顺利突围，捷报跟至，作家依旧波澜不惊。事后怀想，长官之英武，士兵之随和，行军、战斗、乡民、同伴，沿路风景与心中所思，各场景缓

---

① 孙陵：《初夏的山谷》，《抗战时代》1939年第1卷第1期。
② 孙陵：《突围记》，桂林创作出版社，1940年。该书分四部，同名作品《突围记》乃第一部，其他乃"在港渝两地《大公报》副刊上登载过的几篇散文"，"按照文章底性质"再分三部。详见该书《跋》。

缓流淌。孙陵生于山东长于东北，后又随军转战，艰险环境下，《突围记》文笔细腻、自然，从容、平静的叙述中，随枣战役之一角得以呈现。

流亡者之歌唱响南北，东北文坛再谱新篇。相比舒群等人，李辉英早离家乡，但情系桑梓念兹在兹，小说《最后一课》《万宝山》等围绕东北沦亡抒发亡国之恨，民族意识强烈。缅怀故乡，虚实相间，其报告文学如《你记得沈阳？》①，以伤兵之口抒发乡愁。"九一八"后，东北健儿且战且走，"他经过了北大营，长城战，渭河岸的教训，淮河的凄楚状况，一直到卢沟桥抗战！"山海关内，将士日思夜想，何时重回松花江上？国难近，家乡远，心中愁闷化一腔热血，只愿杀敌，马革裹尸恨未休。东北之辱，民族之战，救亡歌声中，伤兵泣下，一段家国回忆，一时征人北望，乡音絮絮，沉痛、感人。白山黑水常驻心间，民族抗战更要全力以赴。"七七事变"后，李辉英曾奔走于苏鲁豫间进行抗宣，名都通衢乃至"山谷野店"②，救亡道理传播南北。走近战场方式多样，或随军采访或参与慰劳，李辉英则暂搁笔以从戎，于济南投军受训成为政工，"入伍散记"即此经历之回放。作家笔下，训练虽严但并不无趣，军事化的生活令人感觉新奇，"威严"的班长使人忍俊不禁，而时时来袭的敌机更激发斗志，全为驱逐倭寇，苦中亦能作乐。报告文学长于纪实，通过《山谷野店》的镜头，战时文艺宣传、鲁西北抗敌形势、苏皖战祸与流民、伤兵救助及针对日军的反战行动等皆有呈现。李辉英于途中留意观察，诉诸笔墨认真、翔实。一路走来，根据所见，作家反思亦多。关于宣传方式，广大军民文化水平有限，较之口号、标语，旧调新词的地方曲艺与直白、形象的抗敌戏剧往往更具成效；组织抗敌，政府当以身作则，敌未至而长官先逃，民众何以信服当局？动员民众须放手，若政府过多干涉、限制，民间团体难有作为；反战工作重要但须有的放矢，否则荒村野店日军罕至，广撒传单意义何在？且行且思，战时中国，生机与问题并存。与《山谷野店》相仿，《军民之间》③亦探讨了组织民众、文艺抗宣、军民合作等战时热门话题，民众之朴实、善良，演出之激动人心，军民之同仇敌忾等多个场景无不得到生动展示，而知识青年在军中之生活、工作同样有所反映。几度寒暑，作家奔走战地广泛接触基层军民，随手拾取以为原型，乃有《夜袭》④。该作以人物速写为主，描绘形象有正有邪：

---

① 李辉英：《你记得沈阳？》，《东北论坛》1939 年第 1 卷第 6 期。
② 李辉英：《山谷野店》，独立出版社，1940 年。
③ 李辉英：《军民之间》，上海杂志公司，1938 年 6 月 5 日初版。
④ 李辉英：《夜袭》，重庆：中国文化服务社，1940 年 4 月初版。

"蔡玉亭班长"粗中有细,夜袭敌营机智勇敢;"侦探"巧妙化装,混迹市井刺探敌情。摸爬滚打,军警浑身是胆。敌寇压境,村民反映不一。最初,"李老头"与"张老太太"只求自保,但任人宰割仍是死路,他们终而协助军队奋起反抗;"王小全"等受日军引诱、胁迫,或充当奸细或作"宣抚官",不过,民族意识刺激下,尚能迷途知返亡羊补牢;"张大下巴"则利令智昏甘心投敌,最终人为财死身败名裂。上述人等具名而不知名,平凡、普通却各有性情,面对日寇,他们各有打算各有所为,无论好坏成败,皆被作家收入笔端立此存照。类似的人物、故事在各地层出,一个个鲜活的生命逐渐交织成宏大的历史画卷,在这场旷日持久的战争中,人人都是主角,人人亦成为背景,也正因为他们,历史才有了温度。

李辉英将镜头对准身边普通人、平常事,骆宾基、罗荪等则依据见闻表达各自体验。淞沪会战爆发之际,骆宾基出入火线参与伤兵救护,《大上海的一日》① 多为此时期之记录。该书收文七篇:《救护车里的血》《我有右胳膊就行》《在夜的交通线上》涉及战地抢救与伤兵遭遇;《大上海的一日》《难民船》主要描写沪上众生相;《一星期零一天》《拿枪去》② 则属战斗片断。作品集中反映淞沪会战一景,不过,地域元素仍有体现,《拿枪去》中,"东北老哥"戏份不少,这未尝不是作家乡党情分的一种体现。上海一战后,骆宾基活动于浙东,此地属第三战区,游击队伍颇多,作家与之或有接触,《东战场别动队》应运而生,记述游击队员在战斗中的遭遇、生存状况及成长。从内容上说,各章节或源于作家的游击体验,但从写作手法上看,虚构、想象占相当比重,由此,视为小说似无不妥。罗荪之作包括《街景》《轰炸书简》③ 等,前者写于战前批判社会不公,后者作于战时控诉日寇暴行,前后对比,体现社会矛盾重心由内而外之转移。端木蕻良亦东北作家之佼佼者,自"七七事变"至"八·一三事迹"前夕,作家暂留海滨,《青岛之夜》便记录了当地民众应对国难时的麻木与慌乱,批评、讽刺成文章基调。文学记录时事,时事影响文学。上述各篇多出抗战刚刚爆发之际,大致反映战斗、逃亡之一二镜头,平铺直叙,篇幅有限。发表时机折射作家对战争反应之迅速,同样鉴于时间急迫,

---

① 骆宾基:《大上海的一日》("烽火小丛书"第五种),重庆:烽火社,1938年5月初版。结集前,不少文章已于《烽火》发表。

② 此亦可视为小说,但《烽火》第七期中将其归为"报告"栏目。

③ 前者收入《中国的一日》(茅盾等编辑),1936年;后者刊于《自由中国》复刊号新1卷第1期,1941年2月。

文字难免粗疏、简略。硝烟起，要么战要么逃，战者亢奋逃者惶惶，抗战初始，大众之心态与社会之焦点可见一斑。

以籍贯论，抗战时期涉猎报告文学的东北作家尚有雷加、王研石等。1938年，雷加成为中共党员并先后于冀中、延安从事文艺宣传工作。艺术来源于生活，雷氏就地取材，所写多反映抗日根据地军民之战斗、生活，如《黎明曲》《火》《炮位周围》《游击大队长》等。这些有长有短的故事，内容大致有两种，或为苦大仇深的百姓如何觉悟、成长为一名战士，或写游击队之英勇善战。冀中军民抗战热情高涨，外国医生仁心仁术可敬。《国际友人白求恩》明显为纪念之作，文章记录白求恩工作点滴，以感激、崇敬之心缅怀逝者。或因身处革命圣地而受环境熏陶，雷加作品大多营造出一种淳朴热情、积极向上的格调、氛围，与中国共产党当年着力塑造的精神气质一脉相承，文艺与政治微妙互动。根据地作家意气风发，沦陷区文人动辄得咎。王研石曾于哈尔滨编辑《国际协报》，与白朗存在交集。"九一八"时，王研石曾报道江桥抗战，之后又屡于报端触怒日军，1932年2月被日本宪兵逮捕，4个月后被释。1933年8月，王研石转赴天津供职《益世报》，1937年7月19日再遭牢狱，历半年始出，作《被日寇囚系半载记》①追述囚笼黑幕。文章为时而著，"我写此小册子意义，敢自矢非为一己吹擂，溯自中日战发，死难殉职豪烈之壮士，执戈御侮抗战之健儿，不知几十百万，似我被禁半年，事迹既属平凡，经过亦无奇特，何须缕述。第以作奴作囚，非身历其境，遭遇其事者，未必道尽其详，'人彘'兼收当时在押的一般人情况，其中可痛可泣发指眦裂者正复不少，以我为中心而表彰之，俾使国人知亡国后，为奴为囚之不易，略有所警惕，未始不无贡献也"。述牢狱之苦，表爱国之志，敲警示之钟，其所作所想与罗烽《满洲的囚徒》异曲同工。

话东北，本省作家尽洒思乡泪，数沦亡，外省文士一时起徘徊。山东作家杨朔青年时代曾缘结哈尔滨，抗战爆发，作家至两广参与救亡，《雪花飘在满洲》②即作于此时。文章讲述了"小卞"思乡心切，冒险返回东北的见闻感受。此时东北已沦陷多年，日伪法西斯统治变本加厉，统制粮食，敌人炮制"国防线区"，打压反抗，暗探密布任意搜捕，小卞四处躲藏，天伦未叙受尽亡国之辱，无奈一路奔逃仓惶（皇）入关。雪花飘落，东北一片肃杀。平津沦

---

① 王研石：《被日寇囚系半载记》，上海：生活书店，1938年。
② 杨朔：《雪花飘在满洲》，《战地》1938年第1卷第4期。该作后收入《潼关之夜》，烽火社，1939年。

陷，流亡者同病相怜。京籍作家刘白羽巧遇被俘的东北人，为了"知道一点失去的土地上的消息"①，与之亲切交流。战俘介绍东北教育、战事，言及自身不觉泣下，日军以华制华，当街抓丁充当炮灰，且视其牛马不如动辄鞭打。经历了战火、丧乱，东北同胞之遭遇，国人亦可体会。涉及东北之报告文学，还有范士白所作之《日本的间谍》②。范士白原籍意大利，一战时期来到中国，1920年入张作霖帐下，1924年加入中国籍，1932年遭日军胁迫成为"日本的间谍"，抗战爆发后脱身。作品述及1920—1930年代范氏在东北之见闻，由于其混迹于当地政坛高层，与张作霖、土肥原等中日政要颇有交道，对"九一八"、李顿调查团等重大事件亦多了解，故对斯人斯事皆有交代。此外，书中更多内容在于揭露日军所造罄竹难书之罪孽。关于该书所记，斯诺、田伯烈等"中国通"皆证其"真确性"，而另一位外国评论者同样指出"这里所描写的种种暴虐，大多数是我经过调查而熟悉了的，但是读这本书才觉得显现为日军统治新征服地人民的方法的特质的惨（残）酷，腐败，恶劣，野蛮之深刻，在我这是一种战栗的经验"。日本殖民统治惊悚可怖，作者由于特殊的身份与经历，对日军歹毒伎俩"见多识广"，故其作确"是一种无可疑地有特殊价值的内幕故事"③，以此公之于众可为侵略罪证，而东北人民所受磨难又岂止于此？

战时中国，抗敌书写无疑乃时代主题，聚焦东北属题中之意，以东北为核心的书刊杂志一时涌现。话说黑水白山，抗联可歌可泣。1936年，经赵尚志、杨靖宇等多方奔走，抗联正式成立，队伍以义勇军为基础，接受中共领导，统一指挥联合作战，屡创日寇。不过，"东北消息，与关内的隔离，除在日报上偶然披露着一鳞一爪之外，得不到有系统的记载，国内的同胞们似乎忘掉了我们在东北苦斗数年的义勇军了"，"因之东北抗日联军游击斗争的事实，不仅应该公开的宣传一下，并可献给后来的参加游击的武装同胞们一些参考，一些刺激"④。不忘先行，激励来者，《东北抗日联军游击实录》《东北抗日联军》⑤相继问世。两作介绍抗联各军之成立与作战经过，内容大致相同，但后者在前作基础上多加润色，文学性相对较强，对了解抗联前世今生颇具意义。抗联独当一面，巾帼不让须眉。《东北抗日联军中的女儿们》以当地女性为原型，

---

① 刘白羽：《一个俘虏来的东北人》，《游击中间》，上海杂志公司，1938年。
② 范士白：《日本的间谍》，尊闻译，1939年，未注明出版社。
③ 相关引文皆出田伯烈为该书所作序言。
④ 夏行：《东北抗日联军游击实录·序》，松五等：《东北抗日联军游击实录》，夏行编辑，上海杂志公司，1937年。
⑤ 朱铁雄：《东北抗日联军》，《抗战小丛书》之四，自力出版社，1938年。

"加上了许多曲折和穿凿",虚实结合,形成十二篇故事。文章"以东北抗日联军中的女子工作做主体",不同故事各有千秋,但在整体上又相互关照,"在每个故事主体的周围,是衬托了整个东北抗日联军前半期的发展过程,在时间上联系了从一九三一到一九三六那五个年头,在空间上是包括了吉东、吉南和江北三区的抗日游击根据地"①。以性别为关节点,串联抵抗史事,蹊径独辟小中见大。杀敌无分男女,游击草木皆兵。《全面抗战中的东北抗日联军》② 同样介绍了抗联的发展、组织及活动区域,游击战中,日寇疲于奔命。此文并无奇绝,但记挂东北情义真挚,其所载之《反攻》可算流亡东北人士之精神家园。《反攻》为东北救亡总会("东总")机关刊物,顾名思义,抗日救国收复故土即其宣传主旨,而另一刊物《东北论坛》办刊宗旨亦与之相近。文艺阵地弹药充实,不少反映东北人、事之作如《活跃在第一线上的东北健儿》《反正的东北壮丁》《东北在动荡中》《敌国去来》等均载于上述两刊,关内外消息借以传播。东北沦陷日久,同胞或有遗忘,中共中央则始终记挂关外民众,《新华日报》即报道过李延禄、唐聚五等人事迹,激励东北人民坚持斗争。祖国河山牵动各方,政党喉舌之外,《辛报》《星报》《星岛日报》《大美报》等媒体就东北殖民、抗争等情形向国内外广而告之,其中部分篇章收入《抗战丛刊》扩大影响。抗战艰辛人心易疲,歌之咏之是鼓舞亦为战斗。炮火肆虐,文化机关首当其冲,各刊排除万难生产精神食粮,内容或粗糙,苦心可明鉴。东北与祖国血脉相连,国内同胞、流亡儿女、热血之士无不念念。情动于中而形于言,笔走龙蛇,卓绝之战斗、凄楚之生活、回家之心愿交错呈现,历史记忆由此凝结,文学东北因之建构,烽火硝烟里,父老栩栩如生,故乡宛在面前,掩卷流连,犹闻笔端声声响。

四、结语

本卷篇目或执笔者为东北籍或语涉东北事,内容则为"抗日"。1931年至1945年,日寇侵略狂澜令中华几近灭顶,东北更经"变天"惨痛,舒群、萧军、罗烽、孙陵等作家相继远走,流离人话兴亡事,沦陷前后之反抗、镇压、

---

① 张志渊:《东北抗日联军中的女儿们》(《妇女生活丛书》之八),生活书店,1939年。

② 沈毅:《全面抗战中的东北抗日联军——其发展、组织与活动区域》,《反攻》1938年第1卷第2期。

旧影、近闻于文学殿堂留下烙印。事非亲历不知道，故园丧乱，当地民众感受尤深，故本卷所选多出东北人士手笔。失土痛彻，伪满无天日，斗转星移，蚕食变鲸吞。卢沟桥再掀抗日大潮，南北、老幼、四海一家，李辉英、萧军、舒群等走向全国战场。炮火熬炼笔亦生花，东西战线上作家往还奔波，敌我进退之成败，正面、敌后之异同，军民之隔阂、互助，政治之经验得失等社会万象统统摄入笔端，自由中国拼死一搏。战争残酷，祖国千疮百孔，勿忘东北，新创未掩旧伤，全面抗战时期，文化人士克服险阻出书办报，述及东北之作仍有不少。日伪统治酷烈，忍看故土作"新地"，风雨如晦，抗联游击聚散无定，遗民隐忍，含恨企盼王师北定。此情此景何以知之？日寇守关虽严，同胞仍有出入，故事发于关外口耳相传，文著于关内不胫而走，伪满洲国诸景走马展演。

第九章　东北抗日联军与关东军之军歌比较①

一、日军手记中的诗作

1937年7月抗战全面爆发，日军源源来华，一时间，侵略武装大举压境。日军有备而来，中国奋力一搏，上海、南京、武汉等地相继展开激战。前线战事惨烈，后方加紧动员，两国民众卷入战争，文艺界人士亦不例外。战争时期，宣传亦是战斗，是非成败，双方各自言说。炮火肆虐下，中国文艺不屈生长，围绕抗战，不同题材、体裁的作品大量涌现。比之中国，日本亦派遣笔部队来华助战，石川达三、火野苇平等先后上阵。职业作家外，日本士兵亦有写作，诗歌、书信、日记不一而足。随战争进行，有日军手记为中方所获，其中一些经翻译、整理后公之于众，使国人得以一窥侵略者的境遇、行径与心境。

---

① 1939年2月，《文艺月刊·战时特刊》第2卷第11、12期特辟《军歌特辑》，刊载大量不同类型的军歌，以之鼓舞军民士气。这些歌曲，内容包括"民族至上""拥护领袖""巩固统一""军民联欢"等，题材宽泛。事后，王平陵在《第一次征求抗战军歌的经历和感想》中，回顾活动经过并阐述了创作、传播军歌的重要意义："我们要强调军队的战志，丰富军队的生活，不能没有军歌；我们要燃烧国民爱国的热情，统一国民的意志，凝聚国民的力量，更不能没有军歌。军歌是训练军队的武器，民众教育的工具，是代表军民一致的要求，是被压迫者反抗的呼声"。"军歌是最有益于抗战的文字"，"在抗战期中，假使能有雄壮激昂的军歌，普及于军队和民众，宣传效率的悠久与伟大，至少要超过一千种重复的刊物，一万种空疏的小册子，十万篇无聊的短文，一百万条无用的标语"。然而，"我们的士兵与民众到今天为止，还只有一支义勇军进行曲翻来覆去的挂在嘴边"。王平陵所言，道出军歌之价值，亦反映出其时脍炙人口的作品尚不多见。本章聚焦东北，为突出主题，特选取东北抗日联军《露营之歌》及关东军《讨匪行》等知名度较高的曲目，以之比较中日军歌的内涵及其鼓动效果。

1937年10月淞沪会战尾声，夏衍、田汉自战地带回不少由国军缴获的日军信札、日记，后将其编译出版，是为《敌兵阵中日记》①。这些日记均为普通士兵所作，讲述战壕中的见闻、感受，语言简单、质朴，少有修饰。不过，从文学角度看，其笔下亦有可观之处，一本日记末页的几行"诗"② 即引得田汉格外注目，作家翻译如下：

一、到处都是烂泥地啊！三天两晚没有吃饭，钢盔上沥沥不断的雨声。
二、已经是没有香烟了，唯一的火柴也湿透了。饥饿与夜寒交迫着的我们啊！
三、嘶鸣声也听不见了，永别了战马，把鬃毛做个纪念吧。
四、在马蹄下乱开的秋草之花，含着秋雨的湿润，又是虫声低诉的黄昏！
五、通信筒哟，达到吧，充溢着凄然抬起的眼中的是一行行的热泪。
六、啊，在遥远的东方的天空，雨云前面发着轰轰的声音的，是我友军（日军）的飞机。

烂泥缠身的士兵饥寒交迫，雨打钢盔，淋湿了火柴更浇灭了希望。战马埋骨荒外，唯有野花肆意怒放，斜阳晚秋，残余的生命只剩一腔哀怨。几句低诉，两行热泪，阴云笼罩的阵地上，满身泥泞的征人想起了远方的家。

《敌兵阵中日记》具体而微地反映了日本士兵在上海一役之遭遇，战役旷日持久，生存条件恶化，四面楚歌的士兵伤亡惨重，受此打击，作者情绪低落哀叹连连。上述诗作以简单的词句抓住几个常见意象描绘了残酷、艰苦的战斗生活并营造出一种沉闷、绝望的氛围，既富画面感又与其时情境相符。或鉴于此，田汉感叹日记作者"甚有诗才"，同时，其诗也成为日本士兵悲惨境遇及其厌战心理的又一真实写照，令作家心生悲悯。

---

① 《敌兵阵中日记》：夏衍、田汉译，广州离骚出版社，1938年。
② 该段文字字迹模糊，经田汉"友人数辈之努力才能辨出"，译者据其内容认定为诗，并评价道，"其人甚有诗才，惜不知其名字耳"。详见《敌兵阵中日记》：夏衍、田汉译，第34页。

二、《讨匪行》的本来面目

实际上，前引日军手记之"诗"乃1932年关东军委托藤原义江作曲、八木沼丈夫填词的日本军歌《讨匪行》。其诗一至六段分别对应原词第一、四、二、三、七、六小节，而该歌有词共十五节①，原貌如下：

1
どこまでつづくぬかるみぞ
三日二夜を食もなく
雨ふりしぶく鉄兜
2
いなかくこゑもたえはてて
たふれし馬のたてがみを
かたみと今は別れ来ぬ
3
ひづめのあとに乱れ咲く
秋草の花雫して
虫が音ほそき日暮れ空
4
すでに煙草はなくなりぬ
たのむマッチも濡れはてぬ
飢ゑ迫る夜の寒さかな
5
さもあらばあれ日の本の
吾はつはものかねてより
草むすかばね悔ゆるなし

---

① 当下某些音乐网站仍可检索到此歌，曲调未变但词只有六节，内容与田汉所见类似。不过，当年日军曾为此曲配图宣传，通过图片发现，歌曲有词15节。图片现存7张（参见 http://www.360doc.com/content/13/0604/20/2799607_290493191.shtml），展示日军在东北的军事行动，每张印有歌词若干节。另外，日本帝国军友会于1932年初版、1937年再版的《新编军歌集》也收录有《讨匪行》，同样为十五节。

6
ああ東の空遠く
雨雲揺りてとどろくは
吾勇軍の　飛行機ぞ
7
通信筒よ　乾麺麭よ、
こゑもつまりて仰ぐ眼に
溢るるものは涙のみ
8
けふ山狭のあさぼらけ
ほそくかすけくたつけむり
賊馬は草を食むが見ゆ
9
露冷えまさる草原に
朝立つ鳥も慌し
賊が油断ぞひしと寄れ
10
面かがやかしつはものが
賊殲滅の一念に
焔と燃えて迫る見よ
11
山こだまする砲の音
たちまちひびくときのこゑ
野の辺の草を紅に染む
12
賊馬もろともたふれ伏し
焔はあがる山の家
さし照れる日のうららけさ
13
仰ぐ御稜威の旗の下
幾山こえてけふの日に
あふよろこびを語り草

14
敵にはあれど遺骸に
花を手向けてねむごろに
興安嶺よいざさらば
15
亜細亜に国す吾日本
王師一たび行くところ
満蒙の闇はれわたる

意译大致为：

1. 泥泞里寸步难行，断食三天两夜，雨浇钢盔无断绝。
2. 嘶鸣之声消失了，永别吧战马，唯剩鬃毛留纪念。
3. 蹄骑远出，秋草沾雨花怒放，虫鸣声声日暮里。
4. 香烟囊空，火柴又淋湿，饥寒交迫何其苦。
5. 我愿早些拿起武器，即是尸横遍野，在所不辞。
6. 远处东方的天空，轰鸣穿透雨云，那是我们的军机啊。
7. 家信呦干面包，远望高呼，两行热泪话凄凉。
8. 山峡中迎来拂晓，一缕烟飘，依稀望见风餐露宿的敌人。
9. 清晨的草原露重霜冷，鸟儿惊飞一派肃杀，但愿敌人麻痹大意没有发现动静。
10. 面色坚毅的勇士，一心追剿，点起火把冲上前。
11. 山中炮声响彻，厮杀叫喊顿时盈耳，路边的野草也被鲜血染红。
12. 敌人倒毙，山里人家火焰升腾，洒满阳光的早晨天清气朗。
13. 今日在皇国威仪的旗帜下，翻山越岭，连小草都在向我们诉说喜悦之情。
14. 面对敌人的遗骸，真诚献上花一束，再会吧兴安岭！①

---

① 稻垣吉彦在《二战前的日本流行语》（王建中译）中提到，"由于该歌词中有'向敌方将士的遗体奉献一束鲜花，以示真诚的悼念'，故而被当局视为'敌我不分'而遭到封杀。"（参见 http://blog.sohu.com/people/wjz_qyi/222364596.html）此说待考。据 1904 年日本陆军制定的《打扫战场及阵亡者埋葬意见规章》，"如果死者属于敌国军队的话，也要对遗体以礼相待"。（［日］伊香俊哉：《战争的记忆——日中两国的共鸣和争执》，韩毅飞译，社会科学文献出版社，2016 年，第 9 页。）则"献花悼念"或有其事。同时，鉴于词作者"宣抚"之身份，此说也可能只是美化日军的宣传之辞。

15. 我们日本要建立亚细亚之国，王师所到，满蒙阴霾一扫光。

"九一八"事变后，不屈的东北同胞组织义勇军奋起抵抗，受其牵制，侵略者东奔西突屡有伤亡，为提振士气，关东军特委托名噪一时的歌唱家藤原义江创作军歌。明治时期，日本开始积极引入西洋音乐。"这正是军国主义兴起之时，日本人的乐谱从一开始就在这些西式风格的歌曲中加入了民族主义、军国主义和'为国王和国家捐躯'意识形态的因素"。① 由此，《征清军歌集》《讨清军歌》等蕴含侵略思想的歌曲泛滥开来。音乐感染力强，军歌有助宣传，被政治利用的艺术大行其道，愈来愈多的日本国民沉浸其中随波逐流。正是在这种社会背景下，1932 年，由关东军组织，藤原义江谱曲献唱，八木沼丈夫执笔填词，《讨匪行》应运而生。

三、《讨匪行》之解读

藤原义江致力歌坛，八木沼概系文人②，无论动机如何，二人皆以己长助力战争③，其作品服务于侵略之性质明显可见。从歌词方面看，田汉所译属《讨匪行》前七节，诉说士兵行军作战之苦，前线生活艰辛、孤寂且朝不保夕，异国他乡触景生情倍思亲。文本至此，仿佛听到歌者一声叹息，悲伤、厌战的情绪自然流露。然而，田汉译作中未见原词第五节。这一小节以坚定的语气表明，即便有千难万险甚至性命之虞，士兵仍毫不迟疑地选择战斗，为"皇国"效死之说显而易见。正是第五小节的存在令歌词与译作之意义大为不同，译作更像心存不满的哀叹，而歌词乃是以环境烘托人物的颂歌。作战条件艰苦方能突出士兵之隐忍与牺牲，词作者借之塑造日军的"光辉"形象，从而引发国民对军人的赞美与崇敬。就立场来说，如此解读似更符合日本军方的情感与

---

① ［美］大贯惠美子：《神风特攻队、樱花与民族主义——日本历史上美学的军国主义化》，石峰译，北京：商务印书馆，2016 年，第 151 页。

② 据云，八木沼丈夫"会写些诗歌，还从事过一段时间的新闻工作"。1930 年代初，八木沼为关东军参谋部特约职员，负责对中国人的宣传工作。参见贾晓明：《八木沼企图"宣抚"中国民众》，《人民政协报》2015 年 6 月 25 日，第 10 版。

③ 二人与侵华战争之纠葛非止于此。藤原义江 1938 年曾赴沪慰问日军，1941 年，藤原义江歌剧团又至伪满洲国演出。至于八木沼，1933 年被派往热河任宣抚班班长一职；1937 年到天津谋划华北地区宣抚工作；1938 年携"宣抚班本部"进驻北平，1944 年病死当地。参见贾晓明：《八木沼企图"宣抚"中国民众》，《人民政协报》2015 年 6 月 25 日，第 10 版。

逻辑。

歌词前七节吟咏士兵行军体验，后半部分由"行"转入对战斗场面的描绘。东北密林常有抗日武装藏身，他们袭扰侵略者聚散无定，关东军既恨又怕地踏上"讨匪"之路。山深幽暗风吹谷响，日军忧惧草木皆兵。发现目标更觉紧张，趁天色未明，士兵祈祷对手疏忽冒险偷袭。狭路相逢激烈交火，短兵相接草木尽赤。虽枪炮占优，日军仍陷苦战，抵抗者至死不降，宿营地尽成焦土。战斗结束，未死的兵额手称庆齐赞"皇国"神威。忧郁的兴安岭中，有人为守护乡土长眠于此，滴血的日章旗下，有人为帝国迷梦"赴汤蹈火"。

《讨匪行》词作与现实应有一定关联。1930年代初，八木沼供职关东军中，对东北抗日义勇军的活动、影响应有所了解。"义勇军发展的很快，到1932年已经有30余万人。各地的义勇军尽管组织仓促、武器装备很差，但是士气旺盛。"① 他们四处寻机歼敌，日军防不胜防，颇有损失。为此，"1932年9月，关东军抽调两个师团三个旅团4万余人，以坦克开路，飞机轰炸，对义勇军进行大规模'围剿'。义勇军因实力薄弱被日军分别击破，相继溃败"②。比照上述情形，歌词前半部分显示，日军在艰苦的条件下仍须出兵作战，这是否表明义勇军的迅猛发展已对侵略者产生了严重威胁？歌词还描绘了士兵作战前的紧张、忐忑，这是否也反映出义勇军袭扰对日军造成的心理冲击？透过"围剿"场面的记录是否也折射出抵抗者战斗之顽强与伤亡之巨大？也或者，歌词只是基于一次小规模的"清剿"而作，倘如此，是否亦说明面对屡仆屡起的义勇军，侵略者已是提心吊胆疲于应对？作品源于生活，《讨匪行》的出现即反映了其时日本对东北之侵占及当地民众的反抗。

《讨匪行》旨在颂扬日军、鼓吹侵略，符合日本军国主义的宣传口径，因而得到大力推广。除发行唱片外，军歌集、宣传册、明信片等传播手段均被加以利用。经各种媒介的广而告之，《讨匪行》在日本军民中传唱。淞沪会战时期，田汉于日军手记中发现其歌词表明该曲在军中尚有流传。1943年在神户，当地参加军训的中学生也曾高唱此曲③，这似乎表明《讨匪行》在日本国内亦有听众。歌曲在军民中流传，说明官方宣传具有一定效果，然而民众对音乐的理解却未必完全符合军方的初衷。例如，前引《敌兵阵中日记》主要篇幅均在

---

① 王建朗、黄克武主编：《两岸新编中国近代史》（民国卷上），北京：社会科学文献出版社，2016年，第397页。
② 同上，第399页。
③ 详见［日］妹尾河童著，张志斌译：《少年H》，北京：生活·读书·新知三联书店，2013年，第277页。作者未明确军训年份，但提到此前几日听到阿图岛日军"玉碎"的新闻，以此推断其时乃1943年。

倾诉作者对战争的恐惧及对家人的思念，其末尾单独写下《讨匪行》描写士兵苦楚之辞，所欲抒发的，恐怕还是作者被战争吞噬的无奈与绝望。田汉也正是基于这种理解，才引申出对日本国民悲剧命运的叹惋。另一例中，也有学生闻此曲"不禁纳闷，这么阴郁的歌怎么会是军歌。因为一唱这首歌，仿佛就能体会战场上的辛酸痛苦，让人产生厌战之心"。①《讨匪行》曲调低沉节奏缓慢又兼愁苦之词，久而久之，传唱者以此表达内心凄楚或作厌战之解也在情理中。"尽管如此，不可否认歌曲作者和民众都受到了国家宣传的影响，作为社会行动者，他们不知不觉地推动了军国主义的沉重车轮向前滚动。"②

《讨匪行》的面世、流传，与日本军事、政治及社会形势皆有一定关系，后随日军衰颓，歌曲有被禁之说③。另一方面，《讨匪行》作为歌曲，"人们可能对歌词兴趣不大"，而"可能被音乐所吸引"④。战后发现的《满铁小调》即借用《讨匪行》原曲而重新填词，以朝鲜娼妓的口吻吟唱其雨夜既恨又羞地招徕满铁职员的情形⑤，进而表达被侮辱者内心的屈辱与愤怒。如此，颂扬日军的军歌被改编为嘲讽、鄙视侵略者的"春歌"，对被侵略者来说，这样的翻唱何尝不是一种控诉与抗争。《讨匪行》记录侵华片段，关东军到处逞凶，被诬为"匪"的义勇军虽损失惨重，其不屈之精神却薪火相传，继之而起的东北抗联坚持武装斗争外，亦重视文艺宣传，随队伍转战各地，白山黑水间的歌声此起彼伏。

四、《露营之歌》的豪情壮志

1936 年后，中国共产党领导下的东北抗日联军同关东军展开长期斗争。战斗间隙，部队借文艺宣传抗战、鼓舞士气，不少官兵身体力行有感而发，创作

---

① ［日］妹尾河童著，张志斌译：《少年 H》，第 277 页。
② ［美］大贯惠美子：《神风特攻队、樱花与民族主义——日本历史上美学的军国主义化》，石峰译，第 164 页。
③ 据说，《讨匪行》"因为歌词透露出厌战的情绪，于太平洋战争期间被禁"。参见《大岛渚〈日本春歌考〉中的两首春歌》。另，稻垣吉彦《二战前的日本流行语》也提到《讨匪行》被禁之事。不过《少年 H》表明，1943 年还有学生演唱该曲目，故《讨匪行》是否被禁或何时被禁有待查。
④ ［美］大贯惠美子：《神风特攻队、樱花与民族主义——日本历史上美学的军国主义化》，石峰译，第 164 页。
⑤ 战后，日本导演大岛渚在旧书店发现《满铁小调》，词作者不详，参见《大岛渚〈日本春歌考〉中的两首春歌》。

了《团结抗日》《第一路军军歌》《四季游击》等一批作品。战争催生文艺，文艺反映战争。绞杀义勇军，关东军派人炮制《讨匪行》壮胆、表功；突破日军围追堵截，抗联高唱《露营之歌》抒发革命豪情。

面对关东军的"围剿"，1938年，李兆麟指挥抗联第三路军西征。漫漫征途险象环生，为加强队伍战斗意志，行军路上，李兆麟与战友编写《露营之歌》词作，全文如下：

> 铁岭绝岩，林木丛生，暴雨狂风，荒原水畔战马鸣。围火齐团结，普照满天红，同志们！锐志哪怕松江晚浪生。起来哟！果敢冲锋，逐日寇，复东北，天破晓，光华万丈涌。
>
> 浓荫蔽天，野花弥漫，湿云低暗，足渍汗滴气喘难。烟火冲空起，蚊蠓血透衫，战士们！热忱踏破兴安万重山。奋斗哟！重任在肩，突封锁，破重围，曙光至，黑暗一扫完。
>
> 荒田遍野，白露横天，野火晶莹，敌垒频惊马不前。草枯金风急，霜晨火不燃，弟兄们！镜泊瀑泉唤醒午梦酣。携手吧！共赴国难，振长缨，缚强奴，山河变，片刻息烽烟。
>
> 朔风怒吼，大雪飞扬，征马跚蹒，冷气侵人夜难眠。火烤胸前暖，风吹背后寒，壮士们！精诚奋发横扫嫩江原。伟志兮，何能消减，全民族，各阶级，团结起，夺回我河山。①

词分四段，描绘不同时节行军场景，东北地域、季节特色熔于一炉。首段里，松江夜生风，雨急浪大，水幕里人马疾走。露营江畔，烤火谈笑，不怕衣衫风雨冷。同是雨中行进，《讨匪行》的关东军苦不堪言，"逐日寇，复东北"的抗联将士却胸中火热。第二段，夏季山林闷热潮湿，汗如雨下的战士咬牙前行，他们坚信，阴翳遮天只一时，野花迸发势难挡，蚊蠓嗜血，终被一扫空。此处，盛夏绽放的野花透露着蓬勃的生机，而《讨匪行》却以花发营造肃杀、寂寥之氛围，烘托出生命的荒芜与凋零。第三段，野旷露重，火光明灭，似疑阵故布，敌惊马不前。晨星亮，霜风正紧，息篝火，掩藏行迹，抗联宿营踪难

---

① 《露营之歌》歌词非一时、一地、一人所作，并曾出现不同版本。"1939年7月7日，东北抗日联军第三军政治部宣传科编印的《革命歌集》（第二集），收录了《露营》歌。这是目前能找到的有关这首歌曲最早发表的油印件。"本文所引以此为准。关于词作的产生过程、版本考证详见吴志菲：《东北抗联的"露营"传奇》，《党史纵览》2015年第9期。

觅。多年来，东北同胞不坠抗敌之志，似这般草黄风劲的寒秋，敌我遭遇频频。《讨匪行》中，日军与义勇军即在霜降之晨交手，其时，义勇军露营之火尚有余烬，面对旷野星火，日本士兵紧张不安。草木摇落，严冬如期而至。风雪中，战马裹足，露营地，将士难眠。然而，即使滴水成冰，保家卫国的热血也未曾冷却，暗夜里，熊熊火堆分外耀眼。

《露营之歌》与《讨匪行》之词作意象近似意境迥异。两首歌词均采撷风、雨、霜、露、火、花、草等自然景物勾勒行军、作战环境，并进一步描绘个体感受、抒发家国情怀。但类似的写作路径却产生不同的情感体验。《讨匪行》以哀叹起首奠定悲情基调，听者易生凄楚之感。文中虽有"在所不辞"之类的官样文章，但对不少出征者来说，这也是不得不如此的表述①。堂皇的言辞难掩别样心思，秋雨冰冷浸湿乡愁，仿佛可见日本士兵的脸上写满忧郁、黯淡，一种对命运的无奈与绝望悄然浮现。相比之下，《露营之歌》以写实的构图展现恶劣的环境，粗粝却不失豪迈，其后紧接利落、铿锵的短句，唱出一股乐观、昂扬之气，鼓动性极强，抗日英雄的理想与壮志力透纸背，饮冰卧雪的战士闻之奋发向前。

条件艰苦众志成城，矢志抗敌歌声嘹亮，《露营之歌》词如鼙鼓，曲亦不同凡响。"《露营之歌》是李兆麟等同志用古曲《落花》的旋律填词而就的。原曲《落花》描述花落的凄凉景象。曲调深沉而哀伤，速度缓慢。填词后旋律有了新的生机"，"它不再是哀怨而缓慢的落花形象，而是壮烈的，震撼人心的壮歌"②。戎马倥偬之际，队伍里一时难觅作曲的专业人士，李兆麟等"就地取材"古曲新唱，这不得已的变通却也收效良好。因为《落花》流传已久，其旋律民众大多耳熟能详，如今再配新词也方便了学唱与传播。

---

① 据妹尾河童，1941年，一位出征的青年告别家人时当众说到，"既然受召成为天皇陛下的士兵，为国捐躯战死沙场，正是日本男儿的夙愿。身为帝国军人，我将置生死于度外，奋勇作战。"妹尾表示不解，因为该人平时并非精华之拥趸。妹尾父亲解释说，此人虽不赞成战争，但内心根植"为国牺牲是男人的责任的想法"，故有此一说。见［日］妹尾河童：《少年H》，张志斌译，第163页。大贯惠美子也提到，1940年代末，不少参加战争的学生兵从容赴死，其并非是赞成日本的对外政策，对战争更无信心，但他们都把"为国捐躯看作是男人的责任"，不得不走上战场。然而，他们不过是军国主义宣传策略的牺牲品。"明治以来，国家老到地使用一种策略，即塑造青年男子的男子气概以鼓励他们参军入伍"。[美]大贯惠美子：《神风特攻队、樱花与民族主义——日本历史上美学的军国主义化》，石峰译，第247页。当然，日军中执迷侵略的也不乏其人，而上述不赞成战争的日本青年也并非对中国抱有同情，他们的出发点仍是国家的前途、命运。

② 凌瑞兰：《东北抗联歌曲述要》，《乐府新声（沈阳音乐学院学报）》1986年第3期。

曲易记，词上口，《露营之歌》不胫而走。此后，以口耳相授为主要传播方式的《露营之歌》虽出现若干文字变动，但其艰苦奋斗、积极乐观的抗敌精神却从未变质并广为流传。对比于此，由专业人士精心打造的《讨匪行》通过唱片、歌集等多种现代方式推广，然而，作者无意听者有心，原本歌颂侵略的军歌在接受过程中逐渐被理解为悲观、厌战之曲，最终随日本战败走向没落。

五、日本《露营之歌》中的军国主义

抗联《露营之歌》唱响东北，稍早于此，同名军歌在日本亦大肆流行。"七七事变"爆发后，不少日本媒体积极协助官方鼓吹侵华，其中，《东京日日新闻》与《大阪每日》联合举行军歌征集活动，题曰《进军之歌》。期间，京都市役所的薮内喜一郎创作的歌词被评为第二名，经文学家北原白秋、菊池宽命名为《露营之歌》。同时，作曲家古関裕而为之谱曲，并由歌手中野忠晴、松平晃、伊藤久男、雾岛昇、佐佐木章演唱，1937年9月，收录《进军之歌》与《露营之歌》的唱片面世并大卖，半年内销售约六十万张，歌集、明信片亦跟进推广，一时间《露营之歌》成热门曲目，其词五段，大意如下：

1. 忆昔豪情满怀，离故乡启征途，不立军功誓不还。军号嘹亮，似见战旗如浪翻。
2. 大地草木尽燃，足下旷野无际，日章旗引戎装前行。倚马慨叹，明日生死谁能料。
3. 枪弹战车伴身，露营席地而卧，家人入梦来，勉我作战死不休，醒来一时怅惘。
4. 难忘激烈交火，眼见血洒疆场，战友含笑死，高呼天皇万岁，喊声至今绕耳畔。
5. 身为帝国军人，更须趁早觉悟，秋虫莫悲鸣，为大东亚和平，吾辈生命皆可抛。

较之《讨匪行》，《露营之歌》词句简单，却体现了斯时普通日本民众对战争的想象及态度。首段歌词吟唱士兵出征之际的豪情壮志。显然，作者以从军为荣并将战争视作建功立业之机，这也代表了部分民众的想法，有入伍者即表示，"我已经等了好久，在期待着一个男子可以向世人表现他自己的时机。

这样的日子毕竟来到了。我在双肩上担负了我国家的命运。我所要去的地方是华北,风云叆叇的一片几千里广阔的土地。战斗着又战斗着"①。《露营之歌》作于战争之初,其时,长期受军国主义熏染的日本军民大都精神亢奋,不仅薮内喜一郎等普通民众热衷军歌的唱、作,古関裕而、北原白秋、菊池宽等知名人士亦参与其中,他们支持对外扩张并对战事抱乐观态度,由此,歌曲难掩激动、兴奋之情。词作中间三段描绘战地场景,相较于《讨匪行》或抗联《露营之歌》,该部分内容大而化之语焉未详。因尚未见资料显示作者有从军侵华之经历,则其创作依据不外媒体报道、街谈巷议兼之个人想象。在当时情境下,日本媒体大多选择服从官方口径美化战争,这既利于生存经营又可迎合读者口味,但报道的真实性也就大打折扣。受上述内外因素影响,薮内喜一郎笔下的战争多想象中的场面少现实中的细节,其刻画的士兵也都觉悟"非凡"、形象"高大",简直就是官方意识形态塑造的典型,而"在中日甲午战争前,国家就通过各种手段密集地向民众灌输全体日本人,特别是军人,必须为天皇(国家)含笑而死的思想"②。或许正是这种"高大全"的"皇军"形象与有牺牲无杀戮的感人画面才符合民众对战争之想象,从而使歌曲大受追捧。词作末尾以无数生命为代价换取所谓东亚"和平"之说可以看作战时日本内外政策的一个缩影,对外国家欲以武力侵占东亚,为实现这一企图,对内政府引导国民走上死亡之路。

《露营之歌》的出现,有现实的刺激更是政府蓄意向民众灌输军国思想的产物,而它的流行再次表明"音乐在'为国王和国家捐躯'意识形态开始作为舞台的中心并为民众所熟悉中发挥了至关重要的作用"③。

抗战时期,中日文艺创作皆与战争关系密切。关东军侵占东北,《讨匪行》随之问世。它反映了日军在东北之烧杀,也见证了当地民众的反抗与牺牲。不过,原本旨在颂扬军人鼓吹侵略的军歌却被部分日本军民借以表达厌战之心声,透过这样的创作与接受,日本战时宣传手段及其影响略见一斑。日军横行

---

① 《敌兵的遗书》(1937年8月2日-11月23日):陈士丹重译,《国际周刊》,第一卷第一期,1938年。据杂志介绍,"这是参加华北战争的一名日本兵士的日记,由战地记者James Bettram和一个中国译者合作译成英语,经我们军事当局的许可,而发表在本年ASIA杂志四月号上的。作者姓名,因未能征得家属的同意,所以给隐没了。日记从出征开始,直到去年十一月二十三日。二十四日,日本司令部即被第一百十五师和第八路军所攻占,作者也就在平型关之役中阵亡,这才让这份遗书掉落在我军手里。"

② [美]大贯惠美子:《神风特攻队、樱花与民族主义——日本历史上美学的军国主义化》,石峰译,第154页。

③ 同上。

东北，当地军民反击，白山黑水响起战斗号角。义勇军、抗联前仆后继，战斗之余，爱国将士有感而发参与创作，恶劣的斗争环境反而萌生催人奋进的《露营之歌》，革命先烈的理想与勇气在歌声中飘荡。期间，"七七事变"爆发，日本《露营之歌》亦风行一时，较之《讨匪行》，它的内容简单、直白，但与官方意识形态高度吻合，符合民众接受心理，因而在战时知名度也就更高。不过，同样反映中日之战，抗联《露营之歌》唱出了战争的真相，而日本这首同名歌曲则道出了军国主义的野心与荒唐。时至今日，硝烟不再，当年的曲目或将沉寂，但催生歌曲的那段罪恶与疯狂、屈辱与反抗却随时间推移日渐鲜明地浮现出来，提醒后人珍视和平勿忘历史。

第三编 《文艺月刊》关于淞沪会战的表现

"九一八事变"后,《文艺月刊》密切留意日本动向关注时局发展,直至1941年终刊,抗战呼声始终不绝于耳。1937年7月7日晚,日军在卢沟桥畔蓄意挑起战争,中国守军奋起反抗,至此,抗日战争全面爆发。随抗战局势变化,《文艺月刊》做出调整,1937年10月21日,刊物改为《文艺月刊·战时特刊》,为抗战擂鼓助威。家国命悬一线,"我们的呼吸,是极度紧张的,留给我们准备的时间,更是异乎寻常的短促"。奋起才有活路,"现在是民族的生存高于一切,只有抗战到底,才能求得民族的生存;我们为着凝聚抗战的力量,坚强抗战的力量,就得毁灭一切人事上的摩擦,感情和意气的纠纷,大家死心塌地丢却旧怨,宿恨,仇视,嫉妒,真忱赤袒地携着手,向着为民族争取最后生存的目标,一致的拼命地努力"①。此后,中华全国文艺界抗敌协会呼之欲出。保家卫国的庄严使命下,作家们通力合作各尽其能,战地慰问、随军采访、甚至扛枪作战血洒疆场。一只秃笔,激情四溢,全面抗战的悲壮史诗缓缓展开。

---

① 王平陵:《战时中国文艺运动》,《文艺月刊·战时特刊》1938年第1卷第5期。

第一章　淞沪会战之决战前夕

《文艺月刊》迁武汉后，主编王平陵慨叹，"从'八·一三'到现在为止——即神圣的抗战阵线退出淞沪，由淞沪退出神圣的国都；即中国文化的中心，跟随战略的移动，由上海而首都，而至武汉为止，时间刚刚是四个月"①。其时，沪、宁同胞血迹未干，淞沪会战的硝烟依旧弥漫在人们心头。

上海战略价值重大，地处"黄埔、吴淞两江交汇处，扼长江门户"，且为"中国第一大工业、贸易、金融城市。工业产值占全国 2/3 以上，贸易量占全国一半以上，金融资产占全国 3/4 以上，是国民政府极其重要的经济基础所在"，也是我"文化、艺术、科技、教育中心"②。日寇"既发动'七七'事变，袭占平津，扩张侵略，上海遂为其蓄谋攫取之战略要地"③。

争夺淞沪，敌人势在必行，国民政府亦有考虑。据参加会战的第三战区前敌总指挥陈诚回忆，会战前夕他向当局建言，"敌对南口在所必攻，同时亦为我所必守，是则华北战事扩大，已无可避免。敌如在华北得手，必将利用其快速部队，沿平汉路南犯，直驱武汉；如武汉不守，则中国战场纵断为二，于我大为不利。不如扩大淞沪战事，诱敌至淞沪作战，以达成二十五年所预定之战略"④，据称陈诚之策甚合当局之意，遂增兵遣将大打此仗。无论陈氏说法能

---

① 王平陵：《战时中国文艺运动》，《文艺月刊·战时特刊》1938 年第 1 卷第 5 期。
② 张宪文等：《中华民国史》第 3 卷，第 26 页。
③ 《蒋总统来台后批阅之〈淞沪会战经过与南京撤守〉(1937 年 8 月至 12 月)》，秦孝仪主编：《中华民国重要史料初编——对日抗战时期》第二编《作战经过》(二)，台北：中国国民党中央委员会党史委员会，1981 年，第 226 页。
④ 陈诚：《陈诚回忆录——抗日战争》，北京：东方出版社，2009 年，第 34 页。

否坐实①，淞沪会战之意义确实非凡。自8月13日开战，至11月上海沦陷，"日军先后编成上海派遣军、第10集团军2个军，下辖9师团30余万人，并调集30余艘军舰、500余架飞机、300余辆坦克投入上海战场。中国方面先后调集中央军和地方军70余万兵力，派出40余艘舰艇、250余架飞机投入战斗。据日本参谋本部的统计，日军伤亡约4万余人，据中国军事当局的统计，中国军队伤亡约25万人"②。我军以血肉之躯与强敌拼死作战，以致"淞沪会战历时3个多月，日军遭到自开战以来最沉重的打击，中国军队的英勇抵抗，粉碎了日本侵略者'3个月灭亡中国'的狂妄计划，鼓舞了全国人民抗战的意志，赢得了向大后方撤退战略物资和人员的时间，减轻了华北战场的压力"③。

惨烈悲壮的淞沪之战令中外瞩目，上海、南京，文化人聚集，战争降临后，作家本一腔赤诚各尽其能，或换上戎装就地从军，或随军转战从事战地报道，或者深入前线慰劳将士，各自于颠沛流离之际描绘所见所闻，战火硝烟、喊杀冲锋、军民奋勇、敌之暴行等抗战种种皆长留文学篇章。

战前，上海一派紧张气氛。其时，卢冀野应郑振铎之邀，自南京赴沪参加高校考试工作，恰目睹此情此景。"我从北站走出来，只见一堆一堆的行李，箱笼，排列在行人道的两边。这一张极度紧张的上海的面容，在我眼前展露着。这一天是中华民国二十六年八月十日"④。作家1937年8月10日抵达上海，见到"一张极度紧张的上海的面容"，居民人心惶惶，逃难队伍庞大，此时，离开战还有三天。就在作家动身前一天，"1937年8月9日，日海军陆战队第一中队长大山勇夫和一等水兵斋藤要藏故意驾车乱闯上海虹桥机场，打死中国二等兵时景哲后，被中国保安击毙"⑤，"虹桥事件发生了"。战端一触即发，"南京许多朋友劝阻我不要动身"，但作家"偏向虎山行"。11日，作家感受风暴前的平静，当天"同济大学的入学考试在第一场举行后，随即中止"。山雨欲来，周边环境看似"很安详"，实已波涛暗涌。日海军陆战队磨刀霍霍，

---

① 张宪文等著《中华民国史》认为，淞沪会战后，"日军主力从长江下游向西进攻，使中国政府赢得了在川陕湘滇黔大后方作持久战的准备的时间，这是客观事实。但这不是蒋介石主观预料并策划的结果，多年来，史学界未能发现蒋介石在估量日军自北向南进攻危险性的基础上，故意将日军引上由东向西困境的一手资料"。
② 步平、荣维木主编：《中华民族抗日战争全史》，北京：中国青年出版社，2010年，第161页。
③ 步平、荣维木主编：《中华民族抗日战争全史》，第161页。
④ 卢冀野：《炮火中流亡》，《文艺月刊·战时特刊》1938年第1卷第10期。
⑤ 张宪文等：《中华民国史》第3卷，第27页。

"八月十一日截至午后六时为止,自佐世保来沪之兵舰共十六艘。其中四舰泊吴淞口外,已入港者为第九队鱼雷四只;另炮舰四,每舰有侦察机一,作绿色,载来水兵约二千。其中五百已开入陆战队本部"①,卢冀野提及吴淞等地的紧张或与日军此动作有关。

国民政府鉴于形势变化采取应对措施。"8月11日晚,国民政府军事委员会命令第9集团军总司令张治中率第87、第88师向预定的围攻线挺近,准备对淞沪日军发动攻击"②。以国军少尉排长身份参加淞沪抗战的阿垅(S. M.),其《闸北打了起来》描写的正是第88师由驻地开拔至闸北接防期间,"我"于战前的见闻感受。12日,"我"随部队抵真如车站,向闸北进发,沿路百姓并无慌乱,他们对军队非常友好,"我从来没看见过,从十六年国民革命军北伐克复杭州以后,人民与军队有这样亲切,我真感动与喜欢"。抗日拉近了军民感情,百姓们给军队送来了热水,小贩与士兵做买卖像"半送半卖的请客的样子"。在有人家的地方,"差不多每家人门口都摆着茶水:有碗,有壶,有桶,有缸",免费供部队饮水,抵御外侮,军民一心。进入上海市区后,在部队休息的地方,不少居民已外出避战,但"我们经过的地方,都还有市面,就是在附近,一家老虎灶还冒着一团一团的水蒸气,热开水就从那里来的。此外,还有铁店,剃头店,纸烟店……"阿垅上午在市区所见可谓人未全散,茶有余温,但到下午,"才发现附近的人真全搬走了,买不出可以吃的东西,上午还在的一家烧饼店也去了"③。阿垅沿途所见,民众虽有撤离但秩序并不混乱且军民和睦。

随我大军开到,战前氛围更加凝重。8月12日,卢冀野"正在试场监试时",接到亲属电话,说"今天的消息,分外紧张",要他做好准备"在各方探寻一下,免得走不出上海"。紧张空气四散开来,"到下午二时许多考生的家属来叫考生回去。有几个女子从浦东来的带着哭声哀求他们的哥哥弟弟不要考完,立即跟她们回浦东。登时退出的就有一百多人"。这一天,上海地方当局仍就虹桥事件与日本进行交涉。8月13日上午"9时15分,日军一小队冲入横浜路东宝兴路,首先向中国军队射击,开启战端"④。此时卢冀野等"在爱

---

① 《军事委员会侍从第一处主任钱大钧向蒋委员长综呈方唯智等之日军行动报告——民国二十六年八月十二日》,秦孝仪主编:《中华民国重要史料初编——对日抗战时期》第二编《作战经过》(二),第167页。

② 步平、荣维木主编:《中华民族抗日战争全史》,第158页。

③ S. M.:《闸北打了起来》,《七月》1938年第3集第4期。

④ 张宪文等:《中华民国史》第3卷,第28页。

麦虞限路中华学艺社的三楼上","陆续地听见巨大的炮声,从空中播动。大家沉默着,埋头阅卷。但是一颗热刺刺的心只在胸前活跃着","那天从窗间,看见我们的空军出动"。压抑已久的民众期待与日一战,卢冀野与同事听到开战炮声,没有恐惧反而显得有些兴奋。箭即离弦的一刻,马上投入杀场的阿垅心中也一派从容:"1937年8月13日的闸北,有一个明朗的天气。人底心也明朗,像所到的地方,并不是血和火的战争底门,而是自由、解放的、幸福的道路。不怎么深的青天上有不多地几小块白云在金属的日光里悠闲地浮动。"①身处前线的战士心理镇定,饱受日寇蹂躏的中国军民期待予侵略者以打击,只有经历血与火的考验中华民族才能走上自由、解放的道路。

敌寇枪炮面前,军民众志成城奋起抗敌。"13日夜,蒋介石下令张治中发动总攻击。翌日,张治中下达攻击作战令"②。淞沪战火冲天,经友人劝说,卢冀野结束在沪工作,8月下旬返回南京,临行前作家有感上海战事,结撰《上海晓发》一首:"早知无厌心,称兵必我夺。堵海果设防,不掘于临渴。一旦边事生,其鱼倘能活。一家老幼多,匪余先免脱。位置处安全,余亦将释褐。平生孙武法,所得廑毫末。阅世识穷变,穷亟始通豁。中国怒吼乎!士气未可遏。"淞沪大战中国怒吼,军民士气高涨,卢冀野所言不虚。据当时身在淞沪前线的阿垅描述,8月13日未接攻击命令前,不少战士没情没绪"只有吃饭、睡觉,焦急得跑到道路上来胡乱张望一阵,又怪没劲的怪样子走了回去",打击日寇的命令下来后,战士欢欣鼓舞信心百倍地奔向战场,"一营人开始在出微汗的日光里喜悦而新鲜地向横浜河挺近。一个兵拍拍走在他前面的兵底背,那个兵回头来看,以为有什么话说,这个兵笑了一笑,伸伸鲜红的舌并不作声,那个兵微笑一下,回过头去"③,战士轻松上阵,予打击者以打击,侵略与反侵略的殊死较量在十里洋场火爆登场。

卢冀野身入危城,阿垅带兵上阵,像他们这样在"全面抗战爆发之后,走向战地的作家并不少。他们有的是去采访,有的是去慰问,有的是去演出,有的是做战地服务,也有的到部队任职,为长官当秘书,办战地报刊,或做其他文化工作"④。除卢冀野"在炮火中流亡"记录所见所感;田汉、郭沫若等组织作家前线巡历,于10月下旬到嘉定拜访我军指挥官罗卓英将军;黄源"在

---

① S.M.:《从攻击到防御》,《七月》1939年第4集第2期。
② 步平、荣维木主编:《中华民族抗日战争全史》,第158页。
③ S.M.:《从攻击到防御》,《七月》1939年第4集第2期。
④ 秦弓:《抗战文学中的武汉会战》,《抗战文化研究》2009年第3辑。

十月十五日因父丧离沪回故乡海盐",其时恰值"敌舰向海盐炮轰"并"在金山卫登陆",这种情况下,黄源"索性就地从军,随军赴乍浦前线,改当随军记者"①。据其家属回忆,黄源于1937年11月11日晨在海盐随国民党63师奔赴前线,"63师当时是抗日的部队,师长也很欢迎他"②,直到1938年元旦黄源转赴武汉。《文艺月刊》登载了黄源的《以笔从军者晤谈记——战地随笔之一》。淞沪会战尾声,作家"从乍浦前线随军到杭州,在江边小住",竟然十分意外地遇到了同样充当随军记者的曹聚仁,故友重逢战地晤谈,话及二人对战争结果的看法、文化界人士的组织等问题,紧张的战斗生活在轻松的交谈中得到暂时缓解。黄源、曹聚仁随军采访身份中立,与国军关系较好;卢冀野长期执教高校,1938年还成为国民政府第一届国民参政会参政员,如此,与当局也颇有关联;而阿垅"身在曹营心在汉",与胡风书信往还密切,日后又奔赴革命圣地,早露端倪。《文艺月刊》选择黄源、卢冀野的文章,《七月》刊载阿垅作品,刊物与政府关系的亲疏,暗含其中。

淞沪会战时间长、影响大,作家们不仅记录了战前上海的波澜起伏,更将目光对准了会战期间的大小战斗,对敌我交锋的激战场面予以描绘、展示,一段段民族御侮的往事,夹杂着硝烟、呐喊,呈现眼前。

---

① 黄源:《以笔从军者晤谈记——战地随笔之一》,《文艺月刊·战时特刊》1938年第1卷第6期。

② 巴一熔:《抗战初期黄源的三封信》,《新文学史料》2008年第3期。

第二章　抗日硝烟里的中国空军

比照《抗战文艺》《抗到底》等，《文艺月刊》关注陆战战场之同时，对我空军事迹同样注意搜集，淞沪、太原、武汉等等诸役，战鹰所至，《文艺月刊》尽力画影图形给予表现，限于战时条件虽未面面俱到，但至少也为抗战初期的中国空军留下一个侧影。

上海战斗打响，中国空军闪亮登场，作家目光紧随战机，欣喜之情流露笔端。隆隆炮声中，卢冀野"从窗间看见我们的空军出动"，心中激动不已。阿垅也提到，战斗首日，前线士兵看到"我们底飞机！"后，一片欢呼士气为之高涨。8月14日，"中国空军前敌总指挥周至柔下达攻击令，多架中国战机先后轰炸了日军军械库、日海军第3舰队'出云号'旗舰和日本海军陆战队司令部"①。中国空军执行作战命令的过程，为多位作家所记录。阿垅即于前沿阵地观察到机队对敌地面目标发动的攻击："三只灰色的单翼机一下从云里钻出来一个等腰三角形，一阵繁响，敌人底二十几朵高射炮云散布在它们附近，有一炮看起来像正打在尾巴上，但是并没有真命中，它们又钻进灰色的低云中去了。又是五只，又是两只双翼的。又是高射炮声。又是一朵一朵的灰黑的烟云，云渐渐地改变着角度，跟在飞机屁股后面"。"又是三只，一只给高射炮打散了，左右摇摆着像给打伤了，急急地逃走，但是它一下向骄傲海军旗一个四十五度角的俯冲'呜！……'头一抬，落下了一个黑点，一个叛逆的礼物，在爆炸声里，它安全地躲入云层，只有一个淡影，接着淡影也消失了"②。与战机相伴而来的往往是高射炮火，敌防空力量不弱，击中我战机，但也被我命中目标，那插海军旗的建筑即是日海军陆战队司令部。敌人绝非"来而不往"，

---

① 步平、荣维木主编：《中华民族抗日战争全史》，第158页。
② S. M.：《从攻击到防御》，《七月》1939年第4集第3期。

这一天，淞沪战区多处上演空战，"日军航空队袭击杭州及广德机场，中国空军第4大队由笕桥机场紧急升空作战，击落日轰炸机3架，首创空战胜利的记录"①，首战告捷值得纪念，遗憾的是，现未找到描写此次空战的相关作品。当日，短短一天之内，"中国空军共出动飞机76架次，分9批集中轰炸"敌陆、海军事目标，其中"炸伤敌驱逐舰1艘，炸死炸伤敌军无数，还与日机展开多次空战，给敌以沉重打击"。卢冀野的激动不是没有道理，"这是淞沪战役空中作战的第一天，也是中国空军参加全面抗战的第一天，各部队斗志昂扬、杀敌奋勇，给予日本侵略者以相当打击，以至于日本将领不得不重新估量中国空军的实力"②。敌酋变色，国人雀跃，臧克家创作《伟大的空军》③描绘我空中铁骑的作战英姿：

凭一双翅膀，剥开几千尺的云层，我们伟大的射击手，保卫着中华的天空。当敌人来侵犯的时候，它便发出怒吼，像鹰隼一样，把敌机打落在地上。（它把我们的城市摧毁成骸骨，我们和它捉够了迷藏）它曾成队的出飞远征，把敌人的阵地炸得通红，万吨的"出云"只须（需）一击，一阵烟氛，大海在沸腾！

本段篇幅不长，却也反映出中国空军首度出战便对敌陆（阵地）、海（出云）、空（敌机）目标实施全面打击的历史信息。另外，据作品所写，敌机虽被打落，但它也将我们的城市彻底摧毁，日军空中力量足以对我构成重大威胁。对此，作品虽只一带而过，但随日后中国空军实力下降，凶狠的日机或许才更令国人印象深刻。作品还特别点出对"出云"之轰炸，空战首日，"龚颖澄率领的编队飞临吴淞口上空，穿云后轰炸了第3舰队旗舰'出云'号，第2大队第9中队分队长祝鸿信与后座轰炸员任云阁克服恶劣天气影响，炸伤'出云'号"④。擒贼擒王，当时田汉还曾就攻击"出云"出谋划策，中国空军得手后，也不止一位作家将此事记录在案。署名次霄的《我怎样炸出云舰》，就以飞行员的身份讲述了"我"轰炸"出云"的战斗经过。在敌密集的防空炮火中，

---

① 步平、荣维木主编：《中华民族抗日战争全史》，第158页。
② 陈应明、廖新华编：《浴血长空——中国空军抗日战史》，北京：航空工业出版社，2006年，第13页。
③ 臧克家：《伟大的空军》，《文艺月刊·战时特刊》1938年第1卷第10期，这里引用的是作品的前半部分，后半部分反映的是武汉空战，后文另引。
④ 陈应明、廖新华编：《浴血长空——中国空军抗日战史》，第11页。

战机迫近"出云","我们预备击中他的要害,便低低地滑飞下去,再向它投落一弹,同时用机关枪扫射"。敌我激烈交火,战机轮番俯冲最终命中目标,返航时"我"发觉后座战友已在混战中牺牲,"他的血像突泉似的在喷流,再受机身的振动,血已经湿透了他的座位,且真向大地上滴,这是我们贫弱的民族的肥料啊!"①作家是否为飞行员,现难以确认,作品对空海作战之叙述也失之细致,但对战友牺牲情景之描写则相当真实,早期战机防护设施薄弱,不少飞行员即在座椅上饮弹殉职,我空军损耗巨大与此不无关系。为民族争生存,战鹰搏击长空血染大地。有意思的是,以上作品颂扬的战机因未透露具体身份,只能以"中国空军"概括之,难免笼统,而"出云"反倒因"验明正身"成为文学殿堂里独特的"这一个"。

中国空军起飞应战,反映出国民政府的抗战决心,也回应了军民抗日的呼声,不仅陆军同袍叫好,战地民众更是吐气扬眉。对此,黄源形容道,第一次目睹中国空军"英勇的战斗的姿态"之时,"上海三百万民众""又惊又喜",这"惊喜将立即随着捷报扩大到全中国,慰抚着四万万颗跳跃不已的心!"战机掠过,不少市民爬上屋顶观战,"'飞机!飞机!'前面屋顶上有人喊起来,手指着东方。人们都顺着他的手指仰着头凝视着东方一大块一大块的沉重的云。突然在灰白色的云块的间隙中发现了一架飞机在向南飞,接着是一大队分散的向各处飞去,轧轧的声音也听见了。'这是中国飞机,那边是黄浦江,炸东洋兵舰!'一个人喊着,他的喊声中含着笑声。四周屋顶上的人,都随着笑起来,喊着,拍着手,这喜悦是异常的。'中国飞机第一次出动打东洋兵!''中国空军万岁!'马路上的群众都狂呼起来。每一个人都好像要飞跃起来似的高兴着"②。日军窥伺上海久矣,沪上浪人横行也非一日,如今,压抑在国人胸中的怒火随冲天的战机喷薄,欢笑、呼喊,自豪溢于言表。黄源所记符合历史情境,同时也折射出抗战中存在的问题,当时中国空军为数不多,平日又难得一见,市民登高仰望未尝没有好奇心的指引,如此张扬的举动很容易成为敌人攻击目标,引致无谓伤亡。民众争睹战机之举又使人联想到丘东平《一个连长的战斗遭遇》,作品提到,不少战士对头顶盘旋之敌机"百看不厌",自己不知隐蔽,阵地亦随之暴露而遭受重大损失,战士的好奇、民众的热心属人之

---

① 次宵:《我怎样炸出云舰》,《远东第一次空中大战记》,上海杂志公司,1937年9月20日。转引自碧野主编:《中国抗日战争时期大后方文学书系·第四编·报告文学(第一集)》,重庆:重庆出版社,1989年,第610—611页。

② 黄源:《空军的处女战》,《呐喊》1937年创刊号。

常情，但非明智之举，战时国民军事素质有待提高。

　　承载国人希望的铁血战鹰频繁现身淞沪，中国空军曾在此折翅，如今又在此起飞，穿越风雨，健儿将抗战的誓言镌刻于青天之上：

> 我翱翔在天空，
> 我在狂风骤雨里上下翱翔。
> 我穿过乌黑的云块，
> 我的避风镜为雨水所濛。
> 我要翱翔在敌人炮火的上空，
> 给他们以致命的打击。
> 洗刷了挨打不还手的垢辱，
> 为"一·二八"惨死在轰炸弹下的无辜者报仇。
> 我翱翔在天空，
> 我在狂风暴雨里上下翱翔。
> 我穿过噼噼啪啪的高射炮的网层，
> 那锐利的弹尖只在我机的前后左右飞过。
> 我直飞向敌人炮火的上空，
> 我对准了那炮火最密的敌舰的中心。
> 松下了轰炸弹的机钮，
> 然后，向重云里箭似的飞去。
> 一声轰隆的爆烈。
> 浓烟直向高空冲起。
> 这一个五百磅的重弹的打击，
> 够他们妖魔们受的！
> 我翱翔在天空，我在狂风骤雨里上下翱翔。
> 飞起来便不想无功而回，
> 以身许国是我们个个空军战士的誓言。
> 松下轰炸弹的机钮，
> 给敌人致命的打击。
> 我翱翔在敌人阵地的天空，
> 用机枪向敌人扫射着。
> 星星火舌似的枪火，
> 扫倒了地上的妖魔。

> 洗刷了挨打不还手的垢辱,
> 也有这一天为"一·二八"惨死的无辜者报仇!①

中国战机于复杂恶劣的气象条件下主动出击,机警地闯过火力网,轰炸敌舰扫荡敌阵。借此,作品展现了我空军过硬的飞行技术及无畏的爱国精神。与《伟大的空军》类似,郑振铎笔下,战机担负的依旧是轰敌舰、炸敌阵的工作,敌机同样踪影全无,广阔的天空只有中国空军独领风骚。作品设定战斗当日"狂风骤雨"交作,日本海、陆航空队未出迎战或许即缘于此,对比之下,益发凸显中国空军之英勇强悍。不过,日机也未完全缺席。作品由今日荣耀想及往日惨痛:"一·二八"之时,我军首度遭受日寇空中打击,"面对此前所未有的挑战,我航空队战士与国际友人,在组织、数量不如人的情况下,仍奋勇作战,三度给日军以痛击",但终因实力悬殊,航空队损兵折将"撤往蚌埠,停止争夺制空权的努力"②。士别三日,中国空军积蓄力量砥砺精神,如今重返战场必将直插敌阵誓扫顽敌。上述作品旨在歌颂中国空军彰显民族精神,对手自然要"相形见绌"或"隐而不见"。另外,相比陆战战场,作家对空战更加隔阂,这应该也是不少作品对空战场面语焉不详甚至"忽略不计"的原因之一。

作家笔下,保卫淞沪领空的中国空军,不单以群像示人,阎海文就在此时从天际走到读者跟前。14 日后,中国空军继续出击,"至 16 日,中国空军击落日机 45 架"③。杀敌致果引作家青眼,老向创作通俗小调《女兵选夫》④ 予以颂扬。作品中,女兵择偶自有主见:"嫁夫愿嫁航空队,轰炸贼船不放松,天上立奇功,哎哟,敌船逃无踪!嫁夫愿如阎海文,飞到上海把敌轰,天上显奇能,哎哟,敌寇齐赞称!"。由此,抒写航空队之同时,更引出阎海文一曲壮歌。8 月 17 日,"第 5 大队奉命派 6 架飞机支援陆军 88 师轰炸虹口日海军陆战队司令部",返航后阎海文再度出击,"轰炸在上海罗店登陆的日军,他投完弹后对日军进行俯冲扫射时被敌高炮击中,跳伞后不幸落于敌军阵地"⑤。阎海文于罗店折戟沉沙,这一幕恰为阿垅所见,当时,日军高射炮急促吼叫,中国

---

① 郭源新(郑振铎):《我翱翔在天空——飞机师之歌》,《呐喊》1937 年创刊号。
② 陈应明、廖新华编:《浴血长空——中国空军抗日战史》,第 1 页。
③ 步平、荣维木主编:《中华民族抗日战争全史》,第 158 页。
④ 老向:《女兵选夫》,《文艺月刊·战时特刊》1938 年第 1 卷第 10 期。
⑤ 陈应明、廖新华编:《浴血长空——中国空军抗日战史》,第 15 页。

战机闪躲腾挪接连发起袭击，至"末后的一次，在沉重和无力的落日光里，一只双翼机忽然那样'呜！……'了一声，擦一根火柴一样发火，尾巴上，在明亮的火底四周，有短短的不像尾巴的黑烟，那样向敌人阵地急速地降落"，"人到后来才知道，这是阎海文，还有一个美丽的血底故事，抗战底火花"①。阎海文落地后被日军包围，但他拒绝投降，用配枪打死多名敌人后，"自杀成仁，年仅21岁"，"日军钦佩他大无畏气概，以礼相葬，并立墓碑题写'支那空军勇士之墓'"②，此亦老向所谓"敌寇齐称赞"。阎之忠贞为世传颂，敌人因之立碑，国人为之作传。黄震遐推出《忆我壮士阎海文》，作品以"青山有幸埋忠骨"之意境开场："在江南淡青的天下，大地曼舞着金黄油菜花，在一颗低垂的杨树底下：埋着我们空军壮士的战骨。"③祭拜英灵，往事随之浮现，作家据日人报道，再现阎跳伞后力敌日寇的场面，威武不屈的身影永归蓝天。尤兢也据此创作抗战戏剧《血洒晴空——飞将军阎海文》，盛赞"英勇的战士海文"④。通过作家的努力，将士抗战事迹广为传颂，也使更多人认识了中国空军。

抗战初期，如阎海文等众多爱国军人前仆后继，他们克服机型老旧等不利条件，凭借高超的飞行技术，在对敌作战中各展风采。《0404号机》⑤即通过被俘日军飞行员的供词，艺术再现中国战鹰的不凡身手：江面突袭，炸伤"出云"等日军舰船；以一敌三，南京上空击落日军精锐战机；创造纪录，短期内连续击落日机11架。战果辉煌令人炫目，"0404"堪称传奇。骄人战绩实则各有出处，攻击"出云"，任云阁、李传谋等奋不顾身；驾驶落后战机率先击落性能优良之96舰战乃高志航手笔；3个月击落敌机11架的空战记录则出刘粹刚名下。中国空军捷报频传，但终因实力悬殊，以上飞行员先后在作战中牺牲。正是这些年轻的生命成就了"0404"，伴随他们的逝去，"0404"也成为永久的纪念。传奇或可续写，后来者已继承前辈遗志，中国空军以坚韧之精神在民族解放的征程上继续前行。作家据众将士之作战事迹，创造出"0404"，以此展示中国空军之作战能力，缅怀为抗战魂归蓝天的国殇。警报响起，一架

---

① S. M.：《从攻击到防御》，《七月》1939年第4集第3期。
② 陈应明、廖新华编：《浴血长空——中国空军抗日战史》，第15页。
③ 黄震遐：《忆我壮士阎海文》，《光荣的记录》，成都《中国的空军》出版社，1939年12月，转引自碧野主编：《中国抗日战争时期大后方文学书系·第四编·报告文学（第三集）》，第1558页。
④ 尤兢：《血洒晴空——飞将军阎海文》，汉口大众出版社，1938年。
⑤ 陶雄：《0404号机》，《七月》1938年第3集第1期。

架战鹰刺向云霄，声声轰鸣似向烈士致敬，抗战英灵激励下，中国空军无畏地迎击来犯之敌。

将士用命功勋彪炳，"从'8·14'到九月底，我在空战中共击落日机81架，进行空中军事行动113次，在苏、皖等地进行空战27次，我方损失飞机42架，击伤、击毁日舰48艘"①。重创敌寇的同时，中国空军牺牲不小。及至南京保卫战尾声，已损失了如"高志航、刘粹刚、乐以琴等一批训练有素、经验丰富的优秀将士"②。侵略未已，在黄浦江翻腾声中起飞的空军将士不会退缩，他们在有限条件下，尽最大努力与日寇周旋，用鲜血捍卫中国领空。

日寇铁蹄南下，武汉对决中日再掀空战高潮。日机进犯三镇，中国空军迎头痛击。老舍亲睹白日徽击落红膏药："我看见了敌机狼狈逃窜，看见了敌机被我空军围住动不了身，还看见了敌机拉着火尾急奔，而终于头朝下的翻落。那时节，谁顾得隐藏起来呢，全立在比较空旷的地方，看着那翅上的太阳失去了光彩，落奔尘土去。只顾得鼓掌，欢呼，跳越，谁还管命。我们的空军没有惜命的，自一开仗到如今，我们的空军是民族复兴的象征。看，结队上飞了，多么轻便，多么高，多么英勇。"③ 老舍一段话兴奋不已，作家笔下，中国空军好似为民除害的后羿射落为害人间的暴日，目睹壮举，民众怎会不为英雄豪情所感染？空中电光火石，地上奔走相告，民族解放的希望直教人不顾生死安危。不过，这里同样有一问题，作家将空军视作"民族复兴的象征"高调宣传，其动机与感情可以理解，只是将中国空军推向如此高度，日后当其进入低谷之时，不知受众将会做何感想。

武汉会战期间，空军屡创日寇。臧克家《伟大的空军》不止记录了沪上搏杀，还展现了空军转战后一段经典战事：

> 它又带起中华的威风飞向台北，在敌人的领域内大施神威，一颗颗炸弹投下去一声声中华的民族的吼叫，炸碎了敌人的飞机，炸碎了敌人的胆，震动了整个世界，一齐向我们仰起了脸。

作家以粗线条勾勒我对台北日军机场之空袭，大致情形具备，重在抒情。同样描写此役，郑青士《飞将军轰炸台湾》则对战斗本身做了生动、详尽的描述：

---

① 陈应明、廖新华编：《浴血长空——中国空军抗日战史》，第19页。
② 同上，第20页。
③ 老舍：《轰炸》，《文艺月刊·战时特刊》1938年第2卷第1期。

鹏程万里任翱翔/吐气扬眉健翩张/毕竟一鸣惊八表/自来男子重刚强/深仇似海终当报/积恨如山切莫忘/众志成城同御侮/天空地润好战场……/处处放光芒/表的是二一八我空军打了胜仗/同仇敌忾情绪激昂/咱们等着挨打实在冤枉/打上前去也可为民族臻光/实可恨敌机轰炸自由来往/控制了东亚的领空出语猖狂/那倭奴鬼畜生无理可讲/轰炸城市好一似便饭家常/什么教堂医院它也不买账/哪管你中立国的国旗屋顶飘扬/无非是卑怯谋害冷箭暗放/专对着难民投弹扫射机枪/无数的男女老幼同把命丧/实可惨妻哭夫来儿唤娘/实可惨垂死的娇儿睡在烧焦的娘臂上/实可惨鲜血淋漓破肚流肠/鬼畜生的飞贼亟应扫荡/我空军奋神威万里飞航……/中外把名扬/我中国锦绣山河人稠地广/已然是疮痍满目遍体鳞伤/说不尽的冤仇算不尽的血账/以打击还打击也都给点滋味儿尝/那飞贼肆无忌惮来了一趟又是一趟/抄袭它的巢穴胜似那消极空防/我空军计划已定决心扫荡/扫荡那台湾北部倭寇的机场/飞将军出发之前装备停当/检查机件不慌不忙/大队长指挥众机凌霄直上/层层列列好一似征雁成行/喜只喜这一日晴空净朗/万里无云鸟道长/风和气暖精神爽/侠肝烈胆血脉张/万尺高空飞行无障/一个个情绪热烈呐喊飞扬……/将军气概昂/那日寇藐视咱们的空军力量/突然袭击毫不提防/这骄者必败古人言讲/把握着敌人的心理压赛了妙计锦囊/一霎时飞至在台北的领空之上/呀！发现了目标这便是日寇的机场/南北两站规模宏壮/数十架敌机排列成行/还有飞机库和那汽油厂一座座建筑在东西两旁/飞将军心中暗自思想/难怪那小日寇凶狠强梁/它们的根据地真可像个样/建筑完整布置周详/机会难逢岂可轻易把手放/常言道射人先射马擒贼先擒王/但只见列阵高空飘然低降/好一似群龙天骄青天耀彩白日腾光……/雪耻辱报仇怨建立了千秋事业灿烂辉煌/飞将军大展神威从天而降/猛烈投弹义愤填满胸膛/蓦然间动地惊天爆炸声响/黑烟笼罩连天的大火/出其不意焉能够抵挡/纵横驰骋大炸一场/南北东西火焰高涨/只炸得虾夷逃窜鬼畜惊慌/只炸得鼠叫狐嗥妖魔胆丧/只炸得山崩海啸鳖灭龟亡/吐出了一口闷气心中快畅/出国杀敌真乃是破天荒/劳苦功高人人夸奖/谁不说将军英勇年少郎/杀敌致果不枉这远征一趟/完成了任务毫无损伤/互相庆祝挥斤笑嚷/班师奏凯各回原防……/威名震万邦/我空军将士智多谋广/建立了大功不比寻常/世界各国同声赞赏/那倭奴全国震动脚乱手忙/新闻纸发号外七说八讲/损失的限度秘不宣扬/倭政府惊慌失措乱把警报放/东京市的防空演习宣布延长/九州岛慌乱情形更难想象/只显得小日寇怯懦阿

囊/整日的警报喔喔响/男男女女地洞藏/一般社会顿时改了样/老百姓暗地里两泪汪汪/中日两国为什么要打仗/穷兵黩武这都是谁的主张/恨只恨军阀们将乱子闯/这便是城门失火池鱼遭殃……/小命儿见阎王/日本国民一片的反战声浪/侵略者野心不死哪有下场/世界的人类都是一个样/有儿女有妻室也有爷娘/兵祸连结哪堪设想/残酷的吞噬好比那猛虎贪狼/被压迫的民族要求解放/为生存去抗战锐不可当/我中华师出有名理直气壮/断不能半途妥协变相投降/男女老幼同把战场上/哪怕是只剩下一寸土地一支枪/最后的胜利如同反掌/但愿得人人争气个个逞强/飞将军炸台湾便是一个好榜/一战成功国运昌……/安定了太平洋/这一回空军出国将贼巢扫荡/英名盖世万古留芳……/人强国自强①

作品采用通俗歌谣的形式，起首几句似传统小说开场诗，打出"众志成城同御侮"的宣传旗帜，并为全篇定下昂扬的基调引起下文。此前，中国空军在"二·一八"空战②中获得胜利，此战精彩但非作品重心，作家目的在强调军民受胜利鼓舞请战之心强烈。同胞言战实非好斗，只因外敌毁我家国，作品由此列举日机种种暴行：藐视国际公法肆意轰炸中立国机构，教堂、医院等非军事目标也无一幸免，更灭绝人性大肆屠杀无辜民众血洗中华。国仇家恨激励军民雪耻，"二·一八"胜利固我军心，日寇新败士气低落，敌退我进一鼓作气正在此时，当局遂制定作战计划。2月23日，参战机队准备出发。行动之前，因事关重大，当局"要求对这次行动的细节要绝对保密，甚至连航空委员会也不得告知"③。执行任务的机队也"非常机密，担任工作的同志，事先连自身

---

① 郑青士：《飞将军轰炸台湾》，《文艺月刊·战时特刊》1938年第1卷第10期。
② "1938年2月18日上午10:00许，日海军航空队分别从南京、芜湖两地机场出动27机大编队轰炸武汉，中国空军第4大队的第23中队、第22中队、第21中队，分别在中队长吕基淳、李桂丹、董明德的带领下协同苏联志愿队先后升空迎敌。是役，我击落敌机11架，"有包括第12航空队的护航编队指挥官金子隆司中尉在内的4名日本飞行员被击毙。另有第13航空队的1架96式舰战返航着陆时严重损坏，飞行员重伤"。在敌我力量悬殊的情况下，取得如此战果实属不易，为此，我方也付出不小的代价，损失飞机10架，吕基淳、李桂丹、巴清正、王怡少、李鹏翔殉国。"二·一八"武汉空战，"是自南京失守以后，中国空军在空战中取得第一次伟大胜利"。详见陈应明、廖新华编：《浴血长空——中国空军抗日战史》，第79页。
③ 陈应明、廖新华编：《浴血长空——中国空军抗日战史》，第178页。

都不知道"。同时,"为要迷惑敌人和该死的汉奸侦查起见"①,机队故布迷阵计划绕路进发。行动在即,各队从容"检查机件"后,由"大队长指挥众机凌霄直上",机群似"征雁成行""层层列列"杀奔台北松山机场。一切景语皆情语,郑氏笔下,是日"晴空净朗""万里无云",以此衬托参战将士之"情绪热烈"。实际上,当机队到达台北上空时,恰值天空多云,"台北机场躲在云层后面,后来有位飞行员从一个云洞中发现了机场"②,作战任务方得顺利执行。由于我行动机密,日寇更以"控制了东亚的领空"自诩,猖狂大意不备我之奇袭。一切突如其来,我空军似群龙天降猛烈投弹,"只炸得虾夷逃窜鬼畜惊慌",那"数十架敌机""还有飞机库和那汽油厂"悉数被毁,整个机场"黑烟笼罩连天的大火"。任务完成后,飞将军"毫无损伤","班师奏凯各回原防"。此次空袭影响还波及日本岛内,"倭政府惊慌失措乱把警报放",日本民众惊魂难定社会秩序遂受影响,事后还引发反战声浪。在这里,作家试图将发动侵略的日本政府与普通民众区别对待,孤立首恶,启发、争取平民阶层,既宣扬爱国又不失理性。诗歌最后回归主旨,号召我"男女老幼同把战场上"抗战到底。面对侵略,"被压迫的民族要求解放","为生存去抗战锐不可当"。敌寇亡我之心难死,国人"断不能半途妥协变相投降",同胞人人奋起则最后胜利必属中华。作品将奔袭台北之战全程演绎,揣摩敌我之心理,想象轰炸之场景,演敌之狼狈,表我之神勇,全篇有铺垫有展开,详略结合,气脉贯通,民族情感奔涌其间。

臧克家、郑青士所述台北一战实有其事。"1938 年初的中国空军在逐步换装苏制战机之后,战力逐渐恢复;加上苏联派遣志愿航空队前来助战,更是如虎添翼。因此,当局开始筹划反击行动"。这里需要说明的是,中国空军的发展与苏联援助有着直接的关系,陈纳德及其"飞虎队"对中国抗战事业做出巨大贡献,比其更早伸出援手的苏联空军志愿队同样功不可没。卢沟桥事变爆发后,中国抗战不惟事关中华民族的存亡,对日本在远东的宿敌——苏联同样具有重要战略意义。鉴于此,8 月 21 日中苏双方签订《中苏互不侵犯条约》,该条约加强了两国联系,使战时的国民政府获得苏联大量援助,这其中就包括航空志愿队来华。苏联"派遣空军志愿队约 2000 人来华参战,自 1937 年 10 月

---

① 丁布夫、黄震遐:《中国炸弹爆发在台北》,《光荣的记录》,《中国的空军》出版社,1939 年 12 月,转引自碧野主编:《中国抗日战争时期大后方文学书系·第四编·报告文学(第一集)》,第 13 页。

② 陈应明、廖新华编:《浴血长空——中国空军抗日战史》,第 178 页。

至1941年12月，先后向中国分批提供了共计1235架军用飞机。在华参战的苏联空军人员编制曾一度扩充到4个大队。抗战前期的多次空中战役中，都洒下了苏联志愿队飞行员的汗水和鲜血"。抗战期间，"从1937年12月在南京上空秘密参战，到1940年中基本从各地机场撤出，共有700多名志愿队员直接参加了保卫南京、武汉、南昌、成都、重庆、兰州等地的25次战役"，"有200多名官兵为中国人民的解放事业献出生命"①。在此背景下，1938年初，由于台北松山机场成为日军轰炸我东南各省的主要基地，其时又存有日军大批散装飞机货柜，对我威胁极大，国民政府遂决定轰炸该机场。此次"行动由苏联志愿队总顾问帕维尔·瓦西里耶维奇·雷恰戈夫将军负责"②。2月23日，汉口机队③在苏联志愿队波雷宁的指挥下出发，"于十时五分抵达台北上空，先是因云层浓密找不到目标，稍后发现一个云洞而看到台北，才确定目标，从三千多公尺高度进行轰炸。事后宣称炸毁飞机十二架，营房十栋，机库三座，焚毁可用三年的油料。所有各机在未遭遇拦截或高炮射击的情况下安然返航"④。日本方面对此事轻描淡写⑤，照松山机场三日后恢复运营的情况推测，中方战果未必如报告之丰。尽管如此，我军仍获得巨大的宣传效应，"世界各国同声赞赏"；日方将松山机场指挥官撤职送交军事法庭，驻台行政长官亦被罢免⑥，且其"空防破绽百出颜面尽失，并导致中国空军下一次进一步'进出'日本九州领空"⑦。

《文艺月刊》以外，丁布夫、黄震遐的报告文学《中国炸弹爆发在台北》同将此役记录在案。丁、黄之作对战斗场面的描绘亦为我之英勇与敌之狼狈，

---

① 陈应明、廖新华编：《浴血长空——中国空军抗日战史》，第160页。
② 同上，第178页。
③ 此次任务由汉口机队与南昌机队共同执行，汉口机队由苏联志愿队组成，南昌机队有5架飞机为中国飞行员驾驶余为苏机，中途中国空军因故返航，故该次轰炸任务实际上由苏联志愿队完成。关于此次作战的解读参见吴余德：《抗日战争初期中国空军曾经轰炸台湾》，《航空史研究》1996年第3期。陈应明、廖新华编：《浴血长空——中国空军抗日战史》，第178—179页。
④ 吴余德：《抗日战争初期中国空军曾经轰炸台湾》，《航空史研究》1996年第3期。此说同样见之于陈应明、廖新华编：《浴血长空——中国空军抗日战史》，第179页。关于战果，《申报》2月24、25日的报道表示我军炸毁敌机四十余架，但此说来源于"本市消息"，报道所引"中央社电"未有此说。
⑤ 《申报》报道表示，关于此次袭击"敌对损害程度讳莫如深"。《申报》：《我空军前日炸台北敌兵伤亡百余人》1938年2月25日。
⑥ 陈应明、廖新华编：《浴血长空——中国空军抗日战史》，第161页。
⑦ 吴余德：《抗日战争初期中国空军曾经轰炸台湾》，《航空史研究》1996年第3期。

与郑青士无实质差别。不过，丁、黄对战果记录颇详："××飞行团的汽油库已经烧着"，"场上三四十架'福特'式和'福卡'式的飞机，全体被炸力迸散，变成焦头烂额的残体"，"松山机场毁灭了"。作品言之凿凿，但如学者所言，此役后日方封锁消息，中方仅凭参战人员空中目测估量战果，实在难以坐实①。除此，丁、黄还补充了此次行动另一成绩，即"新竹大电力厂的破坏"②，新竹竹东确遭轰炸，损失如何难以考察。值得注意的是，此次作战由中国空军与苏联志愿队联合出击，且轰炸松山机场的任务主要由苏联志愿队完成，而以上三篇作品却皆未提及劳苦功高的志愿队，将战果笼统地归之于"我军"。无独有偶，《申报》以《我空中勇士扬威海外昨首次轰炸台北机场》为题，报道该事件，全文同样未提及苏联志愿队③。文学作品中苏联志愿队的缺席正反映了当时微妙的外交关系，抗战初期，苏联对日本颇有疑惧之心，但双方未正式宣战苏方不愿公开与日本为敌，故苏空军以志愿队形式援华，志愿队来华后也是秘密参战，关于志愿队各种情况，"中苏政府都希望严守秘密"④，以尽可能避免日本干涉。由此，就有了苏联志愿队的隐而不彰。

描写台北一役，臧克家凝练，郑青士生动。"此一重大事件，却因当时日本的刻意淡化，与后来国府的'反共抗俄'政策影响下，被忽略了半个多世纪之久"⑤，郑青士、臧克家、黄震遐等人之作品恰好有助于我们了解这段尘封往事。臧克家1927年曾参加国民革命军，抗战爆发后再次从军，由此，作家熟悉战场环境与国军又有渊源，作品感情自然、真挚；郑青士之文雅俗共赏，全篇凸显中国空军之威武，国人自豪洋溢其中，《文艺月刊》选此二作，既有现实基础又合当局心思，眼光独到。

淞沪会战中起飞的中国空军，转战大江南北，战机在华中、华北、华南上空陆续出现。1937年9月，淞沪战场炮声隆隆，华北方面敌情紧迫，华南沿海也现敌踪。除守卫京沪，中国空军还分兵出击，"一路北上支援华北战场"，

---

① 详见吴余德：《抗日战争初期中国空军曾经轰炸台湾》，《航空史研究》1996年第3期。
② 丁布夫、黄震遐：《中国炸弹爆发在台北》，《光荣的记录》，《中国的空军》出版社，1939年12月，转引自碧野主编：《中国抗日战争时期大后方文学书系·第四编·报告文学（第一集）》，第14页。
③ 《申报》2月24日刊载《我空中勇士扬威海外昨首次轰炸台北机场》，2月25日发表《我空军前日炸台北敌兵伤亡百余人》，两则报道均未提及苏联志愿队。
④ 陈应明、廖新华编：《浴血长空——中国空军抗日战史》，第179页。
⑤ 吴余德：《抗日战争初期中国空军曾经轰炸台湾》，《航空史研究》1996年第3期。

"一路南下支援广东方面作战"。"9月14日，中国空军正北面支队成立，由第6大队陈栖霞大队长率领，以山西的机场为基地，直接支援华北战场的战斗"①。《月下轰敌阵》描写的就是中国空军在山西的战斗。作品以轰炸机飞行员为主人公，描写太原保卫战期间空军对盘踞原平之敌的一次夜袭，飞行途中"我"没有顾及战斗危险，朗月高悬令"我"豪气穿云，"抬头看，一个大月亮，就准对着我们的头顶，像高空挂着一个大火球，低下头来，满城的灯光，就同踏在我的脚底，我的英雄气，我的热极的情绪，都燃烧起来了，我是何等的兴奋啊！不觉默默地这样想：'美丽的太原城——西北政治的中心，我们要尽力保卫它'"。美丽的家园让"我"充满战斗勇气，战士们要将这抗争的精神传递给战火里的同胞，"当我们的机越过太原时，我们把安置在机身上的红绿灯开起来，同时又立刻关上，这样开关了十多次，算是给太原城里的同胞的一点安慰，使他们知道这是我们自己的飞机，今晚飞向西北去，要给敌人以死命的打击"②。"在整个支援华北陆军地面作战期间，中国空军曾对晋北、大同、繁峙、平型关、阳明堡、忻县、原平、平汉等地的敌军阵地轰炸42次，在空战中击落敌机3架"③。《月下轰敌阵》突出的是战士保卫家园的爱国情操，另一篇《去轰炸来》④ 乃"战斗员自述"，重点在描绘战斗场面。某次飞行作战中，我们与敌机斗智斗勇，在敌人的火力网中机智沉着地"轰沉他们的兵舰！炸掉他们的火药库！烧毁他们的司令部！"，一次次追逐、爬升，一回回盘旋、投弹，战机颠簸、"我"心狂跳、枪炮声撕裂暗夜，紧张惊险的战斗如在眼前。

以上《伟大的空军》《飞将军轰炸台湾》《月下轰敌阵》等作品里基本是中国空军一枝独秀，日本空军好似云里雾里，难睹真容。险象环生的空战中，日本空军表现如何？抗战初期，日军海、陆航空队的实力怎样？由于战时条件限制加之民族感情因素，中国作家对日本空军未能详细了解从而加以细致描写，但日军航空队还是在字里行间露出一鳞半爪。《去轰炸来》⑤ 描绘了敌我空战场面，日本空军略见一斑，当然，作家目的仍是借彼扬我。作品中，面对突袭，日机虽仓皇应战，但还击凶狠不减，"忽然迎头来了一架不同于我们的

---

① 陈应明、廖新华编：《浴血长空——中国空军抗日战史》，第92页。
② 石千真：《月下轰敌阵》，《文艺月刊·战时特刊》1938年第1卷第6期。
③ 陈应明、廖新华编：《浴血长空——中国空军抗日战史》，第94页。
④ 客朝：《去轰炸来》，《文艺月刊·战时特刊》1938年第1卷第5期。
⑤ 同上。

驱逐机并且随着就是一排机枪，枪弹似乎比雨点还紧，均逼我而来，我到此真有点为难了"。幸好"我"及时调转航向，"使敌人扑了一个空"。敌"驱逐机在失望之后，还想压来"，"我"则先发制人，"它却看势不对，一溜烟的飞去了"。日机开溜，但其反应之快攻击之猛，显然给我飞行员造成不小压力。《0404号机》中，敌机27架大编队来袭，我仅6架迎敌，两军未及交战，日机"那领队的笨雁不知为什么就突然做了一个'失速转弯'猛可地把他的航向改变了"，"他的动作是那样的慌张，技术是那样的拙劣"，以致在逃窜途中误伤僚机，"其余的一群立刻仓皇无措的鸟兽散了"。照作品所说，敌机多于我21架，力量如此悬殊，日军仍见"机"而逃，实难令人信服，如此描写，难免没有作家感情因素掺杂其中。作品中，"0404"与日机交战曾多次化险为夷有惊无险，作家以此表现我之艺高胆大应对从容，若"0404"神勇无敌，则能屡次令其置于险境的对手也不应是酒囊饭袋之辈。另外，臧克家、郑振铎等虽将焦点对准中国空军，但镜头里也不时闪过日机对我军事、民用目标造成的巨大破坏，照此看来，日本空军力量岂能薄弱。同样，《飞将军轰炸台湾》旨在扬我军威，但写及日军机场时作家却也借飞行员感叹："南北两站规模宏壮/数十架敌机排列成行/还有飞机库和那汽油厂/一座座建筑在东西两旁/飞将军心中暗自思想/难怪那小日寇凶狠强梁/它们的根据地真可像个样/建筑完整布置周详。"日机军容整齐，机场规模庞大，经营非一朝一夕，其战斗力可以想象。

  抗战初期，中国空军作战英勇，对敌人造成重大打击，但准备充分训练有素的日军绝非不堪一击的乌合之众，日本空军同样不乏人才。淞沪之战初始，我空军战绩卓著，但强弱自是有别，"受开战以来连续作战后我部队实力下降影响，中国空军当局于8月21日发布第十二号作战命令，将空军作战的方式由机群出动变为单机出动，白昼出动变为夜间出动"①。于是，"青天白日徽的飞机白天不再看见，所看见的全是红日徽的。轰炸开始：飞机一天到晚在头上'轰隆轰隆'，把人赶到隐蔽部里和屋子里"②。中国空军机动能力下降，日机到处轰炸肆无忌惮。卢冀野在上海、杭州、南京等地见识了日军空袭；臧克家《郑州在轰炸中》、默容《空袭》③ 表现了日机屠我同胞之惨烈；陆印泉在南京

---

① 陈应明、廖新华编：《浴血长空——中国空军抗日战史》，第16页。
② S. M.：《从攻击到防御》，《七月》1939年第4集第3期。
③ 默容：《空袭》，《烽火》1938年第19期。本文署名目录标容默，正文标默容，从正文。

听到日机频繁光顾，在太原又亲见空袭遗祸市面萧条①。此时，中国空军虽开辟华北战场，但终因战机陈旧、后勤保障不利等因素，"无法与日军抗衡"②。1937年12月初，我空军"无论装备还是人员均元气大伤，几乎全军覆没。淞沪会战及南京保卫战结束前后，所剩飞机均陆续飞汉口及南昌。至此，中国空军基本上失去作战能力"③。由此，日本空军肆意逞凶，中国大地上演悲惨一幕："实可恨敌机轰炸自由来往／控制了东亚的领空出语猖狂／那倭奴鬼畜生无理可讲／轰炸城市好一似便饭家常／什么教堂医院它也不买账／哪管你中立国的国旗屋顶飘扬／无非是卑怯谋害冷箭暗放／专对着难民投弹扫射机枪／无数的男女老幼同把命丧／实可惨妻哭夫来儿唤娘／实可惨垂死的娇儿睡在烧焦的娘臂上／实可惨鲜血淋漓破肚流肠。"日寇掌握制空权，无视人道肆意屠杀，给我造成重大人员财产损失，这也折射出中国空军力量有限受制于人的客观情况，侵略者空中实力不容小觑。

抗战爆发后，《文艺月刊》对国民政府军事行动多有关注，此中，空军表现抢眼。1937年，"自8月14日开战至年底，我空军一共击落日机85架"，"阵亡飞行员75人"④。梁鸿云、任云阁、刘署藩、阎海文、沈崇海、高志航、乐以琴、刘粹刚等众多空军健儿以其年轻的生命履行了他们保卫民族国家的庄严使命。在国共团结御侮的背景下，颂扬空军的篇章不只刊载于姿态温和的《文艺月刊》，中共指导下的《烽火》《七月》等一样闪现中国战鹰的身影。相对于国民政府之陆军，空军获得左翼作家更多赞誉，考其原因，中共此时未有空中武装，对空战缺乏相关经验，难有实质性批评，且空军表现的确可歌可泣。不过，相比空军的贡献，当时以空战为题材的作品无论数量、质量均显单薄。本来，抗战初期，中国空军人数不多，作战时间相对较短，作家与空军接触机会较少，对飞行作战缺乏相关体验，颠沛流离之中也难于对空军做深入细致的了解与刻画。尽管如此，中国空军搏击长空浴血抗战的部分画面仍旧通过作家的努力存留至今，激励国人勿忘自强！

---

① 陆印泉：《从太原归来》，《文艺月刊·战时特刊》1938年第1卷第5期。
② 陈应明、廖新华编：《浴血长空——中国空军抗日战史》，第92页。
③ 同上，第20页。
④ 同上，第60页。

第三章 "空军文学"一瞥

抗战全面爆发不久,《文艺月刊》出版"战时特刊"以应形势需要。在此前后,中国空军投入战斗,刊物及时跟进,登载了不少反映中日空军的文艺作品,主要包括:《关于高志航》《敌机威胁下的南京》《阎海文与斧田·卯之助》《去轰炸来》《月下轰敌阵》《歌中国飞将军》《伟大的空军》《飞将军轰炸台湾》《颂"四·二九"》《轰炸》《轰炸后的郑州》《在敌机轰炸下的第二广州——长沙》《焚!炸!血!火!——实写"五·三""五·四""五·一二"敌机滥炸重庆市区》《寇机偷袭新都实见记》《空军的勇士啊,奋飞吧!》等。上述作品从内容来看,大致可分为两类,一是颂扬中国空军战绩,二是暴露日本空军罪行,而这正是"空军文学"的主要工作。

创作源于现实,枪炮催生的抗战文艺不少都聚焦火线,描摹战斗之激烈、歌颂将士之忠贞、控诉日军之残暴。此中,为更好地贴近历史现场、揭示战争真相,曹聚仁、舒群、孙陵、范长江等"许许多多敢作敢为的战地记者,普遍深入各陆军作战部队,向世界报道我陆军健儿的悲壮战绩"。[①] 陆上对垒,广受关注。从淞沪、南京到武汉,抗战全面爆发之初的几次战役期间,以陆上官兵为主角的作品频频面世。相比于此,"因种种的关系,空军战士'誓死不还'的精神,却少有周详的昭彰"[②]。其时,中国空军建军历史较短,国内媒体问津者尚少,广大民众对其不免隔膜。与之同时,日军趁机无中生有、大放厥词,以诸如"鸦片的中国航空员"等言论抹黑中国空军[③]。外有谣言,内乏

---

① 丁布夫:《本刊一周年》,《中国的空军》第 20 期,1939 年 2 月 1 日。
② 同上。
③ 据丁布夫,"1938 年 1 月,我在汉口读到一个敌空军航空员《小小轰炸南京》那篇登在美国风行一时的某杂志上的文字,他说他击落我们的飞机,和开摄影机一样的容易。"有关日军诋毁中国空军之言行参见丁布夫:《本刊一周年》,《中国的空军》1939 年 2 月 1 日第 20 期。

关注，长此以往足以影响中外观感。

  为自身并抗战前途计，中国空军须走入公众视野，且这支年轻的空中劲旅的确可歌可泣。自"八一四"首秀后，"以劣势抵抗优势"的中国空军"不绝的在祖国无边无际的天空，与敌空军奋战，英勇的战绩，悲壮的爱国热情的发挥，不知凡几"①，高志航、阎海文、沈崇诲、乐以琴等一批忠勇将士前仆后继。无惧牺牲，空中健儿屡创佳绩，端正视听，急宜发声广而告之。1938年2月，丁布夫与"前笕桥航空学校副校长蒋坚忍先生，黄震遐，著名的战争画家梁又铭"②受航空委员会政治部委托，在汉口创办《中国的空军》，专门展示空军雄姿、普及航空知识，进而提高军队声誉、扩大中外影响。

  《中国的空军》以建设"空军文学"为塑造军队形象、助力持久抗战的重要途径。1938年9月14日，蒋百里撰文指出，"我觉得一年来新文学中，最出色的是空军文学"③。蒋氏此言或有所指。就在前一天，丁布夫代表《中国的空军》于汉口采访蒋百里，据其报道，"蒋先生对本刊颇有好感，并多予谬奖，蒋先生说，他对于本刊半年来创造空军文学的努力表示满意，并且希望我

---

  ① 丁布夫：《怎样写空战报道》，《新闻记者》1938年第1卷第5期。
  ② 丁布夫：《本刊一周年》，《中国的空军》1939年2月1日第20期。该刊创办者多与空军存在渊源：蒋坚忍历任中央航空学校政治训练处主任兼办公室主任、教育长、副校长、代理校长（参见高晓星、时平：《民国空军的航迹》，北京：海潮出版社，1992年，第135—139页。）；黄震遐"曾追随蒋介石的远房侄子蒋坚忍赴杭州笕桥的中央航空学校编辑《空军》期刊，既有刊物为证，也有同时代人的回忆。"参见姜飞：《黄震遐的生年及其他》，《现代中国文化与文学》2017年第1期。另据周云鹏《辑佚、考证与民族主义文艺研究》，黄震遐"1934年退伍进入杭州笕桥航空中央学校，深受蒋坚忍器重，从此和《空军》结下渊源，发表了《日耳曼赤色之武士》的军事历史小说和《关于弱国空军作战》等军事评论。"（《湘潭大学学报》2016年第6期）；丁布夫则在文中自述："我很了解中国空军训练的情形，作战的能力，不特如此，即每一个空军勇士的战斗精神，我都有深刻的认识。"此三人既熟悉空军业务又具文字功底，这样的组合或也决定了该刊文质结合的风格。
  ③ 蒋百里：《抗战一年之前因与后果》，《大公报》（汉口版），1938年9月25日。此文乃《大公报》"星期论文"，文末标明写作时间为1938年9月14日。由于蒋氏之声名，此文一出，"'空军文学'这个崭新的名字，遂被社会上一般人士所注意，更被正为创造空军文学而努力者群所重视"。（杜秉正：《空军文学创造一年》，《中国的空军》1939年2月1日第20期。）"空军文学"另一重要作家陶雄亦有类似说法：蒋文刊登后，"这四个陌生的字才被一些有心人作为口号功利地提了出来。"（陶雄：《抗战四年来的空军文学》，《文艺月刊》第11卷第7期，1941年7月7日。）以此推测，蒋文中"空军文学"的提法或为首创。不过，之前虽无其名，但空军题材之作已出现，仅《中国的空军》即有不少篇章。

们继续努力，为文学史开一奇葩"①。在蒋氏看来，空军可"给予我们国民以伟大包容的气象，把我们固有的界限，摩擦等习气扫除了"。因为"空军的环境，可以说事事都是新奇，都是可以惊异的，所以激荡出来的文字比人家的不一样。"②故其肯定《中国的空军》，原因在于"空军文学不但'出色'，而且与民族性的改造过程，还有它的作用"③。新民、救国，被寄予厚望的"空军文学"在《中国的空军》上又是如何呈现的？

一、聚焦战斗事迹，塑造英雄形象

自"八一四"迎敌，中国空军誓死奋战，既取得丰硕战果亦付出巨大代价。《中国的空军》不止记录下这些胜利与牺牲，更积极发掘其背后的故事，树立典型、鼓舞军民。淞沪会战期间，我第五大队第二十五中队飞行员阎海文执行轰炸任务时座机被日军高炮击中，不幸陷落敌阵，拒不投降的阎海文奋起抵抗终因寡不敌众自戕殉国。事发后，"日本大阪每日新闻上首见登出了关于我阎海文悲壮殉国的通信，作者署名是大阪每日新闻上海特派员木村毅氏"。"原文结论有云：'我将士本拟生擒，但对此壮烈之最后，不能不深表敬意而厚加葬殓。'"④结合日方新闻、评论及"老百姓的情报"，黄震遐展开想象，勾勒阎海文杀敌、成仁的一幕。作品以新诗破题，首先交代主人公之结局："在江南淡青的天下／大地曼舞着金黄的油菜花／在一棵低垂的杨树底下／埋着我们空军壮士的战骨。"⑤田园秀美映衬英灵高洁，在静穆、悲怆的氛围中，作者扼要回顾了当日空战经过，再集中笔墨刻画阎海文的威武不屈。敌我亮相的场面中，人物形象对比鲜明。"一边跑，大群粗短的'皇军'一边嬉笑着，乱讲着。渐渐有几百人向保险伞降落的地方拥着奔来。中国的飞航员真的在他们面前出现了。他还是年青的小伙子，最多只有二十二岁，飞行衣已撕破了，英武

---

① 丁布夫：《与蒋百里先生谈空军》，《中国的空军》1938年11月15日第16期。本次采访发生于9月13日，文章则追记于10月30日，文末另附《追悼蒋先生》："本刊丁总编辑上文正付排印，而蒋百里先生在广西宜山以急性心脏病逝世之噩耗传，诚令人悲伤！蒋先生不特是个军事家，也是个文学家，他不但懂得陆军，尤懂空军，我们有所请教于他的事正多，今不幸逝世，自是国家的莫大损失；小的方面讲，亦是本刊的一大损失，今后赞助空军文学又少一人，不能不令人挥泪也。"
② 蒋百里：《抗战一年之前因与后果》，《大公报》（汉口版）1938年9月25日。
③ 丁布夫：《与蒋百里先生谈空军》，《中国的空军》1938年11月15日第16期。
④ 黄震遐：《忆我壮士阎海文》，1938年4月11日《中国的空军》第8期。
⑤ 同上。

地直挺挺地站在一个大坟堆上，不肯屈服。'皇军'开始向他包围，前前后后有数百人，后面还有数千人。他虽然只有一人，但眼睛冒出火来，仍不后退，手里握着一把左轮。"① 密密麻麻的日本兵得意忘形、举止轻浮，势单力孤的阎海文则从容镇定、大义凛然。日军威吓、诱降，阎海文开火反击。日军凶悍，难撼爱国之志，猛士忠贞，早已视死如归。"现在，年青的中国飞航员只剩一颗子弹了，日本人又爬前去，军官们一齐怪声乱吠"，"他眼看着前后左右；都是敌人黄色的浪潮。抬头是祖国的微笑的青天，低头，是祖国芬芳的花地。年青的战士心里一阵辛酸，一股热血直冲到脑门——在野兽般的日本兵逼近到五十米的距离，他英武地对着祖国的青天立正，瞪目举枪照准太阳穴，朋！"② 面对生死考验，日本士兵连滚带爬贪生怕死，阎海文愈发正气凛然义无反顾，经作者反复对比、渲染，敌我形象高下立现。依照基本事实，创造关键细节，黄震遐以饱蘸民族情感之笔艺术再现了英烈事迹，经其润色、颂扬，被塑造成典型的阎海文必为更多人所知晓③，其遭遇、抉择更将为苦斗中的大众带来勇气与信心。④

战机频频起落，英模不断涌现，《中国的空军》无不及时采写、重点宣传。1938年4月29日，"敌海军航空兵团佐世保第二航空队，在敌国疯狂的庆祝'天长节'⑤ 的一天，'远征'武汉"⑥。中国空军与苏联志愿航空队联合作战，

---

① 黄震遐：《忆我壮士阎海文》，1938年4月11日《中国的空军》第8期。
② 同上。
③ 据"编者与读者"："《中国的空军》的诞生，仅有一百来天，现在正出版到第十期。由于社会各方面人士的爱护，使我们在短短三个月中，销数由八千突增至二万五，在武汉的每一个角落，都有《中国的空军》在。我们还应告诉爱护的读者，《中国的空军》的发行网，是绝不限于在武汉一隅之地，远至旧金山，南洋群岛，古巴南美洲等处，都有它活跃的姿态存在。"《中国的空军》1938年5月10日第10期。考虑到战时环境，刊物有如此销量，受众已不算少。
④ 宣传阎海文，《中国的空军》还有其他作品，例如阎本人作于1934年，讲述其家庭情况、学习经历及个人志向的文章——《我的自传》（《中国的空军》第23期，1939年6月1日）；刘益之的二幕剧《阎海文》（《中国的空军》出版，1939年）等。另，淞沪会战后期，中国空军力量减弱，（"随着日军在上海赶建临时飞机场，以及新式的九六战斗机加入战斗，中国空军的作战开始渐感吃力。再加上作战以外飞机损耗得相当严重，战机的数量逐日减少，而同时，日本的飞机数量却在不断增加，双方战机的比例快速拉开。"朱力扬：《中国空军抗战记忆》，杭州：浙江大学出版社，2015年，第160页。）在战况不利的形势下，阎海文事迹不啻为提振士气之抓手，《中国的空军》积极推送相关作品未尝没有这种考虑。
⑤ 昭和天皇诞辰——引者注。
⑥ 丁布夫：《陈怀民"肉弹"击敌记》，《中国的空军》第10期，1938年5月10日。

"此役一共击落日机 21 架","而我方损失 12 架"①。事后,为描摹参战官兵展示英雄群体,《中国的空军》迅速推出"四二九武汉空战大捷特辑",汇聚《歼灭佐世保第十二航空队》《陈怀民"肉弹"击敌记》《血花飞溅的"四二九"——记我勇士刘宗武》《四二九空战受伤战士吴鼎臣访问记》《四二九高射炮××队奋战记》《中国空军三重奏》《四二九空战大捷》等数篇报告、诗歌。其中,影响较大的应属《陈怀民"肉弹"击敌记》。据作品所述,当天,陈怀民在击落一架日机后,遭敌围攻致座机受损。缠斗之际,陈怀民突然"开足马力,高度的速率,在长空划了一条光线痕,向一架敌机的背上冲去。""只是在数秒的一刹那,陈怀民机已接近敌机。朋!两机接触,火花四溅,浓烟巨浪一般的翻腾半空中,两条火流冉冉下坠,肉弹陈怀民与敌同归于尽,全武汉的灵魂为之震惊"②。一切突如其来,观者瞠目惊叹。或出于匠心,该作首、尾分别介绍当日战况及烈士生平,叙事平缓,及至撞机情节,气氛陡然巨变,似奇峰突起抓人眼球夺人心魄。为彰显陈氏壮烈,作者誉之"肉弹",并赞曰:"中华魂战胜'武士道'!空中'肉弹',沈崇海之后又一人,陈怀民太使人感泣了!"誓抗侵略,哪怕敌强我弱,战至最终,爱国官兵不惜自杀式袭击。如此悲愤、惨烈之举被作者赋予崇高意义并加以宣扬,目的在于告慰烈士、振奋国民,同时向国内外宣示中国抗战到底之决心,而非鼓吹疯狂战争。③ 青天碧血,中华健儿浩气长存,吞噬生灵,军国主义荼毒无穷。以悲悼烈士为契机,《中国的空军》又引入一段插曲。"我空中勇士陈怀民,酣战之余,奋不顾身,以'肉弹'撞落敌机。事后调查",被撞殒命的日飞行员乃高桥宪一,"当在其残骸血衣袋中,搜获物件颇多,内有其妻美惠子照像(相)一张","尚有美惠子手书之家信一封,长约千余字,笔记秀丽,厌战情绪隐约于字里行间"。

---

① 朱力扬:《中国空军抗战记忆》,第 210 页。
② 丁布夫:《陈怀民"肉弹"击敌记》,《中国的空军》1938 年 5 月 10 日第 10 期。
③ 沈崇海、陈怀民冲撞日军时座机皆受损,面对强敌,二人爱国情切心有不甘,唯拼死一搏。另,1939 年 5 月,因战机老旧,驻守重庆的中国空军第四大队几次无功而返,遭市民非议。为此,"在一次会议中,二十三中队队长郑少愚提议与敌机相撞,同归于尽,不论白昼或夜间,只要捕捉到机会,他愿意第一个撞敌人的领队机,各分队长撞敌人的小队长,各僚机撞敌人的僚机。当时,在极度沉重的气氛中,一致发下誓言,通过此一决定。"(朱力扬:《中国空军抗战记忆》,第 228 页。)中国军人不惜一死,原因乃中日实力悬殊,在此局面下,捍卫家园须时刻准备牺牲。由此,丁布夫笔下"肉弹"与"一·二八"时期,日本为鼓吹侵略、礼赞军国主义而罔顾事实所炮制的"忠魂肉弹三勇士"有本质区别。参见胡连成:《昭和史的证言——战时体制下的日本文学(1931—1945)》,长春:吉林大学出版社,2009 年,第 36—40 页。

然而，"高桥终于陈尸荒郊，永作春闺的梦里人了，这真是日本军阀的罪过"①。为启发日本民众认识侵略恶果，编者以情动人。日夜思念高桥的美惠子倘闻战地噩耗，想必悲苦莫名。② 然则其痛失爱人责任到底在谁？编者将矛头指向穷兵黩武的日本当局。满纸呢喃尤是深情，生死相隔令人唏嘘，美惠子家书未必有厌战之心，但它的确见证了亲情、爱情的破碎，倘侵略继续，此等悲剧必将不断上演。

"歌颂中国空军的伟绩"乃"空军文学"基本内容，也是《中国的空军》主要成绩所在。③ 检阅刊物，大量作品旨在颂扬功勋卓著的飞行员。其中既包括《忆我壮士阎海文》《陈怀民"肉弹"击敌记》《江南大地之钢盔——乐以琴》等以个体素描为主的篇章，也有《"万山"部队怒擂南海》《空军第二大队东海奋战记》《"413"大广东领空之保卫战——"流星群"大队南国长空歼敌记》等记述英雄团体之作。"空军文学"是"描写空军的文学"，另一方面，它也是"空军创造的文学"④。所谓"创造"不仅指提供素材，亦含创作之意，汤卜生等许多飞行员即为《中国的空军》撰稿讲述战斗中的悲喜。文艺界与空军密切合作，极力塑造能征惯战的军队形象。"这并不是单纯的歌颂"，"只有通过描写这些事迹的文章，才可以激发广大群众抗战的情绪，坚定对于抗战前途的自信，以求达到抗战的最后胜利"⑤。

二、对日军飞行员的认识与想象

空中卫士直冲云霄，或凯旋或折翼，个中情形多被《中国的空军》捕捉、记录，成为"空军文学"的重要组成。不过，宣传抗战，焦点不止我军，日军种种亦须刻绘。同样，"揭发敌国空军的丑态"⑥ 也是"空军文学"的题中之意。就《中国的空军》而言，涉及日本空军之作内容大致两分：其一主要记录战争罪行，其二侧重描绘毙、俘人员。从文学性角度出发，本文更关注后者，

---

① 编者：《美惠子的悲哀》，《中国的空军》第 10 期，1938 年 5 月 10 日。
② 对于美惠子的反应，刊物曾作如下想象：噩耗传来后，"在高桥二等航空兵曹的家中，美惠子夫人却正开着萧邦的《丧礼进行曲》，垂头不语"。参见黄震遐：《歼灭佐世保第十二航空队》，《中国的空军》第 10 期，1938 年 5 月 10 日。
③ 杜秉正：《空军文学创造一年》，《中国的空军》第 20 期，1939 年 2 月 1 日。
④ 培：《"空军的文学"与"文学的空军"》，《文艺先锋》1944 年第 5 卷第 1、2 期合刊。
⑤ 杜秉正：《空军文学创造一年》，《中国的空军》第 20 期，1939 年 2 月 1 日。
⑥ 同上。

即以《囚虏之音》《俘虏准原三》《川原中尉战毙记》《皇军的丑态——击落敌机师身上的"灵符"》等为代表的一批作品。上述诸篇或虚构但不乏事实依据，或纪实却也含想象成分，虚虚实实的背后，透露出中日对彼此的认识与理解。

战时，近距离观察日本空军实有难度，退而求其次，被俘或战殁者的证词、遗物就成为国人了解、刻画日军飞行员的重要依凭。1938年4月，中日归德空战期间，"一架九五式的敌军战斗机中了我方的高射炮弹，摇摇摆摆的迫降下来，黄泥水溅处，尾巴朝天，倒插在江汉平野晚春的润土中。待壮丁和多数民众围拢过去的时间，机座里的驾驶员血丝挂在嘴边，生命早已结束了"①。死者小林三郎携日记一册，经《中国的空军》翻译、编排后以《川原中尉战毙记》之名发表，文中小林、川原、加藤等各具面目。

作为日军飞行员，小林并不讳言中国空军之勇猛，且惊讶之余不无佩服。"到达支那后，才晓得敌方战斗操纵上的狞猛善战，不是平稳的乡土中所能了解的。""敌人勇敢惊人，空中战斗无法取胜时，便利用速率，企图与我机冲撞，宁愿同归于尽，不肯逃脱。"交手数次，小林益发不安。"北支的吹雪增加了我们的困苦，敌方高速度的战斗机不断给我们以可怕的奇袭"，加藤部队陷于苦战。相比于小林的忧虑，部队长加藤显得若无其事。加藤一贯强横、好战，全队只有他"还在蔑视支那航空员的优秀的战斗力了。"甚至"还去投了一个通信袋，向敌队挑战。"② 不过，傲慢的加藤未能扭转局面，"恶消息不断传来，三轮宽少佐在山西战死，海军航空队方面的损失更大，名震皇国的'红武士'潮田良平大尉在南昌战死，金子隆司大尉在二月十八日空袭汉口时战死，栗本少佐行方不明③。小谷大尉，田中大尉，永田大尉，皇军最优秀的战

---

① 黄震遐：《川原中尉战毙记》，《中国的空军》第9期，1938年4月21日。
② 1938年初，日军"曾在西安上空投下一物，那是一个皮制的圆筒，中藏战书一封，其文如此：'告敬爱的中国空军战斗员：勇敢之中国空军战斗员，其奋斗精神，吾人深表满腔之敬意。吾人欢迎中国空军战斗员来我机场上空决一胜负！日军战斗队加藤大尉'中国空军××队在接到这封敌人的战书后，十分兴奋，大家摩拳擦掌，准备予敌人以痛击，于是即以英雄的豪侠口气答复敌人说：'敬复日本空军战斗员：前日接到贵队之战书，欲与本军决一胜负，本队深表欢迎。吾人已准备教，请于×日在××上空决战可也。中国空军第××队敬上'不久之后，××上空便发生了一幕激烈的空战，我空军奋其英勇，半小时内击落敌机六架，其余敌机仓皇逃逸而去。"详见星德：《战书往还》，《中国的空军》第9期，1938年4月21日。
③ 此人被俘，参见姚中言：《"皇军"俘虏群像》，《中国的空军》第6期，1938年3月21日。

士都战死了。'支那圣战'的代价实在太高了太大了"。日军名将接连葬送于"圣战",小林虽不满却无可奈何。形势紧张,"勇名早遍于皇国了"的川原被寄予厚望。年轻却为人古板的川原系"武士之华"后裔,受家庭及教育的影响,对军国主义极其狂热。徐州会战期间,他与加藤如痴如狂,联手鼓吹与中国空军一较生死,受其煽动,悲观的小林亦觉"圣战有望"。然而,希望很快破灭。3 月 25 日,中日空军决战归德。"战斗十分钟","浓烟开始现于云际","啊呀,川原机喷火了"。"在战斗的怒涛中,川原机的冒火的机身拼命挣扎,很清楚地看得出川原中尉那副不肯示弱的奋斗的神态来。但对着他攻击的敌人战斗士亦非常顽强,一再地对他施行连续攻击。终于","川原力竭了,机头向下,尾巴冒出大蓬红焰来,开始猛烈的旋转下去。""武士道之花"灰飞烟灭,而"归德的上空仍然是敌军的"。经此打击,加藤一蹶不振,哀叹"征服支那太不容易了。""果然,四月十日,在归德二次空战中,他一去不返"。频失骨干,人心不稳。"军中开始流行了一种可怕的思想:'支那不可征服论'。"小林愈加绝望、愤慨,"军部到目前还高唱'支那征服论',什么'圣战'啰,'膺惩'啰,马鹿!让他们自己亲到这支那恐怖的空中来试试看吧。经过十个月的苦战,我已疲倦得要死,支那是青年的,逐渐壮大起来的,这个国家如何能够征服,除非我们有一万个加藤大尉,十万个川原中尉"。强硬的加藤"是一块铁",狂热的川原"是一团火",而消极的小林则"是一块冰","但不幸的很,我却是代表大多数的"。

小林手记将日本空军从面目模糊的集团还原为形态不同的个体。外人眼中,好战的加藤"颇有武士的精神"[①]"能歌"的"美青年"川原"头脑并不像他外貌的灵秀",二者各有特色却不妨"志同道合",他们皆是侵华的忠实拥趸,作战必尽全力。与之相比,小林同属日军一员,但对战争、政府时有不满、批评,由此常被责骂为"'左'倾色彩"。可即便悲观、失望,小林仍旧替军国卖命至死方休,在他看来,随波逐流的大多数无不如此。通过小林手记,中国读者看到了日军飞行员较为真实的一面,见识了他们关于战争的看法、体验,也了解了他者眼里的中国空军,这对国人重新审视彼此、增强抗战信心不无裨益,刊物编译此文的初衷也在于此[②]。

[①] 星德:《战书往还》,《中国的空军》第 9 期,1938 年 4 月 21 日。
[②] 时人评价此文:"以生动的字句写出加藤大尉穷酸末路的泪语。这些都足以增强我空军杀敌的雄心。"杜秉正:《空军文学创造一年》,《中国的空军》第 20 期,1939 年 2 月 1 日。

与小林的日本人视角不同，陶雄描绘了中国人眼里的日军飞行员。小说《囚房之音》中，被俘飞行员住川佑光入住反省院数日便生出今是而昨非的体悟："中国人是全世界最伟大最富于同情心的人类，全不像我们的大将们所形容的那样野蛮无人性。你只要在这里住上一两个礼拜，你便会发现那些军阀对我们的欺骗是多么荒谬可笑了。"新来的松浦久夫对此将信将疑。恰在这时，中国空军代表前来慰问，反省院长亦来安抚，一番开导后，松浦亦毫不犹豫地彻底转向，他在给妻子的信中写道："中国是日本人民真正的友人"，"对于一个伟大的民族，大炮飞机是无法使之屈膝或灭亡的啊！我悔恨我走错了一条路，我不愿我的子嗣再蹈我的覆辙。如果你我的结晶确如我们所望可以取名太郎的话，我要求你立刻带他回乡务农，永不让他接近军阀的铁爪，更不让他知道曾经有过这样一个悲剧扮演者的父亲。中国是日本人民真正的友人啊！只有打倒黩武残暴的军阀恶魔，反对一切出征动员的命令，日本人民才有生存的出路呢！"① 作家笔下，松浦、住川皆是受日本军阀欺骗的可怜人，被俘恰是新生，二人认清事实幡然醒悟，投身反战只争朝夕。基于相同的创作思路，《俘虏准原三》② 首先介绍了主人公的悲惨经历，其年幼受人欺压，日后又被军阀利用。新仇旧恨无从消解，助力抗战方有出路。成为战俘的准原三"真正的了解了中国的抗战是发自人民的抗战"，伟大事业激发崭新理想，他誓为"打倒侵略中国的日本强盗"贡献力量。松浦等弃暗投明无疑符合国人意愿，但其思想转变如此迅速、彻底似失之自然。现实中，松浦被俘后"态度有相当的高傲，看到和他同机的烧毁尸体，不禁落下几颗热泪"③。其表现如此，倒合乎常情。反观小说，尚有"忠君报国"之念的松浦听了对手三言两语就转而要求打倒日本军阀，这样的蜕变未免过于戏剧性。④

如何看待日军飞行员，《中国的空军》有不同声音。《囚房之音》基于理解、同情，不计前嫌，《皇军的丑态——击落敌机师身上的"灵符"》则意在

---

① 陶雄：《囚房之音》，《中国的空军》第 7 期，1938 年 4 月 1 日。
② 中言：《俘虏准原三》，《中国的空军》第 9 期，1938 年 4 月 21 日。
③ 孤鹜：《曹城上空之战》，《中国的空军》第 21 期，1939 年 3 月 1 日。
④ 杜秉正认为，《囚房之音》"以纯熟的文笔，迫使空军俘虏受了我们的优待，感激到竟在冈本口中说出底下的字句：我把中国尊称为我的父亲，我说，我尊敬中国犹如敬我的父亲一般。"这类看似夸张的情节设置目的在于暴露敌人丑态。杜秉正：《空军文学创造一年》，《中国的空军》第 20 期，1939 年 2 月 1 日。

嘲讽。所谓"灵符"指樱井伊十郎所作《十二天山避弹歌》①,有飞行员以之护身,被我军缴获后载之刊物,以揭露"皇军"之荒唐可笑贪生怕死。丰子恺亦曾作诗画斥责敌人:"中国空军歼敌机,敌机翻落稻田里。农夫上前捉敌人,缚住两人如缚鸡。连声喊打动公愤,锄头铁爬(耙)齐举起。军官摇手忙拦阻,训诫敌兵声色厉:'尔等愚痴受利用,我今恕尔非罪魁。姑饶性命付拘禁,扫尽妖寇放尔归。'敌兵感激俱涕零,双双屈膝田中跪。起来齐声仰天呼:'中华民国万万岁'。"② 对待同一身份之人,陶雄好生安慰,丰子恺则义正词严,前者尽力争取对手,后者着眼于激发民气,出发点不同,刻画人物自然可怜、可恨各有侧重,结合二者,或许才更接近日军飞行员的本来面目。

1941年,陶雄回顾"空军文学"创作情况时指出,"谈'空军文学',不能不谈《中国的空军》"③。该刊不仅提出了"空军文学"的口号,而且"还对这新颖名辞作了一个具体的解释。"除了首倡与理论阐释之功,《中国的空军》对"空军文学"又一重要贡献"便是占据这刊物约二分之一篇幅的战历报告。""这些大量生产的战历报告在笔调上一般都有着一个特异之点,那便是字句的简洁,和比喻的新奇。"这些作品不止数量众多、文笔生动,其内容也较为全面,描绘了中国空军的战斗、生活以及相关建设等种种场面,对日本空军的战争罪行及其飞行员言行、心理也有较多表现。纪实性报告之外,小说、诗歌、戏剧等在刊物中均占一席之地,这也为陶雄、陈禅心、刘益之等"空军文学"作家的成长提供了重要平台。④ 工作有目共睹,《中国的空军》逐步得到文坛肯定,《文艺月刊》《文艺先锋》《现代文艺》《大路》等先后响应、支持,"空军文学"渐成一景。

建设"空军文学",《中国的空军》有成绩亦存在不足。首先,各文体发展有欠均衡,小说尤其长篇小说数量较少,这也是"空军文学"整体所面临的问题。⑤ 其次,不少"战历报告"新闻性有余而文学性不足,且其篇幅一般较短,难以产生"史诗级"作品。另外,《中国的空军》"原是一个官办刊物,

---

① 参见《皇军的丑态——击落敌机师身上的"灵符"》,《中国的空军》第11期,1938年5月21日。
② 丰子恺:《漫画附诗》,《中国的空军》第14期,1938年8月1日。
③ 陶雄:《抗战四年来的空军文学》,《文艺月刊》1941年第11卷第7期。
④ 丁布夫:《我们这一年》,《中国的空军》第29、30期合刊,1940年3月1日。
⑤ 陶雄:《抗战四年来的空军文学》,《文艺月刊》1941年第11卷第7期。

宣传重于艺术似乎是必然的"①。这对刊物提升文学品质势必产生一定影响。《中国的空军》所提倡、建设的"空军文学"虽有局限,但在战时仍具积极意义,它展示了中国空军雄姿,揭露了日本空军丑行,激发了我军斗志,增强了大众抗战信心,成为抗战文学不可分割的支流。

---

① 陶雄:《抗战四年来的空军文学》,《文艺月刊》1941年第11卷第7期。

第四章　淞沪会战之地面作战

　　空中鏖战未休，陆上对决正酣。老向《女兵选夫》颂扬空战英豪之时更不忘陆战健儿，除提及在忻口一战中牺牲的郝梦龄将军外，还语涉我姚子青部"全营殉难宝山城，千古流芳名，哎哟，民族有光荣！"姚营官兵誓死守土气壮山河，9 月 7 日，陈诚向蒋介石等报告近日作战情况，提及"据九十八师夏师长鱼酉电称，该师路团姚营固守宝山城，微辰起敌以优势兵力及战车、炮舰、飞机联合炸击，城壁被毁数处，该营守城官兵奋力抗战，伤亡颇重。激战至鱼日十时，卒以伤亡殆尽，无法支持，全营官兵自营长以下偕城作壮烈之牺牲"①。如陈诚所述，在日军海陆空协同进攻下，姚营奋战两日全体殉国。宝山失陷后，艾芜作《我怀念宝山的原野》②悲家园沦陷，斥敌人暴行。罗卓英将军则赋诗一首致祭宝山国殇：

　　　　鲸涛鳄浪打危城，全仗吾曹正气撑，五百健儿同殉国，中原何止一田横。（《吊宝山姚营官兵》）③

　　保家国，姚营官兵坚守危城至死不退；战到底，五百健儿仆倒八百壮士又起，姚营成仁，随宝山陆沉；谢团凯旋，共四行屹立，生死俱昆仑，中华正气传承不歇。10 月下旬，姚营殉国月余，"我军主力退守南翔一线，一部退守苏

---

①　中国第二历史档案馆编：《抗日战争正面战场》（上），南京：凤凰出版社，2005 年，第 427 页。
②　艾芜：《我怀念宝山的原野》，《烽火》1937 年第 5 期。
③　罗卓英诗见田汉：《前线巡历》，转引自碧野主编：《中国抗日战争时期大后方文学书系·第四编·报告文学（第一集）》，第 394 页。

州河以南，一部留守苏州河以北各要点。第 88 师 262 旅 524 团副团长谢晋元和 2 营营长杨瑞符以 2 营为基干，组成了有 3 个步兵连、1 个机枪连、1 个迫击炮连共 452 人的加强营，对外宣称 800 人，奉命坚守闸北四行仓库，掩护主力转移"①。事后，郑青士作《八百壮士》以大鼓书词形式歌咏这次战斗：

壮气冲霄溢八荒，争同日月吐光芒，岳家威武谁能撼，田岛忠贞自足彰；誓灭仇雠明耻辱，拼将铁血固金汤，前身定是阿罗汉，八百天神下九阊……个个逞豪强。

表的是八一三上海地面把日寇抵抗，遭不幸七旬的苦战失了大场，那闸北寸寸国土岂甘退让，实只为腹背受敌突出太长；统帅有令退守在第二道国防线上，掩护任务派定了谢团承当，这伟大的使命神圣一般样，民族的武德灿烂辉煌。谢团附名叫晋元与那杨瑞符营长，率领着铜筋铁骨的八百儿郎，守定了四行堆栈把强敌抵挡，掩护着大队退却不慌不忙，视死如归称得起军人榜样，完成了任务还不肯离开战场，要杀个痛快淋漓算清血账，这一页民族的战史真有荣光……中外把名扬。

这八百壮士接受了命令盔明甲亮，精神抖擞英勇无双，霎时间展开阵线枪炮齐响，一个个左冲右突赛过虎狼；假装着进攻把敌人骗谎，断后的妙计可说是有勇知方，我大军退至在中央造币厂，与浏河成一直线三十公里长，从容布置在新的战线上，士气奋激抵抗更加强；且不言整个的战事它是怎么样，急回来单把那闸北的壮烈情形细说端详：

十月二十七日拂晓时天将明亮，那倭寇才觉察我大队退出了闸北战场，满心想挥兵进击打个大胜仗，又谁知八百壮士筑成了一道铁壁铜墙，虽然他们是前仆后继把阵地进抢，无奈是手榴弹掷机关枪发遍地伤亡……铁桶般冲不进只显得倭奴小鬼无用阿囊。

那倭寇图穷匕见把火来放，派出了大队飞机轰炸南翔，东起江湾西至周家桥延烧愈广，火连烟、烟连火足有十里多长；但只见烈焰冲霄火山一般样，只烧得天愁地惨鬼戚神伤，只烧得屋倒墙倾鸡犬皆丧，只烧得美轮美奂变成了瓦砾之场。最可叹沪西的平民万人空巷，老的老小的小逃奔在苏州河旁，租借的栅门不能够开放，任凭那敌机扫射沿路死伤。唉！你看它逞其兽性哪把公理讲，杀人放火如疯似狂，联合了空陆两军横冲直撞，实可敬孤军奋战毫不慌张。

---

① 步平、荣维木主编：《中华民族抗日战争全史》，第 160 页。

雄赳赳挺起八百壮,高巍巍矗立四行仓,与阵地共死生决不退让,哪怕是只剩下一枪一弹……决心为国殇。

你看那太阳旗下倭兵倭将,重重叠叠把那四行仓围在中央,那敌机不断的在天空嗡嗡响,平射炮猛烈的攻打仓库的垣墙,八百健儿他们一粒枪弹也不肯轻易放,稳扎稳打不慌不忙,众寡悬殊论火力固然赶不上,旷日持久也必定要断绝食粮;西藏路英国驻军见此情况,不觉得激发了人类同情的心肠,喂朋友们过来吧咱们把栅门开放,只要你们解除那武器刀枪。谢谢你们的好意仁周义广,军人天职必须与阵地共存共亡,最后一滴血拼洒在阵地之上,怎能够放弃阵地擅入那十里洋场。一番话只说得英军们点头赞赏,好一个军人模范永世流芳。铁一般意志打这铁一般的硬仗,民族精神真够强……八百猛金刚。

这一战中外人士谁不夸奖,英雄盖世民族之光,仗义的人纷纷去探望,冒着万险送进了光饼与盐糖;勇士们说我们的粮食足够并非谦让,劝同胞多购公债挽救危亡,身为军人责任是打仗,为国捐躯理所应当,有一些遗言写在书信上,请代投邮政局寄往家乡;听此言谁不为热泪下……,同说道勇士们珍重报国的日子长。话毕告辞不过半晌,那日寇大举进攻直扑四行仓,众勇士隐藏瞄准一枪不虚放,待其逼近才使用手榴弹与那机关枪,只见那倭寇一个个翻身地下躺,伤的伤来亡的亡,遥望着四行大厦七层顶上,升起了青天白日旗一方……迎风正飘扬。

这国旗是位女童军冒险送往,只压得周围太阳旗惨淡无光,中国魂全寄在八百人与一面旗上,要知道委员长精神感召普及编氓。死守了四天四夜又悲又壮,他任务是已然达到何必延长,密令撤退敢不服从委员长,忍痛放弃宝贵的四行仓,从容准备冲出炮火交织网;三十人为一组毫不慌张,那日寇探照灯放出光亮,机枪扫射密似虫蝗,八百人一面撤退一面抵抗,遭不幸二十位挂了彩五位身亡,最后退出的一人是谢团附那位官长,精神饱满器宇昂藏,受伤的弟兄们也都运走最令人敬佩神往,可算得精诚团结义重情长,到达了安全地带无心休养,急归大队转入新战场……且看谁弱与谁强。

这一回闸北断后八百兵将,惊天地泣鬼神民族臻光,似这等军国民人格高尚,卫国保土中外称扬……倭奴不足亡!①

---

① 郑青士:《八百壮士》,《文艺月刊·战时特刊》1938年第1卷第6期。

家国危难，再现岳家威武；金汤固守，好似神兵天降。作品首先简要介绍了战局变化，10月26日，日寇压迫下，我放弃大场、庙行、江湾等阵地，为避免"腹背受敌"，闸北守军也开始后撤。主力转移之际，"掩护任务派定了谢团承当"，至此，作品将焦点对准坚守"四行堆栈把强敌抵挡"的"八百儿郎"。为掩护主力撤退，谢团向日军佯攻，"霎时间展开阵线枪炮齐响，一个个左冲右突赛过虎狼"，此举有效迷惑并牵制了敌人。国军主力陆续后撤，日军发觉中计急欲追击，四行守军横亘其间勇挫敌锋。日寇进攻受阻，恼羞成怒"把火来放"，且派空军密集轰炸定要除谢团而后快。火势似日寇凶狠，往日家园化为飞灰，昔时繁华顿成瓦砾。战火肆虐，殃及无辜。沪西民众涌向租借寻求庇护，谁料列强怕引火烧身罔顾公义，租借"栅门不能够开放"，我同胞徒遭日机扫射"沿路死伤"，景象凄惨睹之泣下。实际上，列强袖手早有端倪。"七七事变"爆发，国民政府呼吁欧美主持公义，各国考虑自身利益冷漠对之。"八·一三"日寇挑起战端，上海市市长俞鸿钧"即复知各通讯社电告各国"，并把提交日本领事的抗议书"抄送各国驻沪总领事知照"①，用意在引起欧美干预，但"国民政府的多次呼吁，开头并没有得到英美的正面回应"②，各国依旧执行绥靖政策。友邦置身事外坐视日军行凶，国人心忧险境军民。时在沪上的靳以，望着战地大火心弦紧绷，"计算时日，那火已经烧了三天三夜。不知道那里面还有多少人，我也不知道有多少人的血汗曾经洒在那上面，我像吞下了一颗酸苦的果子"，"在火焰中还有那八百人的一支孤军"③。日寇残暴，更激我抗敌决心，谢团官兵不惜性命宁"与阵地共死生决不退让"。敌人轮番猛攻四行，"八百健儿""稳扎稳打不慌不忙"。孤军奋战触动外籍武装，租借英军欲以缴械为条件，保谢团周全，被爱国官兵拒绝，中国军人誓死守土抗战。将士忠贞，岿然不动，致我民族精神高涨，国人感奋冒险探望，军民御侮矢志不渝。酣战中，"为表达上海市民对守军的敬意，上海商会决定派年仅18岁的童子军少女杨惠敏向孤军坚守的谢晋元部敬献国旗"，"29日，杨惠敏冒着敌人的炮火，趁着朦胧夜色和浓雾掩护，泅渡苏州河，潜入四行仓库，将国旗送到孤军坚守

---

① 《上海市市长俞鸿钧自上海报告日陆战队轻启衅端向我北区守军攻击一案除复知各通讯社电告各国外并向日本总领事提出书面抗议电》（1938年8月13日），秦孝仪主编：《中华民国重要史料初编——对日抗战时期》第二编《作战经过》（二），第169页。
② 张宪文等：《中华民国史》第3卷，第48页。
③ 靳以：《火中的孤军》，《烽火》1937年第10期。

的524团阵地"①。国旗凝聚抗战信念，饱蘸同胞嘱托关爱，鼓舞军心民气，一时间，民众纷纷走上街头声援谢团，靳以"夹在拥挤的人群中朝北眺望。从一间矮屋的上面望过去，正看见那堡垒一样的货栈，在楼顶飘扬的国旗下，有三五个持枪的兵士"，"我举起手来挥着，遥遥地我也望到他们的手在挥动，我带了微笑；可是我知道他们是看不到的，我的眼睛为泪水模糊了"②。官兵以民族为重，留书遗言从容应敌，感动万千中华儿女。枪声不绝，烟火连绵，敌寇一次次被击退，青天白日旗"迎风正飘扬"，"支持那面国旗矗立的正是那八百人准备好的最后血肉的牺牲和那生死如归的勇敢"③。孤军"死守了四天四夜"，完成掩护任务，奉令撤退，"30日，四行仓库守军冲出重围，退入英租界，继续坚持战斗"。八百壮士的抗敌事迹"惊天地泣鬼神民族臻光"，中国军人的英勇获得高度评价"中外称扬"，"正如一张外国报纸所说：'即使撤退，也不是败退，而是凯旋'"④。主力转移，谢团殿后，坚守阵地迟滞敌寇；感其精诚，民众劳军慰问、献旗；英勇狙敌，爱国官兵从容突围。郑青士之大鼓书词将淞沪场上一段战事形象道出，现日寇之残暴，表谢团之忠勇；难民遭屠，令人悲愤，日寇殒命，使我吐气；作品有战斗之激烈，有劳军之感人，夹叙夹议，情绪高低回环，节奏张弛错落，强烈的民族感情充溢全篇。《火中的孤军》同样颂扬了八百壮士，但重点不在描写战斗场面，四行官兵也一直是远处模糊的轮廓，作品主要以"我"的情感起伏为线索，反映似"我"一般的普通民众对四行守军的关切⑤，全篇叙述简洁感情深沉。四行抗战令国民扬眉，引作家称扬，长于抒情的散文与长于叙事的传统鼓词交相辉映，共同记录了一段难忘的抗战史事。

淞沪一役，战斗残酷火拼迭进，中国军人为民族效死，不仅依坚固守，似

---

① 步平、荣维木主编：《中华民族抗日战争全史》，第160页。关于杨惠敏渡河送旗之事，曹聚仁另有说法。据曹所记，四行守军将仓库与西藏路上某杂货店打通，"我们和孤军之间，一直通行无阻"。送旗当日，曹与杨惠敏跟随谢团长与陈参谋长，"便从那家杂货店后壁，爬了过去，先后不过十来分钟，便到了仓库和孤军相见"。参见曹聚仁：《从"四行仓库"谈起》，《我与我的世界》（下册），太原：北岳文艺出版社，2001年，第718页。现暂未发现其他类似曹之证据，在此略备一说。

② 靳以：《火中的孤军》，《烽火》1937年第10期。

③ 同上。

④ 同上。

⑤ 淞沪一战至四行退守大势已不可为，四行更非决定性之战，包括作家在内的民众如此看重四行，一来守军英勇的确值得敬佩，另外，军事当局引导下的战时舆论，目的在激励士气民心，尽管此时战况不容乐观，但将四行树为典型吸引中外目光，自有其宣传上的意义。

宝山姚营舍生取义誓死不退；还有奇兵突袭，如罗店残部冒死反击敌后立奇功。

会战期间，国军与日寇在罗店一带激战。罗店地近浏河、嘉定、昆山、上海等处，战略位置重要，敌军夜袭强取罗店，"其目的在向嘉定南下截断我军背后连（联）络线"，而"我欲先消灭于我最危害方面，宜先击灭罗店之敌"①。鉴于此，自8月下旬始，中日在罗店及附近区域反复争夺。敌我频繁交火，"彼此往返冲突，以迄天明"。如此，激战不止战事胶着，双方死伤枕藉，"罗店东北，敌我死伤在四五百人，界泾河竟为尸体填满，至为惨烈""各方面与敌激战竟日""敌我伤亡奇重"。连番苦战，国军消耗巨大，"各部每夜激战，疲劳异常"，渐呈颓势。正在此形势下，经敌"优势兵力及战车、炮舰、飞机联合炸击"②，宝山姚营全体壮烈殉国。但如罗卓英将军诗，"中原何止一田横"，将士前仆后继，罗店战斗还在继续。

由于国军抵抗顽强，迫于压力，9月14日，日军大规模增兵，之后"开始全线进攻，主力指向罗店方向"③。在此坚守之国军处境更加艰难，为争夺阵地，部分守军化整为零，或窜扰敌后或突击、夜袭。《钟进士杀鬼》④反映的正是这一阶段敌我在罗店附近之拉锯苦战。作品首先交代了罗店守军面临之敌情，为消灭中国军队，日寇发挥其机械化优势，集中海陆空力量对守军实施立体打击："先来几十架飞机，沿着火线，疯狂地丢下几十个重量的炸弹；接二连三地用大炮轰击我们的战壕和炮位；最后才用坦克车，机关枪掩护着骑兵步兵，直向我们的阵地扑来。"守军宁死不退，但强弱现实无法改变，敌优势火力覆盖下，国军防御工事遭毁灭性打击，"许许多多的抗战将士都做了壮烈的牺牲"。冰莹之说并非个例，丘东平同样讲述了罗店之战的残酷，"在罗店担任作战的××军因为有三分之二的干部遭了伤亡"，指挥官陈诚要求中央军校广州分校给他补充一百五十名干部，因此，"我"被派到了罗店前线。"我"所在的第七连，"全是老兵，但并不是本连原来的老兵，原来的老兵大概都没有了，他们都是从别的被击溃的队伍中收容过来的。我们所用的枪械几乎全是

---

① 《张治中致白崇禧黄绍竑密电》（1937年8月26日），中国第二历史档案馆编：《抗日战争正面战场》（上），第370页。

② 以上所引为9月6、7两日，我军在罗店附近作战情况，出自《陈诚致蒋介石密电》（1937年9月7日），中国第二历史档案馆编：《抗日战争正面战场》（上），第427页。

③ 张宪文等：《中华民国史》第3卷，第29页。

④ 冰莹：《钟进士杀鬼》，《文艺月刊·战时特刊》1939年第2卷第9、10合期。

从死去的同伴的手里接收过来的"①。作家对国军牺牲惨烈之记述并不夸张，9月中旬，第3战区副司令长官顾祝同向当局报告淞沪战况，关于"罗店方面：昨（9月14日——引者注）申敌私立夺占淑里桥后，继以机炮战车掩护优势兵力，向我霍师顾家角、谢宅、吴家桥阵地猛冲，与我曾旅激战至夜，伤亡奇重"②。昔有鲁阳挥戈止日，而今敌我竟夜激战。9月20日，罗店附近"有敌新到约一旅团"，"敌重炮在何家坟山附近者有八门，在黎家宅背后及金家宅附近者各有四门"。"皓日下午敌机在罗店西北上空"，对国军阵地"轰炸甚烈"，"同时有敌山炮十余门"，向我"射击甚烈"。是役，国军"伤亡营长以下十二员，士兵百六十七名"③。同日，"今晨八时，敌机廿余架，向我第四军五九师尤梅宅附近阵地轰炸，继以步炮兵对我攻击，经剧烈之战斗，尤梅宅为敌所占"④。敌海量炸弹肆意抛掷，国军阵地千疮百孔几无完肤，"有一次当着敌兵攻陷了我们金家店阵地之后，眼看着我们原来的壕沟炮位都已经成了一块平原"。就是在这种艰险环境下，国军残存部队的小规模反攻突袭，戏剧上演。

日寇摧毁国军阵地后，眼见尽是废墟、残肢，便"毫无顾忌地只管继续前进"。他们哪会料到，炮火撕碎的工事中，"还有许多我们英勇的将士，被埋在土里，他们还在挣扎着出来"待机反攻。《钟进士杀鬼》写道，敌人炮火停息后，九十师张国成遭工事掩埋未死，他"从泥土里探出头来，看看天色已近黄昏，敌人踏过了这道防线，还在继续前进"，于是"悄悄地爬了出来"。此时，其他幸存战友趁机"也都陆续地从土里爬出来了"，集结完毕仅存十余人。作品提到的第九十师，师长欧震，隶属第十五集团军陈诚治下，在淞沪会战罗店以南地区争夺战中，第十五集团军正负责罗店、浏河等地防务，第九十师被划归中央第二区作战军，指挥官为罗卓英⑤。此刻，破土而出的战士"彼此相见之下，不觉失声大笑，原来每个人的脸上都是乌黑的，只有一双眼睛，放出光亮的颜色，全身都是泥"。这身令战士们感到滑稽的"伪装"，实拜敌人所赐，覆

---

① 丘东平：《第七连——记第七连连长丘俊谈话》，《七月》1938年第1集第6期。关于丘东平对正面战场的表现可参见秦弓：《丘东平对抗战文学的独特贡献》，《东岳论丛》2011年第2期。

② 《顾祝同至何应钦密电》（1937年9月15日），中国第二历史档案馆编：《抗日战争正面战场》（上），第434页。

③ 同上，第436页。

④ 同上，第437页。

⑤ 关于淞沪会战罗店以南地区争夺战中国国民党军的编成和作战序列详见曹剑浪：《中国国民党军简史》（中册），北京：解放军出版社，2010年，第568—570页。

盖全身的泥土,不知沾染了多少忠勇将士的鲜血。劫后余生的战士没有就此撤退转移,李得功建议大家"就凭着这副怪样子,趁着黑夜去袭击鬼子","陈成福更慷慨激昂的说:'鬼子这一下,又不知杀掉我们多少弟兄','我们要不是埋得浅,还不是早已送了命。我们这条命是捡来的,当然要痛痛快快地和鬼子拼一下,一来替国家尽了守土责任,二来为弟兄们报仇,三来也替自己出了一口气'"。这时,"天已经黑得看不清人了",战士利用夜色掩护,组织突袭发动敌后反击,"鬼子们""突然听到背后打来噼噼啪啪的枪声,吓得魂飞魄散,秩序大乱,大家张皇失措,喊声震天地;有的丢下枪就跑,有的大哭大叫,没有逃掉的都死在我们机关枪之下"。作品旨在激励民心,所述战果不必细究,但奇袭确使敌人心惊胆寒,据日军士兵记录,10 月份在吴淞河一带,日军于黎明前遭中国敢死队背后突袭,"日本军队竟然也显出被吓破胆子的样子!"意外突袭予敌重创,日军战壕中已经"找不到几个生存的人"①。兵以奇胜,所言不虚。

  罗店之北王宅阵地也出现小股国军奇袭敌后的情形。罗店附近区域激战不间断爆发,王宅阵地几次易手,国军一军一师四团团长李友梅曾在此多次组织敢死队对敌突击、夜袭,直至 9 月 17 日夜战死沙场。冰莹所说北王宅,与李团防区相去不远,通过作品,国军当日苦战之情景可以想见。敌人弹药似用之不竭,铺天盖地一阵狂轰,"把我们的阵地都打平了,弟兄们死伤的真是惨不忍睹,一连补充四次,三营弟兄都没有几个生还的。死尸堆积的快成山了,流下的血把河里水都染成了红色。勇敢的弟兄们他们一个个从尸体上面爬过去,有些压在底下的还没有死,正在惨叫求救"。遗体堆积如山,将士极少生还,作品残酷的画面正是现实战斗的写照。9 月 23 日,敌对我罗店阵地"攻击极为猛烈,炮声极密(刘行方面每分钟约六十发),并以飞机轰炸,我一五九师、五九师伤亡甚重"。"黄昏时我五九师因官长伤亡三分之二,失去统率能力","周家宅、龚家宅我五九师一团,只剩二百人"②。为抗战,生死度外,残存将士兵不解甲旋即投入反攻战斗。可小股力量如正面"冲进敌人的防线,是会吃他们的大亏的",商议过后,大家决定敌后奇袭。为麻痹敌人,战士"都埋伏在死尸下面","脸上,衣上,手上都沾满了鲜红的血,那样子真可怕极了,完

---

  ① [日]荻岛静夫:《荻岛静夫日记》,北京:人民文学出版社,2005 年,第 30—31 页。荻岛静夫为侵华日军,1937 年 8 月为上海派遣军伊东部队加纳部队卯野部队本部步兵上等兵,1940 年 3 月回国,这期间其日记基本未中断。作为淞沪会战的参加者,荻岛静夫对此次战役有详细的记录,该日记现藏四川建川博物馆。

  ②《顾祝同致蒋介石密电》(1937 年 9 月 22—24 日),中国第二历史档案馆编:《抗日战争正面战场》(上),第 438 页。

全像鬼怪一般"。敌人急欲进击未加留意身后动静,趁此时机,"我们埋伏着的二十多位战士,突然从尸体下面一齐冲了出来,用手榴弹猛向敌人的后面丢去,他们回头一看,只见一个个鲜血淋漓,骇得全身发抖,丢下枪来就向我军磕头求饶。因为他们都认为这是死尸显灵无法抵抗的。他们都闭上眼睛,嘴里念念有词,两只手掌合起来做着念'阿弥陀佛'的模样。更可笑的,他们见我们这副血迹斑斑的脸孔,就连忙从胸前和口袋掏出符咒来,以为可以避免灾难,哪知他们的末日已到,只得束手待缚,一个个都做了驯良的俘虏"。兵不厌诈剑走偏锋,将士智勇奇袭得手,敌人反应夸张,令其惊慌失措的不仅是一张张血迹斑斑的脸孔,更是国军前仆后继誓死杀敌的战斗意志。一次次奇袭的成功,凝集无数将士惨烈的牺牲,敌后放手一搏,实因力量悬殊,这其中亦包含勇士们的悲愤与决绝。胜利固然令人鼓舞,但更值得后人铭记的,却是那为抵挡敌人炮火而长眠于大地的万千英烈。

　　侵略者在战争中变成恶魔,丧失了理智玷污了灵魂,落得与神鬼纠缠不清。冰莹提及,当敌人见到我们全身鲜血的战士时,好似见鬼,"认为这是死尸显灵无法抵抗",情急之下"连忙从胸前和口袋掏出符咒",向各路神仙祈求庇佑,而侥幸不死的也将此归功"神灵的护佑"①。战斗中,我们确曾在敌人身上发现千人针等护符之类的东西。臧克家访问伤兵医院,一位战士向他讲述,敌人随身带着"一具小棺木,一寸多长,里面埋葬着一个尸体——一条没头的火柴,包着这棺木的是一条纸,上边印着天神的名字。没头火柴便是他的替身,这样他可以免得一死"。还有的"把一个泥人装进洋火盒内,紧紧地贴在内衣口袋里,算作自己的替身,也就算做自己死了而不再死"。护身符大行其道反映战争的残酷,侵略不休,抵抗不止,"敌人在每次会战中还是死的死,伤的伤"②。多行不义必自毙,护符难挡侵略者终归覆灭的大势。面对我全民抗战,敌人心理日渐虚弱,以各种方式预测自己的命运。"在阳历年的夜晚","敌人捏了两个面人,一个是蒋委员长,一个是他们的大将——滕田,一道关在一间屋子里,放进去一只小狗。他们祈祷着怀着沉重的心过了一夜,天亮打开屋门一看,白面的滕田已经不在了,他们难过得放声大哭"。还有,"敌人把'昭和年'的昭字拆开,成为'日'、'刀'、'口'三字,然后依据拆字法来断定吉凶,所得结果,是免不了要过一刀,所以他们往往相对啼哭"③。眼泪

---

① [日]荻岛静夫:《荻岛静夫日记》,第22页。
② 曼冰:《河口进军途次》,《文艺月刊·战时特刊》1939年第3卷第12期。
③ 同上。

难掩罪恶,嗜血"武运"定遭覆灭。随战事延长,日军战斗意志逐渐消沉。"敌人越来越不行了,士兵们简直不想再打。一个人身上带着一张妻子的照片,他们想回家乡,想的哭"①。淞沪之战的惨烈令日军士兵绝望,参战的荻岛静夫目睹战友大量阵亡,抑制不住恐惧,"在妈妈的照片的后面记下今天战斗的大致情况,看到自己写的这些话在感觉上似乎成了最后的遗言,写着写着,泪水就禁不住地浮现在眼帘"②。死亡阴影下,法西斯的神经日益紧张,敌人对灭亡的隐忧、对战争的厌倦正折射出侵华行动的不义与残酷。侵略的战火还在蔓延,全民族抗战也将继续。

淞沪会战时期,国军士气高昂,将士拼死作战,正面战场火光冲天血雨飘洒。宝山姚营成仁,罗店残部追敌,将士以血肉之躯投入敌人的火海,惨烈战斗不断上演。沙雁《要塞退出的时候》描写了××炮台守备队与日舰及登陆之敌炮战的场景。军舰掩护下,日军强行登陆,我炮营予以还击,营长阵亡,营附接续指挥战斗。双方炮战激烈,守军"像钢铁的人","不停的发着轰然的炮,把敌人成千百的打退去,打沉下怒吼的江波"。敌人还以颜色,"我们的炮位也在敌人猛烈的火力下,毁去了。只见眼前身周,冒着烟,飞着石块,这些向空喷激着投射着,我们第一个,第二个炮位就是这样被摧毁了"。国军不止武器被毁,战斗减员更加严重,有的炮位士兵伤亡殆尽,指挥官无人可派就自己替补上阵,"他开始执行一个弟兄的职务。他一面瞄准,一面观测,一面听取射击报告"。守军殊死战斗,暂时顶住日寇进攻,可"他们的通讯联络断绝了,粮食将尽了,弟兄,子弹,全绝了补充。他们在这种孤军困守的情况中,叫谁也得为生命担心",如此境地,残存将士仍"不愿自动撤退。只拼死守着阵线"。炮营战斗至山穷水尽,阵地上"所有的炮位,差不多全毁了",他们决心成仁,营附把"全营仅余的不到一连人,分配了枪,手榴弹,手枪,大刀",准备与阵地共存亡。恰在此时,撤退的命令下来了,这一小队孤军才洒泪"和他们死守两月的要塞告别了"。

国军不分时地的死战令人扼腕,同时也引起反思。《钟进士杀鬼》中,炮火协同下,日军已掀翻中方阵地并掠过防线继续前进,针对处于绝对优势的对手,废墟中余生的小股国军仍选择敌后反击兵行险招,作品里奇袭得胜,现实中如此自杀式袭击即便成功也往往有去无回;丘东平笔下,在敌震颤大地的炮声中,"我"率领第七连"零丁地剩下了的能够动员的二十五个"战士,义无

---

① 臧克家:《一寸长的棺木》,《文艺月刊·战时特刊》1939年第3卷第5、6合期。
② [日]荻岛静夫:《荻岛静夫日记》,第29页。

反顾地冲向敌人；沙雁作品里的炮营只剩"不到一连人"，在弹尽援绝的情况下他们仍坚守已无炮可用的阵地。国军在战事不利的情况下凭少数之残兵，力战死守，毫不退缩，牺牲之惨烈令人动容。前线将士的英勇令人钦佩，但面对敌人优势兵力，军事当局硬拼死守的战争指导方针却值得考量。时在淞沪战地采访的曹聚仁回忆，"敌军每一回开始攻击，总要先开始四千——六千炮的歼灭射击；有一天，竟把三十六师一个连的一公里的防线全部打碎，把那一连士兵全部埋葬在泥土里。接上来才由轻型坦克放射烟幕弹，掩护敌军向前攻击。攻击的时候，敌炮兵又作远距离的隔离射击，坦克车才掩护战斗兵向前又向前。差不多可以这么说，总得整个阵地被打碎了，我方守兵一个也不见了，敌军才从从容容把阵地占了去"。"淞沪战争初期，前三个星期，我军已伤亡了四五万人，可是，我军前线士兵能够看见敌兵的机会实在太少了"①。现代化的阵地战绝非只靠勇气就能获胜，不过，谢冰莹两次从军，与部队关系融洽；沙雁身为中国文艺社职员，多少有官方背景，或碍于身份，他们对当局此时之战略战术未作负面评价。

对当局战斗决策的质疑，较明显地体现于左翼作家笔下。丘东平《第七连——记第七连连长丘俊谈话》，就已"表现出对那种刻板的'与阵地共存亡'命令的质疑"。"我"在战斗中的表现证明主人公"显然不是贪生怕死之辈，他所质疑的只是徒劳无益的牺牲"②。与之类似，蕴藻浜战斗中，"保安第A大队"经过"一星期的肉搏，冲锋，已经丧失了元气，以仅剩余的三十几个兵士坚苦的挣扎着"③，终因不获支援全体殉国。淞沪会战中，硬拼死守的苦战不止一次，国军有生力量的这种消耗对战争是否真正有利？战斗中的实际情况令丘东平的认识发生变化，"'七七事变'之前，他在作品中激烈地抨击任何理由的撤退，弘扬不计代价的牺牲精神；而在全面抗战打响之后，他的态度则变得审慎、复杂起来，一方面讴歌慷慨赴国难的牺牲精神，另一方面则主张尽量减少盲目的不必要的牺牲"④。对此问题，不止丘东平，国军高级将领也有思考。淞沪会战后，陈诚总结战役提到，"我们抗战的决策是持久战、消耗战，胜败的关键原不在一时一地之得失"，"然淞沪一役，寸土必争，牺牲惨

---

① 曹聚仁：《我与我的世界》（下册），第 724—725 页。
② 秦弓：《丘东平对抗战文学的独特贡献》，《东岳论丛》2011 年第 2 期。
③ 骆宾基：《一星期零一天》，《烽火》1938 年第 13 期。
④ 秦弓：《丘东平对抗战文学的独特贡献》，《东岳论丛》2011 年第 2 期。

重，适与我们所标榜的抗战决策背道而驰"①。李宗仁回忆沪战，认为淞沪一带，国军"无险可守"，"敌海、陆、空三军的火力可以尽量发挥，我军等于陷入一座大熔炉，任其焦炼"，"所以淞沪之战，简直是以我们的血肉之躯来填入敌人的火海。每小时的死伤辄以千计，牺牲的壮烈，在中华民族抵御外侮的历史上，鲜有前例"②。誓死抗战，无数将士血洒疆场保民族不灭；长期抵抗，万千健儿马革裹尸令当局反思。待到徐州一役，"蒋介石吸取了淞沪苦战的教训"，果断放弃徐州，"事实证明，这是明智之举"。"日军占领空城徐州，而大约50个师的中国军队在其包围空隙中基本全身而退"，当局这种做法，"体现了'以空间换取时间'的战略构想；保存实力不与日军争一城一地得失的做法，也符合持久战的方针"③。淞沪血拼代价惨痛，痛定思痛国民政府渐启持久之局，中日战争形势开始转变。

淞沪会战意义重大，这是"抗日战争防御阶段最重要的一次会战"。"此战对粉碎日军速战速决阴谋，使抗日战争形成持久态势；唤起民众抗日热情，形成全国总动员；引起国际广泛关注，争取国际社会同情和支持，起到了重要的作用"④。会战中，国军参战部队表现英勇，阎海文、高志航、宝山姚营、四行谢团，多少有名、无名的中华健儿甘把热血浇灌民族解放之花。黄沙百战穿金甲，为破贼寇，前方将士血流漂杵，为褒扬忠勇鼓舞军民，作家吹响战斗号角，唱起救亡战歌。卢冀野、老舍、臧克家、黄源、阿垅、丘东平、谢冰莹等人或随军报道或扛枪上阵，这些经历有助于他们把自己所目睹、亲历的战斗场面记录笔端，在隆隆炮声中，将历史鲜活地保存下来。

《文艺月刊》聚焦抗战，不少作品描绘了惨烈的战斗场面，歌颂了将士慷慨赴义的爱国精神。尤其郑青士之作，利用通俗歌谣形式，渲染抗战浓墨重彩，达到了"激发民众应有之民族意识及民族自信力""激励民众使其有继续抗日之耐心"⑤的宣传目的。

---

① 陈诚：《陈诚回忆录——抗日战争》，第43页。
② 《李宗仁回忆录》（下册），中国人民政治协商会议广西壮族自治区委员会，文史资料研究委员会编，内部发行，1980年，第694—695页。
③ 张宪文等：《中华民国史》第3卷，第71—72页。
④ 同上，第30页。
⑤ 《国民党中央宣传委员会制定之〈通俗文艺运动计划书〉》，中国第二历史档案馆编：《中华民国史档案资料汇编·第五辑·第一编·文化（一）》，南京：江苏古籍出版社，1997年，第321页。国民政府1932年即有通俗文艺运动计划，1938年，中华全国文艺界抗敌协会成立后，也有"讨论通俗文艺之写作，并协助政府拟定推行计划"之活动，郑青士创作或受此影响。

壮士英勇，激励我民族感情，也令人叹惋反思，敌强我弱的现实中，当局硬拼死守的决策是否完全合理？《要塞退出的时候》已显示残兵苦战并非最佳选择，但作家终未点破，本来，《文艺月刊》姿态温和，对当局多委婉献言少强项指责。针对不分时地的"与阵地共存亡"之僵化作战思维，《七月》则明确表示质疑。关于国民政府领导的正面战场，《文艺月刊》鼓励中带着赞扬，考其原因，刊物与当局关系颇佳，不少作家都与政府、部队相处融洽，对国军之英勇不吝赞扬，对当局评论也留有余地。与之不同，胡风主持的《七月》号召抗战尽职尽责，同时，中共指导下，刊物讲团结同样不忘斗争，左翼作家对当局于作战中暴露出的问题并不遮掩其质疑、批评，在朝在野，声音自有分别。

"八·一三事变"，中国退无可退，军民全力抗战。空中搏杀，陆上鏖战，面对来势凶猛的日寇，爱国将士义无反顾血沃中华。经此一役，我精锐之师伤亡约 25 万，无数公私建筑化为废墟，如此巨大的牺牲羁绊了日寇的铁蹄，为中华民族的涅槃奠定基础。炮声中嘶哑的喊杀，战火里坚毅的面庞，无数的身躯扑向敌寇，淞沪上空的硝烟将被永远铭记。

第四编 《文艺月刊》对南京、徐州会战的反映

抗战时期，国民政府组织了惨烈的南京保卫战。在此前后，不少作家参与书写此战的不同侧面。有作品描绘了战前南京军民城防、疏散的情景；有的则直接或间接表现国军的英勇奋战；还有作品控诉日寇暴行，讨论我方在此次战斗中的得失。作品内容不一而足，体裁也多种多样，包括散文、诗歌、战地报道等。南京保卫战之前后情形，通过文学作品生动呈现。日军占领南京后，为打通津浦路连接华北、华中，又将战火烧向徐州。《文艺月刊》等，关注战局变化，勾勒我军在徐州一带奋勇作战重创日寇的历史画面，坚定军民抗战信心，激发民族爱国热情。与之同时，《七月》《抗到底》等刊物以诗歌等形式对滕县、临沂之战进行描绘，由此，台儿庄胜利之与长期抗战的意义，通过作品亦得以展现。

第一章 《文艺月刊》对南京会战之表现

上海沦陷敌手，敌军会师西侵，志在夺取南京，迫使国民政府尽快投降。顽敌当前，国民政府坚持抗战政策不变。1937年11月25日，蒋介石接见外国新闻记者，表示"吾人坚信，公理终必战胜强权，抵抗到底至最后一寸土与最后一人，此乃吾人固定政策"。三天后，唐生智接见"各国领署教会报馆大商行"代表，声称"首都或将在最近之将来，成为战场"，并表达"最高军事当局拟死守首都之意"。政府各部迁离南京后，国府发言人于12月1日仍对外表示"一息尚存，一弹尚在，南京均必抵御到底"。此时南京"城门除十门已用障碍物关闭外，其余十三门仍照常大开，城中各处均筑成战壕，街衢交通要点，均置沙包电网，城外各军事要点亦均布置炮位埋藏地雷"①，一派风雨欲来之势。

一、战前的紧张氛围

中日淞沪酣战，南京已遭轰炸，居民相继疏散。"到了九月，整个南京市已经半成空城，我们住的宁海路到了十月只剩下我们一家。邻居匆忙搬走，没有关好的门窗在秋风中噼噼啪啪地响着；满街飞扬着碎纸和衣物，空气中弥漫着一种空荡的威胁。"②逃难者脚步仓促，尚留者人心惶惶，潮打空城，寂静更添荒凉之感。在这种氛围下，敌机袭扰更让人难安，白日则战战兢兢，晚间更彻夜难眠。"月光明亮的时候敌机也来，警报的鸣声加倍凄厉；在紧急警报一长两短的急切声后不久就听到飞机沉重地临近，接着是爆裂的炸弹与天际的

---

① 仲足：《保卫南京》，《东方杂志》1937年第34卷第20、21号。
② 齐邦媛：《巨流河》，北京：生活·读书·新知三联书店，2011年，第44页。

火光。我独自躺在床上,听着纱窗的扣环在秋风中吱嘎吱嘎的声音,似乎看见石灰漫天撒下:撒在紫金山上中山陵走不完的石阶上,撒在玄武湖水波之间,撒在东厂街公园,撒在傅后冈街家门口的串串槐花上,撒在鼓楼小学的跷跷板上。"敌机摧毁一切美好,战乱肆意改写生活,侵略者的罪恶给幼小的"我"带来创伤性记忆,那一夜,终生难忘。

夜以继日,疯狂的敌人丢下的不止炸弹还有无边的恐怖,南京风雨飘摇。"十二月初,首都的情形一天紧张一天","不好的消息逐渐传来,什么电灯厂被炸,什么自来水管爆裂,某处已经发现敌军,某地又遭敌军掷弹"①。人心不稳谣言四起,局势恶化市声难觅。"各商店各银行的门上,贴了'暂停营业'的封条。太平路,中华路,不见一个行人"②。"一到夜间""电灯熄灭,全市黑暗,死寂的街道,行人似乎已经绝迹,往日卖零食的小贩,本是都市之夜的点缀,今也不复可得,只有虫鸣唧唧"③,"灯红酒绿的夫子庙,只留着一泓清水,听不到秦淮河上的歌声,也听不到明远楼上的钟声"④。灯火喧嚣的金陵已然黯淡,人似寒虫凄切,在忐忑中等待灾祸降临,此情此景闻之战栗。

日寇逼近京畿,南京闭城前,难民慌不择路。12月7日,"我"晨起出城,"沿中山路出挹江门,马路上铺了一层薄霜,留了许多不规则的足迹",情势危殆,不少人已星夜转移。逃难民众肩挑手提扶老携幼,生的希望使人顾不得艰辛。跟随作家视角,既看到芸芸众生流离失所千难万险,也发觉有人利字当头趁机敛财。此时,好似生命之舟的摆渡坐地起价,囊中羞涩的难民哀告无门望江兴叹。大江横隔欲渡无舟,陆上交通时断时续。还在两个月前,火车站即已人满为患。"成千上万,黑压压的穿了棉袍大衣的人,扶老携幼都往月台上挤,铺盖、箱笼满地,哭喊、叫嚷的声音将车站变成一个沸腾的大锅。""火车里,人贴人坐着、站着、蹲着,连一寸空隙都没有;车顶上也攀坐满了人,尽管站长声嘶力竭地叫他们下来,却没有人肯下来。那时,每个人都想:只要能上了车离开南京就好。"⑤ 侵略者穷凶极恶,古都民众惊恐离乡狼狈难堪,而这般你争我抢的混乱场面日后将有增无减。南京沦陷前夕,浦口车站的难民几乎水泄不通,无尽的等待后,"路轨上开来一列客车,月台上的人,你推我

---

① 匡恩:《一个首都警察的自述》,《警察向导》1938年创刊号。
② 王文杰:《闭城之前》,《文艺月刊·战时特刊》1938年第1卷第5期。
③ 匡恩:《一个首都警察的自述》,《警察向导》1938年创刊号。
④ 王文杰:《闭城之前》,《文艺月刊·战时特刊》1938年第1卷第5期。
⑤ 齐邦媛:《巨流河》,北京:生活·读书·新知三联书店,2011年,第45页。

挤,毕竟是车少人多,容纳不下,女人,孩子,都徘徊在车门口,幸亏有几辆装伤兵的车厢,还有几个空位,就让这些难民蜂拥而进"①。运力有限顾此失彼,侥幸上车者心有余悸前路茫茫,无奈滞留者捶胸顿足九死一生,战火中的人们如风中飘絮,何处息止万难预料。

在这急于奔命的大潮中,欲裹创再战的将士逆流而上令人动容。"我亲眼看见几个伤痕未愈的伤兵,不忍离开南京,向他们的长官要枪,上前线杀敌,经长官用好言安慰,才肯爬进车厢"。负伤战士悲愤撤离,留守同袍严阵以待。南京多处城门紧闭,挹江门"只剩半扇开着,其余的都用麻袋,水泥管,钢条"填充堵塞;孝陵卫、麒麟门等沿途高地,"我军已布置好坚固的阵地,炮手在那里试炮,传来隆隆的响声,京汤路的中心,埋了很多的地雷,预料敌人进攻时,至少可以给他一个重大的打击"。虎踞关内"工兵们正在挖掘工事,前进曲唱得贯彻云霄"。"佩了'卫戍'一字黄臂章的守城士兵,街头巷尾,来往巡逻,他们个个具有与城存亡的决心"②。隆隆炮声使人心头一紧,爱国忠勇置身死地,前进曲恰似易水离歌。从淞沪到南京,抗敌官兵已竭尽心力,若无他们舍命阻敌,难民岂能源源疏散?而就在作家乘车脱险之时,拱卫南京的将士已投入战斗。

二、纪实作品中的激战情形

兵荒马乱,南京城内外之战斗情形依旧有迹可循,不少战地通讯即细致刻录了大战现场的声音、画面。这些报道传递信息的同时注意修辞,其随笔式的写作风格、见微知著的细节描述及立场鲜明的评述文字使得作品兼具新闻性与文学性,由此,历史场景得以不失真实地生动呈现。

12月初,南京城郊的炮声、城市上空日机的轰鸣与尖利的防空警报此起彼伏,敌人迫近,南京外围守军尽力迟滞敌寇。战斗牵动各方注意,采写战地通讯的队伍里不乏外籍人士。日随军记者小坂英一自上海奔往南京,据战地见闻作《南京大攻略战从军私记》③。按其所记,自南翔、嘉定、太仓至常州一线,"沿途都有炮垒、战壕、火迹、弹痕,使人如亲见激战的面目。"断壁残垣战火

---

① 王文杰:《闭城之前》,《文艺月刊·战时特刊》1938年第1卷第5期。
② 同上。
③ [日]小坂英一:《南京大攻略战从军私记》,原载日本《文艺春秋》1938年2月特刊。《世界展望》1938年第2期转载,亦英译。

未熄,壕沟弹片鲜血尤殷。国军拼死抵抗,日军进展有限,遂企图在精神上瓦解我战斗意志。"九日下午,松井和松本雄孝曹长和粉川宗三伍长从飞机上向南京城内掷下劝降文",桀骜的敌机掠过后是漫天纷飞的谰言,守军以枪声粉碎敌人的妄想。10日,小坂英一到达麒麟门车站,耳畔响起"猛烈炮声——似在破天裂地,不,这个形容词仍未能描写出来呢,这是一种可怕的交射"。目睹国军顽强抵抗,小坂英一表示"出人意料"。看到日军阵亡者,记者忧心忡忡泪眼蒙眬。日本士兵在震颤人心的厮杀中情绪低落,战友沦为异乡枯骨,而"火葬别人的人也不知什么时候会被人火葬自己的"。"七七事变"后,日本派出大批记者如浜野嘉夫、小坂英一等随军,他们站在敌对角度进行战地报道,立场虽异但同样为了解抗战提供了参照。《世界展望》就认为小坂的报道"相当忠实",不但反映出国军"英勇牺牲的情况","还可以看到敌军士兵的厌战心理和思乡的伤感主义"。惨烈的南京之战对日本士兵确有触动,"他们从雨花台打进南京那一晚,严寒滴水成冰,战斗已经终了,遍地都是死尸"。有日本兵"肚子实在饿得发慌了,找来找去,就从中国兵的身边找到了发酸的冷饭,和着冷水吞下去了。他就横在地上,想睡一下,可是那刺骨的寒气,使他无从入睡。他只能拖过一个刚死未久的中国兵,围在自己的四周;找一个比较胖一点,还有热气的,就当作枕头睡下了。他这时,觉得这虽是敌人的尸体,却是给他以温度,使他了解生命的意义的"①。激烈的战斗吞噬我无数军民,日本士兵同样身心受创,残破的南京城里,不知有多少血洗的灵魂在无边的黑暗中隐泣。

小坂英一的军中见闻情景交融地记述了中日之难解难分,协威列夫《南京之战》②则更直观地报道了交战双方的军事行动。南京外围,中国军队"镇江炮台上的三十生的大炮"动地吼叫,致使日军动弹不得,直至其嗓门更大的重炮队登场;"在扬子江北岸的中国军队利用野战炮反抗日本军舰",向来横行的日本海军只有求援;紫金山一带"日军的先锋团企图以袭击夺取工事,终被击退,且受很大的损失",遂于入夜出动坦克冲轧,守军以血肉抵抗,履带下一篇殷红。国军死战,日军每进一步都要付出巨大代价。敌"突击队的冲锋团于

---

① 日本作家石川达三曾于南京陷落后采访作战士兵,据此创作《未死的兵》,在此引用的是战地记者曹聚仁的转述。参见曹聚仁:《采访外记采访二记》,北京:生活·读书·新知三联书店,2007年,第174页。

② [苏联]协威列夫:《南京之战》,原载1938年2月21日《红星报》(苏联),《时事类编》1938年第14期转载,李孟达译。

十二月九日早晨进抵光华门,遇到了最猛烈的炮火,因受巨大损失,不得不在城下休息",其炮队向城门接连轰击,经"十日晚间工兵在炮弹所穿的孔中放上炸药才破坏了城门",而此时迎接日军的又是一场激烈的肉搏。紫金山教导总队的反击令日军错愕,光华门守军深夜缒城奇袭令日军有来无回。至12日上午,南京屏蔽尽失,城内守军准备巷战不让寸土。经中华门火拼,日军开始爬城,但"中国军队直到十二月十二日夜间才放弃城门"。如此山穷水尽,仍有部分"忠勇的中国战士不管中华门及光华门之陷落,仍然继续防卫的战争"。在协威列夫看来,南京一役,日军"耗费了很多的力量",但其"基本的目的——在扬子江包围和消灭中国军队并没有达到",中国军队仍"保存了自己的战斗力",日后鹿死谁手犹未可知。外方记者从旁观战,生还国军现身说法。《南京之围》① 的作者乃"指挥抗战的实际工作者",自南京死里逃生"故写抗战军事时较一般记者更为真切"。文章从上海撤守、南京布防的"战前姿态"讲起,并于"血战经过"一节回忆12月4日至11日战事进展,重点描述淳化镇、塞公桥战斗,笔墨直白,与小坂英一、协威列夫之报道正相印证、补充。

借助上述作品可以看出,南京保卫战期间,国军浴血鏖战,抵抗之顽强出人意表,牺牲之大更令人扼腕。南京之战以我惨败收场,但大部守军的确尽忠职守战至最后。小坂英一详细记述了其战地见闻、感受,平缓的语调中,南京战事与阵中生活夹杂各色感想一一呈现;小坂英一下笔细腻,协威列夫则情感直白笔法简练。抗战初期,苏联暗中援助中国,或受国家立场影响,作者以"有利的""持久""有效的""最猛烈的"等语形容国军之抵抗,而以"极端微小""很大的损失"表现日军进攻的收效与代价,并多次赞扬中国军队"出乎意料"的战斗意志,倾向性的表述态度鲜明。

以上纪实作品中,国军表现可圈可点,但历史不止一面,南京之战尾声,有将士潜伏杀敌,更多则陷入恐慌溃败、夺路失序的境地。一时间,民心、士气崩颓,奔逃场面混乱凄惨。王余杞亲历此幕:城破关头"城里的部队得到了撤退的命令,守城门的可没有;一边要退,一边不要退;双方没弄明白就自己跟自己打了起来,打了一阵才拿出命令来看,可已经迟了,双方牺牲不少!"指挥失灵,将士枉死,当局难辞其咎。部队尚且失序,民众更乱作一团,"逃

---

① 庚天:《南京之围》,《抗战周刊》1938年第1卷第20期。该文"流亡生活"详述军民逃亡场景,与《岁暮下行车》异曲同工。参见王政编:《抗战呐喊》,北京:人民文学出版社,2016年,第67页。

难的人挤满了城门洞，都想抢先出去，都拥挤的出不去，人一挤，被挤躺下去的就爬不起来，给踩死在下面。这就人重人，尸首重尸首，堆了半城门洞"；"过江没有船——连小木船也找不着，大家就在附近一家木厂抢木板，伏在木板上，冒险渡长江！心慌意乱，力气不济，就掉了下去，一个，两个，三个，四……无数个"，"行李箱笼堆满江岸，银行里的钞票满地飞"①。撤退无序，军民自相践踏九死一生；组织紊乱，人多舟少抢渡丧命；在劫难逃，无数同胞滞留城中生死一线。目睹惨剧，作家内心沉重，紧张的叙述里有不尽的惋惜与无奈。客观上讲，南京败局无可避免，"我们是个工业落后的国家，我们不能自造飞机与坦克，四个月的东线鏖战，已把我们所买来的那些重兵器，都相当的消耗了，我们将恃着血肉之躯，与极少数的重兵器，来守这大南京，虽然这是个龙盘虎踞的所在，在立体战争下，这是一个精神与物质对比的厮拼了"②。国力悬殊，消极防御难挽颓势。虽则如此，若当局计划周详从容撤退，兵民必可减少死伤，惨剧上演，实有人为因素。围绕对南京激战的描摹，小坂英一、协威列夫、王余杞等从不同角度切入，涉及进攻、防御、撤退各环节，又因各自身份流露出不同情感，进而体现其对战事的考量、评价，中日在此番较量中的进退、得失由此略见一二。

三、幸存者的控诉

日军占领南京后展开大规模屠杀，罪行发指震惊世人，幸存者对同胞惨死情形之回忆、证言见诸报端、杂志，后世更多方搜求证据屡有论述，斑斑血泪令国人泣下齿碎。在当时，日寇制造的巨大灾难成为国内关注焦点，围绕于此，一方面揭露日军暴行的文章涌现，另一面，痛定思痛，南京会战所暴露的问题引发热议，不少文艺刊物为此发声。

12月13日，日军进城，南京市民九死一生。《地狱中的南京》③ 以难民来信的方式，描绘了自12月14日至次年1月10日人间地狱之惨状。作品主要讲述了发生在金陵大学的奸淫掳掠，日军肆意横行罔顾人道，难民区亦无保

---

① 王余杞：《岁暮下行车》，《文艺月刊·战时特刊》1939年第2卷第9、10期。
② 张恨水：《大江东去》，《张恨水全集》，太原：北岳文艺出版社，1993年，第142页。
③ 南京沦陷区的一个难民：《地狱中的南京》，选自《日寇燃犀录》，独立出版社，1938年5月，原载《新民族》第一期。参见王政编：《抗战呐喊》，北京：人民文学出版社，2016年，第55页。

障，男女老幼随时有性命之虞。深陷牢笼，难民度日如年，"倭兵进城快一个月了，秩序还是那样混乱。对于弱者的呼喊、强者的义愤，他们的态度就是'视而不见，听而不闻'。他们从不会想起自己也有家室，也有父母兄弟姐妹妻子……他们简直没有人性。他们的军事长官常夸口地说，征服南京是历史上的创举。他们当然不知道历史，他们更不知道这大规模的、有计划的、惨绝人寰的屠杀、焚烧、奸污等等铁一般的事实才是历史上的创举"。见证日军野蛮行径的不止中国难民，外国媒体亦有所闻，《纽约时报》即披露了"一部分日本在华'征佣军'的纪律的崩溃状况"，"这个事实已经使美国的一般舆论和华盛顿官场发生深刻的印象"①。丧心病狂，日军罪恶罄竹难书，众目睽睽，同胞遭遇触目惊心。

《烽火》刊载《我在俘房中》②，控诉日寇暴行的同时，还指摘了国民政府在战斗前后的败笔。首先，国内舆论在相当时间内并未忠实于现实，一味报喜不报忧，直至兵临城下。作者嘲讽到，对于局势，报纸永远乐观："半月来，报纸上何曾有过失利的消息，局势退却也堆上一些'策略'、'有计划'、'诱敌深入'等等好听的名词，而在这些好听的名词下，炮声是逼近南京城了。"作者笔下舆论似统一口径，但偏离事实的报道只是自欺欺人。现实中，报刊导向难免受当局政策之影响，作者真正不满的或许还在限制舆论的官方势力，对此，左翼刊物大概体会更深。其次，具体到此次战斗，作者认为军事当局无能且贪生。作品写到，南京城破之际"那负有守土责任的长官"，"早已离阵远走"，"长官走了以后，南京就陷入混乱状态"。从文章看，作者认定部队长官于危难之际临阵脱逃，致使军民群龙无首心理极度恐慌最终陷入绝境。关于此项指责，南京惨败尤其在无序撤退中造成大量人员死伤，军事当局的确负有重大责任。不过，战斗中无论长官、士兵大都尽力作战，突围时亦有高级将领牺牲，作品单纯强调长官临阵脱逃且指代笼统，如此指控哀怨有余严谨不足。

《烽火》而外，《七月》也参与到"查缺补漏"的行列。例如，刊物推出《当南京被虐杀的时候》《魔掌下的两个战士》③等，作品由南京惨状引出汉奸问题进而讨论政府作为。据作者眼见，南京有日军逞凶作恶，同时不乏汉奸为

---

① 《鬼畜的日军在南京奸淫掳掠》：李房译，选自《文摘》战时旬刊第八号，1938年1月8日出版，原载上海英文《大美晚报》1937年12月23日。参见王政编：《抗战呐喊》，北京：人民文学出版社，2016年，第63页。
② 李伟涛：《我在俘房中》，《烽火》1938年第14期。
③ 汝尚：《当南京被虐杀的时候》，《七月》1938年第2集第8期。汝尚：《魔掌下的两个战士》，《七月》1938年第2集第10期。

虎作伥。在中华门搜查来往行人逮捕抗战分子的除日军外，还有汉奸。民族败类腆颜事敌，欺压同胞破坏抗战。出城后，作者在郊外破庙遇到伤兵刘文举，战士满腔悲愤痛斥汉奸："我们正在前方用生命抵御敌人的进攻，但后方突然发现了几百个便衣汉奸，他们到处放火烧杀引诱敌人抄袭我们的后路。"打散的战士四处寻找部队，路遇"汉奸似的土棍"，"他们结伙缴我们散兵的械，卖给敌人。听说每杆枪可以卖得五块钱，难道为了五块钱就出卖他们的良心和祖国吗？"将士效命，怎料同胞相残，汉奸横行，岂顾民族大义，国民启蒙，任重道远。

南京何以惨败，汉奸何由滋生，引起作者反思。"我"脱险后与开明乡绅唐文安讨论汉奸问题，作品由此转入议论。唐认为汉奸之多，原因之一乃保甲制度"处置失当以及欺上瞒下的小老爷们"，而"下等汉奸容易清除，上等汉奸是最可怕的。直接汉奸易见，间接的汉奸那就难防了。一般不与民众协调而又榨取的小官僚们，都是间接的汉奸"，就像利用制度漏洞"弄钱"的"区长乡长小老爷们"，"这些汉奸如不铲除，根本就谈不到组织民众抵御敌人"。汉奸登场原因复杂，仅靠保甲非能杜绝，不过，官僚谋取私利欺民误国上行下效确是社会弊端。汉奸问题头绪万端，但军事上的溃败，在《七月》看来确是责任清晰。《我怎样退出南京的》① 明确指出，正因指挥者"毫无计划的撤退"，故"损失了无数的财产（军火和给养），成万的未发一弹的弟兄们都成了瓮中物！"此说不虚，南京失守，唐生智等向蒋介石请罪，报告中有"既不能为持久之守备，又不克为从容之撤退，以致失我首都，丧我士卒"② 等语，短短数行字，背后丧生之军民不知凡几。教训惨痛，当局无可推诿，蒋介石在南岳军事会议做出检讨："又南京的失败，将士受了莫大的牺牲，国家受了无上的损失，这是我统帅一生的无上耻辱！"③

军事有过失，政治须改革。《失掉南京得到无穷》④ 指出，经此一役我方

---

① 倪受乾：《我怎样退出南京的》，《七月》1938年第3卷第5期。
② 《军事委员会侍从室第一处主任钱大钧汇转南京卫戍司令长官唐生智副司令长官罗卓英、刘兴呈蒋委员长为卫戍南京未能持久守备自请处分报告》（1937年12月24日），秦孝仪主编：《中华民国重要史料初编——对日抗战时期·第二编·作战经过（二）》，中国国民党中央委员会党史委员编印，1981年，第223页。
③ 《蒋委员长第一次南岳军事会议训词》（1938年11月28日出席第五次会讲），秦孝仪主编：《中华民国重要史料初编——对日抗战时期·第二编·作战经过（一）》，中国国民党中央委员会党史委员会编印，第177页。
④ 耳耶：《失掉南京得到无穷》，《七月》1938年第1集第6期。

损失不小，但冷静下来放眼全局，"南京的失守，对于全面抗战决不算是严重的打击，刚刚相反，在无意中倒给予抗战一个莫大的帮助"。作者认为此前中国政界腐败，"中国的政治机构如果不改革，政治舞台上的人物如果还不觉悟"根本难以抵御外侮。南京本是"腐化的首都不足以领导全国的抗战"，遭逢此难，达官贵人产业付之一炬，"官老爷们的腐化生活的凭借，贪污卑鄙的成绩也被摧毁了，如果这样能促成他们的觉醒，加强他们抗战到底的决心，于民族解放运动的前途是有莫大利益的"，从这个角度说，"失掉的是南京得到的将是无穷"。南京一败，是撕心裂肺的痛楚也是继续抗战的契机，作者希望政府借此澄清吏治从而领导民族解放，批评中仍有期待。不过，作者认为南京"那些饭店，咖啡馆，影戏院"，"什么院什么部的衙门，什么礼堂会场之类"与官僚私产一般，"都是与国计民生没有什么裨益的东西"，"在抗战期间都是些无用的废物"，失之不必可惜。此等建筑不乏国家公器俱是民众心血，作者"恨屋及乌"未免偏颇。《烽火》《七月》刊载的这几篇作品，多从幸存者角度讲述南京惨变，在此基础上讨论我们自身所暴露的问题，文字夹叙夹议，沉痛、悲愤。

南京保卫战作为背景或主题，在《闭城之前》《南京大攻略战从军记》《失掉南京得到无穷》等作品中得到体现，内容大致涉及战前之城防、疏散等准备；战斗期间国军之奋战及日寇屠城之残暴、当局抗战工作之不足。总体上看，直接表现国军奋战的作品为数不多。究其原因，首先，南京之战中大量作家因政府撤退而云散，少有战斗亲历者，作家缺乏亲身体验自然难以下笔；其次，惨败溃退之结局也降低了人们对参战部队的评价；南京沦陷后，关注焦点更多集中于日军暴行，对国军战斗表现相对忽略。对于此次会战当中所暴露的问题，《烽火》《七月》等以在野身份，于议论中直抒胸臆，直白地批评政府在军事、政治上的不足，且通过汉奸问题批判国民性，于救亡之时兼顾启蒙，诸如此类其见解虽未全中亦有可取。

表现南京会战的作品，须当一提的还有阿垅于1939年创作的《南京》。作家出身军旅经历抗战，细节描写更加真实。作品中心事件起于1937年9月敌轰炸南京，截至12月20日邓光龙部撤出首都，描绘了南京保卫战之前后情形。作品全面展示了我各兵种军人在城内、外各个角落惨烈的战斗，揭露了日军占领南京后灭绝人性的奸淫、屠杀。作家从军人角度分析、评价此次会战，认为此战"就是从战术说，从防御本身说，在相对的力的运用上，一样有重大的缺陷"；"南京的防御战，我们虽然承认是不利的，劣势的，脆弱的，但是并不等于说，它一定得那样狼狈，非那样落花流水不可"，"这是血淋淋的教训"①。敌强我弱是现实，但当局在防御、退却等环节的确有重大失误，对此，蒋介石、唐生智之检讨即是明证。《南京》之特别，还在于作家独特经历。阿垅自国军部队负伤后，辗转延安进入抗日军政大学，与中共人士接触，其写作得到胡风鼓励、支持，下笔成文，党的政治、军事、宣传思想都会对作家产生影响，故而能于多侧面考量国民政府之表现，历史的复杂面相也略见一斑。

四、结语

南京惨状成为民族永远伤痛，逝者难以瞑目，生者无限悲愤，只有收复山河才可告慰亡灵：

> 当我来到江汉汇流的武汉，／——我们这全国的心脏，／我心头涌起了一股无限的怅惘。／并非因为我再度重游，／有一些往事足堪回首；／那些船舶上装载的来客，／如今是一群丧家的难民喧喧嚷嚷；／但黄鹤楼上的白云呢，／依然千载如一的悠悠。／我的心像江潮似的起伏，／梦一般地荡漾，／仿佛又想起六朝脂粉的金陵，／想起那十年建设的南京，／那里是诗人讴歌的胜境，／那里是政治经济文化的中心，／那里有百万的人民相亲相爱，／而今是一片废墟，／蓬草生满了荒径，／那里有巍峨的钟山，／人们都按时瞻拜圣灵，／而今雨冷风凄，任狐兔奔走侵凌。／啊！雨花台上的石子，想也被碧血污染的暗淡阴沉。／秦淮河畔的明月，怕已被妖氛笼罩得昏黑凄清！／呵！北极阁的钟声，快唤起闻鸡起舞的志士！／鸡鸣寺的梵语，应觉悟那些卖国求荣的人们！／是中华民族的子孙，要收拾栖霞红叶的诗情，／执起干戈收复绵亘六十里的雄城！／忆否？杀尽夷寇光复民族的明故宫之遗址？／忆否？誓死不屈血书篆字的方孝孺的忠魂？／寄语台城上的杨柳，勿教他人攀折，／玄武湖的樱桃，静候着我们重来和您亲吻。②

此作采用诗歌形式，重在借景抒情。南京沦落敌手，武汉走上抗战一线，在这里，白云送走黄鹤，江流哀悼故园，心系故都的作者目睹此景抚今追昔不

---

① 阿垅《南京》作于1939年，因故未能出版，本文所引版本为2005年宁夏人民出版社之《南京血祭》，第200、201页。

② 希孟：《南京的回忆》，《文艺月刊·战时特刊》1938年第1卷第10期。

胜怅惘。记忆里虎踞钟山，一时形胜，眼前却金陵易主，血染秦淮。金瓯残缺人心不死，抗日之志弥坚。昔日沉醉诗情画意，如今知耻闻鸡起舞，汉家忠魂威武，抗战钟声震耳，拿起刀枪全民上阵驱逐外敌，复我山河。此后诸役，国民政府接受南京会战的经验、教训，消耗敌人同时避免无谓牺牲，举国悲愤里，民族艰难崛起。

峥嵘岁月，作家万般坚忍以笔为枪，表现南京保卫战之悲壮，控诉日寇屠城之残暴，讨论政治、军事之教训，通过散文、诗歌、政论、战地通讯等将血与泪的记忆存之文学殿堂为后人走进历史提供线索，也使得民族的苦难、抗争成为不褪色的光影，激励来者牢记屈辱勿忘自强。

第二章 《文艺月刊》对徐州会战、武汉会战的表现

日军占领南京后，为打通津浦路连接华北、华中，又将战火迅速烧向徐州。《文艺月刊》描绘了我军在徐州一带奋勇作战重创日寇的历史画面，借此坚定军民抗战信心，激发民族爱国热情。

台儿庄大捷乃徐州之役影响较大一战，《文艺月刊》紧扣时局，快速推出相关作品，借台儿庄胜利，鼓舞士气。"台儿庄的大捷，是我们给侵略者一个最确实的教训，奠定中国最后胜利的基础，而且影响到国际方面的视听"，故"在庆祝大捷之余，特由西泠先生撰了一篇小说，作为本刊对台儿庄大捷的一个纪念"①。西泠即王平陵，此文由主编操刀，重视程度可见一斑。

作品中，日军骄横狂妄轻敌败阵，我则同仇敌忾重创来犯。1938年3月下旬，日军向台儿庄突进，妄图一鼓作气直下徐州。敌人来势汹汹不可一世，"敌酋矶谷廉介的悍部，会同板垣的一个师团，再配上现代化的机械化部队"，"向着韩庄蜂拥而来了，且分出主力沿临台支线冒进，企图采取大包围的形式，一举而掠去台儿庄，再举而掠取军事重心的徐州，达成他们打通津浦线的迷梦"。进攻台儿庄的日军分属以善战著称的矶谷、板垣师团，"那些狂慢的贼酋，一向是瞧不起冒死血战的中华健儿的"，他们"并没有把那些死守据点的中华健儿，放在眼里，依然冒险深入"，骄兵必败，孤军深入的日寇渐入死地。面对机械化悍敌，我军各部毫不畏惧从容布置协同作战："在正面的中央铁路线，有川中健儿在据守着，右翼是张，庞的劲旅，他们在沂河东岸，杀败了敌寇，即向临沂费县间推进，发挥锐不可当的机动性，堵塞了敌寇东奔枣庄峄县的退路；在左翼的孙曹军，临时又编上几支骁勇的游击队，一部袭济宁，扑兖州，克复大汶口，一部渡南阳湖，微山湖，克复界河，并将临城以北的铁路

---

① 西泠：《台儿庄》，《文艺月刊·战时特刊》1938年第1卷第10期。

线,尽量毁坏,绝灭了敌寇的归路","名闻于世的汤军,百战百胜所向无敌的孙军,便担任扫荡台儿庄敌寇的主要的任务"。此次参战各部除汤恩伯军团,均非中央嫡系,但捍卫国家不分彼此,各部拼死杀敌力战不退。4月6日,我军全线出击,日寇陷入重围,"东窜西突""始终没有能突围而出"。经合围猛攻,日寇不支溃败,"虽有许多精良的兵器,在慌忙中都不知怎样应用了,辎重粮食山一般地堆积着,阻碍他们的退路,他们除了各自逃命以外,什么希望都没有,大家谁也不能照顾谁,身上的负担愈减轻愈好,连枪杆都抛弃了"。训练有素的濑谷支队仓皇逃窜,"甚至不顾第5师团长不准撤退的命令"①。"矶谷,板垣在这样无可奈何的情形下,已感觉束手无策,没有方法稳定战败的残局。最后下了一个命令,如有向后退缩的,即开足机关枪扫射,但是,那些贼寇还是激潮似的向后退缩",敌军垂死挣扎奈何兵败如山倒。"至7日夜,日军大部被歼,其余残部向峄城、枣庄撤退。我军收复台儿庄"②。

  王平陵紧扣纪念大捷的主题,全篇凸显国军英勇,至于战斗之惨烈,作品并未细致反映。自1938年3月24日濑谷支队进攻台儿庄至4月6日我军全面反攻,中日于弹丸之地反复拼杀,是役"日军伤亡11000余人","中方伤亡数比日军还略多"③。战后台儿庄一片焦土,"实在是已经分不清这是什么街,那是什么巷了,残破湮没了一切!你所能见到的,只是一些散布在破砖断瓦中的染着血的黄呢大衣、灰色军服、太阳牌罐头、太阳旗、慰问袋、千人针、臂章、大刀、刺刀、帽子、枕头、手套、皮靴、皮带、瓶子、弹箱、步枪、沙袋⋯⋯还有那些已炸和未炸的炮弹、枪弹、手榴弹,蝌蚪形的,花瓶形的⋯⋯到处是断了的墙头,半坍了的房屋,烧焦了的泥土。到处是死的鸡,死的羊,死的猪⋯⋯"④,断壁残垣见证战斗激烈,厮杀呐喊犹响耳畔,胜利的欢呼中,多少将士慷慨成仁。

  王平陵之作虽非面面俱到,但仍镶嵌了不少相关的历史细节。作品提及来犯日军为"矶谷廉介的悍部,会同板垣的一个师团",且为配备先进的"机械化部队"。来者的确了得,矶谷廉介、板垣征四郎分别为日军第10、第5师团长,两支部队在日军中号称"无敌"。攻击台儿庄的濑谷支队属第10师团,3

---

① 张宪文等:《中华民国史》第3卷,第69页。
② 步平、荣维木:《中华民族抗日战争全史》,第167页。
③ 张宪文等:《中华民国史》第3卷,第70页。
④ 王西彦:《被毁灭了的台儿庄》,《战地》1938年第5期。转引自碧野主编:《中国抗日战争时期大后方文学书系·第四编·报告文学(第一集)》,第107页。

月29日，第5师团的阪本支队会同濑谷支队加入战斗。濑谷支队乃华北日军于1938年2月以"第10师团之第33旅团为骨干"组建，并特别配备野战重炮兵第1旅团、独立战车第10、12中队①，实力雄厚。阪本支队同样配备野炮兵、山炮兵，日军火力如此强大，不到半个月台儿庄一片瓦砾。台儿庄守军主要为孙连仲第2集团军第31师池峰城部、第27师黄樵松部、第30师张金照部。为曾强防御能力，31师特配"野炮1个营（75毫米野炮10门）、重炮1个连（德制150毫米榴弹炮2门）和铁甲车1个中队"②，相比日军，我方配备仍显单薄。

日寇火炮、战车造成守军重大伤亡。3月24日，"日军集中炮兵火力摧毁了庄东北城墙，并突入庄内"。至27日，"日寇每日发炮至五六千发"③，31师苦战四日，"伤亡已达2000余人"。28日，日寇在"1个野炮大队、2个野战重炮大队、1个150毫米榴炮小队及30余辆坦克掩护下"，会同庄内残余日军"对台儿庄守军发起第三次强攻"④，他们先由炮兵轰开台庄外围城垣，步兵随即拥入。29日，27师、31师向敌反攻，"但为敌战车反击，攻击顿挫"⑤。4月2日，"在獐山附近的濑谷支队之第10联队为支援庄内的第63联队，集中了40余门火炮和近40辆坦克"，向27师阵地猛攻，27师终因"伤亡过大，被迫后撤"⑥。战士们不怕与敌人面对面搏杀，他们愤愤的是"发觉不到一个敌人，只看见敌人的重兵器，像坦克车，装甲车之类，在沙场横冲直撞"，这使人无从下手。日寇火炮狂轰猛打，城墙、工事被毁无数，在装备远不如人的情况下，中国军人以性命相拼。台庄城墙被轰开缺口，"我们底兄弟曾经一批接着一批地拿血肉填补了这寨墙的缺口，终于挡住了敌人底侵袭！"⑦敌人火炮藏在后方发威，战车部队窜上前线逞凶。就在此前的南京会战中，为破战车，部分战士不惜玉石俱焚，发动自杀式袭击。两个中国士兵"每人身上捆缚了十几个手榴弹，向敌人的战车跑去。章复光躺在斜坡下面，看见两辆战

---

① 曹剑浪：《中国国民党军简史》（中册），第638页。
② 同上，第645页。
③ 长江：《台儿庄血战》，《长江战地通讯专集》，重庆开明书店，1938年5月。转引自碧野主编：《中国抗日战争时期大后方文学书系·第四编·报告文学（第一集）》，第219页。
④ 曹剑浪：《中国国民党军简史》（中册），第646页。
⑤ 张宪文等：《中华民国史》第3卷，第68页。
⑥ 曹剑浪：《中国国民党军简史》（中册），第647页。
⑦ 以群：《台儿庄战场散记》，《战地》1938年第5期。转引自碧野主编：《中国抗日战争时期大后方文学书系·第四编·报告文学（第一集）》，第293页。

车向下冲来，连忙拔下了拉火绳，但是，战车速度太快，手榴弹还没有爆炸，第一辆已经从他的身上爬了过去。他被碾成了一摊血肉，红的熠熠有光，如同夏天的怒云一样。随即，手榴弹爆炸开来，密集的白烟和火光吞食了后面的战车"①。

　　日战车部队横行一时，国军冒死力战，终至其折戟沉沙，有来无回。战后，随军采访的臧克家看见"北边麦田中，嘿呀呀的一群在呐喊着拖那个空腔的'铁乌龟'"，"靠近寨墙的麦田中满印着'龟迹'，当日它那冲撞的劲儿只在人的想象里存在着了"②。"敌人底坦克车"吸引百姓围观，"这是我们底战利品！是无数战士底血肉换得的"。27师兵站站长阎树棠讲述了我击毁战车之经过："在3月27那天，台儿庄正展开激烈的战斗的时候，敌人就拿八辆这样的东西打先锋，掩护步兵推进，想一下子冲破台儿庄底寨子。他们没有想到，在武器落后的中国部队中，也有了最精粹的机械化的防御武器——平射炮。在出乎他们意料的几声'砰，砰'的震响中，那几只精壮的铁兽不动了——两个变成了一堆红铁，两个疯狂地滚到了路侧，两个静静地扑在黄土中。"③ 台儿庄一战，国军扬威，但抗战初期，平射炮配备极其有限，面对机械化的敌人，战士们更多的是像"章复光"一样，以命相搏。

　　台儿庄战场不止有日军战车，国军装甲部队也惊鸿一现。4月1日，到台儿庄拍摄抗战宣传片的美国导演伊万斯"在越过台儿庄五里地方"，见到"有三十多辆日本装甲车""被中国的炮火消灭在那里"④。日方损失有待考证，但我以有限火炮力拼敌机械化部队则是不争事实。有意思的是，伊万斯此次不止见到了被毁的日军战车，还与我装甲车部队擦肩而过。"突然有一架飞机在我们头上出现了，正好这时路旁停有中国装甲车，当时便开炮将飞机打跑了"。这一幕，为我装甲部队留下难得影像。"抗战初期的中国装甲部队，是一个神秘的话题"，"由于存留资料极少，这些部队的详细战斗情况鲜为人知"。"中日战争全面爆发的时候，中国装甲部队只有战车不足百辆，最精锐的战车部队为杜聿明将军率领的装甲兵团，装备战车三个中队"。淞沪会战时期，我装甲部队有精彩表现，但损失也较大。之后，"随着苏联援华装备的到达，苏联战

----

①　阿垅：《南京血祭》，第136页。
②　臧克家：《再吊台儿庄》，《津浦北线血战记》，生活书店，1938年5月。转引自《中国抗日战争时期大后方文学书系·第四编·报告文学（第三集）》，第2037页。
③　以群：《台儿庄战场散记》，《战地》1938年第5期。转引自《中国抗日战争时期大后方文学书系·第四编·报告文学（第一集）》，第289页。
④　孙陵：《从台儿庄来》，《烽火》1938年第14期。

车逐渐成为中国装甲部队主力"①。蒋介石指示何应钦，"俄国装甲武器，拟在孝感或洛阳训练"，并以此部为装甲师之"主力重心"②。由此，"苏联 T–26 型坦克"成为"中国装甲部队在抗战中期的主力车型，是中国第一支机械化部队 200 师（前身为战车第二团）的主要坦克装备，先后参加过徐州会战、桂南会战、远征军入缅作战等战斗"③，伊万斯看到的或许就是见证中苏友谊的 T–26 坦克。美国人见到了我装甲车攻袭敌机，王西彦、臧克家则参观了被击落的敌机残骸。日军动用大量重型武器配合作战，其被击毁的战车、飞机残骸上，不知沾染了多少我忠勇将士的鲜血，台儿庄苦战可以想见。

台儿庄胜利，全赖将士用命，作品形容参战各部进止有度配合密切，实际上，此战并非尽是令行禁止，那"名闻于世的汤军"便有不听调度之嫌。此前王铭章战死滕县，汤便有见死不救之嫌，如今"百战百胜所向无敌的孙军"即孙连仲部第 27、31 师在台儿庄死战之时，"汤恩伯部以其所具备的强大火力，却仍在日军背后作骚扰，逡巡不前"，第五战区司令长官李宗仁难以驾驭，直到 4 月 5 日，蒋介石电责汤恩伯，汤"这才行动起来"④。汤部如此桀骜，正赖其中央军嫡系身份，桂系李宗仁官阶虽高仍无可奈何。国军内部派系互斗并非秘密，汤恩伯不听调度或鉴于战场形势另有打算，但与长官不和、保存实力也是实情，王平陵只字未提一团和气，也许作家果不知情，抑或另有他虑，毕竟，外敌当前，作品旨在扬我军威壮我士气，内部摩擦所提甚少。

《台儿庄》好似全局鸟瞰，大致形态具备，此中拼杀一笔带过，全篇突出国军如虹气势。现未有记录说明台儿庄血战之际，王平陵曾到前线，故作品对战争场面之描写难免语焉不详。国军在台儿庄表现可圈可点，《文艺月刊》同人与当局关系良好，如此，作家盛赞国军之英勇，既不违背事实，又合政府之意，何乐不为。王西彦、臧克家、孙陵等随军采访，眼见为实，描摹战斗之激烈、记录军民之死伤，笔触真实、细致。此外，王平陵之作突出战斗胜利而不计其余，颂扬的基调中，对战争信心百倍，呼应政府"军事第一、胜利第一"之号召；王西彦、臧克家等身在战地，亲睹战争残酷，笔下有对胜利的自豪，更有对军民巨大牺牲的慨叹，比之王平陵，这二人文字少了一分霸气，多了一

---

① 萨苏：《国破山河在——从日本史料解密中国抗战》，第 80、83 页。
② 《蒋委员长指示军事委员会军政部部长何应钦分地训练装甲师手令》（1938 年 2 月 5 日），秦孝仪主编：《中华民国重要史料初编——对日抗战时期·第二编·作战经过（一）》，第 110 页。
③ 萨苏：《国破山河在——从日本史料解密中国抗战》，第 83 页。
④ 张宪文等：《中华民国史》第 3 卷，第 69 页。

丝沉重，家国危亡，个人福祉与国家利益难解难分。

台儿庄一战，我将士效命、战术得当故力克日寇。不过，徐州诸役并非孤立之局，第五战区司令长官李宗仁总结道："若无滕县之死守，焉有台儿庄之大捷？台儿庄之战果，实滕县先烈所造成也。"滕县一役，"我军以牺牲2000多人的代价，坚守滕县4昼夜，为我鲁南部队赢得了鲁南会战的备战时间"①，台儿庄大捷由此成为可能。《抗到底》登载冯玉祥的《守滕县》，描摹此役祭奠先烈：

孙军长，守滕县，战况激烈实少见。敌步炮，攻东关，弹下如雨无间断。我守军，浴血战，苦战八时齐争先。至黄昏，形势变，退守城内东关陷。敌用炮，击城墙，复用飞机来帮忙。我师长，王铭章，统率三千士气扬。城被击，坍两方，速用盐包来堵上。城堵上，转坚强，官兵奋勇死抵抗。一昼夜，战不停，敌以大部围四城。飞机炸，大炮轰，掩护步兵把城登。我枪弹，猛还攻，无数倭兵丧性命。这时候，火烛天，全城之中烟迷漫。陈师长，字静珑，受伤不退仍督战。我守兵，牺牲惨，至此终益拼死干。拼死干，战极酣。三千健儿少生还。

赵参谋，王团长，此时先后亦阵亡。王师长，受重伤，坚守危城遽自戕。临终时，大声嚷，要为民族争荣光。泣鬼神，事悲壮，杀身成仁为国殇。县城内，有伤兵，总数不下三百名。大军退，失县城，不甘遭敌所凌辱。手榴弹，互抛扔，弟兄全数皆牺牲。天亦惊，地亦惊，大壮大烈惊寰瀛。不论进，不论退，不论攻，不论守，一动一作美名留。不论死，不论伤，不论追，不论防，可歌可泣万古芳。为民族，求自由，为祖国，求独立，牺牲不怕大，只求达目的。孙震军长训练精，各位官长能尽忠，全军将士皆赤胆，继续努力定成功。②

3月14日，日军3万余人向滕县方向进攻。滕县守军王铭章部原为川军，属孙震第22集团军，装备破旧，众将士乃以血肉与强敌死拼，丧亡惨重。战斗中，敌曾轰破城墙，守军用盐包堵住缺口。3月16日后，敌以飞机、坦克、重炮等连续向城内猛攻。17日，日军"以大口径火炮猛轰城墙，致使城墙守军大部

---

① 步平、荣维木：《中华民族抗日战争全史》，第166页。
② 冯玉祥：《守滕县》，《抗到底》第8期，1938年4月16日。

牺牲","日军从城墙坍塌处突入城内","守军残部与敌展开巷战"①。王铭章师长在指挥部队突围时,壮烈牺牲。事后,国民政府隆重追悼王铭章,中共中央也送上挽联致祭烈士。

滕县死守之时,临沂激战正酣;滕县终被日军占据,临沂我军却收获胜利,两地结局不同,将士奋勇无异。冯玉祥不止记录滕县之惨烈,对临沂大胜也有歌咏:

廿七年,三一七,寇军师团攻临沂。鲁南段,骤紧急,庞部拼命抗,竭力把敌御,张自忠部出抄击。一团兵,击敌背,敌分一部将我围;我增兵,再围寇,敌又一部袭我后;我三增,把敌包,敌亦三次向我抄,敌三层,我三层,最后我用一万兵:一万兵,大包绕,寇军不支溃败了。这一次,大俘获,三门大炮被我夺。我得炮,先装弹,瞄准猛击把礼还;把礼还,真痛快,打死倭寇七八百!残余敌,心胆寒,抛尸数千齐鼠窜;联队长,亦弃尸,恐惧慌张可想知。军用品,弃无算,我军一一往后搬。敌北退,我紧追,誓将全数被歼摧。精神胜物质,于此已表现;我们为生存,奋勇须争先!②

3月5日,日军板垣第5师团猛攻临沂,守军庞炳勋部仅5团人马,仍死守城池不退,张自忠驰援临沂,两部协同与日寇殊死作战。战斗至15日,我军"向后攻占东西沙庄、郑家寨、柳行头、停子头、沙岭等地。日军见势不妙,乃全力反扑,向我崖头、刘家湖、钓鱼台猛攻,双方惨烈肉搏,刘家湖失而复得4次,崖头失而复得3次,张、庞两部死守不退,敌渐渐不支"③。17日,蒋介石发电激励前线官兵。18日,板垣部成崩溃之势,"庞、张全线进击,日军死伤惨重,联队长野裕一郎、大队长牟田、中队长中村等3000余人被歼"④,"联队长,亦弃尸"应指此事。临沂之战我军"以伤亡3000人的代价歼敌3000余人,压制了敌人的攻势","使日军第5师团主力终未能按预定计划与沿津浦路北段南下之日军第10师团在台儿庄会合,为中国军队在台儿庄

---

① 曹剑浪:《中国国民党军简史》(中册),第639页。
② 冯玉祥:《临沂大胜》,《抗到底》1938年4月1日第7期。
③ 张宪文等:《中华民国史》第3卷,第67页。
④ 同上。

的胜利创造了条件"①。

徐州会战我军屡挫强敌，国人精神为之一振，继《临沂大胜》《守滕县》《台儿庄》等作后，《七月》也推出庄涌的《颂徐州》，纪念"五七邳城血战"。诗歌将徐州比喻为"中国的凡尔登"，将士们在此浴血奋战"叱止敌人的进攻"。敌人占我家园，"曾撕食了千万人的血肉"，如今，我们要在徐州"为千万个死者做复仇的怒吼"。徐州凝聚着国人的战斗精神，它勇敢地站在"祖国的最前线"抵挡侵略的刀锋，为了最后的胜利与民族的再生，它不惜"英勇的死去"②。徐州一役，我"以运动战消耗敌之兵力，而收'集小胜为大胜'之功"③，不断予敌重创。达到作战目的后，国军于5月15日主动放弃徐州，保存有生力量，坚持长期抗战。

我军撤守后，云翔作《别徐州》④纪念军民血战，表达继续抗战的坚强信念：

> 徐州：/我的故乡——/别了一年了。/这用血洗遍的地方。/经过五阅月的苦斗，/你创出光荣的一页／在临沂，在台儿庄……/聚歼了"矶谷""板垣"/数万毁弃文明的魔王。/我们的健儿挥洒鲜血，/把你残酷的魔鬼/记录在人类的历史上！/徐州：/我的故乡，/别了一年，/这用血洗遍的地方。/现在虽然落入敌人的手掌，/那房屋变成了瓦砾，/那田庄变成了荒场。/然我徐州儿女决不悲伤！/他们有的是血，/都更坚强地冲上战场！

自1938年1月初日军开始实施打通津浦线的作战计划，我军在徐州附近坚持作战近五个月，战胜日军精锐矶谷、板垣师团，破除日军不可战胜之说，坚定了国人抗战信心，赢得国际支持，更重要的是使"日本在中国陷入更深的泥潭"⑤，对我日后抗战意义巨大。

唯其如此，在台儿庄大捷一周年之际，《文艺月刊》又推出《胜利的史

---

① 步平、荣维木：《中华民族抗日战争全史》，第165页。
② 庄涌：《颂徐州》，《七月》1938年第3集第2期。
③ 《李宗仁等致军令部密电》（1938年4月13日），中国第二历史档案馆编：《抗日战争正面战场》（上），第684页。
④ 云翔：《别徐州》，《文艺月刊·战时特刊》1939年第2卷第11、12合期。
⑤ 张宪文等：《中华民国史》第3卷，第72页。

迹》①，纪念这场影响深远的战役：

> 我们将一个伟大的胜利，/掷在全世界人的面前。/在台儿庄，/泰山之南，/运河的左面，/我们居住着/四千余户良善的人民；/耕种着，灌溉着，/从祖先遗下的田园。/在清晨的古道上，/有牛铎的声音，/夕阳爬过村落的老屋，/临流的城堡上绕着晚烟。/几千年流传下和平的歌声，/在老年人，在少年人，/在孩子与妇人们的中间。/在一个残暴的晚上，/日本帝国主义，/这魔鬼，它闯进/这古堡的中间。/在鳞鳞的老屋上，/浮起一片红的笑，/在广大的人群中，/惨呼，哭泣，奔逃，/死的恐怖，/在夜气中抖颤着，/传播去，传播去，/向辽远的原野，/向林中，/向水边，/魔鬼在暗中，/用杀，用淫污/用铁的利爪，/用枪刺，用骄傲的洪笑，/向奴隶的身上，/挥动疯狂的皮鞭。哭泣从此停止了，/接着是愤怒，/是斗争，/是正义与凶暴的角逐，/是和平与人道的/胜利的开端。/壮年人，/起来了，/老年人，/也起来了/妇人与孩子也起来了。/抬着忠勇的，/受伤的战斗员，/袭击着，/进行着，/像铁的流，/通过森林与山岩。/在火焰中，/在炮弹爆裂中，/前仆后继的，/争夺着，/血的光芒/显出伟大的力量；/一座肉的城堡，/横在，惊惶的/敌人面前，/我们雄大的突击军，/到了，汹涌的到了，/向前向后，/向左向右包围着，/展开而且配合着，/游击战与运动战。/破坏尽：/每一条公路，/每一座桥梁，/进击着：/每一个高地，/每一个据点。/在黑夜，/在黎明，/沸腾着，/喊杀的声音，/火光下/是一片剧烈的白刃战。/钢铁一般的/战斗意志，/击破了精锐的，/矶谷，板垣。/敌人，成千成万的倒下了，/军马凌乱的/僵卧着，跑着，/在战壕中，/泽地或是麦田，/丢弃着，/钢盔，大的小的残缺的炮，/机枪，空了的饭袋，/血污的毡毯。/受着重创的，/在血泊中呼救着，/半死的，/已经饥饿四五天的，/在蠕动着，/张着干渴的口，/眼，失望的/向远远痴望着，/不能回去的/东海的天边。/而且烧着大堆大堆的骨灰，/掩埋着一千两千的，/残破的尸体，/在日本军阀强盗的指挥下，/在异国，寂寞的，/做了腐臭的长眠。/在三次的总攻下，敌人，完全失去战斗的力量了，/歼灭，大的歼灭，/血的活剧，/到了/最高的顶点。/在弹雨下冲杀，/爆炸的声音，/跃起的柱形的尘土，/烧断了的林木。/逼住了呼吸的/浓重的烟。/大队大队的飞机/在头上，低飞，/旋绕着，/机枪扫射着，/轰

---

① 常任侠：《胜利的史迹》，《文艺月刊·战时特刊》1939年第3卷第1、2合期。

炸，猛烈的轰炸/钢铁的相触，/石油的燃烧，/旗帜撕破了，/坦克的履带向着天。/我们高喊着：/同志，丢下枪械，/我们欢迎你们，成千成万的都过来了，/你们是东方苦难的兄弟，/我们诚恳地向你们伸出手，/干粮你们吃，吃吧，兄弟；/伤，为你们疗养。/到战争终结，/到法西的势力消灭的时候，/我们送你们回到大海的东岸：/你们的父母，/你们的爱妻，/你们的儿女的身边。/那时我们同你们，/都为了人类的向上，快乐，/尽情的工作，/唱歌，而且驾着播种机，/耕我们美丽的田园。/你们被强迫着，/被法西的绳索捆缚着，/做着日本帝国主义的/野心的工具，/为狂暴的强盗，你们困苦，/你们饥饿，你们死，/你们离开你们和平的生活，/踏上我们的国土，/做着火与血的游戏，/杀了人也杀了自己，/一个痛苦的忏悔，/永远在你们的灵魂回旋。/我们这里没有俘虏，/你认清：日本帝国主义，/这法西的魔鬼，/是我们同你们/共同的仇敌，/你们便是我们的同志，/这热情，像兄弟，/像钢铁一样联系，/像水同乳，/融成人类的爱，/扫清旧世界的污浊，/这责任，落在我们同你们的两肩。/来，握紧手，/我们共同向前，向前。/你们同我们的稻田荒芜了/你们同我们的家屋毁败了，/我们的孩子被惨杀了，/而你们的孩子也饥饿着了，/我们的父母妻子奔走死亡着，/而你们的父母妻子也枯黄病瘵了。/早迟都是一样的死，/我们，你们，为谁，/为了谁的原故，/我们清楚的知道，/是为了日本帝国主义。/同志，你看在东京吃的肥饱的/人们，/在那里斜睨着狞笑，/他们得意的，/赏玩着大的血斗，/喝着混合酒，/支着手杖，/衔着，重价的烟。/让全世界变成一个大的斗兽场，/让奴隶们互斗着惨死，/让他们喝着人类的脑髓，/让法西的魔鬼，/在场上，舞动，/指挥的皮鞭。/同志，我们在苦难中的兄弟们，/听我们在压迫下，/在魔鬼的揶揄中，/在血泊里，/在为正义的斗争中，/做一次洪大的呐喊，/共同联合起钢铁的手臂，/在火焰中，/踏着步，/向前，向前。/这一大胜利，/是公理的胜利，/是和平胜了凶残，/中国的色当，/中国的坦能堡，/中国人的正义，/中国人的力量，/写成这一页/光荣的诗篇，/坚定了新的/胜利的信念。/前方同后方/群众的血液在沸腾了，/在世界上，/每一个有正义的人类，/都在为着这胜利，/张起欢呼的手臂，/高高的向着明朗的天。/人的行列，/旗帜的行列，/战利品的行列，/抗战将士画像的行列，/奏着进行曲的行列，/灯彩的行列，/火炬的行列，高呼着，/为公理而战斗的胜利；/声音哑了，/代替以舞动的拳头，/以繁响的爆竹，/以大队大队的军号，/以洪锣大鼓/以百万千万人的/辉煌的眼睛。/起来，全世界正义的人们,/这是我们共同的胜利,/在台儿庄,在鲁南;/自广大的群众中间。/血腥的风,卷起在亚细亚的莽原,/胜利的高呼,也卷起在亚细亚的莽原。/我们将一个伟大的胜利,掷在全世界人的面前。

忆往昔,日本法西斯来我家园杀人放火,用恐怖撕裂我们平静的生活。至如今,敌人皮鞭下,国人携手抗战,正义与凶暴激烈角逐,鲁南一场激战,和平战胜凶残,预示着我们光明的前景。作品洋洋千言,对敌我战斗前后之情形描摹细致,生死搏杀如在目前。值得注意的是,作者常任侠供职政治部第三厅,后被委派为周恩来的联络秘书,左翼文化背景使诗歌在抒写民族战争之时,透露出中日无产阶级大联合的呼声。诗人将日军官兵称作"同志""东方苦难的兄弟",阶级属性让敌对双方成为"水与乳"的兄弟。作家真诚地呼唤被法西斯蒙蔽的日本士兵放下武器停止战争。那些"东京吃的肥饱的人们"为了自己的野心发动战争,驱使日本"苦难中的兄弟们"到中国"做着火与血的游戏,杀了人也杀了自己"。只有击败法西斯魔鬼制止侵略,中日人民才能快乐地歌唱,建设美丽的家园。作品号召所有被侵略压迫人们"联合起钢铁的手臂",为正义奋战。诗人笔下,普世价值已经超越民族矛盾。最终,胜利的呼声在亚细亚咆哮,沸腾的血液淹没"法西的魔鬼",浇灌出和平、自由之花。诗歌将台儿庄大捷誉为中华民族的奋起,同时呼唤日本劳苦大众的觉醒与反抗,抗战及党派意识影响下,民族与阶级话语纠缠、碰撞。此前被视为民族主义文艺阵营的《文艺月刊》刊载此作,民族、阶级话语并存,其包容性折射出国共携手的时代背景。

需要指出的是,日本作家也参与了此次会战的文学表达。日军占领徐州,侵华分子火野苇平创作《麦与士兵》,美化侵略蒙蔽世人,煽动日本民众战争狂热。作者鼓吹日军的无穷力量:"我在这行进的队伍中感到了一种雄壮的力量,仿佛那是一股有力的浩荡汹涌的波涛。我感到自己身处在这庄严的波涛之中。在这广漠的淮北平原,面对一望无际的麦田,我为踩在这片大地上的顽强的生命力而赞叹。……我将有力的双脚踩在麦田上,眺望着蜿蜒行进的军队,那饱满的、气宇轩昂而又势不可挡的雄壮的生命力撞击着我的心扉。"[①] 对如此描写,参加会战的曾根一夫不以为然,"回忆起歌颂攻占徐州的军歌《麦与军人》(即《麦与士兵》)","这首歌的歌词中带有罗曼蒂克的意味,但是在我

[①] 转见王向远:《"笔部队"和侵华战争——对日本侵华文学的研究与批判》,北京:昆仑出版社,2005年,第193页。

记忆的徐州进击中,却丝毫没有这种感觉"。"如歌词中所示,眼前有一片广阔无垠的麦田,然而它却被无情的军鞋和铁蹄所蹂躏,呈现一片凄凉的残缺景象。""在麦田中行走的军人,由于连日的不停行军而感到疲惫不堪,不但无法畅怀唱歌,而且都面带愤怒表情"。对于此战结局,曾根一夫表示,"徐州之役是一场以 50 个师为对象的大战役","中国方面的 50 个师,为了避免激战产生人员的耗损,大都不战而退,偷偷避开日军的正面攻击。因此,以预期的目的看来,徐州包围战可以说是在失败中草草结束"①。《麦与士兵》《胜利的史迹》对读,战争、士兵成为描写、宣传对象,法西斯与反法西斯文化层面的较量,略见一斑。

　　以上表现徐州会战的作品,诗歌为数不少。冯玉祥与《抗到底》主编何容、老向颇有过从,积极为刊物投稿,冯氏久在行伍,熟悉战场生活,这几首"丘八诗"多出于战斗刚刚结束之际,简洁利落的诗歌便于对事件做出快速反应,朗朗上口的特点也符合《抗到底》力求通俗的初衷。另据老舍回忆,当年他"逃到武汉,正赶上台儿庄大捷,文章下乡与文章入伍的口号既被文艺协会提出,而教育部,中宣部,政治部也都向文人们索要可以下乡入伍的文章"②。其时,老向、何容、老舍在冯玉祥邀请下共聚一堂,讨论"怎样使文章下乡"③,中华全国文艺界协会的通俗文艺工作委员会由冯玉祥领衔,其直白的"丘八诗""下乡入伍"正逢其时。徐州大小战斗的胜负凝结了国人太多的情感,诗歌发挥了它长于抒情的特点,《别徐州》与《胜利的史迹》无不饱含泪水与热血。至于王平陵《台儿庄》,或许由于时间仓促,作家对台儿庄血战的描写失之细致,另外,倘若没有长时间的战地生活体验,作家也很难对激烈之战斗做真实的刻画,只能利用事后的报道、访谈加以想象,这就好似雾里看花,始终隔了一层。尽管如此,作家在战火连天的岁月,热切关注正面战场,其中的爱国激情如今依旧炙热。

　　徐州战火尚未熄灭,日军炮口又对准了武汉。1937 年 11 月南京危急,国民政府军事委员会等部门陆续驻跸武汉,加之其重要的地理位置,武汉遂成中

---

① ［日］曾根一夫:《一个侵华日本兵的自述》,《悲愤·血泪南京大屠杀亲历记》,北京:时事出版社,1988 年,第 142 页。

② 老舍:《我怎样写通俗文艺》,《老舍生活与创作自述》,北京:人民文学出版社,1982 年,第 49 页。

③ 何容:《怎样使文章下乡》,《抗到底》第十期。老舍、老向、何容、冯玉祥相聚之事,老舍在《我怎样写通俗文艺》《八方风雨》中皆有提及,参见《老舍生活与创作自述》。

国在抗战防御阶段的政治、军事、文化中心,为日军所必攻,在我则必守,保卫武汉成为国民政府第三期作战计划的核心内容。1938年1月22日,《申报》(汉口版)刊发《从武汉出击!》的社评,呼应国民政府"组织大武汉保卫大武汉"的号召。1938年6月初,日军向武汉方向运动,"6月18日,日军大本营下达汉口作战命令,武汉会战正式开始"①。7月15日,《申报》发表社评《保卫大武汉》,宣传保卫武汉在安定人心、生产建设、稳定局势等方面的重要意义,动员民众积极担当"抗战任务"。在此之前,《抗战文艺》已经提出保卫大武汉的口号②,并发表《保卫大武汉专号征稿启事》③,要求文艺工作者"站在文艺战线的哨岗","把我们每一滴汗和每一滴血都献给'保卫大武汉'这艰苦而紧张的工作"。7月份,《抗战文艺》如约推出"保卫大武汉专号"(上、下),以各式作品为保卫大武汉助威④。关注武汉的不止《抗战文艺》,1938年1月1日,自南京迁汉后的第一期《文艺月刊》出版,身在其地,刊物同人对武汉在抗战时期的重要性颇有认识:此地之于民国意义独特,"武汉起义,北伐,我们不用听老年人的琐碎故事,这样光荣伟大的民族革命纪念,每一个人的心底都深印上了血红的记载","在现在举国上下同心协力,以肝胆头颅为国家民族争生存,而与倭奴决死战的时候","武汉的地位,更是一日比一日重要,他担负着如同一个中年人所负的家庭的担负,上要对得起祖宗,下要对得起子孙,要保存遗产,要振奋这几乎中落的大家族。他的责任是艰巨的"。为了完成这艰巨的任务,民众在努力着,"战争的威胁已把武汉居民教育到懂得镇静,而抗战的意志更为坚定"。坚强的武汉寄托了民族的希望,"我致民族的敬礼于武汉,却望他更努力地向进步中走去","珍重地努力吧,你这巨人!"⑤ 处在风口浪尖的武汉三镇牵动着国人的神经,8月份以后,西迁重庆的中国文艺社依旧聚焦武汉,10月份,《文艺月刊》推出厂民《武汉·敌人的坟墓》,歌颂武汉所象征的革命意志,鼓舞在炮火中奋战的军民⑥:

---

① 张宪文等:《中华民国史》第3卷,第80页。
② 《本刊紧急启事》,《抗战文艺》1938年第1卷第9期。
③ 《保卫大武汉专号征稿启事》,《抗战文艺》1938年第1卷第10期。
④ 关于《抗战文艺》对保卫大武汉的表现,参见秦弓:《抗战文学中的武汉会战》,《抗战文化研究》2009年第三辑。
⑤ 封禾子:《致武汉的敬礼》,《文艺月刊·战时特刊》1938年第1卷第10期。
⑥ 《文艺月刊·战时特刊》第2卷第1期(1938年8月16日)推出云荻《热烈蓬勃的武汉抗战文坛》,第2卷第5期(1938年10月16日)发表厂民长诗《武汉·敌人的坟墓》,旨在渲染武汉雄风,振奋抗战士气,学者对此已有论述,详见秦弓:《抗战文学中的武汉会战》,《抗战文化研究》2009年第三辑。

武汉，历史的骄子，/二十七年前，/你首先揭起了/反抗异族侵凌的旗帜；三百年的横暴统治，/刹那间归于毁灭，/谁不惊奇你勇敢的神姿？/一九二五年大革命的浪潮，/曾激动过你的狂啸。/全世界的人为你侧目，/四万万同胞的心头，/燃炽着殷红的火苗。/你是光明的集体，/奴隶们解放的最早的信号。

　　武汉，地理的铁轴！/万里长江/挟着汹涌的洪流东注，/正好穿过腹地的三镇。/你洗沐着古蜀的雄迈，/也调节了江淮平原的柔顺。/两条铁轨展向南北，/为要呼吸海洋的暖风/曾不辞艰辛的跨越南岭；/回转头来，/又驰骋这广漠的中州黄土/去沟通北国的平津。/你是十字架的主宰，/中国大地坚实的核心。

　　武汉，抗战的支柱！/日本侵略强盗的火焰，/烧毁了万千人的平安，/甘愿驯顺地做奴隶，/我们发起全面的抗战。/你抚育着疲乏与受创的兄弟，/又把新的更坚强的战士/补上每一条堑壕。/那些涂着青白徽的/英勇无比的铁翼鸟，/晨曦里飞去了前方，黄昏天带着胜利的高歌归还。/武汉，你是抗战的输血者，/民族革命的伟大的摇篮。

　　武汉，敌人的坟墓！/今天，那残暴的铁蹄/越过了长城，越过了黄河；/从河南，从皖北，从鄱阳湖，/想更疯狂的进袭，/挖取你热血沸腾的心窝。/好吧，来，放肆地扑上来，/我们什么都准备牺牲了！/几千年的文化，经济，建设，/以及我们的耻辱，头颅！/每一颗心像一颗炸弹，/早埋进了广阔的土地里，/那一天，它将豁然崩裂，/作为侵略者葬身的坟墓！①

经过长达四个半月的鏖战，我于武汉诸役歼灭大量日军，为保存抗战力量，10月24日，我军放弃武汉。31日，蒋介石发表《告全国军民书》，声明武汉会战后"因疏散人口、转移兵力，皆已完毕，作战之部署，重新布置，业经完成，乃即自动放弃武汉三镇核心之据点"，"此次兵力之转移，不仅为我国积极进取转守为攻之转机，且为彻底抗战转败为胜之枢纽"②。自此，中日战争形势逐渐发生变化，抗日战争由战略防御阶段转入战略相持阶段。

---

　　① 厂民：《武汉·敌人的坟墓》，《文艺月刊》1938年第2卷第5期。
　　② 《蒋委员长告全国国民书》，秦孝仪主编：《中华民国重要史料初编——对日抗战时期·第二编·作战经过（二）》，第352页。

南京保卫战、台儿庄大捷、保卫大武汉，战略防御阶段的几次重要战役皆于《文艺月刊》留下影像；悲痛、欢呼、同仇敌忾，刊物记录着民族的呼吸、命运；或长或短的作品中，一个民族不屈的抵抗精神熊熊燃烧。当然，民族话语并非仅体现于对战争的书写，但在那个山河破碎的年代，抗战建国实凝聚着全民族的心血，大批爱国作家为此放弃成见努力呼号。郭沫若服膺当局"国家至上，民族至上，军事第一，胜利第一，意志集中，力量集中"的理念；老舍认为，国难期间，"男儿是兵，女子也是兵，都须把最崇高的情绪生活献给这血雨刀山的大时代。夫不属于妻，妻不属于夫，他与她都属于国家。"[1] 为了"便于团结到一处，共同努力于抗战的文艺"，作家们积极组织、成立全国文艺界抗敌协会，"文艺协会的筹备期间并没有一个钱，可是大家肯掏腰包，肯跑路，肯车马自备"，"这是，一点也不夸张，历史上少见的一件事。谁曾见过几百位写家坐在一处，没有一点儿成见与隔膜，而都想携起手来，立定了脚步，集中了力量，勇敢的，亲热的，一心一德的，成为笔的铁军呢"[2]。此时，举国上下对正面战场倾注满腔热情，中华民族因御侮而凝聚，烽火连天，作家们对正面战场的认同、支持，体现的正是大时代的最强音。

---

[1] 老舍：《一封信》，《老舍生活与创作自述》，第355页。
[2] 老舍：《八方风雨》，《老舍生活与创作自述》，第384页。

第三章　日本士兵对战争的体验与书写[①]

1937年抗战全面爆发，为迫使国民政府尽快屈服，日本调兵遣将马力全开，一时间，侵略武装大举压境。日军有备而来，中国拼死一搏，无奈实力悬殊，平、津、沪、宁、武汉、广州相继陷落。此一阶段，日军荼毒南北但亦伤痕累累，无论正面与敌后，抵抗活动此起彼伏，敌我残酷较量、厮杀。

举国侵华，中日军民皆陷炼狱，胜败存亡，敌我各有言说。炮火肆虐之际，抗战文学不屈生长，专业作家、文学青年、前线将士等纷纷汇入创作队伍，国人之英勇与牺牲，敌人之凶残与胆怯，歌颂或者暴露，批判抑或教育，围绕战争不同侧面及敌我各色受众，抗战作品大量涌现，题材、体裁多种多样。战争时期，宣传亦是战斗，比之中国抗战文学，日本亦派遣笔部队来华助战，石川达三、火野苇平等先后上阵。职业作家外，日本士兵战斗间隙亦有笔耕，诗歌、书信、日记不一而足，文字水平深浅各异。随战争进行，不少日本士兵手记为我军所获，作者无意，观者有心，这些文献经翻译、整理及解读后重新面世为我所用，由此，书写、编译各有所思，文坛景观愈加引人注目。

抗战期间，或受战争体验、舆论氛围及民族情感等因素影响，中国作家"写到敌人的士兵时，不是写成了怕死的弱虫，就是喝血的猛兽。这于宣传上或可收一时煽动刺激之效，然而宣传应该是教育，把敌人估计得太高或太低，都不是教育民众的正轨"。[②] 时人评述颇为精到，回顾抗战文学，"大部分作品对战场上日军的描写是表层的、不深入的，主要是把日军作为一种群像加以表

[①] 《文艺月刊·战时特刊》1940年9月10日第5卷第1期曾以"敌军日记"的名目登载了［日］石黑荣一《军中夜记》，由于原刊纸张问题，文章无法辨认，但该文仍为本章写作提供了契机与线索。

[②] 茅盾：《两个俘虏》（书报书评），《文艺阵地》1938年第1卷第8期。

现，没有塑造出活生生的具体的形象"。① 生动具体的历史现场不会只有群像，罪孽深重的侵略者也并非千人一面，借助日本士兵手记，正可走近个体了解其见闻、活动及感想，丰富人物形象的同时亦为了解抗战添加助力。

一、记录战斗经过及其体验

战场风云变幻莫测，切身体验各有异同。1937年7月，卢沟桥枪响，平津、上海相继卷入战争，日本不断增兵，大批国民应召入伍开启军旅生涯，《敌兵阵中日记》②与《敌兵的遗书》③由此开篇。初入行伍且大战在即，新丁感受如何？据《东战场敌兵手记》，起初，永松宇八似无波澜，"预期着的日子终于到了"，既然早有准备不妨随遇而安。入营受训，永松尚觉新奇，连日操演又"把'出征'的紧张消失了"，因而，听闻"上海方面苦战"，作者亦无忧虑。不过，远离故土也非毫无牵挂，操练间隙，永松"奇妙的想起了家"，之后突然开拨，仓促间仍要"写信给家里"。战争未到眼前，离家或有归期，登船前夕，永松笔墨平淡。相比永松，《敌兵的遗书》之作者入伍时即心绪难平。首先，作者以从军为荣并感责任重大："我已经等了好久，在期待着一个男子可以向世人表现他自己的时机。这样的日子毕竟来到了。我在双肩上担负了我国家的命运。我所要去的地方是华北，风云暧昧的一片几千里广阔的土地。战斗着又战斗着。""我是在坂垣将军的卫队里。我们是三万名开往中国去的军队里的司令部的卫队。只要司令部里有一位军官受到危险，整个师团的行动也许就会蒙到损害，因为如果没有组织，士兵就不能打。当我想起了这

---

① 王向远：《日本的侵华文学与中国的抗日文学——以日本士兵形象为中心》，《"笔部队"和侵华战争——对日本侵华文学的研究与批判》，第309页。
② 《敌兵阵中日记》：广州离骚出版社，1938年3月初版。该作含日记两部，其中，《东战场敌兵手记》（1937年8月27日至10月15日）作者乃永松宇八（日记中附有名片，但译者在日记前言中写作"松永"，这里从名片），夏译译；《敌兵阵中日记》（1937年9月10日至10月5日）作者姓名不可考，田汉译；结合日记内容及译者介绍，这两名日兵皆隶属"上海派遣军"，淞沪会战中先后阵亡。
③ 《敌兵的遗书》（1937年8月2日至11月23日）：陈士丹重译，《国际周刊》1938年第1卷第1期。据杂志介绍，"这是参加华北战争的一名日本兵士的日记，由战地记者James Bertram和一个中国译者合作译成英语，经我们军事当局的许可，而发表在本年ASIA杂志四月号上的。作者姓名，因未能征得家属的同意，所以给隐没了。日记从出征开始，直到去年十一月二十三日。二十四日，日本司令部即被第一百十五师和第八路军所攻占，作者也就在平型关之役中阵亡，这才让这份遗书掉落在我军手里。"

一类事情的时候,我便感觉到我到中国去的责任是非常重大的。"为国效力说来义不容辞,念及家庭内心一片黯淡。作者以"祈战死"的态度诀别亲友,"虽然我并不希望能够生还,可是,当我想起了我的双亲,想起了在我身后遗剩的妻,我就禁不住感到心里悲痛"。军国主义盛行,作者志愿从军,但亲情、爱情尚有余温,思来想去别有滋味。离别时刻,"妻的双手握住了五色的纸带,颤抖着。她的脸像是一张在等待死神来到的人的脸。这使她更美丽了。我的妻呵,也许这是我最后一次看见你!"骨肉难分更兼儿女情长,从军的兴奋难掩离愁别绪。

铺陈入伍心态,永松手记与《敌兵的遗书》笔墨粗细不同,不论新奇抑或兴奋,二人无不记挂亲友,尤其后者生离死别分外痛苦,即便如此,二者却皆未质疑、抵触战争命令。不惟从军者,据二人日记,部队出发好似节庆,送行者兴高采烈场面热闹,政府对战争之造势可见一二。日本侵华谋划已久,1930年代更步步紧逼,期间,政府与媒体合谋鼓吹侵略,至七七事变,"全部的报纸与政府合为一体,举国上下一致的报道促成了'讨伐暴戾的中国'运动的开展"。① 政府操纵下,日本国民民族情绪高涨,针对出兵,送行者山呼"万岁",从军者亦多标榜"武士道",举国狂热越陷越深,终至无数家庭支离破碎,穷兵黩武之策何以施行,政府、媒体、民众皆须反思。

日本决意侵华,日媒又以"挑衅""狡猾""疯狂""无理"② 等语抹黑中国刺激民众,或受之影响,有日本士兵心怀愤恨蔑视中国,言行时显自大、骄横之一面。在上海,初来乍到的永松盛赞"皇国海军""威压了扬子江",趾高气扬目空一切。还有士兵兴奋、激动言语张狂:"帝国军舰之多大大地使人气壮。看见支那人的尸体。斩得整整齐齐的。明天我也可以砍几个了。"③ 永松等的骄傲是士气之体现同时也反映出他们对中国的低估,盲目自信一旦受挫极易出现心理落差④。未识战争残酷,新丁气焰嚣张,身经枪林弹雨,方知泥

---

① [日] 前坂俊之:《太平洋战争与日本新闻》,晏英译,北京:新星出版社,2015年,第216页。
② 日媒相关报道参见 [日] 前坂俊之:《太平洋战争与日本新闻》,晏英译,第214页。
③ 《敌兵阵中日记》:作者姓名不可考,田汉译,广州离骚出版社,1938年3月。
④ 《敌兵阵中日记》这名叫嚣砍杀的士兵于9月21日写道,"进攻冯宅三中队几乎有全灭之虞。我想虽说是支那也有着不可轻视的战斗力!"另据山室部队小队长山口少尉日记"10月2日,战死者中队长千田大尉等八人,负伤者准尉西原次雄等十七人,本日失败主要原因,在将敌人的力量估计的太小"。参见夏衍:《士无斗志的日本》,夏衍、田汉译:《敌兵阵中日记》,广州离骚出版社,1938年。

足深陷。

　　《敌兵阵中日记》主要篇幅为前线作战见闻，据此，抗战初期，正面战场之敌我进退略窥一二。9月11日，淞沪酣战，永松在罗店一带服役，激战几乎每天上演。9月13日，"战况猛烈，枪炮声不断，敌人特有的迫击炮弹执拗地飞来。入夜，我海军巨炮怒吼"。9月14日，"到了晚上，敌人便猛烈地攻击。这一晚有近百发的炮弹落在步哨线内"。"拂晓战。敌人狞猛地发着喊声袭来，反复四次，始将其击退。我方损伤不少，水迫（人名）中了迫击炮弹，鼻子以下到胸部，炸得不成模样，有点凄惨。"交手才知深浅，亲见国军攻势，永松开始紧张，"前几天有点模模糊糊，现在才真的感到处身最前线了，今天本队死了四个，三个负伤。一点钟之前还在讲笑话，取笑别人的老婆，可是此刻已经像一个泥冬瓜一样，像什么货物一般的被搬走了，说起来，不能不有点悲惨。但是，战场上，是不该流眼泪的"。生命在刹那间的毁灭令人错愕，作者暗自鼓劲，但凄厉的喊杀、惨重的伤亡令其紧绷的神经不得放松。9月16日，"敌人在晚上开始逆袭，已经差不多变成日常功课了，十二时半，一颗迫击炮弹在离开我十尺地方炸裂，有点茫然"。清晨冲锋、晚间逆袭，国军殊死抵抗昼夜出击，无休止的厮杀中，永松心神恍惚。淞沪鏖战，多点开花，据另一日兵所记，9月28日，"午后六时起进前方三百米达之地"，"敌人也相当顽强的抵抗着"。10月1日，"编成白队（即决死队），午后六时三十分出发。前方敌阵似相当坚固，从今晚起得连续攻击三天啊，赌着性命"①。日军强攻收效甚微，无奈出动敢死队，寸土寸血，两军攻防几近白热。10月3日，"终夜的空陆激战。战争快要到决胜点了，这是我们经历的最激烈的战斗，支那兵是广东兵，有相当的火器，要前进几公尺，也很困难"，"这一带是敌人最重要的防线，有了长时期的准备。防御工事很坚固，下午二时，我们前面的部队前进了，肉弹加肉弹，冲锋加冲锋，但是敌人还是死不后退。敌人知道我们前进，迫击炮弹激雨一般的飞过来！还是冲不过去！一片喊杀的声响，觉得悲壮，但是，老实说，这已经不像活在世上了"。国军死守，日军自杀式冲锋伤亡无数，战场好似绞肉机有去无回，永松再度感叹，"打仗，这简直不是人做的事"。耳边炮声动地、喊杀不绝，眼前飞弹如织、血肉四迸，寥寥数笔视听并呈。作战使人心慌，行军让人胆战，"黑夜在泥泞中走，也不知道方向"，"敌机执拗地

---

① 9月28日、10月1日见闻出自《敌兵阵中日记》，作者姓名不可考，田汉译，广州离骚出版社，1938年3月。

来袭,在炮声中大家埋着头走,踏着软软的东西,担心是敌人或者什么死东西的尸体,不敢仔细去看"。"在泥泞中走","和同伴隔开了倒有点胆寒"。炮火连天遍野陈尸,日兵惴惴不安彼此壮胆。步步惊心的氛围中,战地闲谈又添神伤,"纳部队的吉川部队,前几天为着向××方面增援渡过一道小河,但是在豪雨和飞蝗一般的敌弹里面,无论如何渡不过,吉川大尉为了激励士气,亲自站在前面,半个身体浸在河里,指挥部队渡河,吉川部队长是以豪快出名的,为着表示镇定,嘴里还含着一支香烟,哪知正在这时候一粒弹飞来不偏不正的从他的嘴里穿过。滑稽呢还是悲惨?"国军密集阻击,敌酋莫名饮弹,戏剧性画面不时定格,你死我活的战争中,悲喜难料存亡未卜。故事不及回味,永松疲于奔命。"前进中看见了累累的支那兵的尸体,这几天狞猛地向我们袭击的敌兵,竟是些学生军?这话真是不知从何说起了,有的在沟里,已经烂了……老百姓的尸体也不少。田里的稻都熟了,没有人割。绽了的棉花,一点点的散在泥泞里。"誓死抗击日寇,无分老幼,国军牺牲惨烈,战火殃及百姓,丰收反衬凄凉。眼前一片死寂,永松笔调黯然,"一切道路,桥梁,都被退走的中国兵破坏了,破坏的很彻底,小屋都烧掉了,听说'江南'是好地方,可是,我们见到的不是落寞的可怕吗?"敌骑肆虐,锦绣江南一片废墟,持久抗敌,坚壁清野不留片瓦资敌,中国损失固大,日军亦陷困顿。经十余日战斗,永松所属部队给养出现问题。9月23日,"颁发防疫须知;战线来了一个更大的敌人,那就是虎列拉,赤痢。××部队一大队被隔离了,原因是河水不清洁,身体要紧,身体要紧"。9月28日,"虎列拉(?),中队里两个病倒了,有点发慌"。水源不洁,疫病蔓延,日军遭非战斗减员。祸不单行,食物匮乏折磨永松。10月1日,"下午外出征发,三个人一队,什么也没有,民家的可吃的东西,早已没有了,捉迷藏似的三个汉子围捉一只鸡,引得大家笑了;池子里有失掉了主人的家鸭,我们就狩猎了一番,所得的是一鸡二鸭,野兔一匹"。10月6日,"雨,雨,实在像我和天气打仗了,衣服湿透了,皮鞋里面不知有了多少泥,吃的东西又没有"。10月8日,"输送困难。打的子弹和吃的粮食,多减少了,为什么有这样多的雨啊!"10月11日,雨一直下,"九日晚上的握饭、饭团之外,什么也不曾吃过,战斗激烈的时候,不觉得,休息的时候就难受了。昨晚上的事,这也不会忘记的,从尸臭扑鼻的敌兵尸体身上,搜出了一包炒米,已经发黄色了,可是,这也度过了一晚的饥饿。想到虎列拉,有点战栗"。泥泞中摸爬,难得果腹,死人堆里捡食,困兽犹斗。疾病、饥饿如影随形,永松在湿冷的环境里连续作战几近麻木,而此等"在战地的劳苦,在内地的人果真能知道吗？"① 残酷的现实令人触目惊心，战争继续，相似场景难保不会重演。在《未死的兵》中，日军"从雨花台打进南京城那一晚，严寒滴水成冰，战斗已经终了，遍地都是死尸"。一名士兵"肚子实在饿得发慌了，找来找去，就从中国兵的身边找到了发酸的冷饭，和着冷水吞下去了"②。鉴于永松等经历可知，石川达三所写并非全虚。文学源于生活，倘无士兵手记，历史细节实难想象。

阴雨连绵道路湿滑，战事惨烈人仰马翻，几近崩溃的永松夜夜紧抱"千人针"，而与他同陷淞沪的另一日兵则"只好求菩萨了"。此人与永松的战地体验及经历相似，但下笔更简，日记之外，又作诗记事抒怀：

一、到处都是烂泥地啊！三天两晚没有吃饭，钢盔上沥沥不断的雨声。

二、已经是没有香烟了，唯一的火柴也湿透了。饥饿与夜寒交迫着的我们啊！

三、嘶鸣声也听不见了，永别了战马，把鬃毛做个纪念吧。

四、在马蹄下乱开的秋草之花，含着秋雨的湿润，又是虫声低诉的黄昏！

五、通信筒哟，达到吧，充溢着凄然抬起的眼中的是一行行的热泪。

六、啊，在遥远的东方的天空，雨云前面发着轰轰的声音的，是我友军（日军）的飞机。③

简洁的语句形象地勾勒出战场近景，烂泥缠身的士兵饥寒交迫，雨打钢盔，浇湿了火柴更浇灭了希望。战马埋骨荒外，唯有野花乱开，斜阳晚秋，残余的生命只剩一腔哀怨。几句低诉，两行热泪，先前"壮志"早无踪影，阴云笼罩的堑壕里飘出家乡之歌，"安慰这不晓得明天的今天的生命"。战火无情死期难料，日记作者无力挣脱枷锁惆怅以对；昨日并肩今成白骨，战事迁延，悲观情绪弥散开来。永松见"友军尸体的山丘！救护们戴了口罩，像搬货物似搬上汽

---

① 参见夏衍《士无斗志的日本》引后藤熊次郎日记。
② 曹聚仁：《战场异闻录》，《采访外记采访二记》，北京：生活·读书·新知三联书店，2007年，第174页。
③ 出自《敌兵阵中日记》，作者姓名不可考，田汉译，广州离骚出版社，1938年3月。据译者评价，该日兵"甚有诗才"。

车去",悲叹"沉默的凯旋"。死者已矣,苟活者忧惧度日,正如"未死的兵","他每天早晨一起来,觉得他自己还活着,就这么自言自语:'唉,我今天还活着!'但是,他又接着问了一句'明天呢?'他想,今天朋友的骨灰,搁在他的肩上,但是,明天呢?我自己的骨灰,又背在谁的肩上呢?"① 人生已多变故,侵略实无道义,遭逢剧创的士兵不禁追问,"现在我为了什么而出征呀?"② 答案未晓,斯人已成异国孤魂。

《敌兵阵中日记》主要展示了永松宇八等两名日本士兵在沪的战斗经历及体验,从其手记可知战斗场面之惨烈及战地环境之恶劣,细细体味,个中场景不无惊心动魄之感。从"出征"至阵亡,两个月不到的时间里,永松等通过简短的文字记录了日军进攻时的寸步难行,也反映出国军抵抗之英勇顽强,正面战场得失随之立此存照。中国不屈不挠的抗战意志令日本士兵始料未及,他们笔下"虽则也有'誓当一死报国,'尽力奋斗'的套语'",但更多的却是"目击和身受着中国士兵的勇敢的攻击,而感到的恐怖"。在激烈的搏杀中,时时目睹生命凋零,永松等的情绪由狂热变为胆怯最终绝望、麻木,叙述基调日益消沉。译者坦言,"这些惨淡的遗物使我黯然,使我悲悯"③。然而,悲剧因何而起?永松等人的手记生动再现了战场一角,小中见大,战争全景似可想见。"淞沪会战是中国全面抗战初始阶段中日两国进行的一场大战。从1937年8月中旬起至11月中国军队退出上海,日本投入兵力达到30余万人,中国军队调集70多个师,约70余万人。在日军机、炮优势火力猛烈进攻下,中国军队浴血奋战,坚持了3个月之久,歼灭了大量日军"④。作为日本士兵,永松等人日记自有立场、态度,但同样印证了淞沪会战之惨烈,借助他们的视角与言说,抗战叙事更显丰富、生动。

二、揭示面对战争罪行之心态

《敌兵阵中日记》聚焦前线见闻,《敌兵的遗书》则多写占领区军队日常

---

① 曹聚仁:《战场异闻录》,《采访外记采访二记》,北京:生活·读书·新知三联书店,2007年,第174页。
② 《敌军日记——连防山的胜利品》,卜少夫译,《国际周报》1938年第1卷第8期。
③ 夏衍:《士无斗志的日本》,《敌兵阵中日记》。
④ 王建朗、曾景忠:《抗日战争(1937—1945)》,南京:江苏人民出版社,2007年,第56页。

生活①。威逼无辜民众，敌兵劫掠取乐。永松抵沪时，《敌兵的遗书》之作者正窜扰平津，驻地民众屡遭其鱼肉。"因为我们是在敌人国土里，我们可以用武力征集各种东西。所以我们并不吃我们的定餐，却走出去做'强迫征集'。我们弄到了十二只鸡，还有一罐葱，两罐甘薯。下午两点，有些人弄了水来有些人在杀鸡，这是一种优美的兵士生活！"肆意明抢，士兵无异强盗，卑劣行径欣然诉诸笔墨。"我们来到一个葡萄极丰盛的去处，跳到田野里。两个中国农夫打着手势说'不要采这些葡萄！'可是有人却把他们撵开，采吧！"11月10日，"我跟三个朋友出去作'强迫征集'。不久，我们弄到了八只鸡和一些蔬菜"。第二天，"在阳光里，我跟一位朋友出去，征集了一斛豆和一袋白糖。我们叫五个中国人把这些东西替我们带回去。我们把豆在一个大锅里煮起来，有几个人去弄水。又一次，我们的兵房变成了战场！昨天我们吃鸡肉，今天喝豆汤。这到底是一个军人的生活中最愉快的事情"。翌日"在上午八点出去征集东西。十一点，弄到十只鸡就回来。无论在怎样的情形下，一个士兵总常常能够弄到些东西吃的！"作者以战争之名恃强凌弱夺我口粮并以之为荣乐此不疲，轻松的叙述反映其内心对战争的热衷及对中国人的漠视，口腹之欲的背后，更折射出侵略者有恃无恐为所欲为之心态。四出掠食耀武扬威，自以为是感觉良好。行军途中，"在每一个车站，我总看到几个中国人拿着日本旗来欢迎我们的火车。我第一次看到这光景，我就想起他们一定曾被中国军阀压迫的多么厉害"。见三五人摇旗，作者似觉解民倒悬师出有名，如此看法是头脑简单还是自欺欺人，见仁见智。压榨民众不可一世，短兵相接心有余悸。此前，"我"与国军交手，不禁庆幸"我们逃脱了性命也算是侥幸"，后见国军转移，则出言轻侮，"呵，我的中国兵士们，你们迟早总要死的！你们为什么要退却？我真不能懂这样的军队的心理"。骄兵难了我抗敌决心，笃定的口气实则狂妄，时隔不久话犹在耳，作者即被歼灭。侵华未及半载，常操劫掠、杀伐勾当，作者觉理所应当无不忍之心，家有高堂未推己及人，是非黑白以国别为判，在家孝顺、多情对外蛮横、霸道，忠君报国的名目下，作者放纵人性阴暗一面，至

---

① 从题材看，日本士兵的写作可分正面战场与"描写日军占领区的'军队文学'"。"七七事变以后，日本侵略者很快占领了我国华北的广大地区，并驻扎军队维持'治安'。日占区作为日军的所谓'枪后'地区，没有正面战场，没有大规模的战役，但中国军队，特别是八路军和中国抗日民众组成的游击队，仍然不断地给日军以各种形式的打击。"（参见王向远：《"笔部队"和侵华战争——对日本侵华文学的研究与批判》，第122页。）《敌兵的遗书》虽非以发表为目的的"军队文学"，但所写内容与日本所谓"枪后"文学有相同处。

死不悟。

加害无辜，有人无动于衷亦有人心存歉意，同为日本士兵，思想并不划一。《烧杀日记》①中，为报复便衣队袭击，日军烧毁百姓房屋，作为军人，"我""心里虽然抱歉，不过没有办法"。夜深人静，作者愈觉战争之无情与无奈，"中国民众不是我们的敌人。我们决不想烧毁房子、征发东西、弄坏农作物。对于房子被烧毁的民众，我们是要流泪一样的难受。可是没有办法，我们是依照军部的命令这样做的"。烧杀劫掠俱是事实，奉命行事之说难掩罪恶与愧疚，从众之恶更须反思。谷本一亦因执行军令而纠结，其在致母亲的信中提到，眼见"将逃剩的土民从屋中拖出来枪毙，使我想到了自己，觉得委实可怜，假使敌人到日本来，那时候我们如何？"②以己度人深感恐惧则眼前场景何其残忍？侵华罪行似此积聚，桩桩件件层出不穷，无论主动参与或如被动执行，皆给中国民众造成巨大伤害。战争罪行毋庸置疑，犯罪心理或有差别。相比《敌兵的遗书》之冷漠、轻蔑，横仓、谷本一之所思所想尚存一丝温度与几分理性，只是，随战争进行，这份基于人性的思考又将何去何从？

三、思乡、厌战情绪的表达

无论身处前线、后方，记录烧杀劫掠外，表达思乡、厌战情绪亦是日本士兵手记的重要内容。遍地狼烟，家书万金，《敌兵阵中日记》之诗将"通信筒"单列一节，作者借此意象抒发乡愁，朝夕想望之情溢于言表。永松宇八也在大战间隙赶写家信并焦急以待回音，"军邮来的时候，总是失望，两个小家伙们不知怎么样了？还有阿种！"惦记家室，人之常情。《敌兵的遗书》之作者处境相对安全，但他同样"希望能够尽快回家去，再跟我的妻在一起"；目睹战友阵亡，体会人世无常，他又思念父母不觉泣下，"为了谁，我们要受这一种痛苦？"身在异乡朝不保夕，回国团聚成为许多日本士兵共同的心愿。《烧

---

① 横仓堪一郎：《烧杀日记》（1938年6月1日—8月4日），（据日记译者附记，"这一本日记是从六月一日起至九月十六日止的"，但书中日记止于八月四日，此后情形，附记所言似与《阵中日记（二）》混淆），《敌军日记》，孔×译，出版年份不详（该书日记皆围绕武汉会战之金轮峰战斗而作，并介绍石西民记述此次战斗的《大战火烧山》一文，石作原载1938年10月5日《新华日报》，据此推断，该书出版似在1938年底至1939年间）。

② 夏衍：《士无斗志的日本》，《敌兵阵中日记》。另，永松9月14日日记也写到"听说有几个未逃出的土民被工枪队枪毙了，其中有一个三岁的孩子"，永松与谷本一同属上海派遣军松尾部队，两人所记似可相互印证。

杀日记》中，横仓心系桑梓，不时想象故乡风物及家中场景。梅雨时节，他担忧桑蚕农作，"今年因为人手不足，更要做的少些了吧"，"麦的收割也是困难"。农忙场景随雨飘过，军邮来去又惹相思。"大队那里已经有信寄来吧。和歌子大概生了小宝宝了吧。——但愿母子都告平安，从战地向神祈祷着"，"但愿四海无波，早日完成东亚和平，全国民都从心里欢迎我们川上部队凯旋的日子快点到来。心里想，如果敌人早日屈服，向日本军投降，那是多么好呢。"横仓来华十月有余，对战争不无厌倦，加之记挂妇孺，每天翘首以待回国，记述家中近况成为其日记一大主题。"和歌子来信说，据产婆诊断，五月中旬或下旬但绝不到六月就要生产，人是很健康。我很安心。现在大概已经生了一个很可爱的小宝宝了吧。男的还是女的呢？好好的给我抚养，我请求你！"次日"傍晚登城，向东方拜告，祈祷我家的繁荣和一家的健康，最后祈祷我妻的安全，不要太为我不安心了。"几番往复，产讯坐实，"利仔呵，你已经出世两个月了。快点给我乖乖的长大吧。爸爸很健康，正有劲的干着呢。利仔和妈妈两个人不要让暑气中的呵。大些好等爸爸归来呵"。添丁催生喜悦，也使作者看到希望，其回国意愿更加强烈。"向宫城遥拜，并祈祷父母的健全，我家的繁荣，和利仔的健康。"家人之于作者是精神支柱更是责任，为了他们，"非自己保重不可。家里和利仔母子在等待着呢"。老幼萦绕心头，日思夜想，战斗意志迅速衰减，"梦中为敌所袭，几乎全灭，……一晚不睡算什么呢？无论怎样都非留着一个健全的身体回去不可"。角色随情境渐变，之前"我"已尽过士兵义务，此刻更看重家庭责任。横仓暗自盘算，但归期未有期，"自来中国，总相信并不须这样持久地战争下去，只以为五个月左右便同别的部队交换，在去年我们就可以凯旋的。哪里想到到现在这样天热来了还是不能回去"。此后，尽管作者小心翼翼，但中国不屈，侵略者实难全身而退。

战事似无尽头，士兵思归，中日鱼雁往还，家中音讯难得，妥善保存亲人回书亦是思念的一种表达。横仓笔下多画家人音容，其妻和歌子复信亦写满甜蜜。据和歌子手书，横仓赴华正值新婚，二人恩爱自"分别以来，我一时一刻也不曾忘记过"。横仓寄回照片，和歌子睹物思人"时时都梦见"他，且"只要有闲，便会把摘桑时候的事，看电影以及外出游览时候的事回想个无穷无尽，早点凯旋吧"。如胶似漆又即将添丁，和歌子满纸乐事只待其夫归来，"产期大概在五月尾或六月初，我这样想着。在那时以前，一定一定请你凯旋吧"。征人在外，家里终日悬挂，"每天母亲祖母都为你的饭菜和寒冷担心着"，她们供奉、祈祷从无间断，和歌子更殷殷询问"负伤痛不痛""钱够不够用呢？能够洗澡吗？"前后阻隔，家属遥想战地情势，不由敏感、心焦。听闻有人负伤，和歌子难过、担忧，唯恐横仓落得同样下场，并郑重请求他"千万保重身体"，"留心不要再有负伤的事才好"。妻盼夫回，千言万语落笔终在"凯旋"，然何日"凯旋"？"好像还有一些时候呢。不过最近以内，总会成为凯旋部队吧。""故乡是从老年的人们起，大家都在心里'今天吧今天吧！'地等待着无恙归来的凯旋"。和歌子絮絮而谈，手书两封写不尽牵挂算不清归期。日本侵华大举征兵牵连无数家庭，受军国主义熏陶，当初或无"牵衣顿足拦道哭"之场景，但家人思念无不与日俱增。以和歌子致横仓堪一郎、江川清子致其兄江川雄次、清池峰子致其夫清池节郎、永田泷子致其夫永田秀夫①、竹内种子致其夫永松宇八②等书信为例，字里行间虽有"敬祝诸位战友一同武运长久"等语，但更多的却是妻盼子唤、母念姊忧的家庭温情，其祝祷归来之辞几乎充溢全篇③。战地凶险九死一生，老母、娇妻牵肠挂肚求神忙，侵略无休士兵厌战，日记诉说乡愁。偶得家中书信，常摩挲，贴身藏，怀揣一份思念，引发一段思量，"我们为什么而战？我们为什么而战？中国人受了折磨，日本人也受了苦难！天呀！天呀！什么地方是我们的葬身之地哟！"④ 此后，永松、横仓等人陆续阵亡，消息传回国内，不知其父母妻儿何等悲伤。

---

① 江川清子、清池峰子、永田泷子手书见《敌军日记》，孔×译，出版年份不详。
② 参见田汉译：《敌兵阵中日记》，广州离骚出版社，1938年3月。
③ 据侵华日兵曾根一夫说，出征者之母及妻被誉为"军国之母""军国之妻"，并有《军国之母》《军国之妻》两歌，鼓吹士兵"光荣的为国捐躯"。不过，曾根认为，"虽说是为了国家，但和心爱的人诀别一点也不感到悲伤，这实在是自欺欺人。将爱子和丈夫的死，视为奉献国家而感到光荣，实在是出于军国主义风潮中无可奈何的事"。曾根回忆，他服役三年，其母天天祈祷，"这并非只有家母如此特别。凡是把爱子送往战地的母亲，其心态都是一样的。表面上装作是'军国之母'，暗地里却祈祷自己的孩子能平安无事归来，辛苦地扮演着双面人的角色。"阵亡者之妻被称为"靖国之妻"，"不能再婚"，她们"只能强颜欢笑，不能让人看出心中的悲哀"，因而"造成无数的悲剧"。参见[日]曾根一夫：《一个侵华日本兵的自述》，《悲愤·血泪南京大屠杀亲历记》，第153—155页。另，《时事类编特刊》1938年第十四期载《日本兵士的妻》（朝日新闻，高璘度译）书信二封，"是津浦南段敌军添田部队战死兵士的妻寄给部队长的。在她们的信里，一面再三再四地讯问丈夫战事的详情，一面叙说孤儿寡妇的境遇"。其中，对于"名誉战死"的丈夫，遗孀难抑心中"可悲可痛"但又无可奈何。考虑到未亡人之生存，亦有士兵早立遗嘱，允其妻在其阵亡后改嫁并分得"生命保险全部"，详见《敌军日记》，孔×译，出版年份不详。
④ 曹聚仁：《战场异闻录》，《采访外记采访二记》，北京：生活·读书·新知三联书店，2007年，第175页。

四、结语

　　抗战时期,不少日本士兵手记为我所获,敌人笔下的战争进入中国作家视野。例如,淞沪会战时期,夏衍等"整理了四五十种从战线汇集来的敌兵的信札和日记"①;武汉会战后,《敌军日记》面世;在华北战场,亦有《敌兵的遗书》《敌军日记——连防山的胜利品》;在赣北、鲁南等地,类似手记也不少见②。这些手记的作者文化水平参差不齐,有的善写诗文,有的"文字非常拙劣"③,遣词造句各有差异,但内容多为其经历之战斗、生活及体验,如《敌兵阵中日记》之于淞沪鏖战,《敌军日记》之于金轮峰战斗。通过这些日记、书信,日本士兵记录了惨烈的战争场景,揭示了侵略者的罪行,也见证了中国军民的奋勇与牺牲,如此真实的战地描写,恐非身在后方的作家所能想象。参与侵华战争,日本士兵心态不一,有人始而傲慢继而胆怯最终绝望,有的心存愧疚纠结无奈,亦有人支持战争至死方休。但不论何种态度,他们都不免思念家乡、亲人,而抒写乡愁之时,血腥士兵多变寻常百姓,狂热国民亦露温情一面。大致而言,记录战斗场面或占领区生活、抒发思乡情结成为日军手记较普遍的内容,但士兵在此期间的感受、体会又有一定特殊性,结合二者,侵华战争与日本士兵之面目逐渐显露。

　　日本士兵信笔而写,中国译者有意而为,日军手记与抗战文学产生关联。抗战初期,中日力量悬殊,日本士兵尚感战争之苦,则我军之坚忍、磨砺可见一二。基于此,翻译、传播日军手记,一方面可知抗战"给敌人的痛苦是怎样大,只要我们努力,相持的局面一定可以造成,一方面也可以从此知道,我们在前线的将士是如何的痛苦,我们在后方的人们,如果不肯有钱出钱,有力出力,便是太没有天良了"④。译者眼中,搜集、整理日军手记也是抗战宣传的一种手段,对内可鼓舞军民,对外则号召"日本的士兵们!你们,和我们一样的都是被压迫者,你们受着欺骗和强制,你们没有'战意',这是很应该的,可是,消极的没有'战意'是不能解除你的锁铐的。你们要把'战意'振作起来,向另一个方向用你们阶级觉醒的'战意',来'膺惩'你们'暴戾'的

---

① 夏衍:《士无斗志的日本》,《敌兵阵中日记》。
② 参见曹聚仁:《战场异闻录》,《采访外记 采访二记》,第175页。
③ 《敌兵遗嘱》,《敌军日记》,孔×译,出版年份不详。
④ 《敌军日记·序》,孔×译,出版年份不详。

财阀和军阀!"左翼作家强调阶级觉悟,欲以此制造反战契机,根据这一意图,其对日军手记之选择、解读难免带有某种倾向性,但借之改造日军意识形态,道阻且长。宣传目的之外,也有人试图利用日军手记建构战争全景。尤其"中级军官"日记,"这类文件,真实性甚高,因为原文件不含宣传作用,而且记录很朴质,绝无文饰之处","其日记中所载事,对于战斗场面,首尾完整,可供参考",至于普通士兵手记,"对于全局很少记录,价值较低"①。曹氏所说不无道理,士兵各司其职,着眼多在自身见闻,比照整场战役,其所知、所记范围有限,但这一鳞半爪的记录胜在真实,因之,研读普通士兵关于战争经历的书写,一方面可使历史细节愈发丰富、清晰,另一方面也使得日本士兵形象更加鲜活、多样。总之,前述日军手记,无论是服务于抗战宣传的翻译、解读,还是作为参考资料勾勒抗战全景,均与抗战文学产生关联且相互补充异轨同奔。

时过境迁,翻阅日军手记,可近距离观察士兵与战争。撕裂人心的喊杀中,一篇篇手记勾勒出鲜活的生命,一行行文字镌刻毁灭的悲剧,无数侵华日本士兵亲手制造了人类浩劫,同时也成为这场灾难的受害者。审视过往,并非鼓吹仇恨,而是提醒来者,反思历史珍视和平。

---

① 曹聚仁:《搜集、鉴别与编次》,曹聚仁、舒宗侨编著:《中国抗战画史》,北京:中国文史出版社,2012年,第770、771页。

第四章　抗战文学关于日本俘虏的言说

抗战时期中日陆海空火力全开,敌我全力一搏。生死成败,中国全面动员,激扬文字,文艺界以笔为枪。战争制造话题,时势影响文艺,国人聚焦之下,战场成为文苑一景,顺理成章,军人一时备受关注。知己知彼,百战不殆,除描写、探讨我军官兵表现之优劣外,日军士兵也成为中国作家观察、描写的对象。然而,主客观条件制约下①,"大部分作品对战场上日军的描写是表层的、不深入的,主要是把日军作为一种群像加以表现,没有塑造出活生生的具体的形象"②。类似观感并非个例,茅盾在当时就指出,"一般的文艺作品写到敌人的士兵时,不是写成了怕死的弱虫,就是喝血的猛兽。这于宣传上或可收一时煽动刺激之效,然而宣传应该是教育,把敌人估计的太高或太低,都不是教育民众的正轨"③。随战争进行,被我军俘虏的日本士兵逐渐增多,为增进了解加强教育,"日军俘虏就成为许多作家观察、采访和描写的对象"④。基于面对面的访问及接触,作家对日本士兵的言行、心理有了较为真切的把握,弱虫、猛兽渐露人形,日本俘虏遂于中国文学殿堂留下印痕。

1932年"一·二八事变"爆发,围绕淞沪之役,十九路军之奋勇在不少作品中得到反映,笔墨所至,日本士兵亦进入作家视野。是年2月,江湾血战刚刚结束,有作家探访前线获悉,战斗中,七名日军士兵"被火力压住,不敢

---

① 中国作家于战场之疏离可参见秦弓:《抗战时期作家与正面战场的关系》,《抗战文化研究》第一辑,2007年。
② 王向远:《日本的侵华文学与中国的抗日文学——以日本士兵形象为中心》,《"笔部队"和侵华战争——对日本侵华文学的研究与批判》,第309页。
③ 茅盾:《两个俘虏》(书报书评),《文艺阵地》第1卷第8期,1938年8月1日。
④ 王向远:《日本的侵华文学与中国的抗日文学——以日本士兵形象为中心》,《"笔部队"和侵华战争——对日本侵华文学的研究与批判》,第310页。

退回，结果将枪递出"①，被我军俘虏。据交代，他们本"不愿意作战，完全被长官所迫"。考虑到战俘"已经失去战斗力，表示屈服"，我军最终将他们送还日方。此次采访中，作家并未见到战俘，但基于民族感情，仍满怀兴奋地记述此事，以之烘托我军的英勇及对敌之宽大。捍卫领土，将士拼死杀敌，仁者爱人，和解仍留余地。日本挑起战争，其罪魁可恶民众无辜，我军坚决迎敌，但威武之师心存仁义，作品不失时机地强调"我们不是和当小兵的有仇"，期待日本士兵悬崖勒马。针对"一·二八"，《江湾血战》宣扬我军战绩显示抗敌决心，同时借战俘释放善意，审慎对待中日关系，这也符合国民政府"一面抵抗，一面交涉"之原则、态度。

不以日本士兵为敌非一家之言，但出发点各不相同。戴叔周在《前线通讯》中表达对日本士兵的阶级友爱："日本打到中国来，不是他们当兵的意思，是他们日本国的军阀同资本家们干的，要他们来打的。"因此，"咱要杀的不是他们兵士，要杀他们的军阀和资本家，穷人都爱惜穷人，没有什么国不国的"②。该作从阶级视角发言立意，将"一·二八"比作中国此前的内战，指出中日政府不过一丘之貉，两国士兵同为遭受军阀、资本家驱迫的炮灰。基于相同观点，白苇亦对日本俘虏持同情、理解的态度。《火线上》首先点明日俘山田助劳苦大众的身份："我在家的时候是做木匠的，后来被政府征调到贵国来，在上海住了三年，同贵国人相处很好。"③ 出身激起共鸣，作家随即表示"我们都是穷苦的朋友"，进而感叹日本民众的凄惨命运，对其来华参战人员之同情应运而生。1930年代初，国共对立，意识形态影响下，面对"一·二八"，左翼作家呼吁联合日本无产阶级反对日本帝国主义同时不忘推翻国民党之统治。在他们眼中，"日本当兵的也是苦人"④，与中国劳苦大众是友非敌，而"一·二八"则无非中日军阀、财阀之间的混战。不过，尽管作品一再突出阶级身份认同，"一·二八"毕竟触及国人民族情感，阶级学说不无道理，但

---

① 《江湾血战》：《时事新报》1932年2月22日，转引自《中国报告文学丛书》第一辑第三分册，武汉：长江文艺出版社，1981年，第19页。

② 戴叔周：《前线通讯》，《北斗》第2卷第3、4合刊，1932年7月20日，转引自《中国报告文学丛书》第一辑第一分册，第141—142页。

③ 白苇：《火线上》，《文艺新闻》1932年4月11日。转引自《中国报告文学丛书》第一辑第一分册，第124—125页。

④ 戴叔周：《前线通讯》，《北斗》1932年7月20日第2卷第3、4合刊，转引自《中国报告文学丛书》第一辑第一分册，第141页。该作其中一节以"友和敌"为题，对日军亦以阶级划分敌我。

在部分将士看来"不杀日本人心里总气不过"。民族危机面前,如何看待国家与阶级之关系,又该怎样处理民族情感与革命理念之纠葛,左翼阵营尚在探索之中。以上作品通过简短的转述或对话刻画被俘日军,但由于着墨较少,个体形象仍不鲜明。

一、对日俘近距离的观察与描写

1937年抗战全面爆发,涉及日俘题材的作品逐渐增多,相关描写日益生动、深入。淞沪会战时期,黄源创作小说《俘虏》①,借日俘心声谴责侵略战争。作品中,目睹战友伤亡,日本士兵中川对战争的意义产生怀疑,几经犹豫,他终在八字桥的战斗里"首先掷了枪,作了俘虏"。人同此心,杀戮面前主动放下武器者不止中川,"到上海等到第一仗败下来时,他就亲见一个他所不认识的伙伴干掉了率领他们这一大队的最高长官而掷弃了枪,作了中国的俘虏"。同一时期,日军被俘之事亦见于其他作品。据战地记者小方报道,我南口守军某部巡逻时与小股日军遭遇,敌人战斗失利,"跪下来把枪举起,没有出息的投降了。我们是不杀俘虏的,反之我们还尽可能的把日本军阀侵略中国,而以日本民众为炮灰的大意讲给他们听,并且送他们回去"。② 中川投降或出虚构,南口获俘亦待考证,但这些描写所衬托出来的国军之奋勇则有目共睹。然而,日本士兵投降是否仅迫于军事压力?回顾中川投降经过之后,作家转而揭示主人公的心理动机。生命可贵,但中川选择投降更关乎公理、正义。作品写道:"中川由太郎并不是一个懦弱者,但也不是一个意志刚强的辣手者,他知道当俘虏原是可耻的。但是他更明白日本的屡次出兵侵略中国,破坏东亚以及世界的和平,完全是强奸了民意的一种充分的显露了帝国主义的残酷的面目的侵略政策。民众不仅绝对的不需要战争,而且反对战争。他们也无力负担这战争。但是在军部的淫威之下,民众敢怒而不敢言。战争成了少数在华的狂妄的少壮军人升官发财的工具。他们吮吸着民众的血,搜刮着民众的钱,却驱使着奴役着民众使他们奔向死地,而肥大自己的声望,造成虚张声势的所谓皇军的威仪。他们已完全变成兽性的人;他们的膏药旗也变成为象征着他们六千万人民的一图血印。"作家笔下,中川缴械并非由于缺乏战斗勇气,但与个人

---

① 黄源:《俘虏》,《呐喊》第2期,1937年8月29日。
② 小方:《血战居庸关》,转引自《中国报告文学丛书》第二辑第一分册,第427—428页。

荣辱相比，人道、和平与民主更值得捍卫。作品假借日本民众之声音强烈斥责侵略之不得人心，义正词严感情饱满。不过，与其说这是中川的想法倒不如视之为作家的心声。枪林弹雨里，厌战的士卒固然有之，但战争初期日本民众对战争之狂热也是实情，同样基于军国思想的熏陶，日军战斗之顽强更无可否认①，如此社会氛围中，中川之觉悟似更多源于作家的苦心经营。文学创作虚实结合，作品里的人事或出于想象，但相关细节却来源于现实。淞沪会战期间，国军英勇不屈，日寇屡遭重创，此情此景确对日本士兵造成巨大的心理冲击②，因之，中川在战斗与投降间的摇摆、犹疑未尝不是部分士兵内心矛盾的真实反映。针对侵华战争，作家借由中川生发的批判虽不能代表全体日本国民的看法，但在日本国内未尝没有类似的声音与认识③。另外，《俘虏》《血战居庸关》将战争罪责完全归咎于日本政府或军阀，此说虽不全面，但从现实出发，这未尝不是分化、瓦解敌人的一种策略。文章合为事而著，作家塑造中川并借其立言，意在批判侵略唤醒人心。面对民族危亡，作家极力揭露日本帝国主义侵略行径，期待并呼吁日本士兵早日觉醒，而作为投降的敌人，中川恰可集批判与希望于一身。时势造就文学也会对其产生限制。《俘虏》作于1937年8月，此时全面抗战爆发未久，国民政府日俘政策的正式出台尚在两个月以后④，如此短时期内，作家或未能真正接触、了解日俘，由此导致其笔下的中川理性有余而感性不足或曰缺乏人之为人的真实性，不免成为作家的传声筒。人物形象固然有待完善，但《俘虏》等作品的出现说明了作家对战俘问题的敏感与关注，时间推移，日俘还将得到进一步的观察与描写。

　　黄源、小方记述日俘或出于想象或来自转述，稍晚于此，舒群、周立波等在战地亲见日俘且为之图形画影。抗战初期，敌我于第二战区厮杀，描绘山西

---

① 据鹿地亘回忆："在1938年的台儿庄、徐州战役中听说抓住了大批俘虏而此前在战场上几乎没有多少俘虏。在武汉战役开始后，多少见到了陆上的俘虏。"详见车国民：《抗战时期国解两区日俘政策比较研究》，硕士学位论文，广西师范大学，2008年。

② 部分日本士兵在战斗期间的心理状况通过其日记、家信等有所反映，个中情形可参见夏衍、田汉译：《敌兵阵中日记》。

③ 关于日本民众对侵华的狂热及部分人士对战争之批判可参见［日］前坂俊之：《太平洋战争与日本新闻》，晏英译，北京：新星出版社，2015年。

④ "1937年10月15日，国民党军事委员会公布了《俘虏处理规则》"，参见车国民：《抗战时期国解两区日俘政策比较研究》，硕士学位论文，广西师范大学，2008年。

战时图景的作品大量涌现，舒群等涉及日俘的篇章亦以此为背景①。1937年10月，舒群在太原的宪兵司令部见到了被俘的五名日本士兵。初见之下作家惊叹："日本兵也是这样的有礼节"，"我开始的印象，便感到了他们也像我们的同胞一样的可爱"。眼前日俘如此恭敬、驯顺，与战场上"逞着蛮性的日本军人"大相径庭，作家甚至怀疑"他们怎么是与我们正在战斗中的敌人呢？"②日本士兵被俘前后的巨大反差似乎使作家看到了人性的闪现，于是，在友善、真诚的氛围里，作家问及日俘何以侵华，"他们中的一个人悲惨地说：'我们也不知道，国家的命令，我们不敢不服从。'然后我们知道他们都是工人与农人，最近才抛了自己的家庭、职业，随着军队出征。于是我们又问道他们的国家如何待遇他们的家庭。他们都说了些话，大概的意思是这样：'国家对于现役的军人，已经有规定，每月津贴多少钱，战死后给多少恤金。可是现在国家太穷，也不能再按规定的实行。我们的家人现在都是靠亲戚，靠朋友生活。'"日本工农迫于政府威权放弃一切不明就里卷入战争，在中国东奔西突，结局不过家庭破碎生活艰辛，比之中国民众，他们的命运同样悲惨。循此基调，面对曾经的敌人，作家以同情、理解代替了怨恨，"我早已看出了他们表现在脸上的内心的谴责。我相信他们现在已了解中国与中国人，绝不像他们国内的统治者所说的宣传欺骗宣传一样"。战争始于压迫与蒙骗，一番坦陈数声叹息，和缓的叙事中，阶级感情取代了国仇家恨。

与黄源相似，通过战俘心声批判侵华战争，舒群将矛头指向日本政府，而对于执行侵略政策的士兵则另当别论。《日本马与日本兵》对日俘投降前的战争罪行一笔带过，着重书写作家对战俘之同情、友爱，如此态度恐非人道主义所能解释。鉴于舒群身处左翼阵营，其对日本士兵及俘虏的看法或受到中共影响。1937年9月25日，《中国共产党告日本海陆空士兵宣言》③面世，该文向

---

① 山西与日俘颇有关联，据车国民《抗战时期国解两区日俘政策比较研究》，1937年至1941年，国民政府方面于第二战区抓获俘虏（包括伪军）6215人，远多于其他战区。而八路军也于1937年11月在广阳抓获了第一名日俘（此说源自何清成、张四望主编之《日本军情内幕》，北京：新华出版社，2001年）。

② 舒群：《日本马与日本兵》，《解放》1938年1月11日第28期。另，此文作于1937年10月25日，文中，作家提到日本马系八路军在平型关战斗中缴获，至于日俘何时何地被哪支部队所获则未明确提及。

③ 《中国共产党告日本海陆空军士兵宣言》、《中国红军告日本士兵书》：《解放》1937年10月9日第1卷第19期。另外，在上述两则文件公布一周前，《解放》发表《应该优待俘虏》（署名林）一文，"向政府，向全体抗战的将士要求以兄弟的情义来优待我们的俘虏"。详见《解放》第1卷第18期，1937年10月2日。

"日本士兵兄弟们"指出："你们都是日本工人农民出身的",在国内即遭受资本家、地主的剥削、压迫,"你们离开家乡后,你们的妻子父母都在啼饥叫寒,时刻都在盼望你们回去。你们在中国战场上打仗,得不到一点好处,只有白白地牺牲你们的生命,而日本的资本家地主军阀则坐享幸福。"在中国,反侵略的战士"也是工农出身的",无产阶级四海一家,故"中国的军队决不是反对日本的工农",而"日本士兵应与中国的士兵联合起来反对共同的敌人日本军阀"。基于同一精神,八路军也于当日发布《中国红军告日本士兵书》,呼吁日本士兵认清事实放下武器,"到我们这边来,我们决不虐待你们,决不乱杀你们。如果你们自愿到我们这边来,一样是我们自己的弟兄,中国人民的朋友"。以阶级为标准,将日本政府、军阀与广大士兵一分为二,视士兵为同志,待俘虏如兄弟,上述文件表明了中共对待日本士兵及俘虏的态度、政策。对比《日本马与日本兵》中的俘虏证词及作家之解读,恰与中国共产党友爱、联合日本民众,孤立、打击日本政府的宣传口径相互应和,文学与政治微妙互动。

  描摹日本俘虏,舒群下笔有详有略,从《日本马与日本兵》到《西线随征记·俘虏》①,日俘面目逐渐清晰,性格更趋丰富、真实。平型关得胜不久,八路军又在广阳俘虏日本士兵多名,"我看见的第一个就是松井四郎"。据作家了解,松井现年二十三,师范学校毕业,"是西宫蓄音会社的工人","'八·一三'以后,他被征入第二十师团第二十联队充当辎重兵"。知识青年异国参与杀戮,三个多月后即遭俘虏,短时期内经历了工人、士兵、战俘三重身份转换的松井惶惑不已。只见他"寂寞地坐在旷大院内的一条长凳上","两手相握着,望着遥远的天空","脸色异常憔悴而且愁苦"。身为残暴日军一员,尽管被告知八路军优待俘虏,松井仍忧心忡忡。不安之中,他低声下气地讨要"烟尾巴",而"在我所知道的日本人的一般习惯,不但不吸别人的烟尾巴,而且自己的一枝(支)烟,也不分做两次吸。现在他为了别人的一段烟尾巴伸出手来,他该有着如何的心境呢?"失落的凝望与憔悴的脸,哭似的语调与可怜的乞求,作家通过言行举止的细节揭示了松井被俘后内心之波澜起伏,一名在绝望中挣扎求生的日俘如在目前。同为俘虏,相比于松井的多愁善

---

  ① 舒群:《西线随征记》,上海杂志公司,1938年6月,"俘虏"系其中一节。本文所引见《中国报告文学丛书》第二辑第八分册,武汉:长江文艺出版社,1983年,第175—178页。另,舒群"西线随征"时,周立波与其同行,而周在《一个没有爆炸的炸弹及其他》《战地日记·十四日》及《晋西旅程记·信》中亦提及被俘之松井等人,不过,舒群所记更为详细。

感，佐伯小二郎更显狡猾、顽固。久在行伍的佐伯小二郎被俘后嬉笑自若且颠倒黑白对侵华战争诸多狡辩，"足可代表日本军阀所教育、所养成的日本典型的军人"。侵略阴谋由来已久，军国思想深植人心。尽管性情不同，但无论初出茅庐的松井抑或油滑的佐伯小二郎皆对被俘感到羞愧，两人相见"只是默默相望了一下，默默地又垂下了头"。之后，松井看到艺妓照片立即撕毁，"他为什么要撕毁这张照片呢？到后来，我们才知道，这是艺妓的照片，丢了'皇军'的体面"①。身虽被俘，心有不甘。对立情绪下，松井二人与我们谈话时，"没有表示一点的礼节"，这与舒群此前在太原所见之日俘恰成对比。当被问及是否希望回家，佐伯小二郎毫不犹豫地回答："不，不能回家，因为没有接到我们长官允许的命令。""那送你们回部队吧？""也好，可是要请你们发给我一件武器，是枪，或是刀，不然这样回去是可耻的，因为我们没有受伤。"佐伯小二郎唯军令是从且不耻被俘，如此观念在日军中普遍存在。平型关之战时，被包围之日寇不但无视八路军缴枪命令，"反而更加顽强的趁机打起我们来。一直到战斗结束，逃不走的依然顽强抵抗，死不缴枪。当战士去抬受伤未死的敌人的时候，一不留心反被敌人死咬一口"②。稍晚于此，八路军夜袭长生口又试图活捉俘虏，岂料"敌方士兵是相当顽强的，伸出两臂去却抱来了一把刺刀"③，不少战士因此牺牲。以上佐伯小二郎等之言行表明，战争初期生俘敌人实非易事④，而即便被俘，部分日本士兵仍固执己见毫无反省，此等情形令人愤慨但应属实情，这"充分的显露出日本法西斯蒂欺骗教育中毒之深，充分的表现了所谓武士道的顽强精神"⑤。抗战初期，日军士气正盛，比之黄

---

① 周立波：《一个没有爆炸的炸弹及其他》，转引自《中国报告文学丛书》第二辑第三分册，武汉：长江文艺出版社，1982 年，第 103 页。

② 李公朴：《华北敌后——晋察冀》，转引自《中国报告文学丛书》第二辑第六分册，武汉：长江文艺出版社，1983 年，第 247 页。

③ 卞之琳：《第七七二团在太行山一带——一年半战斗小史》，转引自《中国报告文学丛书》第二辑第六分册，第 27 页。

④ 有研究指出，抗战初期，八路军方面虽捕获战俘，但从"1937 年 7 月到 1939 年 5 月，无一日军主动投诚"。详见车国民：《抗战时期国解两区日俘政策比较研究》，硕士学位论文，广西师范大学，2008 年。

⑤ 李公朴：《华北敌后——晋察冀》，转引自《中国报告文学丛书》第二辑第六分册，第 247 页。

源塑造的中川,舒群所记松井等更贴近现实①,其言行、反应更能凸显人物心理之复杂,由此,日俘之形象也更加饱满、鲜活。

二、对日俘改造等问题的表现

舒群记录了日本士兵被俘之初的敌意,也见证了他们的转变,由此引出改造俘虏等话题。针对松井等的抵触情绪,八路军以热情、诚意感化之。"我们待他们很好,每天都把我们所有的最好的东西给他们吃,行军时他们一人骑着一匹马;他们渐渐地也终于被感动了,——尤其是松井四郎,在一处农村的集会上发表了很激烈反日的演说"。经由八路军宣教,佐伯小二郎亦有变化,当再次被问及何以侵华之时,他答道:"这是政府的意思,这是资本家的主动,我们不愿打,中国民众日本民众和兵士都不好战,只是上官的命令。"② 回答是否出于本意难以揣测,但厌战之心或许不假。他们开始盼望"战争早早结束,我们好回去,不论哪一边胜都好。"③ 日月轮替,战斗意志似被乡愁消融。被俘期间,松井等随八路军行动,不时了解中日战局变化,"情绪是多变的,有时欢快,有时也悲哀",恐怕在他们内心深处,国家与个人命运、前途的纠葛,剪不断理还乱。或为彻底改造,"最后他们被送到延安受教育去了。听说他们一天比一天好起来,而且不愿离去中国"④。通过近距离接触,舒群等细致刻画出松井等被俘后的精神面貌,也真实地反映了八路军俘虏敌人之牺牲及优待俘虏之作为。缴枪不杀的吼声中,日俘故事继续。

抗战进入相持阶段,作家对俘虏的关注度不减。1940年前后,以群于八路

---

① 关于松井撕照片之事及此二人被俘之初的"倔强"与"横蛮无理",周立波在《一个没有爆炸的炸弹及其他》及《晋西旅程记·信》亦有记录,可与舒群所写相互印证。参见《中国报告文学丛书》第二辑第三分册,第103页、第178页。

② 绍龙:《两个俘虏的自白》,原文乃中央社1938年1月21日刊发,引自《半月文摘》1938年第1卷第8期。此次访问由佐伯小二郎以笔作答,介绍他与松井四郎的家庭情况及对战争的看法。同时,他还向记者表示,"我们也很想念着家庭,很希望贵国能把我们早早放回去,我们回国后,知道国家对俘虏是鄙视的,但是我决不愿再作战,情愿和我们的家庭欢聚度日"。

③ 周立波:《晋西旅程记·信》,转引自《中国报告文学丛书》第二辑第三分册,第179页。

④ 舒群:《西线随征记》,转引自《中国报告文学丛书》第二辑第八分册,第178页。

军驻地访问了日本俘虏①。在温暖、整洁的居所中,几个人"自由自在的坐着或躺着,写着文章或看着书,穿着和政工人员们一样的灰色的军服。如果没有事先说明,是不容易想到他们是'俘虏'的"②。桌上的日文书信、床上的日本被褥以及轻松自在的氛围,跟随作家视角,八路军优待俘虏之政策可见一二。③ 民族战争旷日持久,阶级学说不曾消歇。与《前线通讯》《日本马与日本兵》相似,以群亦点明日俘的阶级出身,其中,作家注意到了"纯粹的工人"松井英男:"他是一个矮小然而茁壮的汉子,宽额,微黄的脸色,阔大的嘴常常紧紧地闭着,从那嘴角的深刻的皱纹上看得出他的性格是相当顽强的,他动作不多,就象说话不多一样,而每一个动作却都表现着一种强韧的力量。"细致的样貌刻画反映出作家对人物性格的把握,相比松井四郎的敏感与佐伯小二郎的油滑,松井英男显得本分、踏实。随交往增多,起初寡言少语的松井逐渐敞开心扉。在一次群众集会上,松井熟练地演唱了一首日本歌曲,"这使人想象到:他怎样熟悉于那灯红缭乱的东京街头的流浪生活"。经济恐慌致使松井失业,残破故乡更无立足之地,流浪成了唯一选择。"那时候过着乱七八糟的生活,什么坏事,我都干过的。"通过松井自白,作家品出生存的无奈与辛酸。此后,松井又"对我追述着他过去的身世",主人公劳苦大众之身份再次得到强化。勤奋工作一无所有,遭逢战争奉命出征,松井之遭遇何尝不是日本工农命运的缩影。作品以倒叙的手法勾勒出松井参军前的生活轨迹,忧郁、低沉的叙事基调中,作家对松井的同情与对日本政府及社会的批判自然显现。俯仰由人被迫参军,劫后余生焕发活力。作品省略松井作战及被俘后经过,镜头

---

① 据松井英男《第二补充兵》,其于潞安作战时被俘,且自1937年8月来华,他已在太原度过三个夏天,以此推断其应在1939年夏季被俘。以群初见松井时,距其被俘大约有半年时间,据此,二人初见似在1940年前后。

② 以群:《记松井英男君》,《旅程记》,桂林集美书店,1942年12月。转引自《中国报告文学丛书》第二辑第八分册,第478页。

③ 从以群所写可以看出,日俘的日常起居未受严格管控、限制,生活环境可谓宽松。而作品关于日俘可保留私人物品并看书写信等情况的记述或是《中国国民革命军第八路军总司令部命令——对日俘的政策》(1940年7月7日)相关精神的体现。该命令强调:"中国军队系与日本军阀财阀及地主作战,而日本士兵并非我军之真正敌人。日本士兵大部分与我等相同,系日本统治阶级压榨下之劳苦人民之子弟。彼等多在日本军阀欺骗与强迫下而与我军接触",因此"日本士兵被俘或自动来者,绝对不准伤害或侮辱。其所携物品,除军事上必要者外,一律不得没收或毁坏。并须以弟兄待遇彼等。我军如有指战员违犯此项命令者处罚之。""愿与家族或友人通信之日本士兵,应尽可能地予以方便。"参见《中共中央文件选集(1939—1940)》第12册,北京:中共中央党校出版社,1991年,第647页。

转换，主人公已在积极适应新生活，"他差不多整天都倾注全部精力在他的工作上"，"不是在写对敌宣传品，就是在看书"。松井工作认真且反省深刻，当同伴纷纷要求参加八路军时，他真诚表白："我是一个缺点很多的人，过去曾做过许多坏事，养成了许多恶习性"，"我了解自己，也了解八路军的精神；我知道那些恶习性是和八路军的精神不能调和的。我如果随便参加了八路军，就等于轻蔑了八路军！从到这里来以后，我没有一天不在心里和自己斗争着的。不把那些缺点消灭，我决不提出参加军队的要求。不过，我自信：不久我总会成为'同志'的"。贫困、战争制造悲剧，反思、改造酝酿新生。借助松井剖白，作品展示了其觉悟与志向，人物得到升华的同时，亦折射出八路军的优良作风。宣传日俘改造，作家精心结构，松井无疑成为正面典型。作品首先以人物曲折、艰辛的生活经历建构、强化阶级身份认同，为其日后投身解放奠定思想基础；之后欲扬先抑，松井看似迟缓的行动实乃深思熟虑后的谨慎与虔诚，其思想觉悟堪称典范，而八路军改造俘虏之政策及成效亦可见一斑。

以群所写旨在对敌宣传，而此项工作日俘亦参与其间。本优待俘虏之一贯原则，1940 年代初，八路军与中共中央先后颁布《中国国民革命军第八路军总司令部命令——对日俘的政策》及《中央宣传部关于反敌伪宣传工作的指示》①，允许吸收进步俘虏参加对敌工作。据此精神，部分日俘加入我宣传行列，松井英男即其中一员。根据自身经历，松井创作《第二补充兵》②，为反思更为唤醒同袍。作品前半部分主要描写出征前凄凉的离别场面，后半部分侧重记述凶险的征战历程。行军路上，长官"无理的命令和怒号叱责"已使不少士兵伤亡，而无休止的战斗更令"自负的日本军也失去信赖了！"无限延长的战事、湿滑泥泞的道路、接连死伤的同伴，松井笔下，周遭一切无不令人绝望。改变悲剧命运唯有奋起抗争，作品结尾峰回路转，松井"跑到了八路军中"，"以他曾经扔过手榴弹，握过步枪的手执着笔，拼命地为被压迫者的解放运动而努力着！"弃暗投明为时不晚，今是昨非更须努力。作为侵华战争的参

---

① 1941 年 3 月 20 日，中共之《中央宣传部关于反敌伪宣传工作的指示》指出："应抓紧并激动当前日本士兵的情绪，如思家思乡情绪，厌战的情绪，不满长官打骂的情绪，以增长其悲观、懈怠的意志，削弱其战斗的力量。""禁止枪杀俘虏，并给俘虏以很好的招待与慰问，愿回者则给以简短宣传后即释放之。不愿回者则给以由浅入深、逐渐启发其阶级觉悟的政治教育与训练，并分配他们些工作，注意训练出一些进步的俘虏，使其帮助我们进行对敌军的宣传工作。"松井英南被吸收参与我对敌宣传工作或得益于此。参见《中共中央文件选集（1941—1942）》第 13 册，北京：中共中央党校出版社，1991 年，第 63—64 页。

② 松井英南：《第二补充兵》，《旅程记》，桂林集美书店，1942 年 12 月。

与者，松井有的放矢，揭露军队内部矛盾，描写士兵悲惨遭遇，表达军民精神苦痛，其行文中所流露的思乡、厌战及不满上级欺压等情绪，正符合其时中共对敌宣传精神，如此配合我军工作，松井之转变显而易见。

面对改造、教育，日俘反应不一。在解放区，反战活动积极展开，参与其中的不止松井。据《华北敌人心脏里的炸弹》《进攻日本士兵的心》等报道，不少日俘在八路军中设立反战组织，"参加各部队的对敌宣传工作，他们不仅教战士日语口号，而且配合部队进行武装宣传，有时还要参加战斗，进行火线喊话，以瓦解敌军的斗志"①。宣传方式不一而足，在晋察冀工作的日人反战同盟还"用电话来向日本军队进行宣传"②。反战队员以其参战及被俘经历对日军现身说法取得一定效果，不过，日俘"反战意识有着深浅强弱的不同，因为他们参加同盟的动机是不一的，固然有许多是认识了战争的本质，要坚决反对侵略战争而参加的，但也有些人是抱着其他的目的，还有个别的同盟员，对反日战争缺乏胜利的信心"③。日俘本属敌对阵营，固有观念深浅各异，虽施以改造、教育，欲其全部转变思想也非易事。由此，真诚助我者有之，如史坦因、福尔曼等于延安所见④，但亦有人对反日心存顾忌，更有甚者仍执迷不悟。林语堂于宝鸡参观俘房集中营时发现战俘"人以群分"，其中，飞行员等"军官们与忠实的武士代表"明确且强烈地支持战争，他们与"普通的兵士们""彼此之间好像没有什么关系"⑤；而即使是"改变"了的士兵，因自尊心与"深切的爱国心"，也不愿谈及战争。变与不变，战争烙印深入骨髓。

抗战年深日久，日俘问题得到文坛关注，左翼阵营尤为积极，中共方面的

---

① 新华日报资料室：《华北敌人心脏里的炸弹——敌后边区日本反战团体介绍》；《新华日报》，1942年9月4日。转引自《抗战烽火录——〈新华日报〉通讯选》，中国社会科学院新闻研究所中国报刊史研究室编，北京：新华出版社，1985年，第656页。

② [日]上原：《进攻日本士兵的心——日人反战同盟用电话向盘踞碉堡内的敌军做宣传工作》，《新华日报》，1944年7月23日。转引自《抗战烽火录——〈新华日报〉通讯选》，第659页。

③ 新华日报资料室：《华北敌人心脏里的炸弹——敌后边区日本反战团体介绍》；《新华日报》，1942年9月4日。转引自《抗战烽火录——〈新华日报〉通讯选》，第657页。

④ 参见[美]G.史坦因著，谷桃译：《延安的日本俘虏——红色中国的挑战之八》，晨社出版，1946年7月；[美]福尔曼著，朱进译：《中国解放区见闻》，重庆：学术社，1946年2月初版。

⑤ 林语堂：《日本俘房访问记》，《时与潮》1944年第22卷第6期。

相关工作、政策得到大力传扬。例如,《粉碎日寇九路大举围攻晋东南区的经过》① 介绍了八路军对敌工作具体措施:"每连都配好三人到五人的喊话队,向敌军喊话;每个作战部队的官兵,都带着对敌军的宣传品,出去游击或火线上接近敌人时,散发给敌军看;敌人可能到的地方,如庙宇的墙壁上,树上,较光滑的石壁上,到处都写满对敌军的宣传标语。"与此同时,"我们还对俘虏实行政治教育"。宣教并行密集展开,反战思想得以萌芽,不少日本士兵因之消极作战,日俘则纷纷供述其屠杀中国平民之罪行,并对此表示忏悔。投身对敌宣传工作的还有朝鲜义勇队,他们主要利用语言优势,在火线悬挂反战标语、唱反战歌曲,并对我军进行培训,"仅三个月的短短期间,已经教会五千以上的官兵喊日语口号,写日文标语,说简单的日语对话,说步哨口语了"②。上述报道侧重记述八路军方面对敌宣传的各项举措,"缴枪不杀""优待俘虏"等口号不胫而走,加之八路军攻势增强,日俘人数有所增加。在《侵略者的最后——百团出击散记之一》《消灭——百团出击散记之二》③《江南游击区横断面》④《日本天皇表弟赤本大佐被俘记》⑤《井陉煤矿的毁灭》⑥ 等作品中,八路军、新四军抓获俘虏之场面及俘虏政策之实施得到呈现。国民党方面同样重视俘虏工作。《日本俘虏访问记》《日本俘虏在博爱村》⑦《中国人待日本怎样——访嘉兴俘虏营归来》⑧ 等均涉及国民政府的战俘制度,通过上述篇章,国共俘虏政策之异同亦可略窥一二。

---

① 《粉碎日寇九路大举围攻晋东南区的经过》(未署名),原载1938年5月《新华日报》,转引自《抗战烽火录——〈新华日报〉通讯选》,第23页。另,关于国共双方战俘政策及敌军工作的开展、沿革等,参见车国民:《抗战时期国解两区日俘政策比较研究》,硕士学位论文,广西师范大学,2008年。

② 北鸥:《在火线上的朝鲜义勇队》,原载1939年3月13日《新华日报》,转引自《抗战烽火录——〈新华日报〉通讯选》,第173页。

③ 周而复:《侵略者的最后——百团出击散记之一》《消灭——百团出击散记之二》,《歼灭》,群益出版社,1949年。该作涉及百团大战期间八路军的对敌工作情形。

④ 石西民:《江南游击区横断面》,《新华日报》1939年3月3日。该文通过日军书信表述新四军优待俘虏之政策。

⑤ 袁勃:《日本天皇表弟赤本大佐被俘记》,《新华日报》1941年2月9日。该文主要描写日本高级军官被俘经过及其被俘后之表现。

⑥ 克寒:《井陉煤矿的毁灭》,《新华日报》1941年1月4、5日。该报道讲述日本工程师被俘经历与待遇。

⑦ 李兰:《日本俘虏在博爱村》,《时事类编特刊》第43期,1939年11月1日。

⑧ 唐戍中:《中国人待日本怎样——访嘉兴俘虏营归来》,《青光》第1卷第4期,1945年12月1日。

三、结语

"一·二八"之时,抗战文学对日俘话题偶有涉及,目的或在于衬托我军奋勇或着眼于宣扬阶级理论,此时日俘尚少,其形象不免模糊。抗战全面爆发,国共俘虏政策相继出台,文艺人士关于日俘的访谈、描写逐渐增多。从黄源到舒群,作家笔下的人物日趋真实、生动。由于意识形态的影响,左翼作家多强调日俘的无产阶级身份,对其参战持同情、理解之态度,批判矛头则均指向日本政府,世界革命之理想若隐若现,民族情感与革命理念交织纠葛。抗战中后期,在中共宣传政策指引下,相关作品中,八路军的对敌工作、俘虏政策得到细致展现,其时,左翼阵营对日俘形象及其思想改造之反映亦以正面描写居多。尽管如此,随接触增加,作家发现,日俘之思想并非皆单纯且容易改造,深刻反省者有之,心情复杂甚至冥顽不灵者亦不乏其人,关乎国运,日本士兵侵华有不得已而为之更有"祈战死"的一往无前。

言说日俘,作品体裁并不单一。除报告文学及小说之外,还有诗歌《赠日本俘虏》①。全诗三节,起首以幽咽的旋律刺激俘虏相思之情,中段格调昂扬宣扬国人"不屈不挠的战斗的心",结尾以自由之名呼唤日俘尽早觉醒,错落、低回的情思中,心弦为之拨动。

抗战文学关于日俘话题的探讨,揭示了日本士兵被俘前后关于战争的种种想法、观念,国人借之认识、了解对手,同时亦向其释放善意并传递反战信息。无论日本士兵是否主动参战,侵华战争带给中日民众的巨大灾难都毋庸置疑,由此,前述作品守护正义珍视和平呼唤友爱之精神,在当时与今日无不弥足珍贵。

---

① 黄鲁:《赠日本俘虏》,《中国诗坛》1939 年 5 月 1 日复刊号。

第五编 《文艺月刊》对游击战的反映

正面战场后撤，国民政府逐渐重视游击战略，作为支持，《文艺月刊》关注游击问题。作品中，游击队出现于各战区，抗战防御阶段他们协助正面战场，相持阶段游击健儿更加活跃，太行山、中条山、大别山、平汉线、同蒲线等山区、平原，枪声此起彼伏不分昼夜，敌人疲于奔命进攻掣肘。《七月》同样关注敌后游击，比之《文艺月刊》，它倾向中共立场，注意宣传八路军、新四军的游击建树，批评国民政府未能充分发动、武装群众。《文艺月刊》政治姿态低调，抗战背景下，努力协调各方声音，立场未如《七月》般激进；对武装民众等国共争议问题，考虑当局态度，《文艺月刊》虽无激烈言辞，却有独立见解。通过《文艺月刊》《七月》等刊物，我们可看出游击战对抗日战争的巨大贡献，这其中，《七月》等更突出八路军之敌后战绩，而《文艺月刊》则对国军游击关注有加。国难当前，《文艺月刊》以描绘抗战为主线，记录爱国军民在正面与敌后浴血之战，激发民族精神，坚定必胜信念，将那段血泪交迸的历史永久保留。

第一章 游击战之民众基础

民众是抗战的基础，《文艺月刊》通过描写国人对游击战的支持、配合，激发民族意识，鼓舞军民抗敌。中共人士董必武认为，"坚持抗战下去，政府军队愈需要与群众合作"，"战时群众起来不仅要散传单、贴标语、开大会、喊口号、列队游行示威，还要为革命军队烧水送饭、引路探信、运军需、捉敌探、抬伤兵、打扫战场、武装游击扰乱敌人后方两翼等等"①。相反，"如果得不到百姓的援助"，"无论是正规军或游击队"都"很难取得胜利"，"过去战场上因此而挫败的不知凡几"②。战时"敌人荒唐的残暴，唤醒了任何知识落后的国民"，这些从噩梦中惊醒的民众，就成为"运动战与游击战之良好基础"③。《胜利的史迹》展示了民众对游击部队的协助：百姓在侵略者的枪刺下觉醒，他们停止哭泣萌生战斗信念。伴随游击战的爆发，"壮年人，起来了，老年人，也起来了，妇人与孩子也起来了"，他们各尽所能，或"抬着忠勇的，受伤的战斗员"转移后方，或直接加入战斗"袭击着，进行着"，"在火焰中，在炮弹爆裂中，前仆后继的，争夺着"，民众支持下，游击战"显出伟大的力量"。军民携手，处处涌现：荒寂的山丛中有军民联动的身影④，游击队某排为袭击敌人运输队，上山埋伏，山村里居住着"质朴的村民，他们靠着土地的丰厚，由于山岭的阻断，几世纪来，一向过着平和的，淡静的生活，很少和外界接触，当祖国的烽火照遍了每个角落的时候，这儿的居民也从东方的古梦里

---

① 董必武：《怎样动员群众积极参战？》（1938年1月），彭明主编：《中国现代史资料选辑》第五册（1937—1945）上，中国人民大学出版社，1989年，第510页。
② 老向：《好样儿的游击队》，《抗到底》1938年第2期。
③ 《津浦战局好转以后》，《大公报》1938年3月11日。
④ 郭嘉桂：《守着荒寂的山》，《文艺月刊·战时特刊》1938年第2卷第7期。

醒过来了。他们已经知道丧失家园的惨痛，奴隶生活的可耻"。朴实的山民主动协助我军，"这山地的住民，把自己的粮食分了一部分给我们，替我们把干枯的树木砍下，当做（作）柴烧。他们引导我们走路，打扮卖菜的人，到十多里外的敌阵里打探军情"，甚至在"我们到这儿的次天，便有一些住民自愿投进我们的队伍里了"；长江岸边也有军民同唱战歌，日寇的屠杀令张大哥家破人亡，他时刻想着杀敌复仇。游击队来了，他把自己的屋子借给战士们宿营，为战士们做饭，其他村民有的为游击队当向导，有的负责运输任务，最后张大哥还随游击队上场杀敌，用生命浇灌了胜利之花①；村庄萧索民心犹热，饱受鬼子欺凌的村民，听说来了游击队，"自动的给他们烧茶啊，做饭啊，做的做，送的送"，虽然累但"他们是情愿的"；游击队与敌人展开激战，村民们自发前来杀敌助阵，军民齐心，赢得战斗胜利②；抗日国军受到百姓支持，这不是《文艺月刊》一家之言。"晋绥是国民党敌后战场中，较为重要的一块，尤以卫立煌部据守中条山为日军所深忌"，"1939年春季以后，日军乃八次围攻，均未得手"③。将士奋勇，日寇攻击受挫，健儿负伤，老妪拼死救护。中条山下曲村镇的赵老寡妇平时就留意游击队的消息，"她最讨厌村镇上信口乱讲的闲人们，她一听到他们讲游击队溃败的情况，她那股暴躁的性情便立刻发作起来"，"咒骂这信口乱讲的闲人们"④。敌人扫荡中条山，赵寡妇一家逃进深山的土窑洞安身，在敌人眼皮底下，赵寡妇把七个伤兵藏在自己的窑洞，日夜照看，"把他们看作自己的'娃儿'一样，每天替他们换洗衣服缠伤口，把自己的棉被替他们盖住"。从此，伤愈回队的战士，每逢"关了薪饷便买一些干柿饼和鸡蛋酬谢赵寡妇，赵寡妇有时候也购买些'薄荷糖饼'进'营盘'去送给娃儿们吃，当她从'营盘'返回时，便带回一大竹篮娃儿们的破衣服，带回窑洞里替娃儿们补洗，窑洞口外的小树上栓了几条数丈长的绳荆，绳荆上时常晾满了娃儿们的衣服"。抗日不分国共，将士一样可敬，中条屡退敌寇，民众出力不少。

　　《文艺月刊》刻画了军民互助游击获胜的动人景象，民众眼中，国军并非尽是纪律败坏之辈。不过，历史面相多样，战时环境复杂，军民隔膜、抗敌工作推进困难的情况也时有发生，启蒙与救亡缺一不可。《津浦战局好转以后》

---

① 管君翔：《嘴角上的血花》，《文艺月刊·战时特刊》1938年第2卷第7期。
② 巴人：《国歼之夜》，《文艺月刊·战时特刊》1938年第2卷第5期。
③ 张宪文等：《中华民国史》第3卷，第100页。
④ 田涛：《中条山下》，《现代文艺》1940年第1卷第5期。

中提到,"国民的普遍觉醒",乃由于"敌人荒唐的残暴"。试问,国民觉醒是否一定要等待敌人鞭打?就敌后民众言之,倘其未切身感受敌人残暴,他们又将如何明了侵略之不义,从而以身犯险协助游击队?退一步讲,即使众受到敌人压迫,但不敢反抗,则军民合作又将如何展开?救亡离不开启蒙,"五四"以来的启蒙运动还有很长的路要走,这不仅是知识分子的使命,更是政府的责任。《嘴角上的血花》写到,"八·一三"消息传来后,张大哥与"大家都说,他们打他们的,反正我们粮税总得完,上海还远着呢!我们依旧收谷,依旧喂猪和喂鸡,料理过年"。国难当头,村民仍未能理解这场战争对中国意味着什么。王文杰《闭城之前》提及,日寇兵临南京城下,一位乡长目睹战事"深深地慨叹中国的军民不能合作,尤其是青年不肯负起一部分责任"。漠视国难,颇有人在,"广大群众没有积极起来参加这次的抗日战争,不是少数人或某一部分人这样指明,而是绝大多数人,上自最高统帅,下至草野编氓都有这种感觉。至于报章杂志小册传单指出这种战时病态的更是数不胜数"①。国民亟待启发,倘张大哥们未遭日寇残酷屠杀,他们或许真会在侵略者统治下,继续完粮纳税的生活。董必武认为,争取抗战胜利离不开民众参与,若要民众积极参加抗战,政府必须放手动员民众,使大家"懂得日寇怎样侵略中国,现在侵略到什么程度,日寇是怎样的凶残和狡猾,亡国奴殖民地是如何的痛苦,提高全国人民的民族意识和爱国心"②。董氏之说强调政府在启蒙、救亡方面的作用。面对外敌入侵,不少同胞若无其事,政府亟须加大对民众宣传、动员之力度,国人觉醒才能奋起救国。若当局对动员民众心存顾忌,人力、物力收获难免有限,不利长期抗战。《胜利的史迹》《嘴角上的血花》《围歼之夜》等作品,无不揭露日寇之残暴,赞扬军民之合作,如此设计未尝不含鼓动民众之意,但我们同时看到,民众反抗实属被逼无奈,政府在组织、动员方面的工作,似有缺失。

抗战时期,社会环境复杂,若国家缺乏有力之启发、引导,民众极可能在敌人的威逼下充当"良民",阻碍抗日。《七月》就曾揭露这一问题:游击队进驻晋东某村,战士们在村民房屋墙壁上书写抗日标语,对此,村民"非常的不高兴";"我们个别的向他们谈话中,他们很怀疑我们一片抗日的话,并且他们有许多说话非常支吾,比如问他们有自卫游击队没有,他们有些说完全没

---

① 董必武:《怎样动员群众积极参战》(1938年1月),彭明主编:《中国现代史资料选辑·第五册(1937—1945)》上,第509页。

② 同上,第512页。

有，有些说快要组织，有些说已组织好了，并且每天还在训练放哨，而我们却没有看到他们放哨的人和有训练的壮丁"；"我们向村民买粮食等物，老是说没有，我们在几个儿童的口中听到他们家里还有大汤饼呢。战区里的民众，若是我们忽略，他们便会走出抗日门外，而且给汉奸敌人作了很好的帮手，这是多么严重的问题呵"。"这一带的民众，也可以说受尽了敌人残酷的痛苦了"，可他们"为什么还没有走入抗日的门里去呢？"。作者认为，当局不重视对民众宣传、动员，这无形之中帮了敌人，在日寇"剿抚并施"的手段下，"这些民众生了极端的'恐日病'"，"作了日本的'良民'了"①。在晋西北，面对闯进家园的强盗，不少农民心怀"听天由命吧""日本来了也不过当老百姓"②的想法，不少汉奸"应运而生"助纣为虐，以致"各地的壮丁被抽调，供给敌人驱使，运输，挖战壕，做苦工，到前线上去向自己的同胞进攻，杀害自家兄弟"。同胞手足相残，敌人坐收渔利，个中原因发人深思。山西是"国民党游击战最重要最活跃的地区"③，除中共第十八集团军，国民政府在此还留有八个军，实力雄厚，就在这标杆似的游击战区，仍出现民众不理解抗战意义、不愿配合游击队的状况，启蒙、救亡其路漫漫。

民众力量发则难收，当局疑惧之心难消，或限制或激发，围绕民众国共博弈不止。山西沦陷后，西北战地服务团于 1937 年底随八路军总政治部来到晋西。"1937 年 12 月下旬，战区拟定游击指导方案，将山西划为七个游击区，分别指定游击方向"。八路军总政治部副主任邓小平提出，"在正规军抗战失败，纷纷溃退的现在，我们应动员广大的人民起来参加游击队，组织游击队，进行广泛的游击战争，作为山西持久抗战的支点"④。国共均强调在山西开展游击之重要，但在红色的战地服务团看来，国民政府的工作远未到位，"固然山西当局过去也曾有一种自卫队的组织"，"但那所谓自卫队"却"没有严格的训练，没有正式的组织，表面上是在动员，实际上不过是村长对区长，区长对县长写一本花名册的工作成绩而已"。并且，山西当局各项政治、经济举措也不利于发动群众。为此，西北战地服务团整顿当地捐税、吏治，并武装民众组织游击队。但战地服务团的政、经改革触碰了地方利益，武装民众更刺激了当局神经。于是，"当我们离开晋西的时候"，地方绅士不只要恢复旧政策

---

① 尹休：《夜攻旧关》，《七月》1938 年第 3 集第 3 期。
② 李林：《鸟视晋西北》，《七月》1938 年第 2 集第 10 期。
③ 唐利国：《关于国民党抗日游击战的几个问题》，《抗日战争研究》1997 年第 1 期。
④ 邬契而：《晋西人民是怎样动员起来的？》，《七月》1938 年第 2 集第 8 期。

"主张依旧照收各种苛捐杂税",还"企图怂恿上级政府用压力去限制人民,甚至主张解散游击队"。前文《守着荒寂的山》《嘴角上的血花》《围歼之夜》等作品,竭力表现民众协助游击队的热情,但对民众武装,《文艺月刊》出言谨慎:《嘴角上的血花》张大哥随游击队作战,身份乃是编外人员,《守着荒寂的山》中,山民加入游击队,属于政府对民间力量的吸收、制约,执行作战任务的仍是正规游击部队。难道民众真的难以担纲游击作战的"主角"?这也是《七月》质疑、不满当局的原因之一。抗战时期,国共对游击战与民众武装有不同的看法,"由于两党所处的地位、拥有的力量、信奉的理想、代表的阶级利益根本不同,因此分别采取了依靠政府为主导与动员人民为主导的两条根本相异的政治路线。影响到战略上,分别确立了依靠正规军与依靠人民群众两种完全不同的原则"。此外,"国民党中央害怕地方势力发展会形成尾大不掉、枝大披心的局面,更害怕共产党力量壮大后会危及他们的统治"①,故对民间武装始终不敢掉以轻心。地方绅士在战地服务团撤离后的"反动",实际上反映的正是国共分歧。

如同《文艺月刊》,《七月》也反映了敌后军民携手抗战,但这里的"军"应指八路军,由此展示中共在组织、武装民众等方面的政治、战略思想,反衬国民政府动员民众不力。抗战大旗下,国共暗自较量。1937年8月,洛川会议后,中国共产党关于开展独立自主游击战,发动、武装群众的抗战方针逐渐成形。太原沦陷后,战区长官根据国民政府军委会命令,布置山西游击战:"东路军,朱德率八路军建立太行山根据地;南路军,卫立煌指挥第十四、十五、十七、十九、六十一军及第八十五师,在中条山吕梁山建立根据地";"北路军,傅作义指挥第三十五军、第七十一师及骑兵第一、二军,在太原、雁门、大同以西山地建立根据地";"第九军及第六十六师为游击总预备队,控置于大宁、河津附近"②。实际上,八路军的活动并未受制于此,在中共中央、八路军总部的领导下,"八路军各部迅速挺近敌后,分别依托五台山、吕梁山、管涔山、太行山创建敌后抗日根据地。从1937年底到1938年上半年,第115师一部创立了晋察冀边区根据地,115师师部则率第343旅创建了晋西南抗日根据地,第120师创建了晋西北抗日根据地,第129师及115师之一部创建了晋冀豫抗日根据地"③。八路军在山西的活跃,使此地成为表现中共游击思想的

---

① 唐利国:《关于国民党抗日游击战的几个问题》,《抗日战争研究》1997年第1期。
② 同上。
③ 步平、荣维木:《中华民族抗日战争全史》,第193页。

理想舞台，加之山西同是国军势力范围，一山二虎，国共在游击战略上的差异，通过《文艺月刊》《七月》等之比较，或明或暗。

对八路军之游击活动，《七月》表现有力。中共指示下，刘伯承率129师活跃于吕梁山脉一带，后创立晋冀豫军区。刘白羽的《光荣牌》① 通过吕梁山某村民众对敌后抗战的支持、参与，展示了中共在动员、组织民众方面的努力。为争取民众支持抗日，中共展开宣传攻势，"用一切宣传鼓动方法"启发、教育民众，使其明了抗战的意义，从而"克服一切困难，忍受一切牺牲，誓与日寇抗战到底"②。作品中，城里的宣传突击队来到了吕梁山脉脚下的××村，"那是一批批年纪青的，和蔼的朋友，他们常常关心到农民的饥寒饱暖。和那些老头子，老太婆们谈着话，让他们也知道了日本人在各处是怎样烧杀，抢掠——像水的溶进土壤，他们的话溶进朴实的农民的心坎"。宣传队关心农民疾苦、宣讲敌人残暴、态度真诚、感人，工作方式也多种多样，"有时单独的和农民谈话，有时招集小集团的会议，有时演出让人家看着流眼泪的戏，永远印在脑子里，擦不掉"。细致耐心的工作收到良好效果，村里的人们开始明白"是有人要来抢去他们的田野，房屋，惨杀活人。他们也认清了自己的任务"，加入了训练队，"天天还下操，跑步"，"村里的年青人，都不再闲蹲着吸叶子烟了"，民众觉醒了，"眼看着汾河两岸的沉寂的一片散沙，那么迅速，那么彻底的黏结起来了"。中国共产党高级将领徐向前指出，发动游击战必靠人民支持，"如何能把散漫的人民造成团结的人山呢？那就必须在人民中进行广泛的深入的教育说服，宣传组织等艰苦的工作，提高人民的民族意识与政治觉悟，使人民本身的利益，与抗日的利益，连（联）系起来，使每个人民认识要想自己不受日本的蹂躏，那就只有为中华民族的自卫战争而牺牲一切，为民族的生存而奋斗到底，这是每个人民的天职，是每个人民应担负起的责任"③。中共能以游击战驰骋敌后，与其自上而下对群众工作的重视分不开。

宣传之外，中共部队注意接近群众。村民感觉中共游击队，"可同从前脑子里记住的不同，他们是要群众的，而且亲近群众的。他们买一个铜钱的就给一个铜钱，从来没有看见他们向人横眉瞪眼。大的同志赶着小的叫：'小鬼！

---

① 刘白羽：《光荣牌》，《七月》1938年第2集第9期。"光荣牌"即"抗日军人家属光荣牌"，钉在军属门口。

② 《中共中央致国民党临时全国代表大会电》（1938年3月25日），彭明主编：《中国现代史资料选辑·第五册（1937—1945）》上，第516页。

③ 徐向前：《开展河北的游击战争》（1938年5月），彭明主编：《中国现代史资料选辑·第五册（1937—1945）》上，第521—522页。

小鬼！'挺和善，亲热，从没有看见谁打过谁。这一支队伍来了，就招集群众大会，演出，唱秧歌"，欢声笑语中，军民打成一片。与从前队伍不同，村民明显感觉到这支队伍"是要群众的"，短短数语暗示国共不同的群众态度。"亲近群众的"自然受到群众的爱戴，八路军的优良作风感染了大家，村民争先为队伍提供粮食，当游击队重返战场时，村里"许多许多的年青人，都不再甘心关在家里，纷纷加入了那铁的队伍。因为他们对它是亲切的无疑的，这是它长时间的艰苦奋斗，在年青人的心里换来的"。经过中共动员、组织，民众还组建了自己的武装及相关团体。中共中央表示，要大力扶植各种民众组织以配合抗战，"首先用最大力量，普遍组织民众的自卫队、联庄队、游击队"，并"给以各方面的援助与指导，提高他们的政治认识与军事技术"。同时，"各种抗敌后援会、动员委员会等，应该实际上成为有广大民众参加的民众团体。大量扶植与发展一切抗日救国的与工人的、农民的、青年的、妇女的、各界的、职业的民众团体"①。刘白羽笔下，经八路军宣传队、游击队指导，村里"一部分壮年人，组织了自卫队，游击队。年青的妇女就组织了一个广大的服务队。她们主要的工作，就是帮助出征者的家属做事，譬如烧火，做饭，洗衣服，有时还用些巧妙的话来安慰老年人或小孩子的遐想。她们在整个乡村里到处突击着，使一个村庄，变成了一个大的家庭——中间有友爱有互助"。友爱、互助正反映中共与人民的关系，整篇作品洋溢着温暖、光明，军民鱼水，一片和谐。

上述经八路军组织起来的民众，绝大部分处在社会底层，只有创造较宽松的生存条件，底层民众才会减少顾虑参加抗战。因此，中共积极推动减轻战区农民负担，国民政府之下的各方政治势力不断磨合，不少地方推出战时举措，民众抗战热情逐渐高涨。"民族革命战争战地动员委员会，在许多县份，它成为一个雏形的各党各派的民主政权：公道团代表，牺盟会代表，县长，虽然还有士绅，但驻军代表（××师，骑兵第×军，八路军）也同样的参加了"②，"通过动委会，合理负担实行了：百分之三十以上的人民，有两千元以上财产者分作三等九级，按累进法摊派，抗战军人家属优待办法开始实行。苛捐杂税逐渐废除，减租减息正在酝酿着"。负担减轻后，"一天天觉醒的人民是更加广泛地汹涌起来了。一千，两千，三千，自卫军在各县召集起来了"，战火的考

---

① 《中共中央致国民党临时全国代表大会电》（1938年3月25日），彭明主编：《中国现代史资料选辑·第五册（1937—1945）》上，第517页。
② 李林：《鸟视晋西北》，《七月》1938年第10期。

验使人民"相信了自己的力量",在八路军率领下,他们"炸坏了铁路,断绝了交通,不断地打击着敌人"。民众在战斗里成长,他们勇敢地打击侵略者,对于"明明暗暗直接间接地拖累分裂着发动民众参加抗战的工作"的势力,也敢于团结抗争表达不满。这些"反动势力"未必尽是土豪劣绅,也有因群众运动"某些过左的行动与行会倾向",而心存恐惧的"地主富户",日后,中共也很快作(做)出了纠偏指示①,但此时的《七月》,阶级感情略胜一筹。

通过作品,《七月》大力宣传、强调中共动员、组织群众的各项措施,借助群众拥戴,展示八路军游击队的优良作风,在团结御侮的前提下,委婉地批评了山西弊政,与当局依靠正规军制约民间力量的游击策略形成对比,颂扬中共政治理念,此时,敌后不只是抗日战场,也是传扬政党政策、争取民心的舞台。《七月》主编胡风属左翼作家,接受党的领导,政治立场明确。1937年10月,胡风到武汉后与中共董必武、周恩来、博古等有密切接触,并一度供职《新华日报》,作家熟悉党依靠人民的群众路线及反对右倾、坚持斗争的原则②,这些都影响了刊物的声音;胡风主持下,《七月》宣扬全民抗战,但对国民党不忘保持警惕,有的放矢态度激进:刊物编发阿垅《闸北打了起来》,借此反映"国民党的不合理的军事制度",批评国民党部队"轻视以至压迫群众",其后再出《从攻击到防御》,"对国民党的错误的战略和战术提出了含蓄的,但却是痛烈的批评"③;活跃于《七月》的曹白"是遭受过国民党特务迫害的青年美术家"④,艾青、田间是有名的人民歌手,刊物倾向略见一斑;此外,胡风晚年回忆,《七月》"是在国民党的种种压迫下出版的,是在恶劣的经济条件下出版的"⑤,现实生存问题与编者的政治倾向都令其对国民党难有好感。在敌后,国民党"基本保持正规军的作战方式,目标较大,运动不灵活,易被日军捕捉打击;民众动员能力较弱,使其颇难耐受敌后极端艰苦的环境;而抗战中后期,它与中共之间无休止的摩擦,削弱了抗战力量"⑥,如此,

---

① 《关于巩固与扩大晋察冀根据地指示》(1938年4月20日,毛、洛、刘致彭真、聂荣臻及朱、彭),彭明主编:《中国现代史资料选辑·第五册(1937—1945)》上,第518页。

② 胡风回忆,周恩来在与其交谈中,提出两点工作要求,"一要工作面广阔,二要坚持原则立场。没有前者,就会陷于宗派关门主义,脱离广大人民的要求;没有后者,就会陷于机会主义甚至投降主义,两者都会招致抗战的失败,即革命的失败"。详见胡风:《胡风回忆录》,第78页。

③ 胡风:《胡风回忆录》,第101页。

④ 同上,第100页。

⑤ 同上,第99页。

⑥ 张宪文等:《中华民国史》第3卷,第101页。

《七月》对国民政府的批评也是有道理的,不过,"应该说,国民党方面对敌后战场是重视的,也寄予很高的期望"①,同时,依靠正规军作战在纪律性、战斗力方面也有积极意义,国民党八个军的正规游击部队在山西坚持抗日,爱国将士在敌后战场同样洒下热血,其抗日功绩《七月》绝少提及,这未尝不是一种偏颇。

① 同上。

第二章　各战区之游击战

武汉会战结束，抗战进入战略相持阶段，在此前后，华北、华东、华南大片领土为日军所占，各地军民广泛开展敌后游击，誓将侵略者赶出家园。国破山河在，1938年初，"自东战线的正规军作战失利以后"，《文艺月刊》即着手讨论"如何发动游击战"①，邀请冯玉祥、方振武、王平陵、林适存、老舍等人从军事、宣传、文学等方面各抒己见，配合政府游击战略。炮火肆虐中，国人抗争似原上青草破土而出，千疮百孔的版图上，民族新生之律动日趋强烈。

《文艺月刊》记录了山西太行山、同蒲路一带的游击战。山西属第二战区，战略位置重要，太原沦陷后，经国民政府布置，"朱德率八路军建立太行山根据地"；卫立煌"在中条山吕梁山建立根据地，'并竭力袭击同蒲路之敌'"；傅作义"在太原、雁门、大同以西山地建立根据地，并威胁敌同蒲路北段"；另有"第九军及第六十六师为游击总预备队，控置于大宁、河津附近"②。山西游击战对日军极具牵制作用，至1939年春，敌曾"七次会攻中条，九路进攻晋东南"，对山西游击区一再扫荡，均被我"以逸待劳，个别击破"。但随着山西"各重要城镇""交通干线"的陷落及"重要据点拉锯式的得失退进"，"各方面对于山西的战斗，发生很大的疑忌和忧虑，甚至一些失败主义者和那些别具心肝的汉奸们更无耻的向人宣扬：'山西，不，整个的华北已经全部为敌人所统治，山西的抗战已无法进行了……'"传言不足信，但"地理上的隔阂，和交通的不便"，使各地同胞难以清楚地了解山西抗战形势，"因之，而发生的许多疑虑，在情理上实际上都免不了的"。为澄清事实，坚定抗战信心，

---

① 《编辑小语》：《文艺月刊·战时特刊》1938年1月第1卷第6期。
② 唐利国：《关于国民党抗日游击战的几个问题》，《抗日战争研究》1997年第1期。

《文艺月刊》推出戴富《同蒲线上的斗争》、陈晓楠《太行山的落日》① 等战地通讯，介绍当地军民的抗日活动。

　　截至1939年底，太原等城镇陷落已逾二载，同蒲铁路被敌侵占一年有余，为消磨我战斗意志，日伪、汉奸借机散播谣言，夸大日军实力，掩盖山西抗日实情。敌人是否真的控制了山西、当地军民斗争真的被扑灭了吗？"在同蒲南段沿线上，侵略者花了很多的兵力分驻沿铁路线的城镇和村庄"，并扶植汉奸成立伪政权。实际上，这些伪组织中看不中用，"临汾伪县府成立了一年，公务员压根儿就不敢下乡，只好顾全面子说是免税不完粮"；"邓庄以东八九里"的"区公所"，成立不久就"被游击队打毁了"；设在赵曲的襄陵县伪政府，"政权只能施及已经没有人了的赵曲村"。太行山一带的"汉奸维持会政权"，势力限于几个城市，至于广大的"田间和村庄"却在我们控制中。为破坏抗战，敌人费尽心机，但结果往往心机枉费。为制造"良民"，日寇绞尽脑汁："第一，整顿日伪军纪律"，"用各种方法宣传，敌军是如何有纪律，如何爱护人民"，可"整顿"后，日军烧杀淫掠依旧；"第二，多开各种会议"，例如"村长副会议"，"专门谈些'军民'如何对付游击队"，"开一次会可以得到三斤盐"，"谁不去谁的房子就得挨烧"。"群众大会"则"完全是欺骗手段"，"开会时间，有不定期的，像敌军游击到某一个村子，就去以敌兵封锁了村口，不准进去，在内将老百姓完全集合起来，还有是定期的，像临汾伪政府，就是每逢三逢九，就开一次群众大会，召集人民是老法子，哪个村不去就烧哪个村子"，开会内容无非"'赤匪'、'党军'如何可恶，敌军如何可亲，晋绥军应该觉悟，人民应该帮助消灭游击队"。百姓眼里，这会"简直就是派差"，不去"保不住房子"，去了不止浪费时间，更有"被当作游击队侦探而枪决的危险"。水来土掩，人民有办法应付敌人，"哪天要开什么会了，游击队去路上打几枪"，"敌军如果出来就走，反正你得打大炮，这样，既可以不去开会，而理由也可以冠冕堂皇：昨天打炮的，乡下人害怕，游击队又拦住路，不是我们不愿开会，你们肃清了游击队才好"；日寇还声称要"改善人民生活"，可人民都知道，"免税不纳粮是因为游击队的活动"，日军发给人民的东西，也"都是从二十里远近的村庄抢来"的赃物，如此"改善"，荒谬且霸道。

　　日寇自作聪明的举措只会激化矛盾，敌人眼皮下的抗日活动日趋频繁。白

---

　　① 戴富：《同蒲线上的斗争》，《文艺月刊·战时特刊》1939年第3卷第12期；陈晓楠：《太行山的落日》，《文艺月刊·战时特刊》1940年第4卷第2期，本段引文皆出《太行山的落日》。

天，游击队"只离铁道十来里，夜晚就都在铁道上活动了，电线一割就是几十斤，铁轨一破坏就是几里路"。"人民呢，没有一个愿做亡国奴的，一个军队的便探，走到敌人驻在村去，百姓全知道，但没有人告密。游击队的战士白天也可以去铁路线上，村长会借给通行证或良民证，有东西自然有人来替你搬，不会感到一点困难。军队和人民，在侵略者的铁蹄下，再不会感到有什么区分了"。太行山区同样是"发动游击的新摇篮"。附近百姓"自动的帮助抗日军队打听消息，破坏公路，电线和桥梁"，"所有的民众和村庄只要当地民军和政府有命令去了，他们就会从那辽远的地方赶得来，配合一致行动。时常几个知识青年干部在各村召集了群众大会，抓汉奸，捕间谍，所谓沦陷的地方仍旧是一样，因为我们的群众隐蔽了一切，我们的政令公开秘密地行使到山上沟下大大小小的村庄，我们的自卫团，游击队，只要不佩戴明显的武器，到处可以出入"。军民一心，游击战的枪声令敌人坐卧不宁疲于奔命。

山西军民的游击成为敌人噩梦，日寇露出凶残本相，向游击区大肆进攻，军民顽强抵抗，风声鹤唳中敌人似惊弓之鸟。在同蒲路附近，日伪也发动了游击战，企图以游击对游击。与我昼伏夜出、避实击虚的打法不同，敌军游击战"兵总是步骑炮，攻在拂晓，走，不但总是大路，而且总是选择熟路。临襄一带离铁路廿来里就是山地，敌军只在山地前面游一下；击是未必的，胡乱的山上打炮，打不着半个人"。敌人这种不熟悉地理环境又无群众基础、呆板笨拙的"冒牌游击战"① 除了骚扰百姓外，并不能阻止国人继续战斗。为打击晋东南游击根据地，恼怒的日军集结重兵"沿着公路进占我们的重要城市"，"想分区个别的肃清扫荡，一刀忍痛地割掉心头的累赘"。敌人来势汹汹，我游击部队早有准备，凭借天时地利各路出击，"把深入山地的鬼子用快刀切藕的手段，各路切断，结果，活活的两万多鬼子的性命，又白白地葬送在我们的山壑里了"。遭军民袭扰的日军退守"重要城市"，如同瓮中之鳖。在长子，敌人"把城内所有的楼房完全凿通，大街上平常是没有人走的，不是今天关了大北门，就是明天关了大西门"，还常常"用卡车装载着几个宪兵由南开出去，再向北面转回来"虚张声势，敌机也时时在城外投弹，诸如此类均为"防止我们游击队的袭击活动"。出没无常的游击战令敌人神经紧张，扑灭山西乃至华北的抗日烽火只是痴人说梦。

英勇军民在山西坚持斗争不屈不挠，中条山、吕梁山、太行山处处飘扬着

---

① 淮南敌军曾采取类似的"游击战"，被军事家讥为"冒牌游击战"，见《申报》1938年3月8日。

抗战的大旗。《文艺月刊》之外的作品同样勾勒了山西抗日图景，颂扬了抗击日寇的血肉长城：

是一支固执的铁手/撑住长城，在南口/扎下了汤恩伯的十万哀兵，/紧急的重炮/大声呼唤，/要喊醒垂死的北平！/敌人的炸弹虽重/也炸不倒八达岭，/毒瓦斯/闯不过迎面的西北风，/碰破了头/才知道此路不通，/回转身/偷袭察北，/像一股倒卷的狂流/在张家口/溃奔向大同。含两眼痛泪，破坏了居庸关/——平绥路的鼻孔，/南口的卫队/摆脱敌围，/向广灵转动。

平型关，八路军埋伏——突击，/板垣的"奇兵"，溃不成师，/三四千皇军葬身在夹谷里，/西北线第一次大胜利/游击队也就此建立了根据地。

忻口的坚守，/娘子关的截堵，/血肉的长城/阻不住用机械助长了暴力的疯兽，/正太线，太原，同蒲路一半，/线和点都不必死守，/转进向临汾，/发动全面战斗。

韩信岭，山高鸟难渡，/三千发排炮/也打不破深云古寺的寂寞，/石楼山，西北角的炮楼，/大麦郊苦战不低头！/东南上，一道沁水/替日本兵开了条阴沟，/坦克军，像黑甲虫，偷偷的爬过了伏牛山，/猛扑侯马连城，/三百铁骑，/轻机枪手，/向禹门渡，/星夜疾走，/要截断我军的后路；/"大歼灭"/在帝尧的故都！

为轻避敌锋，待机反攻，/三十万辎，炮，步，马，/乘月黑风急，/转移山窝中；/敌人的左，右，正，奇，/大迂回，/捉住一座空城；/两片铁钳碰出了火星，/盘七十二圈山头，/也追不上旋风！/山丛里，响亮着游击队的歌声……

剩一条同蒲路，/做毒蛇的孔穴，/先头敌骑，/扬三千里风砂，/争饮黄河；/风陵渡，/刹住车，/用二十生重炮，/向潼关嘘声吆喝！/让纵横的狐兔自觉得意，/连山万里/我们在慢慢的张布网罗！/

寺内寿一的算盘，/一招不准全盘错，/到处扑空，禁不住心头冒火！/猛烈的追击/才能收到战果，/草根不除/是腹心大祸！/"扫荡！"/"肃清！"/鼓起余勇，闭上眼睛，/向吕梁山/突进/河津，襄陵，汾阳，/三处敌军拉起手，/向军渡，向壶口。/荒凉的吕梁山，太平静，/他们要开垦，要耕种！/要用中国人的血/把枯草染红，/每一个村镇，/每一座窑洞，炸开石缝/把仇恨播种！/

山，河湾，/沟，坑。/登云，落井，/火光，枪声，/饥饿，疾病……/五个月/进退不休，/高低驰走，/扬起了臂膀，砍断了手，/叹一口气，收了兵/，回城去，休息，补充，调整。

中条山——一道盲肠，/一道恐怖的黑影，/留下怕发炎，/割去又不能！五台山——一块铁骨，/卡在狗嘴里，吞吐都不能！/用中国的山军/袭击日本的海盗，/积小胜为大胜——/三十万"皇军"/经不住五千和六十来乘，/一大笔血债，/让敌人零碎还清！/

日本人腿子虽短气魄凶，/大本营（疯人集中营）要强渡黄河/进攻西兰路/截断中苏的交通。/士兵的疲病未复/又接到了命令，/第二次总攻：/向垣曲，向吉县，向五台，/三路散兵，/"扫荡"华军残余！/"肃清"山西全境！/重轰炸机/抖起一阵嚇诈的风，/太行山，毛发直立，/为讽笑故作吃惊，/踯躅的狼，/盘旋的鹰，/踏遍万山丛/也寻不见胜利的踪影；/像未来派的诗句，磊落不平，/有刺天的刀山，/有神话里恐怖的坑，/有明灭的火光，有阵雨似的，夜袭的枪声……/坦克车，爬不动，/毒气也无法使用，/一座空城！/一个吃惊的黑窟窿！/"扫荡队"的扫帚/扫不动山里的石块，/磨光了自身的毛/秃着头发呆，/冷不防，一脚踏塌了陷坑，/断了粮草，/断了交通，/辨不清方向，/用大炮乱轰。/像俯伏的野兽/斥候的列兵，/吕梁山，/躺直了身子/屏息谛听，/黄河水/响得更远/更清，/是欢喜和惊疑/在胸中交迸！

一声突鸣的号炮/扯开了低回的山风，/伏兵齐起/喊一声：冲！/手榴弹，发了疯，/像风卷砂石，/落入山沟中！/机关枪"哇哇"叫，/满天飞火星，/黑龙关跺跺脚，/吕梁山跳起来，/抖一身黄毛，/千年的睡狮今天要作怪。一小队，/一排，三座大窑洞/组成山寨/，军民男女联合在一块，/分散的队伍/集中的火力，/用暴雨/向蜂蚁射击！/雁门关，娘子关，/太行山，五台，/以山为墙，/随处都有活动的营寨，/锁关，/封口，/进来的，/就不要再走！

云横秦岭/遮不住三秦健儿杀气腾空，/生力军/北渡黄河，/大举反攻！/师老兵疲者/今天要崩溃/困守涸辙的死鱼/不要在妄想天雨来救命。

同蒲路——敌人的死亡线，/慢慢的割，猛猛的砍，/锥子锥，/剪刀剪，/折了！断了！毒蛇的孔穴里/燃烧起硫磺弹，/倒了火焰山/谁能阻拦！/黑死病的毒菌/飞速传染：/正太，平绥，/平汉，津浦线，/绥，热，察，冀，鲁……/掀起了全面游击战。/反攻呵，/向山海关！/胜利的火焰/点燃在山西高原，/放绿了汾河柳/笑迎春天！①

诗歌回顾了抗战以来，敌我围绕山西展开的大小战役。1937年8月，日寇集中兵力猛攻南口，自8月12日至15日，敌凭优势火力向南口反复冲锋，守军汤恩伯部在阵地工事全毁之情况下，顽强阻击，几次打退来犯之敌。日军"碰破了头/才知道此路不通"，将主攻方向转往张家口。8月底，张家口、南口相继失守，汤恩伯部"向广灵转动"，在蔚县、广灵、涞源集结，与傅作义、杨爱源等部拱卫山西。9月份，为配合友军，八路军115师一部在平型关东北关沟至东河南村的公路两侧高地设伏，"将由灵丘向平型关进攻的日军歼灭于峡谷中"②。不过，此次歼灭日军一千余人而非"三四千"。10月，中日在忻口反复拉锯战斗惨烈，但"血肉的长城/阻不住用机械助长了暴力的疯兽"，至11月，忻口、娘子关、太原相继陷落。"1938年2月上旬至3月上旬，国民党军反击太原失败"③后，山西游击战全面展开。时人评论道，"日军攻占山西，——延长了四百公里的正面"，因此"战线也更薄弱"，"防卫更不容易"，而"我军主力并没有退"，如诗歌所说，大队人马"转移山窝中"；加之"山西新锐广大的游击队，多半具有优良的素质"，如果能与"广大的民众配合起来，形成洪流之力，压向日军的侧背，战略上是一莫大的威胁"④。反抗洪流打乱了敌人方寸，游击队此起彼伏的歌声中，侵略者钻进了中国山军的网罗。1939年5月，日军第八次进攻中条山，同时"对五台山抗日根据地发动春季'扫荡'"⑤，晋西北、晋东南都出现"扫荡队"，敌人妄图"'肃清'山西全境！"。日寇在中条、太行、吕梁、太岳织就的网中东奔西突，万山丛中"寻不见胜利的踪影"，只有一座座空城冷眼旁观。坦克、飞机望山兴叹，敌兵更是晕头转向，陷坑、夜袭、切断粮草、交通，我游击队在山中驰骋，山沟、窑洞、营寨到处都埋下我们的伏兵，"分散的队伍/集中的火力"，"军民男女联合在一块"要"积小胜为大胜"！抗日火焰在山中升腾，游击健儿遍布华北。作品对英勇抗战的国共将士表达了敬意，正面、敌后一寸山河一寸血；抗击侵略的民族使命使山西成为战斗的堡垒，山上沟下响彻争自由的战歌；反抗的种

---

① 庄涌：《同蒲线——敌人的死亡线》，《七月》1939年第4集第1期。
② 步平、荣维木：《中华民族抗日战争全史》，第191页。
③ 唐利国：《关于国民党抗日游击战的几个问题》，《抗日战争研究》1997年第1期。
④ 《酝酿中的"山西大游击战"》，《申报》社评1938年3月5日。
⑤ 步平、荣维木：《中华民族抗日战争全史》，第197页。

子随日寇"扫荡"播撒四方，朴实的男女换上戎装捍卫家园，抗战洪流似黄河澎湃汹涌。

《文艺月刊》刻录了山西军民四出游击的身姿，第五战区健儿奋勇杀敌的场面同样立此存照，羽飞《印台山》① 就描写了发生在大别山区的一次奇袭。大别山一带划归第五战区，"为战时安徽省政府驻地，设豫鄂皖边区游击总司令部。该地驻军为桂系主力，战斗力较强"②。印台山属大别山支脉，鸟瞰应山县城，日寇以杀戮占领县城，扫射、焚烧，无辜民众惨死。我家园一片狼藉，入侵者群魔乱舞召开庆祝大会，国人掩埋了遇难者，誓予打击者以打击。侵略者骄横、自恃放松警惕，我军民联动秘密布置；月黑风高，日军酒酣耳热不辨东西，我奇兵突袭关门打狗"解决了原村联队的三分之一"。一击成功，游击队"并不再攻县城，只收集武器，弹药和许许多多的罐头食品"，迅速抽身满载而归。正义枪声不止响彻应山一县，战火中熔炼的鄂省儿女已在抗战大旗下风起云涌：

> 上帝伸出圣手，在中原画了一条白练，多少年代了，寿命向永恒的蓝天。
>
> 从陕南，横过鄂北，奔放的金涛，蜿蜒地，唱过群山，唱过平原，望翻腾的江流，互问了一声平安！
>
> 中流的风帆，缝着交织的水纹，襄河的两岸，响起了叱咤的反抗的鞭。
>
> 早晨，山歌吻醒了太阳，彩云印红了江面，农夫淘好青白菜，赶往城中的早市！
>
> 傍晚，暮霭烧紫西天，河水泛黄了波澜，村姑吟着梁山伯，洗完了衣裳，从河边打转。
>
> 晚秋时节，渔歌唱白了芦花，小艇弯过了苇丛，沙洲里，闪烁的金粒，在淘金者的心底，写下了愉悦的笑影。
>
> 于今时代变了，魔鬼的气焰，逼近了河岸，襄河骚动了，再不像往昔一样的安闲。
>
> 烽烟烧沸了江流，浪涛响彻了云天，县崖岭，黄土垅，中原的天险，筑成了钢铁的凭栏。

---

① 羽飞：《印台山》，《文艺月刊·战时特刊》1940年第4卷第2期。
② 张宪文等：《中华民国史》第3卷，第100页。

这襄河，从峻高的谷顶，叫过幽古的樊城，在中原，张开了嘹亮的喉咙，在武汉，汇成了巨响像洪钟！

这襄河，两岸的阵地，扬起了战争的交响，火舌舐红了天，弹花织成了网，波浪滚滚的，云浪滔滔的，像一只真理的号角，呼唤着中原的村庄。

中原大地蛰动了，千百万英勇的儿女，换上了战斗的戎衫，游击的歌唱，结成壮烈的呐喊。

而今是时候了，正义唤起蓝天高，战火烧得波涛红，男儿杀敌为国死，风暴卷走享乐梦！南国山花红，北地风沙涌，天崩地裂，浪花翻腾，悲壮的热情，烧青了悲壮的吼声！①

农夫的渔歌与村姑的笑影被硝烟吞噬，游击的歌唱在襄河两岸结成壮烈的呐喊，悲壮的吼声传扬风中唤起无数英雄儿女。扛枪卫国的队伍中有赳赳男儿也不乏现代木兰，活跃在皖南的蔡金花即是其中一位：

是一颗流星，是一串光明，划过黝暗（黶）的长天，照出伟大的前程！提起花，想写首悲壮的史诗！为你当代的木兰，烽火中的英雄！把生命驰骋在战场，在挺进中披一身风霜！像西风送来的消息，我眼前实的凄迷了；狂风扫落了希冀的花朵，哦，辉耀的流星已化成陨石！把精神植在民族的心底，把鲜血灌溉祖国的大地！诗人们将用他们的笔尖再把它蘸起，为你写英雄的序曲！②

据编者按介绍，蔡金花为游击队员，有传言其在作战中牺牲，作者遂以此诗为纪念。后据"×队游击大队长谓：杀敌如麻之巾帼英雄蔡金花，最近蔡在皖南某战区，身体极健康。蔡之个性极强，自参加游击队工作以来，每日归队必杀死一倭兵始安心就寝，蔡射击术极精，左右手均可开枪，并能以脚装子弹，与男子同食同宿，态度尊严，无人敢与之狎昵，某日蔡因杀倭兵误入敌阵，竟被敌兵五六人包围，图加活捉，蔡毫不慌张，两手放枪，无一不中，安然突围而归，此蔡在营中告队员之事，前传蔡金花已死说完全不确，蔡今尚健在，仍

---

① 谷明：《襄河曲》，《文艺月刊·战时特刊》1940年第4卷第2期。襄河乃汉江的地域性名称，襄阳下游一段被当地民众称为襄河——引者注。

② 梅英：《蔡金花之死》，《文艺月刊·战时特刊》1939年第3卷第3、4期合刊。

从事杀敌工作"。① 祖国危亡,温婉的东方女性也奋起抗争,看护伤员乃至上阵杀敌,抗日之花傲立风中,爱国精神点亮夜空,民族战士值得我们永远铭记。

山东同属第五战区,"1937年12月,日军攻占济南、青岛,青岛市沈鸿烈奉命率领海军陆战队、地方部队于诸城、沂水一带发动游击;庞炳勋第三兵团一度收复蒙阴"②。胡兰畦介绍了"山东日照县游击队中最精锐最强悍的队伍,他们就是从前的所谓'土匪'和'海盗'"③ 即第十七中队的四次对敌交锋,其中有个细节,十七中队奇袭敌人之际,"那儿的正规军想参加作战,可是被十七中队谢绝了,因为他们怕正规军不沉着,倘若他们距敌尚远就开始射击的话,敌人一警觉,这对于他们奇袭的计划,具有妨害的",这颇透露出人们对正规军参加游击战的顾虑。《文艺月刊》登载的《范筑先》④ 与山东抗战颇有关联,范筑先将军领导鲁西北军民坚持抗战多年,最后战死疆场,此作即表现了将军生前检阅军民的场面。战时文艺难免粗糙,不过,作品颂扬了活跃在敌后的抗日将领,《文艺月刊》将其推出,自是对敌后正规军抗日活动的肯定。1939年1月,鲁苏游击战区成立,"6月,日军向山东南部进攻,第114师师长方叔洪殉国。新四军和八路军进入山东、苏北后,双方矛盾不断加剧,国民党军实力下降"⑤。

在其他地区,国民政府也组织了敌后游击,当时不少作品皆有反映。1938年3月,随军记者黄源来到浙东×××游击司令部,此时部队正组织人员渡钱塘江潜回浙西游击。队伍出发前,杭州、嘉兴、海宁、海盐、平湖一带的青年如知识分子、公务人员、小学教师等纷纷要求随军渡江游击,他们"抱定牺牲决心,克复任何艰难,始终一心,抗战到底"⑥。漫天风雪中,作家"最后终于决定了","作为鲁迅先生的一个学徒,作为文化界中实践自己口号的一名工

---

① 《文献》附刊《妇女文献》第一册(1939年4月)载香港《大公报》之《纪念妇女节》,此文亦以为在"江南太湖一带奋勇杀敌"的蔡金花于"去冬""血战阵亡";其后《妇女文献》第二册(1939年5月)之《蔡金花突出重围》,对蔡金花当时之突围及误传死讯有所说明,且一并介绍了蔡之来历与近况。以上两则消息与《文艺月刊》所载,情形颇似。

② 唐利国:《关于国民党抗日游击战的几个问题》,《抗日战争研究》1997年第1期。

③ 胡兰畦:《第十七中队——记山东游击队的活动》,《妇女生活》1939年第7卷第9、10期合刊。

④ 徐盈:《范筑先》,《文艺月刊·战时特刊》1939年第2卷第9、10期合刊。

⑤ 张宪文等:《中华民国史》第3卷,第100页。

⑥ 黄源:《打回老家去》,《烽火》1938年第14期。

作者，我愿将热血洒在故土，此刻即将随队出发了"。浙江属第三战区，我忠勇军民血战之下，"浙江国民抗敌自卫团曾进入日伪统治的核心地带，杭嘉湖平原地区，克复海盐县城等"①。靠近苏南的上海，也有我游击队在活动，"浦东的南汇，奉贤，川沙三县，由罗卓英军长派高级将官指挥"，"太湖区域的游击战，是沪战名将八七师师长王敬玖在指挥着"，由此"可以知道中央现在如何重视游击战略了，至于军火接济，这不用疑问，敌军所占据的不过一些沿铁道公路线的城镇及一些车站而已，此外全是我方可以活动的区域"②。《五十七条好汉——苏沪籍游击勇士谈话琐记》③，通过战士自述，展示淞沪一带的游击现状：血与火中，游击队员由毫无斗争经验的工农群众成长为破坏交通工事、夺取敌人武器的坚强战士，文章赞扬了游击队的功绩，同时也借战士指出军民隔阂问题，态度客观。冯玉祥的《上海游击队》④则充满戏谑："游击队/在上海/出没无常忽来忽去/屡次突击立奇功/打的日本鬼子只叫爷爷奶奶/在上海/游击队/出没无常如神如鬼/一声号令枪齐响/吓的日本鬼子只是瞪眼咧嘴/游击队/打日本/行动飞快放枪又准/打的敌兵尸遍地/夺得千万的军械成束又成捆/游击队/在沪西/不分早晚突然袭击/敌尸累累积如山/日本小鬼心惊胆怕白着急。"江浙、皖南、荆楚、晋绥，游击队的歌声一路飘扬。

以上《太行山的落日》《同蒲线上的斗争》《印台山》《打回老家去》等作品，主要反映了第二、第五、第三战区的游击战，此外，《七月》的《一支游击队的发生》⑤《北中国的炬火》⑥等则涉及第一战区的战斗。《一支游击队的发生》中，平汉线附近保定某村村民难忍日寇侵扰，在游击队支持下，设计歼灭敌人，之后全村奔赴晋察冀边区，"投入了广大游击战的漩涡"。《北中国的炬火》讲述了一支由农民、学生、散兵组成的游击队在北平西郊的战斗故事。抗战爆发，中共对华北游击战重视有加，1938年上半年建立晋察冀等边区根据地，4月，中共中央"发出指示，要求在河北、山东平原地区大力发展游击战"⑦，5月，徐向前发表《开展河北的游击战》⑧，从战术、组织、战斗意义

---

① 张宪文等：《中华民国史》第3卷，第100页。
② 憾庐：《上海的一些现状》，《烽火》1938年第15期。
③ 云壮：《五十七条好汉》，《抗战文艺》第1卷第5期。
④ 冯玉祥：《上海游击队》，《抗到底》1938年第4期。
⑤ 柳林：《一支游击队的发生》，《七月》1938年第2集第10期。
⑥ 倪平：《北中国的炬火》，《七月》1938年第3集第6期。
⑦ 步平、荣维木：《中华民族抗日战争全史》，第193页。
⑧ 徐向前：《开展河北的游击战》，《群众周刊》1938年第1卷第23期。

等方面对平原游击战进行指导。在此期间,《七月》推出这两篇作品,讲述河北一带的游击故事,战斗主力均非正规游击部队,突出民众力量,与中共广泛发动民众、开展平原游击战的政策吻合,作品打上红色烙印,话里话外,民众游击战正在兴起。

中共势力在第一战区逐渐发展,国民党游击队同样在此活动。"第一战区的主力于1937年9月调往晋东,乃于河北留置游击部队,委吕正操为独立第一游击支队司令,李福和为独立第二游击支队司令,孙殿英为冀西游击司令,军委会又任命张荫梧为河北民团总指挥"。"1938年1月11日,军委会指示第一战区:'以军队联合组织训练之民众,施行游击,破坏敌之后方。'1938年2月至3月,敌第十四师团向我道清铁路进攻,我第五十三军向陵川、林县游击,骑兵第四师与张荫梧、孙殿英、吕正操各部游击队于太行山东南要地实施游击,以策应正面战场"。"为进一步加强河北游击战,1938年6月8日,军委任命鹿钟麟为河北省主席兼第一战区游击总司令,驻冀县,统帅中央主力部队第九十七军。另外,当时在河北的还有石友三之第六十九军。正规军构成了国民党军游击队的主力"①。这些正规军游击表现如何?倾向中共的作家此番对国军游击队不吝赞颂。碧野《太行山边》就反映了孙殿英部、石友三部在第一战区的活动。1938年3月底,碧野总结此前半年时间的生活:"最先,和田涛参加了孙殿英的冀察游击队。我们在那太行山角艰苦地流动着,从房山、涞源,一直作战到滹沱河,后来又开进磅礴的太行山中的山城武安和涉县","在那个期间,正是高粱叶子红透了的时候。秋天的雨水淋湿了单薄的衣裳,队伍困苦地在黑夜里作着每次百里以上的夜行军。在那时,吃的又恶劣,每个战士都消瘦了!""后来,我和黑丁②从开封又重新度过那两岸已经冻结了的黄河,参加到石友三的一八一师③。在沧州,马厂血战过的一八一师八千个弟兄,是非常精壮的。在内黄,濮阳一带又跟敌人作了一次英勇的血刃战"④。其后碧野"因公事脱离部队",却将这段游击生活刻写下来,是为《太行山边》。几

---

① 唐利国:《关于国民党抗日游击战的几个问题》,《抗日战争研究》1997年第1期。
② 即于黑丁,原名于敏道,山东即墨苏口村人,1933年参加青岛左联小组,后经左联小组党代表乔天华介绍加入中国共产党。抗战爆发后,与碧野、魏伯等创办泞水剧团,在豫西山区宣传抗日。后剧团解散,黑丁与地下党领导的北平青年流亡学生参加石友三一八一师宣传队,黑丁负责主编《战地报》。黑丁事参见戴传林:《于黑丁的足迹》,《新文学史料》1985年第3期。
③ 石友三此时为六十九军军长,以军长兼任一八一师师长。
④ 碧野:《太行山边·序》,汉口大众出版社,1938年5月。

乎同时,《文艺阵地》推出黑丁《行进在太行山》,记述作家在一八一师的见闻。

首先,碧野、黑丁颂扬了孙、石两部英勇抗日的事迹。碧野出入"冀察游击队",在他笔下,孙殿英身先士卒作战彪悍,带领所部"死守滹沱河",拼力血战击退敌寇。早在1933年热河战役之时,孙殿英即率部英勇奋战,几次打退日寇进攻,鏖战多日直至弹尽援绝。《太行山边》中,孙部抗日热情不减,血染滹沱河,使西铜冶免遭日军占领。来到一八一师,碧野、黑丁又感受到石部的抗战决心。《太行山边》主要通过战士的讲述,再现部队奋勇杀敌的场面,并记录了第二团开赴濮阳,"协助友军作战"的雄壮景象。游击随时展开,黑丁随一八一师"行进在太行山"时,附近村庄出现敌人便衣队,石友三果断派手枪队去"解决"了敌人。正因我军殊死作战,故"在1938年度,游击队的积极活动效果非常显著。'国民政府政令之推行,仍能普遍于各地,并加紧组训民众,增加抗战力量,敌欲统治其占领区域之迷梦,盖已根本粉碎无余'"①。碧野、黑丁随游击队转战,目睹将士忠勇即诉诸笔端,"谨将这书献于为祖国苦难而战的英勇的战友之前","这本书所写到的,不过是全民族英勇抗战的一面,是鲜红的血流中的一滴;但是这一滴鲜血,也已经从战士们的身上灌溉到祖国的原野上了"②。对以生命为赌注与敌人周旋的先烈,我们应心怀崇敬,无论其所属。

除刻画国军游击队作战勇敢外,作品值得注意的地方还在于作家对国军形象的塑造。部队缺乏给养,孙殿英请求百姓接济,"农民们很慷慨地答应了,大家公议每一家均摊四斤面粉,三斤小米,六斤干柴"。当孙表示日后要偿还粮饷时,"农民们在空中摇晃着手,齐声叫了出来","说哪里的话?俺们的东西是不要还的,只是苦了'同志'们啊!"。作品中农民送粮积极,"司令温善地微笑着,看着同志们把牛车上的面粉、小米和干柴搬进司令部去"。还有送菜农夫走到司令的跟前说,"你是守门的同志吧,劳驾你进去说一声我们要见司令"。"因为昨天司令跟农民谈话的时候,是穿着大褂,今天身上却穿着一副破军装,腰间缚着一条二指宽的小皮带",司令衣着简朴,被百姓当成卫兵后,仍十分和善:"'有什么事吗?我就是司令。'司令笑着,胡子翘了起来,颧骨显得更高了。"这样的场面似曾相识,前面提到《七月》推出刘白羽《光荣牌》宣扬八路军优良作风,其中就有百姓积极给游击队送粮,八路军首长朴实

---

① 唐利国:《关于国民党抗日游击战的几个问题》,《抗日战争研究》1997年第1期。
② 碧野:《太行山边·序》,汉口大众出版社,1938年5月。

可亲等描写。人民高涨的热情、其貌不扬的长官、鱼水情深的对话，这些刻画八路军的典型细节如今出现在国军身上。碧野还强调了游击队的军纪严明。有军官强奸民女，执法队将其抓获公审，村民欲网开一面让其戴罪杀敌，但政治部代表义正词严地说道，"农民弟兄们，你们错了！在我们游击队里要严明纪律，我们革命同志中不许存有这种坏人！"，犯罪军官被正法。孙部的优良作风令村民十分感动，部队开拔时，农民自发组织牛车队帮助转移伤员，被司令婉拒后，农民"苦劝"司令："看在俺们村子里人的面上，领领俺们的情吧，俺们知道有好些同志走不动的哪！"农民不止出力还要出人，"'司令。让我把这两个孩子也跟着你们打游击去吧，他俩整天闹着要当'同志'哩！'一个老农夫用抖颤的手把他的两个儿子拉过来，恳切地对司令说"。于是，"我们的队伍比前延长了，在队伍的中间插进来许多红缨枪和土铳，队伍后边还跟着一长列的牛车"。习惯思维下，百姓如此爱戴的应是八路军，人民送儿女参军的场面也应跟八路军联系在一起，国军基本以抗日无功、摩擦有术、欺压百姓的形象示众，但在此，孙殿英所部形象似与八路军一般高大。

得到正面颂扬的还有石友三。碧野、黑丁等人从孙部转至一八一师，"石友三司令听说我们来了，特地从十里外"来看望我们。烛光下，"石司令胸前的那颗金星章闪闪地发光"，"他的眉毛浓黑得像两个粗刷子，这正表明他的骠悍，说起话来，抖动着他那两片紫溜溜的厚嘴唇，声音暗涩而沉毅：'我除了用这些粗酒粗菜来表示欢迎你们诸位同志之外，还有的就是一颗杀敌的心！……'这话声，在初次会见中，是深深地打动了我们的心"，作家由此评价石友三"性情质朴而雄豪"。作品几次突出石的抗日言论，"我们这八千人绝不退过黄河南岸，只有沉着气，硬着拳头和鬼子拼到底！我们的民族才有救呵"，"我希望以后我们这突击队里五百个同志，每个人都有这样的一批大白马，几天内就把鬼子赶出国境！我们要使每个日本人见到我们的白马队就胆寒！"豪言壮语衬托其威武形象，还是石友三，日后却因叛国投敌为当局处死，历史就是这么复杂。碧野、黑丁笔下，石友三爱护部下，注意维持与驻地民众的关系。行军途中，一八一师战士向害怕军队骚扰的百姓宣传，"我们司令常对当弟兄的说，我们要打胜仗，必须有老百姓们帮忙，我们千万要好好对待他们。如果有人到老百姓家骚扰，知道一定要重重的处罚……我们吃老百姓的东西都要给钱，我们不让老百姓怕我们"①。消除顾虑的农民主动为部队提供饮食，"街的那头有好几个老人和士兵争持着，他们手里都拿着几只用绳子串好了的

---

① 黑丁：《行进在太行山》，《文艺阵地》1938 年第 1 卷第 4 期。

烧鸡,往每个兵士的枪上都挂上一只"。由此看来,对一心抗日的队伍,百姓都尽力支持,不分国共。孙殿英做过勒索、盗墓等勾当,匪气十足,石友三人称"倒戈将军",后因叛国被杀,二人声名不佳,虽不能因此遮蔽二人抗日功绩,但在国军众多抗日将领中,左翼作家为何对此二人"情有独钟"大力颂扬呢?碧野、黑丁等人在孙、石二人处受到较好的对待为其一,除此,则应与中共统战工作有关。抗战爆发前,"中共中央军委华北联络局根据中共中央关于建立抗日民族统一战线的总方针,对争取华北各派军阀的工作作了总的部署,把争取石友三的任务列为重要任务之一"①。自1396年起,中共陆续派出多位干部联络石友三,石表示愿与中共合作,并要求中共派干部改造他的部队。"1937年10月,中共北方局派党员袁也烈、于心之、程静川等七人到第一八一师石友三部。下旬,中共第一八一师工作委员会成立","1938年2月,中共北方局派代表到石部,将中共第一八一师工委改为中共第六十九军工作委员会,指定袁也烈为书记"②。中共对石部颇有影响,碧野作品显示,他曾在工作委员会服务,"有七八千个战士,和这滑县城的四万多个民军,紧急地需要一大批识字课本和政治小册子;和拟定农民的最值纲领,部队工作的今后改善计划……石司令命令我们在最短期内把这些繁重的工作完成"。作品中还有如下细节:石看到某同志身上一本小册子,"呵,毛先生的言论集,好,先借给我看看吧"。此一时期,石确与中共关系密切。1938年3月,中共再次向石部派出干部,并送上毛泽东亲笔信以示重视。4月,周恩来派曾与石部联系的张友渔到石部工作,6月,"中共山东省委派匡亚明到石部",二人分别被石任命为六十九军政治部部长、副部长,此政治部即负责中共对石的统战工作。可以看出,中共高层重视同石友三的合作,二者联系密切直到11月石友三被调到河北。国共在游击战方面的合作不止此秘密层面,"1939年2月,军事委员会游击干部训练班在衡山开办,以汤恩伯为主任,叶剑英为副主任。中共先后派30余人参加教学工作,主要负责游击战战略战术和政治思想工作。1940年第3期学员结业后,中共方面撤出"③。国共你中有我我中有你,较量一直存在。

黑丁、碧野皆为中共人士,茅盾编辑的《文艺阵地》属中共外围刊物,此时高调赞扬石友三的作品面世,应与上述中共对石的态度有关。另外需要说明的是,颂扬的基调中,国共落后与进步的对比也暗中显现。《行进在太行山》

---

① 张业赏:《抗战初期的石友三》,《春秋》1995年第4期。
② 同上。
③ 张宪文等:《中华民国史》第3卷,第101页。

借百姓之口批评某些部队骚扰地方,"米面都给吃光了,临走,连筷子都给带去了。别的人家也一样",与此相对,"听说×路军可是不这样,人家到了那个地方,老百姓都欢迎,也没有逃跑的。人家不骚老百姓,吃东西都给钱"。鉴于黑丁的身份,此"×路军"多半指八路军。《太行山边》中,维系石部声誉,积极帮助一八一师开展群众工作的乃是各地进步青年组成的学兵队,其中不乏黑丁这样的地下党,是这股进步力量将石部带上正途。其后,石部还出了强奸民女的军官,国军队伍仍须教育。除此,更不堪的是"五××军",他们劣迹斑斑,"敌人还没到就往后退;抢掠农家的骡马,化装农民劫夺友军的枪支"。"五××军"或暗指在第一战区执行游击的五十三军,国军队伍良莠不齐也是事实,英勇抗敌者有之,私斗扰民者亦有,就是这些队伍,在1939年2至7月间,"进行了反扫荡作战和夏季攻势,给日军以打击。但随即与中共武装发生冲突,不能在河北立足"①。国共的纠葛与队伍本身的素质,这一切都掺杂到作家对国军形象的塑造中,但有一点可以肯定:绝大多数中国军人履行了他们保家卫国的使命,即使他们头顶是青天白日徽。

---

① 张宪文等:《中华民国史》第3卷,第99页。

第三章　游击赞歌

《文艺月刊》旨在激励民族精神，树立抗敌信心，政治态度偏于中间。对民众武装，《七月》从中共立场出发，积极宣传、提倡；国民政府鉴于统治利益，对武装民众心存顾忌；《文艺月刊》不似《七月》颜色鲜明，它姿态温和，在抗战旗帜下，充分考量当局态度，不直接提倡武装民众，但对奋勇杀敌的民众游击队也予以赞扬，间接流露刊物对民众武装的认同：

　　三个五个，/一群两群，/在平原上，/在高山顶，/我们是游击队的弟兄。/化整为零，/不怕敌人的机械兵，/抢他的军火要他的命。/我们老百姓，/三个五个千万群。/赶上一两年，/把强盗都肃清！清！①

民众武装时势使然，平原、高山，游击队杀敌缴械，与"强盗"巧妙周旋，田间地头，农夫悄悄拿起了武器，青纱帐中有辛勤的耕作也有秘密的战斗：

　　爸爸/从高粱丛中归来/夜间带去的手榴弹/悄然溜走了/手上提着/死人所赠予的礼物/而且都粘帖着/太阳旗的商标②

敌人的杀戮使昨日朴实的百姓成长为今日坚强的战士，高山上、树林中，游击队员的身影时隐时现，家乡的山山水水变成战斗的堡垒，参天的大树、没膝的草丛，它们是游击队的守护者更是侵略者的葬身地，日寇在人民战争的浪涛中

---

　　① 星海：《游击军》，《文艺月刊·战时特刊》1939 年第 3 卷第 3、4 期合刊。
　　② 庄言：《敌后小诗——爸爸》，《新蜀报》1941 年 4 月 6 日。转引自《中国抗日战争时期大后方文学书系》第六编诗歌（第一集），重庆：重庆出版社，1989 年。

死命挣扎，他们的下场注定只有覆灭，《竹林的海》① 便是这一场面的缩影：

一

是怎样浩瀚的海呵，浓密苍翠的竹林，在百十里的坡峦中，泛滚着一片汪洋，黝黑的山岗绵亘，如同一长串紧扣的换套，秋风拨动空虚的琴弦，他以宏亮的嗓子，唱起愉快的绿色的歌。阳光跳跃在狭长的叶片上，正比少女的多情的流盼。山村中多少年青，曾对着慈惠的林子，低诉过单纯的真挚的爱恋；多少情侣，在这儿，完成了他们久远的相思。春天的步履萧萧，轻捷地穿过叶丛，带来的是温暖，与盈盈的雨水润泽。竹根的泥土痒痒地，犹如怀孕的少妇，捧着肚腹在喘气；硕大的毛笋一夜长成，土面没曾有一丝裂痕。该是无比的喜悦吧。山民们用母亲的慰安，带着竹筐和锋利的镰刀，忙碌在绿林的圆柱中，采斫黄褐色的嫩笋。接着，一船船载去远方，回来时，满袋钱钞，刻划（画）着满脸欢笑。

二

今天，浩瀚的绿海，依旧唱着无休止的曲调；然而，那已不是，愉快的抒情歌，而是无边悲愤中，激动着的抗争的怒吼。年青的男女们，早把相思的热忱，移向了保姆绿海；山民的长镰刀，也作为复仇斗争的武器。粗壮的臂紧扣着，正如一长串连绵的山岗。他们英勇地袭击阔步而来的闯入者，和疯狂地在驰骋公路上的日章旗。一次次的胜利，教敌人老羞成怒，用大兵，用飞机，围攻着绿色的海——游击队的根据地。可是，每一次的暴举，只徒然把百里空林，穿成了几个窟窿；等黑夜的万点火炬，在远方闪亮着逼近，敌人满怀惊怖，又唯恐不及地躲进了城。

三

这一天和平常没有异样：太阳一早就爬上山头，以温柔的触手，爱抚着竹叶的小眼睛。秋风吹嘘着孔穴，呜呜地哼起了催眠歌。绿海的儿女们。在油黑的地面上游泅，他们在翻竿，角力，攀缘，有的在读书，唱

---

① 厂民：《竹林的海》，《文艺月刊·战时特刊》1939年第3卷第3、4期合刊。

歌，有的在射击，操练……多少人的心，被一个共同的愿望紧紧系住：——把敌人赶出去，赶出祖国每一寸土地。远远响起一阵呼哨，像说书人的一声醒木，教众人立即寂静；当"把风"的那个麻脸孩子，箭一般飞了进来，气喘喘地报告："几百个鬼子兵，已到了两里外的山脚，不久就要来这儿'清剿'。"队员们原想拼他一拼，队长又教别作无谓牺牲；耸一耸愤怒的肩，摸着走熟的曲折的路，一个个隐去了身影。只剩下"松鼠老五"，凭着他灵活的身手，一骨碌爬上了竹梢；从怀里掏出了国旗，把来高高地扯在林表，红旗在绿海中飘扬，作着庄严和平的笑，林外的枪声噼啪，他擎着盒子炮，一边准备，一边退走，耗子般翻过山岗的背后。

四

"长胜皇军"那面旗，在风中个猎猎作响，它拖着几百个"皇军"，蜿蜒在灰白的长途上，相同一条黄色的巨蟒，张开贪婪的口，想吞噬，绿波粼粼的大竹林，竹林中几百个活跃的生命。胆怯的枪声像连珠，先响起在竹林边沿，猎狗似地侧起耳朵，佝偻着，他们又持枪，穿越那回环的小径。一颗颗子弹，从粗大的竹竿上滑落，震动起清绝的应声响；满林只是一片虚空，哪儿去找游击队的踪影？"皇军"们放下枪杆，休息在纵横满地的竹鞭上；有的怀着忧虑，不时站起来四处探看，怕游击队埋伏在周围，猛可地作着包抄；有的斜倚竹根横躺，一下子就鼾声如雷——眼前是樱花的海，朝思暮想的故乡，娇美的妻子倒在怀里，向自己献着媚笑；有的点一支烟卷，用火头烫灸竹竿，留下那渺小的名字；像无知的孩子，一旦飘在无垠的海上，对着广长深邃的竹林，没谁不发出浅见的惊奇。

五

绿海上盖一片蓝天，蓝天边飞来了，贴着红膏药的铁鸟；飘扬的国旗，在向它们轻轻招手，轰轰的一阵巨响，几枚炸弹落到林里，竹子山岳般崩倒，像狂风掀起的怒涛，竹鞭上的"皇军"，当是游击队放起了土炮，正用颤抖的手去执枪，又是无数的铁蛋开花，爷娘只喊了半声，就一个个变成了肉酱；而烟卷的火还没熄，怀乡的梦还在脑子里缭绕。旗手忙窜出林去，慌张地用旗语招呼，飞机上的同伙罢手；——罢手时，点一点人数，只剩了疏落的几个。抛了枪，抛了千人针，抛了"常胜皇军"旗，抛了出发时的那份骄傲;狼狈地逃出山坡,一路上只听得呼怨叹气。究竟是着了什么魔,自己人轰炸自己人?只让死的莫名其妙地倒下,活的抱着头窜奔,到头来还是一片糊涂!

六

山外的人踏着暮色归来,看一看,倒地的粗竹子,竹子上的弹痕,竹根下的大土潭,他们没有半点伤心;踢开几百个异乡鬼,捡起那角残缺的国旗,心里涌出胜利的欢欣。晚风爬过山岗,在林梢重掀动绿波;洪亮的自由的吼声里,混合着千百个男女的粗犷的热情的奔沸的歌:张渚山,长又长,竹林漫天海样广;毛笋千万担,担担是银洋,袋里年年叮铃铛。张渚山,长又长,竹林漫天海样广;来了东洋兵,日子不安康,奸淫掳掠苦难当。张渚山,长又长,竹林漫天海样广;组织游击队,英勇来抵抗,出山袭击入山藏。张渚山,长又长,竹林漫天海样广;国旗竹梢飘,鬼子命尽丧,自炸自来才冤枉。张渚山,长又长,竹林漫天海样广;游击根据地,保卫我家乡,同心合力打东洋!张渚山,长又长,竹林漫天海样广;……

山民平静温馨的生活被东洋兵的奸淫掳掠打破,竹林里,歌声与欢笑变成悲愤与怒吼。长镰刀砍向入侵者,民众组成游击队在绿色的海中游弋自如,他们有共同的信念——"把敌人赶出去,赶出祖国每一寸土地"。前来"清剿"的敌人,没头没脑地闯入谜一般的竹海,他们一步步滑向游击队布置的"陷阱"。绿色的海中,"猎狗"捉不到"游鱼",反被自己的铁鸟炸死大半,夺路而逃的敌人"到头来还是一片糊涂"。晚风掀起绿波激荡着胜利的欢欣,国旗在战士心中飘扬,"洪亮的自由的吼声里,混合着千百个男女的,粗犷的热情的奔沸的歌",游击队的战歌在山林中久久回荡。厂民之作,自然、活泼,清新的泥土气里生机勃发,更值得注意的是,这支令敌人头疼不已的游击队并非正规军而是民众武装,《文艺月刊》登载此作,与当局防范民众之心自然有别。

战火中,屹立不倒的中华民族昂首高歌,歌唱反抗,企盼自由。枪炮交响,无数将士血洒疆场;歌声不断,万千儿女前仆后继。伴随敌后战场扩大,游击健儿日益活跃,《文艺月刊》外,游击赞歌也纷纷涌现,其中陶行知《游击歌》①：

> 狂风起，黑云飞，杀人放火誓不依。天军到，魔道低，除暴安良太阳西。穿的是便衣，谁个也不知。战术是游击，谁个也不识。枪口瞄准，我们有目的：中华自由，万国平等，大家有饭吃。

描摹游击队，陶歌古朴、简洁一如其平民风格，柯仲平《游击队像猫头鹰》②则生动、活泼，笔触间流露对游击战士的感情：

> 游击队，游击队，白天隐，夜里行；白天隐，夜里行；游击队像猫头鹰，像猫头鹰。
> 游击队——猫头鹰，钉着鬼子们走，追着鬼子们行；乘鬼子们不备，打击鬼子们，打击鬼子们。
> 正月里，正月正，一队游击队，钉着鬼子们，追着鬼子们，钉着钉着，追着追着，追到这山林。
> 正月里，是新春，新春里有个"一·二八"，纪念"一·二八"，游击队决定：在今夜三更，袭击对面马家村。马家村有日本鬼子一联队。
> 快到三更，快到三更，除了微微的风声满天星星，透过森林，闪着眼睛，闪着眼睛，静悄悄的，静悄悄的，等待着射击的命令。
> 忽然间，忽然间有鸟鸣三声——"Sh-sh-sh"一切都紧张起来了；特别紧张的是本地几个姓马的农民：他们的曾组马凤林，到这荒地来开垦，才有这个马家村。
> 今天的这马家村，已经不许有个马家人，走不了的马家男子被杀了，逃不了的马家妇女被奸淫，今夜里，他们要从祖宗坟地上，赶走日本鬼子们。
> 三更，三更，三更上又听得鸟鸣——"Foo-Foo，Foo-Foo"游击队，不吭气，不作声，走——闪着猫头鹰的眼睛，向马家村前进——前进——前进——，他们分一队到马家村北扰敌去，分一队向马家村南面突击；村南村北稍稍空虚，他们乘隙便一直杀进村子里。日本军往村东逃

---

① 陶行知：《游击歌》，《行知诗歌集》，转引自《中国抗日战争时期大后方文学书系》第六编《诗歌第二集》，重庆：重庆出版社，1989年。
② 柯仲平：《游击队像猫头鹰》（《诗二首》），《抗战文艺》1938年第1卷第9期。

跑，在村东又中了他们的埋伏计。

　　卑怯的日本鬼子呵，好卑怯的日本鬼子，飞机，大炮，坦克车没效力，鬼子们立便丧失了战斗的勇气，像乌鸦一般的，像乌鸦一般的。

　　正月里，正月正，"一·二八"纪念的袭击完成，（二月，三月——月月都有新使命）游击队，又起程，——白天隐，夜里行；白天隐，夜里行；像猫头鹰，像猫头鹰。

作家以游击队的一次夜间战斗为切入点，表现"猫头鹰""白天隐，夜里行"的机动、灵活。这样的夜袭，只是游击生活的一个剪影，黎明、暗夜、山林、河畔，游击队员心怀自由的种子，时刻战斗在祖国的每一个角落：

　　每个人的心底密结着自由的种子！/每个人都高唱斗争——这勇武的先锋。/我们不是战神底马，更不是他底奴隶；/我们是勇敢的游击队，为人世创造和平。/我们斗争着踏过一重山又一重山，/在茂密的树林里，巍峨的峰峦上……/或是山林的荒草之野，乱石之谷，/我们猛烈的突击，我们歼灭敌兵。/我们斗争着涉过一道水又一道水，/在一望无际的流沙，河堤畔……/或是淤泥的河套，深浅的水中，/我们突起肉搏，夺取敌人的辎重。/在黝黑的夜之深邃，我们奔跑，/在贪懒的冰霜的黎明，我们葡匐前行。/或是猛烈的暴风雨之中，/我们机警地偷袭敌营。/我们到处全是敌人，我们突击，/我们到处全是同志，互相协行。/我们的敌人是帝国主义和他底奴仆，/我们的同志是弱小民族的人们！/我们是勇敢的游击队，为人世创造和平，/我们的战士是钢铁的身躯，个个坚强。/我们不怕失败——最后的胜利属于我们！/我们没有动摇，不怕道路怎样难行。/我们每个人只有一支枪，几粒子弹。……/虽是穷苦，但不怕敌人的军器丛丛。/我们从南到北，从西到东，/我们勇敢地游击，在广大的山河与田庄。/地狱里不开出鲜艳的花，我们永久斗争，/人世上不散满自由，我们永不息步。/我们是勇敢的游击队，为人世创造和平，/我们是勇敢的游击队，自由的先锋。①

侵略者把战争塞给中国，拒做奴隶的同胞要为自由而战。民族解放的道路充满艰辛，游击队在战斗中武装自己，硝烟里难避牺牲，风雪中我们没有动摇，战

---

①　亚丁：《游击队》，《抗战诗选》，战时文化出版社，1938年2月。

士们穿过暗夜奔向黎明,"最后的胜利属于我们!"。南北西东,祖国山河到处有战斗的儿女,"地狱里不开出鲜艳的花,我们永久斗争,人世上不散满自由,我们永不息步"。斗士热血洗刷华夏,冲锋号惊破长空,不屈的音符震颤人心,歌唱声里,游击队到处生根,乐观的精神传颂至今。

第六编　绥远、西康等地抗战文艺

1931年，民族主义文艺阵营推出《黄人之血》，意在强调各族之"友谊"与"团结的力量"，一时反响强烈。日后，类似声音同样出现于《文艺月刊》，其陆续登载《蒙古之歌》《蒙古的牧歌与战歌》等诗，发掘、讴歌蒙古族同胞的斗争精神，宣扬民族团结之旨，激发爱国热情。然而，现实远较此复杂。1930年代，东三省陷敌后，伪蒙政权亦粉墨登场，在关东军支持下，不时侵扰察、绥。日伪蠢动连连，为保卫国家疆土，1936年，绥远军民奋起反击来自国内外的分裂与殖民势力。

　　日本染指"满蒙"，英国则觊觎康藏。易康《胜利的死》中，西康民众与英国传教士之间的矛盾、冲突，其实质即是当地人民针对帝国主义侵略活动的抗争。抗战全面爆发后，西康地方人士的国家认同感愈发强烈，在团结抗日的大旗下，西康的民族话语再度高涨。随着西康被关注度的提高，其地方文艺开始升温。应该如何看待"边疆文艺"？《文艺月刊》就此指出，"边疆的民族文艺，必须加以发扬，使其生长于繁茂，开灿烂的花朵，并收获丰美的果实。使其成为中华民族中文艺的一个单位。在中华文艺的园圃中多添一种芬芳。我们必须时时介绍转译，使其与内地文艺相互沟通，犹之其他生物与异种结合一样，可以产生更肥壮的果实。我们不要埋没了它独具的色彩，形式，声音，也不要泯灭了它土地的香味，使其在本土滋长起来，发育起来，在这世界上多添一种花朵，不是我们的责任吗？"①

---

① 怀英：《发扬边疆文艺》，《文艺月刊》，1940年第11卷第5期。

第一章　绥远的抗日斗争

　　清末民初，汉、满、蒙、回、藏五族共和的观念已开始流行。日后，国难频仍，各民族之团结更显重要，文艺界亦为之做出努力。1931年，黄震遐创作诗剧《黄人之血》，以元朝军队西征为故事背景，着重塑造了宋大西、哈贝马、白鲁大、罗英等人物形象。他们分别代表了汉、蒙、满等各族战士，为了国家的荣誉，"四匹马走着同一的路径，四把刀儿一条心"，彼此"无一丝一毫的猜忌。虽然有时酒后会发生不和的醉意"，"然而只要凄凉悲壮的笳音一起——这十六只马蹄啊——便又迅速的踏着新泥！"① 民族主义文艺阵营推出此作，意在强调各族之"友谊"与"团结的力量"②，类似的呼声同样出现于《文艺月刊》，其陆续登载《蒙古之歌》③《蒙古的牧歌与战歌》④ 等诗，发掘、讴歌蒙古族同胞之斗争精神，宣扬民族团结之旨，激发各族民众爱国热情。上述诗文多从正面入手，描写各民族携手对敌的光明图景，强调少数民族同胞的国家认同感，不过，现实情况较此复杂许多。

　　1930年代，日本侵华步伐加快，占领东省、热河后，于1935年策动华北自治，1936年又欲将内蒙古、绥远尽收囊中。此时，控制察东地区的日本关东军"利用蒙古地方自治政务委员会（简称蒙政会）委员长德王要求高度自治的心理，秘密策动德王在内蒙古造成独立局面，进而统一内外蒙古，建立蒙古国。为此，日本不仅加紧向察哈尔全境，乃至向绥远地区实行渗透，而且接

---

① 黄震遐：《黄人之血》，《前锋月刊》1931年第1卷第7期。
② 同上。
③ 沙雁：《蒙古之歌》，《文艺月刊·战时特刊》1938年第1卷第10期。
④ 常任侠：《蒙古的牧歌与战歌》，《文艺月刊》1941年第11年5月号。

连运用伪军李守信等部制造事变，逼迫中国方面撤出了察哈尔省长城以北地区"①。1936年5月，德王与李守信组织所谓"蒙古军政府"，以日本人为顾问。其后，"日本关东军和伪蒙军自然要把夺取内含西部内蒙古的乌兰察布盟和伊克昭盟的中国绥远省，视为完成'蒙古建国'的下一阶段战略目标"②，绥远被推到风口浪尖。经几个月的酝酿，伪蒙军于11月15日挑起事端。守卫红格尔图的傅作义部连续击退伪蒙军之进犯，并于11月24日主动出击，收复久被敌伪占据的百灵庙，是役"毙伤敌军700至800人，俘敌300余人，缴获迫击炮3门，重机枪5挺，步枪400余，弹药及军用物资无数"③。然而此后，蒋介石与阎锡山就绥远下一步行动意见分歧，12月12日西安事变戏剧性发生，绥远抗战由此告一段落。

一、绥战诗歌

家国危亡，爱国者皆欲投效，文艺界对边地同样不乏热情，呐喊助威声音四起。旨在提振民气的《文艺月刊》此时自然不会无动于衷，1937年3月，刊物以插画的形式推出中国文艺社"援绥艺展"作品多幅，徐悲鸿、欧阳渐、于右任、张大千、经亨颐等书画名家各有贡献④。以艺展的形式声援绥远抗战可谓别出心裁，此次"中国文艺社主办援绥书画展览，由蒋碧薇女士筹备两月募得书画约四百件於（于）三月六日至十日假首都华侨招待所展览。闻将所得售款数千元悉数汇往绥远云"⑤。当时，据观者所见，该展览"所收书画甚多"⑥。无独有偶，在此前后，青年画家沈逸千亦举办了察绥画展⑦，其作品

---

① 杨奎松：《蒋介石与1936年绥远抗战》，《抗日战争研究》2001年第4期。
② 同上。
③ 杨天石：《绥远抗战与蒋介石对日政策的转变》，《晋阳学刊》2012年第4期。
④ 《本社援绥艺展出品》：《文艺月刊》1937年第10卷第3号。其中包括无署名的介绍文字一段及徐悲鸿之画作《汲水》、欧阳渐书法《日断江山魂欲飞》、于右任书法《急雨初过景也奇》、经亨颐画作《竹》、张大千画作《玉簪》等。
⑤ 《中国文艺社援绥书画展》：《中国美术会季刊》1937年第1卷第3期。
⑥ 常任侠著，郭淑芬、沈宁整理：《战云纪事》，深圳：海天出版社，1999年，第15页。据作者所记，1937年3月5日，其"赴华侨招待所"参观此展，"并晤文艺界中人颇众"。
⑦ 《沈逸千察绥画展》，《中国美术会季刊》1937年第1卷第3期。

"足以引起民族兴亡之感也"①。

地处南京的中国文艺社等以书画作品宣传、支援绥远抗战,身在上海的文艺界同仁则以诗文鼓舞人心。绥边烽火燃起,《光明》快速做出反应。1936年11月25日该刊开篇即登载舒群《一个沉痛的申诉》②,作家写到,"近几天来,我看到几个团体发出几条勉励绥省将士的电文,还有上海救国会的捐款,旅平绥省同乡会绝食一日的集资……慰劳绥省将士的消息。我想我们应当使这个运动继续着开展起来,普遍起来。我希望《光明》,《生活星期刊》以及其他刊物能负起这个责任"。《光明》顺水推舟以之为缘起,向社会呼吁"关于捐款援助绥省抗敌将士的事,本刊已和各文化杂志共同发起,一方面在各志编辑费稿费中扣除十分之二,充抗敌经费及以各杂志名义去电激勉外,并热切地希望读者们也能当仁不让,慷慨捐助,我们相信我们的读者决不会使这热情的作者失望的"。除发起并响应援绥动议,刊物还推出臧克家作品《肉的长城——为绥东抗战将士作》③:

　　十月天,/脚踏着地/像履冰;/单薄的戎装上/刺烂了冷刀——/塞北十月的风!/

　　抱着枪,/一个挨一个,/好男儿/给祖国打起了肉的长城!/死也不退一步,/

　　——退一步损一寸国土!/猛打,/立住脚;/进一步,/——夺回一寸山河!/不怕死,/

　　只有愤勇,/谁在乎炮火/给打个血胡同!/对头,来吧,/今天没有话说,/有我没有你,/

　　有你没有我!

冷风如刀刺割无声,狐裘难暖戎装更薄,地冻天寒将士不曾丝毫退缩,甘筑血肉长城只为心中热望:一寸山河一寸血,誓以碧血染河山。诗人期待为民族出力曾一度参加北伐,此时虽身在鲁西北但心随守边将,绥战第三天便高奏战歌声援勇士。作家身经戎马以与子同袍的感情鼓舞将士驱除敌寇还我山河,誓言

---

① 《战云纪事》,第21页。另,沈氏曾于2月9日至15日在青年会展览画作,常任侠所见,乃3月18日华侨招待所之展。
② 舒群:《一个沉痛的申诉》,《光明》1936年第1卷第12号。
③ 臧克家:《肉的长城——为绥东抗战将士作》,《光明》1936年第1卷第12号。

无声,塞上长城在炮火淬炼中屹立不倒。国难当头,不独边地将士,凡我同胞皆有御侮之责,年青一代更是义不容辞:

  年青人,这炉边不是你们的天地,/不怕火苗把神经烤细?/年青的胳膊是擎天柱,/
  快用它去辟开一条远路。/祖国正需要你一臂力,/塞北烽火正炽!/
  风雪做炭,天地为炉。/让战争炼一条金刚身躯!①

外敌逞凶,边庭风雪正紧,匣剑欲鸣,男儿当佩吴钩。少年强则中国强,作家希冀年青人脱离安乐窝练就有用之身,铁血报国不负青春。诗人并非"纸上谈兵",抗战全面爆发后,作家脱下长衫换上戎装再赴沙场,亲身到民族战争的熔炉中发光发热。

继臧克家登高一呼,《光明》又于百灵庙告捷后相应推出绥远文艺青年诗作《我们收复了百灵庙》:

  伟大的/十一月二十四日。/收复失地的号声,/从这伟大的日子开始——/
  在炮火下,/在深夜里,/蒙古包深处/竖起我们的国旗。/绥远省的军队/开进百灵庙的街市。
  /我们收复了百灵庙,/父老们在/垂泪,/欢笑,/沦亡的蒙古少女,/狂呼祖国的骑士。
  /"万岁!百灵庙"/"万岁!晋绥军!"/"万岁!中华民族!"/百灵庙,/叛徒的窝巢;
  /百灵庙/爆发起"东征"的瓦斯;这瓦斯/弥漫着/察哈尔的草原/多伦,滂江,嘉卜寺。
  /从火线冲出的英雄们/又要冲向火线里去。/听呵:百灵庙的街上/英雄们这样喊着:
  /"冲向东北!"/"冲向东北!"/在山海关外/还有我们的/沦亡的羊群,/沦亡的土地。②

---

① 臧克家:《炉边》,该诗作于1937年1月26日,《光明》1937年第2卷第8号。
② 刘映元:《我们收复了百灵庙》,《光明》1936年第2卷第2号。

11月24日，傅作义部向百灵庙敌军发起攻击，次日敌方溃逃，国军正式进驻百灵庙。作者身处绥远，所写或可反映当地声音之一种。敌退我进，父老"几时真有六军来"的辛酸一变而为"忽闻官军收蓟北"的狂喜，垂泪忆往日，欢呼庆今朝。鼙鼓动地，敌寇新败贼巢倾覆。乘胜追击，金瓯有缺东省尚陷敌手，走马东进，山海关外才是一显身手的战场。诗歌以胜利为契机，借军民之口要求政府一鼓作气全面抗战收复失地。1930年代，伴随日本侵华进程，国内民族话语高涨，作为热血青年，刘映元"冲向东北"的口号不足为奇。除此，1930年代中期，中共鉴于国内形势调整斗争策略，淡化反蒋色彩突出抗日要求，此时作为左翼文化刊物的《光明》选择刘映元作品颂扬晋绥军声言抗战，呼应民意的同时，未始没有配合政治宣传的考虑。进入1937年后，绥远渐趋平静，但《光明》对绥战话题依旧保持热情，很快又登载了宇昂充满战斗呼声的《那一天就快要到来——献给前线抗敌战士》①：

> 狂愤的北风吹散了祖国的忧郁，/锦绣的河山染满了战士的义血。/
> 战吧！举国同胞都把希望交托给你们，/你们身系着民族的灭亡和生存！/
> 现在民族的命运抓在我们手里，/看我们是忍辱屈服还是誓死抗争。/
> （战士们！牢牢记紧：）/只有用我们自己的头颅和热血，/才能争得住民族的生存和光荣。/
> /后方，你们不用担心，/有全国的民众作后盾。/
> （大家节衣缩食，加工减薪，以一天所得贡献给你们：）/援绥运动正疯狂般地增涨，/
> 不要怕抗×斗争没有力量。/家庭，你们也不用担心，/你们的老母，娇妻，子女，/
> 国家都已给他们安排定，/只要祖国能复兴，他们不愁生存。/不歼灭仇寇永不甘休，/
> 血染的河山将永为我所有！/那一天就快要到来，/"光明"就在我们前头！②

---

① 宇昂：《那一天就快要到来——献给前线抗敌战士》，《光明》1937年第2卷第4号。

② 同上。

作品充满乐观的战斗精神,勉励将士英勇作战,并向其展示民间与政府的援绥举措,借此进一步鼓动抗日。诗人充满激情,以消灭寇仇拯救民族为号召,但简言之,其主旨即"战吧"。诗歌斗志昂扬,但前线空气恰与此相反。1937年元旦,范长江再入绥远,发现前线"无事而沉闷",因为西安事变"把绥远前线原来一点热气,消散了八分"。记者就目前形势坦言,"没有人不希望抗敌战争的继续胜利,而胜利的先决条件,是及早恢复我们有力的对外阵容,要恢复对外阵容,在我们前线的观察者看来,消弭内在的矛盾,是最重要的工作"①。此一时期,举国关注西安事变,中共更是态度慎重。不知是否出于谨慎,对西安,《光明》自始至终未提只字,只就绥远高调言战,刊物是否欲借此宣传左翼坚决的抗战立场现不得而知,但在此关键时期绕开西安只谈绥远未免本末倒置。

绥远抗战爆发后,《光明》积极响应,除募捐更努力搜求有关绥远的作品②,体现出刊物的爱国情怀。不过,《光明》坚定地遵循左翼文化立场,其中,在诗歌方面强调"国防诗歌"及"大众化"的路线③;编辑思路上又广泛发动民众,刊物声称其没有"固定的同人",十分看重"名字不很为文坛人所熟悉的——或者完全不曾发表过作品的""读者投稿"④,刊物自身的这种定位、倾向等均会通过作品体现出来。以上宇昂等人诗作无不通俗、直白,战斗性一览无余,刊物如此取舍着眼点应在鼓动抗战,但并非所有的宣传皆是优秀的作品,这里可将宇昂之作与罗家伦《慰勉武装同志》⑤做一对比:

经我们血染的山河,一定久为我们所有。民族的生存和荣誉,只有靠自己民族的头颅和鲜血才可保持,这次我看见各位将士塞上的生活,已认识了我们民族复兴的奇葩正孕育在枯草黄沙的堡垒中,等候怒放。我深信各位不久可以使世界认识我们中华男儿还是狮子,并非绵羊。我们全国同

---

① 范长江:《沉静了的绥远》,《塞上行》,大公报馆出版,1937年8月三版,第202、203页。

② 《光明》第2卷第1号《社语》、第2卷第2号杨骚《一九三六年的诗歌》等均提及援绥之作数量、质量不足的问题。

③ 对此,杨骚:《一九三六年的诗歌》,有明确论述,《光明》1936年第2卷第2号。

④ 1936年底,《光明》对第一卷十二册的作品进行统计,就诗歌而言,采自新人即"读者投稿"的占全部诗作的34%,其他小说、戏剧部分,此比例也在三分之一左右。刊物期待这一比例在来年将达到"二分之一"乃至更多。见《致读者》,《光明》1936年第2卷第2号。

⑤ 罗家伦:《慰勉武装同志》(1936年11月12日),《中央日报》1936年11月15日。

胞的热血，都愿意奔放到塞外的战壕里，助各位消灭寒威，激励忠勇愤慨。现在筹奉国币一千元，本欲供各位杀敌前的一醉，但是想起这是长期斗争，并非一次的慷慨赴难，所以愿将这些小的款项改为医药卫生设备之用，备各位壮士裹创再战。现在整个民族的命运，抓在我们手里，我们大家都难逃于天地之间。只有我们血染过的山河，更值得我们和后世的讴歌和爱护。我诚恳热烈的向各位致敬，更愿代表国立中央大学三千教职员和学生向各位致敬。

罗家伦作虽非诗歌，但属抒情性文体，篇幅也与宇昂相当。同样激励抗战，罗意识到"这是长期的斗争"，深沉的感情中不乏理性思考，这比高喊"战吧"更令人回味；两作均是朴实的语言，但奇葩在黄沙中怒放，热血浇灭寒威，狮子与绵羊等修辞无疑传递出更多的色彩与诗意；宇昂全诗称战士为"你们"，作家似置身事外的鼓动者，罗则更多的用到"我们"，诚挚的同胞手足之情显然更易于感染读者；总之，同样言说抗战、援绥，罗作感情坚定且不浮夸，内容具体而微，避免徒有口号大而无当。如此比较，用意并非评判作品高下，只是说明，左翼人士在政治宣传方面的诉求势必对作品所应具备的文艺性产生影响。①

1937年3月，汪精卫赴绥远"代表中央祭阵亡之军民"②，《光明》适时刊载挽歌致祭国殇：

  大青山下，/飞扬起蔽日的风沙，/普天下浸在哀思里——/是天容也觉得了愁惨!?/
  那唤不应的忠魂哟，/在百灵庙前的荒原里，/虽然春雪消溶了，/
  可是，我们依然认识你们的血迹。/弟兄们哟，你们为了祖国，/拼掉了宝贵的生命，/
  以英勇的溅血的斗争，/唤醒了全民族久酣的迷梦。/历史的巨笔，/

---

① 关于绥战作品的不足，《光明》编者在1936年底谈到，"北方，神圣的民族战争已经开始，我们希望能有关于绥远等地的文艺通信。现在虽然已经接到不少的这一类的稿件，惟可惜多空洞之作；我们盼能有更实际一点的稿件！"（《社语》，《光明》1936年第2卷第1号）另外，杨骚总结1936年诗坛存在的问题也说到"概念化，标语口号式，幼稚的政论等诗歌还是占着最大的编（篇）幅"。（杨骚：《一九三六年的诗歌》，《光明》1936年第2卷第2号）

② 《中央日报》1937年3月13日。

已在你们的墓碑上/

　　写着"永垂不朽！"/你们用血肉筑成的长城，/今天作了我们反攻敌人的堡垒！

　　越过大青山去吧，/向天涯去唤回我们的忠魂！

　　一九三七年三月写于绥远追悼抗战将士之日①

青天无光，只为忠魂远逝，春雪消融，共碧血浇灌沃土。将军百战，壮士不归，生命无价，挽民族于沉沦，青山有幸，伴英雄不朽。同歌魂兮归来的还有冼星海，歌者为《追悼绥远将士》歌谱曲，悲壮、苍凉的歌声久久回荡："在平原，在山岗，你们的啸声震死敌人和汉奸。在后方，在前线，你们的啸声，在未死的人们心里呐喊。"② 一曲薤露，闻者悲伤，他日奏凯，勿忘忠烈。

诗歌简洁且长于抒情，便于对突发事件做出快速反应，绥远抗战爆发，《光明》积极刊登援绥诗作，表现了强烈的抗战意愿。在这一过程中，西安事变发生，对此，《光明》没有像大多数舆论那样谴责事变发动者或呼吁妥善处理，沉默始终，如此，刊物既有对外要求，同时保留自己的政治立场，说与不说，意味深长。

二、与绥远相关的其他文艺作品

《光明》中绥远话题的言说者不止诗人，小说《募捐》③《出路》④ 等同样涉及绥远抗战。绥战期间，全国各基层踊跃捐款、捐物支援绥边将士，当时舆论多有报道。李辉英也描写了街头募捐的场景，但作家笔下，捐款的只限于无产阶级。作品中，学生动员某公馆捐款遭拒，与之对比鲜明的是，贫苦的工人纷纷响应，学生因之感概，以工人为代表的贫民才是"国家民族的真正力量"。作家笔下，公馆形象不堪，此中女仆、管家、主人无一不愚昧、肮脏、荒唐。对此公馆，学生心生厌恶："这些亡国奴，这些败类，这些人世上的寄生虫，有朝一日非把他们铲除了不可。"遭批判的不止"有钱人"，捐款工人指出，

---

① 余修：《悼国殇》，《光明》1937年第2卷第9号。

② 《追悼绥远将士》，冼星海曲，词作者李□（该字不清），《光明》1937年第2卷第8号。

③ 李辉英：《募捐》，《光明》1936年第2卷第2号。

④ 宋之的：《出路》，《光明》1937年第2卷第8号。

前线官长也尽是贪腐之辈,只有普通战士才是最可爱的人。最后,贫富"一决高下",公馆拒绝捐款并声称"我们不知道什么叫'救国',什么叫'民族',我们是谁来替谁纳贡";而争相掏钱的车夫、学徒却温暖人心,"使得那阵阵的冷风无法吹进他们这个人群里"。国难当头,为富不仁者有之,对其进行揭露、批判也无可厚非,问题在于,作家暗指"公馆"为某一阶层的代表,以点带面否定全体,未免偏颇。此作还将阶级属性与民族觉悟相挂钩,明写援绥募捐,实乃阶级批判。另外,作品人物塑造有脸谱化倾向,文中无产者皆热诚、爱国,而公馆上下俱猥琐、无知,两者壁垒分明,如此创作很难说不是对阶级学说的简单图解。《光明》刊载的另一作品《出路》,以援绥示威为背景,重点表现民族危亡之际,青年学生的个人选择。作家在篇末点明,年青人惟有"脚踏实地的去和大众的呼吸相合拍",坚持斗争,才能找到民族、个人的真正出路。以上两篇所写募捐抑或示威,目的均在援绥,折射出当时高涨的民族话语,而其阶级批判与群众斗争的情节设计又体现出左翼作家的政治立场。绥战时期,一方面全国抗日情绪高扬,另一方面国民政府对中共再施高压,李辉英等宣扬抗日之际突出阶级对立且出语愤激,恐与上述背景不无关系。或许也正由于时代与政治的双重影响,使得《光明》不得不兼顾民族话语与阶级话语,形成左翼刊物独特的声音。

  绥远一战,百灵庙成为亮点,《光明》中为之揄扬的,还有报告文学《在百灵庙》①。作品没有正面描写边地将士,主要通过慰劳团成员的体会反映战地艰苦的作战、生活条件。塞上苦寒,将士征袍单薄却依旧斗志昂扬;敌机轰炸,因缺少防空施舍,战士们全凭血肉抵抗。上述情况与臧克家《肉的长城——为绥东抗战将士作》所表现者类似,二者一为写实一出于想象,殊途同归相映成趣。除此,《在百灵庙》反映内容有限,其中,慰劳团成员请官长讲述战斗经过,官长表示保家卫国实属分内,不必夸耀,随后讲了如下一段话:"我们这次打的还是汉奸。不过汉奸也是中国人呐!他们也有人心。譬如他们领到一些毒瓦斯弹。他们知道那种东西厉害,就没有忍得用。要不然,我们这次的损失更得大了。诸位先生,现在连汉奸都觉悟了中国人不应该打中国人!"伪蒙军与国军"各为其主",但伪蒙军"也是中国人""也有人心",他们不忍毒害同胞而手下留情。此话弦外之音即伪蒙军背后的日本侵略者才是中国真正的敌人。另外,绥战之际,国民政府又对陕北红军逼之甚急,作品此时强调"中国人不应该打中国人",不知是否别有它指。《在百灵庙》连带述及伪蒙

---

  ① 舟辛:《在百灵庙》,《光明》1937年第2卷第3号。

军，另一篇涉及绥战的报告文学《四个降兵》① 则将镜头完全对准了反正的伪蒙军士兵。百灵庙战后，部分伪军反正，《四个降兵》之背景正在于此。据作品所写，该两千余名的反正人员属王英部，他们临阵倒戈并消灭了二十多个指挥作战的日本人。作品主旨仍是中国人不打中国人，反正士兵本是朴实工农，因受骗或被房才当上伪军，他们大都身在曹营心在汉，只待时机成熟脱离日伪返回家乡。从内容上看，《在百灵庙》与《四个降兵》类似战地纪实，但与范长江、顾执中等翔实的战地通讯②相比，《光明》反映情况有限，作品只约略涉及国军在百灵庙之生活条件与反正士兵之前后经历，且行文突兀有欠老练。毕竟，如范长江等深入前线细致走访且文笔流畅的专业新闻人士尚属少数，而《光明》的参与者多为没有战地体验的左翼青年，其作品质量有待提高也情有可原。虽则如此，《在百灵庙》等仍不失为了解绥远抗战的有益补充。

《光明》为表现绥远抗战做了不少文章，这其中包括前述诗歌、小说、报告文学等，除此，刊物还有乾坤。不知是否因鲁迅曾提倡木刻，该项艺术遂贴上了左翼标签，总之，《光明》对木刻作品情有独钟，刊布了题为《前进！杀！》《长征》《骑兵袭击》等许多充满战斗性的作品，其中一幅《绥东之夜》③，表现的就是绥战期间的一次夜袭。木刻之外，戏剧《骆驼之铃》④ 也以绥远抗战为背景。作品表现了战争给当地汉、蒙居民带来的灾难，走的依旧是群众路线。该作情节略嫌松散，倒是主人公随口一段《绥远调》，以地方歌谣的形式唱绥战咒日伪，语言形象、活泼，成为全篇精彩一笔：

> 大青山上的积雪总有一日消，
> 刮野鬼的哥哥呀，几时才醒？
> 从前你们只把百姓害，
> 而今勾结那鬼子呀把国卖。
> 十月里的河水哟冻成厚冰，
> 大青山上的哥哥们太狠心；

---

① 魏东明：《四个降兵》，《光明》1937年第2卷第3号。
② 范长江之作见《百灵庙战后行》，《塞上行》，大公报馆，1937年8月。顾执中等人作品见《绥远抗战集》，1937年6月，星华出版社。范长江等战地记者于百灵庙战役刚刚结束之时即走访前线官兵，所记包括战斗经过、战地环境、敌伪在当地的统治、边地民情、劳军活动等。
③ 温涛：《绥东之夜》，《光明》1937年第2卷第6号。
④ 王礁：《骆驼之铃》，《光明》1937年第2卷第9号。

> 你替那洋鬼子动刀枪,
> 炸弹下的妹妹哟活遭殃。

歌谣易于传唱,音乐更感人心,歌曲在抗战时期拥有非同凡响的鼓动力,或许正着眼于此,《光明》于绥战期间刊登了由施谊作词、周巍峙作曲的《上起刺刀来》①:

> 上起刺刀来,弟兄们,散——开!这是我们的国土,我们不挂免战牌!这地方是我们的,我们再(在)这儿住了几百代!这地方是我们的,不能,我们不能让出来!我们不要人家一寸土,可是我们不能让人踏上我们的地界!我们愿受上边的命令,可是我们不能被人无缘无故来调开!"君命有所不受,将在外";守土抗战,谁说我们不应该!碰着我们,我们就只有跟你干!告诉你,中国军人不尽是奴才!上起刺刀来,弟兄们,散——开!这是我们的国土,我们不挂免战牌!

应该说,国民政府对绥远抗战是持积极态度的,但歌词仍延续了"九一八"东北军奉命不抵抗的说法,施谊之用心或在以此激励前线官兵负起守土之责,但这其中对国民政府的批评也是不言而喻。

《光明》反映绥远抗战的作品形式多样,一方面体现了国人对此次战争的关注,另一方面也折射出左翼阵营对文艺宣传活动的重视。《光明》对绥战的言说,除推出相关创作,还对一些文艺团体的援绥活动进行了介绍。1936年11月22日,北平作家协会成立大会召开,孙席珍、曹靖华、李何林等人出席,与会人员决心"要把全力致力援绥"。作家们不仅现场响应援绥募捐,同时还就"如何援助绥远抗敌将士""议决三项":"1.参加北平各界绥远抗敌后援会。2.通电全国,急起援绥,并主张发动全国抗敌战争。3.印发告前方将士书及抗敌小册子等"②。参与大会的李辉英、余修等既属左翼又为《光明》撰

---

① 《光明》1936年第2卷第1号。《抗日歌魂——1931—1945救亡图存流行歌曲》介绍此作乃"1936年绥远抗战时写于上海"。湖北人民出版社,2005年,第28页。另外,有关绥远的救亡歌曲,吕骥于1936年底总结当年音乐创作时叹其数量太少,(《伟大而贫弱的歌声——1936年的音乐运动的结算》,《光明》1936年第2卷第2号)而1937年年初,国内关注点转移于西安事变,绥远抗战冷却,由此,包括歌曲在内的反映绥战之作恐均不会有明显增加。

② 余修等:《北平作家协会成立大会速写》,《光明》1937年第2卷第4号。

稿，刊物将该会引为同调，对其青眼有加实在情理中。西北、华北，唇亡齿寒，紧急关头北平文艺界鼎力相助，绥远文艺界更是责无旁贷。绥远文坛集合各方力量，成立"文艺界救国大会"。其中，一度撤销的心波社"现在因绥东紧张"再起炉灶，"出版《绥远青年》"并有"话剧股和宣传股，参加抗敌工作"。在当地主持《西北日报》副刊《塞风》的文坛宿将杨令德，还"把《西北日报》的第四版，完全让给文艺青年，刊登救亡性质的刊物，计有《边防文艺》《边防文垒》《曼流》等"①。此时，无论是由"省党部宣传科组织成立"的心波社，还是走"诗歌国防文学化""大众化"路线的塞原社，皆把宣传抗战放在首位，民族危机之前，不同倾向的文艺社团都发出了救亡的呼声。除以上文艺社团，《光明》还记录上海妇女儿童前线慰劳团（第二批）②的劳军活动，并登载了该团在前线演剧时的照片。《光明》所介绍的参与援绥活动之团体多倾向左翼，这也是刊物基于意识形态的一贯选择。如前所述，其时，影响较大的援绥文艺活动，还有中国文艺社在南京举办的援绥画展。该活动得到徐悲鸿、经亨颐、高剑父、陈树人、张大千、王亚尘、黄宾虹等大批名家支持，并经《中央日报》③广而告之，颇有声势。然而，想来由于中国文艺社的官方背景，左翼人士对其不无微词，故沪宁虽近，《光明》仍未对该活动予以关注。

三、结语

1930年代，国内民族话语逐渐高涨，1936年的绥远抗战令国人抗日情绪再度升温，言战之声响亮。《光明》顺应了这一趋势，不断推出与绥远相关的各式作品，表达抗战意愿，反映左翼乃至中共在当时的一种态度。然而，绥远抗战前后，国共对抗依旧，左翼阵营牢记斗争传统不忘阶级学说，在宣扬抗战之时或明或暗地表明自己的政治立场，体现于刊物即民族话语与阶级话语的纠缠、共生。就这样，《光明》以独特的声音言说绥远抗战，话里话外又透露出

---

① 刘映元：《绥远的文艺界》，《光明》1936年第2卷第2号。关于绥远抗战时期当地文坛状况，钱占元《绥远文化界的抗日救亡活动》（《塞外春秋》2004年第9期）有较详细的介绍。钱文还提到1937年1月陈波儿等绥远一行及《张家店》等慰问演出剧目，对此，翼雏在《察绥道上》（《绥远抗战集》，1937年，星华出版社）也有记述。

② 水蚁女士：《从北平到百灵庙——上海妇女儿童前线慰劳团（第二批）》（通讯，1937年2月17日），《光明》1937年第2卷第7号。第一批由陈波儿带队，于1937年1月赴绥远一行，期间演出《张家店》等剧目。

③ 《中央日报》为此特设援绥艺展特刊，1937年3月6日。

那个时代的风风雨雨。国难当前，文艺人士之政治态度或有分歧，然其保家卫国之初衷则同一。《文艺月刊》以艺展的形式表达对绥远抗战的支持，别具一格的选择何尝不体现刊物同人对民族国家强烈的认同与热爱。当然，相比于《光明》对绥远抗战的直接表现，《文艺月刊》的做法低调许多，不过，考虑到首都南京较为保守的社会政治氛围，以及中国文艺社与当局之关系，如此举措，似乎也在情理之中。

第二章　从反英到抗日：抗战时期西康民族话语的表现

易康在《胜利的死》中提及，民初，英国曾嗾使藏军煽动甘孜少数民族反叛，目的是"要把甘孜县一带的几千里内的土地落在英国人的统治下。那样，英国人在政治上是代替了汉人，而他们在那儿可以尽量开发金银铜铁的矿产，渐渐的把西康全部作成了与西藏一样的殖民地"。然而，英帝国主义的阴谋并未得逞，西康民众为捍卫家国利益，与殖民者展开斗争，传教士斯蒂文孙之死，本质上即是当地人为反帝反殖而采取的行动。此后，西康民众的反帝爱国热情在抗战时期再度高涨。这一阶段，《文艺月刊》虽未再出现如《胜利的死》等直接聚焦康藏的作品，但中国文艺社同人对西康仍不乏了解。1939 年 3 月 16 日，王平陵、常任侠等《文艺月刊》的重要编撰者一同"观西康文物展览会"①。同年 7 月 24 日，在重庆中国文艺社又举行了"欢迎西康土司献旗代表朗杰奥登堡等三人"②的活动。《文艺月刊》同人对西康诸情形始终保持兴趣。不过，由于客观条件之限制，1940 年代西康民族话语之具体表现，还须借助当地刊物方可窥一斑。

一、西康在反帝斗争中的重要性

晚清民初，由于地理位置及文化差异等因素，国人多将西康视作偏远落后之区。然而，从政治、经济、文化等角度看，西康对国家颇具战略意义。首先，该地与新疆、西藏、青海、四川、云南等省接壤，"就军事上言"，"康如

---

① 《战云纪事》，第 179 页。
② 同上，第 202 页。

不守,则新青陕甘川滇诸省,不但日益多事,且将沦非我有! 康跨川康之腹,扼新疆青海之背,抚云南之肩臂,康如我有,则诸省犹可从容对内作政治上经济上之治理"。其次,"西康之建设、工程,能直接间接影响及帮助邻省区建设事业之进展,尤其是青海西藏新疆南部之向内发展问题,非有西康之助臂及发踪指使,诚难期最低限度之收效,故西康之开发,即新藏青海之内向问题之解决"①。另外,"其地势雄踞西南高原中心,睥睨四邻,不独为汉藏两族的枢纽,且北控青海以及宁夏、新疆,与汉藏两族文化上的传播和政治上保障均属重要"②。连接数省,西康实系一方安危,时局恶化,其地日受重视。1930年代初,日本强取东北,加之英国侵扰西藏多年,中国边疆不稳。国难深重,部分学者聚焦康藏,探索解困之途,任乃强《西康札记》③、刘曼卿《康藏轺征》④等陆续问世⑤。其后,抗战全面爆发,平、津、沪、宁相继沦陷,大批军民随国府西迁,四川成为大后方,西康之于国防的意义更加凸显。在此背景下,为支持抗战建国,西康人士各抒己见,《新西康》《康导月刊》等杂志应运而生。

回顾刊物全貌,《新西康》《康导月刊》不乏相似之处。其一,1938年,两刊于康定面世,1947年前后又相继终刊,存在时段大部重合;再者,两刊均以西康政治、经济、教育、历史、地理、社会风俗、人民生活等为主要关注点,内容相近。其三,两刊均大量登载当地官员稿件,与地方政府关系良好。当然,两刊有共同点亦存在差异。《新西康》体量相对较小,各方面内容不若《康导月刊》丰富。以文学为例,《新西康》不仅始终未设相关专栏且作品数量少,题材、体裁较为单一,比之《康导月刊》,逊色不少。另外,目前存世的《康导月刊》较《新西康》完整⑥。综合上述因素,本章即以《康导月刊》为主,辅以《新西康》等,管窥西康战时文学。

---

① 陈重为:《西康问题》,上海:中华书局,1930年,第3—4页。
② 方秋苇:《明日之康藏滇桂问题》,上海:世界书局,1936年,第24页。
③ 任乃强:《西康札记》,上海:新亚细亚月刊社,1932年。
④ 刘曼卿:《康藏轺征》,上海:商务印书馆,1933年。
⑤ 此一时期,感受到民族危机的康区同胞亦致力于固边强国,"1933年,在南京求学的部分康籍和藏籍学生创办了《康藏前锋》","该刊主要刊载介绍康藏党务、政治、经济、教育概况,康藏人民生活、社会风俗习惯,康藏地理历史的文章"。参见郭建勋、朱茂青:《抗战时期康东旅外青年笔下的"康区"——以〈康藏前锋〉所载文章为例》,《西南民族大学学报》2014年第3期。
⑥ 《康导月刊》校勘影印全本已由四川大学出版社于2011年推出。

二、地方刊物的发声

抗战饱含血泪也催生新的希望，在争取民族解放、复兴的事业中，全国地不分南北各尽所能，偏远的西康亦吹响抗日救亡的号角：

> 狂妄的倭奴/既占领了我们的河北；/而今这贼人的铁蹄/又踏破了我们的江南。/可是啊——/这无厌的豺狼还在西进/竟想窥伺我们的陕甘。/朋友们！/我们无须忙乱！/我们更勿胆寒！/我们面前的同胞还有四千千万万/与贼人在周旋。/但是啊——/我们也且不要留连，/我们要趁此无间的时机/做我们应做的事件：/我们必须赶快拿着我们的斧子与锄头/向着这冰天雪地里觅取我们的资源/是的，/这里是冰冻的高原/可是这里有丰富的黄金/这里的牛乳多似流泉/这里有许多珍贵的物品/只可惜数百里竟无人烟/同胞们/开发吧/开发吧/我们要拿着这尖锐的锄头/开发到昆仑的山颠（巅）/我们要凭着这鲜红的热血/融透这冰冻的荒原/我们要在这不毛的原野/种出自由的鲜花/我们要赶快筑成最后的堡垒/誓与倭贼作"殊死之战！"/同胞们！/"宁为玉碎；"/"勿作瓦全！"/纵令这凶狠的贼人/占领到大相岭头/我们也必须以这穷苦的西康/作我们民族的根据/恢复我们广大的锦绣河山/同胞们！/不要慌乱——/前线的/沉着应战；/后方的/觅取资源；/"从来公理胜强权，"/最后的胜利一定在我们这一边。①

诗歌开篇指陈目前严峻的战争形势，日军强横，华北、江南接连失陷，敌骑狂妄，大好河山尽遭窥伺，中国已然退无可退。时局艰险，国人奋力周旋，不过，持久抗战须有所依凭，新西康的作用正在于此。天寒地冻，西康自然条件恶劣，但这片雪域高原却拥有丰富的物产足资利用。中华民族生死存亡，前线浴血奋战，后方加紧建设，开发西康时不我待。歌诗为时为事而作。在抗击侵略的洪流中，西康人士将其地塑造为"最后的堡垒""民族的根据"，既呼应了团结抗战的时代要求又点明了本地建设的现实意义，与国民政府抗战建国的步调趋于一致。

1930年代的中国，民族危机接踵而至。外患当前，国民政府之于各地区、民族的凝聚力逐步增强，与之相应，地方人士的国家观念亦得到强化。1938

---

① 李嵩高：《献给新西康》，《新西康》1938年创刊号。

年,《新西康》创刊第一声即强调地方对国家应尽之义务:西康"在昔已为西南屏蔽;最近中枢西移,更以近畿重地,兼有后防之责。其蕴藏足以利国,其人民足以强兵。"① 全民抗战,西康也定能为国家出力,这非一家之意愿,西康长官刘文辉也表达了类似看法:"自抗战延续,中枢西移,康以畿辅重地,兼荷内卫外拱之责。年来一切国际交通之开辟及国防工业之设施,无不以康省为策划之中心及枢纽,故加强新西康之建设,实决定抗战必胜建国必成之有力因素。"② 刘文辉代表地方阐释了西康在抗战中的责任、作用,其国家认同不言而喻。

抵御侵略,西康义不容辞,保家卫国,更须加快建设。《新西康》开篇明志,不仅为抗战鼓与呼,亦为西康建省摇旗呐喊:"自二十四军戍康,规复五县之后,康事乃渐有可为。中央年来亦极为重视,近且力谋改建行省。"为此,刊物"窃比陈诗之义,聊宏建省之谟"。建省乃西康发展之基,故《新西康》之着眼点还在繁荣地方。《康导月刊》亦存此意,"康导发刊之旨趣,即为适应建设之需要"。"今后之西康既已形成抗战建国之重点,将何以完成此庄严神圣之使命?撮要言之,一曰发展经济","二曰建设国防","三曰充实文化教育"③。战时西康之建省、开发,既有助于"为建国大业展开光辉灿烂之前途",又可巩固地方利益,则《新西康》与《康导月刊》创办之际就已将地方之兴衰与国家之存亡紧密关联。

《献给新西康》以诗歌的形式,生动、明了地诠释了西康之于国家的战略意义。不过,"因西康与西藏接壤之故,国人早以化外视之",而"欲图西康之繁荣,必全国上下对西康先有清晰之认识"④。故此,经地方政府乃至全社会之努力,《康导月刊》等一批介绍西康的刊物面世。同时,各种"讨论边疆问题的文字"逐年增加,其中,"也常常见到一些描写边地风光和边地生活的文艺作品"。这些作品展示了当地人民的精神面貌,增进了各族同胞的了解与感情,并"产生一种新的力量,这力量,发挥出来,他会使整个的边地迎头赶上内地,他会使所有的边民成为中华民族的后起之秀,造成他自己的历史的光荣的一页,同时更揉(糅)合的造成整个的中华民族的光荣灿烂的历史"⑤。

---

① 次山:《发刊词》,《新西康》1938年创刊号。
② 刘文辉:《康导一周年》,《康导月刊》1939年第2卷第1期。
③ 同上。
④ 次山:《发刊词》,《新西康》1938年创刊号。
⑤ 呆公:《谈边疆文艺》,《康导月刊》1943年第5卷第2、3期合刊。

此说概括了文学对于宣传地方的重要作用,如此,试图对外介绍西康的《康导月刊》推出"边疆文艺"① 也在情理中。而在此前后,《文艺月刊》亦指出"边疆的民族文艺,必须加以发扬,使其生长于繁茂,开灿烂的花朵,并收获丰美的果实。使其成为中华民族中文艺的一个单位。在中华文艺的园圃中多添一种芬芳。我们必须时时介绍转译,使其与内地文艺相互沟通,犹之其他生物与异种结合一样,可以产生更肥壮的果实。我们不要埋没了它独具的色彩,形式,声音,也不要泯灭了它土地的香味,使其在本土滋长起来,发育起来,在这世界上多添一种花朵,不是我们的责任吗?"②

三、抗战背景下的"边疆文艺"

受战时社会历史环境影响,《康导月刊》指出,"边疆文艺"的创作目的在于破除民族、地区隔阂,团结民众巩固后方,故其首"要灌输国家观念民族意识","应该要暗示出边地和整个国家不可分性和他自己的价值,应该要有一种切实的启蒙作用和同化作用"③。意即启发、强化地方民众的国家观念及认同感。在此前提下,顾名思义,"边疆文艺"还应展示出地域特色。在这篇指导创作的理论性文章中,作者分别从"地理性、历史性、民族性、生活方式、思想、政治性、社会"等方面"略为述说地方色彩的范畴"④,由此,"边疆文艺"丰富的内容可见一斑。

与内地相比,西康宗教文化底蕴深厚、民族风情独具一格,以此为表现内

---

① 刊物前四卷未设文艺专栏,但第一卷第十二期《康导月刊第一卷总目录》及第五卷第一期《本刊第二、三、四卷分类目录》皆有"文艺"条目统计相关作品;第五卷第一期(1943年)始设"边疆文艺";第五卷第二期登载《谈边疆文艺》,总结前一阶段的创作情况同时对今后之创作提出要求。有关《康导月刊》文艺作品的数量,结合上述分类目录大致为:第一卷(1938—1939)20篇;第二卷(1939—1940)5篇;第三卷(1940—1942)5篇;第四卷(1942)3篇;第五卷(1943)20余篇;第六卷(1944—1947)十余篇。需要注意的是,分类目录或有遗漏,某些篇目的性质亦可讨论,但总体相去不远。另,前文所涉《康藏前锋》、《新西康》与《康导月刊》皆有关联,"《康藏前锋》停刊后,部分稿件转入康籍人士于1938年4月在康定创办的《新西康》和由西康省县政人员训练所同学会于1938年9月在康定创办的《康导月刊》"。参见郭建勋、朱茂青:《抗战时期康东旅外青年笔下的"康区"——以〈康藏前锋〉所载文章为例》,《西南民族大学学报》2014年第3期。
② 怀英:《发扬边疆文艺》,《文艺月刊》,1940年第11卷第5期。
③ 呆公:《谈边疆文艺》,《康导月刊》1943年第5卷第2、3期合刊。
④ 同上。

容的"边疆文艺"倘要起到民族团结、促进统一之作用，就须正视、尊重这些地方信仰与风俗。1939年，国民政府针对边疆地方制定了"尊重国内各民族的宗教信仰""尊重并指导国内各民族的风俗习惯"等抗战标语①。国家正面的宣传导向加之良好的个人体验，康省土著抑或外来流寓者大都能从正面书写其于宗教、民族问题的见闻感受。例如，盛行康区的藏传佛教可谓当地一大特色，《康导月刊》即着重表现其美与善的元素。曾缄《第六世达赖情歌六十六首》及《第六世达赖仓洋嘉错传略》②以传统、清纯之笔触精心勾勒修行者的内心世界，堪称经典；《白土坎听经记》③则详述其对黄教典籍之理解，文言散文凝练的语言传递出学者眼中精深的宗教智慧。曾缄称颂教义，贺觉非则以旧诗表达对高僧的钦慕。诗人笔下，东本大师不仅精研佛理普度众生，且富正义感，他关心"世界战况，闻同盟胜则喜，闻败则形于色"，作者感叹"出世之人，能如此者，鲜矣"④。曾、贺均曾任职川康旅居地方，对藏传佛教颇多接触、感悟，借助他们的诗文，当地人虔诚的宗教活动如在目前，而宗教界的代表人物亦被刻画得各具风采。

宗教传统之外，表现少数民族同胞动人的爱情也是"边疆文艺"常见的主题。雪山、草原，长于苍茫之地的男女如何传情达意？诗情画意者有之，似《倮儸情歌》⑤：

一
从山谷里，
吹来了凉爽的风，
迎着风，我侧身而立，侧身而听——
当中可有情人的声息？
二
在山上，
有人踏雪而过。
现在，践踏的声响没有了，

---

① 国民政府军事委员会政治部：《第二期抗战标语集》，1939年，第46页。
② 曾缄：《第六世达赖情歌六十六首》（译作）、《第六世达赖仓洋嘉错传略》，《康导月刊》1939年第1卷第8期。
③ 曾缄：《白土坎听经记》，《康导月刊》1943年第5卷第1期。
④ 贺觉非：《赠东本大师并序》，《康导月刊》1943年第5卷第2、3期合刊。
⑤ 岭光电译：《倮儸情歌》，《康导月刊》1943年第5卷第10期。

> 待我仔细寻察，
> 可有脚痕存在？

风过心动，山谷微响，伫立谛听，可是情人在召唤？踏雪声消，倩影无踪，白茫茫天地，可有她的烙印？爱恋如歌，清新含蓄飘荡山间，纯真自然似有还无。儿女情长，各具形态，有默默的思念，亦有热烈的倾诉：相亲和所似，宛似铁成结，便来百铁工，此结何能析。① 誓相厮守，歌以言志，情到深处，无所畏惧。此类歌谣数量众多，其中不少作品以女子口吻出之：或表相思之苦，如"欲与诉衷肠，深苦未能晓"②；或言情感忠贞，如"三夏金铃花，经冬勿捐谢"③；或斥无情郎，如"有鸟名黄凫，生卵弃在地"④；或恐父母嗔，如"室外且勿喧，室内有严师"⑤ 等，铺排、比喻尽显民间趣味，康区情事一一展现。前引情歌两种系少数民族文艺⑥，不仅地方色彩鲜明，也是国人了解西康民风的重要媒介，因而有必要将其转换为汉语言文学以促进民族文化交流、传播。由此，经译者再创作，一似新诗一仿旧体，语言或简洁而优美或质朴而生动。凭借此类文学翻译，康省少数民族文艺为更多受众所知，而这也未尝不是增进民族融合的一种努力。

西康地理雄奇、历史悠久，描摹其独特的自然、人文风貌亦属"边疆文艺"之范畴。天地辽阔，极目远望感兴无际，观长河落日，前贤慨叹，喜草原如毡，今人放歌：

> 我不需要西宁的地毯，五月里的和风，把野花嵌满了草原。那野花，红的，黄的，白的，蓝的，交织成花色的地毯，铺到那辽阔的天边。
> 那绿油油的草，是这幅地毯的底线，那蔚蓝色的天，是这幅地毯的边线，那各色各种的花，是这幅地毯美丽的图案。

---

① 王铭琛辑译：《康藏情歌》，《康导月刊》1943年第5卷第2、3期合刊。译者注："此为男女相矢之词，铁至坚，铁成之结亦至坚，誓不随外来暴力而离析，虽百铁工无损也。"译者王铭琛"旅康至久，辑译康藏情歌有数百首之多"。参见王铭琛辑译：《康藏情歌》，《康导月刊》1943年第5卷第1期。

② 王铭琛辑译：《康藏情歌》，《康导月刊》1943年第5卷第5期。

③ 同上。

④ 王铭琛辑译：《康藏情歌》，《康导月刊》1943年第5卷第2、3期合刊。

⑤ 王铭琛辑译：《康藏情歌》，《康导月刊》1943年第5卷第1期。

⑥ 《康藏情歌》"原附藏文，以不便排版，故略。"参见王铭琛辑译：《康藏情歌》，《康导月刊》1943年第5卷第1期。

草头上缀着朝露，像珍珠一样的圆，是谁毁灭了地毯上的珍珠？啊，太阳已经爬上山巅。

我躺在地上，让阳光吻着我的脸，我抚着地毯，凝视着辽远的蔚蓝色的天。①

碧绿满目，一簇簇鲜艳小花摇曳、闪烁，和风醉人，仿佛画境。远眺芳草接天，细看水滴轻盈，晨曦露散，一身金黄，暖意无穷。置身草原的作者工笔细描即景抒情，风吹草低，美不胜收。

西康不止自然风光堪赞，更有古迹名胜惹人流连。康定郭达山"俗传诸葛南征，遣将军郭达造箭于此，停云辄雨，土人以占气候焉。"② 历史遗产成就名山，向晚登高抚今追昔：

万仞巉岩壁立，一片云停住。天末残阳欲尽，鸦背西风渐紧，林际霜红乱舞。番歌四起，回首乡关何处。认归路。心一点，愁万缕。辜负黄花素约，凝盼红窗倩影，梦逐行云去。可念我，穷边吊古。英雄往事，云车风马，魂未返，恨难赋。寂寞天涯倦旅。那堪更忍，疏落黄昏细雨。

山色秀美难掩愁绪，比之惬意的草原歌者，刘衡如心事满怀。古城名胜非此一处，子耳坡"丹枫半醉"、雅加埂"千山积雪"、仙海子"萍风乍动"。细数美景，兼谈民俗，作者不吝赞叹，然而，风景不殊，山河有异，词中忧虑根源于此。"北关外以温泉著，泉上有楼台花木之胜，月夕花晨，裙屐纷往，水声山色，鬓影钗光，令人有乐不思蜀之感，时西安事变次年，金陵方为倭寇所陷，回思往事，如梦如烟，哀乐靡常，凄然成调"：

解珮羞金屋。露春痕鸳鸯戏水，小蟾窥浴。遥对菱花掠蝉鬓，照影伊人似玉。艳出水芙蕖初熟。散发纷披风裳举，趁新凉共倚阑干曲。无限意，寄霜竹。

东南半壁江山麋。想秣陵汤山俊赏，顿成凄独。今古华清堪断肠，一例兵骄怎束。空怅望江南新绿。一代兴亡浑难据，听胡笳塞上空怅触。家

---

① 王登：《草原放歌》，《康导月刊》1943 年第 5 卷第 10 期。
② 刘衡如：《西平乐郭达山》，《康城十咏》，《康导月刊》1944 年第 6 卷第 1 期。

国泪，坠扑簌。①

国家兴亡匹夫有责，投身西康的作者时刻留意中日战局，1937年，惊悉南京沦陷，深受刺激乃有其词。作品渲染眼前的良辰美景，意在反衬胸中黍离之悲，循此情境，"十咏"大多意绪愁苦。民族解放，道阻且长，时至今日，"瞬经七载，河山未复，世乱方殷，余久戍穷边，一筹莫展，哀时感遇，书罢怆然"。金瓯破碎，举国上下苦苦支撑，有感而发，地方人士聊抒爱国之情。作品在歌咏康定景色中寄寓国仇家恨，委婉批评当地"乐不思蜀"的社会心理，鲜明的地域风情与强烈的国家认同相互交融。

刘衡如等心系前方，不过，由于西康离火线较远，1940年代的"边疆文艺"，战争题材相对较少。太平洋战争爆发后，滇西很快成为正面战场，炮火离康省不再遥远，关注身边战局的报告文学《南征随笔》② 随之面世。1942年，作者随洪行将军开赴滇西，"在怒江与野人山间，与敌人周旋了七阅月"，据此书其见闻。作品前半部分回顾进军滇西之意义并介绍该地日军态势，面对复杂的地形及强悍的对手，中国军人履险如夷镇定从容，坚忍、乐观的战斗精神感人至深。其时，大规模会战尚未发动，为展现国军实力，作者粗线条勾勒了"龙江与胆扎河流域的反扫荡战""七七设伏"等局部行动，国军出击的快速、灵活与日军反应的迟缓、狼狈形成鲜明对比。胜利不止依靠将士奋勇，滇西同胞的协助同样重要。在战地，为国军搜集情报的民众舍生忘死，他们的故事表现了军民良好的合作关系，也揭露了日军的战争罪行，敌我形象高下立见。高涨的士气、可用的民心，《南征随笔》抓住两个关键点刻画滇西战事，对国人树立必胜信念起到了积极作用。不过，或许战时创作条件有限，作者对战斗场面、战地生活等细节处理较为简单，滇缅血战这一宏大主题有待进一步开掘。

《南征随笔》立足正面战场，《康定十咏》抒发家国情怀，《白土坎听经记》《倮儸情歌》等则从宗教、民族等角度展示康省面貌，团结御侮的宗旨下，"边疆文艺"或言国事或写地方。上述两种主题在不同时段各有侧重，它们的此消彼长与战争形势的变化不无关联。《康导月刊》初创之际，抗战全面爆发未久，国内民族话语高涨，值此风潮，"边疆文艺"中的抗日辞章如《通

---

① 刘衡如：《贺新凉温泉用东坡韵》，《康城十咏》，《康导月刊》1944年第6卷第1期。

② 赵位靖：《南征随笔》，《康导月刊》1943年第5卷第2、3期合刊。

州血》《死》《威武不能屈》《军中二月记》《二郎山以东的路工》《七七事变感赋》等一时涌现，且不乏姿态激进宣教明显之作。抗战进入相持阶段后，国人渐趋理性，战争以外的话题逐渐增多，《康导月刊》描写地方之作异军突起。具体来说，1940年代初，该刊第二、三、四卷"文艺"类共计13篇①，《星回节》《甘变余生录》《入康纪行》《德格八景》等过半篇目侧重表现康省政教、民俗。1943年后，抗日题材作品主推《南征随笔》，余者多吟咏当地风土人情。

四、结语

战争环境下，《康导月刊》之"边疆文艺"基本顺应了维护统一、团结抗战的历史主潮，与国家舆论导向、文坛发展趋势大体一致。不惟《康导月刊》，《新西康》等康省政府主导下的地方刊物大都如此。

诗歌、散文、小说、戏剧，新文学、旧曲艺，在作品形式上，西康与内地文坛差别不大，但在内容上却有其特殊性，即始终立足本省突出地方特色。在这方面，《康导月刊》之"边疆文艺"表现显著，尤其1940年代，刊物推出相当数量的作品，分别从宗教、民族、历史、地理等角度展示康藏"独特"的地域特色，从而与表现战事或战争影响下的生活等作拉开距离。造成这种现象的原因，除西康独特的省情外，与作者群构成也有一定关系。同样旨在介绍川康，创办于成都的《川康建设》在文学方面却拥有易君左、郭沫若、谢冰莹、何家槐、田汉、王平陵等众多内迁作家的支持，他们对战争不乏近距离的观察，且辗转多地饱尝战乱之苦，笔下更多贴近政局、记录战时生活的作品。与之相比，《康导月刊》编撰主体始终限于当地②，他们与战火重重阻隔，见闻感想难免有限。此外，刊物内容的设定也受当地社会氛围的制约。战时，"许多中央和地方政府机构、社会和文化组织、学校、工厂等迁移成都，大量移民涌入这个城市，随之也引进了新的文化因素"。受此熏陶，当地市民大都关心抗战，"茶馆中谈论的话题也多与战争有关，关于前线的消息更引人注目。顾

---

① 《本刊第二、三、四、卷分类目录》，《康导月刊》1943年第5卷第1期。另，第二、三卷各出十二期，第四卷共出九期。

② 关于《康导月刊》主要作者的介绍，参见秦惠：《民国时期藏学期刊〈康导月刊〉述评》，《贵州民族研究》2010年第6期。

客就英勇的抵抗、日军的残暴、战争的严酷等发表意见"①。这种热烈的气氛与场景，恐难见于西康的街头巷尾。

除了客观条件的制约，刊物或许亦考虑通过所发之作体现其主观立场。1940年代，伴随社会各界对战争持续、深入的思考，文坛亦着手检讨此前题材单一、过分强调宣传性的写作倾向，一批表现后方现实生活、暴露社会阴暗面的作品涌现，《川康建设》刊载《嘉定的火》《赤地七千里——战前纪蜀灾实感》《秋天的季节》等文章即是对这一动向的回应。而同时期《康导月刊》之"边疆文艺"，正专注于介绍地域文化，少有社会批评性质的作品，从而与积极介入政党政治的主流文学活动保持了一定距离。考虑到刊物的官方背景，其远离政治的文艺路线，是否也代表了地方政府的一种选择？另一方面，《康导月刊》之"边疆文艺"体现出强烈的国家认同，但这也并不意味着它就是三民主义的忠实信徒。《康导月刊》关于文学艺术的讨论没有具体涉及国民党的文艺政策，也未出现诸如"川康文化建设必由接受三民主义进而发扬光大三民主义文化""创造三民主义的民俗与文风"② 等表明立场的标语、口号。"边疆文艺"在巩固后方团结抗日的框架下，致力于对外展示地方特色，从而为西康之建设、发展营造宽松的舆论环境，此举颇有埋头苦干自成一体之意味，这或许也是其官方意识形态色彩淡薄的原因之一。更值得注意的是，川渝相去西康不远，但国民党政治、文化的辐射力度对其却十分有限，则西康的地方主义可见一斑。③

抗战时期，《康导月刊》"边疆文艺"开始发声。烽火连天的岁月里，文学的宣传功效被突出，"边疆文艺"积极为抗战摇旗呐喊，这其中有对战争场面的想象，也有对山河破碎的哀叹，一时间，抗日救亡成为"边疆文艺"的关键词，地方人士强烈的国家认同感力透纸背。大敌当前，"边疆文艺"顺应了团结抗战的时代要求，不过，具体而言，又有其和而不同的一面。1940年代初，以"文协"为代表的主流文坛开始反思前一阶段的工作，此后，文学参与政党政治的倾向日渐明显。然而，同期之"边疆文艺"与政治斗争并无多少瓜葛，而是延续其展示地方特色的一贯做法，这种选择不仅使其独具一格，或许

---

① 王笛：《茶馆——成都的公共生活和微观世界，1900—1950》，北京：社会科学文献出版社，2015年，第329页。

② 何高亿：《川康文化建设方案》，《川康建设》1943年第1卷第1期。

③ 关于刘文辉主政下西康与国民政府之关系，参见王娟：《边疆自治运动中的地方传统与国家政治——以20世纪30年代的三次"康人治康"运动为中心》，《西南民族大学学报》2013年第12期。

也能折射出西康"不左不右"的地方主义。

1930年代，出于维护国家利益的考量，《文艺月刊》及中国文艺社同人对西康颇为关注，在此期间，不仅发表过描写西康反帝情形的作品，同时亦积极留意、参与涉及该地区文化、政治的相关活动。《文艺月刊》为读者知晓西康提供了契机，然而，鉴于实际条件的制约，欲求深入了解，还须仰仗源自当地的声音。恰逢此时，《康导月刊》"边疆文艺"应运而生。为救亡，它竭尽所能宣传抗战，体现了当地人士的国家认同。坚持抗战须巩固后方，后方稳固则离不开建设西康，为使外界了解西康、支持其开发、建设，"边疆文艺"始终致力于展示当地独特的风土人情，由此也回避了主流文坛日益激烈的政治斗争。抗战时期的"边疆文艺"不仅成为世人了解西康的窗口，也是当地各族同胞接受现代国家观念的孔道，它维护了国家统一、加强了民族团结、促进了文化交流，为反对日本帝国主义侵略及西康地方建设做出了自己的贡献，借之，西康的国家认同及其地方特色得以生动呈现。

余论　记忆深处的中国文艺社

1930年，中国文艺社诞生于南京。"七七事变"前，社团主要目的在推广不同于左翼之文艺。抗战全面爆发后，中国文艺社致力于团结作家携手抗敌，战火里几经风雨，直至抗战胜利。耕耘文坛十五载，中国文艺社创办了《文艺月刊》，牵头组织了中华全国文艺界抗敌协会，团结了大量文艺工作者，可谓成绩不俗。然而，由于其官方背景之影响，目前学界关于中国文艺社的研究成果相对较少。

作为《文艺月刊》的重要作者，常任侠在日记中记录了其本人与中国文艺社的种种交集，成为该社团迁播转型的见证，文本即试图以常氏1937年至1945年之手记——《战云纪事》为切入点，发掘、整理中国文艺社在历史长河中的点滴影像。

长期活跃于文坛的常任侠在南京度过了青壮年阶段。在南京求学、工作，为常任侠接触中国文艺社提供了可能。1937年初，作者开始与文艺社产生关联①。之后，抗战全面爆发，常任侠离宁西迁，经武汉至重庆，期间，他与王平陵、陈晓南、沙雁、华林、宗白华、徐悲鸿等文艺社同人多有往来，并将之诉诸笔墨，借此，以时间为节点，中国文艺社在不同阶段之面貌逐一显露。

---

① 1933年1月，常任侠首次于《文艺月刊》发文（诗歌《热情》，第3卷第7号），其1937年1月2日日记云，"以稿寄王平陵"，据此推断，作者之前应与《文艺月刊》同人有过接触。不过，文艺社改组时，作者正在日本，至1936年底方回国。其1937年1月3日日记云，"中国文艺社陈晓南君函招演讲日本现代文坛，作书复之"。此或为作者与改组后的文艺社发生实质性接触的起始。

1937 年

1 月

3 日　中国文艺社陈晓南君函招演讲日本现代文坛，作书复之。第 2 页

7 日　星期四晚间至中国文艺社，晤谢寿康先生等，有唐学咏演讲中国音乐问题。下次交际夜，则定由余演讲日本现代文坛一题。第 4 页

14 日　晚间赴土街口浣花菜馆，中国文艺社聚餐，到数十人，有董连枝唱大鼓，宫嫣等唱京剧，颇尽欢。第 5 页①

20 日　收文艺社函，约下礼拜四演讲。第 6 页

21 日　星期四晚间赴中国文艺社参加交际夜，有黄宾虹演讲中国画与自然，并晤德华诸旧友及东京友人徐绍曾君。第 7 页

24 日　写《日本的浮世绘与锦绘》稿，将交陈晓南，因约定明日取稿也。第 7 页

25 日　下午至中国文艺社交稿。第 7 页

28 日　星期四夜应中国文艺社之邀，演讲"日本文坛现状"，到听众颇多，有陈之佛、常书鸿、吕斯百等画师。十一时散会。第 8 页

2 月

18 日　星期四晚间赴文艺社夜会。谢寿康演讲"中国演剧之技巧"，云将撰为法文也。晤令孺、玉良、寄梅诸人，并送张倩英归家。第 14 页

23 日　星期二晚间应中国文艺社招宴，到有余上沅、谢寿康、唐学咏、汪辟疆、欧阳予倩、饶孟侃、郭有守、洪瑞钊、倪炯声、蒋碧薇、徐仲年等人，所商讨的工作，犹之松本学的工作也。其提线人为华林、洪瑞钊等。余前月讲"日本文坛现状"，即以讽之。第 15 页

3 月

3 日　星期三晚间，应文艺社招宴，到有汪东、吴梅、谢寿康、余上沅、邵力子、宗白华等十余人。第 17 页

4 月

12 日　晚间送稿赴文艺社。第 28 页

---

①　另据陵：《中国文艺社春季叙餐噱头叠出》，本次餐会发生于 1 月 16 日。陵文中的聚餐地点及参会人员与常氏所记多有重合，然两者日期不一，则聚餐的准确时间还有待考证。陵文参见：《星华》1937 年第 2 卷第 4 期。

23 日　星期五至中国文艺社应王平陵招请，至中正堂观戏剧学校演《日出》，即归寝。第 31 页

5 月

6 日　星期四晚间赴中国文艺社，十一时归，又迟寝。第 35 页

13 日　星期四晚间至中国文艺社晚餐，归已十时。第 36 页

20 日　星期四晚间至中国文艺社夜会，由徐蔚南讲文艺。第 38 页

29 日　星期六赴中国文艺社与谢寿康、李宝泉闲话。第 39 页

6 月

3 日　星期四晚间至中国文艺社，夜十一时寝。第 41 页

17 日　星期四晚间至中国文艺社参加交际夜，十时归寝。第 45 页

1937 年 6 月 23 日至 8 月 31 日日记原缺——编者。第 46 页

9 月

18 日　王平陵嘱为《文艺月刊》写稿，拟写战歌数首与之。第 52 页

10 月

26 日　收中国文艺社、《抗战文艺》周刊特约撰述函。第 74 页

11 月

7 日　上午写《起来，我们决心不愿做奴隶》诗一首。寄文艺月刊社。第 78 页

14 日　收王平陵来函，嘱撰《战时诗歌》一文。第 82 页

自本年初，中国文艺社的相关信息频繁见于常任侠日记。这一时期，除应约向《文艺月刊》撰稿外，作者还多次参加文艺社组织的联欢活动，其中主要包括不定期之聚餐及每周四晚的"交际夜"。

"交际夜"正式登场于 1935 年，这是中国文艺社改组后的新举措。1935 年 5 月 14 日，"由叶楚伧，陈立夫，张道藩三先生出名，邀请了一批大学教授，和首都的作家们，在鸡鸣寺开了一次聚餐会，便决定复兴中国文艺社，并扩大其组织，增设文艺俱乐部，性质与法国流行的'沙龙'相同"①，会上并草拟了组织简章。"因为有了俱乐部的组织，又公开征求社员，加入的人便愈渐多了。"在此基础上，"同年十月一日，文艺社假华侨招待所，举行改组以后的第一次社员大会，到会有一百二十余人，由叶楚伧先生主席，通过简章，推定职员，选举叶先生为社长"。"副社长：陈立夫。常务理事：谢寿康。理事：

---

① 石江：《介绍中国文艺社》，《中心评论》1936 年第 1 期。

张道藩，吴梅，胡小石，钟天心，萧同兹，徐悲鸿，张廷休，汪东，曾仲明，唐学咏，汪辟疆，方治，宗白华，盛成。文艺俱乐部秘书：华林。文艺月刊部秘书：孙德中。常任编辑：王平陵。编辑委员会委员：汪辟疆，徐仲年，范存忠。文艺俱乐部总务组干事：华林，陈晓南，唐修平。学术组干事：方令儒，袁昌，沈紫曼。游艺组干事：方于，罗寄梅，柳焕如。交际组干事：蒋碧薇，张倩英。"① 改组完毕，"新政"推行。"在每周的星期四晚上，文艺社的社员，大家都到社里来聚会一次，这一夜叫做（作）交际夜。现在参加的人每次都是座客常满，宾至如归一般。文艺界男女的朋友，个个都喜欢这'交际夜'的来临。"② 常氏经历的"交际夜"，多音乐、绘画、文学等艺术类演讲，报告人包括唐学咏、谢寿康、黄宾虹、徐蔚南等文化界人士。不过，常任侠参加"交际夜"次数有限，仅见一斑。另据知情者云，"交际夜"形式灵活多样，"冬春之时在社内，夏秋之时多在社外，也有时到玄武湖中船上举行，无论会员非会员，都可以参加，不取分文，且备有茶点招待，节目跳舞，唱歌，演讲，以及各种余兴"。③ 花样迭出，"交际夜"引人注目。有意求变，增设俱乐部之际，文艺社同时改善硬件设施。"新的社址是在中山北路二百四十七号，租地建筑，屋为西式，分上下两层。下层分会客室，文艺厅，盥洗室，电话间。文艺厅为开会及演奏音乐之用。四壁悬挂雕刻书画，均为名人手笔。明窗净几，雅洁无伦。上层为编译室，研究室，休憩室三间。各室设备异常曼妙。外有一小月台，可容六七人，凭栏瞭望，北极阁鸡鸣寺等地，都来眼底。居右有一铁网小室。内饲鹦鹉，画眉，百灵，黄莺等名禽凡十余种，听不尽的燕语莺声。居前为一小花园，芳草绿树，万紫千红，幽艳宜人。居后另筑小室两间，为办事员办公室及宿舍。这些布置，大半是华林先生所一手擘划的。④ 宽敞舒适的场所，丰富多彩的活动，折射出社内人手、经费之增加，这些"亮点"使得改组前后的文艺社形成对比。

---

① 石江：《介绍中国文艺社》，《中心评论》1936年第1期。另，此次大会情形不仅见于石江等人之回忆，《学术世界》（1935年第1卷第7期）、《人言周刊》（1935年第2卷第34期）、《艺风》（1935年第3卷第11期）等杂志也于其时登载了相关消息。
② 石江：《介绍中国文艺社》，《中心评论》1936年第1期。
③ 陈天：《忆中国文艺社》，《光化》1945年第1卷第5期。
④ 石江：《介绍中国文艺社》，《中心评论》1936年第1期。又，《文艺月刊》另一作者丁谛亦描绘过中国文艺社新址之面貌，与石江不同之处在于，丁谛听闻文艺厅"是由徐悲鸿君等布置的"。参见丁谛：《记中国文艺社》，《新流》1943年第1卷第6期。

1930年夏秋间，经王平陵、傅启学、左恭等之努力，中国文艺社亮相南京。① 当时，文艺社建址"高楼门富厚里七号"②，有人亲至其地，发现此乃王平陵之家③。与改组后"一刊一部"的情形相较，文艺社前期"规模原很简单，大部分是只有《文艺月刊》的工作。可以说中国文艺社就是《文艺月刊》，《文艺月刊》就是中国文艺社"④。提倡文艺，以刊为主。"月刊编务多由王平陵主持，但是这一个时期的《文艺月刊》并不比后来的为多让。名家撰稿极多，如老舍，何其芳，梁实秋，缪崇群，沈从文，黎锦明，鲁彦，梁宗岱……等人皆常有作品发表。"⑤《文艺月刊》外，文艺社还负责编辑《中央日报》附属之《文艺周刊》。该刊"从1930年9月创刊至1931年12月停刊，总计发行59期"，"只有一个小小的版面，多是发表本社员的文艺作品，以三四千字以内的评论、小说、随笔居多，同时宣传记录中国文艺社的一些活动"⑥。办刊之余，文艺社"也有一些不定期聚餐茶话、游艺旅行等活动，例如1930年11月间组织了栖霞山观红叶"⑦；1931年2月14日，文艺社"特在南京蜀峡饭店举行春季聚餐大会。到会员洪君野，程方，李崇诗，钟天心，左恭，傅启学，缪崇群，金满成，徐公美，钟宪民，聂维弩，王平陵，李伯鸣，蒋青山，高植，陈大悲，张倩英，胡齐邦等二十余人。来宾有陈立夫，刘芦隐，萧同兹诸先生。由该社报告经过情形，及将来计划以后，请陈立夫刘芦隐二先生

---

　　① 石江《介绍中国文艺社》云，文艺社成立于"民国十九年的夏季"。是年7月4日，《中央日报》刊载《中国文艺社征求会员启事》《文艺月刊征稿启事》《文艺月刊创刊号出版预告》等广告，但文艺社成立大会则举办于同年9月28日，10月16日，《中央日报·文艺周刊》对此予以报道。参见王晶：《〈文艺月刊〉（1930—1941年）研究》，博士学位论文，华东师范大学中文系，2013年，第29页。

　　② 石江：《介绍中国文艺社》，《中心评论》1936年第1期。关于文艺社之地址，石江、丁谛二人所说大致相同，陈天回忆与石、丁略有出入，由于陈"所知道的前期情形极少"，故本文以石、丁之说为准。

　　③ 丁谛：《记中国文艺社》，《新流》1943年第1卷第6期。

　　④ 同上。

　　⑤ 同上。

　　⑥ 王晶：《〈文艺月刊〉（1930—1941年）研究》，博士学位论文，华东师范大学中文系，2013年，第32页。另，据辛予《一九三一年南京文坛总结算（上）》，《文艺周刊》"前数期的编者也是王平陵，后来则有缪崇群主干"。辛文参见《矛盾》1932年第2期。

　　⑦ 王晶：《〈文艺月刊〉（1930—1941年）研究》，博士学位论文，华东师范大学中文系，2013年，第33页。

演说","历时各一小时之久"①;"1931年3月22日,组织了旅行团前往镇江"。② 此外,文艺社还"组织了一个剧团,来提倡话剧运动。曾经一度在中央大学公演,颇得社会人士的好评"③。

　　文艺社前期致力于办刊,其他活动有限,然而,"此后两年因人事上的变迁,便趋于沉寂了。月刊也因负责人和经费的关系,时断时续,一切工作停顿的也不少"④。此时的文艺社虽与当局关系不错,但也并非实力雄厚。"中国文艺社的成员以国民党中宣部一般职员和南京的学者文人为主,党政要员如叶楚伧、张道藩等只是挂了一个空名。虽然有着中宣部的背景,但还是以文艺界力量为主","是在民族主义旗帜下的文艺家的自由组合","并没有受到国民党政府具体的管理和稳定的扶持","也正是由于缺乏体制内的稳定保障,《文艺月刊》很快陷入了困顿"⑤。人事变动兼之财援不稳,中国文艺社出现危机,然而不久,转机也悄然来临。1935年,左联"'国防文学'的口号,闹得天昏地暗,引起中央党部注意'左联'的文艺动向。迫使'中艺'(即中国文艺社——引者注)改组,扩大征求会员,负起提倡'民族主义文学'的使命而对抗'左联'的'国防文学'"⑥。可以说,"左联"的"攻势"间接导致了文艺社的"复兴",不过,叶楚伧、张道藩等带来新鲜血液的同时亦将文艺社置

---

① 《中国文艺社举行春季大会》,《读书月刊》1931年第1卷第6期。陈、刘演讲分别为《中国文艺复兴运动》《文学的创作、介绍、与批评》,讲辞参见《中央周报》1931年第142、143期。

② 王晶:《〈文艺月刊〉(1930—1941年)研究》,博士学位论文,华东师范大学中文系,2013年,第33页。

③ 石江:《介绍中国文艺社》《中心评论》,1936年第1期。1931年6月13至15日,文艺社"假座中大礼堂公演《茶花女》","此次该社导演为戴策,主要演员扮茶花女的是宋怀初,扮阿芒的是李孟平"。另据左恭透露,演出"服装用去五百元,布景用去四百元,化装及宣传其它费用,总共计在两千元之间"。参见《舞台热》,《文艺新闻》1931年第14期。有关此次演出,辛予《一九三一年南京文坛总结算(上)》也曾提及,文章认为演出"相当成功",但"除掉是充分表现了中国文艺社那种一贯的'为艺术而艺术'的态度而外,别的意义却找不出来"。辛文参见《矛盾》1932年第2期。

④ 石江:《介绍中国文艺社》,《中心评论》1936年第1期。此时,文艺社人事确有变动,"傅启学在1931年赴美求学,左恭在积极参与'反蒋援胡'活动失败之后,于1932年东渡日本避难"。之后,《文艺月刊》也出现困境,"1932年的春夏,《文艺月刊》出现了脱期的现象,6月份之后停刊了半年,到1933年1月才重新出版。"王晶:《〈文艺月刊〉(1930—1941年)研究》,博士学位论文,华东师范大学中文系,2013年,第33页。

⑤ 王晶:《〈文艺月刊〉(1930—1941年)研究》,博士学位论文,华东师范大学中文系,2013年,第33页。

⑥ 陈天:《忆中国文艺社》,《光化》1945年第1卷第5期。

于政府掌控之下。

利用文艺参与政治角力,官方意图明显,文艺社诸君并非没有异议。改组会议上,"吴瞿安先生乘着酒意,大唱反调,先是引申中央之轻视文人,继言中央之摧残文化。说的义正词严,声色俱厉,全场的人都屏息静气,似乎有什么'事变'快要到来,幸而有张道藩先生出而婉劝,吴氏始默然就坐。张先生待吴氏坐下以后,便向大众声明:'吴先生今天是酒醉了,各位不要误会',吴氏复起而声明:'我是喝过酒的,但没有醉,我的话是实在的,中央对于文化事业简直遗忘了,所以才有别人出来领导,使真正的文人走投无路'。"① 1930年代,左翼声浪日渐高涨,国民政府穷于应对,不得已方启用文艺社。吴氏一席话,不仅是针对文艺社丧失自主权的牢骚,更道出了国民党在文艺政策方面的被动。或许正由于吴瞿安等知识分子明里暗里的抵制,改组后的中国文艺社并没有完全成为官方的传声筒。《文艺月刊》仍延续着兼容并蓄的风格,不少作家为其撰稿,特别是在"以南京中央大学文学系艺术系为核心的知识分子群体中具有一定的吸引力"②。此后,与中央大学渊源甚深的常任侠出入文艺社,未尝没有"人以群分"之影响。《文艺月刊》走中间路线,文艺俱乐部也并无多少政治色彩。"这种耗资不小的文艺沙龙,本意是从党派政治需要出发,交流文艺界人士,发展本社社员。但文化人的自由理念和沙龙活动方式,决定了这个交际夜不可能完全掩盖在官方政治声音之下"③。以常任侠为例,直至抗战胜利,经常出入文艺社的他也并未倒向国民党。

政府急欲表白重视文艺之心,华林等积极运作,内外合力,改组后的文艺社大为活跃,其表现远不止常任侠所见之"交际夜"。1936年1月,文艺社联合中苏文化协会、中国美术协会举办"苏联镌版艺术展览会"④;3月6日,文艺社推出"希腊雕刻画片展览会"⑤;4月21日至26日,文艺社春季旅行团赴

---

① 陈天:《忆中国文艺社》,《光化》1945年第1卷第5期。
② 王晶:《〈文艺月刊〉(1930—1941年)研究》,博士学位论文,华东师范大学中文系,2013年,第37页。
③ 同上,第39—40页。
④ 参见《礼拜六》1936年第624期、《东方杂志》1936年第33卷第4期。
⑤ 参见《图书展望》1936年第6期。

苏州、上海、杭州游览、筹酢①；1937年3月6日至10日，"中国文艺社主办援绥艺展"②；淞沪会战期间，"南京中国文艺社同人卅一日汇国币五十元慰劳守卫闸北之八百壮士并特电致敬"。③ 以上各项，有出于文人情怀的艺术交流，有担负当局使命的团拜慰问，亦有体现抗敌精神的呐喊助威，林林总总不一而足。通过文艺社不同性质的活动，国内文化、政治、军事等问题交错呈现，时局演变略见一斑。

1937年下半年，受战事影响，文艺社俱乐部活动减少，《文艺月刊》开始推出抗战文艺。在此期间，常任侠流转多地，被《文艺月刊》约稿三次，因之作战歌一首："兄弟们，我们决心不愿做奴隶。听，民族抗战的号角已经吹起！起来，一齐赶赴我们神圣的阵地。消灭这些凶暴的弄火者，这些吮人脑血的魔鬼。我们全都酷爱和平，但我们不能任人烧我们的房屋，屠杀我们的姊妹兄弟，劫夺我们的粮食和牲畜。这文化的破坏者，他呈尽他的兽态，发挥他疯狂的威力。他用飞机大炮与毒气，不惜使尽他所有的武器。但我们有不屈的决心，有血与肉，钢与铁，正义与公理，混合筑成的坚固不坏的堡垒。兄弟们，我们是人道的前卫，我们决心不愿做奴隶。兄弟们，我们决心不愿做奴隶。你全世界被压迫的人类，你在暴力的统制下，已经吸尽你的精力。你做牛，做马，做人践踏的工具。你的一切幸福尽被剥夺了，你的身体已由挺直而弯曲。你听，我们已经击起洪壮的战鼓，起来，你是我们的一群，来做我们英勇的伴侣。你有正义的朝鲜人，台湾人，以及普遍的在暴力下的日本人，你原是我们东方的兄弟。你世界上一切反抗暴力者，你来，我们在伸着手热烈的等你。我们以战争消灭战争，以公理惩治暴力。为人类奠定和平的基础，为人类争取永久的幸福，为东方人，为西方人，为世界上一切人，为我，为你，我们必须争取最后的胜利。在正义伸张的时候，挽救了我们自己。兄弟们，我们是人道的前卫，我们决心不愿做奴隶。"④ 家国破碎，令人悲愤，火光在前，亟须奋起。面对残酷的战争，常任侠热切地鼓动全世界被压迫者携手抗敌，誓死不屈。炮

---

① 参见《艺浪》1936年第2卷第2、3期；《东方杂志》1936年第33卷第10期；《前途》1936年第4卷第5期。另据当事人回忆，"这是民族主义文学的旅行，除了社员开支之外，还有一笔赠品，就是分给各地贫困文人，虽有收买之嫌，倒底也表示中央注意文人的生活环境。又据华林向我说，那次的用费达十万元。仅仅是七天的功夫。但是已经做到'文艺使节'的'安抚'任务。"陈天：《忆中国文艺社》，《光化》1945年第1卷第5期。

② 参见《读书青年》1937年第2卷第5期。

③ 《中央通讯社稿》1937年10月。

④ 常任侠：《我们决心不愿做奴隶》，《文艺月刊·战时特刊》1937年第1卷第4期。

火中的文艺社，如诗人一般，不惧腥风血雨，为抗战大声疾呼。

1938 年

3 月

23 日　上午张曙、田洪等来，……同赴中国文艺社。晤王平陵，为撰稿一篇。前发表诗一首，取稿费三元。第 108 页（此诗应为《文艺月刊·战时特刊》第 1 卷第 4 期《兄弟们，我们决心不愿做奴隶！》——引者注）

4 月

5 日　开始办公。余任职军事委员会政治部第三厅第六处第一科中校主任科员，主管编审戏剧。作十年教育事业，今改任此职，因上下同事，多余旧友，有一分力，固须尽一分力也。

13 日　晚晤王平陵，索为写一诗。第 113 页

16 日　写《安昌浩礼赞》诗一首。第 113 页

5 月

24 日　收《文艺月刊》及《抗敌戏剧》稿费四元五角。第 122 页

1938 年 3 月，常任侠流寓武汉，稍早，中国文艺社亦在此落脚。"1937 年底，中国文艺社迁往武汉，1938 年 1 月 1 日在汉口出版了战时特刊第 5 期。"① 战云笼罩，常氏饱经颠沛，仓促而来，文艺社亦居无定所。"先是各方稿件需要通过武汉日报的关系收转，后暂居于四民街汉口市立第一女子中学校内，很快又迁址汉口中山路永康里二十号。"② 暂居汉口，常任侠偶或拜访文艺社同人，于是有《安昌浩礼赞》③ 之问世。"以王平陵为首的中国文艺社成员则承担大量的事务性工作，在'文协'的成立过程中发挥了关键作用。"④ 而在此前，文艺社还出面与文化行动委员会、湖北省教育厅等机构"联合招待留汉戏

---

① 王晶：《〈文艺月刊〉（1930—1941 年）研究》，博士学位论文，华东师范大学中文系，2013 年，第 42 页。
② 同上。
③ 常任侠：《安昌浩礼赞》，《文艺月刊·战时特刊》1938 年第 1 卷第 11 期。
④ 段从学：《"文协"与抗战时期文艺运动》，北京：北京大学出版社，2012 年，第 62 页。

剧工作者"①。牵线搭桥，积极组织，留汉期间，颇具实力与影响的中国文艺社为文化人士携手抗战做出重要贡献。艰难时刻，坚持即是胜利。"1938年8月，中国文艺社继续西撤，从汉口迁到重庆，首先迁至售珠市36号，后来又到观音岩的义林医院"②。不久，常任侠迁至湖南工作。战乱动荡之际，对外联络并非易事，或因此，常氏下半年与文艺社往来中断。

1939 年

1 月

8 日　下午抵重庆。第 162 页

10 日　过中国文艺社观画展，晤平陵、华林等人。第 162 页

2 月

5 日　晚间赴义林医院中国文艺社。沙雁大骂国民党昏蛋无道。第 169 页

3 月

7 日　至中国文艺社与沙、陈二君闲谈。第 174 页

16 日　下午，赴中国文艺社参加茶会，与徐霞村等谈良久。晤徐仲年商量出诗歌丛书。第 177 页

31 日　下午寝两小时，即赴永年春应中国文艺社集会。蓬子嘱作文一篇，安平嘱作文一篇，皆应之。散会后，观西康文物展览会，与王平陵同往，天气甚热。第 179 页

4 月

2 日　夜写《抗战诗册的产量与略评》一篇。第 180 页

3 日　上午将昨夜写成文稿，送文艺社。王平陵、华林等大谈失败论，颇为可笑。第 180 页

6 日　下午，陈晓南送来《文艺月刊》稿费十元。第 181 页

9 日　（夜）八时赴中国文艺社音乐界作曲者协会，嘱作音乐节歌。第 181 页

---

① 此次聚会于 1937 年 12 月 27 日举行，参见《文艺月刊·战时特刊》1938 年第 1 卷第 5 期。

② 王晶：《〈文艺月刊〉(1930—1941 年)研究》，博士学位论文，华东师范大学中文系，2013 年，第 43 页。

22日　收到《文艺月刊》一册。第185页

5月
4日　下午，三时赴中国文艺社开士兵读物编辑会，晤潘公展等。第187页

6月
17日　至中国文艺社晤陈晓南、王平陵等。第196页

29日　至中国文艺社闲谈，即归晚餐。收《文艺月刊》一册。第198页

7月
24日　在中国文艺社午餐。午后三时，欢迎西康土司献旗代表朗杰奥登堡等三人。第202页

8月
17日　晚间至观音岩，闻华林云将查户口，故折回。第206页

10月
24日　午至中国文艺社，王平陵、华林邀午餐。第217页

25日　至中国文艺社午餐，余昨日曾付二元买鸡也。食未竟，有警报，旋解除。为平陵述罗珊事，平陵欲为余介绍一女。第218页

29日　晨五时起，赴文艺社应王平陵之约，同赴北碚。王竟未来。第219页

11月
9日　下午至中国文艺社看姚蓬子所带回战区敌人宣传品。晚间，在文艺社出添菜钱一元二角八分。第221页

12月
24日　下午至文艺社。第229页

29日　至文艺社。第229页

1939年初，常任侠抵达重庆，旋即与中国文艺社取得联系。战时条件有限，但文艺社之集会、画展、茶会、聚餐等活动尚未中断。文艺社之于文艺界，不止为联谊之所，亦可成办公之地。年内，音乐、文学等团体先后假此商讨工作。不过，"由于日寇轰炸，重庆疏散人口，各种组织活动一般只能分散进行。中国文艺社和'文协'共同议定，每月在近郊举行一次流动座谈会，以资交换意见，推进抗战文化工作。1939年10月，中国文艺社和'文协'、戏剧界抗敌协会、电影界抗敌协会、音乐界抗敌协会等文化团体筹备举办了鲁迅

先生逝世三周年纪念会","这是鲁迅逝世后的最大规模纪念活动"。①

1940 年

1 月

1 日　昨夜中华全国文艺界抗敌协会在观音岩中国文艺社举行除夕晚会，到者甚众。予制二灯虎，一为杨子为我，射一抗战将领名（朱德），一为王郎郎当，射一抗战作家名（丁玲），均为王平陵猜中。老舍唱京戏，何容唱歌甚有趣。第 230 页

4 日　下午赴中国文艺社，问陈晓南君郁风住址。第 231 页

18 日　晚间参加中国文艺社晚会。第 235 页

28 日　下午拟赴嘉陵宾馆开幕音乐会。会中国文艺社来校开茶会，遂不能往。茶会到王平陵、华林、陈晓南、宗白华、李长之、范存忠、张沅长、徐仲年等二三十人。初识封禾子女士，言谈颇解意。第 236 页

2 月

24 日　至文艺社午餐。第 243 页

4 月

1 日　上午至吴作人处，与同至中国文艺社，即在社午餐。第 250 页

7 日　托中国文艺社王君，代汇四十元寄家中。第 256 页

6 月

4 日　至观音岩交陈晓南六十元，托其汇家中。第 260 页

8 日　夜宿中国文艺社。第 261 页

9 日　夜宿中国文艺社。第 262 页

10 日　宿于中国文艺社。第 262 页

14 日　至中国文艺社及文协，文协被炸。第 263 页

7 月

10 日　夜参加文协留渝会员晚会。散至中国文艺社寝。第 266 页

26 日　赴中国文艺社访陈晓南，托其汇往家内二十元。第 268 页

8 月

16 日　宿中国文艺社陈晓南处，与陈至中苏文化协会看电影。第

---

① 王晶：《〈文艺月刊〉（1930—1941 年）研究》，博士学位论文，华东师范大学中文系，2013 年，第 43 页。

269 页

23 日　在中华书局小休，即至中国文艺社陈晓南处就宿，与晓南谈至夜深始寝。第 272 页

9 月

2 日　晚间至中国文艺社宿陈晓南处，吴作人来。第 274 页

3 日　（晚）餐后往晓南处下宿，又与吕霞光夜谈。第 274 页

10 日　晚间赴陈晓南召宴，到葛一虹、吴作人等八人。散后访郑君里于中国制片厂，即返中国文艺社寝。第 276 页

19 日　夜宿中国文艺社。第 276 页

26 日　晚间宿中国文艺社，并约陆其清消夜小吃。第 276 页

27 日　晨与晓南送其清赴兰州登车……谈至暮返文艺社取所购书。第 276 页

10 月

16 日　夜宿中国文艺社。第 281 页

19 日　夜宿陈晓南处。第 281 页

20 日　宿陈晓南处。第 282 页

27 日　（晚）散后至晓南处寝。第 283 页

11 月

6 日　夜寓陈晓南处。第 284 页

12 日　夜宿陈晓南处。第 285 页

19 日　夜宿晓南处。第 287 页

12 月

1 日　（夜）仍宿文艺社。第 289 页

14 日　夜宿中国文艺社。第 291 页

15 日　访芝冈遇之于途，同至中国文艺社，小坐不觉即熟睡……夜宿中国文艺社。第 292 页

21 日　夜宿中国文艺社。与吴作人谈结婚之快乐。第 294 页

27 日　至文艺社将携物存晓南处，……夜宿晓南处。第 295 页

28 日　夜宿晓南处。第 295 页

饮茶、聚餐、苦中作乐，作家往来依旧，与前两年比，中国文艺社未有太多变化。本年岁首，"文协"与文艺社合办晚会，"到者甚众"。"文协"外，文艺社与其他艺术团体亦相互借力。4 月初，"重庆中国文艺社，全国美术界

抗敌协会，法比瑞文化协会等三个团体"，"举行大规模之劳军画展"。① 从南京到重庆，文艺社与文艺界不少组织多有合作，既为社会出一份力，又可增加知名度。不过，时至今日，"文协"地位上升，文艺社的能量恐不如前。

1941 年

1 月

10 日　夜宿中国文艺社。第 300 页

16 日　至中国文艺社，……夜宿晓南处。第 301 页

17 日　十二时返文艺社寝。第 301 页

30 日　夜宿中国文艺社。第 304 页

31 日　夜宿中国文艺社。第 305 页

2 月

2 日　在文艺社休息……即返文艺社。晚间张道藩先生来演讲欧洲现代艺术思潮，更深始寝。第 305 页

4 日　夜宿中国文艺社。第 306 页

6 日　夜宿中国文艺社。306 页

7 日　夜宿中国文艺社。307 页

14 日　夜宿中国文艺社。308 页

15 日　夜宿中国文艺社，与吴作人等谈至深夜。308 页

19 日　晚间，（胡）小石师过文艺社谈话，夜深始寝。第 310 页

21 日　下午汪漫铎过文艺社来谈，即同其外出。第 310 页

22 日　下午，赴音干班讲课三小时，返文艺社。第 310 页

23 日　收中国文艺社《文艺月刊》编辑委员会聘书。第 311 页

27 日　买《心防》、《演技六讲》、《中国男儿》、《夜》、《文学月报》各一册。将书交中国文艺社，……晚间宿中国文艺社。第 312 页

28 日　夜宿中国文艺社。第 312 页

3 月

1 日　返中国文艺社开《文艺月刊》编辑委员会，到宗白华、范存忠、商章孙、张道藩、王平陵等一二十人。会毕聚餐，酒肴颇盛。……夜宿社中。第 312 页

---

① 《音乐与美术》1940 年第 1 卷第 4 期。

6 日　夜宿中国文艺社。第 312 页

7 日　赴文艺社取物。第 314 页

13 日　夜宿中国文艺社。第 315 页

4 月

2 日　午将《蒙古调》等诗交徐仲年。第 318 页

15 日　至文艺社约华林、常书鸿同伴返沙坪坝归校。第 321 页

17 日　上午入城，先至中国文艺社将《谈虎集》与《风雨谈》两书托晓南转与蓬子。第 322 页

30 日　晚间徐仲年来，将《文艺月刊》稿，托为带入城内。交五月份膳费七十元。第 324 页

5 月

4 日　宿文艺社。第 324 页

15 日　晨起……过文艺社小坐。第 327 页

23 日　晚间寓中国文艺社。第 328 页

30 日　下午六时课毕下山。先至中国文艺社，即同晓南赴法比瑞同学会参加诗人节晚会。……散会已十时。回中国文艺社，与孙望、仲年计划出版《中国诗艺》第一期。第 329 页

6 月

12 日　夜宿中国文艺社晓南处。《蒙古调》及《蒙古战歌与牧歌》已登《文艺月刊》二期。第 332 页

18 日　宿中国文艺社。第 333 页

29 日　晚间，至中国文艺社，王平陵邀同晚餐。夜寓社中。第 334 页

8 月

4 日　到文艺社访晓南不遇。第 340 页

24 日　傍晚入城，寓中国文艺社。第 343 页

9 月

2 日　夜寓中国文艺社。降雨漏入室中，凡再易寝处，已天明矣。第 346 页

7 日　夜宿中国文艺社。宵来欲雨，与晓南夜话。第 347 页

25 日　夜宿陈晓南处。第 351 页

10 月

19 日　夜宿中国文艺社。第 355 页

22 日　夜寓中国文艺社。第 355 页

30 日　夜宿中国文艺社。第 356 页
11 月
2 日　上午下山，赴中国文艺社小坐。第 357 页
5 日　寓中国文艺社。第 357 页
8 日　夜寓文艺社。第 358 页
15 日　夜寓文艺社。第 359 页
21 日　（接）中国文艺社邀请。（27 日）又可打牙祭矣。第 360 页
23 日　下山至中国文艺社。……夜寓中国文艺社。第 360 页
27 日　下午赴文艺社，应其晚宴，到三十人。第 361 页
12 月
12 日　至中国文艺社，还去晓南一百元。第 363 页
15 日　寓中国文艺社。第 363 页
21 日　上午下山，至文艺社访晓南。……夜宿文艺社。第 365 页
25 日　晚雨，寓中国文艺社，与晓南夜话。第 365 页

　　本年可谓中国文艺社发展历程中之转捩点。《文艺月刊》编委会始于改组，抗战全面爆发，人员离散，至重庆时期恢复，由徐仲年负责。不过，"在1938年9月后，该刊的实际主编为王进珊，其集稿、处理、定稿、校对、付印乃至发行的所有日常工作，均由王进珊负责，徐仲年只是名义上的主编，并不参加编务"①。从王平陵、徐仲年到王进珊，《文艺月刊》几度易帅，然战时多艰，纵尽人事亦难保无虞，1941 年底，刊物悄然终了。变故不止于此。"1941 年 2 月，国民党以'履行思想领导责任'，'统一各地文化领导机构'为借口，成立了国民党中央文化运动委员会，主任张道藩"，"中国文艺社被并入该会，作为附属机构。自此，中国文艺社结束了其'民间文艺团体'的身份，彻底官方体制化"②。

---

①　胡正强：《中国现代报刊活动家思想评传》，新华出版社 2003 年版，第 448 页。转引自王晶：《〈文艺月刊〉（1930—1941 年）研究》，博士学位论文，华东师范大学中文系，2013 年，第 43 页。

②　同上，第 44 页。

1942 年

1 月

1 日　下午下山。赴中国文艺社。第 367 页

8 日　至中国文艺社取来诗一首稿费三十四元。第 367 页

2 月

12 日　夜宿文艺社。第 372 页

14 日　夜宿文艺社。第 373 页

3 月

4 日　夜宿文艺社，为修改诗稿二册。第 374 页

26 日　将修改诗稿，交中国文艺社。第 376 页

28 日　夜宿中国文艺社。第 376 页

4 月

1 日　宿中国文艺社。第 377 页

5 日　归寓中国文艺社。第 378 页

10 日　赴文艺社参加诗歌晚会，初大告演讲西洋诗歌影响，余亦朗诵《海滨吹笛人》一段。第 378 页

14 日　入城，过文艺社小休，……返文艺社午餐，即上山。第 378 页

5 月

3 日　（下午）六时始返中国文艺社。第 380 页

5 日　夜寓文艺社。第 381 页

9 日　（晚）十时返文艺社就寝。第 381 页

14 日　晚间参加文艺座谈会，即宿文艺社。第 382 页

20 日　归途遇华林，云绥英已来，坐候于文艺社，急归，约同出晚餐，品茗，夜十时送之归。第 383 页

6 月

4 日　宿文艺社。第 384 页

5 日　下午三时下山，赴文艺社，参加中华全国美术会理事会，到司徒乔、吴作人等。夜欢迎由港脱险文艺界（人士）。到司徒乔、简又文、叶以群等。第 384 页

29 日　下山入城，至中国文艺社。第 387 页

8 月

9 日　午至中国文艺社,邀徐悲鸿、华林等午餐。第 390 页

11 日　……复返文艺社,与华林入城买衬衫……夜与悲鸿谈话久。第 390 页

31 日　晚间……赴中国文艺社寝。第 392 页

9 月

19 日　夜寓文艺社。第 394 页

11 月

5 日　晨,下山。至文艺社,即打电话约英午餐。第 396 页

7 日　返文艺社晤蒋青山,谈敦煌石室佛教艺术史迹。以五千元归还徐悲鸿,清偿前借之债,心中甚爽快,夜酣然就寝。第 397 页

8 日　回文艺社,头眩欲倒,勉强赴车站,返沙坪坝。第 397 页

17 日　赴中国文艺社。晚间与晓南观《妒误》及《哈姆雷特》两剧。第 398 页

12 月

5 日　宿文艺社。第 400 页

6 日　晚间在中国文艺社欢迎邵力子先生,到郭沫若、曹靖华等数十人。第 400 页

18 日　即赴城,至中国文艺社,云至本月底,社即被取消,颇使人惊讶。第 402 页

26 日　晚间至中国文艺社参加座谈会。第 403 页

年初,完全被政府收编的中国文艺社传出"重行登记"的消息,"发出各省市登记表二百数十张,现已收到将近八十张,如陈立夫朱家骅陈树人等均已填表送来,闻吴稚晖叶楚伧于右任均将加入云"①。"民营"转"官办",必经一番整顿,不过,文艺社联络文化人士的基本目的未变,座谈、联欢不时举行。年底,常任侠忽闻该社将被取消,或许,失去《文艺月刊》这一支柱,文艺社也显得无足轻重。

---

① 《文化先锋》1942 年第 1 期。

1943

1月

1日 下山入市，张灯悬旗，家家庆祝胜利年，遂忘战争之苦矣。将关上课业结束，行李迁至中国文艺社。第404页

2日 夜宿中国文艺社，因华林对余骂绥英，余谓辱英即等于辱余，几起冲突，晓南调解而罢。第404页

10日 归中国文艺社，早寝。第405页

2月

6日 下午冒雪赴沙坪坝，欲入城至中国文艺社参加集会，即行数里，泥泞不堪，因折回。第408页

11日 上午入城，至中国文艺社，闻绥英工作被取消。第409页

28日 过中国文艺社取信三件。第409页

3月

24日 上午赴文艺社，将文稿交宪民送审。第414页

27日 晚间至文艺社听徐蔚南报告上海文艺界情，并观郑译生女士画。第415页

4月

16日 晚间至文艺社，将《学术杂志》稿第一期最后一批，交与宪民，即在文艺社晚餐。第418页

5月

15日 过巴中访朱先生，至文艺社小息。第422页

20日 下午入城，至中国文艺社。晚间与徐仲年、钟宪民、林风眠等谈文艺问题。夜宿文艺社。第423页

22日 上午雨，赴中国文艺社。第423页

29日 至文艺社看齐白石画数十幅。第424页

6月

12日 晚间至中国文艺社参加晚会，有张安治、张沅恒报告桂林、上海两地艺术情形。第427页

20日 下午至文艺社观《学术杂志》第一期校样。第428页

26日 下午六时赴文艺社参加晚会。与郁风别六七年，忽然相见，惊喜之至。第429页

7月

4日　下午，赴文艺社，郁风已在。第431页

17日　上午赴中国文艺社。第432页

18日　至文艺社访钟宪民不晤。第432页

8日　赴文艺社寻宪民。第432页

9月

5日　晚间至中国文艺社，与蒋碧薇、章桐等闲话，即在其处晚餐。请宪民写一函，明日赴中心催杂志。第439页

26日　上午赴文艺社。第442页

10月

10日　至文艺社访宪民。第445页

17日　至文艺社，晤徐悲鸿云，成都友人，颇盼望往游。第446页

31日　至文艺社访宪民，商谈《学术杂志》二期付排事。第449页

11月

6日　上午，赴中国文艺社午餐。到林风眠、宋嘉贤、廖培基、徐仲年、王平陵、李辰冬、赵清阁等人。饮酒过量，不觉已醉。第451页

13日　晚间至文艺社开中华全国美术会理事会，到数十人。第452页

19日　至文艺社与孙宗慰谈至十时始归寝。第453页

12月

4日　至文艺社，与钟宪民编《学术杂志》第二期稿。第461页

19日　晚间赴中国文艺社参加文艺界晚会。第458页

22日　下午收中国文艺社等通知。第458页

中国文艺社继续维持，取消之传言自然消弭。"为提高研究学术兴趣并联络感情"，"重庆中国文艺社及中华全国美术会等"，"定每星期六假中国文艺社举行晚会"①。"交际夜"再度重启，聚餐、闲谈更不可少，坐上不乏名流，虽大不如前，文艺社却也并不冷清。

---

① 《读者导报》1943年第1期。

1944 年

1月

6 日　赴中国文艺社闲话，至暮始返正谊。第 461 页

19 日　下午至中国文艺社。晚间与徐悲鸿、章桐等围炉闲话，至十时归寝。

3月

4 日　晨六时即起，七时进餐，即赴飞机场，……下午半时，不觉已抵昆明。第 472 页

9月

21 日　晨起上飞机场，午至渝。第 504 页

22 日　晚餐后至中国文艺社小坐，即归冉家巷。第 504 页

10月

30 日　三时即赴珊瑚坝机场，六时起飞，上午抵昆明。

1945 年

6月

22 日　下午三时乘 107 号机起飞，未暮即达重庆。……暂憩中国文艺社。第 533 页

30 日　返文艺社晚餐，一百八十元。第 535 页

7月

2 日　返文艺社午餐。第 536 页

8 日　发热至三十九度半，实不能支，因雇车返中国文艺社，即偃卧，昏然至暮，未进饭食。第 537 页

9 日　……身体实不能支，乘轿上坡，返文艺社。第 537 页

22 日　……凯旋路上较场口，返文艺社。第 540 页

8月

11 日　走访傅斯年未遇，返文艺社。第 545

13 日　至十时仍不见广播日本投降消息，即返文艺社。第 546 页

14 日　接王蕙芳电话，云将来文艺社……，王蕙芳来，蒋碧薇、傅抱石来。第 546 页

余论　记忆深处的中国文艺社 | 349

9 月

27 日　下午返文艺社。薄暮郑曾祜来谈。第 553 页

10 月

2 日　……归文艺社。第 555 页

12 日　夜文艺社跳舞，因精神不佳，早寝。第 557 页

14 日　午餐后即返文艺社，约凝芬来谈。557 页

11 月

30 日　下午……即返文艺社。第 566 页

12 月

7 日　晚间……返文艺社。第 567 页

1944 至 1945 年间，中国文艺社似无抢眼表现，但坚持到抗战胜利已属不易。此后，文艺社同人各奔东西，"王平陵留在重庆，华林去了上海，徐仲年回到南京，基本上已停止各种文艺活动的中国文艺社，终于烟消云散"①。

自始至终，中国文艺社存世十五年。能够久在人间，主要原因有三：一曰，同人坚持；二曰作家支持；三曰，政府扶持。早期文艺社以刊为主，王平陵等惨淡经营，大量作家出手相助，《文艺月刊》稳步成长，一个相对稳定的作者群体亦日渐壮大。《文艺月刊》之于作家的凝聚力，应该也是当局看重中国文艺社的原因之一。官方的介入，为文艺社之生存、发展提供了不少资源，而作为条件，文艺社则需为政府代言。官方背景令文艺社遭受质疑甚至诟病，不过，改组后文艺社实力雄厚更易招徕作家，也为文艺界参与抗战做出了贡献。逐渐体制化的文艺社坚持到了抗战结束，但在这一过程中，由于当局不断收紧政策，它慢慢丧失活力，加之社内同人及社外作家的离散、分流，文艺社在胜利声中走到尽头。或许可以这样说，中国文艺社的历史即是其由民间团体向官方机构转型的过程。在长达十五年的岁月里，对大多数作家来说，中国文艺社是休闲、联谊的去处。尤其在战时，不少文化人士均来此座谈交流，讨论工作、生活与时局，此时，文艺社不止意味着场地、饮食或床铺，更关乎生存的希望与心灵的慰藉。无论欢乐、苦涩，在文艺社度过的日日夜夜，已经成为许多人生命中的一部分，常任侠等之所以记录、回忆文艺社，根源恐怕也正在

---

①　王晶：《〈文艺月刊〉（1930—1941 年）研究》，博士学位论文，华东师范大学中文系，2013 年，第 46 页。

于此。从这个角度出发，探讨中国文艺社对个人创作、生活的具体影响或许比粘贴政治化的标签更有意义，同样，中国文艺社也因一个个鲜活生命的交织而拥有温度。

结　语

　　1964年1月，王平陵在台离世，台湾当局特颁"尽瘁文艺"挽额①，为逝者盖棺定论。1972年，台湾因实施九年义务教育，推出国民中学所用第一部国文教科书，其第一册除蒋中正、孙文、吴敬恒、邹鲁等国民党要人的文章外，还收录了王平陵《民元的双十节》②。台当局以上举动，至少透露两点信息：其一，王平陵之身份乃文人。其二，此人与当局关系融洽。

　　早在1920年代初，王平陵即投身文艺，至1930年代，王已颇获国民政府文艺、宣传机关信任。1930年，在叶楚伧指导下，王平陵创办《文艺月刊》；1932年，叶楚伧创办正中书局，组织出版委员会，王平陵乃七委员之一；1935年，叶楚伧在"中央宣传部"特设"全国报纸副刊及社论指导室"，由王平陵担任主任；同年，王又被叶楚伧委任为"电影剧本的评审委员"；1936年，陈立夫通过教育部成立"中国教育电影协会"，王平陵主编该会《电影年鉴》③，此后还曾任"中宣部"指导员。以上王平陵经历之列举，旨在说明当时王与政府关系良好，这应也是《文艺月刊》生命力顽强的原因之一。问题是，同期提倡民族主义文艺的《前锋周报》《前锋月刊》《开展》等，也拥有官方背景与资助，何以不若《文艺月刊》生命持久？这又涉及刊物的性质。王平陵虽与官方过从不少，但所从事均为文艺活动，极少牵扯政党分歧，其身份是文人学者而非政客，这使得他主持下的《文艺月刊》首重文艺而非政治。

---

　　① 李德安：《高风亮节为文艺鞠躬尽瘁——为名作家王平陵先生逝世一周年而写》，《王平陵先生纪念集》，第137页。

　　② 详见齐邦媛《巨流河》，北京：生活·读书·新知三联书店，2010年，第258—265页。

　　③ 王平陵以上经历出自其自述，详见袁道宏《王平陵之文艺生活》，《王平陵先生纪念集》，第163页。

《前锋周报》等名为文艺期刊,但政治色彩太过浓厚,其高调地党同伐异使刊物更像政府的留声机,而《文艺月刊》攻伐口号少、各式作品多,近似推广文艺的发动机,二者比较,《文艺月刊》更易赢得执着于文艺的作家之认同。正由于《文艺月刊》温和的政治姿态、推广文艺的用心与维护民族利益的热诚,令巴金、臧克家、老舍、茅盾、王鲁彦、钟宪民、沈从文、李金发、施蛰存、戴望舒等一大批作家为其供稿,庞大的撰稿队伍成为刊物长久存在的又一重要保障。

考察民国社会整体环境,政府对作家、刊物并非"赶尽杀绝"。左翼作家被捕,通常是由于政治原因,一般情况下,"作家的人身权利与著作权能够多少有所保障"①。至于刊物,"当局从维护其统治出发,不时查禁左翼出版物,但也不敢做得太过,有的禁了一段又开禁,有的加以修改或换一个名目之后亦能重新登场"②。另外,当局为自身考虑,也需要一批态度温和的刊物作为政府与民间交流的平台。类似《文艺月刊》《现代》这样中间性质的刊物,通常会考虑政府立场,态度理性,持论客观;它们对当局有批评,不过都属就事论事;言辞激烈的作品也会出现,但编撰动机在于挞伐丑恶而非党派攻讦。这样的办刊方针容易获得政府的宽容,也易于争取大批不愿过多涉足政治的作家,如此,刊物的生存环境就宽松许多。

《文艺月刊》的生存、发展,与当时日益严重的民族危机关联密切。列强环伺,中华民族朝不保夕,民族话语在爱国知识分子中汇聚。民族危亡激起的爱国热情易凝聚人心一致对外,政府恰可借此淡化阶级矛盾稳固统治,当局遂推波助澜,民族主义文艺运动兴起,《文艺月刊》由此诞生。1930年代,日本侵华活动一阵紧似一阵,中日一战势不可免,家国破碎之际,民族话语势必高亢。基于以上背景,《文艺月刊》紧握社会脉搏,激发民族精神,维护民族利益,时刻关注列强尤其日本的动向,刊物推出一系列作品,表现中日紧张关系,揭露日本侵略罪行,唤起民众,宣扬抗战。刊物内容如此贴近时代,应可获得广大爱国知识群体的注意,从而形成稳定的作家群与读者群。伴随民族话语的日益高涨,《文艺月刊》如鱼得水,传播爱国火种的同时,为刊物生存奠定基础。

《文艺月刊》反映了1930年代民国社会生活场景,政治、经济、文化、教育、军事等不一而足,丰富的社会面相中,民族话语或隐或现。这其中,刊物

---

① 秦弓:《三论现代文学与民国史视角》,《文艺争鸣》2012年第1期。
② 同上。

表现朝鲜问题隐含着对日本的警惕，讽刺基督教潜藏了反帝情绪，对"九一八"的反复言说则记录着中日矛盾的逐步升级与国人反抗情绪的起伏消长，1930年代前半期，中华民族命运之波澜可见一斑。抗战全面爆发后，《文艺月刊》随国府两度迁徙，始终坚持反映抗战、鼓舞军民。王平陵加入中华全国文艺界抗敌协会，"逐年担任常务理事及组织工作"，协调各方作家"为'抗日爱国'而写作"①。团结御侮的大环境下，《文艺月刊》尽力避免党派分歧，全力描绘抗战画卷，淞沪会战、南京会战、徐州会战、武汉会战，海陆空三军将士之忠勇得以展现。此时活跃于《文艺月刊》的作家如华林、方浩、沙雁、吴漱予等均为中国文艺社职员，臧克家、谢冰莹、黄源、陈晓楠、老舍等与部队、政府关系相对融洽，由此，《文艺月刊》对当局之抗战，颂扬多于批评。正面战场杀声震天，敌后游击歌声嘹亮。以往印象里，敌后战场乃八路军、新四军的舞台，《文艺月刊》表明，国军也曾在敌后袭扰日伪开展游击。

《文艺月刊》饱含民族话语，不过，这种倾向非其独有，它只是抗战时期文人展现爱国情怀的众多舞台之一。《申报·青年园地》《民国日报·觉悟》《七月》《光明》《康导月刊》等不同时期、背景、风格的文艺报刊都在为反击侵略、保家卫国奋力呐喊，通过相关作家、作品，它们与《文艺月刊》产生了或多或少的交集，进而共同勾勒出中国军民抗击日本帝国主义的伟大画卷。

《文艺月刊》刻录了战时中国的丰富影像，埋藏了期刊研究的众多线索。加之学界观念、技术的更新，近年来《文艺月刊》研究升温，不少相关资料被发掘、整理出来。作为媒介，《文艺月刊》不只是作品发表之载体，亦是文人交往的平台，大量作品、作家借此汇集，这就使其成为探究战时中国文学、文坛的重要节点。

当年民族国家的命运，牵动无数中华儿女的心，为祖国自由，多少人舍生忘死奋不顾身，那一声声为民族争生存的叫喊，犹在回响。《文艺月刊》所体现的民族话语源远流长，即便事过境迁，其中的爱国热情也会传之后世绵延不绝。

---

① 袁道宏：《王平陵之文艺生活》，《王平陵先生纪念集》，第164页。

参考文献

（按作品发表及图书出版时间先后排序）

著作

[1] 黄炎培. 朝鲜 [M]. 上海：商务印书馆，1929.

[2] 黄震遐. 大上海的毁灭 [M]. 上海：大晚报馆，1932.

[3] 李辉英. 万宝山 [M]. 上海：湖风书局，1933.

[4] 崔万秋. 新路 [M]. 上海：时事新报、大陆报、大晚报、申报电讯社四社出版部发行，1933.

[5] 孙俍工. 续一个青年底梦 [M]. 上海：中华书局，1934.

[6] 葛绥成. 朝鲜和台湾 [M]. 上海：中华书局，1935.

[7] 张资平. 张资平选集 [M]. 上海：万象书屋，1935.

[8] 碧野. 太行山边 [M]. 汉口：大众出版社，1938.

[9] 尤兢：血洒晴空——飞将军阎海文 [M]. 汉口：大众出版社，1938.

[10] 刘白羽. 游击中间 [M]. 上海杂志公司刊行，1938.

[11] 李健吾. 使命 [M]. 文化生活出版社，1940.

[12] 陈水逢. 日本合并朝鲜史略 [M]. 台北：台湾商务印书馆，1972.

[13] 王平陵先生遗著编辑委员会. 王平陵先生纪念集 [M]. 台湾正中书局印行，1975.

[14] 李劼人. 李劼人选集：第一卷 [M]. 成都：四川人民出版社，1980.

[15] 老舍. 老舍文集：第一卷 [M]. 北京：人民文学出版社，1980.

[16] 文史资料研究委员会. 李宗仁回忆录：下 [M]. 中国人民政治协商

会议广西壮族自治区委员会，1980.

［17］国父全集［M］.中国国民党中央委员会出版，1981.

［18］秦孝仪.中华民国重要史料初编：对日抗战时期［G］.中国国民党中央委员会党史委员会，1981.

［19］顾长声.传教士与近代中国［M］.上海：上海人民出版社，1981.

［20］老舍.老舍生活与创作自述［M］.北京：人民文学出版社，1982.

［21］刘晴波，彭国兴.陈天华集［M］.长沙：湖南人民出版社，1982.

［22］夏东元.郑观应集：上册［M］.上海：上海人民出版社，1982.

［23］萧乾.萧乾短篇小说选［M］.北京：人民文学出版社，1982.

［24］实藤惠秀.中国人留学日本史［M］.谭汝谦，林启彦，译.香港：香港中文大学出版社，1982.

［25］丘东平.沉郁的梅冷城［M］.广州：花城出版社，1983.

［26］史式徽.江南传教史［M］.上海：上海译文出版社，1983.

［27］关宽治，岛田俊彦.满洲事变［M］.王振锁，王家骅译.上海：上海译文出版社，1983.

［28］蓝海.中国抗战文艺史［M］.济南：山东文艺出版社，1984.

［29］顾维钧.顾维钧回忆录［M］.北京：中华书局，1985.

［30］郭沫若.郭沫若全集［M］.北京：人民文学出版社，1985.

［31］魏外扬.宣教事业与近代中国［M］.台北：宇宙光出版社，1985.

［32］荣孟源.中国国民党历次代表大会及中央全会资料［G］.北京：光明日报出版社，1985.

［33］胡风.胡风译文集［M］.北京：人民文学出版社，1986.

［34］潘喜廷，等.东北抗日义勇军史［M］.沈阳：辽宁人民出版社，1986.

［35］卢茨.中国教会大学史1850—1950［M］.曾钜生，译.杭州：浙江教育出版社，1987.

［36］杨昭全，等.关内地区朝鲜人反日独立运动资料汇编［G］.沈阳：辽宁民族出版社，1987.

［37］杨昭全.中朝关系史论文集［M］.北京：世界知识出版社，1988.

［38］叶元.叶楚伧诗文集［M］.上海：上海三联书店，1988.

［39］梁启超.饮冰室合集［M］.北京：中华书局，1989.

［40］彭明.中国现代史资料选辑［G］.北京：中国人民大学出版社，1989.

[41] 林默涵. 中国抗日战争时期大后方文学书系 [M]. 重庆：重庆出版社, 1989.

[42] 中央档案馆. 中共中央文件选集 [G]. 北京：中共中央党校出版社, 1991.

[43] 杨奎松. 中间地带的革命：中国革命的策略在国际背景下的演变 [M]. 北京：中共中央党校出版社, 1992.

[44] 沐涛, 孙志科. 大韩民国临时政府在中国 [M]. 上海：上海人民出版社, 1992.

[45] 王奇生. 中国留学生的历史轨迹：1872—1949 [M]. 武汉：湖北教育出版社, 1992.

[46] 张恨水. 大江东去 [M]. 太原：北岳文艺出版社, 1993.

[47] 石源华. 中华民国外交史 [M]. 上海：上海人民出版社, 1994.

[48] 石源华. 韩国独立运动与中国 [M]. 上海：上海人民出版社, 1995.

[49] 胡风. 胡风回忆录 [M]. 北京：人民文学出版社, 1997.

[50] 石源华. 韩国反日独立运动史论 [M]. 北京：中国社会科学出版社, 1998.

[51] 江口圭一. 日本帝国主义史研究：以侵华战争为中心 [M]. 北京：世界知识出版社, 2002.

[52] 蒋廷黻. 蒋廷黻回忆录 [M]. 长沙：岳麓书社, 2003.

[53] 倪伟. "民族"想象与国家统制：1928—1949 年南京政府的文艺政策及文学运动 [M]. 上海：上海教育出版社, 2003.

[54] 周斌, 邹新奇. 浴血长空：中国空军抗日战史 [M]. 南京：凤凰出版社, 2003.

[55] 汤重南, 等. 日本帝国的兴亡 [M]. 北京：世界知识出版社, 200.

[56] 中国第二历史档案馆编. 抗日战争正面战场 [G]. 南京：凤凰出版社, 2005.

[57] 荻岛静夫. 荻岛静夫日记 [M]. 北京：人民文学出版社, 2005.

[58] 阿垅. 南京血祭 [M]. 银川：宁夏人民出版社, 2005.

[59] 王向远. "笔部队"和侵华战争：对日本侵华文学的研究与批判 [M]. 北京：昆仑出版社, 2005.

[60] 吴世勇. 沈从文年谱 1902—1988 [M]. 天津：天津人民出版社, 2006.

[61] 张宪文，等. 中华民国史 [M]. 南京：南京大学出版社，2006.

[62] 陈应明，廖新华. 浴血长空：中国空军抗日战史 [M]. 北京：航空工业出版社，2006.

[63] 中国社会科学院近代史研究所民国史研究室，四川师范大学历史文化学院编. 1930年代的中国 [M]. 北京：社会科学文献出版社，2006.

[64] 萨苏. 国破山河在：从日本史料揭秘中国抗战 [M]. 济南：山东画报出版社，2007.

[65] 陈存仁. 银元时代生活史 [M]. 桂林：广西师范大学出版社，2007.

[66] 刘克祥，吴太昌. 中国近代经济史 1927—1937 [M]. 北京：人民出版社，2007.

[67] 郑大华，邹小站. 中国近代史上的民族主义 [M]. 北京：社会科学文献出版社，2007.

[68] 郑大华，邹小站. 中国近代史上的自由主义 [M]. 北京：社会科学文献出版社，2008.

[69] 王立新. 美国传教士与晚清中国现代化 [M]. 天津：天津人民出版社，2008.

[70] 陈诚. 陈诚回忆录：抗日战争 [M]. 北京：东方出版社，2009.

[71] 徐明忠，崔新明. 台儿庄大战资料选集 [M]. 北京：中国社会科学出版社，2010.

[72] 张大明. 主潮的那一面：三民主义文艺与民族主义文艺 [M]. 北京：中国社会科学出版社，2010.

[73] 顾卫民. 基督教与近代中国社会 [M]. 上海：上海人民出版社，2010.

[74] 步平，荣维木. 中华民族抗日战争全史 [M]. 北京：中国青年出版社，2010.

[75] 曹剑浪. 中国国民党军简史 [M]. 北京：解放军出版社，2010.

[76] 经盛鸿. 战时中国新闻传媒与南京大屠杀 [M]. 南京：南京出版社，2010.

[77] 王建朗，栾景河. 近代中国：政治与外交 [M]. 北京：社会科学文献出版社，2010.

[78] 齐邦媛. 巨流河 [M]. 北京：生活·读书·新知三联书店，2010.

[79] 王迪. 茶馆：成都的公共生活和微观世界 1900—1950 [M]. 北京：

社会科学文献出版社，2015.

研究论文

[1] 戴传林. 于黑丁的足迹 [J]. 新文学史料, 1985 (3).

[2] 林溪. 鲁迅与方之中 [J]. 鲁迅研究动态, 1986 (8).

[3] 柳苏. 东北雪东方珠: 李辉英周年祭 [J]. 读书, 1992 (7).

[4] 杨天宏. 中国非基督教运动 (1922—1927) [J]. 历史研究, 1993 (6).

[5] 张业赏. 抗战初期的石友三 [J]. 春秋, 1995 (4).

[6] 吴余德. 抗日战争初期中国空军曾经轰炸台湾 [J]. 航空史研究, 1996 (3).

[7] 唐利国. 关于国民党抗日游击战的几个问题 [J]. 抗日战争研究, 1997 (1).

[8] 钱振纲. 论黄震遐创作的基本思想特征 [J]. 中国文学研究, 2002 (3).

[9] 钱振纲. 论民族主义文艺派的文艺理论 [J]. 文学评论, 2002 (4).

[10] 古远清. 为右翼文运鞠躬尽瘁的王平陵: 从南京到重庆的文艺斗士 [J]. 涪陵师范学院学报, 2002 (4).

[11] 钱振纲. 民族主义文艺运动社团与报刊考辨 [J]. 新文学史料, 2003 (2).

[12] 钱振纲. 论三民主义文艺政策与民族主义文艺运动的矛盾及其政治原因 [J]. 江西社会科学, 2003 (4).

[13] 洪小夏. 抗战时期国民党敌后游击战研究述略 [J]. 抗日战争研究, 2003 (1).

[14] 刘勇. 基督教精神与中国现代文学 [J]. 广播电视大学学报, 2003 (3).

[15] 毕艳, 左文. "左联" 时期国民党文艺期刊浅探 [J]. 中国文学研究, 2006 (1).

[16] 王本朝. 基督教为何能够进入中国现代文学 [J]. 社会科学研究, 2007 (1).

[17] 秦弓. 抗战时期作家与正面战场的关系 [J]. 抗战文化研究 (第一辑), 2007.

［18］薛勤．"九一八"文学旧体诗词初评［J］．辽宁大学学报（哲学社会科学版），2007（6）．

［19］秦弓．鲁迅对20世纪30年代民族主义文学的评价问题［J］．南都学坛，2008（3）．

［20］秦弓．鲁迅对30年代自由主义文学的评价问题［J］．中国社会科学院研究生院学报，2008（2）．

［21］秦弓．论鲁迅对30年代左翼文学的评价问题［J］．江苏行政学院学报，2008（3）．

［22］巴一熔．抗战初期黄源的三封信［J］．新文学史料，2008（3）．

［23］秦弓．抗战文学中的武汉会战［J］．抗战文化研究（第三辑），2009．

［24］秦弓．关于抗日正面战场文学的问题［J］．重庆师范大学学报（哲学社会科学版），2009（1）．

［25］冷川．民族主义的窄化：从时代精神到文艺政策［J］．中国社会科学院文学研究所学刊，中国社会科学出版社，2009．

［26］王晶．《文艺月刊》补遗［J］．新文学史料，2009（3）．

［27］秦弓．现代文学的历史还原与民国史视角［J］．湖南社会科学，2010（1）．

［28］秦弓．现代通俗文学的生态、价值及评价问题．南都学坛，2010（3）．

［29］秦弓．关于五四文学的"国家"话语问题［J］．天津社会科学，2010（4）．

［30］韩雪林．张力与缝隙：民族话语中的文学表达：对《文艺月刊》（1930—1937）话语分析［J］．文艺争鸣，2010（7）．

［31］秦弓．丘东平对抗战文学的独特贡献［J］．东岳论丛，2011（2）．

［32］秦弓．三论现代文学与民国史视角［J］．文艺争鸣，2012（1）．

学位论文

［1］杨剑龙．中国现代作家与基督教文化［D］．上海：华东师范大学，1998．

［2］钱振纲．民族主义文艺运动研究［D］．北京：北京师范大学，2001．

［3］周云鹏．"民族主义文学"论（1930—1937）［D］．上海：复旦大学，

2005.

[4] 冷川. 20 世纪 20 年代的外交事件与中国现代文学民族话语的发生 [D]. 北京：中国社会科学院研究生院, 2007.

[5] 毕艳. 三十年代右翼文艺期刊研究 [D]. 长沙：湖南师范大学, 2007.

[6] 郑蕾. 《文艺月刊》研究 [D]. 上海：华东师范大学, 2009.

[7] 王美花. 《文艺月刊·战时特刊》研究 [D]. 重庆：重庆师范大学, 2010.

[8] 王晶. 《文艺月刊（1931—1945）》研究 [D]. 上海：华东师范大学, 2013.

民国报纸

[1] 申报 [N]. 1920—1941.

[2] 民国日报 [N]. 1920—1932.

[3] 大公报 [N]. 1920—1927.

[4] 晨报 [N]. 1920—1928.

民国期刊

[1] 文艺月刊 [J]. 1930—1941.

[2] 前锋周报 [J]. 1930—1931.

[3] 前锋月刊 [J]. 1930—1931.

[4] 矛盾月刊 [J]. 1932—1934.

[5] 开展 [J]. 1930—1931.

[6] 黄钟 [J]. 1932—1937.

[7] 流露 [J]. 1930—1933.

[8] 前哨（文学导报）[J]. 1931—1931.

[9] 北斗 [J]. 1931—1932.

[10] 文艺新闻 [J]. 1931—1932.

[11] 现代文学评论 [J]. 1931—1931.

[12] 论语 [J]. 1932—1937.

[13] 东方杂志 [J]. 1930—1941.

［14］独立评论［J］. 1932—1937.

［15］人间世［J］. 1934—1935.

［16］七月［J］. 1937—1941.

［17］呐喊（烽火）［J］. 1937—1938.

［18］文艺阵地［J］. 1938—1941.

［19］抗到底［J］. 1938—1939.

［20］抗战文艺［J］. 1938—1941.

［21］新青年［J］. 1918.

［22］小说新报［J］. 1919.

［23］读书杂志［J］. 1931.

［24］世界与中国［J］. 1931.

［25］铁路月刊（津浦线）［J］. 1931.

［26］大陆［J］. 1932.

［27］申报月刊［J］. 1932—1934.

［28］外交月报［J］. 1932.

［29］文学月报［J］. 1932.

［30］尚志周刊［J］. 1932.

［31］文化界［J］. 1933.

［32］时代公论［J］. 1933.

［33］读书生活［J］. 1936.

［34］中国新论［J］. 1936.

［35］救亡情报［J］. 1936.

［36］今代文艺［J］. 1936.

［37］文学大众［J］. 1936.

［38］河南省政府公报［J］. 1938.

［39］群众周刊［J］. 1938.

［40］世界展望［J］. 1938.

［41］时事类编［J］. 1938.

［42］解放［J］. 1938.

［43］妇女生活［J］. 1939.

［44］现代文艺［J］. 1940.

［45］光明［J］. 1936—1937.

［46］康导月刊［J］. 1938—1947.